Eva Demski

AFRA

Roman in fünf Bildern

Frankfurter
Verlagsanstalt

Erste Auflage 1992

Satz: Photosatz Reinhard Amann, Aichstetten
Druck und Einband: Clausen & Bosse, Leck
ISBN 3-627-10082-2

ERSTES BILD
Der grüne Vorhang

Im letzten Kriegsjahr hatte die Hebamme schon einmal davon geträumt, dann war der Traum Anfang fünfundvierzig zurückgekommen. Über den folgenden Ereignissen hatte sie ihn vergessen, aber in der zweiten Hälfte des Jahres sechsundvierzig fiel er ihr wieder ein. Es war mittlerweile August geworden und sie hatte im ganzen Jahr und im ganzen Gäu noch keinem einzigen Buben herausgeholfen. Mehr als hundert Kinder waren in dem Jahr geboren worden, Knechtskinder, Fremdarbeiter- und Urlaubskinder. Die ersten eiligen Heimkehrerkinder. Ein paar Deserteurskinder, Altmännerkinder – aber alles Mädchen. Auch das letzte Kind, das die Hebamme nach zehnstündigem Muttergeschrei herausgezogen hatte, war ein Mädchen, aber mit ihm gab es noch zusätzliche Verwirrung, denn es blieb, obwohl man drei Schüsseln Wasser über ihm ausgegossen und an ihm herumgerieben hatte, während es sich verzweifelt wand und schrie, in der Farbe bedenklich.

Hoffentlich ist es die Leber, dann haben wir es eh nicht lang, hatte die Hebamme im Gehen zur Kindsmutter gesagt. Die war zu erschöpft gewesen, um auch nur eine Stunde weiterzudenken, sie schlief, und das arme, kleine Ding schlief auch. Die Hebamme hatte im Traum ein Jahr voller Mädchen vorausgesehen wie ein Erdbeben oder eine Mißernte. Nur Mädchen, und kaum Männer da, ein männerlos gewordenes Land. Aurelia fühlte sich mitschuldig am Unglück. Sie allein kannte das ganze Ausmaß, und es wurde ihr schwindlig, wenn sie sich vorstellte, daß es bis nach München hinüber keine kleinen Buben mehr gäbe. Jahre später erfuhr sie durch einen Zufall, daß Knabenlosigkeit nur in dem abgelegenen Gäu zwischen der Landeshauptstadt und der neuen Grenze zu beklagen war, und es schien, als wolle die Natur ihre Abweichung durch überdurchschnittlichen Söhnesegen ringsum ausgleichen.

Jetzt aber, an diesem nassen Augusttag des Jahres sechsundvierzig, dachte die Hebamme auf ihrem langen Heimweg, daß vielleicht Gott selber nach dem Krieg neue Pläne habe.

Sie dachte nur halb an ihren Traum von den Mädchengeburten, und auch an die trauervollen Mienen der Verwandten, wenn sie am verschmierten, kleinen Leib das Spältchen sahen, dachte sie nur halb. Der aufgeweichte Weg zog ihr die Schuhe von den Füßen, und Schuhe waren rar. Es regnete seit Tagen, warm wie Suppe, der Wald stand bis zu den Wipfeln im Nebel, und die Kanäle liefen über und stanken. Das nasse Gras trieb den wenigen übriggebliebenen Kühen die Rippen auseinander, und man mußte sie stechen, damit das Gas aus ihnen entwich. Die Schweine waren schwarz von Schlamm und fraßen Zeitungspapier, und die Hühner sahen ihre Eier im Dreck versinken. Die alten Pferde blieben vor ihren Karren einfach stehen, und der Schlamm stieg ihnen langsam bis zu den Knien. Blaue Fliegen krochen müde auf Menschen und Tieren herum, nur um den Kopf der Hebamme schwebte eine dünne, dunkle Wolke von Essigfliegen wie ein Heiligenschein. Es war der feuchteste Sommer seit Menschengedenken, aber nur hier, hinter den ersten Ausläufern des Gebirges, in diesem furchtbaren Winkel, den sogar der Krieg gemieden hatte.

Von Zeit zu Zeit blieb die Hebamme stehen und erleichterte ihre Schuhe, indem sie sie gegen die Bäume schlug. Sie versuchte das Fliegenwölkchen zu verscheuchen, aber die blieben im Geruch des Geburtsblutes. Zum Erschlagen waren sie zu klein. Die Hebamme hatte noch einen

Weg von mehr als acht Kilometern vor sich, wenn alles gut ging, war das merkwürdig gefärbte kleine Mädchen für ein paar Tage die letzte Geburt im Kreis. Zum Arzt gingen die Bäuerinnen nur, wenn der Tod nahte und sich nicht mehr verscheuchen ließ; auch gegen die Hebamme waren sie zuerst mißtrauisch gewesen. Die war vor Jahren aus Brünn gekommen, und sie hatten ihre Sprache nicht verstanden. Weil aber beim Gebären nicht viel geredet wird, gewöhnten sie sich an die fremde Frau.

Die Hebamme hatte von zu Hause einen Namen mitgebracht, an den sie sich nur noch selten erinnerte. Hier im Dorf war sie die Brünnerin, das ging ihnen gut über die Lippen, weil das halbe Dorf mit Nachnamen Brunner hieß, auch in den Nachbardörfern gab es viele von denen. Sie wurde also gerufen, als gehörte sie dazu. In Wahrheit hieß sie Aurelia Koniecka, und sie war noch nicht vierzig. Wenn einer ihr nachgeschaut hätte auf dem Weg vom letzten Geburtshaus zu ihrer Wohnung, hätte er eine schmächtige, lehmschwere Person gesehen, die Haare unter einem braunen Turban, mit einem hell karierten, weiten Rock, auf dem Buchstaben gestickt waren.

Mehr als vierzig Jahre später nahm die Tochter jenes fehlhäutigen Mädchens, das sie heute auf die Welt geholt hatte, diesen Rock aus einer Schachtel, lachte und zerlegte ihn wieder in das, was er vor seiner Zusammenfügung – vor dem Krieg – schon einmal gewesen war: ein Dutzend karierter Geschirrtücher.

Ihr Oberkörper war nur bedeckt von einem Männerhemd, und darüber hatte sie gegen den Regen ein gelbes Stück Wachstuch gebunden, das zwar die Feuchtigkeit von oben etwas abhielt, ihr aber den Schweiß heraustrieb. Alles eins, sagte sie verdrossen.

Manchmal begegnete ihr jemand, der ein altes Rad schob oder einen Hundekarren zog. Fast alle Ziehhunde waren verschwunden, gegessen hatte man sie zwar nicht – das doch nicht! –, aber sie fraßen zuviel, und zu ziehen hatte es immer weniger gegeben. Ein paar kleine Kläffer waren übriggeblieben und machten noch ein bißchen Dorfmusik, zusammen mit den drei heiseren Hähnen, die so alt waren, daß man sich die ohnehin losen Zähne nicht an ihnen ausbeißen wollte.

Was für ein schreckliches Dorf! Aber Aurelia lachte und ging ganz fröhlich, noch vier Kilometer. In einem Versteck warteten ein paar Löffel echter Kakao und eine Flasche Vorkriegsobstler. Wie sich die Freuden geändert hatten. Wichtig nur, daß man da und dort noch welche fand, und dazu war Aurelia entschlossen.

Das Gäu, im Sommer umgeben von klebrigen, grünen Hopfenvorhängen, begrenzt von einem faulfließenden Flußarm auf der einen und den Bergen auf der anderen Seite, mußte seit Jahrhunderten mit den Menschen auskommen, die dort geboren wurden. Fremde kamen selten bis hierher, und daß es überhaupt welche gab, wußte man aus den Zeitungen, die die jüdischen Händler mitbrachten, und aus ihren bunten, wichtigtuerischen Erzählungen. Die Felljuden waren jetzt schon lange verschwunden, und keiner wußte, wohin.

Der Krieg hatte ihnen keine Neuigkeiten gebracht. Männer gingen weg, viele kamen nicht wieder. Die wiederkamen, erzählten nichts. Sie gingen in die Ställe, auf die Felder und in die Kirche, als ob nichts gewesen wäre. Sie rechneten die Monate ihrer Abwesenheit nicht nach, wenn sie auf die Neugeborenen schauten. Sie jammerten nicht um einen Hoferben. Ihre Frauen fürchteten sich, weil sie nicht mehr von ihnen verprügelt wurden wie zuvor. Manchmal versuchten sie, der Brünnerin ihre Ratlosigkeit zu schildern.

Man weiß ja nimmer, was man denken soll.

Das renkt sich schon wieder ein, sagte die Brünnerin dann.

Die Höfe im Gäu standen weit voneinander entfernt, sie waren vor Zeiten gelb gewesen und hatten jetzt große schwarze Moosflecken, die aussahen wie Kontinente. Die Steinstufen vor den Haustüren waren tief ausgetreten, die Fensterläden zersplittert wie von Äxten. Früher gab es Blumen vor den Häusern, und Stecken mit farbigen Glaskugeln hatten den kurzen Weg zu den Türen gesäumt. Jetzt schien es, als wüchsen nur noch die Misthaufen, obwohl es kaum Vieh gab und sie den Dung der wenigen übriggebliebenen Kühe versteckten, damit die Viehzähler sie nicht fanden.

Die Stuben waren niedrig und düster, in manchen standen schöne Schränke und Tische, sicher unter einer Dreckschicht verborgen. Einen Herrgottswinkel hatten sie alle, aber der liebe Jesus litt mehr unter den Fliegenschissen als am Kreuz, und die geweihten Zweige stammten aus besseren Zeiten.

Im Gäu vertat man die Zeit nicht mit Gottes- oder Menschenliebe, nicht einmal der Hitler hatte hier die Herzen zu bewegen vermocht. Er soll einmal in der Nähe geredet haben, aber bis ins Innere des unheimlichen Landes war er nicht vorgedrungen. Es gab hier auch keine Straßen, auf denen er sich in gewohnter Weise hätte zeigen können. Sie wußten schon was vom Reich und vom Krieg, aber sie haßten nicht und liebten nicht. Selbst die ausgehungertsten Flüchtlinge wollten lieber noch weitere Trecktage ertragen, als sich damit abzufinden, daß hier ihr Ziel sei und der Platz für ihr weiteres Leben. So blieben nur ein paar Halbtote da, die man nicht mehr weiterschleppen konnte, und eine neugierige Person wie die Brünnerin, die den Glanz in all der Trostlosigkeit sah und sich in dem langweiligen, feindseligen Land wohlfühlte.

In einer anderen Gegend hätte sie sich schwergetan, etwas Besonderes zu sein, denn sie war nichts Besonderes. Hier lebte sie, fast wie eine Freiwillige, eine übriggebliebene Sommerfrischlerin, und an die Düsternis hatte sie sich gewöhnt.

Im Winter mauerte der Schnee die Fenster zu, im Frühjahr ertranken die Hasen mitten auf den Wegen, im Sommer fraßen die Fliegen alles Lebendige, und im Herbst kamen alle Jahreszeiten mit allen Widrigkeiten auf einmal. Aber Kinder, die geboren werden sollen, kümmern sich nicht darum, und die Brünnerin war dankbar, wenn das Wetter an ihr riß und der Regen den Weg schwermachte.

In ihrem früheren Leben hatte sie Tag und Nacht in verhängten, dämmrigen Zimmern sitzen müssen, im schönsten Bordell von ganz Brünn, und das war sehr langweilig gewesen. Davon wußte niemand im Gäu, und es hätte wahrscheinlich auch niemanden interessiert. Sie dachten nicht darüber nach, daß es Länder gab, Städte oder Vergnügungen. Nicht, weil unüberwindliche Entfernungen sie von der Welt getrennt hätten! Schließlich hatten ja auch die Befreier hergefunden, die Amerikaner. Die Russen waren es nicht, obwohl die einen kürzeren Weg gehabt hätten und man sich unter denen etwas vorstellen konnte. So nannten sie hier die Küchenschaben. Nach dem Krieg nannten sie sie »Tschechen«.

Daß die Befreier Amerikaner waren, erkannten die Dörfler an den Schwarzen. Die gab es bei den Russen nicht, das wußten sie. Und die Befreier waren gekommen, stumm und entsetzt, ihre Jeeps kämpften sich langsam die Dorfstraße hinunter und drohten in ihr zu versinken. Kein wunderbarer Frühling wie im übrigen Land! Auch die Befreier kamen aus trostlosen Nestern, sie kannten den Geruch nach faulendem Heu und Jauche in Backsteinrinnen, aber sie begriffen nicht diese Verlassenheit in der Nähe größerer

Städte. Bei ihnen zu Hause gab es echte Verlassenheit, man blieb, wo man war, wegen der endlosen Wege – aber hier? Die hätten nur zwei Stunden zu laufen brauchen, um die Welt zu wechseln. Selbst die zerschlagenen Städte der Feinde erschienen den Befreiern heiterer und lebendiger als dieser unberührte Winkel, und viele von ihnen hatten das Gefühl, erst jetzt dem wirklichen Feind gegenüberzustehen. Sie sprachen nicht darüber, aber sie haßten und verachteten die krummen, stummen Gestalten, die ihnen – wie überall – ihre Kinder entgegenschickten. Die waren auch anders als anderswo, und wer ihnen ein Bonbon hinhielt, bekam nichts als Angst zu spüren. Alles sei vergiftet, hatten die Dörfler gehört. Solche Sachen wurden gern geglaubt, und die Befreier gingen traurig und erschöpft, nachdem sie Hals über Kopf einen neuen Bürgermeister eingesetzt hatten.

Aurelia war damals erstaunt gewesen über die Weisheit der amerikanischen Ratschlüsse. Ihre Begeisterung hielt auch jetzt noch an, obwohl sie gerade einen Beweis dafür ans Tageslicht gezogen hatte, daß man mit der Anwesenheit des Amerikanischen noch länger würde rechnen müssen. Nicht spurlos waren sie damals gegangen. Die eben glücklich beendete Geburt machte das Gäu sichtbar amerikanisch. Das würde hier niemanden freuen.

Der alte Nazibürgermeister war Aurelia verhaßt gewesen, die Amerikaner aber hatten als Ersatz und Neubeginn einen ausgesucht, von dem Aurelia sicher war, daß es einen besseren nicht gab – woher kannten sie ihn?

Vor dem Krieg hatte sich die Stadt auf den Weg zum Dorf gemacht, da waren Maler gekommen und wieder gegangen, als sie beim besten Willen nichts zum Malen fanden. Ein paar Pensionäre, Antiquitätenjäger und Naturapostel hatten es ein wenig länger ausgehalten, bis das abscheuliche Wetter und das beharrlich grinsende Schweigen der Dörfler auch sie vertrieb. Am unempfindlichsten waren die Lebensmittelkäufer, die hier eine ganze Sau billiger bekamen als in der Stadt eine halbe, mit den Hühnern, der Butter und dem Honig war es genauso. Wem fehlt die landschaftliche Schönheit, wenn es billig und fett zu essen gibt? Aber der Krieg hatte die Stadt zum Halten gebracht, auseinandergehauen hatte er Stadt und Land. Jetzt ging es denen schlecht, hörte man, und jetzt konnte das Dorf entscheiden, ob die halbtoten Städte starben oder am Leben blieben. Zum erstenmal waren sie hier im Dorf die wirklichen Sieger. Den einzigen aber, der vor Jahren schon aus der Stadt gekommen und geblieben war, holten sie mitten in der Nacht aus dem Schlaf und machten ihn zum Bürgermeister.

Er hatte es später Aurelia erzählt: Eine ausnahmsweise warme, trockene Frühlingsnacht, die zwei rundlichen Majore, oder was sie sonst waren, vor seinem Strohbett, er ohne Nachthemd, nur mit einem alten Damenunterrock um den Hals (das allerbeste gegen Erkältung!), und hinter den Befreiern her hätten sich die Schafe vom Franzosenbauern ins Zimmer gedrängt, auf der Suche nach etwas Salzigem! Seither röchen für ihn alle Amerikaner nach Schaf, dagegen könne er nichts machen. Und auch nach dem Aufwachen habe er geglaubt, es sei nur ein komischer Traum von Majoren und Schafen gewesen.

Das war eine gute Wahl, sagt Aurelia zu niemand Besonderem und ist jetzt fast zu Hause, die schwarze Wolke von Essigfliegen noch immer um die Stirn. Von der vorherigen Karriere ihres Bürgermeisters wußte sie nicht viel. In der Stadt aber, im ganzen ehemaligen Reich, hatten die Damen sein Bösewichtsgesicht – schräggeneigt, mit Seidenschal und Lippenbärtchen – auf Postkarten in ihren Handtaschen spazierengetragen. Von den Kinoplakaten leuchtete sein Abbild, bunt und groß wie ein Zimmer, und die jungen Mädchen standen darunter und beteten zu ihm hinauf. Das war lange her, aus den Damen waren alte Frauen geworden, und die jungen Mädchen hatten keine Damen werden dürfen, sondern mußten kriegswichtige Gedanken im Kopf haben, dem Führer folgen und sich das dann wieder abgewöhnen. Der Filmstar Fritz Rost war vergessen, wie er es sich gewünscht hatte. Die Nazis hatten ihn nicht gemocht, warum, wußte er nicht. Man fände keine Rollen mehr für ihn, hieß es erst, dann wurden Bemerkungen, die er über Frau Baarova gemacht hatte, kolportiert (er könne sich bei dieser keine Begabung zu was auch immer vorstellen, sollte er gesagt haben, hatte das aber nie gesagt, schon, weil er selber mit ihr ein Verhältnis gehabt hatte) – und nach einem kurzen Aufenthalt in Dachau entsann er sich an das Gäu. Es war ihm als vollkommen sicherer Ort erschienen, durch seine düstere Langweiligkeit wie durch Mauern geschützt, und Fritz Rost kaufte sich ein kleines Anwesen, zog Hasen und Gemüse und wurde älter. Die neue, späte Rolle, die so ungestüm über ihn gekommen war, nahm er gleichmütig an. Er traute sie sich zu.

Zu Anfang, im ersten Akt des Stückes »Bürgermeister von Allmendhofen und anderen Dörfern«, hatte er sich keine Gedanken über seine Aufgaben gemacht. Nicht einmal das Führerbild hatte er bei den amerikanischen Andenkenjägern und Totemsammlern abgeliefert. Er hatte es in der Bürgermeisterei unter dem dichten Überzug aus Fliegendreck übersehen. Als seine Majore das merkten, hätten sie ihn um ein Haar gleich wieder abgesetzt, aber wen sonst nehmen? Und Fritz Rost zeigte ihnen ein paar alte Filmprogramme, die sie entzückten, Englisch konnte er auch, das war kein Nazi, never!

Aurelia hatte ihn als erste beglückwünscht und der Rest des Dorfes mitsamt dem ganzen Gäu stellte sich erst einmal tot. Zeit? Zeit brauchte man, um herauszufinden, was der neue anders machte als der alte und ob etwas besser würde. Sie hätten gar nicht sagen können, was.

Fritz Rost freute sich über die Glückwünsche der Hebamme und lachte. Die beiden einzigen Zugereisten der Gegend, neu aufgerichtete Stützen für ein neues Reich!

Sagen Sie ja nicht Reich! bat der Bürgermeisterdarsteller, mit Reich wird es nichts mehr, Gottseidank. Arm sollten sie es nennen! Und der Pfarrer, der sich mit dem alten Bürgermeister ganz gut vertragen hatte – was waren schon Tausend Jahre für die Heilige Mutter Kirche? –, verbreitete, daß es sich bei der neuen Besetzung um einen Bolschewiken handeln müsse. Seine Intrige verrann allerdings spurlos, weil niemand das Wort kannte.

Fritz Rost sah ein wenig seltsam aus, aber auch das störte niemanden, weil in dieser Zeit als Kleidung diente, was da war. Die Menschen waren nicht gerade schön in dieser Gegend, und daß Fritz Rost zwei Köpfe größer war als der längste Ureinwohner, paßte zur Würde seines Amtes. Mit einem wiedererwachten Sinn für Kostüme und äußere Wirkung hatte er einen alten Frack aus den Trümmern seiner Filmexistenz hervorgeholt, den er mit einer warmen Strickweste und gekürzten Schößen trug. Jetzt, über ein Jahr nach dem Ende, ist alles eingespielt, er hat das Registraturbuch gefunden und weiß, wie der alte das Gemeindeleben organisiert hat.

Eine Wirtschaft ohne Geld, ein wilder Tauschhandel mit den Städtern, die jetzt noch ärmer waren als die Dörfler. Die hatten immer noch ein wenig Ernte und Vieh. Ein paar alte Handwerker lebten auch noch, alles, alles wurde gebraucht. Wenn etwas fehlte, sagte es die Hebamme dem Bürgermeister und schaute ihn liebevoll an.

In seiner Nähe war nie eine Frau zu sehen gewesen, auch die Brünnerin rechnete sich da nichts aus. Wie alt mochte er sein? Sechzig? In diesen Zeiten kam es nicht so darauf an, und sie versuchte, ihm so nah wie möglich zu sein. Flaumiges, dunkelgraues Haar über dem braunen Schädel, eine nach unten gebogene Nase und engstehende Augen, die beim Nachdenken die Neigung hatten, an der Nase entlangzuschauen. Sein Bärtchen aber, das von einem schwarzen längst zu einem gänsefederweißen geworden war: kurzerhand abrasiert. Lieber keine Bärtchenerinnerungen.

Jetzt, ein gutes Jahr danach, waren sie beide tragende Säulen für das Gäu, und immer noch durfte sich Fritz Rost als der Herrscher des Ganzen betrachten, denn nicht überall hatten die Majore einen so guten Griff getan beim Ersatz von bösen Deutschen durch gute Deutsche. Es war ein numerisches Problem, und so blieb an Fritz und seinen wenigen Helfern die Regentschaft hängen. In die Rolle hatte er sich erst einarbeiten müssen, denn das Königliche war nicht sein Fach. Der Schwere Held wäre zur Not noch brauchbar gewesen, aber die Bösewichter und Intriganten? Niemals, und deswegen hatte er sich im Anfang etwas schwergetan.

Die Dörfler zeigten sich nicht verwirrt. Für sie war das Ende kein Ende gewesen und folglich empfanden sie den Anfang nicht als Anfang. Die Amerikaner waren gekommen und wieder gegangen. Das Leben hält sich nicht auf, sagte die Brünnerin und ahnte schon damals, daß es neun Monate nach dem Abzug der letzten Amerikaner doch einen Aufenthalt geben würde. Der Bürgermeister war ihr Zeuge. Welchem Verbrechen, welcher besonderen Übeltat sie den unwillkommenen Mädchensegen zu verdanken hatten, konnte aber auch er nicht erklären.

In der ruhigen Zeit öffentlicher Ungnade, die er wohl oder übel lesend im Gäu verbracht hatte, war er durch die ausschließliche Ernährung mit alten Philosophen so gescheit geworden, daß das Übersinnliche sich weigerte, ihm beizustehen. So suchte er hilflos in seinem vollgestopften Hirn nach antiken Vorbildern für den Umgang mit dieser lautlosen Naturkatastrophe, Hegel schwieg, Aristoteles gab keinen Mucks von sich, Kant und Schopenhauer wäre die Sache vermutlich nur recht gewesen, und von Sartre oder Adorno hatte Fritz noch nie gehört. Die hätten ihm aber auch nicht helfen können.

Es ist, wie wirs verdient haben! sagte der alte Schauspieler zur Hebamme. Die Männer werden wir uns von weit her holen müssen, das ist besser fürs Blut. Oh, Entschuldigung! – den angeekelten und erheiterten Hebammenblick, als sie das Wort vom guten Blut hörte, hatte er verstanden. Unverdächtig wie er war, aber die eine oder andere Peinlichkeit konnte ihm auch passieren.

Um frisches Blut braucht er sich jetzt nicht mehr zu kümmern, dachte die Hebamme Aurelia, in ihrem Haus und ein Jahr später angekommen, jetzt hat er was ganz Neues im Dorf, wenn es nicht doch die Leber ist. Aber das wußte sie: Das Lebergift macht die Haut der Kinder lehmgelb wie Kanalwasser und nicht so schön röstbraun wie das arme Wurm, das wahrscheinlich jetzt angefangen hatte, nach der Milch zu jammern, die sicher bei dunklen und hellen Müttern gleich aussah und schmeckte.

Aurelia trank ihren Schnaps und dachte an die Bäuerin und die Uralte auf dem Hof, auf deren Pflege man sich würde verlassen können. Die sah schon lang nichts mehr, was manchmal von Vorteil war.

Während die Hebamme Aurelia, vom alten Schauspieler träumend und ihn sich erst mit, dann ohne sein Bärtchen vorstellend, langsam einschlief, wachte die nicht ganz erwachsene Mutter des andersfarbigen Mädchens vom Winseln ihrer Tochter auf. Im Regendunkel der Stube war die Kindsfarbe kaum zu erkennen. Die Blinde zog ihr die nassen, nach Stall riechenden Laken unter dem Leib weg und gab ihr trockenes Zeug. Sie hob das Kind kurz an die Nase, dann an ihr linkes Ohr und hörte zufrieden, daß es maunzte wie ein gesunder Säugling.

Mit deiner Milch wird es nicht weit her sein, sagte sie zu ihrer Enkelin.

Unter dem Boden! antwortete die, und die alte Frau zog eine Truhe weg, eine schwere Truhe voller Wäsche, Landwirtschaftskalender und Silberschmuck. Unter der Truhe hatten sie sich ein Versteck angelegt, die Junge und die Alte, ohne damals zu wissen, was darin versteckt werden sollte.

Die Alte erinnerte sich erst wieder, als sie den Befehl hörte, und sie grub glatte, kühle Dosen und Tuben aus dem Boden, deren Inhalt sie nicht kannte. Die Mutter des dunklen Säuglings sagte ungeduldig: Die Tube! Gib die Tube her! und saugte an der gezuckerten amerikanischen Kondensmilch, während der Säugling irgend etwas aus ihrer Brust herauszuholen versuchte.

Ich geh um ein Bier! sagte die Urgroßmutter.

Im Gäu wurde mit Bier geheilt, genährt und getröstet, mit vielen verschiedenen Bieren, goldenen und schwarzen, schaumigen und zähflüssigen. Fast drei Dutzend Brauereien hatte es im Gäu gegeben, mehr als zwanzig versuchten jetzt noch, dafür zu sorgen, daß die Quellen nicht versiegten.

Für Kindsmütter gab es ein besonderes Bier, braun wie das Innere von Sonnenblumen, undurchsichtig und süß.

Du brauchst keins holen, antwortete die Wöchnerin müde, mir wird schlecht davon.

Ich hols ja auch für mich! antwortete die Urgroßmutter erstaunt. Immer wenn ichs getrunken hab, denk ich, ich könnt was sehen.

Besser, du siehst nichts! antwortete die Junge.

Zwanzig und ein paar Jahre später wird der erwachsen gewordene Säugling sein Kind, seine Tochter, die Tochter irgendeines Verlagslektors aus München, in einer Entbindungsklinik noch erschöpft, aber genau von unten bis oben und in der Mitte betrachten und sagen: Man sieht eigentlich kaum mehr was. Der Siggi hat durchgeschlagen. Man sieht nur was, wenn man was weiß, oder wenn ich dabei bin. Und genau wie die Urgroßmutter wird sie das Kind beriechen, aber nicht, weil sie wie die Alte keine anderen Sinne mehr hat, sondern weil sie vor dem Wort: du stinkst, Schwarze, Angst hat. Du stinkst, Mohrenkopf, Lehmbatzen. Du stinkst, Brikett.

Sie riecht nicht einmal mehr schwarz, wird sie sagen, obwohl der Siggi ihr pflichtschuldigst bestätigt hat, sie röche gut, nicht schwarz, nur anders, besser als die faden, weißen Weiber. Das wird ihr aber auch nicht recht sein, und der Siggi wird aus dieser Geschichte verschwinden und weiter behaupten, Verlagslektor zu sein. In Wahrheit hat er Baumzuchtanleitungen, Imkerberichte und die alljährlichen Neujahrsprachtbände des Städtischen Milchhofs korrigiert. Dennoch war er für eine Halbschwarze vom Land ein Glücksfall.

Noch kannte niemand außer der Hebamme das falschfarbige Kind. An der Taufe kamen sie nicht vorbei, es wäre ihnen nicht in den Sinn gekommen, der Hof mit den zwei Frauen, der alten und der jungen, konnte sich die Verstimmung des Allerhöchsten gar nicht leisten. Die eine zu alt zur Bäuerin, die andere zu jung, und ein Bankert, schon wieder ein Mädchen. Und nicht einmal von einem Fremdarbeiter, wo mans nicht erkannt hätte.

Trotz ihrer Jugend und ihrer Ahnungslosigkeit war diese Wöchnerin, Theresia aus der Familie der Altreuther – Tochter einer längst toten Mutter und eines Vaters, der aus dem Krieg zu ihrer Freude noch nicht zurückgekommen war, Enkelin der altersblinden einstigen Posthalterin –, genau die Richtige, um ein falschfarbiges Kind aufzuziehen. Keine andere hätte es sich so bereitwillig andrehen lassen. Keine andere hätte es gekonnt.

Die Nachkriegsstille, das Geduckte ließ ihr einstweilen noch ein wenig Luft. Die Leute trauten sich in ihrer dumpfen Angst noch nicht wieder aufzuschauen und zu maßregeln, so übersahen sie das Kind. Aber nicht für lang. Und die Theres dachte ergeben an den Pfarrer, der ein Geschrei machen würde und wahrscheinlich überhaupt noch nie einen echten Schwarzen gesehen hatte, außer an Dreikönig einen aus Schuhcreme. Sie selber hatte ihn ja kaum gesehen, ihren Liebhaber, der aus einer Gegend kam, wo die Männer George Washington oder Martin Luther oder Beethoven mit Vornamen hießen und die Frauen Louella Mae, Chastity oder Frenchy Dolorosa.

Theres wußte nicht, woher er gekommen war. Sein Geruch war nicht schwarz gewesen, sondern ein schönes Gemisch aus sauberer Baumwolle, Zahnpasta – die sie nicht kannte – und einem Nelkenöl, das die Fliegen vertreiben sollte.

Der Soldat hatte vor dem deutschen Bauernmädchen viel mehr Angst als sie vor ihm. Sie war neugierig und dachte nicht weiter als an den nächsten halben Tag, sie kannte ihr Dorf und den Markt und wußte nicht das über ihr Land, was der Soldat wußte.

Er hatte viel gesehen auf seinem oft verharrenden, unsicheren Weg durch das Land, er war neunzehn und irgendwie aus Georgia nach Übersee geraten, und die Leute hier schienen zu denken, nun sei alles vorbei. Für ihn aber hatte es gerade angefangen: Aber wen hätte er fragen können?

Lange Monate, lang noch, nachdem seine Tochter geboren war, hatte er Angst, sich an dem Mädchen vergiftet zu haben, die trotz allem, was er gesehen hatte, so heiter war und ihn immer Schwarzbeerl nannte, was er nicht verstand. Die Beeren hatte sie ihm gezeigt und gelacht. Er hatte davon gegessen und sich vergiftet. Denn obwohl er längst wieder zu Hause war, als seine Tochter geboren wurde, hatte er immer noch nicht vergessen, was er bei seinem unbegreiflichen Ausflug gesehen und gerochen hatte. Die Beeren, Gedächtnisbeeren, nichts half dagegen, was er auch in seinem Land unternahm.

Sie hätten ihn auf seiner Seite der Welt für die paar Nächte mit dem weißen Mädchen aufgehängt, zerstückelt und langsam verbrannt, das war nichts Besonderes – als kleiner Bub hatte er Leichen gesehen, schwärzer als schwarz. Die Leichen von Mauthausen waren anders und ließen ihn nachts nicht schlafen. An denen war das dickliche weiße Mädchen schuld, und er hatte sich an ihr vergiftet. Er hätte sie nie anrühren dürfen, aber manchmal vergißt man, was man darf.

Im Lauf der Jahre, die für ihn noch bereit lagen – es waren nicht mehr viele –, wurde seine Geschichte vom Krieg, den Schwarzbeeren und der fetten, weißen Königin immer bunter, aber seine Freunde trugen ähnliche Geschichten mit sich herum, sagten: yaah man! und erzählten die ihren in der Endzeithitze unter den Bäumen von Charlestown und Baton Rouge. Später kamen dann die Märchen von den mageren gefährlichen Königinnen mit der gelben Hautfarbe. Da lebte er schon lang nicht mehr, der schwarze Kindsvater der Theres, die sehr gestaunt hätte, wenn sie jemals in die Nähe ihres Besatzers gekommen wäre, unter seine Bäume und sein Licht, sie, die ein immer prächtigerer und angsterregenderer Teil seiner Geschichte wurde.

Mitte siebenundvierzig war sie nicht mehr herauszuschieben: die Taufe. Schon mehrfach hatte der ausgeliehene Pfarrer gemahnt und ließ sich auch durch Zigaretten und köstlichen Speck nicht mehr abhalten. Ein paar träge Wochen hatten Theres etwas von Krankheit erzählt, verlogen die Nottaufe verlangt im Halbdunkel der Stube. So schlimm wird es nicht gleich sein, wir lassen zum Taufen ein paar zusammenkommen, es brüllt doch ganz normal.

Sie sammelten die Weiberernte eines Dritteljahres ein, die Hebamme hatte aufgehört, sich Gedanken zu machen, und der Bürgermeister lachte.

Ein ganz ungefährlicher Jahrgang, das wird sich auszahlen und in der Schule gibts kein Spektakel, später. Ein gutes Dutzend lag auf dem Kirchhof, grade mühsam zu kleinen Christinnen gemacht – man könnte es auch gewaltsam nennen. Die Ruhr, das Fieber, die feuchten Wände und die böse Milch der verhungerten Bauernmütter hatten das ihre getan. Nicht beim Schwarzbeerkind. Es schrie, wie alle hörten, kräftig, und auf seinem kleinen Schädel zeigten sich schwärzlich wollene Röllchen, wie Rußflocken.

Jetzt kann man keinem mehr einreden, daß es die Leber ist, sagte die Brünnerin seufzend und wunderte sich über die beharrliche Gelassenheit der Theres und ihrer Ahne, von der allerdings niemand wußte, ob sie die Stammhalterin überhaupt gesehen hatte. Daß es ein Heidenkind sei, sagte vorerst noch niemand, denn keiner im Dorf hatte den längst verschwundenen Kindsvater gesehen. Sie waren wie Geister ein- und wieder ausgezogen in ihrem Siegergrün mit den Siegerautos, Konserven, Tabak und Abscheu auf der Dorfstraße zurücklassend, Weiße und Schwarze mit den gleichmachenden Helmen. Man erinnerte sich schon nicht mehr recht an sie, und nur den umsichtigsten Geizkrägen war die eine oder andere Konserve geblieben.

Ein Bankert? Zu der Zeit war mit allen Kindern irgend

etwas nicht in Ordnung, und im Gäu wurde seit jeher erst gezeugt und dann geheiratet.

Taufe. Wie dunkel das Kind war, sah das ganze Dorf erst viel später in der Kirche, als es neben den mehlweißen und madengelben Dorfsäuglingen über das Becken gehalten wurde. Pechschwarz war es da auf einmal, und die Theres erschrak.

Zwanzig und ein paar Jahre später hält dieses pechschwarze sein noch einmal vermischtes Kind über ein anderes Wasser und sagt: Fast verschwunden. Sagt es zufrieden, ohne Bedauern, mit einem Gelächter.

Noch in den vierziger Jahren hat die Brünnerin versucht, ihr die Taufe zu schildern, bei der sie so unvorteilhaft von den anderen Mädchen abgestochen hatte, etwas, an das man sie nicht zu erinnern brauchte.

Eine Kindstaufe in der schlechten Zeit! sagte die Brünnerin, die bis dahin, bis zur nächsten Gruppentaufe, schon wieder ein paar Mädchen ins Leben geholt hatte, eine Kindstaufe in der schlechten Zeit! Da hast du lernen können, Wurzel, was Kunst ist. Aus dem Nichts alles zu machen, und noch dazu so, daß es wenigstens bis daheim vorhält mit dem Sattsein. Du kannst zwar eine alte Henne aus dem Obstgarten unters Messer scheuchen, aber wo willst du das Fett zum Braten hernehmen? Apfelbrei, um das ganze Dorf zu ersticken, aber kein Gramm Zucker! Das Bier so dünn, daß es zum Waschen taugt, Flußkrebse, zum Gruseln viele, aber keine Butter. Salat essen sie hier nicht. Das Rezept für Mehlknödel hab ich von daheim mitgebracht, weil du die noch aus Holzwolle und Zeitungspapier zusammenbringst. Ohne fette Soße saugen sie dich aber von innen her aus, und du hast mehr Hunger als vor dem Essen.

Das Tauffest zeigte, daß die im Gäu nicht gar so blöd waren, wie Fritz Rost schlechten Gewissens dachte, nicht so blöd, wenn es um einen besonderen Tag ging, dessen Anlaß – die Herstellung völlig überflüssiger kleiner Christinnen, darunter eine Mohrin – vergessen wurde, weil er niemanden freute. Satt essen wollten sie sich einmal wieder. Einen der ersten trockenen Tage, an denen die Feuchtigkeit sich endlich in die Tiefen der Erde verzogen hatte und die Rüben schon so dick waren, daß man die Wachen um die Felder verstärken mußte, einen trockenen Tag mit nicht zu viel Sonne wollten sie genießen.

Der alte Schauspieler und neue Bürgermeister Fritz Rost betrachtete die Vorbereitungen mit mürrischem Mißtrauen. Die Gier nach Bergen von Essen und Strömen von Trinken war ihm zuwider. Ein Asket war er nicht, nein, er nicht! Ein Schlückchen feiner Rotwein, ein Fitzelchen italienischer Schinken, ein Daumennägelchen französischer Käse, eine kleine Semmel – er hatte auch seine unerfüllbaren Träume und war mit ihnen dürrer und knochiger geworden in den Jahren.

Unheil! sagte er zur Brünnerin, deren Magerkeit unnatürlich war und sich nach Auffüllung sehnte – Unheil! Man muß sich einmal vorstellen, was alles in die Menschen hineingeht, Himmel voller Vögel und Flüsse voller Fische! Felder voll von Gemüse und Korn fressen sie immer wieder kahl, ganze Keller saufen sie leer, und Bäche im besten Fall, und auf das Ganze schmieren sie noch Salbe und Seife und schaben sich die Bärte ab. Stellen Sie sich das vor! Wird aber gar nichts, der Mensch bleibt eine Zeitlang gleich groß, nachdem er unwesentlich gewachsen ist. Man sieht ihm nichts an von der Welt, die er verschluckt hat. Dann geht er zugrund. Anmaßend nenn ich das.

Nur bei sehr schönen Leuten hat das einen Sinn, sagte er

nach einer Zeit zornigen Schweigens nachdenklich. Da ist es um das alles nicht schade. Aber wann kommen die schon vor!

Und die Brünnerin in ihren zusammengeflickten Kleidern wurde traurig, weil sie großen Hunger hatte, sich auf die Kindstaufe freute und doch kein Recht für sich sah, ganze Landstriche zu veröden, denn sie war ja eigentlich nicht schön.

Obwohl ich, dachte sie, immer noch was darstellen könnte, ein paar Stoffetzen und eine verrückte Nacht lassen Wunder geschehen, das kenn ich von früher. Wahrscheinlich wird das Schwarze so schön, wie der Bürgermeister meint. Dann darfs fressen, was es will – sie werden es ihm sauer genug machen.

Es hatte ja schon angefangen mit den Tiraden des Pfarrers, eines mürrischen Hirten, der vor kurzem noch ein fröhlicher, unbeirrbarer Heil-Schreier gewesen war mit Blick auf eine strahlende Karriere, mitten hinein ins vatikanische Himmelreich, und der jetzt im Gäu verdorrte, wo keiner wußte, was Theologie ist, und weder Sünde noch Buße richtig buchstabiert wurden. Der hatte sich vor dem Heidenkind aufgebaut, war aber nach den ersten Donnerworten vom Bürgermeister still geworden. Die zweifelhaft blinde Posthalterin verteidigte ihr Enkelkind gegen Gott:

Was er gmacht hat, hat er gmacht. Es wird ihm schon recht sein, so wie es ist.

Aber die Nachbarn hörten nicht auf mit den Sticheleien, endlich gabs was zum Reden nach der ganzen verduckten und verdämmerten Zeit.

Da ist die Strafe! Die Strafe für was? Und sie erzählten im Feld oder an die feuchten Stallwände gelehnt, das schwarze Bankert sei ein Wildes, es habe der Theres die Brust abgebissen und schlafe nur mit zusammengebundenen Pfoten. Gesehen hatte es noch niemand außer der Hebamme, und wenn die – deren Fremdheit im Gäu plötzlich wieder beredet wurde – zu den Weibergruppen trat, drehten die sich böse ab und machten sich irgendwas zu schaffen.

Vielleicht war das Schwarze schuld an den vielen Mädchen, vom Teufel war es gemacht, und der Pfarrer schwieg, wenn er sich die abgründigen Dummheiten seiner Herde anhörte.

Nichts sagen, das ist das beste, sagte sich auch die Theres, aber aus ganz anderen Gründen, und gab dem kleinen bläulichen Maul ihre unzerbissene Brust.

Kindstaufe! Daß sie hingehen mußte mit ihrem kleinen Teufelein, wußte sie, und die Ahne bespritzte die verstaubten Röcke und die brüchigen Seidenblusen mit Wasser, damit die uralten Falten aus den Stoffen gingen. Grünliches, bläuliches und goldenes Schwarz waren die Farben der Kleider, platte Brustpanzer mit roten und silbernen Schnüren, breitgetretene Schuhe aus Samt, der seine Härchen erst unter heißem Dampf wieder aufrichtete.

In der Tracht, und ein also-du-weißt-schon übers Becken halten?

Was willst denn sonst anziehen? fragte die Alte, die nun wieder recht gut sehen konnte, zurück.

Eine Haube haben wir, da sieht mans schon weniger! und band über den kleinen Rußkopf ein häßliches Mützchen.

Half aber alles nichts. Der Hunger und die Müdigkeit im Gäu hatten die Bosheit und die Klatschfreude – und was für eine Freude hätten sie denn sonst in diesem bayrischen Sibirien, diesem Loch, das selbst der Teufel ungern betritt? sagte Fritz Rost zur Brünnerin – auf Dauer nicht besiegen können. Sie hatten nur länger gebraucht, bis sie sich auf das dunkle Wurm herabsenkten, die Totenvögel, die verlassenen Weiber, die anderen Mädchengebärerinnen, und das

Licht der Aufklärung konnte leuchten, wie es wollte, es schaute keiner hin.

Ihr müßt da mittendurch! sagte der Bürgermeister, der dem grämlichen Pfarrer folgte, aber die Junge und die Alte waren verstockt und taten, als wüßten sie nicht, was er meinte.

Theres betete in der Nacht ihre verstohlene Litanei: Es tut mir überhaupt nicht leid, sagte sie zu Gottvater, sonst hätt ich vielleicht noch zehn Jahr warten müssen, und das für die Stinkfüß, die Stallpfoten oder die Heimkehrer mit den Falten in den Backen und den runzligen Hosen, die nicht nach den Frauen schauen, sondern immer zuerst nach dem Essen, und wenn sie dann was zwischen den Zähnen haben, kauen sie, als ob sie beten würden und denken an nichts anderes mehr, höchstens noch ans Rauchen. Das mußt du einsehen, lieber Gott, so einer hätte mir nicht in die Nähe kommen dürfen, aber der Schwarzbeerl hat mir gefallen, soweit ich weiß, und du kannst ja mit deinem Willen machen, daß es noch ein bissel ausbleicht mit der Zeit. Amen.

Sie hatte einen gesunden Schlaf, das Teufelein störte selten, und wenn es in der Nacht maunzte, stand die Alte auf, die gar nie mehr schlief, und steckte ihm leis ein schnapsgetränktes Zuckersäckchen ins kleine, blaue Maul. Auch die alte Posthalterin betete, aber nur zum Zeitvertreib.

Was sollte sie sonst machen in ihren langen, halbwachen Altweibernächten? Nur den Schnaufern der dummen Theres zuhören oder das Kind am Klagen hindern? Den Hühnern beim Traumscharren und der Kuh beim Kettenschütteln, den Bäumen beim Wachsen und dem Gras beim Seufzen zuhören, nur selten Menschenlaute, ein traurig besoffenes Ööh-ha aus dem Brennbergerbräu am Dorfende war schon was Besonderes. Die Alte versuchte die Stimmen der Heimkehrer zu erkennen.

Jetzt hats ihn in den Graben gehauen, dachte sie zufrieden, oder: Jetzt ist er im Galgenbichler seinem Zaun hängengeblieben. Aber wer?

Über solchen Gedanken, die ihr die leere Nachtzeit sachte wegfraßen, vergaß sie manchmal das Beten. Vor allem im Sommer aber fing sie beim Morgengrauen immer wieder damit an.

Laß die Theres so blöd bleiben, wie sie ist, Himmelvater, sagte sie lautlos und hielt die Hände auf der Bettdecke gefaltet, wenn sie so blöd bleibt, tut ihr nicht so viel weh. Und den Bankert kannst du auch dumm werden lassen und dafür ein wenig heller in der Farbe. Laß der Theres ihren Vater möglichst lang dort, wo du ihn hingetan hast, das letztemal war er in Frankreich, wie er geschrieben hat, man hats ja nicht lesen können. Nur daß er in Frankreich ist. Da wird er sich auch nicht besser aufführen als hier, aber wir merken nichts davon. Straf ihn, weil sich die Marri wegen ihm aufgehängt hat, sie ist eben nicht blöd genug gewesen, und ich habe ihr nicht helfen können, weil du verboten hast, daß man den Männern wegläuft. Du hast aber nicht verboten, daß man vor dem Teufel davonläuft, das hätte die Marri tun sollen, sei ihrer Seele gnädig, sie hat nichts dafür gekonnt, sondern eigentlich warst du schuld, gebenedeit seist du. Wenn du ihn wieder herschicken willst, Herr im Himmel, kann ich nichts dagegen machen. Noch eine hängt sich nicht auf wegen der dreckigen Sau, dem Säufer, dem Viecherschinder, das sag ich dir, Allmächtiger. Du hast der Theres ein einfältiges, lustiges Hirn gegeben, aber das reicht nicht. Wenn er das schwarze Butzel sieht, haut er sie tot, da kann sich der Bürgermeister dazwischenschmeißen, wie er will.

Wenn es in Frankreich schwarze Frauen gibt, haben von denen jetzt ein paar hellere Kinder, von dem Kilian, dem Mörder und Hurentreiber, aber so herum macht es wahrscheinlich weniger aus. Hier dürfte es halt überhaupt nicht schwarz sein, aber es ist, wie es ist, gelobt seist du.

Zum Loben, Himmelvater, finde ich es eigentlich nicht, und wenn du noch was gutmachen willst, läßt du ihn besser überhaupt nicht mehr heimkommen, nimmst ihn halt zu dir in dein himmlisches Reich, da kannst du dann schauen, wie du ihn so hinbringst, daß es mit ihm auszuhalten ist.

Gegrüßet seist du Maria voll der Gnaden, wandte sie sich jetzt an die handfestere Instanz, die Verantwortliche für Fragen der Ernährung, der Kleidung und der Gesundheit.

Du bist gebenedeit unter den Weibern, vielleicht sollte die Theres nicht die Tracht anziehen, wo der Busen immer so heraushängt, aber andererseits wird sie schwer zum Losbringen sein mit dem Butzel, wer weiß, wieviel Männer überhaupt wieder zurückkommen, und da kann man fast sicher sein, das sind nur die tauben Nüsse und die Wirtshaushocker, man hats ja schon gesehen. Und ein Schwarzes bei der Taufe, deswegen brauchts keine Trauerkleider, es würd ja auch nichts helfen. Und gebenedeit ist die Frucht deines Leibes. Haha. Deine schon! Aber einen Haufen Ärger hast du auch gehabt mit dem eingeborenen Sohn.

Ich möcht wissen, ob sie zum Taufessen morgen alles von der Sau zum Essen hergeben oder ob sie die besten Stücke an die Wirtshäuser in der Stadt verschachert haben, und dann wird die Hammelbäuerin wieder so tun, als wär ihr oh Wunder eine dreibeinige Sau ohne Schinken und Lenden geboren. Andererseits tu ich ja auch nur den alten Gockel dazu, und im Brot ist mehr Holz wie sonstwas.

Die Heilige Jungfrau widersprach nicht. Der Himmel wurde grau, der alte Gockel begann zu krähen, erst dreimal, dann viermal, und die Alte stand auf, so frisch, als hätte sie in dem engen Bett hinter dem Vorhang tief geschlafen.

Das Taufessen wird zur Kriegserklärung, das Dorf gegen die Theres und ihr schwarzes Mädchen, die aus dem Amerikanischen dahergeschwommene Tochter. Die Ahne sieht das, ausgeschlafen, wie sie ist, alles kommen. Ihre Hilfstruppen sind leider sehr schnell abgezählt und von zumindest verdächtiger Herkunft: der Bürgermeister-Schauspieler und die Hebammen-Hure. So direkt hätte das keiner aus dem Dorf sagen mögen, aber jetzt: Daß sie es mit dem Bankert halten, läßt tief blicken.

Wortführerin und Hauptfeindin ist das Annerl vom Franzosenbauern, der krummgeschossen und still aus dem Krieg heimgekommen war und eine zappelige Frau vorgefunden hat, die hirnlos zwischen Stall und Scheune, Gemüsegarten und Brunnen hin- und herrennt, alles anfängt, nichts fertigbringt, sich von den Hamsterern aus der Stadt um ihre rostigen Rüben auch noch betrügen läßt, arme Franzosenbäuerin! Am liebsten redet sie den ganzen langen Tag, redet wie der Mühlbach, wie der Wald bei Sturm, redet wie die Saatkrähen oder der Pfarrer bei der Zweiten Messe, redet, als helfe das Reden gegen Tod, Schmerz und Wechseljahre, redet, ohne zuzuhören. Man geht ihr aus dem Weg deshalb, im Gäu wird nicht soviel geredet, über was auch.

Die Wörter waren der Franzosenbäuerin im Lauf der Jahre gestockt und giftig geworden. Ihr Heimkehrer humpelte vor ihr davon, schnitzte Kochlöffel, zog ein paar Unkräuter aus der trockenen Erde, versuchte, den Moder aus dem Hausbrunnen zu entfernen.

Von dem Wasser wirst krank, sagte er und dachte an Brunnen, aus denen die Beine der Pferde und die Stiefel der toten Soldaten ragten.

Dann fing seine Frau von den roten Würmern im Brunnen an, vom Gestank des Wassers und daß es sich nicht kläre, auch wenn man es abkoche, vielleicht könnten deshalb die Frauen nichts als Mädchen empfangen, was immer man ihnen hineinschöbe, es kämen Mädchen heraus. Sogar bei einem Schwarzen lange es nur zu einem Mädchen, aber bei ihm, dem Bauern, reiche es zu gar nichts mehr, sie wolle ein Kind, schon immer, und wenn es auch nur ein Mädchen sei, besser, als immer nur an die Stalltür und die Kuh hinzureden.

In all ihrem Kummer würde sie doch lieber sterben als mit einem Schwarzen bei der Taufe aufzukreuzen, so etwas dürfe eigentlich nicht getauft werden, kein Mensch sei es. Als Soldaten würden Schwarze ja vielleicht noch hingehen, aber fürs Dorf nicht, wenn es größer werde und vielleicht auch immer schwärzer.

Wie begierig sie darauf waren, es endlich zu sehen, das Satansbrätlein, die Vierkiloschande der Theres, vielleicht hatte es ja schon fünf oder sechs Kilo, man sagte, es wachse doppelt so schnell wie die anderen Kinder im Gäu.

Das arme Franzosenannerl redete und redete, hielt die Frauen, die aufs Feld gingen, an den Röcken fest, lauerte am Zaun, bis jemand den Weg herunterkam, redete auf die Brünnerin ein, die an allem schuld war.

Hätt ichs erwürgen sollen, dumme Gans? fragte die und bekam zur Antwort: Dem Pfarrer hätt mans geben sollen, dem Pfarrer, damit das Unglück vom Dorf weggeht, und die Brünnerin sagte, für den Mohrenkönig an der Krippe taugt es noch nicht. Da ist es noch zu klein! und riß sich los.

Das hätten wir uns denken können, sagte sie zum Bürgermeister, jetzt kommen sie mit dem Leibhaftigen. Das arme Wurm wird ewig und drei Tage an allem schuld sein, die Theres macht sich noch keine Vorstellung davon, aber die Alte ahnt es, da bin ich sicher.

Fritz Rost war schlechter Laune über den ganzen lästigen Fall. Es hilft gar nichts, daß man ihnen ein neues Dorf aufbaut und eine neue Ordnung ausprobiert, sagte er. Irgendwann sollen sie ja wieder wählen, und was wird dabei herauskommen? Das frag ich Sie, liebe Frau! Die waren ja schon ohne den Hitler blöd genug, bei dem hätten sie das Schwarze abholen lassen, und so wollen sies dem Pfarrer geben.

Ein gewisser Fortschritt! sagte die Brünnerin, die es liebte, mit dem Dorfoberhaupt politische Gespräche zu führen. Nein! sagte dieses drauf. Es ist ein Rückschritt! Schon über einen solchen muß man heutzutage froh sein!

Im Gäu wohnten, die zwei Städte nicht gerechnet, etwa achttausend Menschen. Für wie viele von ihnen der Bürgermeister verantwortlich war, wußte er nicht genau und war darüber auch nicht unglücklich. Sie waren ihm alle zuviel, die Rolle, lange Monate en suite gespielt, begann sich abzunutzen. Er langweilte sich, weil er feststellen mußte, daß er kein guter Mensch war.

Am Anfang hatte es ihm noch Spaß gemacht, Zählungen zu versuchen, Lebensmittelzuteilungen, Saatgut und Suchmeldungen zu organisieren, das ganze Bündel Menschenfäden in seiner Heldenhand. Jetzt aber war ihm fad. Fad! So ein schönes Wort, das einzig richtige für die Stimmung, die über ihm hing und ihn umgab wie eine feuchte Wolke. Fad! Was gingen ihn die Redereien um das Kind an, er fand die Theres dumm, gesehen hatte sie ja wohl, mit wem sie sich da einließ.

Viele Jahre später wird die Theres ihrer Tochter gestehen, sie sei ganz sicher gewesen, daß sie von dem Schwarzbeerl nie und nimmer ein Kind würde kriegen können, denn: Wenn ein Ganter es mit einem Huhn habe oder der Schafbock mit der Ziege – da passiere schließlich auch nichts. Das habe sie doch gewußt!

Die Brünnerin, von den Vorbereitungen für das Taufessen abgelenkt, in ihrer Besorgnis um das Wohlbefinden des

Oberhauptes der kleinen Gäuwelt aber hellwach, zerbrach sich den Kopf, wie man ihm aus seiner Galligkeit heraushelfen könnte.

Er vermißte nach den stillen Jahren der Verborgenheit eine richtige Bühne oder ein wirkliches Studio. Hätten sie ihn in seinem Versteck gelassen mit seinen Philosophen und seinem Gemüse, er wäre nicht auf den Gedanken gekommen, sich zu beschweren! Wären sie ihm doch vom Hals geblieben, die amerikanischen Majore mitsamt der ihnen folgenden Schafherde! Die hatten sie ihm angehängt, eine Schafherde, stinkend und dumpf, die ganze, öde Wirklichkeit hatten sie ihm angehängt, und wenn er auch eine Zeitlang so hatte tun können, als spiele es sich abwechslungsreich und angenehm in der Wirklichkeit, gestand er sich doch jetzt ihre Unbrauchbarkeit ein. Immer wieder dasselbe, kein anderes Bühnenbild, keine herausfordernden Darsteller! Meist der gleiche graue Himmel über dem nassen Boden, die grauumwickelten Krampfaderbeine der Frauen, die alle gleich alt aussahen, die kranken, sich nach Bier und Tabak als einzigem Glück sehnenden Männer, die gleiche Kuh jeden Tag, der gleiche Gockel, der schrie. Ein schwarzes Kind war ihm als Drehbucheinfall nicht genug.

Gräuslich sind sie eigentlich alle, wenn man genau hinschaut, sagte er zu seiner Freundin Aurelia. Liebe deinen Nächsten wie dich selbst! Ein solcher Schmarrn. Ich komm mit mir selber ordentlich zurecht, aber von denen möcht ich keinen näher wie die Haustür bei mir haben. Nicht einmal so nah! Das Dumme ist nur, daß man ihnen irgendwie weiterhelfen muß, sonst werden sie gefährlich.

Die Hiesigen nicht! antwortete die Brünnerin tröstend und überlegte, daß sie nach der nächsten Geburt vielleicht einmal nach München fahren könnte, in die Welt, und nachsehen, ob wieder Filme gemacht wurden. Wahrscheinlich wußte niemand, daß es den Fritz Rost noch gab. Außerdem wollte sie versuchen, ein Kleid aufzutreiben.

Sie sind nur so schlechter Laune, weil Sie stundenlang bei der Kindstaufe dabeisitzen müssen, und auch noch neben dem Pfarrer. Wie Sie das letztemal neben ihm gesessen sind, haben Sie einen Ausschlag bekommen!

Das Katholische ist mir schon immer auf die Haut geschlagen, sagte Fritz Rost mißlaunig, das Evangelische auch, aber nicht so stark. Und das Essen wird furchtbar, weil sie alle einen solchen Hunger haben, es ist das schlimmste, Leuten, die Hunger haben, beim Essen zuschauen zu müssen.

Wir werden die Theres und die Alte zu uns in die Nähe setzen, überlegte die Brünnerin. Erstens hat man so eine bessere Kontrolle, und zweitens sieht der Bürgermeister gern schöne Leute. Da ist die Theres noch am brauchbarsten, und das Kleine wird von Tag zu Tag herziger.

Die Brünnerin schlief in diesen Nächten schlecht. Es drückte ihr zu viel auf die Seele, vor allem die Sorge um den Bürgermeister, dessen Glück in ihren Händen lag und vielleicht mit einem Abschied bezahlt werden mußte. Und das kleine Kind? Nicht, daß sie das wirklich bekümmert hätte, denn sie war Hebamme und dachte bei kaum einem, das sie herauszog, neugierig an seinen Weg durch die Welt, die Brünner Hure in ihr war viel mächtiger – wozu sind sie da, wozu? Warum werden sie auf diese Art gemacht, hat doch eins nichts mit dem andern zu tun?

Fröhliche Mütter wären ihr ein Greuel gewesen, aber da bestand im Gäu keine Gefahr. In den Bordellen der alten Stadt Brünn, die zärtlich ausgestattet waren mit allem, was das Kaiserreich an Schönheit zu bieten hatte, wenn auch nicht aus Seide und Gold, sondern aus angestrichenem Gips und dem berühmten Puffsamt, der, wenn ein Stück Zigarrenglut ihn traf, wehrlos zu Asche zerfiel, waren durchaus nicht alle ihre Kolleginnen, denen ein Mißgeschick geschehen war, bereit gewesen, es sich wegmachen zu lassen. Manche bestanden auf einem Recht auf Freude an etwas Eigenem, dem einzigen Eigenen. Dort hatte die Brünnerin den Grundstein gelegt für ihren jetzigen Beruf, war im Holen so gut wie im vorzeitigen Verschwindenlassen, hatte sich aber auch einer Zweifelsucht ergeben, die nur mühsam ihren Neid auf etwas Eigenes verbarg.

Dennoch: Selbst in den einfachsten Häusern von Brünn, ja, im ganzen alten Reich und dem darauf folgenden Durcheinander, wäre ein schwarzes Eigenes ein Unglück gewesen. Manche Dinge bleiben über alle Zeiten, unveränderbar und ewig. Das zum Beispiel. Darin lag etwas Tröstliches.

Aurelia konnte aber nicht umhin, die selbstherrliche Dummheit der Theres zu bewundern, und auch Aurelia betete ein wenig in dieser schlaflosen Nacht vor dem Tauffest, denn das Beten brachte sie oft auf Gedanken, die ihr sonst nicht in den Kopf gekommen wären. Auch der Plan für die Reise nach München und den Ausflug zum Film, wenn es ihn noch gab – oder wieder –, war die Frucht einer Art Gebet.

Mach, daß der Theres ihr Vater bleibt, wo sonstwas oder besser gar nichts wächst. Laß das kleine Schwarze so bald wie möglich aus dem Dorf wegkommen, damit es irgendwas werden kann. Mach es vielleicht ein wenig heller. Die Alte laß noch lang am Leben, sie ist der Theres ihr Hirn, und irgendein Hirn braucht der Mensch, es muß ja nicht immer sein eigenes sein. Gib dem Bürgermeister eine Rolle, irgendeine, aber laß sie ihn in der Nähe spielen, wir brauchen ihn noch. Er müßte nur bessere Laune haben.

Später in der Nacht, nach einem winzigen nächtlichen Obstler und ein paar Löffeln Kakaopulver, überlegte sie zufrieden, daß sie wirklich eine gute Christin sei – hatte nicht ein bißchen für sich selber erbeten, sondern nur das Glück der anderen im Auge, wie es sich gehört. Es fiel ihr aber dann ein, daß, wer sich selbst erhöhe, mit Erniedrigung rechnen müsse oder so ähnlich, das gefiel ihr wieder nicht so gut.

Kaum hast du aus der Bibel was in der Hand, haut sie es dir schon wieder heraus, am besten, man wird Buddhist oder so was Afrikanisches, wo sie keine Bücher haben. Ein Unsinn, das Rußfleckerl da hineinzutaufen. Zu dem paßt es noch weniger als zu mir.

Endlich, beim Hellwerden, schlief das ganze Dorf und das ganze Gäu.

Ende der achtziger Jahre war monatelang ein Lied in den Charts, es hieß: MY MOTHERS BAPTISM. Wegen seines langgezogenen melodiösen und bluesigen Schreis auf der Silbe Baaap... drang es über alle Kontinente und durch alle Alters-, Berufs- und Konsumentengruppen, ließ sich nicht vertreiben und nicht ausschalten, kein Ohrwurm, eine Ohrpython, wie der Rockkritiker Reginald Ritzerfeld in den wichtigen Zeitungen versicherte.

Das Lied beginnt an diesem grauen Morgen, mehr als vierzig Jahre vorher, das Dorf steht auf, schüttet die gebrannten Gerstenkörner in die Emailkannen und macht Feuer, manche waschen sich, obwohl es kalt draußen ist. Es liegt ein Geruch nach Feuer und verbranntem Kraut über dem Dorf, nach Ammoniak und Naphtalin, nach den guten, weißen, zuckrig aussehenden Vorkriegsmottenkugeln, die aus den Festgewändern kullern. Einige von den Kindern fraßen sie sofort auf, ehe man sie daran hindern konnte, sie hatten sowas noch nie gesehen und mußten mit Brechwurz behandelt werden, was das Fest ein wenig verzögerte.

Wird schon nichts passieren, sagte der Bürgermeister, wer weiß, was die alles fressen, wenn keiner hinschaut.

Überdruß, dachte die Brünnerin, er hat den Überdruß.

Sie standen jetzt alle im Schulzimmer. Die Schule hatte zu Kriegsanfang einfach aufgehört, der Lehrer war gleich neununddreißig erleichtert ins Feld entschwunden, und niemand hatte sich um einen Nachfolger gekümmert.

Der Raum war fast leer, die Armsünderbänkchen an den Wänden gestapelt, der Steinboden von toten Mäusen, Vogelgerippen und altem Laub bedeckt. Die Frauen hatten alles rausgekehrt, jetzt sah man das mit Zweigen bestreute rotschwarze Mäandermuster des Bodens.

In einer Ecke stand ein halber ausgestopfter Eisbär – die vordere Hälfte. Er war eine Spende der Naturkundlichen Sammlung von München und sollte den Dorfkindern als Lehrmaterial dienen. Für die Stadt taugte er nicht mehr, seit sein Hinterteil von einer Bombe getroffen und weggerissen worden war.

Man hatte die Türen ausgehängt, auf Hackklötze gelegt und mit Bettüchern bedeckt. Teller und Becher mußte jeder selber mitbringen, und gesessen wurde auf Melkschemeln, weil die nicht so viel Platz wegnahmen und schön unbequem sind, wie Fritz Rost leise zur Brünnerin sagte. Damit sie auch bald wieder heimgehen.

Die Taufgesellschaften aus den anderen Dörfern trafen nacheinander ein und schauten mit Staunen auf den halben Bären, der aussah, als trete er gerade aus der Wand und sei mit dem Hinterteil noch im anderen Zimmer.

Arm haben sie es hier nicht grade, sagte neidisch eine Mutter, die ihren hellgelben Säugling in einem Heukorb zwei Stunden lang hergetragen hatte.

Vielleicht war das keine gute Idee mit der Sammeltaufe, dachte die Brünnerin, bald wird es jeder wissen, Negerdorf werden sie uns heißen. Das da ist ein bissel gelb von

Anfang an, aber Chinesen waren weit und breit keine da, bei dem wird es wirklich die Leber sein. Das wird weggehen. Oder nicht.

Und die Brünnerin seufzte, während der Raum sich füllte und die Täuflinge schrien. Alle schauten auf die prachtvolle Theres, die ihre blinde – nun wieder vollständig blinde und dazu schwachsinnige – Großmutter an der Hand führte. Auf ihrem anderen Arm saß stolz wie ein Jesuskind, in schrecklich reines Weiß verpackt und zu guter Letzt doch ohne Häubchen, ihre Tochter.

AND HIGH IN THE DARK LIGHT / MY MOTHER HELD HER DARK LITTLE HEAD / HER DARK LITTLE HEAD BETWEEN / THE UGLY WHITE HEADS WITHOUT / COLOUR AND LIGHT /

Hundert oder mehr Leute aus dem ganzen Gäu schauten sie an, in ihrer Tracht, die ihr den Busen bis fast ans Kinn drängte, Samt und Seide, gottlos und dreist. Es trugen viele Frauen Tracht, schon weil sie nichts anderes anzuziehen hatten, aber an keiner sahen die schwärzlich glühenden Farben und die üppigen Falten so aus wie an der Theres, keine füllte die truhensteifen Kleider, die Mieder und Röcke wirklich aus. Das Zeug hing an den anderen traurig herunter, sie sahen hungrig aus, grau und krumm, auch wenn viele jung waren wie die Theres.

Daß sie ihr Kind aufrecht trug, hatte nichts mit Mut zu tun, sondern sie meinte, daß die Farbe nicht so auffallen würde, wenn sie mutterstolz tat.

Dumme Person, dachte die öffentlich Blinde, so eine dumme Person. Der Herr hat sie wahrhaftig mit Blödheit gesegnet, sie führt sich auf wie die leibhaftige Muttergottes von Altötting, aber bei der ist es umgekehrt. Da ist das Kind weiß.

Die alte Posthalterin tappte würdevoll aus dem Schulsaal in Richtung Kirche, wo der Pfarrer am Taufstein wartete und ein Gesicht machte, als müßte er was Kommunistisches tun.

Anderthalb Dutzend plärrende kleine Gäubewohnerinnen, die genauso häßlich werden würden wie ihre Mütter. Gelobt sei Jesus Christus, in Ewigkeit, Amen. Gott sei Dank wiederholten sich die Namen.

Nicht Maria, Anneliese! sagte die Mutter der vermeintlich vierten Maria, als er mitleidlos das Wasser über den kleinen Kopf laufen ließ.

Anneliese! So! antwortete der Pfarrer. Wenn du meinst. Ich habe dich bei deinem Namen gerufen, du bist mein.

Klothilde. Rosa. Emilie. Maria. Maria. Rosa. Hermine.

Und das da? fragte der Pfarrer die Theres und schaute auf ihren Busen und das kleine Gesicht, das auf dem Rosa der Haut und im Weiß der Tücher immer dunkler zu werden schien. Es ist anders als alle anderen, dachte die Theres und: Ich kann ihm nicht helfen. Sie sah Haß im Gesicht des Pfarrers, Haß auf etwas, von dem sie nichts wußte, Haß auf die Sichtbarkeit ihrer Liebesnacht vielleicht, aber das ahnte sie nur und hielt den kleinen Kopf ruhig über den grauen Taufstein.

Wie willst du es nennen? fragt der Pfarrer böse, so, als ob nur sie den Wunsch hätte, ihrer Tochter einen Namen zu geben, und sonst niemand.

Afra! versucht die Theres zu sagen, verschluckt sich und sagt es dann sehr laut, Mutter und Patin in einem. Sie hatte niemanden zur Patin bitten können.

Im Namen des Vaters, des Sohnes und des Heiligen Geistes.

Auch das noch, sagt die Brünnerin leise. Als obs nicht genug wäre mit all dem anderen Verdruß, jetzt gibt sie ihr auch noch so einen Namen!

Und die Rosamariaherminemütter zischten und schauten zur Kirchendecke, wo nichts zu sehen war außer dem Dreiecksauge. Auge Gottes.

Augen hat das Kleine wie naßgelutschte Malzbonbons! Das wird ihm aber auch nichts helfen.

Afra, sagt der Pfarrer, da hast du eine Silbe vergessen.

Er grübelte vergeblich, welche von den zehntausend weiblichen Heiligen diesen schwärzlichen Namen trug, eine Heilige steckte dahinter, er mußte den Namen durchgehen lassen. Afra.

Und er kommt einfach nicht auf die besondere Folter, mit der die sich die Heiligkeit verdient hat. Im Heiligenkalender wird er nachschauen und sein Fleisch schwach werden lassen bei der blutigen Lektüre. Er lächelt, was die Theres für eine Absolution hält. Sie sitzt dann allein neben der Großmutter und hat einen weißen Zipfel über das Gesicht ihres Kindes gezogen, das Kind schläft, und auf seinen Löckchen glitzert das Wasser. Fritz Rost auf der Männerbank schaut auf seine Herde und spürt, wie sich seine Langeweile und die Verdüsterung seines Gemüts auflöst, in Mitleid auflöst wie in einer Säure.

Plötzlich war da etwas in ihm, eine Art starker Magenschmerz, ein ekelhaft wühlendes und grabendes Gefühl. Wie Hunger, dachte er und versuchte verzweifelt, sich in den Spott zu retten, in die Ungerührtheit, die er bei den alten Philosophen bewunderte – vergeblich.

Die Brünnerin sah mit dem scharfen Blick der Liebe von der Frauenbank herüber. Er weint, der Bürgermeister! sagte sie.

Später, wenn sie der erwachsenen Afra von ihrer Taufe berichtet, noch später, wenn Afra ihrer Tochter das Märchen von der Taufe erzählt, werden sie immer mit dem Satz: Und dann hat der Bürgermeister geweint! ihre Geschichte beenden.

Alle kleinen Mädchen hatten nun einen Namen und die Berechtigung, wenn ihnen jetzt etwas zustieße, unverzüglich in den Himmel zu kommen. Der Pfarrer war erschöpft und zog in der kalten Sakristei sein Chorhemd aus. In der Sakristeitür lehnte, mit einem Weinglas in der Hand und längst nicht mehr weinend, der Bürgermeister Fritz Rost.

Sollten wir das nicht beibehalten? Es spart doch Arbeit, und für viele Einzelfeste wird es noch lang nicht genug zu essen und nicht genug Freude geben. Beides reicht grade für eine Veranstaltung wie heute!

Es hat aber was Gottloses, antwortete der Pfarrer, ich weiß nicht, warum. Wir machen es in Zukunft wieder einzeln, denke ich.

Wenn schon so lächerliche Reformen mühsam sind, sagte der Bürgermeister später zu seiner Vertrauten Aurelia, die sich für den heutigen Tag schöngemacht hatte und nun wartete, ob das auch bemerkt wurde, können Sie sich denken, was einem blüht, wenn man das Gruppenglück ernsthaft in Angriff nehmen wird?

Das Gruppenglück? fragte die Brünnerin mißtrauisch.

Na sicher, antwortete Fritz Rost. Entscheidung von unten nach oben. Gemeineigentum. Genossenschaften. Koedukation.

O je, sagte Aurelia ahnungsvoll und mußte innerlich lachen über die Spielfreude der Männer.

Das wird dem Pfarrer nicht recht sein. Und die im Gäu werden es nicht ausprobieren wollen. Man sollte vielleicht warten, bis sie uns das anderswo vorgemacht haben!

Und sie zog aus ihrem Samttäschchen einen alten, vertrockneten Lippenstift, wandte sich ab und verblüffte den Bürgermeister Sekunden später mit einem knallroten Mund, der ihn auf andere Gedanken brachte. An den ausgehängten, mit Bettüchern gedeckten Türen saßen sie und warteten, von dem halben Bären stumm beobachtet, aufs

Essen. In Körben an der Wand schliefen die Säuglinge, die Männer waren den Weg von der Kapelle zur Schule langsamer gegangen, um zu rauchen.

Die streicht sich das Maul an wie So Eine! fauchte die Franzosenbäuerin, die Brünnerin lachte mit ihrem städtischen Mund, und der Bürgermeister wurde, weil er keine Übung mehr hatte mit geschminkten Mündern, verlegen. Er wußte, wonach die Brünnerin sich sehnte, er konnte sie verstehen, das Mitleid fraß ihn fast auf, aber: Er sehnte sich nach etwas ganz anderem.

Hoffentlich haben sie nicht ihre eigenen Bettücher genommen, sagte er und schaute zu den nicht sehr weißen Tischen, auf denen die Frauen Teller und Krüge verteilten und jede darauf achtete, daß sie von ihrem eigenen Teller essen, aus ihrem eigenen Krug trinken konnte. Es geht doch nix über den eigenen Dreck.

In den Bettüchern wurde gezeugt, geboren und gestorben, und erst, wenn das erledigt war, wuschen sie das steife Leinen in kaltem Wasser aus. In jedem Haus stand der Familiengestank, undurchdringlich und unverwechselbar. Sand auf den festgetrampelten Böden, Würmer überall, fadendünne rote in den Wassertonnen und fette weiße auf dem Abtritt, schwarze im Boden und gelbliche in den Mehltrögen. Es roch nach Säure und ranziger Butter, nach getrocknetem Urin und altem Staub, nach toten Mäusen und faulenden Kartoffelschalen. Frauen, die sich wuschen, waren So Eine. So Eine sagten sie zu jeder, an der irgendwas Schönes zu sehen war. Auf den roten Mund der Brünnerin waren sie neidisch und auf den rosa Busen der Theres, die damit des Teufels Tochter nährte. Auf das Waschen waren sie nicht neidisch, das fürchteten sie, und wenn alle heilige Zeit eine von ihnen zum Arzt mußte, nahm sie die Tortur im kalten Wasser und die kratzende neue Wäsche auf sich wie ein Bußgebet, verständnislos und ergeben.

Nicht, daß Ärzte ihnen je hätten helfen können, denn sie gingen erst hin, wenn ihre Brüste halb verfault und ihre Bäuche schwanger von Geschwülsten waren. Die Männer gingen überhaupt nicht zum Arzt, sondern legten sich hin, wenn ihre Zeit gekommen war, krümmten sich auf den dreckigen Tüchern, erinnerten sich vielleicht an ein paar helle Nächte und starben.

Wer denkt aber an den Tod in einem Schulhaus voller neugeborener Kinder?

Was es zu essen gegeben hat? fragt die Brünnerin Jahrzehnte später, als ein anderes Kind sie fragt.

Das weiß ich alles noch. Eine Wurstsuppe und Erdäpfelsalat, Schweinernes, ohne die guten Stücke (das hab ich ja schon vorher gewußt), Brot mit Schmalz und einen sitzengebliebenen Gugelhupf für alle. Hat so gut wie niemand was davon essen wollen, weil die Theres ihn gebacken hatte, deine Großmutter. Hat sie ihn halt selber aufgegessen und mit der Alten geteilt, mit deiner Ahne. Alle haben hingeschaut und sich überlegt, daß es schade ist um den Kuchen. Aber da hat deine Großmutter gar nichts gekannt, achtzehn war sie, glaub ich.

Mir ist alles egal, Aurelia, hat sie gesagt, wenn bloß mein Vater im Krieg bleibt oder wie man das jetzt nennt. Wenn der nimmer heimkommt, halt ich alles aus.

Gearbeitet hat sie wie ein Mann. Es war ja keiner auf dem Hof und einen Knecht hätten sie nicht bezahlen können, nicht einmal die paar Mark, für die du damals einen Knecht bekommen hast – wenn du einen bekommen hast. Die waren rar, und es war viel Gesindel unterwegs. Kartoffeln haben sie gehabt und Rüben, Gemüse im Garten, eine Sau und Hühner und ein kleines Hopfenfeld, da hat sie jeden

Herbst Ausschlag an den Armen bekommen, wenn sie Hopfen gezupft hat. Der Hopfen ist wie Gift, wie lauter giftige Raupen, verhakt sich in deine Haut und brennt. Auf den Kartoffeln haben die Käfer gesessen, Tausende, und wenn wir sie ins Feuer geschüttet haben, sind sie zerplatzt und haben geknattert. Immer war irgendwas da, das dir alles weggefressen hat. Wo das geblieben ist? Und du Armes hast noch nie ein Euter in der Hand gehabt.

Äh! sagt das Kind und denkt an das gelbverputzte Dorf voller Geranien und geschnitzter Wegweiser, das seine Mutter ihm gezeigt hat. Euter!

Aus vierzig Jahren waren Hunderte geworden, und die Brünnerin, die so alt war, daß sie nur noch von kleinen unwichtigen Dingen ein scharfes Bild hatte, murmelte hilflos, was das Kind denn rede, es könne doch alles finden, wenn es nur suche: den Kuhstall und die Galgenberge, die Butterschüssel mit dem blauen Marmormuster und das Bettzeug mit den Häkelkäntchen, alles war im Kopf der Brünnerin noch da, vierzig oder hundert Jahre saubergehalten und für das Kind bereit. Das Kind von der Theres. Nein, das Kind von Theres ihrem Kind. Aus vierzig Jahren waren zwanzig geworden oder zwei, zusammengerutscht, die unauslöschliche Kinderfarbe fast gar nicht mehr sichtbar.

Mit der Zeit geht es eben doch weg!

Was? Was geht weg? fragt das Kind und denkt nicht an Kuhställe und Dunkelheit.

Komm ans gute Ohr! murmelt die Brünnerin unwillig, ihr linkes Ohr ist etwas weniger taub als das rechte.

Komm ans gute Ohr, ich erzähl dir eine Geschichte.

Ja! sagt das Kind und rutscht auf die andere Seite, in einem großen Zimmer vor der Stadt, das die Brünnerin bewohnt, seit sie das Dorf verlassen hat. Das Zimmer ist schön wie ein Palast und kostet kaum Geld, wegen der Tiefflieger, vor denen das schlechte Ohr die Brünnerin beschützt, auch das gute ist gottlob schlecht genug.

Was für eine Geschichte? sagt das Kind. Von der Theres? Vom Bösen Opa?

Ich erzähl dir die Geschichte vom König und den Sieben Henkern! sagt die Brünnerin. Das Kind wartet, aber die alte Frau schläft ein, und als sie aufwacht, erinnert sie sich nicht mehr an die Geschichte vom König und den Sieben Henkern. Das Kind wartet. Zehn Jahre ist es da alt, die Brünnerin geht auf die Achtzig und schminkt sich noch immer die Stelle, wo einmal ihre Lippen gewesen sind, jene Lippen, mit denen sie die Brünner Kundschaft, den Pfarrer und die alten Weiber vom Dorf hatte durcheinanderbringen können – und auch den Bürgermeister.

Ich muß gehen! sagt das Kind. Ich muß die Mama abholen! Erzähl mir das nächstemal von der Taufe! Das Kind machte sich wenig aus Märchen, das vom König und den Sieben Henkern kannte es schon und wußte, daß es sich nie verändern würde. Die Geschichte von der Taufe ihrer Mutter hingegen war jedesmal anders und trotzdem immer wahr.

Du brauchst nichts erfinden, sagte das Kind zum Abschied, nur erzählen. Von der Taufe!

Wiedersehn, Afra, sagte die Brünnerin.

Geh! antwortet das Kind freundlich. Das ist doch die Mama. Ich bin doch ich!

Je satter sie bei der Massentaufe wurden, desto bösartiger schauten sie auf Theres und ihre Tochter. Hunger macht ängstlich, sie hatten auch im Gäu gehungert, nicht wie in der Stadt, weil nichts da war, sondern aus Geiz und Angst um die kostbaren Lebensmittel.

Beim Taufessen vergaßen sie den Geiz für kurze Zeit, das fette Essen rumpelte hörbar in ihren Mägen, das Bier fuhr ihnen in die Köpfe und machte sie redselig. Die Männer rückten von ihren Frauen weg und wollten unter sich sein mit der Kränkung: Jeder konnte sehen, daß es keiner von ihnen war, den die Theres an sich gelassen hatte. Die Frauen waren neidisch. Die meisten hätten sich nicht lang bitten lassen von so einem. Denn die Theres hatte seither ein Gesicht, aus dem man das Glück nicht hätte wegprügeln können, das sahen sie, ob sie verzweifelt dagegenredeten wie die Franzosenbäuerin oder schwiegen, weil sie nichts anderes gelernt hatten.

So redeten die Männer von den Eselsgemächten, die sie bei den Nordafrikanern gesehen haben wollten, und die Frauen lobten das Essen und sagten abwechselnd: Hätt man schon länger kochen können, die Erdäpfel! Oder: Wie sollst an die Sau ein Fett hinbringen, wenn nichts da ist? Und: Der Hopfen steht mager. Nach drei Sätzen aber sagte immer eine andere: Arg schwarz ist es halt. Der Herrgott hätt es holen sollen.

Fritz Rost verdrehte die Augen, und die Brünnerin versuchte, sich mit Bier zu betrinken, weil sie es nicht mehr aushielt, das Gäu nicht mit seinem tiefhängenden Himmel und seinen bösen Gerüchen, die Frauen nicht und die vielen nachwachsenden Mädchen auch nicht. Die werden später genauso einen Schmarren reden! dachte sie und schaute verzweifelt auf die Reihe der Körbe und Schachteln an der Schulhauswand, aus denen es leise und laut jaulte und weinte und die von dem halben Eisbären bewacht wurden. Der Bär machte sie vollends melancholisch, ihm gelang, was das Bier nicht hatte ausrichten können, sie weinte, und der Bürgermeister gab ihr ein Taschentuch.

Jetzt ist sie auch noch besoffen! sagte die Franzosenbäuerin zufrieden.

Keiner lachte. Sie lachten überhaupt nicht viel im Gäu, seit Jahrhunderten schon, und so waren ihnen mit den Generationen inzüchtig die Gesichtsmuskeln abhanden gekommen, die man zum Lachen braucht.

Bei der Liebe, wenn das Wort hier gebraucht werden kann, sagte der Bürgermeister, geben sie keinen Laut von sich und verziehen nicht einmal das Gesicht. Aurelia, Aurelia, wenn ich nicht wieder spielen darf, werden mir auch die Muskeln verschwinden, die zum Lachen und die zum Denken.

Zum Denken brauchts keine Muskeln, sagte die schluchzende Hebamme, während sie ein Viertellächeln um die Mundwinkel der Theres und ein lautes Lachen des kleinen Mädchens Afra, die gesegnet war durch einen schönen Strom anderen Bluts und eine sehr bewegliche Gesichtsmuskulatur, wahrnahm.

Die anderen kleinen Mädchen waren grämlich, aber vielleicht, wenn man sich auf sie einließe und sie von dem schwarzen lernten?

Was bilden Sie sich ein? fragte der Bürgermeister. Eine Schule der Frauen? Und das im Gäu!

Die Leintücher auf den ausgehängten Türblättern waren gelb von Bier, das in Pfützen auf dem Boden stand, Knochen und harte Brotreste lagen herum, nichts Eßbares mehr, keine Krume. Die Teller waren saubergeleckt, mit dem harten Brot immer wieder geduldig abgewischt, bis sie trocken waren und glänzten. Eine sammelte die Kanten und steckte sie den Säuglingen in die Münder, damit sie leichter zahnten. Auf dem Bauch kamen die alten Dorfhunde ins Schulhaus gekrochen und holten sich die weißen, sauberen Knochen. Einige der Männer schliefen mit dem Gesicht in den kühlen Bierpfützen. Der Pfarrer wanderte um das Schulhaus und versuchte, sich an die Geschichte der Heiligen Afra zu erinnern.

Die Franzosenbäuerin redete nicht sehr leise auf ihre Nachbarinnen ein.

Ich mein immer, sagte sie, daß der Mohr noch in der Näh ist. So schaut sie nämlich aus, die Theres. Er wird uns alle umbringen, oder das Dorf anzünden, so schaut eine aus, die Feuer legen hilft.

Geh, sagten die müdgefressenen Nachbarinnen, den hättens doch längst gefangen.

Man darf sie ja nicht fangen, die Ami! sagte die Franzosenbäuerin, können doch hingehen, wo sie wollen. Wenns zu spät ist, werdet ihrs merken. Eine Fürbitte sollt man machen.

Sie schaffte es, daß die anderen Angst bekamen, richtige Angst, gegen die kein Gebetbuch hilft. Das hatten sie gelernt: Angst haben. Nur ein Unterschied war zu den Jahren vor dem Krieg, von dem aber keiner sprach: Jetzt hatten nämlich auch die Männer Angst. Sie sprachen nie darüber, ein jeder bewohnte die seine allein und trennte sich nie mehr von ihr.

Manchmal hatte die Angst Namen: Hauptfeldwebel Blaschkat hieß sie, oder Sperrfeuer, Frankreich und Hinterhalt oder Odessa, aber die Namen reichten nicht, um sie zu bannen.

Die Frauen hätten den Männern sagen können, daß Namen nichts helfen, die Namen der Angst. Bei ihnen hieß sie Kälte oder Schläge, Vater hieß sie oder Gott, das half ihnen auch nichts.

Jetzt hatten sie einen neuen Namen, eine neue Angst: das Schwarze. Alles Schwarze. Es war nicht das Fremde, wovor sie sich fürchteten, denn Fremde hatten sie nie bedroht und schon hundert Jahre früher einen Bogen ums Gäu gemacht. Es war nicht das Fremde. Es war die andere Farbe.

Was wissen wir, welcher frühe, farblose und verschwiegene Seitensprung der Theres ihr Viertellächeln hinterlassen hat? Die Blinde könnte etwas dazu sagen, dachte Fritz

Rost, der sich nach Wein sehnte, nach Wein, elektrischem Licht und einem Telefon, aber sie wird sich blödstellen. Sie sind vor dem Alten immer noch nicht sicher. Ich mach keinen Suchantrag!

Die Sorte kommt zurück, sagte er zur Brünnerin und verließ sich darauf, daß sie immer wußte, wovon er sprach.

Ich hätte gern elektrisches Licht – und ein Telefon! sagte die Brünnerin.

Sie mußten beide weit zurückdenken, um sich an ein fortschrittliches Leben zu erinnern.

Der Dreck ist ein wunderbares Versteck, Aurelia, die Rückständigkeit eine zuverlässige Mutter. Was haben wir gehabt vom Licht und von den Telefonen? Fernsprecher hast du sagen müssen, antwortete Aurelia, da war es gleich was ganz anderes.

Ich wär mitten im Licht nicht am Leben geblieben und du auch nicht, tschechische Taube!

Er hatte sich entschlossen, die Brünnerin zu belohnen, für eine Nacht nur, damit mußte sie zufrieden sein. Es war ihm entfallen, daß zwischen dem kohlestrichbärtigen Bösewicht auf den alten Postkarten und ihm eine lange Wegstrecke lag, nicht nur sein Frack war zerschlissen. Nichts anderes als Dankbarkeit erwartete er von der Brünnerin, während die Taufgäste die Köpfe hängenließen oder hinaus in den dunklen Schulgarten gingen. Im Schulgarten wuchsen Kartoffeln und Bohnen, und die Äpfel hatten sie nicht lang genug hängen lassen, daß sie hätten reif werden können.

An den Bäumen standen in der Ruhe des Nachdenkens die besiegten Männer, nicht mehr Soldaten, noch nicht wieder Bauern, die ihre Frauen nicht mehr schlugen und nach der Herkunft der vielen kleinen Töchter nicht fragten, sie standen friedlich und still und hielten ihr Geschlecht in der Hand. Das Bier hatte sie ruhig gemacht und floß durch sie hindurch, es nahm ein wenig von der Angst. Drin schrien die Täuflinge nach ihren Müttern, die in den Büschen hockten, jede für sich. Sie gingen wieder hinein und hoben ihre Kinder auf die Hüften. Keine verabschiedete sich von der Theres, die allein saß und der Hebamme zusah, wie sie mit dem Bürgermeister flüsterte. Die Theres war neidisch, weil die Hebamme nicht allein heimgehen mußte. Jetzt mochte sie ihre Tochter, der sie den schwarzen Namen gegeben hatte, nicht mehr. Ein lästiges, auffälliges Ding da im Korb, getauft, nicht ohne weiteres loszuwerden.

Die Theres dachte sonst nicht viel über die Zukunft nach, darüber etwa, ob es einen Ausweg geben könnte aus dem Gäu, weg von den Augen und von dem bösen Reden der Nachbarn.

Wenn der Bürgermeister nach München geht, sagte die Theres zur Ahne, soll er mich mitnehmen. Das Wutzel laß ich dir einstweilen da. Bis ich mir was angeschafft hab, dann kommt ihr nach.

Es fiel ihr schwer, ihre Tochter bei dem Namen zu nennen, auf den sie jetzt ein Anrecht hatte. Vielmehr wünschte sie sich für einen Augenblick, daß sie verschwinden würde, es gab so viele Möglichkeiten, aber es war nur eine Sekunde, daß sie an den Waschteich oder die vielen Mistgruben dachte.

Die Ahne wußte alles.

Auf München! sagte sie und lachte.

Dafür bist du viel zu blöd, und der Rost, der alte Gauner, wird sich nicht mit einer wie dir behängen. Und was du dir da anschaffen kannst, weiß ich auch. Eine Nummer zwei wirst du dir anschaffen, die kann noch eine ganz andere Farbe haben wie die Afra. Afra heißt sie, nicht Wutzel. Hast ihr schon so einen unmöglichen Namen gegeben, da kann man die Leute gar nicht früh genug dran gewöhnen. Afra! Kann sie jetzt bis zum Jüngsten Tag damit herumlaufen.

Dann war die Ahne still, tat wieder wie eine Blinde und überlegte, wie sie selber hieß. Sie hatte es vergessen. Mehr als ein halbes Jahrhundert war sie die Mutter gewesen, die Gote oder die Ahn, irgendwann war ihr der Name verlorengegangen.

Indessen waren die Gäste in ihre Häuser gelaufen und hatten Lampen geholt, denn die im Schulzimmer war schon lang leer. Für wen hätte man sie auch füllen sollen? Jeder brachte eine Lampe. Zwei oder drei hätten gereicht, aber die anderen wollten sich nichts schenken lassen. Es wurde hell und warm im Zimmer, und der Eisbär trat aus der Wand wie ein goldenes Gespenst. Der Pulvermüller lehnte draußen an der Schulwand und würgte das schöne, fette Fleisch wieder heraus. Es war ein Jammer. Bei den Russen war er mager geworden, jetzt behielt er das Essen nicht mehr bei sich.

Was versucht ers auch! sagte seine Frau.

Schad drum. Längst hatten alle vergessen, warum sie in der Schule zusammengekommen waren.

Das Schulhaus war der einzige helle Fleck in der Dunkelheit. Keiner wollte das Fest verlassen, weil sich noch irgend etwas hätte finden können, ein Streit, eine saftige Gotteslästerung oder ein Knochen, an dem noch Fleisch hing. Der Pfarrer dachte immer noch über einen Bannfluch nach, den er über die Theres verhängen könnte. Die aber saß im Schutz ihres üppigen Fleisches, dem keine Entbehrung, keine schwere Arbeit je etwas hatte anhaben können, schämte sich halbherzig über ihre finsteren Wünsche und sagte ein: »Gegrüßt seist du Maria«, um Verhängnis von Afra abzulenken.

Die Gäste aus den umliegenden Dörfern hatten das Fest schon in der Dämmerung verlassen, ein weiter Heimweg mit den Kindern auf dem Rücken, dürr und armselig waren die, zogen ihren Müttern aber das Kreuz krumm. Die trugen sie gern, ihre schönen, weißen Kinder, denen niemand ansah, wer sie gemacht hatte.

Über nichts anderes als über der Theres ihr Schwarzes redeten sie, das Negerl, das angebrannte Semmerl. Eine solche Sau war sie, die Theres, das habe man nicht gewußt. Eine Schande, daß es getauft sei und damit ein Christenmensch, eigentlich sei es ja ein Viech. Affen taufst ja auch nicht.

Sie fürchteten sich nicht auf dem dunklen Feldweg, von dem der feine Staub wie Rauch aufstieg und an dessen Rändern kleine Tiere raschelten.

Nicht einmal vor den Geistern hatten sie Angst, die Weiber aus dem Gäu, deren Männer weit hinter ihnen zurückgeblieben waren, einander beim Gehen halfen und dunkle, schwermütige Töne ausstießen. Gegen die Freude, den Feind leibhaftig gesehen zu haben und darüber zu reden, waren die Geister machtlos und ließen sich deshalb nicht hören und sehen.

In dieser Nacht war der Schatten, der quer über den Weg fuhr, ein Dachs und nicht der Mühlenludwig, der sich ersäuft hatte und keine Ruhe fand. Sonst war der hier immer unterwegs, dann beteten die Frauen wie rasend. Heute hatte das schwarze Kind sämtliche Geister verscheucht.

Sie denken gar nicht an die Theres, die Frauen. Sie sind zwanzig, dreißig Jahre alt, mit dicken, schmerzenden Knoten an den Gelenken, sie bluten oft den ganzen Monat, aber mit fünfunddreißig haben sie es für immer hinter sich. Viel älter werden nur wenige im Gäu. Sie stehen auf, wenn es noch dunkel ist. Als Kinder haben sie zu zweit oder zu dritt im Bett geschlafen, die Köpfe nebeneinander, wenn sie sich vertrugen, sonst umgedreht und die Füße am Geschwisterkopf.

Steig mir nicht immer ins Gsicht!

Zum Streiten waren sie meistens zu müde. Gut geschlafen haben sie in der Schule, vom Pfeifen des Steckens nicht wachzukriegen. Manchmal haben sie nachts den Vater und die Mutter gehört. Die einen haben sich gefürchtet. Die anderen versuchten, im Dunkeln was zu erkennen. Etwas Schönes haben die meisten nie in ihrem Leben gesehen, außer den Kirchen vielleicht. Aber auch die sind im Gäu nicht zur Freude der Gläubigen gebaut. In der Nachbargemeinde, die nicht nur eine Kapelle hat, sondern eine richtige, viel zu große Kirche, steht in einer mit Juwelen besetzten Monstranz ein Stück von der Zunge des Heiligen Erminold, des Beschützers der Schwerzüngigen. Das braune Fetzchen sieht aus wie Leber. Dahin gehen die Frauen zur Wallfahrt, Bittgänge um Regen, um Sonne, um einen Mann, um Kinder. Um keine Kinder. Um Buben. Es hilft nicht, Bittgottesdienste in der eigenen Kirche zu machen. Jetzt haben sie die Theres, ein Segen des Herrn, das werden sie noch merken. Die lenkt sie ab, von der Arbeit, von den wehen Gelenken, vom Blut jeden Monat. Jetzt haben sie was zu reden im Gäu, das sonst niemand hat. Der Name des Herrn sei gelobt. Und wer ist Afra? Woher hat sie den Namen? Der Pfarrer hat den Namen zum Taufen benutzt, deswegen regen sie sich erst jetzt auf, den dunklen Weg entlanggehend, hinter sich die rauhen Schreie ihrer betrunkenen Männer.

Noch immer saßen die aus dem Dorf in der ungewohnten, verschwenderischen Helligkeit des Schulzimmers, beobachteten einander, vom Essen ruhig und vom Trinken duldsam. Der arme Pulvermüller wollte zum Abschluß das dunkle Kind genauer anschauen und traute sich nicht. Als aber seine Frau nicht zu ihm hinsah, schob er seinen dünnen Zeigefinger nahe an die kleine Faust und sagte: Macht ja nix. Ist nicht arg. Geht schon vorbei.

Afra aber schlief.

Jetzt gehen wir alle heim, Leut! sagte der Bürgermeister

müde und verdrossen. Am liebsten hätte er auch die Brünnerin heimgeschickt, aber soviel Kraft hatte er nicht mehr, es war leichter, ihre Wünsche zu erfüllen.

Hat es für die Baarova gelangt, dachte er und sah zur Hebamme hinüber, langt es für die auch, obwohl sie sich auskennt. Vielleicht lern ich noch was Neues. In Brünn bin ich, wenn ich überleg, nie gewesen. Am Ende machen sie es da anders.

Er lachte. Daß das mit der Baarova Jahre her war, zehnfach zählende Jahre, gestockte, zähe Jahre, und daß er in der Zwischenzeit ein anderer geworden war, hatte er vergessen.

Fritz Rost scherte sich nicht um die Vergangenheit. Sie rührte ihn nicht, sie machte ihm weder die Augen feucht noch die Stimme. Er benutzte seine Erinnerungen lediglich, um die Wiederholung von groben Fehlern zu vermeiden. Seinen welken Bauch und seine blaugeäderten Beine sah er ohne Bedauern. Irgendwas wird er mit der Brünnerin zustande bringen, glücklich wird sie auf jeden Fall sein, so oder so.

Damals, Aurelia, sagte er zu ihr, die sich den ganzen Abend lang immer wieder das Lippenrot erneuert hatte, um im entscheidenden Augenblick auszusehen wie aus einem anderen Land, weit weg vom Gäu und der traurigen Taufe, damals, meine Liebe, haben sie mich immer die Bösen spielen lassen. Das war eine kluge Entscheidung, denn ich bin von Natur aus träg, und nur so bist du als Böser glaubwürdig. Ein aufgeregter Böser ist bloß lächerlich. Ganz ruhig muß man sein, aber aus Faulheit. Das gibt einem was Unüberwindliches. Im Leben ist das auch sehr nützlich. Aber wenn sie jetzt die Studios wieder in Gang bringen, werden sie mich die Guten spielen lassen, Väter, Anwälte, Förster oder so was. Wahrscheinlich werden sie viel mit Wald und Wasser arbeiten, das ist was Verläßliches.

Wasser, Wald und Walzer. Sie werden sehen, tschechische Blume, an dem Programm werden sie sich lang festhalten. Ein paar Wiedergutmachungsopern mit Filmpreisen. Alle Gesichter wird man wiedersehen. Ich bin beim Publikum im Nachteil. Mir haben sie beim Älterwerden nicht zuschauen können.

Lassen Sie sich den Bart wieder wachsen, Fritz, sagte die Brünnerin leidenschaftlich, das wird vieles ändern.

Kann sein, daß Sie recht haben, meine Liebe. Bärte wird man gern sehen, andere, Waldbärte und Wasserbärte. Bürsten noch nicht, die werden wahrscheinlich nicht so schnell wiederkommen.

Im Schulhaus hatten sie die Teller und Krüge weggestellt, die Leintücher zusammengefaltet und die Türen wieder eingehängt. Am Boden trockneten gelbe Pfützen. Es roch nach Stumpen und feuchten Kleidern. Die Säuglinge waren ruhig, in ihrem winzigen frühen Rausch, die Münder klebrig von dem kostbaren Zucker, ohne den sie die Bierläppchen ausgespuckt hätten. Zucker! Es hatte sehr viele Eier, Weizensäcke und Speckseiten gekostet, um für das ganze Dorf Zucker zu bekommen, eine weiße Sünde, von der sie noch lang träumen würden. Nichts war süß im Gäu, da wuchsen bittere Preiselbeeren und Brombeeren, die den Gaumen gerbten, Äpfel wurden nicht reif, weil sie sie schon beim ersten Anflug von Süße von den Bäumen holten und fraßen, bis sie krank wurden. Keiner hielt hier Bienen, weil sie sie von Wespen und anderem Ungeziefer nicht unterscheiden konnten.

Einer von den Lehrern hatte ihnen vor Jahren wenigstens das beibringen wollen, aber die Königinnen flohen nach Süden und ihre Völker hinterdrein. Niemand wußte mehr, was die Holzhäuschen mit den verschiedenfarbigen Luken im Schulgarten zu bedeuten hatten. Seit langem wurden sie von einem Kauz bewohnt, der zuverlässig bevorstehende Sterbestunden ausrief und den noch nie jemand gesehen hatte.

Zucker. Die Mütter leckten, wenn niemand hinsah, ihren Kindern die Münder ab, aber nicht aus Liebe.

Schau, daß du das richtige erwischst, sagten sie einander, kennt sich keiner mehr aus bei den vielen Mädeln. Da hats die Theres gut, die kann ihres nicht verwechseln. Auch die Theres nahm ihr Kind, aber sie leckte ihm nicht das Mündchen ab.

Trag dus, sagte sie zur Alten. Ich mags nicht nehmen heut. Versündige dich nicht! sagte die Blinde und lachte. Wirst schon sehen. An den Schlechtesten hängst du zum Schluß am meisten. Das ist so eingerichtet.

Ich mags aber heut nicht, sagte die Theres. Einmal will ich noch tun, als wärs nicht da.

Die Alte nahm das Kind und horchte, wie es atmete. Es schlief, und seine Fäustchen sahen aus wie glatte, dunkle Zwetschgen. Die Theres aber schaute der Brünnerin und dem Bürgermeister nach, die ohne Eile den staubigen Weg zum Häuschen der Hebamme eingeschlagen hatten und nebeneinander gingen, aber so weit voneinander entfernt, daß noch jemand zwischen sie gepaßt hätte. Das kränkte die Theres, und sie fühlte sich betrogen.

Im Licht der letzten Lampe sah sie den halben Bären aus der Wand treten, und zum erstenmal fiel ihr die Trauer in seinem gläsernen Blick auf.

Dem ist auch fad, sagte sie zur Ahne.

Die verabschiedete sich für kurze Zeit von ihrer Blindheit und sagte: Was denn sonst? Aber dir wird bald noch viel fader sein. Sie lassen es nicht hinein, das Wutzel, wirst schon sehen. Wenn wieder Fremde kommen, wenn es besser wird, machen sie dir und der Kleinen die Hölle heiß.

Ach geh! antwortete Theres und dehnte sich, sind ja fast

nie Fremde gekommen. Grüß Gott und schleich dich. Mehr brauch ich nicht. Was ich haben will, werd ich schon kriegen.

Aurelia und der Bürgermeister waren verschwunden, und die Theres versuchte herauszufinden, ob die Hebamme ihr nützen oder schaden würde. Theres wollte in die Stadt, der Bürgermeister auch. Sie wollte allerdings nicht zum Film, weil sie nicht wußte, was das ist. Und es sollte noch einige Jahre dauern, bis sie zum erstenmal die Zauberei eines Lichtschalters kennenlernte, Wasserhähne in der Küche, Fußböden aus seidigem Holz, Büstenhalter und Maschinenstrümpfe, Zahnpasta (und da würde ihr schwarzer Liebhaber plötzlich ganz nah sein) und Straßenbahnen. Von all dem wußte sie in der Taufnacht nichts, sie wollte nur in die Stadt, weil niemand sie dort kannte. Nicht wegen ihrer Tochter dachte sie daran, sondern weil es ihr schien, als sei in allen Blicken ihrer Nachbarn, in all den wortlosen Bosheiten das Bild ihres Vaters versteckt. Es war, als lauerte das ganze Gäu auf seine Rückkehr, weil alle wußten, daß er der einzige war, vor dem sie Angst hatte. Irgendwer wird ihr schon beikommen, dachten die Leute – dachten die Frauen und auch die Männer –, aber die einen stellten sich etwas ganz anderes darunter vor als die anderen.

Theres im blühenden Fett, wo ringsum nur Ausgedörrtes, Knochiges und dem letzten Leib bedenklich Ähnliches zu sehen war.

Füttere sie mit Staub und Kartoffelschalen, und sie wird es in festes rosa Fleisch verwandeln. Das macht böses Blut!

Die Theres aber hatte, bis ihr ganz persönlicher, für sie allein erfundener Teufel heimkaum, noch ein wenig Zeit. Sie ging von ihrem Kind und von Gedanken befreit, nach Hause, legte sich in ihr kurzes, hochgetürmtes Bett – ein Bett, in dem man wie ein Ungeborenes zusammengerollt liegen mußte – zog die Knie in Richtung Kinn und schlief ein, ohne an Unkeusches zu denken. Noch Tage später wußte sie, daß sie vom Bürgermeister geträumt hatte, aber so sehr sie ihr armes Hirn anstrengte, sie wußte nicht mehr, was.

Der Traumgegenstand war indessen in Aurelias Häuschen angekommen. Beide waren, trotz der Ruhe, die langjährige Erfahrung bringen müßte, ziemlich aufgeregt. Die Brünnerin füllte ihren Gast geduldig und umsichtig mit Vorkriegsobstler, achtete aber darauf, jene magische Grenze zwischen verwegener Angeregtheit und plötzlicher, einsamer und der Welt abgewandter Weisheit nicht zu überschreiten. Sie kannte diese Grenze genauer als jede andere, hatte sie doch unzählige Männer hinüberbefördert, denn zahlen mußten sie, wenn sie aus dem Rausch hervorkamen, sowieso, und man hatte keine Arbeit mit ihnen. Dies hier jedoch war Liebe, und die Brünnerin entdeckte sanft und zielstrebig die verborgenen Schönheiten von Fritz Rost, ja, auch Erinnerungen an Schönheit entdeckte sie mit den Fingerspitzen, der Zunge und den weichen Pinseln ihrer Zöpfe.

Du bist wahrhaftig eine kunstfertige Sau! sagte Fritz Rost anerkennend, aber leider schon etwas undeutlich.

Es macht nichts! sagte die Brünnerin später. Immerhin hat man mal wieder ein Gefühl gehabt.

Nimm es mir nicht übel, Aurelia, wenn ich nicht verlegen bin, sagte der Bürgermeister am Morgen zu seiner Gefährtin. Ich wüßte nicht, was es nützen sollte. Früher habe ich morgens immer gekonnt, aber ich werde es nicht ausprobieren, es hätte keinen Sinn. Du bist eine Hin- und Herzogin, Aurelia, du weißt zu genau Bescheid.

Hinter diesen verdammten grünen Vorhängen, sagte er und schaute auf die Hopfenschleier, hinter diesen giftigen grünen Mauern liegt die Welt, aber wir kommen nicht durch. Sie wollen hier nicht glücklich sein, Aurelia, sie wollen weder befreit werden noch glücklich sein. Die Theres vielleicht, mit der hätte ich auch Liebe machen können, mich in ihr schönes, festes Fett stecken, das wäre gegangen. Sei nicht böse, Brünnerin, aber soviel Kinder kannst du gar nicht herausziehen, als daß man bei dir nicht zuerst daran denken würde, wie sie gemacht worden sind. Kundig bist du, ziemlich kundig. Das hat ihn mir heruntergedrückt, er war ja fast schon da gewesen, aber das hat ihn mir heruntergedrückt, und an die Theres hab ich zu spät gedacht, da war es schon passiert. Er hat in letzter Zeit nicht viel zu tun gehabt. Das soll keine Entschuldigung sein, du siehst, ich rede mit dir wie mit einem guten Freund. Ob du deswegen nur Mädchen zur Welt holst, weil du Schülerinnen haben willst, Aurelia, eines Tages werden sie wissen, was in ihrem Krieg alles umgebracht worden ist. Deine Künste gehören dazu. Es ist gut, daß du an mir geübt hast, sonst wüßte ich nichts davon, aber jetzt werde ich es mir merken. Oh helles, sanftes Licht in den Boudoirs der Brünner Bordelle!

Ich hab dir zuviel Obstler gegeben, sagt die Brünnerin dazwischen, daran hats gelegen, und du bist, wie ich höre, immer noch etwas besoffen!

Sie dreht ihr Haar zusammen und zieht den karierten Rock mit den vielen Buchstaben an. Ihr Mund ist wieder blaß.

Ihr erfolgloser Liebhaber aber ließ sich nicht unterbrechen. Sei abermals nicht beleidigt, sagte er, aber ich muß dich bitten, mir gegenüber beim Sie zu bleiben. Hier duzt jeder jeden, und die meisten Leute haben nicht einmal einen richtigen Namen! Da wollen wir die Ausnahme sein und bleiben, mit Titeln und möglichst vielen Namen, und dem Sie! Ich brauche Autorität, Aurelia, wenn ich das Unglück und den Gestank aus dem Gäu vertreiben will. Man müßte auch das Wetter verbessern. Du siehst, es sind titanische Aufgaben, und ihre Bewältigung ist mir leider momentan vollkommen wurscht. Weil ich nämlich in einem Schuppen, in irgendeinem lampenheißen Schuppen vor einer Kamera herumturnen will und einen Oberförster spielen. Oh Verzweiflung! Du siehst, alle Läuterung war Trug! Meine tausend Philosophen haben überhaupt nichts geholfen. Nichts weiter als hochtrabender Zeitvertreib! Nur dazu geeignet, die Welt hereinzulegen, denn die wird mich für weise und politisch heldenhaft halten, dabei kannst du auch noch ein wenig nachhelfen, wenn es uns eines Tages gelingt, diese klebrigen grünen Vorhänge mit ihren giftigen Säumen zu überwinden.

Er ist auch nicht anders als die in Brünn! dachte die Hebamme nachsichtig, je weniger sie den Stier machen können, desto schöner reden sie. Beides miteinander kann man leider nicht haben, und ich bin in dem Alter, daß ich den Wert vom schönen Reden schätze. Das andere hab ich genügend und von vorn bis hinten gespielt, so besonders, wie er denkt, bin ich gar nicht gewesen. Da hat es ganz andere Herzoginnen gegeben!

Während sie den Bürgermeister anschaute, erinnerte sie sich nicht unfreundlich an eine große Schar von Freiern.

Das Jetzige ist besser! sagte sie mitten in die sehnsuchtsvollen Selbstbezichtigungen ihres Bürgermeisters, der mit kragenlosem Hemd und einer senffarbenen Hose aus Schnürlsamt einen eher schutzbedürftigen Eindruck machte.

Sie hören nicht zu, Gott sei Dank! sagte der Bürgermeister zum Fenster hinaus. Sie können mir ja auch nicht helfen. Als die Nazis noch da waren, hab ich genügend Grund für meine Bewegungslosigkeit gehabt, für mein Überfressen mit Weisheiten, die nichts nützen. Aber jetzt, wo sie angeblich weg sind – die Nazis, was ich gar nicht genau weiß, denn ich habe noch nicht nachgeschaut –, da habe ich das

Gefühl, daß ich bei lebendigem Leib verfaule! Etwas ist ja schon abgestorben, sagte er und lachte.

Das war die Feuerprobe, Aurelia, sagte er, während er mit seinen Blicken nach Spuren im Zimmer suchte, die es zu vernichten galt, die Übung des langjährigen Liebhabers verheirateter Frauen, aber er fand nichts.

Das war die Feuerprobe! Ich biete dir die Regentschaft über das verdreckte Fürstentum am Ende der Welt, ach was, weit hinter dem Ende der Welt an! Nimm mir das Szepter ab, es ist zwar nur ein Kuhstecken, aber dafür kann ich dir einen Roßapfel als Reichsapfel anbieten!

Nimm meine Insignien an und hebe die Last von meinen Schultern, du tschechischer Luzifer, sagte er und begann ein bißchen zu weinen, denn ich mag nicht mehr. Ich will versuchen, eine Expedition nach München auszurüsten, ich bereue alles, ich bereue, daß ich meine früheren Herrscher beleidigt habe und deswegen bei der Ufa nichts geworden bin, ich krieche auf den Knien in das nächste Besetzungsbüro, das werden ja immer noch dieselben besetzen! Nicht einmal ein Oberförster muß es sein, ich bin schon mit einem einfachen Förster zufrieden. Bloß spielen sollen sie mich lassen, Aurelia, spielen!

Ich glaube tatsächlich, ich bin immer noch ein wenig besoffen, sagte er nach einer Weile und schneuzte sich. Es tut gut, mit dir zu reden.

Die Hebamme schwieg und dachte: Nichts macht die Männer wehleidiger als Impotenz! Das Angebot der Regentschaft allerdings vergaß sie nicht.

Der Winter kam früh in diesem Jahr, er verhinderte die Abdankung des Bürgermeisters, brachte noch ein halbes Dutzend kleiner Mädchen und sehr viel Schnee. Nie waren sie im Gäu zu ihren Tieren freundlicher gewesen als in diesem Winter. Die Kühe heizten den Stall auf erträgliche Temperaturen, man legte die kleinen Kinder ins Stroh und verklebte die Fensterritzen. Hauptnahrung waren Rüben und Kartoffeln, die Kinder wurden gelb und welk, nur die schwarze Afra gedieh, wollte aber nicht heller werden, im Gegenteil. Das Wild kam hungrig aus den Wäldern, und aus den Städten schleppten sich die mutigsten Menschen bis ins Gäu, weil sie glaubten, daß sie dort etwas zu essen bekämen. Den Gäubewohnern wuchs ein Stolz, den sie vorher nicht gehabt hatten. Sie lernten Silber und bunte Teppiche kennen, aber sie begriffen auch bald, daß nichts kostbarer ist als das Eßbare.

Und der Winter dehnte und dehnte sich, je mehr die Kühe abmagerten, um so kälter wurde es in den Ställen. Die alte Posthalterin war seit Monaten nicht aufgestanden, sie blieb im Bett hinter dem kleinen Vorhang, in ihrem Sitzbett, achtete nicht mehr auf ihre wechselnde Blindheit und schnitt stundenlang schmale Streifen aus Lappen. Die Streifen nähte sie zusammen und wickelte sie zu großen, faserigen Knäulen. Im Gäu wurden aus den Lumpenstreifen Teppiche gewebt, aber nur aus den Knäulen der Mohrenahne wuchsen beim Verweben wie von allein Bilder – Kirchtürme, Farne, Uhren und kleine Tiere mit runden, schielenden Augen. Wie sie die Stoffstreifen zusammennähte, war ihr Geheimnis.

So blind bist du auch wieder nicht! sagte die Theres und lachte.

Afra kroch auf dem sandigen Boden des Hauses herum und weinte manchmal so lange vor dem Bett der Ahne, bis die sie hineinzog. Wenn man sie in den Kinderstall aus Latten setzte, kroch sie samt dem Stall vor das Bett der Ahne. Sie war ein kräftiges, ruhiges Kind, und die Theres gewöhnte sich an das dunkle Gesicht im dunklen Haus, in der dunklen Jahreszeit. Sie wartete immer noch auf das allmähliche Erbleichen ihres Kindes, aber der Schwarzbeerl hatte sich durchgesetzt, und von seiner fetten, weißen

Braut war an der gemeinsamen Tochter so gut wie nichts zu erkennen.

Da kannst einmal sehen, sagte die Ahne, wir sind haufenweise Weiße, und da kommt ein einziger Schwarzer daher, und alles wird schwarz.

Das gab der Theres zu denken.

Das werden bei ihm eben haufenweise Schwarze gewesen sein, sagte sie. Er ist ja nur hier so aufgefallen.

Schon! antwortete die Ahne hartnäckig, meinetwegen genausoviel Weiße bei uns wie Schwarze bei dem. Aber das Kind schaut aus, als hätte überhaupt nichts Weißes mitgetan!

Die Kälte machte dem Kind weniger aus, als sie gedacht hatten.

Vielleicht hat es eine dickere Haut, die mehr warm hält! sagte die Alte, die in ihren Kissen fror.

Geh, sagte die Theres, wo die her sind, ist immer warm.

Das wußte sie nicht von ihrem Liebhaber, denn mit dem hatte sie zwar gesprochen, aber nur in Lauten von Verlokkung und Vergnügen, die er wohl richtig verstand. Um seiner Angst vor der Mördertochter zu begegnen, hatte er auf sie eingeredet in seiner Sprache aus dem Süden Amerikas.

Schön kannst du das! hatte die Theres freundlich zu ihm gesagt.

Die Kälte beschützte Afra vor anderen Menschen, aber als der Frühling kam mit Regen und Wind, tauten auch die eingefrorenen Krankheiten auf. Die Hebamme wurde zur Ärztin und half dabei, viele kleine Mädchen, die sie auf die Welt geholt hatte, wieder von ihr wegzubegleiten. Auch Afra wurde krank. Der Tod war kein großes Unglück in dieser Zeit, denn Tote essen nichts.

Vielleicht stirbt es jetzt, sagte die Hebamme zum Bürgermeister. Es dauert einen, aber man muß in die Zukunft schauen.

Die Alte versuchte, ihr Urenkelkind zum Lachen zu bringen, und wickelte Speckscheiben um das schwarze Hälschen.

Wenns nichts hilft, sagte sie zur Theres, dann müssen wirs hinnehmen. Sechs von den anderen sind schon gestorben, es wird böses Blut machen, wenn grad deins übrigbleibt.

Als ob mir das was ausmacht! sagte die Theres.

Noch mehr böses Blut oder weniger, das ist schon gleich. Ich wills nimmer verlieren. Es ist schön gewachsen und hat sich gut über den Winter geholfen, besser wie die anderen. Hast du sie weinen hören? Nein. Und nicht einmal jetzt weint sie, sondern lernt das Laufen und das Husten gleichzeitig. Früher wärs mir egal gewesen, nicht ganz egal, aber es hätte Vorteile gehabt, wenn es nicht mehr dagewesen wäre. Aber jetzt hab ich es schon zu lang. Da gewöhnt man sich.

Afra wurde gesund und verlernte das Husten. Dafür lief sie früh, und wenn sie im Gemüsebeet herummarschierte, blieben die Bäuerinnen am Zaun stehen.

Es wird alleweil schwärzer, sagten sie. Es ist eine Schande, daß die Braven haben gehen müssen.

Sie fragten den Pfarrer nach der Macht des Teufels, der bei der Frühjahrsseuche offenbar stärker gewesen sei als der Allmächtige. Der Pfarrer untersagte den Weibern nur halbherzig die Gotteslästerung. Die Ratschlüsse des Herrn seien in dem Winter besonders unerforschlich gewesen, noch mehr als sonst.

Was ihn selber betraf, verstand er den Allmächtigen besser, denn eine geheimnisvolle Hand der Kurie hatte ihn an der Soutane gepackt und schien ihn, gelobt sei Jesus Christus, aus dem Gäu herausziehen und in die große Welt zurückholen zu wollen. Seine kleinen politischen Sünden waren verziehen, man entsann sich seiner in der Einöde verdorrenden Talente. Seine verwunderten Schafe erlebten für kurze Zeit einen freundlichen Hirten, der sich mehr noch als früher seine süßen und erholsamen Gefühle bei der Lektüre der Heiligenlegenden, besonders bei den eingehenden Beschreibungen der Folterungen weiblicher Heiliger, gestattete. Er beschloß, den Fall des unwillig getauften, auf einen zwar verbürgten, aber doch verdächtigen Namen getauften Heidenkindes an hoher Stelle – so hoch er eben hinaufkommen würde! – zur Beurteilung vorzutragen.

Es fügte sich für ihn alles aufs angenehmste, in gewisser Weise war er für die Existenz des schwarzen Kindes sogar froh, denn so würde sich die Zeit seiner babylonischen Gefangenschaft in seinen Berichten nicht gar so langweilig ausnehmen. Deshalb dankte er dem Allerhöchsten spät, aber immerhin, für die Erschaffung des schwarzen Mädchens Afra. Es war das erstemal, daß er für die Erschaffung irgendeines Menschen im Gäu dankte. Wenn er ehrlich war, hielt er seine Gemeinde für eine Ansammlung von Lehmklumpen, die der Atem des Schöpfers noch nicht gestreift hatte.

Lehmbatzen. Ich habe die Messe für Lehmbatzen gelesen, dachte er.

Im Sommer kam Thereses Vater zurück. Als er über den grauen Weg, zwischen den längst wieder grünen Hopfenvorhängen hindurch ins Dorf humpelte, erschrak niemand, der ihn sah: Denn keiner erkannte ihn. Theres stand mit dem Rücken zur Dorfstraße im Gemüsegarten und hackte müde die Quecken aus den gelben Rüben. Neben ihr lag, in ein graues Deckchen eingewickelt, ihre Tochter Afra. Theres stand gebückt, das Kind zuzzelte an einer sandigen Rübe. Über allem lag mittägliche Stille.

Sag halt was, sagte die hackende Theres zu ihrem Kind.

Es ist fad, sagte sie noch, so fad ist es und viel zu heiß.

Sie hatte den Rock hochgesteckt, der Gummi ihrer Hose hielt ihn fest. Ihr Oberkörper, über dessen rosa Haut schwärzliche Schweißsträhnen liefen, war mit einem blauen Schürzentuch kaum bedeckt. Die Haare hatte sie mit einem roten Geschenkband, das mit goldenen Sternchen bedruckt war, am Hinterkopf zusammengebunden. Sie war barfuß. Von Zeit zu Zeit gab das Kind einen kleinen zirpenden Laut von sich, wenn es das Rot und Gold des Bandes in der Sonne leuchten sah. Es versuchte geduldig und zäh, sich aus der Wärme und dem Kampfergeruch des Deckchens zu befreien, und fuchtelte mit seinen kleinen, dunklen Fäusten in der Luft herum.

Der Mann, den noch keiner erkannt hatte, war am Zaun stehengeblieben und schaute auf seine Tochter und seine Enkelin. Er schaute auf eine stramme, rosafarbene junge Frau, die kaum etwas anhatte und schwitzte, und auf einen Negerbankert. Er war weitgereist, der Bauer, nicht freiwillig, in seinem Hirn waren nicht mehr nur die Bilder aus dem Gäu, er hatte andere mit heimgebracht, wußte aber keine Wörter dafür. Deswegen war es ihm recht, daß die da sich nicht umdrehte und er Zeit hatte, etwas von dem wiederzufinden, weshalb sie Angst vor ihm gehabt hatten, seine Frau sogar so viel, daß sie ihre ewige Seligkeit aus lauter Angst verspielt hatte, die Todsünderin.

Er glaubte nicht an Gott, ihm war es gleichgültig, ob jemand seine Taten wog. Pfaffengesindel.

Der Bauer erinnert sich an nichts in diesem Augenblick. Er sieht den schwarzen Säugling, weiß, was vorgegangen ist, aber er hat vergessen, wie er die Ordnung wiederherstellen kann.

Früher waren die Weiber kreischend vor ihm geflohen, sie hatten ihm beim Schlachten zugeschaut und zweifelten nicht, daß er ihre Schreie genauso befriedigt durchschneiden könnte wie die hohen Schreie der Stallhasen und der

Schweine. Wenn er in die Nähe kam, blieb Mensch und Vieh die Luft weg. Aber wie hatte er das gemacht? Beim tausendjährigen Raubzug hatte er lang selber Angst haben müssen, bis ihm die Umstände erlaubten, selber welche zu verbreiten. Odessa – aber da hatte er sich nicht hervorgetan. Da waren ihm die anderen überlegen gewesen, hatten sich lustig gemacht über seine Langsamkeit.

Da steht er also, an seinem eigenen schiefen Gartenzaun und weiß nicht weiter, und die Theres dreht sich um und sieht das mit einem Blick.

Haben sie dich doch noch heimgelassen, sagte sie, hebt das Kind hoch und legt es etwas weiter entfernt unter einen Baum. Sie schaut ihn an, der Bauer ist alt, ausgemergelt, um sein rechtes Bein ist ein dunkelblau kariertes Geschirrtuch als Verband gewickelt. Er hat eine braune Mütze mit Ohrenschützern auf, über seinem Rücken hängt ein schlapper Rucksack. Er ist – das erkennt die Theres mit Verwunderung – nicht größer als sie selber. Sein Bart ist gelbgrau, seine Haare sieht sie nicht unter der Mütze. Die Schultern hängen ihm nach vorn, als habe er schwer zu tragen. Um seine Augen herum sind bläuliche Wülste gewachsen, die Theres kann seine Augenfarbe nicht erkennen und erinnert sich auch nicht mehr an sie. Er ist dürr, aber seine Tochter sieht, daß er nicht zum Dürrsein geschaffen ist. Sie sieht seinen Hunger. Er tut ihr nicht leid, noch nie hat ihr irgend jemand leid getan, und der zu allerletzt.

Sie redeten dann nicht mehr viel. Theres sagte zu ihm, man habe nicht mehr auf ihn gewartet, und er antwortete, daß er es den Weibern schon zeigen werde, mit dem Totsein sei erst einmal nichts. Das Kind schaute er nicht an und humpelte, als er den Garten endlich betrat, genau über die Stelle, auf der es vorher gelegen hatte.

Da war er also wieder. So viele andere hatte der Krieg verschluckt, aber ihn wieder ausgespuckt, den Schinder wieder zurückgeschickt. Die Alte in der dunklen Stube hatte es schon Wochen zuvor geahnt.

Der geht nicht unter, hatte sie einmal zu ihrer Enkelin gesagt, der kommt uns wieder, da reicht ein Krieg nicht, daß wir den los sind.

Aber dann war sie erschrocken, hatte ihre Prophezeiung zurückgenommen.

Hätte ich nur nichts gesagt, dachte sie, als sie ihn krumm und hungrig in der Tür stehen sah. Ich habe ihn hergerufen.

Sie sah ihn: Seit langem hatte sie niemanden so deutlich gesehen wie ihn.

Bist noch nicht verreckt, meinte der Bauer gleichmütig, bist immer noch da, und einen Zuwachs habt ihr auch, Saumenscher. Tu was zum Essen her.

Wie zuvor die Theres erkannte auch die Alte, daß ein Halbtoter heimgekommen war, der Krieg hatte ihm das Rückgrat herausgerissen, er hatte ihm die Stimmbänder durchgehauen und das Hirn ausgeleert. Nur noch ein sanfter, wehmütiger Schatten war von seiner Bosheit übriggeblieben. Er sah aus, als werde er nie mehr eine Axt halten können oder ein Gewehr.

Zusammengehauen hat es dich, Bauer, sagte die Alte zufrieden und suchte Mehl und Eier, da haben wir ja noch Glück gehabt. Du tust uns nichts mehr, du nicht.

Sie sah ihm zu, wie er den Pfannkuchen aß, der nicht süß war und nicht salzig, er aß mit tief über den Teller hängendem Kopf und schützte den fetten Fladen mit beiden Armen. Bevor er fertig war, hob er den Kopf und schaute zum Herd, ob die Alte den zweiten fertig hätte, er wagte nicht zu fragen.

Unser Zuwachs, sagte die Alte und drehte den Pfannkuchen herum, das ist die Afra. Wenn du dich am Kind vergreifst, bringt die Theres dich um. Erst haben wir es auch nicht haben wollen, aber das geht dich nichts an. Im Dorf haben sie aufgehört, drüber zu reden, da brauchst du nicht wieder damit anzufangen. Arbeit ist genug da, aber drüberhinaus bleibt alles, wie wir es gewöhnt sind, seit du weg bist.

Hast schon gedacht, Ihr seid mich für immer los? fragte der Bauer tückisch, während er nach dem dritten Pfannkuchen Ausschau hielt.

Wir haben drum gebetet, antwortete die Alte. Es hilft halt nur selten. Zum Fürbitten kaufen haben wir kein Geld gehabt.

Dann redeten sie lange Zeit nicht mehr miteinander. Sein Bett stellten sie in das kleine Zimmer, in dem früher die Obststeigen und das Selchfleisch aufbewahrt wurde und in dem es roch, als hätten sie Essen im Überfluß. Viele gute Nahrungsmittel hatten in der Kammer ihren Geruch hinterlassen, Butter und Schweinefett, Lauch und Rüben, Birnen und getrocknete Zwetschgen.

Der Heimgekehrte, den der Hunger nie verließ, roch es und wurde verrückt, Einatmen macht nicht satt, er suchte überall nach den Quellen dieser Gerüche, nach übriggebliebenen Speckschwarten oder Kohlrabiköpfen. Die Alte aber versteckte das wenige Essen anderswo.

Er neidete der Theres ihr blühendes Fett, dem Kind seinen Brei, selbst der Alten gönnte er das bißchen Brot und blaue Milch nicht, wovon sie zu leben schien. Er dachte an nichts als ans Essen, Tag und Nacht, er krümmte sich, wenn er sich ungesehen glaubte, in Hungerqualen. Sie hungerten nicht wirklich, was ihn plagte, war die Angst vor dem Hunger, dem vergangenen und dem zukünftigen. Zur Bosheit und zur Macht, auch zur Grausamkeit gehörten Sattheit, das spürte er nun. Der Hunger unterwarf ihn den Weibern. Er suchte sich Arbeit auf dem Hof und litt.

Afra hatte laufen gelernt und tappte hinter dem neuen

Mann, dem allerersten Mann in ihrem Leben, her. Der Bauer betrachtete seine Enkelin, wenn er mit ihr allein war. Er sprach nicht über das Kind, manchmal kniff er es, um herauszufinden, ob sich Haut von dieser Farbe anders anfühlt als weiße.

Afra weinte selten. Als sie zahnte, gaben sie ihr wieder Schnapssäckchen zum Lutschen. Rechtzeitig zur Herbstbestellung war der Bauer zurückgekehrt, er ging allein über die armseligen Felder und stritt sich mit den anderen um Saatgut. Der Bürgermeister war für die Verteilung verantwortlich.

Denken Sie sich, sagte er zu Aurelia, diese Lemuren versuchen mich zu bestechen. Wer hat sich sowas jemals vorgestellt? Kommen mit ihrem trüben Spritschnaps und ihren ranzigen Butterkugeln für ein paar Maß Saatgut, fressen die Saatkartoffeln und weigern sich, wenn man ihnen rät, sie sollen Pilze und Beeren sammeln. Wildsaufraß, sagen sie, nur die Flüchtlinge äßen Pilze. Es ist ihnen nichts beizubringen.

Er verteilte sein weniges Saatgut nicht nach Hofgröße, sondern nach der Schläue der Hofeigentümer. Wer den listigsten Betrugsversuch gemacht hatte, wurde bevorzugt.

Was haben wir im nächsten August davon, wenn die Stare den Blöden alles wegfressen oder die Krähen? Geben wir es denen, die mich bescheißen wollten, das beweist wenigstens, daß sie einen Funken Verstand im Hirn haben.

Theres und die Alte hatten auf ihre Weise vorgesorgt und Samen gezogen, Gurken, Kohlrabi, Bohnen, Erbsen. In Tüten schlief das getrocknete Zeug, nicht eigens versteckt, was die Alte spätestens an dem Tag reute, an dem sie sah, daß der Bauer die Gurkensamen gegessen und nur noch die Spelzen in der Tüte gelassen hatte.

Kann man denn gar nichts mehr stehen lassen, sagte die

Alte furchtlos zu ihrem veränderten Schwiegersohn, frißt du denn alles, was du in die Hände kriegst?

Ich brauchs, antwortete der Bauer schamhaft und böse. Soll man auf seinem eigenen Boden nicht genug zu fressen kriegen!

Früher hätte er mit dem Dreschflegel Essen verlangt, ach, früher hätte er gar nichts zu verlangen brauchen, jetzt aber war alles anders geworden, und seinem düsteren Hirn wollte nicht aufgehen, warum das so war und wie man es ändern könnte. An seine Frau dachte er manchmal, wie sie da gehängt hatte, an die Kate in Rußland auch, wo er sich zu Hause und überlegen gefühlt hatte. Dort hatten sie nicht gehängt, sondern still übereinandergelegen, zuunterst die Kinder.

Dann machte wieder der Hunger seinen mühsamen Grübeleien ein Ende. Alles war gezählt in diesem Haus, das sie ihm weggenommen hatten, gezählt und gewogen. Eines Tages jagte er eins von den Hühnern in den kleinen Wald hinter dem weiten Feld und die Vögel verstummten wegen des verzweifelten Geschreis. Je entschlossener das Huhn vor ihm flüchtete, desto rasender wurde der Bauer in seinem Hunger. Schließlich hatte er es erwischt. Das Huhn schaute ihn an aus runden, fremden Augen, bevor er ihm den Kopf abriß.

Noch nie hatte er ein Huhn gerupft, Weiberarbeit! So briet er es, nachdem er ihm notdürftig die Federn ausgerissen hatte, saß in einer weißen Federwolke vor einem Feuer aus Kienäpfeln, es roch nach Fleisch und verbrannten Fingernägeln.

Wenn du schon eine von den Hennen hinmachen mußt, fragst gefälligst vorher, sagte die Theres wütend, als er später wie ein Dieb auf seinen eigenen Hof zurückkam, mit Federn bedeckt und nach Rauch und verbranntem Fleisch stinkend.

Hättest eine alte nehmen können, die nicht mehr legt, jetzt fehlen die Eier, aber du denkst nur an dein Fressen.

Das Huhn hatte ihm ein wenig von seiner alten Kraft wiedergegeben, und er ging mit dem Beilstiel auf seine Tochter los, schreiend, daß er auf seinem Boden äße, was er wolle, und wenn er den ganzen Hof fräße samt den Weibern und dem Bankert, sei das noch immer sein Recht, sein Recht, das ihm keiner nehmen würde, ja, sein Recht.

Die Theres schaute nicht auf das Beil, es wunderte sie, daß sie nichts mehr von der alten Kinderangst in sich spürte. Der da stand, war ein Fremder. Er hatte sich eingenistet, er war am Tod ihrer Mutter schuld, er störte. Die Art, wie er Afra anschaute, gefiel ihr nicht.

Das Denken machte der Theres große Mühe, ihr wäre es recht gewesen, wenn alles geblieben wäre wie zuvor, das Kind klein und still, der Hof ein Schutz für drei Frauen.

Kein gutes Wort hab ich gehört, seit ich heimgekommen bin, sagt der Bauer jetzt zu seiner Tochter.

Warum auch? fragt die.

Hab ich welche von dir gelernt, gute Wörter? Ich weiß keine. Bleib mir vom Leib, schreit die Theres, als der Vater einen Schritt auf sie zugeht.

Der Bauer hieß Kilian, man nannte ihn im Dorf den Metzgerkili, weil er schon als Bub gern geschlachtet hatte. Am Anfang des Krieges waren die Feinde sehr weit weg gewesen, aber später hatte er seine Fertigkeiten zeigen können, da hatten die Kameraden dann aufgehört, über seine Langsamkeit und seine Sprache zu lachen. Partisanen solle er jagen, hatten sie ihm befohlen, und das tat er. Er hielt die Partisanen für einen Volksstamm, wie die Jesusmörder. Die Jesusmörder hatte er als Bub manchmal im Gäu gesehen, man kaufte Nähnadeln und Gürtel von ihnen und hörte ihren Geschichten zu. Der Pfarrer – der andere Pfarrer – hatte schon damals vor ihnen gewarnt. Und jetzt die Partisanen. Das war aber auch schon wieder lang her, und im Gefangenenlager hielt man besser den Mund. Nur deswegen konnten ihm jetzt die Weiber so unverschämt kommen mitsamt dem schwarzen Teufel, der da herumkroch.

Kilian, der Bauer, hatte Neger gesehen, aber er brachte die nicht in Zusammenhang mit seiner Tochter in der Abgeschiedenheit des Gäus. Er glaubte weder an Gott noch an den Teufel, aber wenn schon, dann noch eher an den Teufel, und das Kind schien ihm ein Beweis für dessen Existenz zu sein.

An was erinnerst du dich, was fällt dir als erstes ein? fragte vierzig Jahre später die Nachtigall ihre Mutter Afra. Die dachte nach. Vielleicht mein Großvater, sagte sie, der Kilivater. Ich weiß noch, daß ich immer hinter ihm hergekrochen bin. Aber vielleicht hat mir das auch nur Aurelia erzählt. Ich weiß so vieles nur von ihr, und dann denk ich, ich hätte es erlebt. An den Stall im Winter kann ich mich erinnern und an die Schnapssackerl als Schnuller. Ich hab damals noch nicht gewußt, daß ich schwarz bin. Wir waren ja als kleine Kinder immer allein, die anderen Mädchen genau wie ich. Das war eigentlich die beste Zeit. Noch nicht arbeiten, noch nicht in die Kirche, einfach ohne Grund auf der Welt herumkriechen.

Und Ihr habt wirklich kein elektrisches Licht gehabt? fragte die Nachtigall.

Noch lang nicht, kein Gedanke dran! antwortete Afra. Es hat einem aber gar nicht gefehlt.

Was hat dir denn gefehlt, Mama?

Vielleicht nichts, was ich gemerkt hätte. Gar nichts. Hunger haben die anderen gehabt, ich aber nicht. Jedenfalls kann ich mich nicht dran erinnern. Gefroren hab ich auch nicht. Wenn du klein bist, merkst du nicht viel.

Ich habe alles gespürt! sagt die Nachtigall, die vielleicht

schon krank ist zu dieser Zeit, aber noch nichts davon weiß. Ich habe schon ganz früh alles gespürt.

Das bildest du dir ein, sagt ihre Mutter Afra darauf hilflos, aber sie wagt nicht wirklich zu widersprechen. Das Kind ist klüger als sie und fast schon berühmt. Welchen Anteil hat sie an dem Kind?

Der Großvater war wie ein böser König. Sie haben immer von ihm erzählt, wenn er nicht dabei war, die Ahne und meine Mutter.

Der König mit den Sieben Henkern? fragt die Nachtigall.

Da kannst du dich noch dran erinnern? sagt Afra gerührt, etwas hat das Kind behalten, und wenn es nur die Erinnerung an den bösen König ist.

Ich werd ein Lied über die Sieben Henker schreiben! sagt die Nachtigall. Ein Wahnsinnsthema.

Afra gibt keine Antwort, sie fürchtet sich vor den Liedern ihrer Tochter, aber sie kann es ihr nicht sagen. Demütig verbringt sie die kurze Zeit, die die Nachtigall ihr zugeteilt hat, mit diesem fast weißen Kind, das mit seiner Mutter in jenem leicht ungeduldigen Ton spricht, den Afra ihrer Mutter gegenüber nie gewagt, an den sie nicht einmal je gedacht hätte. Aber sie hat sich ja erst spät zur Sichtbarkeit entschlossen und ist nicht geübt darin. Wenn sie sich treffen, tauschen sie die Rollen: Afra ist das Kind und die Nachtigall die Mutter.

Paßt du auch auf deine Diät auf? fragt die Nachtigall.

Ach, Kind! sagt Afra, rettet sich schnell auf sicheren Grund und erzählt weiter vom Großvater, vom bösen König, den sie selber nur noch schwach und krank in Erinnerung hat. Sie weiß, daß die Geschichten das einzige sind, was ihre Tochter wirklich von ihr braucht.

Nimmt in Kauf, daß nach seinem Tod der Großvater weiterwächst, bis er überlebensgroß dasteht, ein Dorfherrscher mit blutigem Mund und grünen Hahnenfedern im Bart.

War er schön? fragt die Nachtigall ihre Mutter.

Du liebe Zeit! sagt die verblüfft, es wäre niemand drauf gekommen, das zu fragen.

Gibt es eigentlich Fotos? fragt die Nachtigall, von der es Hunderte von Aufnahmen gibt, Mapplethorpe hat sie fotografiert, kurz vor seinem Tod, und sie liebt das gläserne Bild, auf dem sie weißer aussieht als alle Weißen.

Irgendwo müßten ein paar Bilder sein, vielleicht hat Aurelia noch welche. Die hebt doch alles auf.

Von Afra gibt es viele Bilder aus den Sechzigern, damals hat sich jede Gruppe gern mit ihr gezeigt, einer halbschwarzen Lohnabhängigen, schön noch dazu und leicht zu haben. Fotos auf dem Marienplatz und am Chinesischen Turm, von Schaum umgeben am Universitätsbrunnen und auf einem Floß im Eisbach, von vielen weißen Händen festgehalten.

Frühere Bilder? Wenige aus dem Gäu, vielleicht vom Haus und der Ahne vor dem Krieg, als es den Leuten so gut ging, daß sie sich alle paar Jahre vom Wanderfotografen abbilden ließen, der in einem Leiterwägelchen eine Pappsäule, um die Papierrosen gewunden waren, einen ausgestopften Windhund und ein Schaffell für die Kinder hinter sich her zog, von dem er behauptete, daß es von einem Bärenfell nicht zu unterscheiden sei, wenn man sich den Kopf wegdenke. Ein samtenes Fußschemelchen, ein Kürassierhelm und ein Pappschwert gehörten auch noch zu seiner längst versunkenen Ausrüstung.

Im Jahr fünfunddreißig hatte er noch das halbe Dorf fotografiert, aber dann war er nicht mehr gekommen, und man hätte ihn gern vergessen, wenn nicht die dicken, rahmfarbenen Bilder, die in den Häusern hingen, beharrlich an ihn erinnert hätten mit ihrer goldenen Schrift auf der Vorderseite: Ignatz Baumhammel. Die letzten Bilder vor seinem Verschwinden hatte er nicht mehr abziehen können, sie verschwanden mit ihm und warteten vielleicht irgendwo in seiner schweren Kamera wie eingesperrte Schatten.

Bilder? sagt Afra zur Nachtigall. Was willst du damit?

Anschaun! sagt die.

Das ist auch nichts Sicheres! sagt Afra zu ihrer Tochter, du mußt dir nur beim Altwerden zuschauen.

Ich nicht! sagt die Nachtigall und bringt damit ihre Mutter zum Frieren.

Im Frühjahr fünfzig begann die Theres, ihre Tochter offen im Dorf zu zeigen und beendete damit deren Kindheit. Erst die Blicke der anderen Gäubewohner machten das Kind schwarz. Es konnte sprechen und laufen, war gut genährt, liebte das Alleinsein, wenn man ihm Dinge gab, die es kneten oder zusammenknoten konnte. Die Ahne lehrte das Kind, die Stoffstreifen für die Teppiche zuzuschneiden und in die richtige Reihenfolge zu bringen.

Wenn du da das Grüne hintust und dort das Braune, kommt ein Baum heraus, wenn dus webst.

Und wenn du mitten in das Grün ein Gelb und ein Rot tust, wirds ein Apfelbaum! sagte das Kind.

Die Kindheit war zu Ende, bevor sie recht angefangen hatte, nicht nur im Gäu, überall. Für viele Arbeiten waren die Kinder wie geschaffen, vielleicht waren sie auch dafür geschaffen, wer dachte schon darüber nach? Wenn sie nicht starben, waren sie mit vier oder fünf Jahren kräftig genug, um Hasenfutter zu schneiden und Kienäpfel aufzuklauben, überhaupt war jede Arbeit, bei der man sich bücken mußte, eher für die Kinder als für die Alten gemacht. Kartoffeln ziehen und Unkraut jäten, Engerlinge ausgraben und die abgefallenen Ähren auf den kahlen Feldern einsammeln.

Dabei lernte Afra die anderen Mädchen kennen. Im Dorf waren es nicht viele, ein paar Buben gab es auch, aber die waren älter. Ungefähr eineinhalb Jahre nach ihrer Geburt war auch im Gäu wieder ein Bub geboren worden, er hatte den Bann gebrochen.

Zufall! hatte der Bürgermeister gesagt, aber er war doch froh gewesen über den ersten Stammhalter. Der starb allerdings bald nach der Geburt, als habe seine Kraft nicht ausgereicht.

Auf den Feldern und in den Gärten sah man nur Mädchen. Die älteren Buben arbeiteten in den Ställen und auf den Weiden. Sie arbeiteten schwer, weil sie die Männer ersetzen mußten, sie fingen mit zehn oder elf Jahren an, zu rauchen und zu fluchen, und waren schon vor der Heiligen Kommunion erwachsen.

Afra hatte Glück. Sie wurde nicht mit Schlägen und Tritten aus ihrer Kindheit getrieben, sondern mit Blicken. Wenn ihr die Blicke zuviel wurden, ging sie weg. Ihre Rettung waren die tausend Schlupfwinkel und Fluchtorte, die Ställe und Wiesen, wo man den Feind schon von weitem kommen sah und sich verstecken konnte. Der Staubgeruch, malzig und kratzend in den Kornmandln, den hohen Hütten aus Garben, die nach der Ernte auf den Feldern standen wie verwaiste Dörfer und in denen ein Kind so allein sein konnte wie in einem Sarg. Die tiefliegenden Bachwiesen mit den Biberdämmen, durch die das Wasser in dünnen Strähnen schlich. Der Bräukeller mit den feuchten Fässern und den dunkelgelben Pilzen an der Wand.

Wenn sie heimkam, das Wollhaar voller Staub und Spinnweben, haute Theres ihr eine runter und schimpfte. Dann fing Afra an zu weinen und blieb in der Stube stehen, weil sie nicht wußte, wer an dem Tag bereit sein würde, sie zu trösten. Der Böse König tat es manchmal, nahm sie auf den Schoß und hielt sie fest, während er ihre schwarzen Beinchen kitzelte und Kaffeebohne, Kaffeebohne! zu ihr sagte. Darauf war aber kein Verlaß, denn an anderen Tagen trieb er sie aus dem Haus und schrie heiser hinter ihr her, Sündenfall, Schandkind, Mohrenbankert.

Die Ahne, die fast nur noch im Bett lag, war lieb zu ihrem Urenkelkind, das sie für etwas Besonderes hielt. Aber ihre Knochen waren brüchig und schmerzten in den Gelenken, sie band sich heiße Heublumensäckchen um Knie, Ellenbogen und Schultern und klagte in scharfen, hohen Tönen, wenn keiner zuhörte. Der Pfarrer – längst ein anderer Pfarrer – war schon dreimal dagewesen, sie hatte ihn aber nur zum Zeitvertreib rufen lassen, denn sie wußte, daß es mit ihr noch nicht zu Ende ging. Manchmal vergaß die Theres, ihr zu essen zu geben. Dann war die Alte froh, denn sie hatte es jetzt eilig mit dem Sterben. Wenn das Kind in ihr Bett kriechen wollte, jammerte sie und sagte: Du wirst mir die Knochen brechen, du Treibauf!

Sonst gab es niemanden, der Afra hätte trösten können. Sie dachte noch an die Maulschellen ihrer Mutter, wenn die sie schon längst vergessen hatte. Die größte Angst in Afras Leben war die vor dem Klo. Windeln hatte es nicht gegeben, Theres hatte dem kleinen Kind Lappen um den Leib gewickelt und das kratzende Zeug zwischen den Beinchen durchgezogen, so gut es ging. Auf der dunklen Haut sah man das Wundsein kaum, was hätte es auch genützt, Kinder waren eben wund. Sobald das Kind groß genug war, das Herzhäusel zu öffnen und aufs Brett zu krabbeln, kümmerte sich die Theres nicht mehr drum. Aber das Brett mit dem Loch, in dessen Tiefen sich etwas bewegte und das einen Leichengestank aushauchte, war der Eingang zur Hölle. In dem Loch war alles Schlimme, und jeden Tag krochen da unten neue Teufel herum mit Pestmäulern, grauem Fell und grünen Zähnen.

Afra rettete sich im Sommer in die Büsche, hinter den Misthaufen, in die Felder. Theres aber zwang ihre Tochter, den Abtritt zu benutzen.

Wenn du in die Schul kommst, sagte sie, kannst auch nicht hinmachen, wos dir grad paßt.

Im Winter hatte das Kind, obwohl die Kälte es biß, weniger Angst, da war es still in dem Höllenloch, und der Gestank erfror in der eisigen Luft. Der Großvater trat einen Weg durch den Schnee zum Herzhaus, und durch die klare, weiße Stille hörte man die Posaunen seiner Fürze. Aber im Frühling wachten die stinkenden Teufel wieder auf und kamen von unten, um das Kind herunterzuziehen.

Jahre später wird Afra die Toiletten des Hotels Königshof in der Stadt aufsuchen, vergessen, wozu sie sie betreten hat, und so lang nicht wieder herauskommen, bis man sich Sorgen um sie macht und nach ihr sucht. Eine unschuldige blaßrosa Muschel, makellos wie aus dem Meer! Aber da kann sie wieder nicht, wer scheißt schon in den Himmel? Und trägt ihren Unrat wieder mit fort, der in ihr hart wird und nicht hinausdarf.

So kriegt man seine Lebenskrankheiten! sagt sie zu ihrer Tochter und lacht, weil sie nicht wagt zu fragen: Und was ist deine Lebenskrankheit?

Nach solchen Fragen nämlich kann es sein, daß die Nachtigall für Monate aus dem Leben ihrer Mutter verschwindet.

Im Jahr zweiundfünfzig wurde im Dorf ein Kramladen eröffnet, in dem Sensenblätter, Schürzenstoff, Lauspulver, Ochsenpfotenfett, Kämme, Zucker, Essiggurken und Himbeerbonbons verkauft wurden. Die kleinen Mädchen rieben sich mit den angelutschten Himbeerbonbons die Bakken rot. Afra weinte, weil man es bei ihr nicht sah. Die älteren Buben warfen ihr manchmal Roßäpfel nach, und die Theres lachte ihre Tochter aus.

Bist selber schuld, wenn sie dich treffen. Geh halt auf die Seite! Das mußt du sowieso lernen!

Die Ahne hatte sich wieder erholt, mager wie ein Geist, aber lächelnd saß sie an den wenigen schönen Tagen im Garten und wickelte ihre endlosen Stoffstreifenknäuel, in denen immer reichere und überraschendere Bilder schliefen. Sie sagte den Weberinnen, die das Material abholten, nie, was sie zu erwarten hätten. Nie war ein Fehler, eine falsche Farbe in dem, was zwischen den Schußfäden des Webstuhls entstand, und längst hatte ein Münchner Laden die Teppiche entdeckt, die so anders aussahen als die gewöhnlichen Flickenteppiche, in denen man, wenn man genau hinschaute, traurige Geschichten aus Küchenschürzen, Bettüchern und abgetragenen Wintermänteln lesen konnte, noch immer untermischt mit dem Kotbraun der Arbeitsdienstuniformen und den finsteren, schwarzen Streifen aus besserem Stoff.

Diese Teppiche lagen wirklich nur in Bauernstuben, aber die Stoffbilder der alten Posthalterin wurden berühmt, ohne daß sie davon eine Ahnung hatte. Die Theres war auf den Verdienst angewiesen, pro Kilo zerschnittenen und webfertig aneinandergenähten Stoff bekam die Alte, die nicht mehr selber weben konnte, zehn Pfennig. Die Weberinnen erhielten vom Aufkäufer fünfzig Pfennig in der Stunde. Der Aufkäufer verlangte in München für einen fertigen Teppich zwanzig Mark. Achtzig kostete er dann im Laden.

In den achtziger Jahren wurden Tausende für sie gefordert, und jeder Versuch, sie nachzumachen, mißlang. Man fand sie in Hühnerställen und als Bettvorleger, in Hundehütten, Kinderwiegen und Dachritzen. Zweihundertzweiunddreißig sind bis heute bekannt, die Nachtigall hatte einen in New York gekauft und war stolz, daß ihre Urgroßmutter – nein, Ururgroßmutter sie erfunden hatte.

Des Bösen Königs Bosheit hatte sich erholt, er tat sein Bestes, um die Frauen und das Kind in Angst zu versetzen – das Kind nicht immer. Das fürchtete sich mehr vor seinen greifenden, kneifenden Fingern und dem Sumpfgestank, der aus seinem Mund mit den zwei starken, tabakfarbenen Eckzähnen kam, als vor seinem Gebrüll und dem Gefuchtel mit dem Schrotgewehr.

Früher hätte niemand gewagt, zu ihm zu sagen: Du wirst dir noch selber in den Hintern schießen, besoffenes Holzscheit!, wie die Theres es jetzt manchmal tat. Sie spürte die Blicke ihres Vaters und sagte zur Ahne, daß es besser wäre, wenn er wieder heiraten würde, irgendein recht böses Weib, aber nicht einmal die würde einen wie ihn nehmen.

Noch immer fraß er, was er bekommen konnte, und unter seinen grauen Strickwesten wuchs ihm eine Großbauernwampe, um die er im Wirtshaus beneidet wurde.

Sind gute Futterverwerter in deiner Familie, sagten die dürren Nachkriegsbauern mit den hungrig auf- und absteigenden Adamsäpfeln und den eingefallenen Mündern und dachten dabei an das Fleisch der Theres, das nicht sie hatten kosten dürfen, sondern nur so ein dahergelaufener schwarzer Sieger.

Kanns schon auf die Bäum herumkraxeln, das Bankert? Tuts eigentlich reden wie ein Christenmensch, oder grunzt es nur?

Es kann vielleicht besser reden wie ihr alle mitsammen, sagte dann der Kilian, wers nicht glaubt, für den könnt ich den Watschenbaum umfallen lassen! Da waren sie ruhig und warteten, bis er ging.

Aurelia, die Hebamme, sprach mit Fritz Rost über die Schule. Der halbe Bär wartete im Dämmer des verfallenden Schulhauses. Über die vernagelten Fenster waren Efenranken und Waldrebe gekrochen. Seit der Taufe war das Gebäude nicht mehr benutzt worden.

Man kann sie nicht groß werden lassen wie das liebe Vieh, sagte Aurelia, lesen und schreiben müssen sie wenigstens lernen, auch die Mädchen, grade die. Es kann nicht weitergehen wie bisher!

Und Fritz Rost, der sich längst entschlossen hatte, das neue Jahrzehnt nicht mehr als Dorfbürgermeister, sondern als Filmstar zu erleben, gab seiner Freundin recht. Eine Schule für das Gäu, das wäre seiner würdig, eine Abschiedstat, man könnte den armen Würmern ihre Kindheit ein wenig verlängern. Arbeiten und die Hoffnung aufgeben mußten sie noch früh genug.

Wenn wir das jetzt in Angriff nehmen, können wir im Herbst loslegen. Das war im Frühjahr.

Eines Tages war das Schöne ins Dorf gekommen und machte aus Afra für kurze Zeit ein glückliches Kind. Es war nicht ohne die Vorboten des Kummers und der Schmerzen in ihr Leben gekommen, das ist immer so. Afra verstand das erst viel später, als sie zurückdachte und ihrer weißen Tochter davon erzählte.

Der Böse König war an Kirchweih sehr betrunken gewesen, hatte sich wegen seiner schwarzen Enkeltochter geprügelt und sie, als er nach Hause getrampelt war, vorbei an den verschlossenen Fensterläden und durch den guten, nächtlichen Gestank des Dorfes, aus dem Bett, von der halbtoten, mageren Ahne weggezogen.

Wird doch runtergehen, der schwarze Dreck, hat dich keiner gescheit gewaschen, Saubankert. Der Herd glühte noch dunkelrot vom Futterkochen und das Wasser war noch heiß.

Bis die Theres vom Geschrei ihres Kindes und den krächzenden Verzweiflungslauten der Ahne wach geworden war, hatte Afra schon Brandwunden an den Ärmchen, dunkle, fast unsichtbare Wunden. Theres hatte trunken vor Müdigkeit den Feuerhaken gegen ihren Vater erhoben.

Mach ihn hin, mach ihn endlich hin! hatte die Ahne gebettelt, und das Kind, das kluge Kind war hinausgestürzt in die Nacht des Gartens, zum Wasser, das durch den Birkenstamm an der Pumpe floß. Sie hatte sich in den ausgehöhlten Stamm gelegt, wie in einen Sarg, sie wollte nicht mehr heraus, viel später erst fand die Theres ihre unterkühlte Tochter und nahm sie mit in ihr Bett, während sie versuchte, den auf dem Boden schnarchenden Vaterteufel mit Fußtritten aus dem Weg zu befördern.

Nichts hat es ihm geschadet! flüsterte die Ahne in ihrem Bett, da kannst du nur mit einem geweihten Schüreisen was erreichen. Aber wo kriegt man das her?

Afras Brandwunden waren durch das eiskalte Bachwasser gleich geheilt, das merkte sich die Theres, nie mehr wurde auf ihrem Hof jemand mit Mehl, Öl oder Schweinefett gequält.

Am nächsten Tag aber, als Theres ihrem Vater versprach, ihn das nächstemal unfehlbar zu erschlagen, und das Kind in eines seiner vielen verschwiegenen Verstecke geflohen war, kam der Glückshafen ins Dorf. Das war ein weißer, kastenförmiger Lastwagen, die Frauen buchstabierten leise die Aufschrift, und die Mädchen hörten zu, während die paar älteren Buben so taten, als interessierten sie sich nur für den Motor, den sie allerdings am falschen Ende suchten. Sie sahen selten Autos, manchmal vergingen Tage ohne die erregende Staubwolke ganz hinten am Rand der Landschaft, die so wunderbar schnell näher kam und vorbeiflog wie ein hochmütiger Traum. Die hielten nie im Dorf an, sondern irgendwo weit hinter den Hopfenvorhängen.

Die Buben schnüffelten also hinten an dem weißen Lastwagen herum, und die vielen kleinen Mädchen hörten den Namen GLÜCKSHAFEN.

Ich habe, sagt Afra später zu ihrer Tochter, nie herausfinden können, ob das Wort einen richtigen Hafen oder einen Topf gemeint hat. Aber damals habe ich den Bären gesehen.

Der Glückshafen ließ sich seitlich aufklappen, so entstand eine Art Bude mit einem schmalen Tresenbrett und einem himmelan steigenden Regal, das mit Gegenständen vollgepackt war, die das Kind noch nie in seinem Leben gesehen hatte. Da gab es Kämme und Schüsseln aus braunem Bakelit, silberne Papptrompeten und mit lila Stanniol umwickelte Kaleidoskope, Brummkreisel aus Blech mit gelben Enten und roten Holzknöpfen, rosaweiße Pfefferminztafeln, fischgrüne Unterhosen, Schiefertafeln mit gestreiften Läppchen, die Mikadobündel der frischen Griffel, Haarnetze, Bälle in allen Größen – und Tiere! Tiere in Farben, wie es sie noch nie vorher auf der Welt gegeben hatte – jedenfalls nicht für das Kind. Dieses Blau! Dieses Rot! Ein Grün, anders als die tausend grünen Dinge, ein schmerzhaftes Grün, das in die Augen zwickte, und das Gelb! Das Gelbe war ein Löwe mit einer schütteren Wollmähne, etwa karnickelgroß, mit schlecht vernähten krummen Beinen. Er beeindruckte Afra nicht sehr, denn ihn kannte sie von Bibelbildern, Löwen fraßen Christen und waren auch in Wirklichkeit gelb. Der Elefant, dessen Namen sie nicht aussprechen konnte, war dagegen blau, aus blauem Samt, sein Rüssel zeigte nach links und hatte aufgestickte rote Löcher.

Afra gefiel das Blau, keine Blume, kein Himmel, kein Dorfteich war so blau wie dieser Elefant. Aber das wunderbarste war der Bär. Groß und rosa saß er ganz oben auf dem Regal des Glückshafens, würdig und fern. Der Hauptgewinn. Auch dieses Rosa hatte vorher nie jemand gesehen, ein gefährliches, gewalttätiges Rosa, das für Afra zur einzig königlichen Farbe wurde.

Der Bär war etwa so groß wie sie selber, aus einem schütteren, glänzenden Plüsch, und seine Augen waren wie die des Bären in der Schule aus schimmerndem braunen Glas. Man hatte sie nicht gleichmäßig an seinen Kopf genäht, deshalb schaute er etwas schief, fast mißtrauisch, vielleicht aber auch stolz.

Das Dorf hatte sich längst um den Wunderwagen versammelt, laut und aufgeregt diskutierten sie über den Wert der ausgestellten Gegenstände. Nur Afra blieb ein wenig abseits, hielt die Arme mit den unsichtbaren Wunden steif vom Körper weg und starrte den Bären an.

Zum erstenmal wünschte sie sich etwas, ohne den Bären konnte das Leben nicht weitergehen. Der Hauptgewinn saß hoch über ihr, in seinem rasenden, nie gesehenen Rosa, mit seinem hochmütigen gläsernen Blick, ein samtener Gott mit einem goldenen Halsband.

Afra betete den neuen Götzen an, den sie besitzen wollte, der ihr Macht und Bewunderung bringen würde, der sie weiß und glücklich werden ließe. Der Bär war das erste Kunstwerk in ihren Leben. Sie war sechs Jahre alt, das Herz tat ihr jetzt mehr weh als die Ärmchen. Das war die Liebe.

Niemals hatte es vorher etwas wie diesen Bären in der Welt gegeben. Neu und schrecklich waren ihre Gedanken, denn es war ihr nicht möglich, den Glückshafen ohne den Bären zu verlassen. Die anderen Kinder lachten über sie.

Solche Viecher gibts bei euch daheim, sagte ein kleines

Mädchen mit Affenschaukeln, um die Afra sie beneidete. Aus ihrer Wolle Zöpfe zu flechten hatte Theres längst aufgegeben, Roßhaar nannten die anderen Kinder sie, Lamperl oder Wurzel, Dreckerl, Bärendreck – ob sie deshalb den Bären anbetete? Sie dachte nicht nach und hörte nicht zu, sondern versank in stummes Wünschen.

Der Inhaber des Glückshafens schüttelte die Losröllchen in einem alten Aluminiumtopf und sang: Ein Zeeeehnerl, ein Zeeeehnerl, das ganz große Glück!

Da wendeten sich viele weg, denn Geld war selten im Gäu, was man brauchte, wurde eingetauscht, und nur zweimal im Jahr wurde etwas ausgegeben für Sensenblätter oder Salz.

Die Kinder besaßen kein Geld, die meisten hatten noch nie welches gesehen, denn es schlief in kleinen Stoffsäcken unter den nie gewendeten Kopfpolstern, von Armeen aus Läusen und Flöhen bewacht, Theresientaler und Kronenstücke im grauen Bettstroh verborgen.

Afra wußte, daß sie ihren Großvater dieses eine Mal, ein einziges Mal, um Geld bitten konnte. Die verbrannten Ärmchen und das kalte Wasser, die Schreie ihrer Mutter, die alle Angst vor ihrem Vater wiedergefunden hatte, das dumpfe, stille Mitleid der Ahne – all das brachte Afra dazu, den Blick von dem rosa Bären zu nehmen und den Teufel selber um zehn Pfennige zu bitten. Es kam ihr nicht in den Sinn, daß diese märchenhaften und ganz und gar nicht vorstellbaren zehn Pfennige nicht den Bären, sondern lediglich einen von den kleinen grünen Loszetteln bezahlen konnten. Das Los war der Bär, Eintritt in die Welt der Schönheit, erster und wichtigster Besitz.

Sie hatte keine Angst mehr vor dem alten Mann mit dem dicken Bauch unter der Strickweste. Zehn Pfennige, nur die, ein gelbes Geldstück.

Sie bekam es, und der Alte war froh, sich von der bösen

Erinnerung an das zappelnde schwarze Kind freizukaufen.

Nützt dir gar nichts, wenn du ihr was gibst! sagte die Theres, soviel Geld kriegst du nie zusammen, jetzt nicht und nimmermehr, daß du das wiedergutmachen könntest. Die Kleine ist noch dumm, die kannst du mit einer Freude herumkriegen und mit dem Glückshafen. Aber die Geschichte wird ihr bleiben, auch wenn man keine Narben sieht!

Halts Maul, sagte der Alte milde zu seiner Tochter, aber die Milde wurde ihm nicht gedankt, früher hätte er sie für eine solche Unverschämtheit krumm und stumm geschlagen, aber jetzt!

Der Krieg, der verfluchte! sagte er und zog an den fettigen Lederbändeln, die seine paar Münzen beschützten, alles ist hin, keine Ordnung mehr und die Kinder schwarz.

Noch mehr schwarze? fragte die Theres, ich hätt gedacht, wir haben die einzige. Ist aber lang nicht mehr so schwarz wie am Anfang!

Afra hielt das Geldstück in der feuchten Faust, lief allein wieder zurück zum Glückshafen und hörte von weitem, wie der Inhaber des fahrenden Palastes gegen den Lostopf schlug, das klang wie Ziegenglöckchen.

Um den Glückshafen herum lagen viele grüne, zerknüllte Zettelchen im Sand. Noch immer saß der Bär oben im Wagen und sah auf die herunter, die mit ihm nach Hause gehen wollten.

Afra hielt ihren Zehner dem lachenden Zigeuner hin, der auf seinem Aluminiumtopf trommelte und so schwarz war wie sie selber – fast so schwarz. Es schien ihm aber nichts auszumachen.

Afra wurde mißtrauisch. Wie konnte ein dunkler, faltiger, kleiner Mann mit krummen Beinen und einem zahnlückigen Grinsen etwas so Schönes wie den rosa Bären in seiner Obhut haben? Sie, Afra, würde den Bären aus seiner unwürdigen Gesellschaft befreien, sie würde seine Gefangenschaft zwischen Bakelitschüssel, staubigem Puffreis und grünen Seifenstücken beenden.

Der Zigeuner hielt dem Kind seinen klingenden zerbeulten Topf hin: Fang das Glück, Mohrle! sagte er, und etwas, das klang wie Massel.

Die Münze war weg, ein Griff entschied, Afra zögerte, nicht, weil sie Angst hatte, den Bären nicht zu bekommen, sondern weil sie die große Welle des Glücks noch nicht aushalten konnte. Sehr melancholisch schauten die gestickten und gläsernen Augen des Bärengottes auf sie herunter. Auf Afras Los stand etwas, das sie nicht lesen konnte.

Was heißt das? fragte sie den Zigeuner.

Ein Pupperl! jubelte der mit einem kleinen Anflug von schlechtem Gewissen. Hast ein Pupperl gewonnen!

Seit vielen Jahren schon war der rosa Bär, den er vor Jahren in einer Budapester Schießbude geklaut hatte, die Attraktion und der unangefochtene Hauptgewinn seines Unternehmens. Ohne den Bären hätte er seinen Laden zumachen können, und auf den grünen Zetteln, die er abends in der Dämmerung vom Boden aufhob, glättete und neu zusammenrollte, stand fast immer jenes unlesbare und unverständliche Wort »Niete«. Auch auf dem Los seiner kleinen schwarzen Schwester. Die Tränen stiegen ihm in die Augen oder der Schnaps von gestern.

Ein Pupperl! Da schau.

Er suchte in den Schachteln und fand eine Babypuppe aus Zelluloid in der Farbe rohen Fleisches. Sie war etwa so groß wie eine Männerfaust und hatte Schlafaugen.

Afra fing an zu weinen. Sie war betäubt vor Trauer um den Bären, der nun in ihrem Leben war und doch nicht zu ihr kommen würde. Die rote Puppe haßte sie.

Die ist so rot, flüsterte sie zu dem Zigeuner hinauf, zu

ihrem Feind, der sie betrogen hatte um die ganze Welt. Vielleicht dachte der Zigeuner an das Glück, das er gehabt hatte. Nicht viele seiner Brüder und Schwestern besaßen ein Geschäft wie er, konnten unangefochten in einen Ort kommen und ihn wieder verlassen, nicht viele konnten sieben Jahre nach dem Überleben schon wieder lachen.

Der Zigeuner Janzi suckelte an seinen wenigen Zähnen, schaute auf das wollhaarige Kind hinunter, unter dessen kleiner, schwarzer Knopfnase der Rotz glitzerte.

Gefällt es dir nicht, das Pupperl, fragte er nachsichtig. Magst lieber ein schwarzes Kind haben?

Nicht so ein rotes, sagte Afra leise und schaute sich nach den anderen Mädchen um, die neugierig näher gekommen waren, neidisch auf das Glück der Schwarzwurzel. Dem Zigeuner Janzi waren die vielen kleinen Mädchen unheimlich, denn er hatte Angst, ihnen allen etwas schenken zu müssen.

Wenn man einmal mit dem Gutsein anfängt, sagte er, kommt man nicht wieder heraus.

Jede bekam ein rosa oder weißes Stück Waffelbruch, Afra gab er ein lakritzschwarzes Stoffpüppchen mit Augen aus grünen Glaskugeln und einem Bastrock um die Mitte.

Das fleischrote Zelluloidbaby verschwand zwischen den anderen Mädchen, zu ihnen paßte es.

Afra, Afrika! sangen die Kinder, Nußkohle, Brikett! Der Brikett hat ein Kind!

Afra packte ihr schwarzes Stoffkind, das mit den dünnen Beinen schlenkerte und in dem Bastrock bestimmt fror. Das mußte sie jetzt liebhaben.

An den Bären dachte sie, wie man an Gott denkt, während sie allein vom Glückshafen wegging. Afra, Afrika! klangen die messerscharfen Stimmchen von weitem, aber sie hörte nichts mehr.

Afra, Afrika! schreien sie hinter ihr her, sagte die Hebamme zu Fritz Rost, der sich endlich entschlossen hatte, das Gäu und das Dorf und die Menschen zu verlassen und wieder ein wirklicher Schauspieler zu werden – Afra, Afrika!, dabei hat keins von ihnen eine Ahnung, wo Afrika liegt und was es ist! Der alte Gauner hat die Kleine verbrüht, die Ahne hat es mir erzählt. Überall geht es mit der Zivilisation los, nur hier verwildert alles. Wir müssen die Schule aufmachen. Schreiben und lesen sollten sie wenigstens lernen, auch wenn es nur Mädeln sind. Und ein bissel rechnen.

Haben Sie sie nicht alle herausgezogen, Aurelia? Reicht Ihnen das noch nicht? fragte der Bürgermeister. Wer soll den Lehrer machen hier in der Gottverlassenheit? Seit Kriegsende haben wir hier den fünften Pfarrer, Lehrer kommen erst gar nicht. Es ist noch keine Inspektion hier gewesen, wegen der Schulpflicht. Wen wollen wir ins Schulhaus setzen? Außer Ihnen selber fällt mir niemand ein, Verehrte!

Sie interessieren sich nur für München und für Frau Leuwerik! antwortete Aurelia und war eifersüchtig.

Sie können nicht einfach aufhören! Wenn Wahlen sind, werden alle Sie wählen, auch wenn Sie gar nicht kandidieren. Das mit den Wahlen versteht hier sowieso niemand, es ist ja auch völlig überflüssig. Aber die Kinder darf man nicht im Stich lassen. Eines Tages wird das was Besonderes sein, ein ganzer Jahrgang nur mit Mädchen.

Wieso soll das was Besonderes sein? fragte der Bürgermeister erstaunt. Es ist nur ein Glück, daß es sich von allein wieder gegeben hat, so wird sichs verspielen, bis sie erwachsen sind. Nichts gegen Frauen, aber ein Gleichgewicht sollte sein. Nach so einem Krieg hätte es ein Jahr lang nur Buben geben dürfen. Aber da steckt man nicht drin. Und lernen müssen sie, so oder so. Von wem nur? Ich kann ihnen nichts beibringen, denn ich glaub nicht, daß es einen Nutzen hat.

Sollen sie dumm sterben? fragte Aurelia zornig.

Nein, aber leben! antwortete Fritz Rost und dachte tatsächlich an Ruth Leuwerik. Er hätte gern: Ich liebe sie! gesagt, aber das hätte Aurelia falsch verstanden. So begnügte er sich mit einem wehen Gesichtsausdruck.

Das Leben im Gäu begann, sich zu verzweigen. Noch vor wenigen Jahren war Fritz Rost der Herrscher gewesen, Prophet und Feldherr in einem, ein briefmarkengroßer König in einem leicht zu übersehenden, unangefochtenen Reich. Jetzt aber mußte er sich etwas Neues suchen, denn seine Grenzen waren in Gefahr. In dem Jahr sollte es schon zum zweitenmal nach dem Krieg Wahlen geben, wobei die ersten Wahlen im Gäu von niemandem bemerkt worden waren. Untersucher kamen jetzt in jene Gegenden, in die sich nicht einmal die Späher der Nazis verirrt hatten, Inspektoren, Eintreiber. Steuern sollten bezahlt und Land vermessen werden, alles begann irgendwie, aber die Untersucher brachten ihr Werk nicht zu Ende und zogen sich aus dem schlammigen Land zurück, in dem sie keinen Boden unter den Füßen fanden. Ein Plakat tauchte auf, in den Teufelsfarben Rot und Schwarz, ein halbes Gesicht mit starren Chinesenaugen und einer Mütze, schwarzrote Streifen liefen wie Strahlen oder wie eine unendliche Ebene auf das Gesicht zu.

Die Kinder waren begeistert und fürchteten sich, die Bauern schauten gar nicht hin. Der fünfte Pfarrer interessierte sich mehr für die Wandlung der Herbsternte in Obstbrand, wobei er vor allem mit Äpfeln und Schlehen Ergebnisse erzielte, die manche Städter als göttlich bezeichneten.

Wenige Wochen nach Janzi, dem Glückszigeuner, kam, von niemandem beachtet, von niemandem ersehnt, ein Lehrer ins Dorf. Afra näherte sich vorsichtig den anderen Mädchen und hielt ihre Schutzgöttin an der Hand, die schwarze Stoffpuppe mit dem Bastrock. Die Erinnerung an den unerreichbaren Bärengott verschwamm sachte, aber fortan wird jene Farbe sie begleiten, die man viel später Pink nennt.

Der Lehrer hieß Wolinski und war ein kleingewachsener, in aristokratisches Grau gekleideter Mann, der sich im Dorf einmietete und von der Hebamme über die Kinder belehrt wurde.

Es sind nur Mädchen, über ein Jahr lang nur Mädchen im ganzen Gäu. Bleiben für unsere Schule Stücker zwanzig, zweiundzwanzig, alle werden wir sowieso nicht zusammenfangen können. Die arbeiten hier schon, kaum, daß sie laufen können. Aber lernen müssen sie was, es ist kein anderer da, der ihnen den Platz wegnehmen könnt. Keine Buben. Bleibt alles für die Mädeln übrig. Ein Schwarzes haben wir auch, aber das hat nichts mit einem Naturwunder zu tun, sondern wahrscheinlich mit einem Soldaten. Hat ihn zwar keiner hier je gesehen, aber es war mit Sicherheit einer. Nicht einmal der hat einen Buben fertiggebracht! Als wäre nicht die Zeit für Buben, trotz Krieg. Und die ersten waren auch alle zu schwach zum Leben. Inzwischen gibt es wieder welche, sind aber alle noch nichts Gescheites.

Wolinski schwieg und hörte zu. Er war weit über fünfzig, durch irgendeinen barmherzigen Erlaubnisschein hierhergekommen, ans stille Ende der Welt, in der es sonst von Verfolgern aus allen Richtungen wimmelte. Die Nazis waren zum Schluß auch hinter ihm hergewesen, obwohl er sich danach gesehnt hatte, zu ihnen gehören zu dürfen, und ihnen alles geschenkt hatte: seine Freunde, seine Familie, seine Träume von der Dichtkunst und seine hochmütige Sehnsucht nach großen, schönen Männern. Er war in Warschau und Berlin scheinbar unentbehrlich gewesen, in den Bars und den annektierten Palais, mit seinem Tratsch und seinen spitzen Sätzen, die er über die jeweils Abwesenden zwitscherte. Ein demütiger, kluger, grauer Vogel war er. Aber sie hatten ihn nicht geliebt, immer taten sie so, als seien nur sie groß und schön, standen heiter und grade da und schienen vor nichts Angst zu haben. Sie ließen ihn zwischen sich hin- und herhüpfen wie Rennpferde einen Spatzen.

Wenn du nichts Neues weißt, Wolly, schieb ab! Viele von denen waren wie er, aber davon erzählte er niemandem.

Außer seiner mongoloiden Schwester hatte ihn nie jemand gern gehabt. Es war ihm gelungen, sie dreiundvierzig aus einem Heim in Nordhessen zu retten. Jetzt war sie über dreißig, mit einem zarten, heiteren Äpfelchengesicht, und lebte in einem Kloster nicht weit von München entfernt. Deshalb war er im Gäu gelandet, stumm vor Ratlosigkeit, mit einem schweren Lederkoffer, einem Schreiben des Kommissars für das Schulwesen in der Hauptstadt und der Gewißheit, zu Recht bestraft worden zu sein für seine Unfähigkeit, zu erkennen, wann Betrug und Denunziation sich lohnten und zu welcher Zeit er beides hätte anwenden sollen.

Er war immer zu spät oder zu früh gekommen, er hatte Geheimnisse verraten, die längst gelüftet waren oder die man wegen irgendwelcher veränderter Windrichtungen zu bewahren wünschte. Die Nazis hatten ihm nie wirklich getraut, die Amerikaner, die er, auch als sie längst gesiegt hatten, nicht ernst nahm – er hatte auf die russische Karte gesetzt –, wandten sich von ihm ab, als sie erfuhren, daß er kein Jude war. Sie hatten ihn dafür gehalten, weil er drei Sprachen konnte und trotz seiner deutlich sichtbaren Furcht sehr witzig war. Auch bei den Amerikanern gab es solche wie ihn, aber auch sie sagten bald: Shut up, Wolly!

Dennoch: Die Ordnung kroch zäh, aber unaufhaltsam selbst in die hintersten Winkel des Landes, wobei Verstecke für jene entstanden, die man an den Hauptstraßen zunächst nicht mehr sehen wollte, für die es aber irgendwann wieder eine Verwendung geben würde. So hatte der kleine, graubunte Wolinski sich verborgen, war in der Nähe seiner Schwester geblieben, die sich über seine Besuche freute und deren Gesicht, das Gesicht eines verrunzelten Engels, ihm als einziges wirkliches Menschengesicht erschien.

Jetzt war er bei Aurelia, die ihn wie einen Käfer betrachtete, und sollte einundzwanzig weiße und ein schwarzes Dorfmädchen in die Zivilisation holen.

Können Sie eigentlich auch reden? fragte die Hebamme den Lehrer. Das werden Sie den Kindern beibringen müssen. Sie sind es nämlich nicht gewöhnt, das Reden.

Im Gäu wurden wenig Wörter gebraucht. Manchmal sprachen Familien tagelang nicht, nur, wenn der immer gleiche Gang durch etwas Unvorhergesehenes gestört wurde, redeten sie.

Afra hatte von ihrer schlaflosen, skelettdünnen, aber im Alter immer redseligeren Urgroßmutter mehr Wörter gelernt als die anderen Kinder. Sie traute sich aber nur selten zu reden. Der böse König, der in seinem verschossenen Trachtenjanker wie eine grüngraue Kröte aussah, sprach nur, wenn er besoffen war, aber da konnte das Kind ihn nicht hören, weil es sich mit seiner schwarzen Puppe verkroch, sobald es seine Krötenlaute hörte. Theres beschränkte sich auf wenige Sätze, Befehle, Wutschreie, halbverschluckte Gebete an die Götter der Kühe, des Grases oder des Wetters. Manchmal ging sie spät abends, wenn die Ahne schwieg und der Alte im Wirtshaus war, noch weg.

Das Kind beobachtete, wie die Mutter ein Baumwollläppchen mit Essig tränkte, dann den Fuß auf einen Stuhl stellte und sich das scharf riechende, nasse Läppchen unter den Rock zwischen die Beine schob. Das war, Afra wußte es, ein Zauber. Aber sie fragte nicht. Wenn die Theres dann verschwunden war, hörte Afra die Ahne stöhnen.

Sie hats halt gern, sagte sie dann zu niemand Bestimmten. Das kommt selten vor, aber sie hats halt gern, da kann der Herrgott selber nichts machen. Soll ich dir was erzählen?

In einer dieser mutterlosen Nächte hörte Afra das Märchen vom König mit den Sieben Henkern, das sie, über Jahre unverändert, aufbewahrte und mit dem sie den neuen Lehrer erschreckte, obwohl sie ihm nur den Anfang erzählte.

Es war einmal ein König, der hatte Sieben Henker.

War es ein böser König?

Das wirst du schon noch merken.

War er alt?

Nicht ganz alt.

Wie hat er ausgeschaut?

Tagsüber hatte er einen blauen Mantel an wie die Muttergottes, aber mit einem Fellkragen. Und nachts wahrscheinlich seidene Hemden. Aber das hat keiner sehen dürfen.

Warum?

Wenn du mich immer unterbrichst, ist es Morgen, bis ich fertig bin, sagt die Alte und horcht, ob der Schwiegersohn in der Nachbarkammer fest schläft.

Also, er hatte einen Henker fürs Verbrennen, einen zum Köpfen, einen zum Erschießen, und, also, wie gehts jetzt weiter?

Afra macht ihren Mund fest zu und hätte gern gesagt: Einen zum Ersäufen, aber die Alte murmelt etwas und fängt sich dann: Einen zum Vierteilen.

Darunter kann das Kind sich nichts vorstellen, aber es fragt nicht. Ersäufen kennt es, das machen sie mit den Katzen.

Einer ist zum Erwürgen da und einer zum lebendig Einmauern. Jetzt hätt ich fast den zum Aufhängen vergessen.

Warum? fragt das Kind jetzt doch.

Er hat sie alle gebraucht, und es waren große Herren, die Henker. Sie haben jeden Tag von silbernen Tellern gegessen, Pelzröcke getragen und große, schwarze Hüte. Aber der König fand keine Frau, weil sich alle vor ihm gefürchtet haben. Ordnung war in seinem Land, die Prinzessinnen aus den fremden Ländern haben aber grade deswegen Angst gehabt.

Warum? fragt das Kind, aber die Ahne hört nicht zu, schläft manchmal ein wenig ein, und Afra sieht, wie ein kleines, weißes Spuckerinnsal über die magere Backe läuft. Sie hört den Kilianvater nebenan schwer schnaufen, manchmal ist er ganz still, dann zieht er laut wie ein Ochse den Atem ein.

Was ist jetzt mit den Henkern? flüstert das Kind.

Theres ist immer noch nicht zu Hause. Das Kind schläft ein, die halbe Nacht ist scheinbar schon vergangen. In Wahrheit schlägt es einmal im übernächsten Dorf, und die Stille trägt den ärmlichen Glockenton bis zu Afras Bett.

Viele Nächte muß sie warten, bis Theres wieder aus dem Haus schleicht und es weitergehen kann mit den Henkern. Das Kind fragt immer wieder. Es wird so lang betteln, bis es die Geschichte auswendig kann.

Noch hat der selbsternannte Dorfschullehrer Wolinski ein sehr schweigsames Grüppchen vor sich sitzen, knapp zwanzig Mädchen, die so still sind wie der halbe Bär an der Wand des Schulzimmers und auf ihren Zopfenden herumkauen, bis sie naß sind.

Wolinski kaufte von seinem eigenen Geld eine Schiefertafel und zeichnete ein Schaf, eine Henne und eine Katze unter den gespannten, völlig unbeweglichen Augen seiner Schülerinnen. Neben die sackartig aussehenden Tiere schrieb er ein S, ein H und ein K. Irgendwo mußte er ja anfangen, nachdem sie sich genügend angestarrt hatten, der graue, vogelartige Lehrer und die kleinen Mädchen. Daran dachte Afra, wenn sie auf der Vollendung des Märchens vom König mit den Sieben Henkern bestand. Schafe, Hennen und Katzen sahen sie den ganzen Tag. Afra glaubte, daß der merkwürdige kleine Lehrer viele spannende Geschichten wußte und sie ihnen vorenthielt. Man mußte ihn lokken. Sie wußte längst, daß ihre Urgroßmutter nur dieses eine Märchen kannte, deshalb galt es, klug damit umzugehen.

In den Nächten, die Theres im eigenen Bett verbrachte, redete das Kind leise mit der schwarzen Stoffpuppe aus dem Glückshafen.

Soll weitererzählen! sagte sie und benutzte Fetzen vom Kirchengemurmel: Maramuttagottes, bene deins, mehr Stern ich dich grüße, Halle Julia.

Aber es wurde Herbst, ehe das Märchen weiterging, und die Ahne sah aus, als könnte sie es nicht mehr zu Ende bringen. Sie wurde von der Theres morgens in den Obstgarten gebracht, in einen Holzstuhl mit alten Decken gesetzt, den Lumpenkorb zur Seite. Ihre Augen waren fast weiß geworden, mit einem zarten, blauen Schimmer, wie Magermilch.

Seit einiger Zeit benutzte sie für ihre Webknäule keine roten und gelben Stoffe mehr, und von jenen seltsamen, graublauen Landschaftsteppichen, in ihrem letzten Lebensjahr entstanden, werden mehr als dreißig Jahre später nur noch zwei aufzutreiben sein.

Das Kind erzählte von der Schule, die oft ausfiel, weil Wolinski, von der Traurigkeit des Ortes besiegt, beim schnapsbrennenden Pfarrer seinen Salonkatholizismus zu echten mystischen Erlebnissen verwandelte. Das strengte ihn sehr an, und er schickte die Mädchen oft mit seltsamen Hausaufgaben weg.

Manchmal sollten sie die Körner an einer Ähre zählen

oder ihre Tafeln voll »A« schreiben, aber jedes zweite durchstreichen.

Es ist wichtig, daß ihr an überhaupt nichts glaubt! sagte Wolinski dann schwerzüngig. Auch nicht an das »A«!

Die Mädchen sahen ihm auf den Mund und schwiegen.

Jede muß sich bis morgen fünfzig Wörter mit »W« ausdenken! Da seid ihr beschäftigt. Und jetzt geht heim.

Er hatte vergessen, daß sie noch gar nicht bis fünfzig zählen konnten. Und sie kannten so wenig Wörter!

Weißt du fünfzig Wörter mit »W«? fragte das Kind die halbtote Ahne.

Der ist ja verrückt! flüsterte die und lachte. Wahn. Wut. Wolle. Wolke. Ich mag nicht. Wenn du die Geschichte vom König mit den Sieben Henkern weiterhören willst, mußt du dir deine »W« selber ausdenken. Wäsche, Wald, Wiese, sagte sie und hatte Tränen in den Augen, einen kleinen Tropfen an jeder Seite ihrer weißen Nase, der langsam in den Falten am Mund verschwand.

Das Kind hatte Angst, aber es sagte nichts.

Ich kann mir das nicht merken! war alles, was sie herausbrachte, und sie spürte das Salz in ihren Augen und die lauten Würgtöne, die aus ihr herauswollten.

Weinen. Warze. Wand. Plötzlich ging es wie von allein, so viele Wörter hatte sie noch nie auf einmal gespürt. Wörter.

Erzähl die Geschichte weiter, sagte Afra, und ihre Schluchzer hörten auf.

Jeder von den Henkern wollte dem König gefallen und es besonders schön machen! sagte die Ahne ein halbes Jahr nach dem Beginn des Märchens, fast am Ende des Jahres, aber Afra hatte nichts vom Anfang vergessen.

Und die Leute, die sie zum Umbringen bekommen haben, wollten sich auch nicht blamieren. Jeden Tag war einer von den Henkern dran, auch am Sonntag. Es gab aber nicht viele Leute in dem König seinem Land, und die Alten oder die Buckligen sind nicht umgebracht worden, das hätte ja nicht schön ausgesehen. Frauen sind auch nicht so viele drangekommen, die hat immer der Feuerhenker gehabt.

Afra hörte träumerisch zu und stellte sich den Feuerhenker in einem gelben Mantel vor mit einem hohen, schwarzen Hut und einer roten Feder.

Ist deswegen keine Prinzessin zum Heiraten gekommen? fragt sie irgendwann, mitten in die Geschichte hinein, die jetzt beim lebendig Eingraben angekommen ist.

Und das ist immer donnerstags gewesen, sagte die Ahne.

Warum? fragt das Kind.

Damit alles eine Ordnung hat! sagt die Ahne ganz leise, und ihre Gelenke knacken wie trockene Zweige.

Ja, deswegen ist keine Prinzessin zum Heiraten gekommen, es hat ja keine wissen können, ob sie nicht doch einmal an den Feuerhenker gerät. Das lebendig Begraben hat der König nicht so mögen. Aber das Hängen. Fliegen sollen die Menschen, nicht kriechen.

Eines Tages ist dann doch eine Prinzessin gekommen, die hat einen Mantel aus Menschenhaut angehabt. Es war grade der Tag, wo ersäuft worden ist.

Afra hört zu und denkt an die kleinen Katzen.

Da hat der König sich gefürchtet, und die Sieben Henker sind blaß geworden. Dann haben sie die Prinzessin in den Kerker gesperrt, in dem die sieben Wochenopfer schon gewartet haben.

Damit wird es ein Ende haben! hat die Prinzessin zu ihnen gesagt.

Sie haben ihr aber nicht geglaubt. Am nächsten Tag hat sie der Feuerhenker geholt, und sie ist ganz ruhig mit ihm gegangen und hat sich auf den Scheiterhaufen gestellt, auf einen besonders schön geflochtenen Scheiterhaufen. Der

König hat zugesehen, aber das Feuer wollte nicht brennen, und die Flammen haben sich wie Hunde hingelegt. Sie ist vom Scheiterhaufen wieder heruntergestiegen, und der Feuerhenker in seinem gelben Mantel ist hinauf, um zu schauen, warum das Feuer nicht brennen will. Da sind die Flammen aufgesprungen und haben ihn gefressen. Tags drauf haben sich doppelt so viele Menschen am Richtplatz versammelt, um zuzuschauen, wie die Prinzessin im Fluß ersäuft wird. Aber sie ist nicht untergegangen, und der König hat sich noch mehr gefürchtet.

Hat sich dann der Wasserhenker ersäuft? fragte das Kind.

Ja, sagt die Ahne, was hätte er auch anderes machen sollen? Und so ist es weitergegangen. Unter der Erde hat die Prinzessin so laut gelacht, bis sie sie wieder ausgegraben haben. Das Würgseil hat sie mit dem Hals gesprengt, und dem Köpfer ist die Axt vom Stiel geflogen, dreimal. Beim Vierteilen sind die Pferde einfach stehengeblieben, wie sehr der Henker sie auch geprügelt hat.

Afra schlief schon fast im Geflüster, und die Ahne machte große Pausen, in denen man das gewaltige Schnarchen des Bauern hörte.

Als alle Henker hin waren, hat der König die Prinzessin dann geheiratet, sagte die Ahne nach einer langen Zeit.

Hat er sich neue Henker geholt? fragte das Kind.

Er hat keine mehr gebraucht! antwortete die Ahne, ich glaub, er hat keine mehr gebraucht.

Am nächsten Tag wußte Afra viele Wörter mit »W«, aber Wolinski hatte längst vergessen, daß er die Aufgabe gestellt hatte, und erklärte den Mädchen statt dessen, daß jeder Wassertropfen voller Viecher sei. Man könne sie bloß nicht sehen. Als die Kinder allein waren, sagten sie sich gegenseitig die gefundenen Wörter auf und kamen auf eine große Zahl.

Kannst du schon schreiben? fragte die Hebamme das Kind, das mittags die Dorfstraße entlangtrödelte, einen Wachstuchbeutel und die Tafel, an der ein rotes Schwämmchen hängt, unter dem Arm. Manchmal, ich weiß nicht, flüsterte Afra.

Mach den Mund auf, sagte Aurelia streng, grad du mußt immer vornweg sein und höflich. Nicht so nuscheln.

Warum ich nicht? fragte Afra und wollte weitergehen, in den Pfützen und Steinen lesen, nichts reden müssen.

Jetzt tätest du rot werden, wenn du könntest! sagte Aurelia und lachte.

Da war das Anderssein wieder. Die Mädchen waren kein Spiegelbild für Afra. Sie suchten Ähnlichkeiten, die Haare, die Füße. Sie verglichen einander unermüdlich, aber mit Afra gab es nichts zu vergleichen. Brikett, Roßhaarige, nicht Schokolade, Brot oder Kakao. Keine süßen Wörter für Afra. Brikett. Verbrannte. Zu lang gebacken, das war noch das freundlichste.

Am allerweißesten war ihre eigene Mutter, die Theres, weich und rosaweiß wie ein Federbett.

Warum schau ich aus wie ich? fragte Afra ihre Mutter in einer günstigen Stunde. Die Ahne schlief, und der Bauer war im Wirtshaus.

Das brauchst nicht zu wissen, antwortete die Theres mürrisch. Das wird schon noch anders. Das verwächst sich. Überhaupt: Wo siehst du dich denn?

Darauf wußte Afra keine Antwort. Der einzige Spiegel im Haus hing neben der Tür, gegenüber vom staubigen Weihwassergefäß, die Theres schaute im Vorbeigehen manchmal hinein und leckte sich die Lippen, wobei sie sich auf die Zehenspitzen stellte. Der Alte mußte sich bücken, wenn er seinen Bart abkratzen wollte. Für Afra war der Spiegel viel zu hoch.

Manchmal sah sie sich im Wasser, da konnte sie mit der

Hand ihr eigenes Gesicht verändern, kleine Wellen überspielten die Farbe. Eigentlich hatte sie sich nur in den Blicken der anderen gesehen. Deshalb war sie still und hoffte, daß die Ahne etwas sagen würde. Aber die schlief fast nur noch, und manchmal hielt die Enkelin Theres ihr rosa Ohr an den stillen Mund, um zu hören, ob sie noch atmete.

Neben dem Bett stand seit Wochen unberührt ein Korb mit schönen, bunten Fetzen. Afra saß nach der Schule manchmal da und zog die schwarze Stoffpuppe immer wieder anders an. Dann versuchte sie, sich mit ihrer Puppe so zu vergleichen, wie es die anderen kleinen Mädchen untereinander taten, schau, ich hab größere Füße und dickere Finger – schau, ich bin wie du, flüsterte Afra, aber die Puppe hatte keine Füße und Hände, sondern nur Stoffwülste, die schlapp vom Körper baumelten.

An einem blassen Wintertag hörte die Ahne auf zu atmen. Niemand war dabei. Ist es endlich hin, das alte Luder, sagte der Bauer furchtsam und schaute über die Schulter, ob nicht ihr erfrischter und verjüngter Geist hinter ihm stünde.

Afra war still und nahm bunte Flicken aus dem verwaisten Stoffkorb. Theres wusch den vertrockneten Körper ihrer Großmutter, zog ihr das gelbe Sterbehemd an und öffnete die Türen, damit die Nachbarn hereinkämen. Alle kamen: die Franzosenbäuerin mit ihrem eingeschrumpften Mann, Wolinski, der sich einen schwarzen Hut geliehen hatte, Aurelia mit heruntergezogenen Mundwinkeln und der Bürgermeister in einem nagelneuen Anzug unbekannter Herkunft. Zur Theres sagte er immer wieder: Das war eine Lady, ihre Großmutter. Aus der hätte was werden können. Chapeau, Chapeau!

Die Theres hielt das für Gebete einer unbekannten Religion, für eine Art heidnischer Gesänge. Sie dachte flüchtig an ihren schwarzen Freund, der ähnlich schmiegsame, angenehm klingende Wörter zu ihr gesagt hatte. Vorsichtshalber antwortete sie: Vergelts Gott! und streute Fichtenzweige rund um den Sarg, der mitten in der Stube stand.

Die Ahne lag da, als sei sie schon seit hundert Jahren heilig, nicht mehr Frau, nicht Mann, namen- und gesichtslos. Kinn und Nase berührten einander fast. Sie war steingrau, und ihre Finger brachen wie Zweige, als sie ihr den Rosenkranz herumwickelten.

Was ist jetzt? fragte das Kind die Theres, die laut schluchzte und immer wieder: Vergelts Gott! sagte.

Jetzt ist sie im Himmel, und wir bleiben mit dem Alten hier herunten! antwortete die Theres und versuchte, Afra die Haare glatt zu streichen.

Eins der wenigen Lieder, die die Nachtigall auf deutsch schrieb, war die Ballade von der Hundertjährigen: Auf einem blauen Teppich weit / über die Berge / hundert Jahre / so lang dauert ein Lied / du bist so leicht / du kannst fliegen.

Es wurde kein großer Erfolg, und die Zeitungen schrieben, sie habe ihre Härte verloren und wolle ihre Fans zähmen.

Arschlöcher! wird sie zu ihrer Mutter Afra sagen, und die wird schüchtern antworten, die Teppiche seien nur zum Schluß blau gewesen, sonst immer bunt.

Dreiundfünfzig war es soweit: Der Bürgermeister, Tausend und acht Jahre älter geworden, im Stande einer neuen, einer endgültigen Unschuld, ließ das Gäu und seine Bewohner hinter sich und ging nach München, zum Film.

ZWEITES BILD
Schule der Frauen

Es hätte viel zu lernen gegeben. Überall war es, das Rätselhafte, und keiner da, den man WAS IST DAS fragen konnte. Denn der Lehrer ließ sich nicht fragen: Er allein entschied, was gewußt werden durfte, und gab ihnen Bröckchen davon, Fadenenden, kein Drachen am anderen Ende, der sich in die Lüfte erhob. Alles in der Dorfschule war wie der unselige Bär: Halb. Sie rechneten bis zu den Zehnern, dann gab es eine lange Pause, in der Wolinski sich undeutlich an das gleichschenklige Dreieck erinnerte, sie waren die einzigen Menschen im Gäu – vermutlich –, die: LAISSEZ-MOI PASSER, S'IL VOUS PLAÎT sagen konnten, wenn sie auch die Bedeutung der übermütigen Töne sofort wieder vergaßen.

Vielleicht wird einmal ein Forscher den Ursprung eines Hüpfspiels, bei dem man durch die in den Straßendreck gemalten Kreise zu springen und, im letzten Kreis angekommen, laut Lassmapassiojeh! zu schreien hat, erkunden wollen, weil der Schrei nur in dieser Gegend vorkommt und Jahrzehnte später von tschechischen und rumänischen Kindern an der gleichen Stelle gerufen werden wird, aber eben nur hier: Der Forscher wird verzweifeln, geschieht ihm recht.

Auch über die Fortpflanzung erfuhren sie manches, und sie berieten sich flüsternd. Es gab keine Störche im Gäu, so fiel die Aufgabe des Kinderbringens abwechselnd dem Jesulein zu, der ja selber eins war, oder den Fischreihern, die für Störche durchgehen konnten. Daß es wie bei den Viechern sei, wagten sie nicht zu behaupten, denn sie hatten schon angefangen, Beichten zu sammeln für die Kommunion.

Wer werd's scho bracht ham, sagten sie und schauten Afra an.

Des is bei dera wer anders gwesen wia bei uns. Der Krampus hat's bracht. Tu dich halt waschen! Da schau her, innen in die Händ is scho sauber!

Und Wolinski hielt eine Stunde, in der er mit schwerer Zunge alle möglichen Mischabscheulichkeiten aufzählte, sämtlich von einem klugen Schicksal zu Unfruchtbarkeit und frühem Tod verdammt.

So is recht! sagten die kleinen Mädchen, draufgehn werds. Vielleicht no vor der Kommion. Nachad kommts in d'Höll.

Aber das machte Afra gar nicht so viel aus, wie man hätte denken können.

Als nach langen Zeiten der Verlorenheit plötzlich die Seele in ihrem Versteck entdeckt worden war und jeder voll Entzücken erkennen konnte, daß er an nichts und wieder nichts schuld sei, weil es für alles einen Grund, eine Wurzel in seiner Kindheit und deren Torturen gab, war Afra für eine kurze, köstliche Zeit der Star aller Erforschungen. Sie konnte das nicht recht genießen, weil ihr die Erlebnisse nicht so furchtbar vorkamen, wie sie sich in den Gesichtern der ihr Zuhörenden spiegelten.

Afra hatte früh gelernt, sich möglichst unsichtbar zu machen und trotzdem die Arbeit, die man ihr übertrug, zu tun: Und es gab einen Haufen Arbeit, widerwärtig deshalb, weil man sie jeden Tag von neuem machen mußte. Hühner füttern und Stall ausmisten, Kartoffeln lesen, Lampen putzen, Käfer abklauben, Unkraut zupfen, Unkraut, das schneller wuchs, als man es ausreißen konnte, Käfer, die sich schneller vermehrten, als man sie zu Hühnerfutter machen konnte. Die Feldsteine, die sie tage- und wochenlang mühsam zur Befestigung des Gartenweges herangeschleppt hatte, einen nach dem anderen, hatte der Weg in einer einzigen Regennacht verschluckt und war grundlos wie zuvor.

Aber es war so: Wennst nix anders kennst, kannst nix anders wolln.

Und da das Kind jeden Tag sehen konnte, was mit überzähligem Leben im Dorf geschah – die vielen mageren Katzen- und Hundeleichen auf den Misthaufen, zusammen mit den ausgemergelten Köpfen der alten Legehennen, und wenn der falsche Karnickelbock an den Häschen schuld war, kamen die, knack, mit dem Gesicht nach hinten auch noch dazu –, meinte es, es gehe ihm eigentlich ganz gut. Nur wenn die Theres wieder beschloß, sie zu bleichen, litt sie, aber sie lernte, unheimliche, im Gäu nie zuvor gehörte Schreie auszustoßen.

Da Deifi schreit, sagten die Bäuerinnen, die am Haus vorbeigingen, und Theres gab es wieder auf, die schöne Haut ihrer Tochter mit Wurzelbürsten und Essig zu malträtieren. Statt dessen mußte Afra jahrelang einen Löffel Essig auf nüchternen Magen nehmen. Essig macht weiß, sagte die Theres, und die Brünnerin redete ihr den Blödsinn nicht aus.

Die Brünnerin sah man in diesem Jahr nicht oft im Dorf, sie nahm ihre Aufgabe gerade noch wahr, zog die Kinder ans Licht, gab den Müttern mürrische Ratschläge, registrierte die seit sieben Jahren gleichbleibende Normalität des Zahlenverhältnisses zwischen Buben und Mädchen. Sie hatte zugeschaut, wie die besiegten Soldaten wieder zu Bauern wurden, wie ihnen die Bäuche anschwollen und triumphierend über den Hosenbund stiegen, wie die Bärte wieder die Spitzen nach oben stellten, wie die ersten Prämien und Beihilfen ins Gäu flossen, die Häuser da und dort aufgestockt und angestrichen wurden.

Es ist immer noch das gottverlassenste Eck der Welt,

sagte sie, wenn sie am offenen Fenster ihres Häuschens saß und die langen Hopfenschleier in der Ferne anstarrte. Aber der Fortschritt findet ein Mausloch, da kommt er herein, und da läßt er auch welche hinaus.

Seit der Bürgermeister dem Gäu den Rücken gekehrt hatte, seit er eines Tages all seine ehrwürdigen Fräcke und Cutaways, die vorweltkrieglichen Krönungsmäntel und Seidenschals auf dem Misthaufen des Franzosenbauern verbrannt hatte, seit er seinen Spinoza, seinen Kant, seinen Plato, seinen Hartmann, seinen Schopenhauer und all die anderen papierenen Menschenverderber zusammengepackt und mit den Worten: Bei mir haben sie ausgedient, aber Ihnen könnten sie noch was nützen! der Brünnerin überreicht hatte, seit diesem dunklen Tag war eine große Traurigkeit über die Hebamme gekommen.

Womit hätte sie ihn halten sollen, hier, bei seinen unwillig gehüteten, bockigen und bösartigen Schafen?

Bei mir, ausgerechnet bei mir ist das Kriegverlieren zum Dauerzustand geworden! hatte er in den Monaten vor seinem Entschluß, den Schauspieler Fritz Rost wieder aus sich herausschlüpfen zu lassen, oft gejammert.

Wenn er nur ein wenig gewartet hätte! Denn es ging ja besser, jeden Tag ein winziges Stück, nicht mehr, als die Gäubewohner ertragen konnten.

Nicht einmal die völlige und strahlende Sichtbarkeit des sich im übrigen Land ankündigenden Wunders konnte ihn noch aufhalten: Er hatte sich in der Kreisstadt einen braunen Anzug mit üppig fallenden Hosen gekauft, schwere Schuhe und ein Hemd mit flachem Kragen, einen Burberry bestellt und einen italienischen Hut. Als er diese seine neue Person nach langen Briefwechseln, Wochen des Wartens und Nächten der Unschlüssigkeit und des bitteren Mitleids mit denen, die er hier am Boden liegend zurückließ, endlich beisammen hatte, ging er. Zu Fuß, wie es sich gehörte. Bald – und wie eingeätzt stand das Bild vor dem Seelenauge der Brünnerin –, bald hatten ihn die grünen Vorhänge verschluckt.

Die Hebamme verlor monatelang nicht das Gefühl einer Halbierung, einer Amputation, und sie dachte oft an die Zungenreliquie, über die sie früher immer gelacht hatte. So wie ihr mußte dem armen Heiligen zumute gewesen sein, als man ihn so grausam beraubt hatte, aber im Unterschied zu jenem war Aurelia nicht einmal die Gewißheit der himmlischen Seligkeit beschieden. Im Gegenteil: In ihrem Zustand war ihr die himmlische Seligkeit vollkommen wurscht, selbst, wenn sie daran geglaubt hätte, was sie nicht tat.

Man hatte ihr die Stimme genommen und die Beine weggehackt, sie geblendet und ihr nur die Blicke auf diesen Unort, dieses Jammertal mit den völlig gleichgültigen und häßlichen Menschen gelassen.

Daß sie ihm hinterherziehen könnte, bedachte sie für weniger als einen Augenblick. Eine Hure, die auf sich hält, wohnt in einem festen Haus und ist das Warten gewöhnt. Warten ist immer noch würdiger als nachlaufen. Zärtlich gedachte sie der wundersamen Taufnacht und erinnerte sich an den unzerknirschten, keuschen Liebhaber.

Es ist grausam, wenn die Liebe den Menschen trifft, aber wenn sie einen spät trifft, ist es noch schlimmer.

Die Hebamme sieht ihr ganzes, bisher gut eingependeltes und an Erinnerungen nicht armes Leben seit der Flucht des Bürgermeisters wie in einem trüben Licht. Fortgerissen sind die schönen Schleier über den Bildern aus dem Brünner Bordell, ihr Stolz auf die ganz andere, aber ebenso nützliche Arbeit im Gäu ist geschmolzen, jetzt, flüstert sie, könnt ich nur noch Leichenfrau werden. Dann hätt ich alles beisammen. Und von der Stimmung her wärs das Richtige.

Schon vor ihrem Liebesunfall war sie nicht sonderlich mitleidig gewesen und vermochte ihre Aufgabe grade deshalb gut zu erfüllen, ohne Krampf, das Leben und der Tod waren ja erst in jüngster Zeit wieder ein bißchen weiter auseinandergerückt. Immer mehr Kinder sahen aus, als ob sie groß werden würden. Aber jetzt war sie nicht einmal mehr darauf neugierig, und die Mütter fühlten sich in ihren Händen nicht mehr so wohl wie früher.

Das Kindbett, wenn man es ihnen gönnte, war eine Zeit der Erholung, ein paar Tage nicht in aller Herrgottsfrüh in die Ställe und an den Herd. Reihum halfen sie einander, ohne Freundlichkeit und ohne Dankbarkeit. Es wurde ein helleres Brot und ein dunkleres Bier als sonst auf den Tisch gestellt. Wenn es ein Sohn war, bekam die Helferin ein Schultertuch oder ein Paar Strümpfe. Manchmal gewöhnten sich die älteren Kinder an die Helferinnen und behielten sie als Ersatzmütter, wenn die eigene vom Kindbett nicht mehr aufstehen wollte und beim Sterben meist das letztgeborene mitnahm.

Kinder gehörten allen und keinem und nur dem lieben Jesus. Die Hebamme hatte immer gewußt, ob eines in Gefahr war, in Gefahr auch, etwas Besonderes zu werden. Aber jetzt war ihr das alles gleich.

Die Mädchen aus dem Nachkriegsjahr wurden unter ihren Augen groß, aber sie sah sie gar nicht. Denen stand ihr zweites Glaubensbrandzeichen unmittelbar bevor, die Heilige Kommunion, vor die der liebe Jesus das geheimnisvolle Ritual der Beichte gesetzt hatte. Sie nannten die Sache Kommion und redeten beim Kartoffelkäfersammeln über die Sünde.

Einen Winter noch, ach, wie lang ist der Winter, Weihnachten, und dann der Weiße Sonntag. Es ging die Rede von pfundschweren Kerzen und engelhaften Kleidern, aber nicht einmal das Geschwätz über Kleider konnte die trauernde Aurelia erreichen, die doch früher so putzsüchtig gewesen war, daß sie sogar in einem Rock aus Geschirrtüchern noch nach etwas aussah.

Wozu? Wozu noch an Kleider denken oder den harten, bröseligen Lippenstift über einer Kerze wieder geschmeidig machen, LE ROUGE BAISER, wie lang war das her und wieviel Küsse hatte er rot gefärbt! Und Aurelia, die sich durch das üppigere Essen ein wenig gerundet hatte, nahm wieder ab und sah schlimmer aus als damals, kurz nach dem Krieg.

Die Liebesmagerkeit mit Salzfässern rechts und links am Hals, Hühnerflügeln, die aus dem Rücken stachen, und lustlos dünnen Oberschenkeln, durch die man ein Brot quer hätte schmeißen können. Die einzigen Tätigkeiten, denen sie mit einer Art dumpfer Emsigkeit nachging, waren Zigarettendrehen und Schnaps aus Weingeist und abgekochtem Obst machen. Auch dieser Schnaps war, wie das Leben, eine große Lüge. Nichts wirklich gebranntes, geläutertes, sondern etwas aufgesetztes, eine Art bewußtlos machender Marmelade. Sie begann, sich selber zu hassen, und hätte fast eine der Frauen umgebracht, weil sie eine schwierige Kindslage nicht richtig erkannt hatte. Außerdem kam sie in die zweite Hälfte der Vierziger und in den Wechsel. Sie verlor einige Zähne und riß sich voller Zorn jeden Morgen steife, weiße Barthaare aus. Nicht, daß es jemanden interessiert hätte: Im Gäu sahen alle verwittert aus, alle außer der Theres.

Aber: Ich hab nicht Lust, mit einem Bart wie der Nikolaus herumzulaufen, was dir oben ausgeht, wächst an der verkehrten Stelle nach. Ich bin ein ungedüngtes Feld, und keine Würde, die einem hilft. Wie jung war sie gewesen mit dem strahlenden Alter des Bürgermeisters im Hintergrund. Und jetzt? Im Gäu ist sie gefangen, unbeweglich, die Jahre rennen. Manchmal geriet Aurelia an ein Modejournal oder ein Kinoprogramm, das ihr höhnisch die andere Welt zeigte. Diese fliegenden Röcke! Diese würdevollen, geflügelten Hüte! Die Taillen waren dünn wie in der Hungerzeit, aber niemand dachte beim Anblick dieser papierenen Frauen an Hunger. Die Brünnerin vermied es, sich im Spiegel zu betrachten.

Noch war die Zeit der allgegenwärtigen Spiegel weit entfernt, und Aurelia verkroch sich in der Unsichtbarkeit und trank sich goldene Erinnerungen an ihre Königinnenjahre in Brünn herbei.

Ein Segen, daß man da nie wieder hinkann, sagte sie zu sich selber, wenn sie den merkwürdigen Schnaps ausprobierte, der in Einmachgläsern und alten Essigflaschen überall in ihrem Häuschen stand, nach Kirschen, Johannisbeeren und Fäulnis duftend.

Niemand wird dich mehr sehen können, Brünn, Brno heißt du jetzt, es ist egal, ob ich die Wahrheit gesagt habe oder nicht, ob es die Schlösser und die Steinfiguren wirklich gegeben hat, die Brunnen und die roten Seidentapeten in der Libertschana. Keiner wird mehr nachschauen können, ob unser Leben wirklich so schön war, wie wir seither träumen. Grenze dazwischen. Wenn man wieder nübergeht, wirds fortgeflogen sein, das ganze Paradies, pfft! Wie ein Vogerl.

Aurelia spann sich eine goldene Kindheit zusammen und einen Hurenglanz, den ihr keiner mehr streitig machen konnte.

Es wird ihm schwer eingehen, dem Alten, wenn er jetzt wieder da ankommt, von wo er weggegangen ist, in die Studios und unter die Lampen, da wird er dann schon merken, daß alles gar nicht wahr gewesen ist, wo er sich dran festgehalten hat! Sollst nie nachschauen, wo der Stecken herkommt, an dem du dich festhältst. Sonst rutscht er dir weg, krach, einfach so, und du liegst im Dreck.

So räsonierte Aurelia, die flügellahme tschechische Taube, in ihrem Häuschen und spürte die ganze Zeit, daß etwas auf sie wartete, ein Stück Leben. Nicht das immer wieder neue, greinende Leben, das sie ans Licht beförderte, sondern ein anderes. Eines, das ihr vielleicht einen Sieg über den Bürgermeister eintrüge. Denn noch war der mächtig, bestimmte von fern und sicher, ohne sich dafür zu interessieren, ihre Gedanken und deren Beginn und Ende.

Immer hatte er ihr schöne Wörter zugeworfen, jetzt sollte sie allein weitermachen. Wer kann das, ohne es gelernt zu haben? Da lagen seine Bücher, aus denen er die süßen Reden hatte, aber ihr sagten sie nichts.

Manchmal blätterte sie nachts darin, roch an den samtigen Einbänden oder steckte die Nase tief zwischen die Seiten. Der eine oder andere Satz fiel ihr dann zu, aber kein Licht ging von ihm aus und schon gar kein Trost. Mit den Büchern konnte sie sich nicht gegen den fernen Freund wehren, ihn vielleicht sogar übertrumpfen, mit denen nicht.

Sie sind ihm ja selber überdrüssig und zuwider geworden, sagte sie, wie sollen sie da für mich taugen?

Wissend, daß es auch Nahrungsmittel gibt, an die man sich erst gewöhnen muß und von denen man dann nicht mehr lassen kann, verpackte sie den ganzen faden Schatz erst einmal und versuchte, ihn zu vergessen.

Etwas kann ich! sagte sie eines Nachts und studierte zum erstenmal seit langem wieder ihr Gesicht in einem kleinen Spiegel.

Etwas kann ich, und das ist auch nicht schlecht. Wer hat mir denn verboten, daß ich mir von den Kindern, die ich herausgezogen hab, ein paar aussuch und ihnen länger zuschau? Wer hats mir verboten? Das läuft da wild auf den Misthaufen und in den Feldern herum und hört sich dem Wolinski seinen Blödsinn an, läßt sich vom Pfarrer einschüchtern, das ganze Gewusel – und wenn ich nicht wär, wär ein Teil von ihnen gar nicht da. Ich mag keine Kinder. Aber ich könnt doch versuchen, ob sie mir die Zeit vertreiben!

An Afra dachte sie in diesem Augenblick nicht, sondern nur an die merkwürdige Zahl gleichaltriger Mädchen, von denen sie nicht wußte, ob sie ihretwegen schuldbewußt oder stolz sein sollte.

Die Brünnerin war die einzige, die noch daran dachte. Die anderen nahmen das Unglück schweigend hin. Sie würden schon weggeheiratet werden, wenn die Zeit gekommen war. Bis dahin ließ man sie arbeiten, so lang sie konnten, und die Schule war eine angenehme Unterbrechung, die dank dem sich langsam auch bis ins Gäu ausbreitenden Staat zu einer gewissen Regelmäßigkeit fand.

In Afras Schule saßen jetzt, noch immer bewacht von dem halben Bären, nur mehr achtzehn kleine Mädchen, die allesamt lesen und schreiben, vier französische Worte, mehrere Erdteile sowie etwas Bruchrechnen und Fortpflanzung konnten.

Daraus, sagte die Brünnerin, die ihre Trauer mit schleppenden Schritten durchs Dorf trug und an den offenen Fenstern des Schulhauses vorbeischlich, daraus läßt sich was machen.

Die kleinen Mädchen sahen sie draußen vorbeigehen, hörten auf, mit ihren hohen, weittragenden Stimmen DIE MUTTER LAG IM TOTENSCHREIN ZUM LETZTENMAL GESCHMÜCKT zu leiern, und Afra hörte, wie eine: Hex! flüsterte. HEXHEXHEX! zischten die anderen hinterher, fröhlich und mit einem angenehmen Gruseln, denn das war eine andere Frau als die, die sie kannten. Fremd und schmutzig, voll Zorn, von Verachtung zerfressen, die kleinen Mädchen hielten sie gerade deshalb für sehr mächtig.

Alle gehört ihr mir! Alle gehört ihr mir! rief die Brünnerin zum Fenster herein, plötzlich war es den Kindern ganz zweierlei zumute, und Wolinski hieß eine von ihnen, das Fenster zuzumachen.

Jetzt hat sies erwischt! sagte er. Jetzt ist sie deppert geworden! Das gibt sich schon wieder.

Und weil er gern handfeste Anlässe wahrnahm, um aus der Rumpelkammer seiner Gelehrsamkeit etwas hervorzukramen, hielt er einen Vortrag über die Wechseljahre, von dem keins der Kinder auch nur ein Wort verstand, der sie aber wegen seiner Schrecklichkeit jahrelang als Erinnerung begleitete.

Es war ein Glück, daß die Kinder zu Hause nie etwas von der Schule erzählten. Es fragte sie auch niemand je danach, Schule war vertane Zeit, Unterbrechung der Arbeit. Sie sollten in Dienst kommen, sobald sie ihre vier Jahre abgesessen hatten.

Aurelia ging weiter durchs Dorf und hatte Tränen in den Augen. Ausnahmsweise weinte sie nicht über den Verlust, der sie so hart getroffen hatte, sondern über die achtzehn kleinen Mädchen, siebzehn weiße und ein halbschwarzes.

Nichts wird aus ihnen werden! klagte sie, sind ganz umsonst auf die Welt gekommen! Nicht einmal, daß es so viele waren, hat was genützt. Gehen alle denselben, armseligen Weg, Magd oder Dienstmädel. Wenn sie Glück haben, heiratet sie einer, der sie nicht haut. Gegen das, was ihnen blüht, hab ich ein ganzes Faß voll Leben austrinken dürfen. Wenn es jetzt aus damit ist, hab ich wenigstens was davon gehabt. Aber die werden nicht einmal ein einziges Maul voll nehmen können! Werden an Speckschwarten lutschen ihr Leben lang und ihre Kartoffeln damit einschmieren, damit sie nach was schmecken. Nix wie Bier und todmüd einschlafen, ausgerackert, und die einzige Musik bei der Dult oder in der Kirche. Es kann ja sein, daß sies gar nicht anders wollen, wenn man lang genug wartet, ist es so. Aber wenigstens eine oder zwei oder drei!

Wenn ich hier alt werde, schrie die Brünnerin über den Zaun der Franzosenbäuerin, und es sieht ganz danach aus, du geiziges Luder, wenn ich hier langsam ausdörre wie dein räudiger Garten, dann muß ich mir wen ziehen, der mir was erzählt. Jetzt, wo der Bürgermeister fort ist, brauch ich andere, die mit mir reden können, nicht euer giftiges Geraunze, sondern schöne Wörter! Ich hab ein Recht auf schöne Wörter, denn ich hab mich an sie gewöhnt! Gebt mir die Kinder, daß ich ihnen das Reden beibring. Euch gehören sie einzeln, mir gehören sie alle, und ich will nur ein paar, nur die hinterlistigsten, nur die, die fort wollen!

Die Bäuerinnen schauten hinter den Zäunen hervor auf die schreiende Hebamme und lachten.

Jetzt is narrisch worden, sagten sie und freuten sich, so gut sie es eben konnten.

Jetzt kann ma die Alte ins Kloster tun. Taugt eh nix mehr, scho lang ned, die Hex.

Aurelia aber sah, daß sie nicht übertreiben durfte mit dem schönen, erleichternden Rausch des Verrücktseins.

Das Kloster kannten alle, und wer störte, kam da hin. Nur, wer wirklich störte! Das heißt: Häuser anzündete, Vieh vergiftete, vergewaltigte, könnte man denken, aber so war es nicht. Diese Dinge geschahen häufig, und es kam nur darauf an, das Beste draus zu machen, bei der Versicherung oder bei den Eltern der Vergewaltigten. Nein, in Wirklichkeit war das Kloster für die Schwermütigen da, die mit dem schlurfenden Gang, die nichts mehr essen und nicht mehr reden wollten, die nachts nicht schliefen, von unverständlichen Bildern gepeinigt, die manchmal leise heulend in den Ställen bei den Tieren Trost suchten, die auf der Dorfstraße Kinder einfingen und streichelten, so daß die kreischend wegrannten, weil sie das nicht kannten. Für die war das Kloster da, und so eine würde Aurelia werden, wenn sie nicht aufpaßte.

So verkroch sie sich in ihr Häuschen und behielt fürs erste ihre Wünsche für sich. Sie nähte sich ein paar Kleider und zählte ihr Geld. Nach drei Wochen der Einkehr, in denen kein Kind von ihr auf die Welt geholt werden mußte, wusch sie sich, steckte ihre Haare auf, zog eines der neuen Kleider an und fuhr in die nächste Kleinstadt. Nein, nicht zum anderen Erdteil München: nur mit dem Bus, der einmal am Tag ein paar Gäubewohner aufsammelte, in die Stadt. Kirchhofen, vier Kirchen, sechs Wirtshäuser, eine Wallfahrtskapelle, zwei Metzger, ein Krämerlädchen, eine Post mit Zigarettenladen, einen Elektriker, der auch Landmaschinen reparieren und Eber kastrieren konnte. Bei ihm kaufte die Brünnerin sich ein Radio. Jetzt konnte sie jedes Kind bezaubern, das Radio war ihre Falle und ihr Königreich, und sie studierte die sehnsuchtserfüllten Wörter auf der Skala: Beromünster, Limoges I, Monte Ceneri.

Das Neueste! sagte der Elektriker.

Da feit si nix, des is ap-sa-lut des beste. Er war ein gestandenes Mannsbild, der Elektriker, einer der wenigen im Gäu, die sich mit der Neuzeit und dem Fortschritt auskannten. Aurelia gefiel ihm.

Mit einen solchernen Radio schauns glei ganz anders aus, Fräulein!

In der Mitte der fünfziger Jahre hatten immer noch nicht alle Höfe und Häuser im Gäu Strom, wenn es dunkel wurde, ging man schlafen. Die Hebamme war bei den ersten gewesen, die sich eine Leitung ins Haus hatte legen lassen, für Licht und einen Brotröster, der wie ein kleines Folterinstrument glühte – und jetzt das Radio.

Was ihr vor Zeiten, am versunkenen Ort ihrer Jugend schon selbstverständlich gewesen war, wurde hier im Gäu noch einmal ganz neu: jenes magische Knistern und Pfeifen und die plötzlichen Ausbrüche von Musik, jetzt ganz anders genossen als früher in Brünn.

Es sprach sich herum: Die Aurelia, die Brünnerin, habe sich mit dem Radio von der Narrischkeit geheilt und gehe ihrem Beruf wieder so sorgfältig nach, wie man es gewöhnt gewesen sei.

In der nächtlichen Totenstille des Dorfes aber hörte man neue Geräusche, Opernfanfaren und sieghafte Soprane, gurrende Liebesseufzer und schneidige Reden drangen aus dem Häuschen der Hebamme und stillten fürs erste ihr Verlangen nach Wörtern und Tönen. Man hörte die ganze Welt weithin schallen, bis in die Felder, wo sich die Theres herumtrieb und sonst noch wer, bis ins Pfarrhaus, in dem schon wieder ein neuer Priester residierte und in seinen Büchern nach einem Zusammenhang zwischen Radio und Sünde forschte. Er stellte das aber bald wieder ein, denn an den Samstagen klangen brüllend und feierlich die Glocken des Regensburger Domes durchs Dorf. Die Bäuerinnen auf dem Weg zur Vesper schauten in die Luft wie die Hühner und bekreuzigten sich. Und an hohen kirchlichen Feiertagen hörte man die Domspatzen schreien mit ihren messerscharfen unirdischen Stimmen, nein, mit einer einzigen, zusammengezwungenen Stimme. So sängen die Engel, pflegte danach eine Sprecherstimme zu verkünden.

Da lachte die Brünnerin in ihrem Häuschen und sagte: Gewiß! So werden sie plärren, die Engel, vor lauter Langweile im Himmel, grad so! Und die im Gäu gewöhnten sich an die tönenden Welteinbrüche, weil sie sich an alles gewöhnten. Aurelia aber drehte rastlos an den Knöpfen und dachte an den Elektriker.

Es wurde Winter, der zehnte Friedenswinter. Er kam wie immer, mit feuchten, niederdrückenden Tagen, aber die Straßen waren besser befestigt als früher, und das Zugvieh kam leichter vorwärts. Da und dort hatte man ein paar schüchterne Ranken und Heiligenmedaillons an die Häuser gemalt, der Brunnen wurde aus einem bedrohlichen steinernen Maul in der Kirchenwand mit Wasser vollgespien, die Orgel spielte wieder, und der halbe Bär war eines Tages zum Schrecken der Schulkinder zusammengebrochen. Aus seinem gelben Pelz waren Tausende von Mottenlarven gekrochen, und noch lang erzählten die kleinen Mädchen, er habe furchtbar gestöhnt und gestunken, als er in die Knie ging. Das ganze Dorf war dabei, als man ihn verbrannte. Afra hatte sich die Fäuste in die Augen gebohrt und heulte laut und klagend, bis die Theres ihr eine herunterhaute. Aber auch ihr tat es um den Bären leid. Danach bekamen sie aus den gleichen geheimnisvollen Münchner Lehrmittelbeständen einen eingedellten Globus aus Pappe mit sehr verdächtigen Grenzmarkierungen, die aber niemanden interessierten, war doch das Land, das Wolinski den kleinen Mädchen auf der Pappkugel zeigte, nur ein Fliegenschiß mit fremden Namen, nur der fette Daumen Wolinskis, der eine neue Delle zwischen Sorrento und Remagen drückte, ja, da irgendwo. Also das war nichts.

Der Fortschritt ließ sich nicht aufhalten. Zunächst einmal hatte er noch Pause, weil die Kommunion sich ankündigte, und aus dem geduldeten und im Unsichtbarwerden geübten Kind Afra von neuem ein Zankapfel wurde. Afra spürte das wie ein Wetter, wie den Winter, der ihre letzte Zuflucht war vor dem furchtbaren Tag, an dem die Jungfrau Maria entscheiden würde, ob sie ein Gotteskind oder ein Viech sei.

Afra saß an ihrem Lieblingsplatz, versteckt in einer Höhlung am Ufer des kleinen Flusses, obwohl es schon kalt war. Es fiel ihr nichts ein, wie sie die Entscheidung der Muttergottes günstig beeinflussen könnte – alles, was möglich war, hatte sie schon getan. Rosenkränze noch und noch, vom Kirchweihzehnerl hatte sie eine Kerze mit einem wächsernen Kranz aus Vergißmeinnicht gekauft, sie in der Kirche angezündet und schon wieder heulen müssen, weil so was Schönes einfach herunterbrannte und hoffentlich ihre Bitten im Rauch mit nach oben nahm. Aber man konnte nicht sicher sein, grade sie nicht, bei der immer noch nicht feststand, ob nicht die Taufe ein erschlichener Segen war, möglich gemacht durch die wirren Zeiten und ohne bindenden Schutz.

Afra saß an den kürzer werdenden Nachmittagen unten in der Flußkuhle, den Blicken der Vorübergehenden verborgen wie ein Maulwurf. Einen der Ahnenteppiche (die Arche Noah bei der Landung auf dem Berg Ararat, in den Streifen, aus denen die weiße Taube gewoben war, hätte ein scharfes Auge die weiße Kommunionsschürze der unbekannten, erhängten Großmutter Marri erkennen können) hatte sie schon vor Monaten aus dem Kasten daheim entwendet. Jetzt wickelte sie sich gegen die Kälte in die biblische Pracht, und wer sie so in ihrem Versteck an der Rott hätte sitzen sehen können – die Jungfrau Maria wäre niemandem als brauchbare Patronin eingefallen!

Die meisten der anderen Mädchen wußten nichts von dem Versteck. Manchmal, vor allem an den wenigen schönen, warmen Sommertagen, war es vorgekommen, daß ein paar von ihnen oben am Uferweg hin- und herrannten, kleine Steine hinunter in das Gestrüpp schmissen und schrien: Geh außa, Mohr! Geh außa, Mohr! Sonst schiebn ma di ins Ofenrohr! Schwarz bist, schwarz bleibst, des werst scho sehn, sonst müssat scho dei Haut abgehn!

Sie fanden sie aber nicht und schämten sich, wenn sie heimgingen, weil sie umsonst geschrien hatten und vielleicht der Pfarrer oder sonst jemand sie gehört haben könnte. Denn auch die kleinen weißen Mädchen (rosa, gelb, mehlig, fahlweiß) hatten ein Problem mit der zur

Kommunion notwendigen Sündensammlung: Gefiel es der Jungfrau, wenn man die Rußige ausspottete, oder war das vielleicht doch eine Sünde? Eine gewisse Anzahl Sünden brauchte aber jede von ihnen, denn was hätte sie sonst beichten sollen?

Das Nachdenken über die Sünden trieb sie auseinander und wieder zusammen. Sie rätselten, was »in Gedanken, Worten und Werken« heißen sollte, und versuchten, keine eßbaren Dinge mehr zu stehlen. Sie wurden mager, und als ihnen einfiel, daß die Vermeidung von Sünden Jesus auch nicht gefällig sein konnte, weil man ihm dann bei der Beichte nichts erzählen konnte, wurden sie wieder rund von gestohlenem Rahm und zuckrigem Rübenkraut.

Afra aber änderte sich nicht, blieb glänzend bläulichbraun wie eine Reineclaude und wuchs schneller und gerader als die anderen. Wenn sie auch gegen die bösen kleinen Lieder und Wörter nichts ausrichten konnte – sie zu schlagen wagten die anderen nicht einmal, wenn sie sich zusammentaten – nicht nur, weil sie Afra eine sehr wirksame Verbindung zum Teufel zutrauten, sondern weil sie sie bewunderten. Sie war so bunt!

Wenn man die Dorfkinder aus der Schule laufen sah oder wenn sie, in ordentlichen Reihen nebeneinander, Unkraut rupften oder Kartoffeln klaubten, schauten sie wie Pilze aus, klein, braungrau in wenigen Schattierungen – nur Afra, immer ein wenig abseits, zeigte eine gewisse Pracht. Die verwaschenen, armseligen Farben ihrer Lumpenkleider konnten an ihr nicht anders als leuchten, und aus dem trüben Rot, das einst ein alter Bettbezug und jetzt Afras Rock war, wurde ein glühendes Königsgewand. Das traurigste Blau, das vermodertste Grün oder Braun leuchteten auf ihrer Haut.

Herrjesus, sagte Aurelia, die sich aus dem Wahnsinn ihrer Trauer völlig hervorgearbeitet hatte und dabei war, ihre

Schar kleiner Weiber zu begutachten, der wirds hier bald zu eng werden. Da ist was zusammengekommen mit der Theres und dem Neger! Wie die Madonna von Altötting wird sie ausschauen, nur nicht so heilig!

Afra wußte davon nichts und verkroch sich in der Flußkuhle, bis der Winter sie endgültig daraus vertrieb und das Eis den Fluß einfing, sachte und über Nacht.

Der Winter vor dem Weißen Sonntag war der kälteste seit Menschengedenken. Die Dorfbewohner vergaßen sogar für ein paar Monate ihren Abscheu und ihre Gleichgültigkeit voreinander, denn jeder brauchte den anderen, um die Dächer freizuschaufeln, bis zu denen der Schnee Nacht für Nacht von neuem emporstieg, und um Wege zu graben, weiße, kalte Gänge von Haus zu Haus.

Die alten Leute und die Kinder ließ man in den Betten, wo sie sich selber heizten. Alle brauchten Wärme, auch die Tiere.

Die Bäuerinnen zählten jeden Tag die Vorräte und machten Kerben in die Speckseiten und Striche an die Krauttöpfe, so daß jeder Diebstahl zum Scheitern verurteilt war. Der Winter machte die arme Afra vollkommen sichtbar. Wie eine dunkle Maus auf dem Schnee fühlte sie sich dem Schrecken ausgesetzt, irgendwer würde sie erwischen, es gab kein Entrinnen. Sie wickelte sich Tücher um den Kopf und arbeitete wie ein ausgewachsener Knecht im Stall, weil sie dort keiner störte. Aber zur Kirche mußte sie, und sonntags kam sie pechschwarz aus den leuchtenden, weißen Schneegängen hervor, während die Sonne an den Eiszapfen des Kirchendachs leckte, bis die Tropfen herunterfielen und auf ihrem schwarzen Haarpelz glitzernd gefroren. Die Theres, die den Winter haßte, weil sie sich nicht verstecken konnte und ihr die Wege abgeschnitten waren, sah allsonntäglich ihre Tochter in hellem Licht und piesackte sie mehr als sonst.

Mama, sei ned bös! sagte Afra jeden Sonntag vor der Messe.

Mama, Mama! äffte dann die Theres nach und sagte zum Spaß: Schau dich doch an. I bin gar ned dei Mama! Wie könnt ich deine Mama sein? Dich hat der Krampus auf dem Weg nach Afrika verlorn!

Wenn Afra dann heulte, lachte Theres.

Laß dich halt ned schikanieren, sagte sie. Das mußt lernen. Gleich zurückhaun. Ich habs auch lernen müssen. Und tu fest beten wegen der Kommunion!

Den Priester fiel die Theres aber fast an, als der die Gültigkeit der Taufe ihrer Tochter in Frage zu stellen wagte.

Wenn überhaupt is es mei Sünd und ned die ihrige! sagte sie zu Hochwürden, den sie aus München hergeschickt hatten, nachdem der vorhergehende am Alkohol zugrunde gegangen war, ausgegangen wie eine Kerze, abgehärmt, still und voller Güte. Er hatte in dem unseligen Gäu nicht viele Spuren hinterlassen, denn angesichts des wüsten Elends, in dem seine Pfarrkinder sich ganz wohl zu fühlen schienen, waren seine Zweifel an der Existenz der menschlichen Seele unabweisbar geworden und er hatte sich dem Trost ergeben, den Gott ihm am ehesten verzeihen würde. Nun war er schon seit Monaten unter der Erde, der arme, wehrlose Pater Brevis, dem die Hebamme zum Schluß löffelchenweise mit Milch vermischten Obstler eingeben mußte. Sie hatte den armen Hirten ganz gern gemocht, aber auch verachtet, wie sie die Männer in Röcken insgeheim überhaupt verachtete, und diese Sünde nicht einmal zu beichten wagte, weil sie das ja bei einem von denen tun mußte. Ihrem unsicheren, bald auftauchenden und bald verschwindenden Herrgott selber gestand sie es gelegentlich.

Lächerlich! sagte sie. Mußt du deine Diener herumlaufen lassen wie alte Weiber?

Beim Pater Brevis war noch diese schreckliche, hilflose

und verheerende Gutherzigkeit dazugekommen, und die Hebamme hatte ihre Bedenken dem Allmächtigen auch diesbezüglich mitgeteilt.

Den holst du besser gleich wieder hinauf! Der ist herunten absolut unbrauchbar.

Geholfen hatte sie ihm dennoch bis zum Schluß und auch aus dem Leben heraus. Bei ihm hätte es mit dem halbschwarzen Kind keine Probleme gegeben, im Gegenteil. Immer wenn er mühevoll schwankend die Kanzel erklommen hatte und den kleinen Rußkopf unten in seiner trübfarbigen Gemeinde sah, stieg, vom Schnaps verschleiert, der Gedanke in ihm auf, daß da unten eine besondere seelsorgerliche Freude auf ihn wartete. Aber das Bier und der Obstler, der sämig süße Meßwein und der Bärenfang, der Lagreinkrätzer zu seinem Geburtstag und die tückischen Marmeladengetränke der Aurelia waren stärker gewesen, stärker als alles andere.

Der neue geistliche Herr zog andere Saiten auf.

So wenig es die Theres fertigbrachte, an Gott zu glauben, so unfähig war sie, sich vorzustellen, daß irgend etwas ohne den Segen der Kirche geschehen konnte. Die fleckigen Mauern, das bunte Fenster, das vom weißen Schneelicht zum Glühen gebracht, in ihr eine Ahnung von Schönheit aufgehen ließ, der Turm, das Meckern der armseligen Glocke: all das war so notwendig wie nichts anderes auf der Welt, aber einen Gott brauchte niemand.

Schon ihre Ahne hatte, während unter ihren Händen die unsichtbaren Bilder in den Stoffknäueln entstanden, gebetet, ohne an Gott auch nur zu denken. Die Theres hätte ihr Kind lieber ersäuft, als es ohne Kommunion und Firmung ins Leben zu lassen. Niemand konnte sie daran hindern, Afra in die Christengemeinde zu boxen, sie mit Gewalt hineinzuschieben in die einzig denkbare Welt.

Sie, Theres, hatte immer alles gebeichtet, je nach Pfarrer

mit eher andeutenden oder sehr deutlichen Worten. So gut es ihr gelungen war, die nächtlichen Wege in die Wiesen, in die raschelnden Felder und den Wald vor den anderen Bäuerinnen zu verbergen – die Pfarrer hatten immer über sie Bescheid gewußt und ihre Verschwiegenheit war sicher. Auch wenn das Beichtgeheimnis nicht so eisern gewesen wäre, ein Sakrament, wie man weiß – jeder Dorfpfarrer, die fanatischen wie die gemütlichen, die mageren wie die fetten, die keuschen wie die lüsternen wußten, daß die Theres trotz ihrer Kraft und ihrer blühenden Fülle gefährlich lebte, in der Nähe ihres sich unaufhaltsam wieder in sich selbst verwandelnden Vaters, der alle seine Teufeleien wiederfand und dem ein Tochter- und Enkelinnenmord durchaus zuzutrauen war. Sie teilten sich den Hof, ohne sich tagsüber aus den Augen zu lassen.

Seit dem Anschlag auf das Kind vor Jahren hatte der Alte so getan, als sei Afra nicht da, er befahl ihr zwar mit brüllender Stimme zu arbeiten, während er über ihren Kopf schaute und die breiten, grauen Augenbrauen zusammenzog, als könne er nicht recht sehen. Aber er rührte sie nie mehr an. Jetzt, im Winter, hatte er seine Bettstatt in der Küche aufgeschlagen.

Er nimmt sich das Warme ganz allein, Mama! flüsterte Afra.

Geh halt auf die andere Seite vom Ofen! antwortete die Theres. Er wird dich schon nicht umbringen.

Vielleicht doch, sagte das Kind. Und ging wieder in ihre alte Zuflucht, den Stall, ihre stinkende, warme Rettung, die Arche Noah. Fünf Kühe hatten sie, gutes Milchvieh, mehr, als sie sich eigentlich leisten konnten. Zwei Säue im Jahr. Vier Dutzend Hühner und ein paar Gänse und Enten, die jetzt, während der Jahrhundertkälte, zwischen den Kühen in notdürftig zusammengenagelten Ställen hockten. Im Hühnerhaus wären sie erfroren, genauso wie die

Stallhasen in ihrem Verschlag am Ende des Obstgartens. Auch sie hatte man in den Kuhstall geholt, dessen Fensterritzen mit Stroh und Papier verstopft waren.

Afra hatte sich lang abgewöhnt, ein Tier für sich allein haben zu wollen, anstelle einer Puppe, nur schöner. Es tat zu weh, wenn das Fell ihres liebsten Hasen morgens aufgespannt am Zaun hing oder der Kopf des Gockelkönigs, den sie aufgezogen hatte, bis aus einem gelben Küken ein prachtvoller Hahn geworden war, auf dem Misthaufen lag.

Man muß das Herz festhalten. Man darf die Kälber mit den großen Augen nicht umarmen und die Ferkel, die eine Haut wie weiße Menschenkinder haben, nicht streicheln. Man darf den klugen Ganter nicht für einen verzauberten Bruder halten, und die runden Küsse der Karpfen im Dorfteich soll man nicht zu genau anschauen.

Es wird eh alles gefressen, sagte Afra und streichelte den Hofkater Mohr, der rot war wie ein Fuchs und genauso diebisch. Dich fressen sie vielleicht nicht, sagte sie zu ihm. Aber es kann sein, daß der Alte dich erschießt, der Opateufel.

Der Kater schnurrte nie und lebte von den toten Tieren auf dem Mist und den Mäusen, die er niemals spielerisch quälte, sondern mit einem kurzen Schütteln erledigte. Ratten fing er mühelos, das verschaffte ihm Respekt im Dorf. Bald war die Hälfte aller jungen Kater im Dorf rot. Manchmal fand er seine toten Söhne auf dem Mist und fraß auch sie. Die Liebe zu ihm war die einzige, zu der Afra den Mut hatte. Und auch diese Liebe wagte sie nicht zu zeigen, denn der Alte hätte trotz der vielen erlegten Ratten den Mohr erschossen, wenn er was geahnt hätte.

Als wüßte der Kater das, ließ er sich von Afra nur streicheln, wenn keiner hinschaute.

Der Winter wurde immer undurchdringlicher. Im Wald deckte der Schnee die Spuren der tief einsinkenden Rehe und die Fußstapfen der Schmuggler immer schneller zu, er verschluckte die Stimmen der Tiere, die Glockentöne und die Radiostimmen aus dem Häuschen der Brünnerin, die von Katastrophen auf der ganzen Welt berichteten, gegen die sich das bißchen Schnee im Gäu armselig ausnahm.

Aurelia hatte sich wieder gefangen, ihre Periode war pünktlich wie zu ihren besten Zeiten wiedergekommen.

Aufschub! sagte sie. Man muß was tun. Immer mehr lassen sich die Kinder im Krankenhaus holen, in zehn, zwölf Jahren werden sie es gar nicht mehr anders kennen, nicht einmal hier. Man muß sich beizeiten umstellen.

Und sie machte sich Gedanken über einen Beruf in einem Land, in dem es nur Bäuerinnen und alte Jungfern gab.

Als alte Jungfer fühlte sie sich nicht und hatte die Hoffnung auf den Elektriker erst einmal zurückgestellt, weil sie Fritz Rost noch nicht aus ihrem Herzen vertreiben konnte. Gegen das unangenehme Gefühl, am Abend in ein leeres Bett zu steigen, halfen ihre Erinnerungen, die sie sich mit immer glitzernderen Einzelheiten ausmalte, die eine oder andere auch aufschrieb.

Der Winter kann mich nicht schrecken, dachte sie. Vom Wahnsinn grade genesen, verfiel sie zunächst dem verhängnisvollen Irrtum aller scheinbar geheilten Verrückten und verordnete sich Ruhe.

Die echolose Stille des Winters, die wie Allerseelenlämpchen glühenden matten Lichter in den Fenstern der Höfe, die knirschenden Schritte auf der Dorfstraße und die verlorenen Rufe der Kühe brachten ihr wiedergewonnenes Gleichgewicht in Gefahr.

Dazu die Stimmen aus der Welt, die ihr von Italien und einer neuen Schuhmode mit nadeldünnen Absätzen erzählten, ihr rücksichtslos alle möglichen Lieder ankündigten und sie überhaupt piesackten, bis sie im Zimmer herumlief und das sorgfältig mit Strickrollen abgedichtete Fenster aufriß.

Sie hütete sich hinauszurufen, obwohl der Schnee ihr jedes Wort vom Mund genommen und verschluckt hätte, denn nur er war da, und er legte Tücher vor ihre Füße und streckte weiche Hände über ihr Dach.

Nach der Christmette hatte Aurelia die Gelegenheit ergriffen, ihren Plan, der ihr aus der tödlichen Ruhe heraushelfen sollte, im Dorf bekannt zu machen. Der Gottesdienst am Weihnachtsabend legt immer ein paar Stellen bloß, das war im Gäu nicht anders, zehn Jahre nach dem Ende der großen Katastrophe, von der sie sowenig gemerkt hatten wie vom Fortschritt und vom Vergessen.

STILLE NACHT und ES WERD SCHO GLEI DUNKEL auf der Orgel geseufzt, da schluckten die Männer und fuhren sich mit dicken roten Fingern unter den Kragen, und die Frauen auf der linken Kirchenseite hörten auf, böse herumzustarren, und verrieben unauffällig den Rotz, bis man ihn nicht mehr unter der Nase glitzern sah. In der Kirche stand ein leichter Nebel um die Kerzenflammen, der Hauch von auskühlendem Atem, und der Pfarrer trug den goldenen Habit.

Es hatte einen erbitterten Streit bis nach München hinüber gegeben, denn der für die Ministranten übliche Dorfkinderjahrgang wies, wie man weiß, nur Mädchen auf.

Nix da! Ihr singts und gehts auf Dreikönig, des langt. Ministrant ist Ministrant!

Statt dessen hatte Wolinski, dem die verdutzte Schar leid tat, mit ihnen Weihnachtslieder eingeübt. Die angehenden Kommunionkinder sangen wie die Engel, weil man sie nichts anderes gelehrt hatte und sie noch nicht begriffen, daß sie wegen ihrer ungewöhnlichen Anzahl und Gleichaltrigkeit dereinstens eine Speerspitze der Revolte werden könnten.

Das jedenfalls dachte Aurelia, während die nachwachsenden Marias und Annas an ihren Zöpfen kauten, sich gegenseitig die Säume heruntertraten und versuchten, einander zu überschreien, vor allem bei ES IST EIN ROS ENTSPRUNGEN. Die in der sich erwärmenden weihnachtlichen Kirche zusammengepferchten Dorfbewohner hielten das für Inbrunst, und die Mütter zeigten sich gegenseitig ihre Töchter.

Afra hatte sich in der hinteren Reihe, bei den tieferen Stimmen versteckt, aber ihr rundes Gesicht glänzte saftig aus den winterbleichen Köpfen hervor.

Sie sah anders aus, und sie hörte sich anders an. Inmitten der schmalen, sägenden Stimmchen, die den himmlischen Heerscharen eine Art Drahtseil aus Musik anboten, hob sich Afras Stimme füllig, glücklich und sehr heidnisch aus den anderen heraus. Sie hatte singen wollen wie die anderen, hatte ihre Kehle eng zu machen versucht und die Töne gequetscht, aber das half nichts. Wolinski belehrte die anderen Mädchen über Baumwollsklaven und Hausboote und sagte, daß Leute, die nicht klug seien und die Welt auf keine Weise zu ändern vermöchten, oft sehr schöne Stimmen hätten. Ob er sich an die erlesenen Exotinnen erinnerte, die das Tausendjährige umgurren durften, unberührt von der Gewißheit ihrer falschen Rasse?

Afra verstand nicht, wovon er redete, und fädelte geduldig ihre Stimme immer wieder zurück in den Mädchenchor, zu dem sie jetzt gehörte, ob sie wollte oder nicht.

Solang man nicht weiß, ob du nicht vielleicht doch ein Heidenkind mit einer erschlichenen Taufe bist, hatte der kleine, fette Lehrer zu ihr gesagt, kann ich dich nicht an Weihnachten das Solo singen lassen, das wirst du doch verstehen.

Afra wußte nicht, was ein Solo ist, und wenn man ihr gesagt hätte, sie müßte in der Kirche allein vor allen Leuten singen, wäre sie sowieso in die Wälder gegangen oder hätte sich in ihrer Flußkuhle im Schnee vergraben. So hatte sie genickt und sang jetzt trotzdem ihr Solo in der Kirche, während die Theres starr und voll Scham auf ihre Tochter schaute.

So schön sei es bei der Christmette lang nicht mehr gewesen, sagten die Bäuerinnen danach, und die Hebamme Aurelia pflichtete ihnen bei. Da könnte man aber noch mehr machen! sagte sie listig.

Bedenkts einmal, es sind in dem Jahrgang bloß Mädeln. Jetzt haben sie bald Erstkommunion, und danach gehts schnell, das wißt ihr. Soviel Bauern, wie die zum Heiraten brauchen, bringen wir im ganzen Gäu nicht zusammen. Wenn mehr als drei oder vier zu den Klosterfrauen gehen, täts mich wundern, trotzdem bleiben noch genug übrig. Soviel alte Jungfern kann das Gäu nicht verkraften.

Die Bäuerinnen hörten zu, während sie durch die Schneenacht zu den Höfen zurückgingen. Manche von ihnen hielten brennende geweihte Wachsstöcke in den Händen, deren Tropfen rote Löcher in den Schnee fraßen.

Weit hinter ihnen liefen die Männer, denen unbehaglich war, weil sie am Heiligen Abend nicht ins Wirtshaus konnten. Manche von ihnen hatten Tiere und steife Puppen für die Kinder geschnitzt, aber nach der Bescherung würde es wie jedes Jahr Schläge geben, weil die Kinder stocksteif dastanden, sich gegenseitig die getrockneten Feigen und die süßen schwarzen Weinbeeren wegfraßen und nur Vergelts Gott sagten. Da hauten dann die enttäuschten Väter zu, während in der Küche der Braten zischte und das Bier versteckt gehalten wurde, bis alle Gebete gesprochen und alle Strafen vollzogen waren.

Hinter den Fenstern lauerte die Traurigkeit, und weil in der Christnacht die Tiere reden konnten, war in den Ställen viel Betrieb, denn in den Krippen waren die Obstlerflaschen schon vor dem letzten Adventssonntag versteckt worden.

Dem Fest entgegenwandernd, von bläulichen Schneemauern eingesperrt, hörten die Bäuerinnen der Hebamme zu, die sich nicht davon abhalten ließ, einen besseren Unterricht für die Mädchen anzupreisen.

Müssn ja eh schon so viel lernen bei dem Polacken, sagte die Franzosenbäuerin nachdenklich.

Redn aa so so viel Zeug daher, jetzad no mehr? Des sieh i ned ein.

Es ist doch nur, weil wir sie irgendwo anbringen müssen! antwortete Aurelia geduldig, das erste Samenkorn war in die beinharte Erde gebracht, jetzt nur nicht nachlassen!

Wenn sie alle in Stellung gehen sollen, müssen sie irgendwas können!

Des hamma aa ned braucht.

Alle alten Sätze fielen auf dem Weg zu den Höfen, in denen unterdessen die alten Mägde den Schweinsbraten begossen. Die waren nicht mit zur Christmette gegangen, mit Weihrauch, Morgenandachten und Heiligkeit vollgesogen, wie sie waren.

In der Stadt werden Mädel gebraucht, heißt es, sagte Aurelia, die lang genug im Gäu lebte, um zu wissen: Nur geduldiges Wiederholen hat bei denen Erfolg, hineintreiben mußte man es in die harten Weiberschädel. Und wie einen letzten Triumph, ein ganz besonderes Geschenk, eine längst versunkene und wieder ans Tageslicht beförderte Geheimwissenschaft, rief die Brünnerin den schweigenden Frauen, von denen man nur das silberne Klirren der Rosenkränze hörte, zu: Handarbeiten kann ich ihnen beibringen! Handarbeiten!

Die Theres, die etwas abseits ging und sich nicht nach den Kindern umdrehte, von denen doch die Brünnerin die ganze Zeit blöderweise redete, als ob es nicht besser wäre, sie manchmal zu vergessen und einfach groß werden und von daheim wegwachsen zu lassen, fragte: Was für Handarbeiten?

Sie bekam keine Antwort. Ganz von fern hörte man die Stimmchen der Sängerinnen, des Unglücksjahrgangs, der angehenden christlichen Jungfrauen, Opfer der späten pädagogischen Berufung der an ihrer platonischen Liebe halb erstickten Aurelia. Die Solostimme war nicht zu hören. Afra hielt den Mund. Sie ging, wie ihre Mutter, abseits, aber nicht wie diese aus Hochmut und mit dem Schatz unteilbarer Erinnerungen im Bauch, sondern aus Angst und Trotz.

Der Trotz war ihr neu, ein frisches, angenehm festes Gefühl, das sie sich ersungen hatte.

Denen zeig ichs, denen zeig ichs. Aber die Christnacht brachte offenbar nicht nur die Tiere zum Sprechen, sondern eine der Annen, eine kleine, wegen ihrer Rothaarigkeit verspottete und gering geschätzte Person, eine von fünf Töchtern des Kleinbauern Hupfer, sagte zu Afra: Mei, so schee hast gsunga. De andern san alle neidig. Und sie hängte sich bei Afra ein, ohne zu fragen.

In Aurelias Hirn waren einige Gedanken gewachsen, die aus ihrer Verlassenheit kamen und aus ihrem Wunsch, sich eine Gesellschaft zu verschaffen, die ihr den Abschied vom Jungsein und von der Liebe erleichtern sollte. Wie ein Zeichen erschien ihr jetzt das Nachkriegsunglück, daß sie vorher davon geträumt hatte, schien ihr das Recht zu geben, Schicksal zu spielen.

Dafür sind sie grad im richtigen Alter! Vorher sind sie langweilig und nachher versaut! sagte sie, während sie den Heiligabend allein mit ihrem Radio verbrachte, das ihr abwechselnd Musik und Litaneien, Geschichten von modernen Wundern und unglaubwürdigen Reisen zuschrie.

Die Wunder: Nach den Erschöpfungen der Nachkriegszeit hatte es mit ihnen angefangen, Erscheinungen der Jungfrau Maria und irgendwelcher toter Bauernkinder im ganzen Land, ein ehemaliger Bäckergeselle heilte die reichen Frauen in den großen Städten, indem er sie angebrütete Hühnereier essen ließ, die sie ihm teuer bezahlten. Ein tibetanischer Mönch wurde als Gott erkannt, und auf seiner Stirn hatte sich, wie jeder sehen konnte, ein drittes Auge geöffnet. So erzählten sie im Radio, und von Rutengängern, die einen Nazigoldschatz in einem Waldstück nahe Stuttgart aufgespürt haben sollten, von einer allwissenden blonden Hure mit einem weißen Hund, die fähig gewesen sei, die Regierung zu stürzen, woraufhin man sie berechtigterweise hatte umbringen lassen.

Ein Jesuitenpater reiste durch das Land und brachte selbst die verstocktesten Genießer zum Weinen und Büßen. Er habe, hieß es, einen Blick, der durch tausend Gesichter hindurchsehen konnte und jede Übeltäterin zum Zittern brachte. Dieser Pater Rettich war ein magerer Mensch mit üppigen Locken, an denen Aurelia unfehlbar den Kleriker erkannte.

Schwierige Kundschaft, sagte sie, während sie in ihrem kleinen Haus die Wunder der Neuzeit, von denen sie erfahren hatte, für die Mädchen aufschrieb. Man kann gar nicht genug davon hören!

Und sie wunderte sich: Es war offenbar wirklich alles neu, was geschah, ganz frisch und fremd. Unter all den Geistern, die auftauchten, war offenbar keiner aus der Vergangenheit. Aurelia hatte erwartet, daß sich wenigstens jene Gräber öffnen würden, über denen nur wenig und dünne Erde lag. Aber nichts, wie nie gewesen. Und der rächende Pater, dem Zehntausende zuhörten, schrie zu seiner zusammengewürfelten Gemeinde alles über die Sünden des Unterleibs hinunter, gellend, eindringlich und unbeirrbar. Jede Woche wurden es mehr, die ihm zuhörten, im Radio eine überschnappende Stimme wie einst, aber Gottseidank ging es nicht mehr um Großdeutschland und in den Staub getretene Feinde, sondern nur noch um den Unterleib, aus dem, folgte man Pater Rettich, alles Böse kroch.

Aurelia amüsierte sich und beschloß, als erstes den Mädchen das Gelächter über derlei angstvollen Pfaffenunsinn beizubringen. Das würde ein hartes Stück Arbeit werden, und je früher sie damit anfing, um so besser. Das halb furchtsame und halb lustvolle Gerede über die bevorstehende Beichte war ein schöner Anlaß, der amtierende Pfarrer hatte sich bisher noch davor gedrückt, der Kommunionskinderschar zu erklären, was UNKEUSCH hieß.

Sie waren auf eigene Forschungen angewiesen, und eine der Marien gestand Afra, der sie eine gleichsam farbbedingte, größere Kenntnis dieser dunklen Dinge zutraute, sich vom Kaibi zwischen den Beinen abschlecken zu lassen, sei sehr schön, aber vermutlich unkeusch, oder? Diese Maria war eines von den wenigen lustigen Mädchen im Dorf, klein, rund, mit schönen braunen Zöpfen und einer Nase wie ein Milchkännchen. Sie gehörte zum Mettenham-Hof, der ein großes Anwesen war und in dem nach der Geburt der Maria spät, aber noch rechtzeitig, drei Buben hintereinander für die Nachfolge sorgten. Afra hatte diese Maria am liebsten von all ihren Zwangsschwestern, ihr Gelächter, und wie sie zwischen ihren Vorderzähnen hindurchspuckte. Dennoch blieb sie bei der nachdenklichen Erörterung etwaiger Unkeuschheit stumm. Nicht im Traum hatte sie daran gedacht, daß auf der weiten Welt noch jemand auf so eine Idee gekommen war. Das Geheimnis war keins, irgendeine Maria war wie sie in den Stall gegangen, hatte wie sie durch Zufall das Kalb, die dicke Zunge, das Fell entdeckt. Ob es in Wirklichkeit alle kannten? Und wozu gab es dann die Beichte, wenn alle sowieso dasselbe machten? Oder waren es doch nur sie und jetzt diese Maria, und verstanden sie sich deswegen besonders gut? Aber Afra sagte nichts und tat, als verstünde sie nicht, wovon die andere redete.

In diesem Winter kamen die Mädchen immer öfter in das kleine Haus der Brünnerin, und deren Geschichten und Radioweisheiten überlagerten sachte die bruchstückhaften Wissensbrocken des untergetauchten Wolinski, der nur mehr wenig mit seinen Schützlingen zu tun haben wollte und sich insgeheim auf einen zweiten Karriereanlauf draußen in der Welt vorbereitete. Auch ihm war, wie der Brünnerin, aufgefallen, daß sich nichts rührte und daß trotzdem alles neu und alles anders war. Der Frauenbeglücker mit den Neuntageeiern stand immer noch in allen Zeitungen, und man las täglich neue Gutachten über den Segen, der in faulen Eiern schläft, schon die alten Chinesen, schlau wie sie waren, hatten das gewußt.

Der war ein Thema, wie der Pater, wie die geheimnistragende blonde Hure, das Mensch, das mit seinem weißen Pudel und einem rotschwarzen Bett die angesehensten Männer durcheinandergebracht hatte, Soraya stand jeden Tag in der Zeitung und einer, der schon zwölf ertrunkene und verscharrte Kinder durch Pendeln aufgespürt hatte. Von den Geschichten, derentwegen Wolinski sich in das gottverlassene Land hinter den grünen Vorhängen verzogen hatte, in dieses Land der Unsichtbaren, von all jenen Leichen, die zu finden kein Hellseher bemüht wurde, obwohl es doch so viele waren: nichts. Es war, als würden sie nicht vermißt.

Viele erinnerten sich offenbar wirklich an nichts mehr. Seit fünf oder sechs Jahren fuhren die Leute wieder über die Grenzen, nach Italien zum Beispiel, und keiner fürchtete sich mehr vor ihnen.

Wolinski war sicher, daß es für ihn höchste Zeit war,

wenn er den Zug nach oben nicht verpassen wollte. Zehn Jahre, sagte er, zehn Jahre Aufenthalt, Hias, mein Freund! Und er schüttelte den Kopf, als der Wirt ihm noch ein Bier hinstellen wollte.

Erst mal kürzer treten und dann wieder auf Schampus umstellen! Der etwas schwachsinnige Wirt des Bräus schaute verständnislos seinen Stammgast an, der voll Ekel und Entzücken den modrigen Duft nach Holz, Grünspan und saurem Bier einsog.

Das verstehst du nicht, Hias! Hier braucht mich niemand mehr, die tschechische Hexe übernimmt jetzt den kleinen Weiberladen, ist auch besser so, was ich hier lernen wollte, hab ich gelernt, und was ich vergessen wollte, habe ich vergessen, und keiner hat mich dabei gestört! Ja, vielleicht noch ein letztes Bier, trink eins mit.

Und der Hias schaute Wolinski bewundernd an, während er die Krüge unter den Hahn hielt. Der Hias war nicht immer schwachsinnig gewesen. Die Älteren im Dorf erinnerten sich an ihn als einen besonders aufgeweckten und umtriebigen Buben, größer als die anderen, auch habe er, eine Seltenheit im Gäu, blonde Locken gehabt wie ein Rauschgoldengel und schön singen können. Aber dann sei er für Tage verschwunden, und als er nah am Wald wiedergefunden worden sei mit kahlgeschorenem Kopf und wie ein Depp stotternd, habe seine eigene Mutter ihren Sohn erst nach einer Stunde wiedererkannt. Nie mehr ist der Hias wie vorher geworden, und nie hat er drüber gesprochen, was gewesen ist.

Das war nun schon viele Jahre her, der Hias stand in seinem Wirtshaus und drehte die Krüge im Spülwasser hin und her, stach die Fässer an und setzte sich zum Schafkopfen zu den anderen, aber er redete wenig, und seine Lokken, die nach seinem rätselhaften Verschwinden lange nicht nachgewachsen waren, hatten sich in einen bleigrauen Pelz verwandelt. Der Hias war einer von den stillen Verrückten, denen nie jemand mit dem Kloster gedroht hätte. Er tat seine Arbeit, nur wenn er nachts von Erinnerungen überfallen wurde, hörte man ihn leise heulen und keuchen. Seine Mutter lebte bei ihm, herrschsüchtig und zufrieden über den lebenslangen Sohn.

Hias war jetzt um die Vierzig, ein faltiger, magerer, gebeugt gehender Mann, der die Hände, wenn er nicht arbeitete, hinter seinem Rücken versteckte und einen Blick hatte wie ein frisch geschlachtetes Kalb, voll allerletzten Erstaunens. Er war Wolinskis bester Freund geworden und ahnte in seiner verwundeten und kindlichen Seele, daß der ihn nun verraten würde.

Was hättst jetzt trinken wollen? fragte er seinen Gast. Ich kenns ned. Aber ich besorgs dir, wennsd magst.

Wolinski brachte nicht fertig, dem Hias in die Augen zu schauen. In all den Jahren im Gäu, in diesen unmerklich versickerten, düsteren und von wenig Freude erhellten Jahren, war der Schwachsinnige mit dem unlösbaren Geheimnis ihm immer lieber geworden, und Wolinski wußte, daß er der einzige war, der den Schutt der Jahre über dem Erlebnis des schönen Buben Hias hätte wegräumen können. Dem war, Wolinski glaubte es zu spüren, nichts Sexuelles widerfahren. Da kannte der Hias keine Scheu, sondern war von unschuldiger Neugier und Ungeduld, ein ungeahnter und nur selten ausgenutzter Glücksfall für das ehemalige Maskottchen der Münchner Gesellschaft. Wenn er, Wolinski, Geduld und Aufmerksamkeit aufgebracht hätte, wären dem Hias die Wörter gekommen, aber dann? Dann wäre er für den armen Narren verantwortlich, das konnte er nicht brauchen, und er dachte nach, wem er ihn überlassen könnte, wie man einen Hund bei den Nachbarn abgibt, wenn man in ein fremdes Land fährt. Die Hebamme hatte es den Mädchen prophezeit:

Erst hat er mir euch gegeben, damit er nix mehr mit euch zu tun hat und da wieder anfangen kann, wo er aufgehört hat, der windige Brummkreisel. Und jetzt bricht er dem Hias das Herz. Läßt euch einfach im Stich, schaut nicht einmal, wie lang man euch in der Schul behalten und wie man den Dienst rauszögern kann. Ihr seid ihm vollkommen egal gewesen, ihr und das Gäu und ich und der Pfarrer und der Hias sowieso, der war ihm nur recht, weil er mit ihm das zweiköpfige Viech hat machen können, und der arme Depp war auch noch stolz drauf. Aber in Wirklichkeit war alles nichts wie ein Witz, ein Theater und eine Maskerade, je eher er geht, um so besser. Man könnte meinen, die Welt wär nicht groß genug für solche wie ihn. Daß er nicht hierbleiben mag, nehm ich ihm nicht einmal übel. Aber zum Untertauchen und zum die Leut blenden und damisch reden wars ihm gut genug, das Gäu. Wenn man sich an die Hergelaufenen gewöhnt hat und wenn man sie braucht, hauen sie wieder ab, so schnell schaust gar nicht. Wie der Rost. Könnt ihr euch überhaupt an den noch erinnern?

Die Mädchen schwiegen, schauten Aurelia auf den Mund und hatten die Hände in ihren Schürzen verknotet. Warum hätten sie sich an den Bürgermeister erinnern sollen? Was hat ein Bürgermeister mit Kindern zu schaffen?

Na ja –, sagte Aurelia, nachdem sie ihre kleine Schar länger betrachtet hatte, das Reden werd ich euch zuletzt beibringen, weil es das schwerste ist. Aber stricken müßt ihr können, kochen und einen Mann einfangen und halten, oder, je nachdem, ein paar davon. Stadtmanieren kriegen wir später. Ihr könnt nicht alle hier im Gäu bleiben, die Gescheiteren von euch werden es auch nicht wollen. Wir nehmen eins nach dem anderen, die Grundkünste, die Hauptkünste und zum Schluß das Reden.

Reden kenn ma scho! sagte Maria die Dritte und fing an zu kichern, sogar zuviel, sagt mei Mutter.

Das Lachen ließ sich nicht mehr aufhalten, sie bekamen keine Luft mehr und spuckten um die Wette, alle hundert Zahnlücken wurden sichtbar, und Afra lachte am lautesten, bis sie sich eine Faust in den Mund stopfte.

Albern! sagte Aurelia und lachte nicht. Gehört auch dazu. Die Schwarze hats als einzige richtig gemacht. Man hält die Hand vors Maul, bevor einem die Spucke auskommt!

So begannen, in einem langen, dunklen Winter, im abgedichteten und elektrisch erleuchteten Häuschen der Aurelia Koniecka aus Brünn, die Unterweisungen eines Jahrgangs von kleinen Mädchen in feiner Lebensart. Keine von ihnen wußte, daß die Hebamme sie damit ein zweites Mal ans Licht zu ziehen versuchte. Sie selber war sich dessen auch nur dumpf bewußt.

Eine Flucht muß beizeiten vorbereitet werden, sagte sie abends, nachdem ihre Schülerinnen längst daheim waren und mit ihren kleineren Geschwistern um die Bettplätze stritten. Aurelia trank ihren mit Schnaps scharfgemachten Kakao und dachte nach. Das Schicksalspielen macht erst Freude, wenn man begriffen hat, daß es eigentlich völlig gleich ist, wo man landet. In ein paar Jahren fragt keiner mehr danach. So viele Millionen sind abgestochen worden wie Vieh, wie Papier verbrannt, und wer fragt? Keiner. Wenn man das erst einmal begriffen hat, gehts richtig los. Dann kann man machen, was man will, es ist nicht für die ewige Seligkeit oder die Jungfrau, keine Buße für nichts und keine Abbitte, ganz und gar sinnlos. Und deswegen machts Freude.

Der feurige Kakao hielt sie wach, sie fühlte sich gut und so ideenreich, daß sie sich am liebsten verantwortungslos und schlawinerhaft in die Großstadt abgesetzt hätte wie der Nazizwerg oder ihr geliebter Bürgermeister.

Verantwortung erschien ihr langweilig. Auf und davon!

Sie hatte mehr zu bieten als die beiden Kerle zusammen, auf jedem Gebiet, und wenn überall die Wundertäter und Hellseher, die Verrückten und die Filmstars Konjunktur hatten, wollte sie mitspielen.

Aber der Schlaf wischte die ketzerischen und sündigen Wünsche weg, und Aurelia tat ihre Arbeit, schwätzte den Müttern stundenweise die kleinen Mägde ab, organisierte Farbstifte und Hefte, Stoffetzen und Wolle, Stricklieseln und gummiertes Buntpapier, Meyers Konversationslexikon, leider nur von Chemillé bis Dingelstedt und von Sirup bis Turkmenen, was besser als gar nichts war und sicher irgendwann durch eine der geheimnisvollen Münchner Lehrmittelzuwendungen ergänzt werden konnte.

Am Ende des nächsten Jahres, längst in der besseren Hälfte des Jahrhunderts fest verwurzelt, hatten Aurelias Mädchen, jede auf ihre Weise, den Grundstock für einen Besitz gelegt.

Im Frühjahr bekam Aurelia endlich einen Brief. Glokkenblumenblaues, nach Zigarillos und etwas Unbekanntem duftendes Papier, der Absender in tintenblauer, schräger Schrift gedruckt: So etwas hatte noch niemand im Dorf gesehen, und leider war das blaue Rechteck schon etwas angeschmuddelt, als es endlich seine Empfängerin erreichte. Das Blau des Umschlags paßte genau zur NOTOPFER BERLIN-Marke, Nachricht aus einer unsichtbaren Welt.

Die Post im Gäu bestand aus Landmaschinenkatalogen und Reklamezetteln für Kälbermilch und Mittel gegen Kartoffelkäfer. Denen rückte man jetzt nicht mehr mit Schulkindern, sondern mit einem gelben Pulver zuleibe. Aber dieser blaue Brief! Aurelia betrachtete ihn mißtrauisch, ob die Gummierung Spuren von fremder Gewalt zeigte. Ihre Hände zitterten ein bißchen. FRITZ ROST, stand da, APOLLO-FILM, FREILIGRATH-STRASSE. Aurelia stöhnte. Da war sie, die Welt, da streckte sie ihre manikürten Krallen nach ihr aus, eine Duftwolke, Italien oder Frankreich, Seidenkleider und fremde, saftige Früchte, rosa Kloschüsseln und pastellen gestreifte Bettwäsche, Tanztee und lederne Autositze: nach all dem roch der Brief, und die Brünnerin stellte sich vor den Spiegel und schaute hinein. Die herausschaute, war für das alles nicht mehr bereit.

Es ist vorbei, sagte Aurelia und bewegte den blauen Brief sachte wie einen Fächer vor ihrem Gesicht. Es ist zu spät, mein Freund. Ihr könnt in jedem Alter das Schiff besteigen. Wir nicht, so gemein ist das eingerichtet, da hilft kein Jammern, hilft kein Klagen.

Sie schaute sich in ihrem Häuschen um, das als Nebenschule den Anblick eines vielfarbigen Müllhaufens bot. Das heißt, zur Zeit war sie die einzige Lehrende, denn auf einen Nachfolger des abtrünnigen Wolinski warteten sie seit Monaten, und den Befehl der fernen Regierung, die Kinder in die nächste Dorfschule zu schicken, befolgte kein Mensch.

Ich kann nicht anders als im Buntpapier ersticken und warten, daß die kleinen Weiber erwachsen werden und abhauen. Dazu bin ich noch gut.

Andererseits, sagte sie zu ihrem Spiegelbild und zog jene erstaunte Miene, bei der die Augenfalten glattgezogen werden – man hört ja so dies und das. Wie sie alle wieder da sind, die gar nicht weg gewesen sind, und ganz unangefochten immer noch die schönen Damen machen. Die Dagover ist mindestens fünfzehn Jahre älter als ich. Und streckt ihr Profil so eingebildet in jeden Film hinein, als wär nie was gewesen. Und die Schneider und die Wessely. Und ich will ja nicht einmal zum Film, sondern nur ein bißchen leben wie die, ohne Kuhmist auf der Straße und ohne Traurigkeit.

Draußen schien ausnahmsweise einmal die Sonne, die Misthaufen tauten auf, und die Hühner machten einen Riesenspektakel.

Das Dorf ist auch nicht zu verachten, sagte die Brünnerin mißmutig, es ist mit Sicherheit weniger anstrengend. Mit einem gewissen Zeitaufwand könnte ich mich schon so herrichten, daß ich meinen Platz finden würde, man hat das ja schließlich gelernt. Und faltenmäßig war das Leben hier nicht schlecht, wenn ich in Brünn geblieben wäre und in meinem alten Beruf, säh ich jetzt anders aus. Jahrelang kein Klecks Farbe im Gesicht, kaum geraucht, nur mit dir, sagte sie zu dem märchenhaften Brief in ihrer ruhig gewordenen Hand, nur mit dir manchmal zur Gesellschaft und um den Mistgestank für kurze Zeit loszuwerden. Und gesoffen auch nur wie eine Leutnantsgattin, wenig, heimlich und süß. Jetzt könnte ich, obwohl es nicht meine Zeit ist, einen vertragen!

Sie legte den Brief aus der Hand und zog die Haut über den Kieferknochen nach oben, bis ihr Gesicht ein wenig spitzer aussah. Sie sah sich jetzt an wie ein Maler die Wand, die er zu streichen hat.

Wird schon irgendwie werden! sagte sie, verließ ihr Spiegelbild und machte sich zu ungewohnter Zeit ihren besonderen Kakao. So läßt es sich aushalten, mit ein bißchen Vorfreude! sagte sie, während sie trank und mechanisch immer wieder vom Kinn nach oben strich. Noch ist Polen nicht verloren! Niemand hält mehr Überraschungen bereit als eine geschonte Hure!

Auch davon sollen die Mädeln was lernen, vielleicht ist das sogar wichtiger als die Handarbeiterei oder das Kochen. Rechnen muß eine Frau können und sich herrichten. Und reden! Reden! Reden! Nicht unbedingt viel, das nicht, den Fehler treiben sie einem im Puff, gelobt sei's, schon früh mit Prügeln aus. Reden schon, aber bloß nicht viel. Und nicht über sich, sondern über die Welt, über die Jagdgründe: Das muß man können, und genau das werde ich meinen kleinen Bauerntrampeln beibringen. Sie haben keine schlechten Voraussetzungen! Wo noch nie was gesät worden ist, kann alles wachsen.

Der Kakao hatte ihr Inneres erwärmt und gab ihr ein Gefühl von Festigkeit, ja, von Überlegenheit dem armen Filmopa gegenüber, der sich so ein peinliches blaues Briefpapier gekauft hatte, ein unmännliches Briefpapier, und der darin wahrscheinlich einen Haufen Angebereien verpackt hatte, denn dick war der Umschlag.

Ein schwangerer Brief, sagte sie und kicherte, der richtige Brief für eine Hebamme!

Sie genoß die Vorfreude und legte das schlafanzugblaue Rechteck einmal auf den Tisch, dann wieder in den Tabernakel des Küchenschranks, neben die Blumenstöcke auf dem Fensterbrett, wo er sich blau gegen den blauen Himmel abhob.

Süß und glühend war der Kakao, und Aurelia genoß ihn und ihre Macht über diesen Brief.

Ich könnt ihn verbrennen, sagte sie, ich könnt ihn in die Mistgrube schmeißen und zuschauen, wie er verrottet. Feuer und Wasser kann ich ihm antun, alles! Und eine Farbe hat er wie von einem Warmen! Vielleicht ist er ein Warmer, der Fritz? Aber das hätte ich gemerkt. Oder? Manche sind so verstockt, da bringt man es nicht heraus. Aber ich glaub es eigentlich nicht bei ihm. Nur für so was würde er sich keinen Ärger einhandeln mit der Polizei, und sie hätten ihn damals woanders überwintern lassen als hier im Gäu! Wenn sie ihn hätten haben wollen, hätten sie ihn gekriegt. Ach, es ist lang her, nützt nichts mehr. Ich vermiß ihn so, ich vermiß dich so, du Saukerl! Feigling, Deserteur, hochnäsiger Schmierenkomödiant, abgerissener Bauernbetrüger, impotente Zelluloidpuppe, ach du Damenprogramm – ich vermiß dich immer noch in diesem Gefängnis aus Kindergeschrei und Kuhstallgestank, ich vermiß dich.

Meine tschechische Taube, begann der Brief (in Maschinenschrift), nehmen Sie mir die technische Zubereitung meines Briefes nicht krumm. Ich habe mir das Ding anschaffen müssen wegen meiner stetig wachsenden Korrespondenz. Aber das und alles andere kommt später.

Sie, liebste Aurelia, haben es nicht verdient, in den Wartestand versetzt und schließlich doch vergessen zu werden, denn wenn Sie nicht gewesen wären, wären mir die Stimmbänder im Hals vertrocknet und das Hirn ausgelaufen.

Sie kleines Lämpchen der Kultur in der Verbannung, Sie elektrisches Fünkchen, was sag ich, Sie Leuchtturm! Es hat leider lang gedauert, bis das, was ich zu berichten hatte, sich zu etwas entwickelte, was ich auch berichten wollte.

Und, liebste Hüterin des dumpfen Nachwuchses (können Sie es eigentlich mit Ihrem Gewissen vereinbaren, immer Neue von der Sorte ans Weltlicht zu befördern?), wenn ich schon aufs Leben zu warten hatte, konnte und mußte ich Ihnen zumuten, auf die Nachricht davon zu warten.

Es ist merkwürdig: Im ersten Jahr habe ich mich wie unsichtbar gefühlt, obwohl ich ein paarmal auf der Straße von erschreckend alt und bissig gewordenen Exbackfischen erkannt worden bin. Die Zeitungen hatten sich zwar auf mich gestürzt und mich zum tapferen Kämpfer und unsichtbaren Widerständler hinaufgeschrieben. Das haben sie so schön gemacht, daß ich es fast selber geglaubt hätte. Später habe ich dann gemerkt, daß sie die blühenden und wohlduftenden Rühr- und Anständigkeitsgeschichten schockweise in den Schubladen hatten – sie haben immer nur nach Leuten gesucht, denen man sie umhängen konnte, die widerständlerischen Engelsflügel. Haben manche sehr merkwürdig damit ausgesehen. Ich auch.

Aber, liebste Beutefrau aus dem Osten, das ist dem Herrn sei Dank aus der Mode. Es hat auch gar zu viel durcheinandergebracht, und je öfter ich mein ramponiertes Heldengesicht irgendwo zu sehen bekam und je weniger ich mich zu erkennen vermochte, desto fester war mir die Tür versperrt, durch die ich wollte.

Sie haben mich nicht mitspielen lassen! Sie haben Filme gedreht wie die Verrückten, alles roch nach Film und überall war die Wärme der Lampen zu spüren, es war in den Kneipen wie früher, die ganze Angeberei und die Angst und die Intrigen – aber sie ließen mich nicht mitspielen.

Anfangs war ich mir so sicher: Denn diejenigen, die unsere schöne Maschine, die ja nur sehr kurz stillgestanden hatte, wieder anwarfen, waren genau die, denen nur der Zufall das Leben gelassen hatte. Will sagen, denen hätte ich eigentlich ein bißchen besser gefallen müssen als die immer und immer noch vorhandenen Beineschmeißerinnen und Augenaufschlägerinnen der dahingesunkenen Parteiprominenz.

Als erster war Abramczik, wer weiß, woher, wer will wissen, woher, zurückgekommen, dann kam Zeller und dann die Panischewska, wie drei Taifune hintereinander. Ich kannte sie ja alle und sie mich auch. Aber – wie erkläre ich Ihnen das, Trost in der Wildnis – wie soll ich Ihnen das bloß klarmachen? Sie liebten mich wie ein schuldlos verkrüppeltes Väterchen, aber sie mochten mich nicht mehr zum Arbeiten.

Die Panischewska, mit der ich mal was gehabt hatte (Junge, hat sie mich gefragt, war da der Tonfilm eigentlich schon erfunden?) – sie hat versucht, mir das zu erklären.

Du hast irgendwie was an dir, hat sie gesagt. Ich würde stören, jedenfalls in den Filmen, wie sie sie machen wollten, würde ich stören.

Es sei abscheulich, aber die Nazijulen und Herrenreiter, oder diese tausend verlogenen alten Lausbuben und Bruchpiloten, die störten nicht. Die würden sogar gebraucht und müßten nicht viel anderes tun als vorher.

Weißt du, hat sie zu mir gesagt, die Filmpreisfilme und

die Aufarbeitungsopern überlassen wir deinen Leuten. Die haben wir nicht nötig, wir brauchen an nichts erinnert zu werden. Das hat sie gesagt, liebe Aurelia, aber ich merke: Ein Brief ist zu wenig, um Ihnen alles zu erklären, was ich mir selbst erst in langen Monaten erklären konnte.

Nur zwei Dinge noch, denn ich bin müde, und ich muß mich noch am Stammtisch blicken lassen, sonst denken die, denen ich mich jetzt endlich unter Mühen anschließen konnte, ich sei alt, oder noch schlimmer, melancholisch. Wie es gekommen ist, daß beide mir gnädig verziehen haben, die Dagebliebenen und die aus den Kratern Zurückgekommenen – das berichte ich später, wenn ich Zeit habe.

Zuviel von mir in diesem Brief, aber das ist doch, was Sie interessiert, liebe Gefährtin Gottseidank versunkener und fast vergessener Tage. Na, manches war auch ganz lustig. Als Politiker dürfte man sich ja nicht beklagen, sonst würde man nicht wiedergewählt.

Was macht eigentlich unser Mohrenkind? Lebt es noch oder haben sie es endlich aus dem gesunden Volkskörper ausgemerzt? Geht ja nicht mehr so leicht wie früher! Sollte man auch nicht tun.

Seit einiger Zeit, genau seit vor vier Jahren TOXI lief, haben die Sarottinegerlein in den Großstädten eine richtige Konjunktur. Vielleicht sollte man sich mit der Kleinen da dranhängen, ehe wieder etwas anderes in Mode kommt. Das geht zur Zeit so schnell, Sie können sich das da draußen hinter den Vorhängen gar nicht vorstellen. Aber nun ist es wirklich genug, die Finger tun mir weh, und ich spüre mehr Erinnerungen in mir herumsurren, als mir lieb sind. Ich werde Sie fürs erste nicht vergessen, liebe Freundin, seien Sie sicher. Und wenn mein Ruhm noch wächst, werden Sie es erfahren! Grüßen Sie ein paar Leute, wer sich halt noch erinnert, man hat in der Zeit ja genug mit sich selbst zu tun gehabt. Daran, wiederum, hat sich nichts geändert, glauben Sie mir. Nur wird hier mehr gelächelt, besser gegessen und hübscher geredet. Das ist schon was. Zum allerletztenmal: Ganz der Ihre, Ihr alter, getreuer Fritz Rost.

Aurelia ließ den Kopf auf das blaue Papier fallen, stieß den Becher mit dem Rest des tröstlichen Getränks um, so daß ein dünnes Rinnsal über den Brief floß. Aurelia weinte.

Tage später, als der Brief getrocknet war, betrachtete sie wohlgefällig die welligen Spuren aus Rotz und Wasser, und der Kakao sah aus wie altes, längst getrocknetes Blut.

So müßte eine Kriegserklärung aussehen oder eine Kapitulation, sagte sie.

Der Weiße Sonntag, wie das Frühjahr ersehnt und genauso enttäuschend, ging scheinbar spurlos vorbei. Was bleiben wird, ist das Foto, Afra in all dem Weiß von schwärzester Schwärze, aber seit dem vorübergehenden Besuch eines Ehepaars aus der Stadt, das sich ins Gäu verirrt hatte und beim schwachsinnigen Wirt etwas zu essen haben wollte, war die Schwärze etwas Besonderes geworden.

Vor der Kommunion hatten die Keifereien, ob es sich bei dem schwarzen Bankert überhaupt um einen möglichen Christenmenschen handle, nicht aufhören wollen. Die Theres dachte nicht daran, ihre Tochter zu beschützen. Sie hörte weg, wenn die Leute redeten, und seltsamerweise erwies sich auch der alternde und über die Maßen fett gewordene Teufel, ihr Vater, als Schutz vor den gottgefälligen Giftpfeilen. Sie schützten einander aber nur gegenseitig.

Afra hörte alles, verstand alles und versuchte immer verzweifelter, unsichtbar zu sein.

Aurelias Haus war, seit die sich mit Pädagogik über ihren Liebeswahnsinn und ihre Einsamkeit hinweggeholfen hatte, ein guter Ort, um unsichtbar zu sein. Die anderen Mädchen, deren Zulassung in den Christenstand hauptsächlich durch Haß auf das Schwarze vorbereitet werden sollte, scherten sich nicht mehr darum. Sie hörten zu, wenn Aurelia aus dem Konversationslexikon vorlas, sie säumten Handtücher und Läppchen, zu denen die Brünnerin »Servietten« sagte. Sie lernten Handschuhe häkeln – völlig sinnlose Handschuhe, mit Löchern! –, und Aurelia sagte ihnen, daß man die auch im Zimmer anbehalten müsse. Sie hörten Plato und Schopenhauer aus dem heiligen Besitz des Bürgermeisters und wiegten sich sacht in den Klängen, weder die Vorlesende noch die Zuhörenden versuchten je, eins der Wörter oder gar ganze Sätze zu fangen und zu behalten.

Und wenn Aurelia eine Pause machte, redeten sie halblaut von dem fremden, feinen Ehepaar, das aus der Wirtschaft kommend und sich zierlich die Fleischfasern aus den Zähnen bohrend, der am Rand der staubigen Dorfstraße entlangwandernden Afra ansichtig geworden war. Der weithin hörbare, juchzende Schrei der Frau hatte die Alten und die Kinder aus den Häusern getrieben, so daß alle erleben konnten, wie die Dame eine sich matt sträubende Afra einfing, sie, ohne sich zu grausen, küßte und ihr über ihre schwarzen, jedem Flechtversuch widerstrebenden Lämmchenhaare strich. Toxi! hatte die Dame gejubelt, schau doch, Lucky, Toxi, wie sie leibt und lebt!

Wo du recht hast, hast du recht, hatte der Herr gesagt, dessen Auto, von den kleinen nachgewachsenen Buben umringt, auf der Wiese beim Birnenbauern stand, wo du recht hast, hast du recht. Grad wie gespuckt ist sie. Runtergerissen die Toxi, ma mags net glauben. Halt ein bissel älter geworden, aber das wär die jetzt ja auch! Ein herziges Negerl, gell Weibi?

Könnten wirs nicht mitnehmen, Lucky? konnten jetzt die erstaunten Dorfbewohner die ganze Straße entlang hören, und sie sahen ein bocksteifes schwarzes Kind zwischen flatternden Seidenärmeln, betastet von mehr als vier Händen, wie es schien.

Das Anfassen war unheimlich, und die kleinen Elevinnen der Aurelia fragten immer wieder: Wo hams dich denn anglangt? Hots weh doa?

Hats weh getan, verbesserte dann Aurelia manchmal, manchmal auch nicht.

Hams gstunka? Die aus da Stadt stinka olle, sagt mei Mama.

Guat hats grocha, antwortete Afra dann jedesmal sehnsüchtig, mei, so viel guad! Und nix hod weh doa, weh tan, oder so.

Sie waren in den letzten Jahren auch im Gäu ein kleines Stück hinter dem Mond hervorgekrochen, und die rätselhaften Worte des Paares, das schließlich von Afra abließ, erfuhren nach und nach Aufklärung. Die Hauptperson selber bekam davon nicht viel mit, zu betäubend hatte sich dieses Erlebnis auf sie ausgewirkt, und vor allem die vielen Wörter, die auf i endeten, hatten es ihr angetan. Lucky, Weibi, Toxi, flüsterte Afra vor sich hin, während Aurelia von jenem Film erzählte, der das rührende Schicksal eines Kindes, schwarz wie Afra, die Dorfschande, gezeigt habe.

Im Film sei es auch erst schwierig gewesen, aber der Vater, also der Pflegevater, der sich am meisten vor dem schwarzen Bankert gegraust und eine Abfärbung auf seine milchweißen Kinder befürchtet habe – der sei zum Schluß am allerweichsten geworden. Und im Radio hätten sie gesagt, daß es solche Kinder haufenweise gäbe und daß sie nicht schuld hätten.

Nicht, daß die Hebamme solcher Belehrungen bedürftig gewesen wäre, der Bürgermeister hatte ihr die finsteren Wünsche, den möglichst frühen Tod des falschfarbigen Kindes betreffend, beizeiten ausgetrieben. Ihr hätten sie keinen Rührfilm zu zeigen brauchen, damit sie die Menschenwürde jedes einzelnen kleinen Störenfrieds achten lernte: Und den verstockten Bauerntrampeln im Dorf konnte es nicht schaden, wenn sie begriffen, daß nicht nur die Schwarze Muttergottes von Altötting, sondern auch der Film bewiesen, daß Afra nicht nur ihresgleichen, sondern etwas Besonderes war.

Man blieb aber verstockt im Dorf. Und der vorübergehenden Nachdenklichkeit, die durch die begeisterten Schreie des feinen Ehepaares ausgelöst worden war, machte der Alltag bald ein Ende, weit war es sowieso nicht her mit dem Nachdenken. Zu deutlich hatten sie am Weißen Sonntag gesehen, daß etwas Fremdes das Bild störte, wenn auch Afras Recht, unter Christenmenschen geduldet zu werden, nicht mehr so leidenschaftlich bestritten worden war wie in den Jahren zuvor.

Schaut das Foto an. Der Fotograf, ein Reisender, der mit einem Opel P4 und einer Tasche von Frühling bis Herbst die Dörfer bis weit ins Schwäbische hinein erkundete und der nachts von dreireihigen Gruppenbildern träumte, war, als er die Bilder der frisch gewonnenen Heiligkeit aufnahm, jene verschreckten kleinen Gesichter, die sich hinter einem Lanzenwald von weißen Kerzen versteckten, für kurze Zeit aus seiner Lethargie erwacht und sah sich vor eine künstlerische Aufgabe gestellt. Auch er hatte von TOXI gehört, aber seine lang bewährte Choreografie »De vordern hilegn! De Mittlern knien! De Kloana nach vorn! De Greßdn an de zwoa Eckn! Jetzad lacha, ned grinsn! Bleckts die Zähn ned so! Bei de Madln die Zöpf nach vorn und die Schleifn grad! Jetzad ganz staad sei …!« schien plötzlich ganz unbrauchbar. Schwarze kamen in der gottgewollten Ordnung des Gruppenbildes nicht vor.

Die Nachtigall wird viele Jahre später das Kommunionsbild ihrer Mutter bei der alten Aurelia finden, zusammen mit gefalteten Geschenkpapierchen und einem hauchdünnen Kinoprogramm von DAS VERGESSENE TAL, auf dessen Vorderseite Fritz Rost, schräg ins schwarzweiße Bild gerückt, einen Jägerhut und lange Haare im Nacken trägt. Die Schrift läuft wie zerrissen quer über sein Kinn. In der ehrwürdigen Katzenzungenschachtel liegt auch noch eine Verdienstmedaille unbekannten Ursprungs, der zu ihr gehörige Verdienst ist ebenso verschwunden wie das winzige emaillierte Hakenkreuzlein in ihrer Mitte.

Daß du keine Briefe hast? wird die Nachtigall sagen und das Kommunionsbild festhalten: Das geb ich nie mehr her! Mein Gott, wie schwarz sie gewesen ist, die Mama!

Sie ist schon immer noch schwarz genug! ruft die fast ertaubte Aurelia, die im Alter gelernt hat, sich über alles zu freuen und infolgedessen ihrer Taubheit wunderbare Seiten abgewinnt. Die Einflugschneise erfreut sie mit den Bildern der sich senkenden und erhebenden Flieger und einem angenehmen Wummern im Zwerchfell.

Wörter, die sie braucht, pflückt sie mit Blicken von den Lippen ihrer Besucher, und wenn jemand sie anlügt, sagt sie: Nuscheln Sie doch nicht so!

Ja, wird die fast weiße, berühmte Nachtigall antworten, schon wahr. Schwarz genug ist sie immer noch. Aber nicht hilflos wie auf dem Bild! Da ist sie so allein, mit all den widerlichen Mehlwürmern und dem Kirchengetue, schau doch nur, wie sie allesamt scheinheilig grinsen, und diese absurden Kleider!

Wir haben nix anderes gehabt! sagt Aurelia streng.

Was weißt denn du schon, wie das schwer gewesen ist, für alle was Weißes zusammenzunähen. Wenn der verrückte Hias nicht in der Sakristei die alten Meßgewänder und Totenhemden gefunden hätte, hätten die Weiberchen Christi Fleisch in Sackleinen gekleidet lutschen können.

Wieso haben die soviel Spitzen, wenn alle so arm gewesen sind? wird die Nachtigall fragen.

Wer sagt, daß alle arm gewesen sind? wird sie von Aurelia fröhlich angeschrien werden.

Fürs Sterben und für die Kirche hat man sich was gegönnt. Da haben sich die alten Weiber die Finger wundgeklöppelt, ich hörs noch, das Klippklipp von den Fläschchen. Spitze, kilometerlang Spitze, du hättest das ganze verfluchte Dorf in Spitze verpacken können wie einen Täufling. Davon war genug da, die Pfaffen und die Ministranten haben ausgesehen wie Hochzeitstorten. Die Kommunionkinder natürlich auch.

Und mittendrin eine einsame Schokoladentorte, wird die Nachtigall seufzen. Arme Mama. Ein Segen, daß sie so einfach gestrickt ist.

Das alles ist für die Ewigkeit auf dem Kommunionsbild des in goldener Schreibschrift auf der Rückseite des Bildes namhaft gemachten Fotografen Karl Emmermacher aufbewahrt.

Und kurz drauf hat die Theres versucht, mit deiner Mama nach München zu gehen.

Die Nachrichten aus der Stadt und die Verführungstöne des Radios, das zum Hilfslehrer für die neugierigen und schnell heranwachsenden Mädchen avanciert war, hatten der lebenssüchtigen, gut im Fleisch stehenden Theres den Kopf verdreht und ihr Gemüt durcheinander gebracht. Die Umarmungen der vielen gesichtslosen Mannsbilder aus dem Gäu, hastig und mit zusammengepreßten Lippen irgendwo im Feld, im alten Schulhaus oder in den stinkenden Schafställen am Waldrand genügten ihr nicht mehr.

Bis nach Mitternacht pflegte sie herumzustreunen, und die Männer rochen ihr Fleisch kilometerweit, der Duft von

Bereitwilligkeit und Sehnsucht setzte sich auch im Sommer gegen alle Düfte des Gäus durch.

Die Männer liefen ihr nach und waren, wenn sie sie endlich gefunden hatten, nicht mehr zu langen Späßen aufgelegt. In der düsteren Frühe beim Melken schaute der alte Teufel stumm seine Tochter an, die mit aufgeplatzten Lippen und grünunterlaufenen Augenringen schmerzverzerrt auf dem Melkschemel balancierte, der ihr unbarmherzig die Schenkel zerdrückte. Sie fürchtete den Blick ihres Vaters, auf dessen tiefen Schlaf sie sich zwar verlassen konnte, aber wie lang?

Afra lag wach, wenn ihre läufige Mama sich aus dem Haus schlich. Sie hörte auf die Schnarcher des Alten und betete, daß sie nicht aufhören sollten.

Sie wagte jetzt ganz dreist um alles und jedes zu beten, Vatersohnundheiligergeist, die offenbar lang nicht gewußt hatten, ob sie sie haben wollten, waren ihr am Weißen Sonntag in Gestalt eines runden Plätzchens zuteil geworden und hatten damit ihr Einverständnis erklärt, sich um das Kind Afra zu kümmern. Afra hörte dem Schnarchen und Stöhnen des alten Teufels zu und war erleichtert, einen Schutzzaun aus geflüsterten kleinen Gebeten um sich aufrichten zu können. Solang sie das tat, konnte ihr nichts geschehen. Es half nur, wenn sie nicht einschlief. So kam es, daß Mutter und Tochter gleichermaßen übermüdet waren, monatelang, aber bei Afra sah man die Ringe unter den Augen nicht.

Die Theres hätte nicht zu sagen gewußt, worauf sie noch wartete. Es wurde heiß und gewittrig im Gäu, und selbst die härteste Feldarbeit und die heftigsten Umarmungen ließen sie nicht zur Ruhe kommen. Sie gestand sich nicht ein, daß ihr Haß gegen den Alten jeden Tag ein Stückchen wuchs. Auch ihre Tochter Afra gefiel ihr immer weniger. Wenn Afra schwieg, sagte die Theres, sie solle nicht so verdruckt, so hinterfotzig, so verdreht, so feig, so zusammengezupft, so fad, so blöd, so mistig sein.

Vielleicht ist dein Papa ein solcher Depp gewesen, warum straft mich der Himmelvater, erst hinterlaßt er, der Amerikanische, seine Farb auf dir und dann noch seine Deppertheit. Nix kannst du wie singen. Vögel werden nicht reich.

Wenn Afra ihr etwas erzählte, ihr etwas zeigte und ihre von Aurelia gelehrten vornehmen Künste vorführen wollte, war es der Theres auch nicht recht.

Arbeiten sollst lernen und nicht einen Haufen Schmarrn. Handschuh mit Löchern drin häkeln, das ist ja unanständig.

Und die ganzen dreckigen Wörter, die kein Christenmensch versteht, nicht einmal wie der Schwarzbeerl klingt es, zu nix nutzt es.

Magst sie nicht haben, die Handschuh? sagte Afra, denn sie hatte mit heißen, klebrigen Fingern die Opfergabe verfertigt, um sie milde zu stimmen, ihre mächtige, weiße Mama, die Hofgöttin, vor der selbst der Teufel manchmal die Augen niederschlug.

Tu sie halt her! hatte die Theres darauf gesagt und auf ihre Hände geschaut, kleine, rosa Fleischkissen, die durch die Löcher im Zwirn der Handschuhe quollen.

Vielleicht trugen sie sowas in der Stadt. Darüber gab das Radio zwar keine Auskunft, aber die Brünnerin würde schon wissen, was sie tat, wenn sie ihre Mädchen zur Herstellung derart überflüssiger und unbequemer Dinge anhielt.

Theres hatte sich schon früher Gedanken über die Unterschiede des Lebens gemacht. Auf geheimnisvolle Weise, vielleicht über ihre Liebesrasereien mit so vielen verschiedenen Männern, die geheimzuhalten ihr zwar immer wieder so gut gelang, als ob es einen Schutzengel für läufige Bauernmädchen gäbe, hatten sich in ihrem Kopf ein paar Gedanken angesiedelt, die nicht ohne weiteres ins Gäu paßten.

Arbeit, beispielsweise, hatte sie sich ausgedacht, war zwar notwendig, und es lohnte sich nicht, sich zu wünschen, es möge anders sein. Es möge einmal ein Tag erscheinen ohne das gemeine Aufstehen in der Frühe, ein Tag voller guter Gerüche, voller Sauberkeit, süßem Essen und voller Schlaf. Das gab es. Für andere. Dennoch konnten oder wollten sich die Leute, denen das beschieden war, offenbar nicht damit zufriedengeben.

Theres machte sich ihren eigenen Reim aufs Glück.

In den Zeitungen nämlich, den spärlichen Werbezetteln, Katalogen und im Radio wurde immer wieder betont, daß mit dem feinen Leben auch große, selbstauferlegte Unbequemlichkeiten verbunden waren. Die Frauen trugen Gürtel aus Metall und Unterröcke aus drahtartigem Gitterstoff, sie bedienten gefährlich aussehende Hackmaschinen und Becher mit rotierenden Messern drin, zwängten sich in grausam verbogene Sessel und unter grelle, wie Waffen geformte Lampen. Sie zählten sich das Essen in den Mund und lagen reglos mit aufgeschnittenen Gurken im Gesicht. Sie mußten Gebote über ihre Männer auswendig lernen, von denen die Theres welche aufgeschnappt hatte, ohne sie zu verstehen: FALLEN SIE IHM NIE INS WORT! LASSEN SIE SICH NICHT GEHEN! TREIBEN SIE MASSVOLL SPORT! ER DARF SIE NICHT UNGEKÄMMT SEHEN!

Vor das süße Essen, die schönen Gerüche und den ausreichenden, üppigen Schlaf hatten sich also Komplikationen geschoben, so viel war klar. Aurelia wurde nicht müde, ihren Schutzbefohlenen einzuschärfen, was die Theres so verwunderte, wenn es auch nicht bei allen auf Verständnis stieß:

Je schöner und reicher das Leben nämlich werde – und wenn sie sich, verdammt, und bei der Liebe der unschuldigen Jungfrau, zusammenrissen, würde ihnen das schon aufgehen! –, je näher die Freuden also rückten, über die ihre Mütter nicht einmal nachgedacht hätten, desto stärker müßten sie sich auch auf Unbequemlichkeiten gefaßt machen. Und je früher sie sich damit abfänden, desto besser.

Sie sollten beizeiten aufhören, ihren Rotz zu essen und mit den Schürzenzipfeln die Nase zu putzen, überhaupt sollten sie sowenig wie möglich ihr Gesicht und seine verborgenen Höhlungen erforschen, nein, auch nicht, wenn sie allein seien.

Nur wenn man es ganz bleiben lasse, könne man darauf verzichten, nachzusuchen, ob sich noch ein Kümmelkörnchen oder ein Fleischfetzchen im Zahn fände. So schön das sei.

Und die Buben? fragte die zweite Anna, die große, ernst dreinschauende Tochter des Viehhändlers, die ein paar kleine Brüder hatte und sich danach sehnte, ihnen erlaubte und abgesegnete Grausamkeiten zufügen zu dürfen.

Vielleicht muß man es denen erst recht hineinprügeln?

Du Megäre! antwortete die Hebamme, es wird nicht geprügelt. Im übrigen ist es ganz egal, wie die Buben sich aufführen. Es wird sowieso nichts Besonderes aus ihnen, und ob sie sich mit dem Ärmel unter der Nase herumfahren oder in der Kirche furzen, interessiert keinen. Ihr werdet euch hoffentlich anderswo nach dem Leben umschauen und nach den Männern.

Wenn ihr bei mir fertig seid, könnt ihr euch ohne weiteres an einen Beamten trauen, die eine oder andere kriegt vielleicht sogar einen Handelsvertreter oder einen Veterinär! Vorher, vor dem Krieg, da hättet ihr euch das Lernen schenken können. Aber jetzt gehts aufwärts, wir müssen es nur gescheit anstellen, daß es keiner merkt.

Afra hatte ihr Schweigen aufgegeben, weil sie die Unruhe ihrer Mutter immer deutlicher spürte. So groß war ihre Angst, daß die Theres sie eines Tages allein lassen würde, für immer allein, nicht nur so wie in den vielen

Sommernächten, in denen Afra die Schnarchtöne ihres Großvaters Kilian und die leisen, glücklichen Heimkehrschritte ihrer Mutter hörte, auf die sie sich bisher verlassen konnte. Wie lang noch?

Du kriegst schon eine Brust, sagte die Theres eines Tages mürrisch zu ihrer Tochter, schau nur, daß du dem Alten nimmer gar so oft über den Weg läufst.

Ich kann jetzt alles für die Stadt! antwortete Afra.

Die Brünnerin hat gesagt, wenn ich nicht die falsche Farb hätt, wär ich die Beste aus dem Jahrgang. So, wie es ist, muß man halt schauen, ob es was nützt. Und vielleicht hilft das mit dem Film, mit der TOXI, hat sie gesagt. Vielleicht nehmen sie gern eine wie mich in Stellung!

Afra, die ihrer Mutter bis über die Schulter reichte, hatte noch nie eine so lange Rede an sie gerichtet, deren Blick sie immer gefürchtet hatte, obwohl sie nicht wußte, warum.

Die Theres sah wie ihr Vater immer über den Kopf ihrer Tochter hinweg, und es schien, als wüchse Afra nur deshalb so schnell, um endlich von ihrer Mutter angeschaut zu werden. Theres war schon längere Zeit damit beschäftigt, einen Plan zu ersinnen, der sie ganz verschiedenen Zielen gleichzeitig näher bringen konnte: Das war für ein schwerfälliges und mit Liebes- und Fluchtgedanken angefülltes Hirn gar nicht so einfach. Theres wollte in die Stadt, um aus dem Schlamm und dem Gestank herauszukommen und um sich endlich in richtigen Betten, unter schönen Männern herumwälzen zu können.

Ihre Tochter hinderte sie in jeder Hinsicht daran. Daß, Film und Sarottinegerlein hin oder her, Afra in der Stadt weder ein leichteres Leben haben noch für ein leichteres Leben ihrer Mutter sorgen würde, war sogar der Theres klar. Sie dem alten Teufel, dem in die Breite gegangenen, hinterhältigen Tierschinder und Säufer zu überlassen, brachte sie trotzdem nicht über sich. Wie hätte sie das beichten sollen?

Wie ein gut gebratenes Stück Fleisch ihm das Kind hinwerfen? Und vielleicht hatte die Hebamme doch recht, wenn sie meinte, daß die hunderttürmige, goldene Stadt gerade ein Schwarzes besonders liebevoll aufnehmen würde.

Wo über eine wie Afra ein ganzer Film gedreht worden war, gab es ungeahnte Möglichkeiten.

Die Theres hatte keine Ahnung, daß der berühmte, das Leben trügerisch verändernde Film ganz woanders entstanden war, und wenn es ihr jemand gesagt hätte, wäre das sinnlos gewesen. Was die Theres zu glauben bereit war, glaubte sie bis ans Ende. TOXI, das war die Stadt voller Glockentöne und flatternder Nonnen, weiße Steine, Duft nach Waschpulver und geröstetem Kaffee, Abtritte wie Paläste und für Bücher und Bilder eigene Häuser.

Geduldig hatte sie alles über die Stadt gesammelt, was sie bekommen konnte, und die einzigen längeren Gespräche mit Aurelia, an die beide sich gern und genau erinnern konnten, waren jene über die Stadt. Die Brünnerin hatte der Theres Teile aus dem Brief des Bürgermeisters vorgelesen, aber da hatte Theres einen Ton der Klage, des Unverständnisses herausgehört, und der störte sie.

Keiner, dem der Allmächtige das Glück geschenkt hatte, in der Stadt leben zu dürfen, hatte das Recht, sich über irgend etwas zu beklagen. Daß es auch dort arme Leute, zusammengefallene und ausgebrannte Häuser, Schlägereien und wichtigtuerische Pfarrer gab, konnte Aurelia der fluchtbereiten Theres erzählen, sooft sie wollte.

Die Stadt: Das war Seife und warmes Wasser. Nicht genug Seife und warmes Wasser für ein schwarzes Bankert, das nicht. Aber sie waren so gut dort und so sanftmütig, daß es ihnen in all ihrer Gutheit offenbar ein wenig langweilig geworden war. Und darum machten sie Filme über solche wie ihre Afra, damit in das Gutsein ein Auftrieb, eine Hetz hineinkäme und es nicht mehr so fad wäre.

Der alte Teufel wurde immer unruhiger, er schien die Ausbruchsideen seiner Tochter zu spüren. Aus dem Wirtshaus kam er früh und schweigend heim, er schnarchte nicht mehr, dem Vieh sträubte sich das Fell, wenn es ihn sah, den Kühen ging die Milch zurück und die Häsinnen warfen winzige, vertrocknete Embryos. Das Korn stand nicht gut, statt der Kartoffeln zogen sie feuchte schwarze Stiele aus der Erde. Der Hof und die Tiere waren beleidigt.

Die Theres dachte keinen Augenblick lang an etwas wie Zukunft. Sie sah kaum, wie der Hof verkam und wie ihr Vater in seiner Verwirrung fast so etwas wie Traurigkeit zeigte, sie merkte auch nicht, daß ihre Tochter immer länger verschwunden blieb und, wenn sie da war, in entlegenen Winkeln des Hauses Depots mit seltsamen Gegenständen anlegte, Kleiderfetzen in verschiedenen Farben, die halbtote Jahrmarktspuppe, eine rosa Zwirnsrolle, Schachteln, Knöpfe, einen kleinen Läufer ihrer Ahne, den sie aus seinem Versteck in der Flußkuhle wieder zurückgeholt hatte und der wochenlang nicht trocknen wollte, eine alte, braune Wachstuchtasche, ein Buch, dem der Einband zur Hälfte fehlte und das AUERBACHS DEUTSCHER KINDERKALENDER hieß.

Afra, die noch immer Mühe hatte, mit jemandem zu sprechen, weil sie genau spürte, daß man bei ihr über dem Anschauen das Zuhören zu vergessen pflegte, fragte die stupsnasige der Marien um Rat.

Meine Mama will fort, sagte sie. Ich fürcht mich. Ich weiß nicht, wie es woanders ist. Immer redet sie von dem Film, aber der ist ihr in Wirklichkeit wurscht, glaub ich. Hat ihn ja auch niemand gesehen, vielleicht gibts ihn gar nicht, oder es ist gar kein echt schwarzes Kind drin, was die

Toxi spielt, sondern nur ein angemaltes. Gegen die angemalten haben sie nichts, sonst täten sie mich ja an Dreikönig den Mohren spielen lassen, aber sie nehmen immer einen von den kleinen Buben. Weil den Mohrenkönig kein Mädel spielen kann, sagen sie. Aber ein echtes Schwarzes mögen sie nicht, das habe ich schon oft gemerkt. Nicht einmal das einzigemal im Jahr, wo mans brauchen könnt. Du hast Glück, Maria. Du darfst die Maria spielen und was du willst. Du schaust so aus, daß sie dich bei allem brauchen können. Wenn meine Mama in die Stadt geht, werd ich ihr bestimmt lästig sein. Noch einen Film mit einem Schwarzen werden sie bestimmt nicht machen. Ich glaub nicht einmal an den, von dem sie alle geredet haben.

Maria hörte dieser langen Rede verständig zu.

Wenn deine Mama fort will, antwortete sie, wirst mitgehen müssen. Ein Kind ist immer bei der Mama, ob es will oder nicht. Und wenn die tot ist, paßt sie von oben herunter auf. Warum will deine Mama fort? Es ist doch noch nie wer von hier fortgegangen. Bloß früher einmal irgendein Bürgermeister, aber das war kein hiesiger. Aber egal wie – vielleicht gibts eher in der Stadt was gegen das Schwarze, eine Salbe oder sowas.

Du blöde Sau, antwortete Afra, grad das ist nicht nötig. Die Leut aus der Stadt haben selber gesagt, daß es über so eine wie mich einen ganzen Film gegeben hat. Das machen sie doch nicht nur für eine einzige, sondern weils ihnen gefällt, das Schwarze.

Der Angriff hatte sie unversehens in einen Glauben an den Film gejagt, einzige Zuflucht. Was noch vor Minuten eine Chimäre, eine Erwachsenenlügerei gewesen war, wurde zum Gelobten Land, zur Verheißung.

Ich denk, im Film wars angemalt, und du glaubst gar nicht, daß man eins wie dich in Wirklichkeit anschauen kann, ich mein in Wirklichkeit im Film?

Hab ich gar ned gsagt! Hab ich gar ned gsagt! schrie Afra, und Maria sah voll Abscheu, wie die pflaumenfarbige Haut feucht schimmerte.

Die haben recht, wenns sagen, du bist vom Deifi gmacht! schrie sie, drehte sich um und rannte davon, um den Annen und Marien, den Herminen und Klothilden vom Brikett zu erzählen, dem eingebildeten mit ihrem blöden Film.

Bei der Brünnerin saßen sie noch Tage später getrennt, das Schwarze und die Weißen, und machten verstockte Gesichter, während die Wörter aus den verlassenen Büchern des Fritz Rost über ihre Köpfe rieselten, eine stockende Musik.

OOOODER, sang Aurelia nachdenklich, PASST, AUF DIE HAUPTSACHE GESEHEN, JEDES SCHICKSAL ZU JEDEM CHARAKTER – jetzt brauche ich doch meine Brille – INZWISCHEN GLAUBEN WIR, UNSERER TATEN IN JEDEM AUGENBLICK HERR ZU SEYN: Laßts euch ja nicht erwischen, sein mit y zu schreiben wie der da. Eine solche Schlamperei. ALLEIN, WENN WIR AUF UNSEREN ZURÜCKGELEGTEN LEBENSWEG ZURÜCKSEHN UND ZUMAL UNSERE UNGLÜCKLICHEN SCHRITTE NEBST IHREN FOLGEN INS AUGE FASSEN; SO BEGREIFEN WIR OFT NICHT, WIE WIR HABEN DIESES THUN ODER JENES UNTERLASSEN KÖNNEN: SO DASS ES AUSSIEHT, ALS HABE EINE FREMDE MACHT UNSERE SCHRITTE GELENKT.

Es klingt nur so geschwollen, sagte Aurelia zu ihrer verstockten Schar, die Buntpapier mit Mehlpapp auf Holzstücke zu kleben versuchte, weil die Aufgabe BESTECKKÄSTCHEN lautete, eigentlich ist es wahr. Der Pfarrer, der bigotte Schwätzer, sagt im Grund nix anderes, aber bei dem hats andere Gründe: Der zeigt dir die Schlüssellöcher nur, damit er dich da hindurch in seine blöde Ewigkeit schieben kann. Laßts euch das nicht gefallen.

Wir haben überhaupt kein Besteck! sagte die rothaarige

Tochter des armseligen Häuslers Hupfer. Da brauchts auch kein Kasterl.

Wie kann man so verstockt sein? fragte Aurelia ungeduldig, warum reiß ich mich auseinander für so eine bockbeinige Bagasch? Wir machen Schachterln nicht für die Sachen, die wir schon haben, sondern für das, was wir noch kriegen! Kruzifix!

Ja, ich fluch, wer mich beim Pfarrer anzeigen will, kanns tun! Da könnts euch dann mit dem Katechismus herumschlagen, bis er euch zu den Ohren rausläuft. Stinkerte, rausgefressene, steinschädelige Bande! Da rollt man euch Perlen vor die Füß, und ihr schnuffelts nur herum und mögts es nicht fressen.

Wenn mas ned vasteht! sagte die Hupfertochter verstockt, und wenn mas ned braucht!

Auf das kommts nicht an, grad nicht! Brauchen tut man den Stallmist und die Schweißsocken und die Alltagsknödel aus den dreckigen Schüsseln, die überall bei euch jeden Mittag am Tisch stehen. Abtritte brauchts und die zehn Gebote, klar brauchts das alles. Da kannst nix dagegen machen. Aber leben kannst nur von dem, was du nicht brauchst. Ob dus verstehst oder nicht, ist ganz egal. Und ihr machts jetzt weiter mit den Besteckschachterln, und ich les euch noch was aus dem Hausschatz vom Rost vor, und wenn noch eins muckt, dann schmeiß ichs raus. Wird eh nicht mehr lang so gehen hier in unserer selbstgemachten Schul, bald wirds eine richtige Lehrerin geben oder einen Bus ins andere Dorf, wer weiß, was schlimmer ist.

Sie sehnte sich nach einem starken Getränk und suchte seufzend in dem modrigen Weisheitshäuflein, welcher Einband ihr am besten gefiele. Bei einem kuchenbraunen Bändchen blieb sie hängen.

Gestern liebt ich
Heute leid ich
Morgen sterb ich
Dennoch denk ich
Heut und morgen
Gern an gestern.

Ach, ist das schön! seufzte sie, und ihre Schülerinnen taten keinen Mucks. Lieber Besteckkästchen als lauter unbekannte, beängstigende Sachen. Lieben leiden sterben denken.

Bevor die mittlerweile sehr durstig gewordene Hebamme ihr gutes Werk für den heutigen Tag beendete und ihre Schützlinge davonjagte, sagte Maria die Zweite noch, um irgend etwas Interessantes zu den seltsamen und unverständlichen Lektionen beizutragen:

Die Mama von der Afra will fort, sagt die Afra.

Wirklich? antwortete die Hebamme und lachte.

Ja, dann soll sies eben versuchen! Es hat ja der eine oder andere angeblich geschafft! Jeder kann gehen, wohin er mag.

Auch die Theres, wenn ihr Vater sie nicht vorher umbringt.

Willst du auch fort, Afra? Oder läßt dich deine Mama beim Großvater?

Des ned! flüstert Afra.

Sie hat gesagt, wegen dem Film ist es in der Stadt schöner wie hier. Vielleicht stimmts.

Ich geh mit meiner Mama, wenn sie geht, und wenn sie nicht geht, muß ich auch dableiben.

Oh selig, ein Kind zu sein, ihr armen Affen! sagt Aurelia böse und hofft, daß sie endlich abhauen, ihre kleinen Weiber, abhauen und wegbleiben mitsamt ihren Beutelchen voller Stoffreste und Buntpapier, voller Wachs, Plastillin, Brotbrösel und ein paar Fetzen Abendland.

Aurelia konnte sie alle nicht mehr riechen.

Was ich zu geben hatte, habt ihr mir aus der Hand gerissen, mehr ist nicht da. Schauts zu, wo ihr noch was auftreiben könnt. Hier im Gäu liegt sie nicht grad auf der Straße herum, die Kultur. Aber vielleicht ist das ganz gut so. Jetzt gibts bald den Schulbus und die neue Schul in Kümmersbrück ist bald fertig. Da werden sie euch noch ein Jahr hingehen lassen oder zwei, wenns hoch kommt, und bis dahin werden die Burschen euch hoffentlich gerochen haben und im Gäu unter sich verteilen.

In kurzer Zeit werdet ihr euern Weiberjahrgang vergessen haben, genauso wie die Bücher vom Bürgermeister und die Filethandschuh. Ist ja auch egal.

Die Marien, Annen, Herminen und die allen über den Kopf gewachsene Afra schauten träumerisch aus dem Fenster der Brünnerin. Von dort aus konnten sie einen alten Ahorn sehen, auf dem große Saatkrähen so dicht saßen, daß sich seine Zweige bogen.

Da schau! sagte die Tochter des Hupferbauern, da siehst, was es am Sonntag zum Essen gibt! So viele hab ich schon lang nimmer auf einem Haufen gesehen. Schau, kommen schon, die Mannsleut. Runterschießen werden sie sie, aber ich mag sie ned essen. Die ganzen Knöcherl, und schmecken immer so nach ich-weiß-nicht-was.

Die Kinder, die längst aufgehört hatten, der Brünnerin zuzuhören, sahen ihre Väter und Großväter über die Felder kommen, die sorgsam geretteten Gewehre über den Schultern. Die Krähen schienen sie zu erwarten, nur einzelne flogen davon und verschwanden.

Das Krächzen und die Schüsse klangen aus der Entfernung ähnlich rauh und traurig. Die Kinder sahen die Vögel schwer von den Ästen fallen, kleine Wölkchen von Federn schwebten ihnen hinterdrein.

Die Rupferei wieder! sagte eine blonde, rundliche Hermine.

Da hast drei Stunden Arbeit und hinterher ist nix dran.

Wie schmecken die eigentlich? fragte Aurelia und schaute angeekelt aus dem Fenster. Im Leben bin ich noch nicht auf die Idee gekommen, sowas zu essen.

Man kann alles essen, sagt der Großvater! flüsterte Afra, die sich vom Fenster weggedreht hatte und die Tränen durch die Nase hochzog.

Rotz nicht! antwortete Aurelia streng. So, alles kann man essen, sagt er. Ja, das glaub ich, daß der alles frißt! Paß nur auf, daß er dich nicht erwischt. Ein schwarzer Vogel, oder ein schwarzes Kind – ist ja kaum ein Unterschied, gell? Nur wär an dir mehr dran!

Bös war sie heut irgendwie! sagten die Mädchen beim Heimgehen. Und gar nicht aufhören hats wollen. Aber besser bei ihr als in der Schul, glaub ich. Da hauen sie, sagt meine Mutter.

Afra war hinter den anderen zurückgeblieben. Man konnte sie in der Dämmerung kaum noch sehen.

Als sie die Stimmen der anderen Mädchen nicht mehr hörte, bog sie vom Weg ab und ging in die Richtung des Ahornbaumes, der sich dunkel und leer gegen den Himmel abhob. Unter dem Baum fand sie eine Saatkrähe, deren durchschossener Flügel weit ausgebreitet auf der Erde lag und die sie anschaute.

Afra betrachtete furchtsam den großen, grauen Schnabel.

Jetzt gehst halt mit mir, sagte sie zu dem Vogel. Wird schon wieder gut.

Und sie packte die Krähe sachlich und geschickt, wie sie die Hennen und Gänse anzupacken gelernt hatte, biepbiepbiep! sagte sie gewohnheitsmäßig und beruhigend, während der Vogel unter ihrem Arm hervorschaute und sein Schnabel ein wenig offenstand, als wollte er tief atmen.

In der halben Stunde, die das Kind und der Vogel für den Heimweg brauchten, verabschiedete sich Afra von jedem Fluchttraum, von jedem Gedanken an den Film und die fette, von Wundern erfüllte Stadt. Sie überlegte, wo sie ihren Fund, ihr erstes wirkliches Eigentum sicher verstekken und heilen konnte.

Bist ja auch allein, redete sie dem schweigsamen Vogel zu. Die Deinigen fressens heut abend oder am Sonntag auf. Da müssen wir zusammenhalten, hilft gar nix. Wennst wieder fliegen kannst, sehn wir weiter.

Zu Hause, ebenso heimlich, wenn auch aus ganz anderen Gründen, war die Theres schon seit Wochen dabei, ihre Besitztümer beiseite zu schaffen, die Münzen und Schmuckstücke samt jenen Kleidern, die ihr für die Stadt geeignet erschienen. Sie wunderte sich, was sich, wenn man nur lang genug wartet, in der Armut ansammelt.

Schon die fast vergessene und nur in den schönen Bildern ihrer Teppiche lebendig gebliebene Ahne hatte Verstecke eingerichtet, in denen sie das Geld aus zwei Kaiserreichen und fünf verschiedenen Ländern, die es alle nicht mehr gab, aufbewahrt hatte.

Die goldenen Zwanzigmarkstücke sangen ein helles Liedchen, die Silbermünzen hatten einen behäbigen Klang. Theres besaß ein paar Geldscheine, denen sie mißtraute und die sie nachts in einem Beutel unter dem Hemd trug.

Stumm und verbissen hatte der alte Teufel in den Jahren seit seiner von niemandem gewünschten Heimkehr den Hof nach Verstecken durchsucht.

Manchmal ließ sie ihn absichtlich etwas finden, als gelte es, einen dumpfen und unberechenbaren Gott mit entbehrlichen Opfern zu beruhigen. Dem eigentlichen winzigen Reichtum jedoch war er nie auch nur in die Nähe gekommen. Den hatte sie in den Stunden seiner Abwesenheit, wenn er im Wirtshaus oder in den Wäldern war, wieder und wieder gezählt, in den Händen gewogen, ohne eine Ahnung zu haben, was das Angesammelte vieler Frauengenerationen in der Stadt wert sein würde und was man dafür eintauschen könnte.

Der alte Teufel konnte sich dem Hof nicht nähern, ohne daß er bemerkt und angekündigt worden wäre, vom langgezogenen Jaulen des Hundes, dem aufgeregten Geflatter im Hühnerhof, den Sklavenketten der Kühe. Sie alle schützten das Vorhaben der Theres, obgleich es ihren Untergang bedeuten würde. Das wußte zwar die Theres auch, aber wenn es so weit sein würde, gäbe es auch dafür eine Lösung.

Sie schickte sachliche, ausführliche Fürbitten gen Himmel, verbunden mit den Versprechungen von großzügigen Opfergaben, die sie ihren zuständigen Heiligen in Aussicht stellte.

Auch die Namenspatronin ihrer Tochter, über die sie nichts weiter wußte, als daß sie einst gelebt hatte und sie trotz ihres verdächtigen Namens einen Platz im Heiligenkalender gefunden hatte, rief sie an.

Die Stadt: Das himmlische Jerusalem war nichts im Vergleich zum München des Jahres neunzehnhundertsechzig. Das herankommende Jahrzehnt wollte die Theres fern vom Gäu verbringen, umgeben von Parfümflaschen, Plattenspielern, Marzipanschokolade und Tanzcafés, in denen magere, gelenkige Männer mit schwarzen Haaren auf sie warteten.

Ihre Tochter spielte in diesen Träumen keine Rolle. Der Film, zu dem sich die Theres mit Hilfe des geflüchteten Bürgermeisters Zugang versprach, verblaßte als Wallfahrtsgedanke.

Afra wurde in Thereses Vorstellungen plötzlich hell wie jedermann und würde auf eigenen Beinen stehen, freundlich und ohne viel Aufhebens das Leben ihrer Mutter verlassend.

Vor allem hatte die Theres sich Gedanken um die Kleider gemacht, die sie in der Stadt tragen würde. Das sauer gesparte Geld gleich für ein äußerlich neues Leben auszugeben wäre ihr nicht in den Sinn gekommen.

Ihre Trachten kamen nicht in Frage, denn von denen paßte ihr kaum eine mehr, was sie nicht kränkte. Jedes Vieh legt Gewicht zu, wenn man es pflegt und gut behandelt, und sie war genau wie ihr Vieh, das lange Zeit glatt und schön in den Ställen gestanden hatte und nun den bevorstehenden Abschied mit Magerkeit und Niedergeschlagenheit beantwortete.

Die Liebhaber der Theres hatten von Jahr zu Jahr mehr Fleisch unter sich gehabt, und keiner von ihnen hatte sich je darüber beschwert. Jetzt erst, bei den langen Überlegungen über eine erfolgreiche städtische Kostümierung, wurde sie, auch durch vorsichtige Erkundungen bei Aurelia, von Bangigkeit und Unsicherheit beschlichen. Die befremdlichen Frauen in den Zeitungen, über deren Kasteiungen die Theres immer gelacht hatte, forderten plötzlich von ihr so etwas wie Ähnlichkeit.

Dutzende von Bildern hatte sie betrachtet, hatte sich selber in die taubengrauen und burgunderroten Kleider hineingedacht, und schon die Vorstellung war ihr nicht gelungen. Als hätte sie jemand ermuntert, mit einem Kardinalsgewand oder einem Bärenfell bekleidet, ein fremdes Land zu erobern.

Was Zweiteiliges! hatte Aurelia gesagt, gedeckt in der Farbe, und einen Schal um den Hals, das überspielt die Oberweite.

Fremde! Bedrohliche, abscheuliche Welt, wo man die Oberweite nicht stolz herzuzeigen, sondern zu überspielen hatte wie einen Schaden!

Aber solche Gefühle der Angst und des Trotzes beschlichen die Theres nur kurz, und sie gab ihnen nicht nach, weil sie nun schon so lang ihren Schwächen dazu verholfen hatte, Stärken zu werden.

So hatte sie sich einen Rock und eine Jacke aus blauem Anzugstoff mit schmalen, weißen Streifen genäht, ein Strumpfhalter lag bereit, eine gebügelte Bluse, ein Zellophanpäckchen mit dünnen Strümpfen, ein verwaschen geblümter Schal und ein Hut mit einer Garnitur aus einer Art Heidelbeeren, die auf einem grauen Vogelflügel befestigt waren.

Während ihre Tochter Afra draußen im Garten nach einem Versteck für den verletzten Vogel suchte und ihn mit glücklichen kleinen Worten aufmunterte und tröstete, schnitt im Haus Theres die letzten Fäden am Fluchtgewand ab. Sie war an die Unsichtbarkeit ihrer Tochter gewöhnt und dachte selten über sie nach.

Erst muß man in die Stadt kommen, hatte sie der Hebamme anvertraut, danach geht alles andere von allein. Aurelia widersprach ihr nicht. Die Eroberung der Stadt aber war nicht möglich ohne das Kind, das besondere, das ihre Mutter aus der Masse der Städterinnen herausheben würde. Sachte hatten sich die Ermahnungen, kleine Halbsätze, wie für sich gesprochene Erwägungen Aurelias, in Thereses simpler und selbstsüchtiger Seele festgesetzt und waren gewachsen.

In den letzten Monaten vor der Flucht hatte das Kind Freundlichkeiten erfahren, die es vorher nicht gekannt hatte und die es mißtrauisch und verlegen machten. Ein Extrapfannkuchen, eine rosa Schleife für die Haare, ein Paar Sandalen, ganz neu, aus einem wirklichen Laden – nicht die splitterigen Holzsohlen mit dem darübergenagelten Reifengummi.

Die Hebamme hatte es zufrieden bemerkt: Das Kind

würde nicht schutzlos dem Kilian in den zahnlosen Rachen geworfen werden. Den hatte das Alter zwar langsamer gemacht, seinen Zorn auf die Welt aber um so mächtiger werden lassen.

An diesem herbstlichen Abend gab es für die Theres keinen einzigen Grund mehr, das Gäu nicht zu verlassen. Das Vieh mußte sehen, wie es durchkam. Der Alte, so viel Bauer war er, würde es nicht gradenwegs verrecken lassen. Vielleicht wurde er ja auch menschlicher, wenn ihn keiner beobachtete. Die Kleider lagen bereit. Eine Schule für Afra, und sobald wie möglich Arbeit. Jedermann weiß, daß in der Stadt an jeder Ecke eine Schule ist, der Bürgermeister, der indessen sicher so berühmt wie nie zuvor war, würde wie ein sorgsamer Gott den Lebensweg seiner ehemaligen Untertanen beschützen.

Und jetzt, am Ende eines Wegs, der nicht leicht zu gehen gewesen war und den die Theres dennoch zielstrebig und so umsichtig, wie sie konnte, verfolgt hatte, bekam sie Angst.

Afra, schrie sie in den dunklen Hof hinaus, über dem ein gelber Mond aufgegangen war, der den Weg zwischen den Apfelbäumen und der Scheune schwach beleuchtete. Herrschaftseiten, Bankert, blöder, wenn ma dich braucht, bist ned da.

Vielleicht hatte Theres nie zuvor so starke, unverwässerte, ja geradezu betäubende mütterliche Gefühle erlebt wie in dieser Nacht der Entscheidung, der Nacht, bis zu der etwas anderes als die Flucht nach und nach ausgeschlossen worden war. Nur noch sie blieb.

Zum erstenmal in ihrem Leben sah die Theres den mondbeschienenen, von fettem Schlamm glänzenden Weg, auf dem die Häckselstücke wie Goldmünzen schimmerten wirklich. Nur das sanfte Geräusch der Äpfel, die ins Gras fielen, war zu hören. Ein Vogel schrie wie eine endlos gestrichene Geigensaite, ihn hatte die Theres schon öfter auf ihren nächtlichen Wegen gehört. Jetzt aber schien ihr, als ob er sie meinte, nur sie, und sie mußte sich die Bluse am Hals aufreißen und husten, bevor sie noch einmal schreien konnte:

Wennst jetzt ned auf der Stell herkommst, nixnutziger Mistbatzen, wirst dich wundern.

Aus dem alten, halb zusammengebrochenen Bienenhaus kroch langsam die dunkle Gestalt ihrer Tochter, die etwas wie einen großen Klumpen auf dem Arm sitzen hatte. Sie schien sich nicht zu beeilen. Daß irgend jemand so dringlich nach ihr rief, war sie nicht gewöhnt.

Schaust, daß d' hergehst, Pechwurm! schrie die zitternde, vor ihrem eigenen Mut und den im dunklen liegenden fremden Welten zu Tode erschrockene Theres, und ihre weißen Unterarme leuchteten im Mondlicht.

Ich kenn mich nimmer, wenn du nicht parierst. Wenn man dich ein einziges Mal im Leben braucht, bist ned da.

Theres schaute ihrer Tochter entgegen, deren Haut bläulich schimmerte. Der große Vogel auf ihrem Arm saß ganz ruhig, und seine Augen glänzten.

Den kannst wegschmeißen, sagte die Theres etwas freundlicher, nachdem sie erkannt hatte, was das Ding war.

Du weißt doch, daß ich sie nicht mag. Lauter Knochen, da dreh ich lieber einer Henne den Hals um oder wart auf ein Stück von der Sau. Tu ihn weg!

Die ist nicht zum Essen! antwortete Afra leise und schien die Krähe zu streicheln. Die gehört mir allein. Sie hat was am Flügel. Ich mach, daß sie gesund wird. Aber darfst nichts dem Kilivater sagen, sag ja nix! Sonst sag ich, daß du weg willst! Sie heißt TOXI, und sie hört schon drauf. Ich behalt sie, bis ich sterb. Ich sterb eh bald, das Blut läuft mir schon aus!

Halleluja! sagte die Theres nach dieser ungewohnt langen Rede ihrer Tochter verbittert.

Kommt alles zur rechten Zeit. Hättst es dir ned noch verbeißen können? Und der Vogel kommt weg, so ein Beerdigungsvogel, wenn die schreien, läufts einem kalt den Rükken hinunter. Das sieht dir ähnlich, die Tante Rosa kriegen und einen Vogel einsammeln, der ned amal singen kann.

Für den Aufschub war sie insgeheim froh. Jeden Augenblick konnte der mißtrauische Alte aus dem Wirtshaus zurückkommen, stumm wie ein Stück Holz und vielleicht gar nicht besoffen. Das Stadtkleid lag noch gut sichtbar in der Stube und das Päckchen mit den Strümpfen. Hurenstrümpfe, so fein, daß die Theres keine Ahnung hatte, wie sie sie überhaupt an die Beine bringen sollte. Aber das hatte noch Zeit, und sie lachte über ihre Tochter mit der Krähe, die einen ähnlichen bläulichen Schimmer hatte und den Flügel hängen ließ.

Tust sie halt in einen Korb setzen, oder in eins von den Bienenkasterln, da kommt er nicht hin. Früher oder später wird sich schon wer finden, der ihr gnädig den Hals umdreht, wenn sie nimmer wird. Und du blödes Stück, du stirbst ned! Ich hab gedacht, die saudumme Hebamm hätt euch wenigstens das bei ihrem ganzen Palaver beigebracht. Das kriegst jetzt jeden Monat. Und wennst es ned kriegst, bist schwanger. Und wennst jetzt ned gleich machst, daßd in die Stube kommst, versaust du dir noch deinen Rock, und wir kommen noch später weg. Mir pressierts jetzt nämlich, ich mag nicht erst im Winter neu anfangen.

Theres zog ihre Tochter in die Stube, in der es warm war und nach dem Zwetschgenmus roch, das die Theres noch eingekocht hatte, ohne daran zu denken, wer es essen würde, wenn sie schon längst endgültig in der Stadt waren, bei den Orangen und den lilaglasierten Pasteten, von denen die Brünnerin erzählt hatte. Kandierte Veilchen, grünes

Badesalz und für jeden Menschen ein eigenes Handtuch! Wer braucht in einer solchen Welt noch Zwetschgenmus?

Es mußte aber eingemacht werden, weil man das jedes Jahr tat, und wenn der Alte endlich allein wäre, würde er zehn Gläser hintereinander fressen und vielleicht dran zugrunde gehen.

Jetzt nimmst das zwischen die Haxen! sagt die Theres zu ihrer erwachsenen Tochter, und in einer Woche gehts los, obs hagelt oder sonstwas, hast ghört? Heut laß ich dich in Ruh und morgen auch. Bis dann blutest du nimmer und der Weg ist frei.

Afra betrachtete das gefaltete weiße Leinenstück mißtrauisch. Jeden Monat hingen diese Fetzen, auf denen auch nach der Wäsche noch bräunliche Flecken zu sehen waren, auf einer abgesonderten und tief im Garten versteckten Wäscheleine. Jedes Haus hatte so eine eigene Leine, für die Zeit, die es eben dauerte.

Afra war nicht mehr erschrocken. In der Schule und bei Aurelia hatten sie darüber gesprochen, aber nicht ausführlich genug.

Die Hebamme wäre manchmal fast ihrem Grundsatz untreu geworden, ihr ureigenstes Wissensgebiet zugunsten der philosophischen Perlen des Bürgermeisters zu vernachlässigen. Bei so vielen Mädchen im gleichen Alter, hatte sie gedacht, wächst das von allein. Besser, sie lernen, so gut es geht, das vornehme Drumherum, grad hier, mitten im Gäudreck und mit der Aussicht auf nichts als den nächsten Misthaufen. Das andere, das Fleisch, das kommt dann von selber und wird aus sich heraus schlau.

Da hatte sie sich geirrt, denn es gab ja noch die Töchtermütter mit ihrem Haß auf ihre Leiber, diesen Sack voll Schmerzen, krummgezogen, ausgeweitet, im Alter nur die Wahl zwischen Kuh und Ziege.

Das gaben sie den Mädchen mit, dafür waren Wörter gar

nicht nötig. Grauslig ist es, grauslig, grauslig. Das Heiraten ist grauslig und das Nichtheiraten grad so, das Kinderkriegen, und wenn man keine kriegt, das Jungsein und das Altwerden. Und der Pfarrer sah mißtrauisch auf die einzige Ausnahme von dieser gottwohlgefälligen Weibergalligkeit: die Theres.

Mit allen ins Gäu verbannten Priestern hatte sie ihre üppigen Geheimnisse geteilt: Denen war das Wissen zur Plage geworden, zum Pfahl im Fleisch, und wie sie mit Hilfe der heiligen Jungfrau damit zurechtkamen, war nicht ihre geringste priesterliche Aufgabe. Auch die Fluchtpläne hatte die Theres dem derzeit amtierenden Seelsorger – einer von der Sorte, die nicht genug Einzelheiten hören konnten – gebeichtet. So erhielt sie Unterstützung ihrer Pläne durch die inbrünstigen Gebete des Priesters, von denen sie nichts wußte, die aber gleichwohl dafür zu sorgen schienen, daß alles glatter ging als befürchtet.

Afra ertrug die letzte Woche im Gäu ohne Klagen über Bauchweh und Blutfluß. Sie steckte die ganze Zeit bei ihrem Schützling, dessen Flügel heilte, aber offenbar nicht ausprobiert werden sollte.

Die Krähe Toxi hockte im Bienenhaus, ließ sich den schwarzen Kopf streicheln und verschlang Regenwürmer, Apfelstücke, Wurstreste und Nüsse gleichmütig und in großen Mengen. Außer kleinen, heiseren Glückslauten sprach sie nichts, brach nur, wenn sie ihre Retterin Afra über die Wiese kommen sah, in ein anhaltendes, aufgeregtes Trippeltänzchen aus. Das Kind und der Vogel waren miteinander glücklich und dachten nicht an Trennung.

Indessen hatte Aurelia sich um das Fortkommen der beiden widerspenstigen Gäubewohnerinnen Sorgen gemacht. Ihre Korrespondenz mit Fritz Rost, die sich am Anfang mit Fragen der Weltsicht, der Filmpolitik und der Vergeßlichkeit befaßt hatte und der die Hebamme einen

Informationsstand über die neue Zeit verdankte, mit dem sie jederzeit gefahrlos in diese hätte einsteigen können, war fast unmerklich in eine andere Richtung geraten. Aurelia erkundigte sich nach Wohnungen, Arbeit, nach Verführungen, Verkehr und Zusammensetzung der gesellschaftlichen Schichten samt den zwischen ihnen bestehenden Klettermöglichkeiten.

Vor kurzem hatte sie unverblümt Hilfe gefordert.

Nicht für mich, lieber Freund! hatte sie ihm in ihrer braven, runden Schrift mitgeteilt – das wissen Sie! Nicht für mich! Aber dem Kind muß geholfen werden, damit es der Mutter unentbehrlich wird – es ist seine einzige Möglichkeit zu überleben. Sorgen Sie dafür, daß man auf es aufmerksam wird! Wenn eine Wohnung in Ihrer Nähe, aber nicht zu nah, frei ist, mieten Sie die beiden dort ein! Es sollte ein nicht gar zu schönes Viertel sein, sonst wollen beide nur schauen und nicht arbeiten. Vielleicht kann die Theres bei einem Filmstar putzen und das Geschirr spülen. Wenn sie das Kind an einen solchen Ort mitnimmt, ergeben sich vielleicht Sachen, die ich von hier aus nicht träumen kann, weil mir dazu das Material fehlt.

Das Mädchen ist jetzt so groß wie eine Sechzehnjährige, hat aber grade erst ihre Regel bekommen und entwickelt sich anders als die anderen. Außer dem warmen Lehrer, der sich jetzt auch in Ihrer Nähe herumtreibt, dem alten Mörder von Großvater, dem schwachsinnigen Wirt und einigen kleinen Buben hat sie kein Männerbild. Sie sollte welche haben, nicht zu früh, nicht zu spät. Auch da, denke ich, wird die Stadt helfen können. Jemand muß aber aufpassen, daß sie sie nicht verschluckt.

Theres wird das nicht können. Der muß man genug zu tun geben, damit sie nicht die ganze Zeit herumpoussiert. Andererseits nehme ich nicht an, daß sie für die Stadt der richtige Typ ist. Wo die Rehe nur so auf der Straße herumstöckeln, in diesen handschuhengen Röcken, wird sie wie ein Bräuroß aussehen. Das muß aber nichts heißen, auf einen offenen Topf können sich viele Deckel legen.

Vielleicht, schrieb Aurelia, langweilen Sie die Dorfsorgen, lieber Freund.

Ich kann sie Ihnen nicht ersparen. Sie haben uns in einer entscheidenden Zeit verlassen. Hier ist länger und tiefer geschlafen worden als sonstwo auf der Welt. Bei Euch habt Ihr alles, was einmal da war vor dem Krieg, längst wieder zurück und noch einen Haufen schöne Sachen dazu. Und wir haben noch nicht einmal die alten, oder jedenfalls wenig. Bei Euch gibt es längst Fernsehen, und wir haben mit knapper Not Radio.

Jetzt laufen Ihnen halt ein paar verlassene Schafe wieder zu. Keine Sorge, nicht ich. Sie und ich werden die Köpfe einer Brücke sein, die jedes Jahr ein Stückchen kürzer wird, Sie werden sehen. Eines Tages werden wir uns in die Augen schauen können, ohne daß sich einer von uns beiden vom Platz gerührt hat. Ganz nah werden wir uns kommen.

Nicht lang nachdem dieser Brief ihn erreicht hatte, schrieb Fritz Rost Aurelia eine kurze Nachricht mit der Adresse eines Schwabinger Mietshauses, das einem Schauspieler gehörte, der aber nicht selbst darin wohnte, sondern eine Villa in Grünwald vorzog.

Wenn Theres dort putzen und kochen würde, könne sie eine kleine Wohnung mit ihrer Tochter beziehen, die Gefahr, daß beide in dieser Gegend vor lauter Bewundern und Schauen das Arbeiten vergäßen, bestehe nicht. Er, Rost, habe das Haus einmal gesehen und sei froh, weit davon entfernt wohnen zu können.

Stellen für solche, die sich in den Städten nicht auskennen, gibt es wie Sand am Meer. Die Frauen hätten sich darauf besonnen, daß es kein Vergnügen sei, sich um das Alltägliche in seiner stupiden Wiederholung selbst zu kümmern.

Die Klöster, liebe Gefährtin, schrieb er, sind nahezu leer. Alle einigermaßen willfährigen Landmädel werden in den Haushalten gebraucht, wo sie zwar nicht besonders viel verdienen, aber ein wenig Leben abzweigen. Und wie ich mich an die Theres erinnere, wird sie sich schon verschaffen können, was sie braucht. Was unser Kriegs-nein, unser Friedenswunderkind betrifft, muß ich leider sagen, daß der Filmreiz genau so schnell verblichen ist, wie ich befürchtet habe.

In den heutigen Filmen kommt statt dessen der Dschungel voller nackter Blondinen vor, man scheint das entschieden lieber zu sehen. Aber lassen Sie sich nicht stellvertretend entmutigen – irgendwas findet sich immer, und das Kind hatte einen sanften Charakter. Es ist hoffentlich Kränkungen gewöhnt, das würde die Sache leichter machen. Seltsamerweise begegnen mir kaum solche wie Afra in der Stadt, dabei müßte es doch eine ganze Menge von ihnen geben. In unserem Land gibt es eben phantastische Verstecke. Fast alles kann man hierzulande unsichtbar machen, indem man auf die Gewöhnung setzt. Tagtäglich erlebe ich das, und je älter ich werde, desto mehr erstaunt es mich.

Die Panischewska, mit der ich übrigens wieder zusammenlebe, lacht mich aus und behauptet, ich wisse das Spiel nicht zu spielen. Das alte Spiel: Wenn man sich die Augen verbindet, ist man unsichtbar.

Ich denke oft, schrieb der hilfreiche Altbürgermeister zum Schluß, an die unschuldige, reinherzige Gemeinheit unseres Gäus. Eine Wohltat! Wenn die beiden also kommen, sollen sie wenigstens den Zettel mit der Adresse in der Hand haben.

Theres verbrachte ihre letzten Nächte im Gäu zu Hause, ruhelos, nicht nur wegen der vielen durchwachten und durchjagten Nächte zuvor, sondern aus Trotz.

Zum erstenmal hatte sie nicht nur ihren eigenen Garten wahrgenommen, sondern auch das Dorf, Haus für Haus, Zaun für Zaun. Veränderungen fielen ihr auf. Eine blaugestrichene Wand, ein neues, rotes Dach. Der Turmgokkel blitzte. Die Blätter auf dem Weg machten die Schritte weich und leise.

Das Stadtkleid, fiel ihr ein, zwickte unter den Armen. Ihr war ganz sonderbar, wenn sie daran dachte, daß sie am Sonntag zum letztenmal in der Kirche sein würde, an ihrem Platz vorn auf der Frauenseite, wo die paar ledigen Mütter saßen und den Blicken des Priesters ohne Versteckmöglichkeit hinter den Säulen ausgesetzt waren.

Ihr ganzes Leben lang hatte die Theres gewußt, daß die Zeit verging, sachte, ohne zu rasen, nur manchmal in den Nächten für Minuten innehaltend.

Jetzt wirds anders, flüsterte sie in ihrem einsamen Bett vor sich hin. Jetzt geht alles schneller.

Sie sprach laut, die hochdeutschen Silben betonend. Alles geht schnel-ler.

Auch dafür hatte Aurelia gesorgt: Ihre Schützlinge, von denen sie sich einen Sinn für die Welt versprach, sollten so sprechen können, daß man sie auch fünfzig Kilometer weiter weg verstand.

Frau-en, sagte die schlaflose, zum erstenmal wirklich verwirrte Theres in ihrem Bett.

Be-steck-käst-chen. Om-ni-bus. Schmarrn, greislicher. Mir ist schlecht.

Sie hörte das wüste Schnarchen ihres Vaters aus seiner Kammer und war beruhigt. Er war in der letzten Zeit ungewohnt still gewesen, und sie hatte ihn manchmal an der Tür gehört, kratzend und arbeitend. Das hatte sie nicht erschreckt, denn schon seit Jahren beschützten sie ein schmiedeeisernes, pfundschweres Schloß, zwei Riegel und ein quergelegter Besenstiel. Das war notwendig, denn die

Theres wollte weder, daß ihr Vater sie in ihrem Bett fand, noch, daß er sie nicht darin fand.

Und jetzt war sie dreißig, ein bißchen drüber, eigentlich alt. Es war nicht ihre Schuld, daß sie so spät erst an einen Anfang kam. Denen in der Stadt und den Frauenbildern in den Zeitungen waren die Anfänge geschenkt worden, schöne, bunte Lebensfäden einfach in die Hand gelegt. Theres dachte an die Flickenknäuel ihrer Großmutter und beschloß, so viele von den Teppichen auf ihre Flucht mitzunehmen, wie sie finden konnte. Sie hatte sie nicht sonderlich in Ehren gehalten, hatte den Hühnerstall damit abgedichtet oder sich gleichmütig bei anderen Leuten die Schuhe daran abgeputzt. Die meisten waren ohnedies nicht im Dorf geblieben.

Man kann sie verkaufen, sagte Theres laut, hörst du? Sie rief zu ihrer Tochter hinüber, die ohne irgendein Geräusch in der angrenzenden Kammer schlief.

Du hast doch immer welche von den Lumpenteppichen herumgezogen! Schaff sie mir her, wir nehmen sie mit! Es blieb aber still in der Kammer.

Afras Bett war leer, und die alte, zerschlissene Gardine wehte in das Zimmerchen mit dem rauhen Boden und den düsteren Möbeln.

Da stand die Theres vor dem leeren, armseligen Bett ihrer Tochter. In die Kammer war sie in den letzten Jahren nur ganz selten gegangen. Afra kehrte sie selber aus, nahm sich Bettzeug, putzte die Fenster. Im Mondlicht sahen der Kasten und die Waschkommode vor den kalkweißen Wänden wie Grabsteine aus. Über der Tür stand mit blauer Kreide ungelenk C + M + B 1959 geschrieben. Neben ihr hing ein herzförmig tönernes Weihwassergefäß, das durch seine Farbe eher wie eine Leber aussah. In der Zimmerecke neigte sich ein Gipsjesus gefährlich weit von seinem Holzkreuz herunter, sein Gesichtsausdruck schien eher mißlaunig als leidend zu sein.

Auf dem Stuhl neben der Waschkommode saß die alte Jahrmarktspuppe, deren Beine mit einem karierten Taschentuch zugedeckt waren. Über der Lehne hingen sauber aufgereiht und glattgezogen fünf Haarbänder, auf der Erde standen ihre Schuhe, die müde und verbraucht aussahen, als gehörten sie jemand sehr Altem.

Das Bett war bedeckt mit einem dünngewaschenen Leintuch, darüber hatte Afra ein Kalenderfoto mit einem rosahäutigen Kind gehängt, dem der Wind den Rock über dem kleinen, fetten Hintern hochbläst. Die winzige Stube war sehr sauber und strömte eine schreckliche Einsamkeit aus. Theres fror, schaute auf die paar zerrissenen, ordentlich aufeinandergeschichteten Bücher, eine Häkelarbeit in einem Körbchen und auf eine Zeichnung, die wohl ihre Tochter gemacht hatte und auf der ein braunes Kaninchen hinter dicken, schwarzen Gitterstäben zu sehen war. Etwas Grünes lag unerreichbar außerhalb des Gitters.

Theres hatte nicht gewußt, daß ihr Kind zeichnete. Auf dem Boden vor dem Bett lag der kleine Teppich der Ahne. Den rollte die Theres zusammen und nahm ihn mit in ihr Zimmer. Sie war nicht besorgt über das Verschwinden Afras.

Saubankert, sagte sie leise. Hat doch sonst keine Scherereien gmacht. Sie ist halt selber eine Schererei.

Wenn sie jetzt ganz weg wäre? Die einzige nicht auslöschbare Erinnerung an den Schwarzbeerl und sein unbekanntes Land?

Jetzt hab ich mich eigentlich lang genug mit ihr abgeschleppt, sagte die Theres laut in das beruhigende Schnarchen aus dem anderen Zimmer hinein.

Vielleicht suchts ihren Papa. In dem Film, von dem alle soviel dahergeredet haben, holt er sie ja zum Schluß.

Für einen Moment war sie, im ärmlichen Zimmer ihrer

Tochter, fast erleichtert über Afras Verschwinden in der Nacht.

Sie legte sich wieder in ihr Bett, die Aufregung war von ihr abgefallen, und sie schlief mit dem Gedanken ein, daß alles sich von allein lösen werde, sie brauchte nur zu warten.

Afra schlief nicht. Sie war lange im Bienenhaus bei der Krähe gesessen, die ihren Flügel wieder bewegen konnte und deren harte Krallen auf Afras Arm Halt gefunden hatten, ohne daß es ihr weh tat. Der Kopf des Vogels fühlte sich wie warmes Metall an. Den grauen Schnabel hatte er still auf ihre Schulter gelegt, nur manchmal kam sein seufzendes leises Krächzen.

Also, sagte Afra zu ihrer Krähe, dann müssen wir eben allein weggehen. Mitnehmen tut sie dich nie, eher frißt sie dich selber auf oder sagt dem Teufel, daß ers tun soll. Wir gehen hinüber, da können sie uns nicht fangen.

Hinüber: Das war nicht weit, ein paar Kilometer bis zur Grenze, durch den Wald, der seit Kriegsende, seit langer Zeit also, Schmuggler, Flüchtlinge und Liebespaare beschützte.

Hinüber: Die Hebamme hatte ihnen ein paar Wörter in ihrer Sprache gesagt, aber erzählt hatte sie nichts. Ein ganz leeres Land, die wenigen, die von dort kamen, konnten – so hatte Aurelia behauptet – alle wunderbar Geige spielen und mußten trotzdem fliehen. Wovor?

Ein Land voller Fragen, ohne Antworten, unerbittlich verriegelt. Dorthin wollte Afra in dieser Nacht mit ihrem Vogel gehen. Das Blut, das sie noch am Tag zuvor so ängstlich gemacht hatte, beunruhigte sie nicht mehr. In dem zusammengefalteten Leinenläppchen hatten sich nur noch wenige dunkle Tropfen gezeigt. Auch vor der Nacht und vor dem Wald an der Grenze hatte sie keine Angst. In ihrer Tasche steckte ein Stück Käse, eine Handvoll Nüsse und das rosa Haarband. Der Mond gab ausreichend Licht und der leise schwätzende Vogel schien ein guter Schutz zu sein. Die Mondschatten ließen alles größer aussehen, die Umrisse der Bäume und Höfe verschwammen, und Afra ging auf den Wald zu. Sie kannte alle seine Jahreszeiten, aber nicht in der Dunkelheit.

Der kleine Fluß, an dem sie sich so oft vor den anderen Mädchen versteckt hatte, lief in einem weiten Bogen, seinen Saum nur einmal berührend, am Wald vorbei und floß durch einen engen, bewachsenen Bergdurchbruch in die Ebene des nächsten Dorfes. Links vom Fluß mußte sie sich halten und rechts hinauf in den Wald gehen, an den letzten Häusern des Dorfes vorbei. Da hatten sie noch nicht einmal die Zäune aufgerichtet und die Wände geweißt, wie eh und je lagen die Misthaufen uneingefaßt vor der Tür. Im Dunkeln sahen sie zottig aus wie große kauernde Tiere. Beim Hupfer brannte noch ein winziges Licht.

Kein Hund schlug an, Afra hörte nur das leise Schnarren der Krähe und Kettengeklirr aus den Ställen.

Jetzt gehts vorwärts, sagte sie zu sich selber und zu ihrer Krähe. Immer nur vorwärts.

Wie fremd die Nacht alles werden ließ und wie groß! Der Wald erschien ihr höher als am Tag, und der Gedanke, durch ihn hindurchzumüssen, um in das verschlossene Land zu kommen, gefiel ihr nicht mehr ganz so gut. Ihr großer, schöner Mut vertröpfelte, und Afra wußte ihn nicht zu halten.

Als sie sanft mit dem Kopf gegen etwas stieß, oder etwas gegen sie, denn der Stoß war weich und schwingend, nicht hart, eher nachgiebig – als das geschah, ein Widerstand, unvorhergesehen und in Afras Plan nicht hineinpassend, schrie sie fast erleichtert, einen merkwürdig lauten und kehligen Schrei, den nur sie hatte und der ihr viele Jahre lang immer wieder aus höchster Not half.

Wenns plärrt, hatten die Mädchen zu Aurelia gesagt, kannst gar nix mehr mit ihr anfangen.

Da is sie wie a Narrische. Direkt vom Urwald aussa.

Während sie schrie, schaute sie hoch, an dem schwingenden, weichen Widerstand hinauf, ihrem Schrei nach. Da hing einer am Baum, den sie nicht erkennen konnte.

Der Vogel ließ erschrocken die Schulter des Kindes los und schlug mit den Flügeln.

Flieg! schrie Afra und drehte sich um, damit sie den hängenden Mann nicht sah.

Flieg! Schau, daß du weiterkommst, blöder Vogel, schleich dich, geh fort! Flieg! Und die Krähe, die für kurze Zeit einen Namen getragen hatte, nahm Luft unter die Flügel und erhob sich schwerfällig.

Hau ab, hau ab, schluchzte Afra im Rennen, keine Flucht mehr, sondern Rückkehr.

Jetzt wollte sie immer tun, was man ihr sagte, und gehen, wohin man sie schickte, wenn nur die Theres sie nicht allein ließ.

Der Mann, der da am Waldrand sanft vom Nachtwind geschaukelt wurde, hatte ihren Schrecken nur befreit. Schuld an ihm war er nicht.

Mama, Mama, keuchte sie, und als sie durchs Fenster wieder in ihr Zimmer kletterte, erschien es ihr wie ein schon verlorenes Paradies. Sie hörte die Atemzüge ihrer sorglos schlafenden Mutter und das beruhigend gleichmäßige Schlafkonzert des Alten.

Hätt ma ihn ja nie mit ins Zimmer oder ins Bett nehmen können! flüsterte Afra und weinte um das einzige, das ihr je ganz gehört hatte und jetzt frei war.

Wann gehen wir fort? fragte sie am anderen Tag ihre Mutter. Von dem Mann am Baum sagte sie nichts, und nie hat die Theres erfahren, was ihre Tochter in dieser Nacht gesehen hatte.

Auf einmal wärs ihr recht! antwortete die Theres mit dem höhnischen Ton, vor dem sich das Kind so sehr fürchtete, weil es ihn nicht verstand. Sie hatte Strafe für ihre Flucht erwartet, Geschrei vielleicht und Schläge, sobald der Alte weit genug weg war – denn die Theres wußte, daß der von jeder harmlosen Watschn zu halben Morden angeregt wurde.

Aber es war überhaupt nichts passiert, nur der höhnische Ton eben und die Verweigerung einer Antwort.

Geh, Mama, sei ned bös. Sei wieder gut.

Jetzt wärs ihr also recht, dem Fräulein, in die Stadt gehen tät sie jetzt, weil ned amal so ein greislicher Beerdigungsvogel bei ihr bleiben hat mögen. Hat er dir ned dankt, blöder Trampel! Erst umeinandertun und ein Geplärr veranstalten, daß um ein Haar der alte Deifi hinter alles kommen wär. Und dann hätt ma beide blöd gschaut, vielleicht wär ma gar nimmer am Leben. Nur weils Fräulein einen Vogel hat. Und jetzt ist er fort, und dei Mama is dir wieder recht. Den Fetzen aus deinem Zimmer hab ich rausgetan. Vielleicht kannt ma 'n in der Stadt verkaufen. Die Stadtleut sind früher schon narrisch mit dem Zeug gewesen, vielleicht sind sies ja immer noch.

Afra war getröstet, denn jetzt hörte sie eine Antwort, eine umständliche zwar, aber sie hatte so lang gelernt, sich aus den Satzfetzen, Flüchen, Atemzügen und Liedzeilen der Theres eine Mutter zurechtzumachen, daß ihr diese Rede vollkommen genügte.

Auch der Teppich gehörte ihr nicht mehr, die kleine Schöpfungsgeschichte – jetzt hatte sie wirklich nichts mehr im Dorf verloren.

Der Vogel war ihr nur vorausgeflogen, voraus in die Stadt, in der es Königsschlösser gab und Büsche, die wie Tiere aussahen.

Ach, das Unheil der bürgermeisterlichen Verführungsbibliothek! Wenn Aurelia nämlich zu faul war, das Stricken mit fünf dünnen Nadeln und die kabbalistische Zählweise einer Sockenferse zu lehren oder die Welt als Wille und Vorstellung aufzusagen, ließ sie die Mädchen Bildbände anschauen, deren einer, MÜNCHEN LEUCHTET, Afra, was die Stadt betraf, für alle Zeit völlig verblendet hatte.

Später wird sie ihre Tochter Nivea, die Nachtigall, vor ähnlich bitteren Enttäuschungen zu bewahren versuchen und ihr sagen, daß nirgendwo auf der Welt so viel gelogen werde wie in Büchern.

Jahre hab ich vertan, wird sie sagen, weil ich immer die Stadt aus dem Buch gesucht hab. Angeblich war ich mittendrin, aber ich hab sie nie gesehen. Nivea wird ihr glauben.

Der Hias hat sich aufghängt! rief eine von den Nachbarbäuerinnen der Theres am Morgen zu. Grad hams ihn abgschnitten. Ganz schwarz im Gesicht und die Gurgel zsammzogn.

Der arme, so nachhaltig und traurig durcheinandergebrachte Wirt, der unschuldsvolle Geliebte des untreuen Lehrers, Hias mit dem Geheimnis, der sich im Grenzwald besser ausgekannt hatte als die meisten aus dem Gäu, wurde zum Selbstmörder erklärt. Der Polizist aus der Kreisstadt hatte nicht lang gebraucht. Die abgeschnittene Leiche wurde von der schreienden alten Mutter des Hias beschützt, so daß der Kriminaler den Toten nicht einmal richtig hatte anschauen können, sich nur den Strick zeigen ließ und TOD DURCH EIGENE HAND auf einen Zettel schrieb.

Als sie begriffen hatte, daß man ihrem Sohn die Himmelstür vor der Nase zuschlagen wollte, daß der simple Zettel eines Uniformierten den Hias in die ewige Verdammnis, die brennenden Schlammpfützen und den Verwesungsgestank der Hölle stürzen sollte, wehrte sie sich.

Hingmacht hams mir meinen Buben, schrie sie auf der Dorfstraße, und trotz aller Neugier traute sich keiner in ihren Weg, weil ihre Schreie so schrecklich klangen.

Hingmacht hams ihn mir, ned nur einmal, immer wieder und jetzt endgültig. Selber hat er sich niemals was angetan, der Bua.

Sie schlug mit beiden Fäusten an die Tür des Pfarrhauses.

Können ihn gleich neben deine Großmutter legen! sagte die Theres zu ihrer Tochter. Da liegen alle, die ihnen nicht passen.

Nie hatte die Theres vergessen, daß man ihrer Mutter die Seligkeit verweigert und sie am Friedhofsrand verscharrt hatte, wo doch die arme Frau auf Erden schon die Hölle kennengelernt hatte.

Auch wegen dem will ich fort, sagte sie zu Afra, sie gönnen dir hier nix. So grausam kanns dir gar nicht gehen, daß sie es dir nicht noch viel grausamer wünschen. Den armen Deppen, der sich aufghängt hat, werdens noch hundertmal umbringen – mit die Mäuler.

Nichts wie Strafe fällt ihnen ein, und die Pfarrer tun fleißig mit, sonst könnt ma ja versehentlich 's Fürchten vergessen. Da schauen sie immer gern zu, wenn sich die Leut fürchten.

Und du, sagte sie zu ihrer schweigenden Tochter, ohne sie anzuschauen, mit dir geht hier überhaupt nix mehr.

Du kannst machen, wasd willst, es sieht eben doch ein jeder, trotz der ganzen Wascherei und dem Essig. Heiraten wird dich hier keiner mögen, dafür schneller schwängern, da wirst du dich umschauen.

In Stellung nimmt dich niemand, und der Hof ist für drei zu klein. Arbeiten kannst, und bei der Brünnerin hast vielleicht für die Stadt das Richtige aufgeschnappt. Und das mit dem Film ist ja ned glogen. Den hats wirklich geben, das Programm hams mir gezeigt. Das Kind da drauf is eigentlich viel schwärzer wie du.

Es gelang der Theres, bei ihrer Tochter nicht ein einziges Mal den Gedanken aufkommen zu lassen, sie, die Theres, habe mit der Farbe ihres Kindes auch nur das mindeste zu tun. Der friedensbringende Liebhaber von damals war ihr fast aus dem Gedächtnis verschwunden, und es erschien ihr ungerecht, daß ausgerechnet der die Barriere ihrer geheimnisvollen und schwarzmagischen Verhütung zu durchbrechen vermocht hatte.

Tausend andere, nix hätt ma gsehn, und heiraten hätt ich können, wenn auch die Auswahl nix rechtes war.

Aber weil du auf zwei Beinen herumläufst und trotzdem ein Viech gheißen wirst, hats hier keinen Zweck mehr.

Ich will mi ned aufhängen! Und du wirsts genausowenig wollen. Wennsd aber hier bleibst, überkommts dich eines Tags.

I mach ned denselben Fehler wie mei Mutter oder der Hias – die ham dacht, sie müßten da liegenbleibn, wo der Herrgott sie hingschmissn hat. Und jetzt hams wenigstens die ewige Ruh nebeneinand. Himmel gibts nämlich keinen, dafür einen Haufen Hölln, für einen jeden eine bsondere.

Für irgendwas kann ma sogar so eins wie dich brauchen: Wenns dich ned gäb, wär ich vielleicht aa ned draufkommen, daß ma seine Füß zum Weglaufen nehmen kann. Oder es hätt mich schon viel früher forttrieben, nachdems mei Mutter eingraben ham wie a rotläufige Sau.

Mit dem armen Deppen werdens es jetzt grad so machen, der Herr gib ihm die ewige Ruh – vor allem vor seine Diener! Mit dem Abhauen wart ma noch, bis's den Hias unter der Erd ham. Dann pack ma's. Und dein Vogel hast verschmerzt, der hat dir ja nur gfalln, weil er zweimal so schwarz gwesen is wie du.

Afra hockte am Küchentisch und schaute auf das Messerschnittmuster in der weißgestrichenen Tischplatte, lauter dünne Gräben, die kreuz und quer über ein Schneefeld liefen. Manche von ihnen waren gefüllt mit dunklen Brotkrümeln, Fett und Kümmelkörnchen. Das Kind hörte seiner Mutter nicht zu, sondern ließ die Wörter über sich ergehen, gleichzeitig ängstlich, daß sie aufhören würden, und glücklich, daß sie gemeint war.

Sie malte mit ihrem dunklen Finger die schwarzen Kerben auf dem Tisch nach. Ein A malte sie und ein T. Dann einen Baumast und einen graden Strick mit einem Gewicht dran.

Solang die Theres mit ihr sprach, konnte nichts passieren. Der Mann, der sich aufgehängt hatte, war ihr Problem, ein Dorfproblem, keins für Afra.

Ein Kind muß nicht alles aushalten können, hatte Aurelia unlängst gesagt, nachdem sie ihnen vorgelesen hatte. Ihr müßt nicht bei allem zuhören! Wenn euch was Angst macht, hört ihr einfach weg. Es wird von allein wiederkommen, wenn ihrs brauchen könnt.

Sie sollte weiterreden, die Theres. Solang sie redete, mußte Afra nicht an den Mann im Wald und an den Vogel denken.

Die Krähe war in Sicherheit. Afra dachte darüber nach, ob sie ihren Namen zurückgelassen oder mit hinauf in die Luft genommen hatte. Wenn man sie ruft und sie kommt, hat sie ihn behalten.

Nach der Beerdigung für den Hias hauen wir ab, und du kommst mir ned noch amal mit irgendwelche Extrawürscht.

Der Herr Pfarrer wirds ned wollen, daß mir hingehn, sagte Afra, ohne ihren Blick von der zerklüfteten Landschaft auf dem Küchentisch zu heben.

Und grad gehn wir hin! antwortete ihre Mutter zornig,

und danach fort, und alles aus dem nämlichen Grund. Ich hab denkt, daß die tschechische Hur euch wenigstens gegen die Priester aufbringt – aber wenn ma dene ned davonrennt, bleibens die Stärkern. In der Stadt spielens ned die Rolln, da gibts zuviel andre Sachen. Da schert si koana, obsd ind' Kirch gehst am Sonntag oder ned. Und dem Hias gebn wir die letzte Ehr, und du aa, oder du kriegst die sauberste Trumm Watschn, die wosd je kriegt hast.

In der Stadt, sagte die Theres in einem mühsamen Hochdeutsch, da kannst tanzen gehn und ins Caféhaus. Keiner schaut nach dir. Mußt mit keinem reden, wennsd nicht willst. Schau nur, daßd beim Reden aufpaßt. Du schaust scho anders aus wia die andern, da mußt wenigstens reden wie die.

Für das, daß sie euch gescheit Reden beibracht hat, verzeih ich der Hebamm viel.

Das Gespräch begann unangenehm zu werden. Afra forschte in den dunklen Linien des Tisches nach Zeichen, denn die offenbare Abneigung ihrer Mutter gegen alle, die ihr freundlich begegnet waren – und das waren ja eigentlich nur zwei –, verwirrte sie.

Das Wohlwollen der Geistlichen hatte Afra nie angezweifelt, denn alle versicherten mit der ganzen Wucht, die ihnen zu Gebote stand, daß sie die ewige Seligkeit für alle ihre Schäfchen wollten, grade für so schwierige und dem Heidentum farblich nahe wie Afra.

Die wußte längst, daß wegen ihres Makels mehr von ihr verlangt werden durfte als von anderen, wenn sie auch nicht genau wußte, womit sie den lebenslangen Fehler würde gutmachen können.

Die Giftigkeit der Theres ängstigte sie. Sie war ein Teil ihrer Mutter und diese ein Teil von ihr, so daß die Sünde der einen in die andere lief wie das Wasser aus einem Putzeimer in den Bach.

Die Gefühle der Theres für Aurelia waren schwieriger zu verstehen. Hochachtung auf der einen Seite und Hochnäsigkeit auf der anderen. Sonst war ja niemand da, von dem Afra Freundlichkeit erwartete – die kam ja auch von ihrer Mutter nicht, mit der sie nun schon länger sprach als je zuvor in ihrem stillen, versteckten Leben.

Das wird ihr bleiben, und die Dankbarkeit, wenn man sie vieler, vielleicht sogar schöner Wörter würdigt. Es wird sie bis zum Schwachsinn nachgiebig sein lassen und blind gegen Abscheulichkeiten, wenn man mit ihr redet.

Später wird die Nachtigall, ihr Kind, das schon früh viel erwachsener ist, als sie je sein wird, zu ihr sagen:

Vielleicht hab ich deshalb mit dem Singen angefangen, Mama. Weil du einem überhaupt keine Wörter übrigläßt, wenn man sie nicht vor dir in Sicherheit bringt. Je lauter die Musik ist, desto besser geht das.

Auch später wird sie selten jene, die mit ihr sprechen, die ihr etwas erzählen, anschauen. Immer wird sie ihre Blicke auf Tischtüchern, Wiesen oder Kopfkissen spazierengehen lassen, nur damit die Stimme, die sich an sie wendet, nicht verstummt.

Am vorläufig letzten Tag ihres Lebens im Gäu regnete es dünn und silbrig, und obwohl die Straßen zum Teil asphaltiert worden waren, bildeten sich wie in alter, fast vergessener Zeit Sümpfe auf dem Weg zum Friedhof. Das ganze Dorf stand an den Fenstern und schaute zu, wie das rote Pferd des Kirchendieners den Sarg vom Häuschen der Hiasmutter den Weg entlang zog.

Der Kirchendiener war ein Zugeständnis des Pfarrers gewesen. Es war zwar nur ein verhuschter, auf einem Holzbein daherhatschender Kriegskrüppel, der die Sakristei auskehren und die Weihwasserkessel füllen durfte, aber an ihm war doch ein Abglanz von Heiligkeit, was man vom Totengräber nicht sagen konnte. Der war wüst wie alle Totengräber, soff wie alle Totengräber, und es hieß, er sei früher Professor gewesen wie alle Totengräber.

Wäre alles mit der ordnungsgemäßen Unerbittlichkeit der Heiligen Mutter Kirche vonstatten gegangen, so hätte der Totengräber allein mit seiner klapprigen Karre und seinem gottlosen Mundwerk die arme Leiche abgeholt und aus der Welt geschafft, wobei er mit den Toten zu reden pflegte: Wirst sie abwarten können, die Auferstehung! sagte er etwa, nachdem er laut auf den Sarg geklopft hatte, oder Husch, himmelan! Wirds bald?

Er hatte eine harte, östliche Aussprache, lebte seit langem allein am Dorfrand, und nie hatte jemand gesehen, womit es ihm gelang, sich derart zu betrinken. Er hieß Hans Leipold, aber diesen Namen kannte niemand im Gäu. Man nannte ihn nur den Totenpoldi. Der wartete jetzt schimpfend auf den Wagen, der den Selbstmörder brachte.

Selber machen, sowas Blödes! schrie er in die Grube hinein, die ungeschmückt und schwarz auf ihr Opfer wartete, kommt eh früh genug.

Da brauchst nicht nachrennen, er holt dich eh! So fad kanns dir hienieden gar nicht werden, daß du dich freiwillig früher fortmachst.

Es schien, daß der Totenpoldi das Leben liebte und deshalb an der Bestattung des Hias nicht die richtige Freude verspürte, sondern einen Zorn gegen den Toten, der nicht geringer wurde, als er hinter dem geputzten Wagen mit dem schönen Pferd den armseligen kleinen Trupp sah, der dem Wirt das letzte Geleit gab. Auch das Pferd, der ganze Stolz des Küsters, erregte den Unwillen des Totengräbers.

So ein Sündenroß! sagte er laut, rot wie Hurenhaar! Sowas gehört nicht vor eine Leich, denn es nützt ja eh nix mehr.

Die alte Mutter des Hias ging hinter dem Wagen her. Sie ging krumm wie alle alten Frauen im Gäu, so daß man ihr Gesicht nicht sehen konnte, auf dem Weg blieben in regelmäßigen Abständen tiefe Löcher zurück, die sie mit ihrem Stock gestoßen hatte. Ihre weißen Haare hatte sie zu einem langen Zöpfchen geflochten, das am Hinterkopf zu einer Schnecke aufgerollt war. Sie trug schon seit mehr als vierzig Jahren nur schwarze Kleider, das war nichts Besonderes. Um sich ein zusätzliches Zeichen der Trauer zu verschaffen, hatte sie sich über das dünne weiße Haarknötchen ein schwarzes Spitzentuch gelegt, das vor langer Zeit einmal jemand von einer Pilgerfahrt aus Rom mitgebracht hatte. Keiner von denen, die am Fenster standen, konnte sehen, ob sie weinte. Nur, daß sie den Stock immer tiefer in die Erde stieß. Ein paar Schritte hinter der alten Frau gingen, für jeden sichtbar, die Theres mit ihrer Tochter. Afra hielt einen kleinen Strauß rote Dahlien in den Händen, Theres trug aus alter Gewohnheit das Gebetbuch.

Es war beider Abschiedszug durch das Dorf, an den Zäunen vorbei, damit jeder noch einmal sehen konnte, daß sie nicht dazugehörten.

Eine spürte, daß die beiden mit dem Toten nichts im Sinn hatten. Das traf zwar nur auf die Theres zu, denn in Afras Seele waren durchaus die Gedanken an den Hias eingesperrt, aber das konnte sie nicht wissen, die alte Frau, die sich umdrehte und mit dem Stock die ungebetenen Trauergäste zu vertreiben suchte.

Wenn der Himmel ihn nicht annahm, ihren Sohn, wenn ihm so ein hergelaufener Pfaffe den Platz im Paradies verweigerte, dann wollte sie ihn für sich behalten.

Wenn ihm die Dorfbewohner das letzte Geleit verweigerten, die sich jahrelang bei ihm besoffen, die Karten auf seinen Tisch gedroschen und sich hinter seinem Haus erleichtert hatten, wenn sie ihm nicht dankbar sein wollten für seine Schweigsamkeit und die immer wieder gespülten Steinkrüge, für seine aufmerksamen Blicke, ob es um die Saupreise oder den Landrat ging, wenn sie all das von ihrem Sohn genommen hatten und ihm nicht einmal einen letzten Blick und Gruß gönnten, dann wollte sie allein mit ihm bleiben. Sein Geheimnis hatte er immer für sich behalten müssen. Als die alte Frau begriffen hatte, daß eben diese Katastrophe ihr den Sohn sicher und für alle Zeit in die Hände gegeben hatte, wollte sie nichts mehr davon wissen.

Schleichts euch, geh hoam, du Flitscherl mit dein Ofenröhrl, der Hias geht eich nix oo! Laßts eam in Friedn. Der Herrgott werd eam scho einilassn, vor der Himmelstür stehns ned, die Pfaffn. Werdn selber ned leicht einigehn in d' ewige Seligkeit. Und jetzt nimm dein Bankert und verziag di. Laßts mi alloa mit mein Buben.

Hör gar ned hin, sagte die Theres zu ihrer Tochter, sie hat halt nie was anders ghabt wie ihn. Aber irgendwie hats des braucht, daß die Oide uns aa no fortjagt! Und morgen früh, wenn der Alte in die Rüben is, gehts endgültig los. Siehst es ja: Hier im Gäu bleibst immer das Bankert, das Brikett.

Als hätte sie nichts damit zu tun, wie immer.

Wie verabschiedet man sich von jemandem, so, daß er es nicht merkt? Die Arbeit machte es Afra und Theres leicht, denn am Vormittag war das Dorf leer, nur die Hunde lagen vor den Hütten und die Hühner, Gänse und Hofkater bewachten die Häuser. Kartoffelzeit, Rübenzeit, und der Nebel versteckte alles.

Die Theres haute ihrer Tochter eine herunter, weil Afra den Hals nach jeder Saatkrähe verrenkte, die durch den Nebel strich, und versuchte, sie mit Rufen zu locken.

In ihrem Stadtkleid sah die Theres plump und hilflos aus. Sie gab ihrer Tochter den Korb mit ein wenig Wäsche und Brot in die Hand, sie selbst trug einen kleinen Lederkoffer, den die Hebamme ihr geschenkt hatte und der schwer von Münzen und Silberschmuck war. Sie hatte alles in den kleinen Ahnenteppich gewickelt, so daß nichts klirrte.

An der Haustür blieb sie kurz stehen, zog dann aber Afra mit sich, ohne den gewohnheitsmäßigen Fingerstips ins Weihwasserkesselchen und das Stirn-Magen-linke-Schulter-rechte-Schulter Tröpfchen für Schutz und Sündenvergebung.

Jetzt is' scho eh wurscht! sagte sie.

Die Kühe waren noch auf der Weide, und der Alte würde sie dort nicht stehen lassen, vor allem, wenn seine Bosheit keine Zuschauer mehr hatte.

Da kannst dich drauf verlassen! sagte Theres zu ihrer Tochter, der die sinnlose Liebe zu den Tieren immer noch nicht ganz vergangen war und die weinte, als sie zu den leeren Ställen und zum Karnickelgehäuse hinüberschaute, wo sie noch einmal alle Drahtgitterlöcher mit Löwenzahnblättern verstopft hatte, an denen die jetzt zupften mit ihren beweglichen Mäulern.

So schillernd waren die Federn des Hahns noch nie gewesen wie an diesem verhangenen Morgen, so schön hatte er noch nie gekräht. Die bunten Hennen hoben die Krallen, als ob sie tanzen wollten, und die Gänse lagerten am Rand des Bachs wie eine Sommerwolke.

Jetzt schau, daßd weidakommst! sagte die Theres mit zitternder Stimme zu ihrer Tochter, und es war ihr, als würde sie von zwei Seiten innerlich zerquetscht: Das, was sie verließ, und das, wohin sie ging, drückte mit gleicher Kraft.

Ohne dich hätt ich mir das alles sparen können! sagte sie böse und fast hochdeutsch zu ihrer heulenden Tochter.

Is alles nur deinetwegen.

Und Afra hörte auf zu heulen, zog den Rotz extra laut hoch und entdeckte in sich ein sehr angenehmes Gefühl, nämlich Wut. Woher sie die plötzlich hatte, wußte sie nicht. Sie machte den Rücken grade und sah, daß sie unbemerkt fast so groß wie ihre Mutter geworden war. Theres hatte nicht daran gedacht, auch ihre Tochter für die Reise und die Stadt zu verkleiden, und als die Brünnerin vor ein paar Tagen vorsichtig danach gefragt hatte, war ihr nur eine sehr patzige Antwort gegeben worden.

Was willst der anziehen? Sieht ja ein jeder, was los is. Des kannst ned vasteckn.

So trug Afra den roten Rock, der ihr zu kurz geworden war, eine weiße Trachtenbluse, an der die Spitzenkanten längst vom Alter abgefressen waren, und gegen die Kälte ein graues Filzjäckchen mit einem Eichenblattmuster und hölzernen Eicheln als Knöpfen. Dazu hatte die Theres ihr aus dem nächsten Ort braune Kniestrümpfe und eben die Sandalen mitgebracht, wegen denen sich das Kind einen Storchengang angewöhnt hatte, damit sie keine dreckigen Fußspitzen bekam.

So gingen sie, ohne sich umzuschauen, durch das leere Dorf, an den Höfen mit ihren neuen Dächern und den pißgelben Windfängen aus Plastik vorbei, über die Feldwege, deren Schlamm ihre Füße so weich und freundlich umgab, als ob er sie zurückhalten wollte. Am Wald schaute Afra wieder nach den Krähen, die über die für die Wintersaat gepflügten Felder spazierten und dabei vor sich hin nickten, als wüßten sie alle möglichen Geheimnisse.

Afra sah weit hinten am Horizont ihre Kühe, die unbeweglich, einander zugewandt auf der Wiese standen, schwer und schön, vom Nebel eingehüllt. Sie wußte nicht, woran sie sie erkannte, und sie murmelte die Namen vor sich hin, die man seit jeher den Kühen gibt, für jede geschlachtete kommt wieder ein Kalb, das den Namen trägt. BLÄSS, ROSA, FANNY, WALLY, MALI.

Jetzt wennsd ned mit Heulen aufhörst, sagte die Theres, der das Laufen schwer wurde, da hast ganz schnell no mehr Grund zum Heulen!

Sie fühlte sich heiß und eingesperrt in ihrem Kleid, außerdem war sie zwar gewöhnt, wie zwei Knechte zu arbeiten, aber laufen mochte sie nicht. Laufen war was für Sommerfrischler.

Sie kamen am Haus der Hebamme vorbei und sahen durch das Fenster ein paar Kinderköpfe, die großen Mädchen mit Zopfschleifen und Vogelnestfrisuren, ganz heiratsfähige Hinterköpfe hatten sie, und die auf ewig kraushaarige Afra warf einen letzten neidischen Blick auf ihre Halbfreundinnen, denen sie jetzt davonlief, weil ihre Mutter der Meinung war, daß sie etwas Besseres als das Dorf überall finden könnten.

Aurelia sah die beiden, machte zu den Mädchen im Zimmer eine Bewegung, als wollte sie etwas dirigieren, und kam dann nach draußen, um sich zu verabschieden.

Fesch schaust du aus! sagte sie zur Theres, das war gelogen, aber in einem solchen Augenblick wäre die Wahrheit unverzeihlich gewesen.

Denk dran, sagte sie zu ihrer schwarzen Schülerin, schön reden, immer schön reden und nicht zuviel! Die Gefahr ist bei dir aber auch nicht groß. Und alles, was fein ist, ist auch gut!

Kümmer dich um deine Mama, sie wirds brauchen, auch wenn du dir das jetzt noch nicht vorstellen kannst. In der Stadt wirds leichter sein, und der Fritz wird für dich was Besonderes finden, da bin ich ganz sicher.

Wenn euer Großvater verrücktspielt, werd ich mir was einfallen lassen. Und der Hof? Der ist was wert, du wirst das doch nicht dem Alten überlassen?

Dem ghört noch ned amal a Zaunlattn, kein Ziegel ghört ihm, nix, nix, nix! Wenn i in der Stadt bin, geh i zum Advokatn. Der Hof hat der Großmutter gehört, und jetzt mir. Wenn der Deifi den Alten endlich gholt hat, komm i wieder. Gott vergelts, Brünnerin, wenn d' a Aug aufd Sach hast.

Ihr »Gott vergelts« war eine glatte Lüge, die Theres glaubte nicht mehr an Gott als ein Laternenpfahl, aber wie sollte sie ohne ihn auskommen, da er sich in jeden Satz, ob Alltag oder Sonntag geschlichen hatte?

Weil Aurelia das ahnte und weil es ihr ähnlich ging, lachte sie über das feierliche Gerede und gab keine Antwort.

Nimm nix Schweres mit! sagte Aurelia, bevor sie wieder in ihr Haus zurückging, zu den Mädchen, die sie bald auch nicht mehr brauchen würden. Ohne das schüchterne schwarze Ding war der Pfeffer aus ihrer kleinen Weiberschule weg, das wußte sie.

Jetzt würde der Kreis von handarbeitenden Revolutionärinnen, die beiläufig gelernt hatten, was man fürs Leben braucht und wie man es sich verschafft, zu einem armseligen Grüppchen von pubertierenden Bauerntrampeln werden, auch das wußte Aurelia plötzlich genau.

Es war nicht nur die Ungestörtheit, die ihre von Buben unbelästigten Kälber gebraucht hatten, es war der stetige Blick auf das andere. Ob sie es liebten oder nicht: Es war da.

Tuts ihnen halt noch einmal winken, ihr sturen Geißen! sagte Aurelia wütend zu ihrer Schar, die sie in kurzer Zeit hinausschmeißen würde, ins Leben und in den Stallmief und die ungewaschenen Betten irgendwelcher mühsam gefundener Bauernsöhne.

Stellts euch nicht so an! Ihr wißt gar nicht, was ihr verliert. Ich weiß es auch nicht, aber ich kanns mir wenigstens denken.

Die Marien und Annen und Klothilden standen auf und schauten aus dem Fenster. Da stolperten sie davon, die Theres auf den ersten Stöckelschuhen ihres Lebens und Afra, die vergeblich versuchte, ihre Sandalen sauberzuhalten. Bis zum Bus hatten sie fast eine Stunde zu gehen.

Indessen hatte sich der Totenpoldi an sein Lieblingsgeschäft gemacht, das Dichten. Sein Beruf ließ ihm dazu viel Zeit, war aber andererseits keine Hilfe, weil niemand seine gottlosen Verse auf den Grabstein eines in Ehren Dahingegangenen meißeln lassen wollte. So blieben für ihn nur die Selbstmörder, die unter rätselhaften Umständen umgekommenen Schmuggler und Flüchtlinge, die man in verschiedenen Stadien der Verrottung in den Wäldern fand, und die Unfallopfer, die zwar christlich begraben, aber heidnisch bedichtet werden durften.

Seit sich der Totenpoldi am Dorfrand niedergelassen hatte und in echter künstlerischer Einsiedelei verharrte, das heißt, keinen der Gäubewohner um etwas bat oder von etwas zu überzeugen versuchte, hatte er viele Tote angedichtet. Manche seiner Werke hatte er sauber in Lindenholz geschnitzt, Buchstaben für Buchstaben, Lindenholz ist fast so gut wie das Ewige Leben.

An Leichenfundstellen und Unfallorten hatte er die Tafeln aufgestellt und wartete nun darauf, daß die Jahrhunderte sein Werk adelten, wie bei den echten Dichtern.

Während sich die Theres und ihre Tochter einem neuen Leben entgegenschleppten, nagelte der Totenpoldi seine neueste Tafel an den Baum, den sich der Hias ausgesucht hatte. Die beiden Frauen sahen es von weitem, aber Afra drehte den Kopf weg. Auf der Tafel stand:

Hier hat der Hias sich aufgehängt
Der Herr hat ihm das Leben geschenkt
Der Hias hats nicht mögen
Und pfeift auf euren Segen
Er war ein rätzelhafter Ratz
Drum gebt ihm einen guten Platz
Vatersohnundheiligergeist
Schau daß du ihm gleich verzeihst

DRITTES BILD
Da gehts hinaus

Sechzehn Tage hatte es die Theres im Paradies des Fortschritts ausgehalten, und, was ihr noch viel länger vorgekommen war, siebzehn Nächte. Dann war sie, das städtische Kostüm im Koffer eingesperrt und statt dessen zum ersten und einzigen Mal der Stadtbevölkerung ihren stolzen Busen im bestickten Gefängnis des Trachtenmieders darbietend, zum Bahnhof gegangen. Jeder sanfte Hupfer ihrer rosa Brust schien zu sagen:

Das hättet ihr haben können, ihr blöden Hammel, hochnäsige Lackel, die ihr seid, mit euren mageren Weibern, diesen schieläugigen Gottesackerfliegen, an denen ihr euch im Bett einen Haufen blaue Flecken holen könnt oder noch was Schlimmeres. Mich hättet ihr haben können, aber das habt ihr nicht gespannt.

Natürlich ging die Theres schweigend, mit geöffnetem Mund, um die tausend Signale des fremden Lärms, der sie umgab, wenigstens halbwegs zu entschlüsseln.

Unzählige Male war sie in diesen vergangenen Höllentagen dem Tode nahe gewesen, einem schrecklichen Tod durch Zerstückeltwerden zwischen den Trambahngleisen und unter den Autos, oder man stürzte sich vor lauter Durcheinandersein von den furchtbar hohen Türmen und Häusern zu Tode.

Das aber hatte nicht den Ausschlag für die schnelle Kapitulation der Theres gegeben, die aus einer vermeintlichen Hölle in die wirkliche gekommen zu sein glaubte. Der Hauptgrund für ihre Flucht zurück hinter die grünen Vorhänge des Gäus war, daß sie in der Stadt keinem einzigen Mann zu gefallen schien. Sie, die Königin sämtlicher Heuschober des ganzen Landkreises, die unumstrittene Siegerin in den schönen Ringkämpfen vieler Sommernächte, wurde mißachtet. Sie, von der ihr längst vergessener Schwarzbeerl, der zur Zeit der Flucht seiner fetten Siegesbeute grade noch lebte – viel Zeit war ihm nicht mehr vergönnt –, seinen Freunden unter den staubigen Jacarandabäumen von Baton Rouge tausendundeine Geschichte erzählte, wurde in dieser Hurenstadt ausgelacht.

Ihre Tochter hatte die Theres angeboten wie einen jungen Hund, denn eine Niederlage konnte sie verkraften, aber nicht zwei, und wenn das Leben oder die Blödheit und Blindheit der Stadtmenschen sie schon zwang, zurückzugehen in den Kuhdreck und unter die Gewalt ihres alten Vaterteufels, so wollte sie doch wenigstens ihre Tochter untergebracht oder besser, sich ihrer entledigt haben.

Ohne das Kind, das stark wuchs, ganz unheimlich wuchs sie – und Theres dachte nach langer Zeit wieder an den Liebhaber von damals, der ihr in der Erinnerung immer größer und mächtiger erschien, wenngleich sie sich eigentlich nur noch an seine Umrisse und seine leuchtenden Zähne erinnerte, die nach Bonbons schmeckten –, ohne dieses Kind würde sie einen finden, der sie heiratete.

Das war zwar nicht das, was sie sich gewünscht hatte, aber lieber noch eine würdevoll aufgeputzte Braut im Gäu, von allen bewundert und mit sicherem Geld bis ans Lebensende, als ein Bettelweib um Erfolg und Liebe in dieser Kasperlstadt, wo jeder über den anderen grinste und herzog und wo man sie nicht mittanzen ließ, sondern ihr höchstens erlauben würde, sich als Bedienerin die Maßkrüge auf den Busen zu stellen oder beim Putzen den Hintern in die Luft zu strecken und zu warten, bis es einem in den Sinn kommen würde, draufzuhauen.

Nein, danke, mit ihr nicht, das verstehst doch?

Verständig war sie, die Tochter, für die das Alleinsein eine längst geübte Kunst war und die sich in der ihr zugewiesenen Welt umgeschaut hatte.

Daß ihre Mutter sie loswerden wollte, nahm sie ihr nicht übel. Daß ihre, Afras Schwärze, hier erst einmal wieder am Anfang stand, bis alle sich satt gesehen und heiser geredet hatten, wußte sie auch. Nur: Wovon sie leben sollte und wo, das war ihr unklar, das mußte die Theres organisieren, vorher ließ Afra ihre Mutter nicht weg. Die Theres erschrak vor den furchtbaren Heultönen ihrer Tochter, die sie lange nicht gehört hatte, und machte sich unwillig daran, ihr Kind zu verkaufen.

Ein paar Jahre später wird Afra ihrer eigenen Tochter erklären, warum es nicht schlimm ist, ein Kind zu verkaufen, möglichst teuer natürlich. Der Kaufpreis ist ein Schutz, das muß jeder verstehen. Was nichts kostet, wird nicht geachtet.

Es gab viele Möglichkeiten, ein Kind so loszuwerden, daß ihm weiter nichts geschah, als daß es arbeiten und den Erwachsenen ihre Wünsche, so gut es ging, erfüllen mußte.

Nachdem Theres eine Woche nachgedacht hatte, eine Woche, in der sie Läden und Lokale, kleine Fabriken und große Büros, die schönen Häuser der Schauspieler, die dort zu finden waren, wo die Stadt in den Wald vorgedrungen war, angesehen hatte, nachdem sie mit dem Bürgermeister von einst und dem Hausbesitzer geredet und das Kloster der Schwestern vom Unschuldigen Schweigen besucht hatte, war sie zu der Entscheidung gekommen, Afra wenig Zeit für dumme Ideen zu lassen und das Geld, das sie für die Dienste ihrer Tochter im Friseurladen der Maja Weishäupel erhielt, zu einem Teil den frommen Schwestern zu geben, damit Afra dort vormittags ihre durch Aurelia begonnene Bildung weiter vervollständigen und durch praktische Arbeit im angeschlossenen Krankenhaus ergänzen konnte.

Theres war sehr stolz auf sich gewesen, und als Afra ihre unerklärliche Abneigung gegen die Nonnen durch ein nervtötendes Geheul ausdrückte – die Theres hätte ihr durchaus zugehört, hätte sich vielleicht sogar umstimmen lassen, wenn Afra ein einziger Grund für ihr Geschrei eingefallen wäre – aber nichts, nichts, nur das furchtbare Urwaldgejaule, wie ein Aff –, bekam sie die letzte Maulschelle ihres Lebens, was sie natürlich nicht wußte.

Jede andere Hand, die sich künftig gegen sie erhob, und das waren nicht wenige, nicht nur Nonnen- und Friseusenhände, fuhr zwar auf ihre schwarze Backe zu, verharrte dann kurz, gleichsam schwebend in der Luft und drehte, vom Blick Afras gelenkt, ab, um irgendwo, unter einer Schürze oder in einer Tasche zu verschwinden.

Das war sechs Jahre her, und die Theres hatte in dieser Zeit ihr Selbstbewußtsein wieder zusammengeflickt, weshalb sie es in all den Jahren ablehnte, ihre in der Stadt zurückgelassene Tochter Afra zu besuchen. Die hatte erst jeden Monat, dann nur noch zu den hohen Feiertagen, dann alle halbe Jahre und schließlich nur noch jedes Weihnachten nach Hause fahren müssen oder dürfen, je nachdem, so genau weiß sie das jetzt nicht mehr.

Afra ist jetzt einen Meter achtzig groß und geht selten auf die Waage. Sie wohnt noch immer in der baumlosen Straße mit den fünfstöckigen Erbhäusern, den Gemüseläden, Schneiderwerkstätten, Bierkellern und Kunstgewerbelädchen, dem Büro jener großen Partei, die hier bis in alle Ewigkeit nicht ans Ruder kommen würde, dem Kinderhort für die genauso hoffnungslosen Evangelischen und einem Weinlokal, dessen staubblinde Fenster mit Ananasfrüchten aus Plastik dekoriert waren, deren ursprüngliches

Gelb längst zu einem geheimnisvollen Graubraun verblichen war.

Da wohnt die große, schwarze Afra, im Dachgeschoß jenes Hauses, das damals der erfolgreiche geflüchtete Exbürgermeister der Theres als Ausgangsbasis und Sprungbrett empfohlen hatte. Es gehört noch immer jenem alten Schauspieler, der es nie betrat und der nichts verändern ließ.

Seit Jahrzehnten lebten die gleichen Leute in diesem Haus, waren jung gewesen und alt geworden, hatten Kinder geboren und verloren und vertrauten auf die Unveränderbarkeit des Hauses, der Straße und damit der Welt.

Sie waren bisher nicht enttäuscht worden, und die Ankunft einer Halbschwarzen vom Land hatte seinerzeit, ewig her, für länger anhaltende Aufregung gesorgt.

TOXI sei Dank, war daraus, nach der hastigen Rückkehr ihrer Mutter Theres ins Gäu, Mitleid geworden.

Arms Wurm. Der Hausmeister, der allmächtige Gott aller Stockwerke und Höfe, hatte seinerzeit für großes Gelächter gesorgt, als er zu Afra sagte: Schwarz samma aa. Bei dir siagt ma's halt a bissl bessa.

Weil ihre Mutter sich nicht zurechtfinden konnte, hatte Afra im Alter von fast dreizehn Jahren ein winziges Stück dieser Stadt zugeteilt bekommen, eben das untere Stück der Grafenstraße. Da mußte sie bestehen, ob sie wollte oder nicht.

Jetzt, mit neunzehn und, wie gesagt, einen Meter achtzig groß, hatte Afra den ganzen Katechismus der Plagen, die sie schon aus dem Gäu kannte, städtisch abgemildert zwar, mit feineren, aber nachhaltigeren Spitzen hinter sich. Trotz allem war aber in den sechs vergangenen Jahren ein Würzelchen von ihr nach dem anderen in den Dreck der Grafenstraße gesenkt worden, und auch wenn es mit der TOXI längst aus war, machten ihr doch ein schwacher Abglanz vom Silberpapiersammeln für die Heidenkinder, Albert Schweitzer und Bin-nur-ein-Johnny – zieh-um-die-Welt – Singe-für-money – tanze-für-Geld – Tränen das Leben leichter.

Afra sammelte Schwärze. Nicht nur die gewisse Schokolade und die angekohlte Madonna, mit der sie sie im Gäu immer wieder trösteten, wenn sie sie überhaupt des Trostes wert fanden.

Der Schwarze ist nicht schmerzempfindlich! hatte der unvergessene Wolinski in der Schule den Mädchen gepredigt, bevor er sich auf den Rückweg in die Karriere gemacht hatte, der ihm auch gelungen war. Afra hatte ihn später in der Zeitung gesehen, klein und fein angezogen, und es schien, als gelänge es ihm, sich nach zwei Seiten gleichzeitig zu verneigen.

Schwärze fand sich zuhauf in der Musik, wenn auch nur in jener, die Afra als Kind nie zu hören bekommen hatte und die sie nie wirklich lieben lernte, auch später nicht.

Zu stark hatten sich die Stimmen der unsterblichen deutschen Sängerinnen in ihr Herz gegraben, die aus dem Radio der Brünnerin in die Welt gedrungen waren, und die Musik, die ihre Tochter viele Jahre später würde fast berühmt werden lassen, lernte Afra nie zu verstehen. Um so mehr bewunderte sie sie.

Schwarze Püppchen aus Bitterschokolade mit weißen Zuckeraugen aus der Konditorei in der Theatinerstraße, der schönste schwarze Mann der Welt in grauen Samt gehüllt, einen grausamtenen Zylinder auf dem Kopf, der vor einem großen Hotel stand, als gehöre es ihm. In den Schaukästen des Viertels Bilder von dunklen Frauen, die ihre großen Hintern in die Kamera hielten und weißzahnig über ihre schwarzen Schultern lachten, als amüsierten sie sich über die auf ihre Fotokehrseite geklebten Gänsefedern. Am Kircheneingang stand ein melancholischer Mohr aus Gips, über den Afra längst hinausgewachsen war.

In der Grafenstraße war Afra die einzige Schwarze. Die Grafenstraße verbindet eine reiche mit einer armen Gegend, sie führt von den großen Kaufhäusern bis ins Mietshaus- und Hinterhofgewirr der Vorstadt. In ihrer Mitte verbirgt eine Mauer, über die auch Afra nicht schauen kann, den hinteren Teil des Krankenhausparks.

Auf der gleichen Seite der Straße liegt der Friseursalon von Maja Weishäupel, die Bäckerei Franz Ranunkel und dann kommt schon das Haus des alten Schauspielers, auf dessen Dachboden Theres ihre Tochter vor sechs Jahren, allein und zum Erwachsensein verurteilt, zurückgelassen hat.

In diesen sechs Jahren wurde das Gäu für Afra immer sanfter und schöner, und wenn sie abends einschlief, versuchte sie, sich jeden Baum, die Höfe, das Häuschen der Brünnerin, die Kirche, die alte Schule und den Obstgarten vorzustellen.

Im Traum ließ sie den halben Bären wieder auferstehen, machte die gehäuteten Hasen und erwürgten Katzen des von Sonne erleuchteten Dorfes wieder lebendig, und über allem schwebte schwarz und stolz ihre Krähe Toxi.

Von Anfang an, seit der ersten Zeit ihres Ausgesetztseins hielt Afra sich so die Furcht vom Leib. Jetzt zahlte sich ihr Alleinsein im Gäu aus.

Afra war seit fast einem halben Jahr nicht mehr zu Hause, aber sie braucht das wirkliche Gäu nicht mehr. In ihren Träumen ist im Lauf der Jahre ein Eigentum entstanden, das ihr niemand mehr streitig machen kann. Die Wirklichkeit kann ihr gestohlen bleiben. Nicht die Wirklichkeit der Stadt! Nicht der Park des Krankenhauses oder der Geschichtenerzähler im Parteibüro, nicht die wunderbar im Mund zersplitternden Karamelbonbons der Witwe Ehrlicher, die in Wirklichkeit ganz anders hieß und nur zu faul gewesen war, das achtzig Jahre alte Schild über ihrer Auslage zu ändern.

Das waren alles Wirklichkeiten, die sich Afra umsichtig erworben hatte. Die zahlreichen Teufel hatten sich davongemacht und waren, je größer Afra wurde, in Vergessenheit geraten oder durch andere ersetzt worden.

Afra war zwar noch nicht volljährig, aber niemand interessierte sich für die Bewahrung ihrer Unschuld, ihres guten Rufes oder ihrer Träume vom Weißwerden über Nacht oder einem Entdecker aus der Welt des Fritz Rost.

Das vorzeitige Ende der Kindheit Afras hatte Fritz Rost, der sich immer noch an den fernen Tag der Geburt des Mädchens erinnerte, gedauert. Als er aber sah, wie sie sich im Frisiersalon und im Krankenhaus tagein, tagaus damit abgab, immer wieder den gleichen Dreck wegzumachen, erinnerte er sich an die gleichförmige Schwere der Bauernarbeit. Er begriff, daß Afra den städtischen Dreck als Luxus, ja, als Erholung empfand, als eine erste und notwendige Stufe zu den Welten, deren Abglanz bis zu ihr hinunter schien.

Der Abglanz: Das waren die Wäschegeschäfte mit dem Rosa, der unvergeßlichen Bärenfarbe, die jetzt Büstenhalter und Nachthemden zu Königsgewändern adelte.

Der Abglanz: Das waren die Bilder auf dem Einwickelpapier, das sie glättete und las, Soraya und Grace Kelly. Nicht die Namen interessierten Afra, sondern die Posen, in denen diese Frauen abgebildet waren, immer mit mächtigen Ketten um den Hals, langen Handschuhen und einem weißen, quellenden Ausschnitt, die Mitte dünn wie eine Sanduhr.

Der Abglanz: Der Geruch aus den leeren Shampooflaschen, die sie mit nach Hause nahm. Jetzt, als ziemlich erwachsenes Mädchen, hat sie sich immer noch nicht daran gewöhnt, daß die Leute es fertigbrachten, schöne, farbige und glänzende Dinge wegzuwerfen, nur weil sie irgendeinem öden Zweck nicht mehr dienten. Dabei war doch der Zweck das, was an Gegenständen störte.

Ihr Zimmer war im Lauf der Jahre zu einer Höhle voller Dinge geworden, die ihrer ursprünglichen Aufgabe nicht mehr dienen konnten oder wollten, und die meisten von ihnen waren rosa. Das Rosa falscher Gebisse oder das giftige Lippenstiftrosa, das Afra von allen Farben am meisten liebte, aprikosenrosa oder wassermelonenrosa, hüfthalterrosa und herzjesurosa. Ordentlich aufgeschichtet wie in einem Warenlager hatte Afra sich ihr imaginäres Museum gemacht, geduldig, es kam nicht auf die Menge der Gegenstände an, und die Leidenschaft des Sammlers, alle in der Welt existierenden Exemplare einer Gattung unter seiner Obhut zu wissen, war ihr fremd.

Nicht der alte Sammlerwunsch, eine Spezies aus eigener Kraft zum Verschwinden zu bringen, trieb sie an, sondern ihr Mitleid mit den Dingen, denen man, so fand sie, in der Stadt mit grausamer Ungeduld begegnete. In rosa bezogenen Pralinen-, Seifen- und Bänderschachteln, denen Dekkel und Seitenteile fehlten, schliefen Lockenwickler ohne Bügel in verschiedener Dicke, behaarte und nackte, in allen erdenklichen Schattierungen der heiligen Farbe. Krüge und Tassen ohne Henkel und Schnauzen, Papiere der verschiedensten Verwendungsarten, räudige Zahn- und Haarbürsten, Seifenspender aus den Toiletten der Kneipen, beinlose Püppchen und unerkennbare Tiere, verwaiste Strapse, Trägerbänder und Läppchen aus vielerlei Stoffen, die eine unbewußte Huldigung an die Ahne waren. Fast leere Nagellackfläschchen und Lippenstifte, Topfkratzer, Zopfspangen und haltlos gewordener Schmuck aus Plastik und Glas ergänzten ihre stetig, aber nicht zu schnell wachsende Sammlung, und sie wurde mit den Jahren wählerischer, ohne daß sie hätte erklären können, worauf es ihr eigentlich ankam.

Von Kunst hatte sie noch nie was gehört. Jahre später aber wird einer ihrer Kunden, den sie in einer einzigen Nacht von all seinen Krankheiten geheilt hatte, sie in eine Ausstellung mitnehmen, ein armseliger Professor Higgins, und sie wird staunend auf Räume sehen, die ihrem Zimmer gleichen – aufgestapelte Waschpulverkartons, glitzernde Berge von Bestecken, Armeen abgestoßener Töpfe und Schöpfkellen, die eine strenge Anordnung unberührbar gemacht hatte, zarte Spitzenmuster aus abgenagten Knochen und gekrümmten Zahnpastatuben, Tortenstücke mit Zahnspuren in Kunstharz – und sie wird laut und glücklich darüber lachen, Jahre später.

Noch baut sie Teilchen für Teilchen ihren rosa Trost auf, kommt pünktlich jeden Abend heim, holt sich aus der Kneipe gegenüber ihr Essen, läßt: Grüß Gott, Mohrle! von der Wirtin zu sich sagen und hört gar nicht hin, trägt in ihrer Tasche die Schlüssel zur Putzkammer der Neurochirurgie, Station 4 B und zum Friseursalon der Maja Weishäupel.

Wir schreiben neunzehnhundertsechsundsechzig, den Februar. Es wetterleuchtet, aber keiner merkt es, denn es ist Fasching. Afra hat seit einiger Zeit, nämlich seit sie die ihr zugedachte stattliche Größe erreicht hat, die weitere Umgebung der Stadt erkundet.

Im Anfang, als zurückgelassener Trampel und Anlernling, Toxi für Arme in der Grafenstraße und bald keine Sensation mehr, war ihr die Stadt kleiner als das Gäu erschienen, jedenfalls der Teil, der ihr erlaubt war.

Jenseits der Grafenstraße war nichts, nichts, was sie kannte oder kennen durfte. Sie vermißte auch nichts, wenngleich auf den von ihr gesammelten bunten Zeitungsseiten oft Bilder von Paraden, Märkten und Festen auftauchten, von denen behauptet wurde, sie ereigneten sich in eben dieser Stadt. Es war nicht möglich, sich dessen zu vergewissern. Vielleicht war es auch gar nicht nötig. Ein ungewisser Glanz fiel auch ohne den Augenschein bis in die Grafenstraße, dafür sorgte vor allem das Tor zur Welt, Maja Weishäupels Salon.

Schon der Großvater von Maja Weishäupel hatte in dem Laden den Männern das Messer über den Adamsapfel gezogen, Hühneraugen geschnitten und fast fünfzig Jahre lang das dünner und grauer werdende Haar der Männer aus der Grafenstraße gestutzt. In seinem Schaufenster hatte ein tot aussehender Wachskopf mit Menjoubärtchen, eine Pyramide aus Vaselinedosen und eine leere Flasche Uralt Lavendel gestanden.

Die alten Grafensträßler erinnerten sich noch genau daran, und das war der immerwährende Kummer der Maja Weishäupel, die erst den Laden und dann ihren Vornamen geändert hatte und die für die möglichst aristokratische Änderung ihres Nachnamens einen geeigneten Kandidaten suchte.

Da schauts jetzt aus wie in an Puff! hatten die alten Kunden des Großvaters Weishäupel gesagt, als das Gerümpel verschwunden war und statt dessen schwarzgenopptes Kunstleder mit goldenen Nägeln an den Wänden erschien, vielarmige goldene Lämpchen, Hocker mit weißem Fellüberzug und asymmetrische Spiegel, die extra aus Italien eingeführt worden waren.

Maja kämpfte einen zähen und ehrenhaften Kampf: Sie wollte einerseits den Fortschritt, sie liebte ihn, sie war ihm verfallen, aber wenn sie die Grafenstraße hätte verlassen müssen, wäre sie gestorben. Also mußte die Neuzeit ins Haus geholt werden, und mit ihr hatte Afra ein Plätzchen in Maja Weishäupels Leben gefunden.

Eine Lehr können wir sie nicht machen lassen! hatte sie damals, vor sechs Jahren, vor tausend Jahren, zur Theres gesagt.

Ich kenn meine Weiberleut. Die lassen sich von einer Schwarzen nicht an den Kopf hinlangen, ums Leben nicht. Jede Weihnachten liefern sie tonnenweis Schokoladenpapierl für die Missionsbrüder in sonstwo, bei die Neger halt, ab – aber so eine an den Kopf lassen, da täten sie eher sterben. Das Risiko kann ich net eingehen, Bäuerin, aber putzen wird sie dürfen, Handtücher waschen und Haar aufkehren, es fällt immer was an.

Es kann ihr, hatte Maja gesagt, gar nix passieren. Am Vormittag is sie im Krankenhaus, bei die Nonnen, da kanns die ganze Beterei gleich mit erledigen, da siehts genug greisliche Sachen, damits net auf dumme Gedanken kommt – und am Nachmittag is sie bei mir, da hat sies ein bissl netter, und Sie ham ja gesagt, daß sie leicht zum Haben ist! Halt schwarz. Des kann ja passieren.

Vielleicht dachte Maja Weishäupel im Lauf der gemeinsamen Jahre mit Afra noch öfter dankbar an ihr Glück mit den Mitgliedern der einundzwanzigsten Brigade der sieg- und glorreichen US-Army, denn sie hatte sich auch besiegen lassen, in allen Farben, aber folgenlos.

So, wie es war, war es recht, und Maja Weishäupel beschützte Afra, so gut sie konnte, und sparte durch sie mindestens ein Lehrmädel und eine Putzfrau.

Das Zimmer im Haus des reichen alten Schauspielers, jenes Stückchen Starthilfe des Fritz Rost, wurde für passend befunden. Schließlich hätte kein erwachsener Mieter die unzähligen Treppen hinaufsteigen mögen, es war billig, und die ganze Straße hatte ein Auge auf die Halbschwarze, die nicht, wie andere Leute, in einer Menge zu verschwinden vermochte wie ein Tropfen Wasser in einer Pfütze. Das war Afras großer und hilflos ertragener Kummer: Nicht die schwere Arbeit, die ihr nicht schwer erschien, nicht die furchtbaren Gerüche und Geräusche des Krankenhauses oder die Duarmeskindgesänge der Nonnen, sondern die dauernde Sichtbarkeit. Sie konnte sich nicht verstecken.

Maja Weishäupel hielt Afras Tugend für unbedroht, nicht wegen ihrer Jugend, das gewiß nicht, wo sie selber sich gar nicht mehr erinnern konnte, wann sie es zum erstenmal ausprobiert hatte – nein, wegen dieser Sichtbarkeit eben, zu jeder Zeit wußte jeder in der Grafenstraße, wo die Schwarze war, das Mohrle, das Heidenkind, das Briketterl, geh weg mit deine schwarzen Finger! – einen Busen hatte es schon früh herzuzeigen, einen sehr schönen Busen, soweit man es unter den von Maja Weishäupel umsichtig ausgesuchten Kitteln und den Krankenhausschürzen, die vom Kinn bis zum Boden gingen, sehen konnte. Wia a frischa Leberkäs! hatte ein alter Biersäufer schon der Vierzehnjährigen hinterhergesagt, nachdenklich und zärtlich.

Es war nicht so, daß die Weishäupel ihre Augen vor der sachte wachsenden Gefahr ganz verschlossen hatte, zwar dachte sie modern, jedenfalls für die Grafenstraße, aber daß solche wie Afra einen besonders heftigen Trieb hatten und auch fähig sein sollten, einen solchen in fast erloschenen Männern anzufachen, von denen, die normal im Saft standen, gar nicht zu reden – das wußte jeder.

Maja war keine Kirchgängerin, aber ein- zweimal im Jahr gehörte es sich, wie eine seelische und moralische Grundreinigung, wie der Frühjahrsputz und das Einmotten der Winterkleider – und bei dieser Gelegenheit hatte sie von ihrem Seelsorger über die bedenkliche Herkunft des Namens Afra einiges erfahren.

Dem Kind selber – dem Mädchen, das grad noch ein Kind gewesen war oder vielleicht ja auch nicht – hatte sie erst einmal nichts davon erzählt. Allerdings wußten sämtliche Kundinnen davon, denn eine hatte sich in der Stadtbücherei im Lexikon der Heiligen und biblischen Gestalten kundig gemacht, eine Obergescheite, die sonst ihre

Mitkundinnen wegen ihrer Primitivität verachtete. Diese ondulierten Spießerinnen mit dem Herrensechser über der Stirn und den ausfransenden, sich zu Werg verzwirbelnden Dauerwellen und Innenrollen! Sie war im ganzen Viertel die einzige mit einem Jean-Seberg-Schnitt und ihr gab das schwarze Kind Gelegenheit, auf die eingeschüchterten Grafensträßlerinnen einen Regen von Toleranz und Bildung niedergehen zu lassen.

Ihr durfte Afra längst die Haare waschen. Leider war an denen nicht viel zu waschen.

Herrschaftseiten, würde die alt und fast artig gewordene Theres zu ihrem Enkelkind Nivea Nachtigall sagen, vielleicht hätt ich sie anders taufen lassen sollen. Vielleicht hats am Namen gelegen!

Viel, viel später wird sie das sagen, denn sie wird ihre Enkelin für eine Heilige halten, für eine große Künstlerin, weißer als weiß, ein erworbenes, durch die Dunkelheit gleichsam geläutertes Weiß.

Weiß auf die Welt kommen kann jeder! wird sie sagen, aber wieder weiß werden aus dem Schwarzen heraus: Das mußt erst einmal nachmachen.

Afra hatte mit fünfzehn Jahren ihr erstes Sparbuch und verfügte jetzt, mit neunzehn Jahren, über ein Vermögen von dreitausendzweihundert Mark. An die immer gleiche Bemerkung des Bankangestellten, der sich über sein schmales Schalterbrettchen lehnte und: Na, bringen wir wieder das Schwarzgeld? sagte, hatte sie sich längst gewöhnt. Die Trinkgelder und die winzigen Stundenlöhne, im Krankenhaus eine Mark siebenundzwanzig, bei Maja Weishäupel eine Mark vierzig, die hier und da zugesteckten Almosen der Schauspieler und der Parteimitglieder in ihren streng getrennten Kneipen, die weihnachtlichen zwanzig Mark des Fritz Rost und der Geburtstagszehner der Brünnerin, die unregelmäßig und zögernd gewährten Taschengeldmünzen ihrer Mutter und seit kurzem noch eine andere Art Geld, für das sie bisher noch keinen richtigen Namen gefunden hatte – all die verschiedenen Gelder wurden in das Buch eingetragen und gleichgemacht. Sie hatte noch nie etwas abgehoben, was sie brauchte, behielt sie als richtiges Geld und gab es aus.

Das aufgeschriebene Geld indessen besaß einen anderen Wert, eine Art Adel, war wie ein Haus, von dem niemand etwas wußte.

Es gab nur wenige Gelegenheiten für sie, den Altbürgermeister und frischgebackenen Werbestar Fritz Rost zu treffen. Manchmal, wenn es darum ging, in seiner Wohnung in Grünwald die Spuren eines besonders wüsten Festes zu beseitigen, lieh er Afra bei der Weishäupel aus, holte sie mit seinem alten Dreihunderter ab und benutzte die Fahrt und die Putzpausen dazu, Afra den Wert des Geldes von seiner Seite klarzumachen.

Es nützt sonst alles nichts, sagte er. Gut, wenn du die Bambiverleihung anschaust im Fernsehen, da machen sie Gesichter, als hätten sie für alle Zeit satt zu essen. Aber das darfst du nicht glauben, daran ist nichts Wahres. Die größte Gemeinheit auf der Welt ist, wenn sie dir einreden, es gäbe Werte, die nix mit dem Diridari zu tun haben, dem Geld, verstehst schon. Die Ehr. Daß ich nicht lach. Aber auch von denen, die da jedes Jahr auf dem Podesterl oben stehen und das blöde Viech in die Kamera halten, weiß es jeder.

Was glaubst, sagte er zu Afra, während sie Aschenbecher einsammelte und Rotweinringe vom Glastisch wischte, was glaubst, wie sie mich über die Schultern angeschaut haben, als zum erstenmal der Kopfwehkönig vor ihnen gestanden ist.

Vom Lear haben sie mir vorgefaselt, für den ich doch

jetzt fast reif wär, in den Kammerspielen, verstehst, und an einen jungen deutschen Film glauben sie, den es offenbar ohne alte Schauspieler gar nicht geben kann.

Wenn euch das gefällt, macht es doch selber! hab ich gesagt. Den Lear schenk ich euch, mir ist der Kopfwehkönig lieber. Mädel, ich sags dir: Wie sie die Gage gehört haben, sind sie grün und weiß im Gesicht geworden, mit dem Lear sind sie mir nicht mehr gekommen und auch nicht mit dem jungen deutschen Film, der mir so jung auch nicht vorkommt, außer, daß ihnen kein Propagandaministerium oben auf der Kamera hockt. Noch nicht. Aber so wichtig ist die Filmerei nicht mehr.

Ich muß immer lachen, wenn sie sich keinen Fernseher anschaffen, die Lear-Schreier, die Siebengescheiten, die meinen, wenn sie keinen in die Bude lassen, dann ist es auch für andere nicht so wichtig. Geld, mein Rußköpferl, mein großes. Es ist das Wärmste, was du haben kannst.

Der Bürgermeister von damals hatte seine Sprache verändert. Nicht mehr die schönen Wörter, für die Aurelia ihn so geliebt und bewundert hatte, waren ihm wichtig, sondern jener lässige, ein wenig verschlampte Ton des Dazugehörens, die mit Dialekt gewürzte und sich ständig verändernde, gedehnte und durch die Nase gesprochene Sprache der Autohändler und Filmschauspieler, Grundstücksverkäufer, Friseure und Adoptivprinzen.

Er war alt geworden, aber das Alter hatte für Fritz Rost einige Geschenke bereitgehalten, die er zu nutzen gedachte. Er hatte jetzt eine Figur wie ein Rittmeister, war ein wenig stärker geworden, was ihm gut stand, das weiße Bärtchen war längst wieder da und auch seine anderen Haare hatten ihn nicht verlassen, sondern lagen in sorgfältiger Unordentlichkeit schräg über seiner hohen Stirn.

Ein schöner Mann war er nun, der sich nun nicht mehr veränderte und zu dem die Panischewska, als sie sich zum zweitenmal und diesmal endgültig von ihm trennte, voller Wut gesagt hatte: Jetzt solltest du in die Werbung gehen! Jetzt hast du genau das Ponim, dem sie hierzulande alles abkaufen! Ein bissel Reitpeitsche und ein bissel Küssdiehand, und das Ganze ohne Vergangenheit. Ungebraucht alt geworden – das lieben sie, die Deutschen. Geh in die Werbung oder in die Politik! Im Film langweilst du bloß erst dich und dann irgendwann auch die anderen.

Ich geh nach Berlin, hatte sie gesagt. Egal, wenns da finsterer zugeht – ich halt die pappigen Freundlichkeiten nicht mehr aus und die Dienstboten, die jetzt hoffähig geworden sind. Ich bin zu alt, daß ich mich noch dran gewöhn, neben meinem Schneider beim Essen zu sitzen und mir von ihm die Ohren über das Theater und die Staatsoper vollreden zu lassen.

Du, hatte sie zu ihrem höflich lächelnden Freund gesagt: Du paßt da drauf wie ein Arsch auf einen Eimer. Für Leute wie dich ist sie gemacht, diese Saugesellschaft, wo keiner einen anständigen Vornamen hat und sie sich gegenseitig anreden wie ihre Köter, Putzi und Mopsi und Titti, und zu dir sagen sie Bizzi. Bizzi! Und es macht dir nicht einmal was aus.

Afra hatte die Panischewska nur zwei- oder dreimal gesehen, eine kleine, rundliche Gestalt mit hochgeschnürtem Busen, sehr dünnen Fußknöcheln, orangefarbiger Haarmähne und schwarzen, schwarzumrandeten Augen. Sie war zu Afra freundlich gewesen, freundlicher als zu anderen Leuten, und Afra hatte gewußt, warum. Mit Fritz Rost konnte sie jetzt darüber sprechen.

Ich versteh das mit dem Geld, sagte sie, es gibt dir eine Sicherheit, du weißt, warum die Leut so zu dir sind und nicht anders. Man kann alles regeln und muß sich nicht bedanken. Ich hab es satt, wenn ich merk, daß ich irgendwem leid tu, oder wenn jemand sich wichtig machen will und sich als was Besonderes vorkommt wie die Panischewska, bloß weil sie zu mir nett ist. Hab ich schon gegessen. Hab ich schon genug. Immer zeigen die Leut was Unechtes her, wenn sie mich sehen. Das war im Gäu anders, leichter, aber vielleicht wärs da auch so geworden. Wenn ich dort bin, schreien sie mir nix mehr nach. Vielleicht ist es ihnen aber auch bloß fad geworden.

Es war dies eine von Afras längeren Reden, und Fritz Rost hörte ihr zu und verteidigte die Panischewska.

Sie hat Sachen hinter sich, die kannst du dir nicht einmal vorstellen. Freundlich ist sie nur noch zu den Leuten, bei denen sie denkt, es könnte ihnen, wenn sie Pech haben, das gleiche wie ihr passieren. Sie meint das ganz ehrlich. Deswegen hat sie mich ja verlassen: Ich bin kein richtiges Opfer gewesen.

Afra schnitt Fritz das Wort ab, indem sie den Staubsauger einschaltete und langsam mit ihm davonzog, über die schwarzen und roten Teppiche, unter die gläsernen Tische und zwischen die dünnen Drahtbeine der Sessel hindurch.

Das Putzen und der Frisiersalon sind ihre Öffnungen zur Welt, und wenn die Welt beginnt, gefährlich zu werden, kann man jederzeit wieder zurück ins Dachzimmer, in die Grafenstraße, und alles ist nur so groß wie das Gäu und unveränderlich.

Die Grafenstraße war sogar noch beständiger als das Gäu, denn nicht einmal die wechselnden Jahreszeiten färbten ihr sanftes Vorkriegsgrau. Vielleicht einmal ein blühender Baum, der über eine Mauer schaute, oder im Herbst ein paar rote Arme, die der wilde Wein über eine Hauswand streckte, Schneehauben oder Fliederdolden, weiß, Winterhimmel und Sommerhimmel föhnblau mit dem Geruch nach Alpen und Ferien.

Afra kannte Ferien nicht, sie wünschte sich auch keine. Ihre Beschützerin Maja Weishäupel hatte sie ein paarmal an die Seen mitgenommen, aber in der letzten Zeit nicht mehr, weil Afra im Badeanzug für mehr Aufsehen sorgte, als es Maja recht war. Sie sprach mit ihrer Helferin ganz offen darüber, aber Afra tat so, als verstünde sie nicht, wovon sie redete.

Besonders schön ist es an den Tagen, an denen jener kleine Wahnsinn die Stadt ergreift, den es nur hier gibt. Man liegt regungslos auf den runden Steinen an der Isar, und in der Sonne blitzen die Reflexe der Feldstecher, die von der Brücke herunteräugen, einer neben dem anderen. Wenn man dann abends heimkommt in den Kellergeruch des großen Hauses, züngelt die Hausmeisterin aus ihrer düsteren Wohnung hervor, keift über irgend etwas, fast besinnungslos vor Neid, und verscheucht die stummen Männer, die am offenen Hoftor hin- und herschleichen und hineinzuschauen versuchen, ob sie in der Schwärze noch etwas ausfindig machen können von dem schwarzen Mädchen.

Die Nonnen im Krankenhaus bestanden gerade an den heißen Sommertagen darauf, daß Afra sich vollständig verhüllte, mit Gummischürze und hölzernen Schuhen, Haube und Putzhandschuhen.

Dort, im Krankenhaus, hatte sie vor nicht allzulanger Zeit ihr erstes Geld verdient, das sie nicht zu verbuchen wußte, ein Geschenk? Ein Arbeitslohn? Etwas dazwischen, von dem sie niemandem erzählte, worauf sie aber stolz war. Sie hatte die Zimmer geputzt, wie immer, nicht verpackt wie sonst vielleicht, es war Herbst oder Winter, so genau wußte sie es nicht mehr. Es spielte ja auch keine Rolle. Wie der Patient auf der Privatstation ausgesehen hatte, wußte sie auch nicht mehr. Sie sah nur den Bügel über dem Bett deutlich vor sich, an dem er sich mit einer Hand festgehalten hatte, während er mit der anderen auf eine Stelle unter der Decke zeigte und mit barscher Stimme sagte: Lang' hin. Schnell!

Da sie es bereitwillig tat und sich auch durch die Töne, die er ausstieß, nicht erschrecken ließ – ihr Großvater hatte sich viel schlimmer angehört –, war sie, nachdem sie noch den Boden aufgewischt hatte, in weniger als zehn Minuten und um zehn Mark reicher aus dem Zimmer wieder draußen gewesen.

Beim nächstenmal hatte der Kranke sich aufgedeckt, allerdings nur das gleiche bezahlt.

Das auf so einfache, aber dadurch für Afra auch ein wenig unheimliche Art verdiente Geld hatte sie sofort in ihr Sparbuch eintragen lassen, dafür gab sie den viel mühsamer erworbenen Lohn leichtherziger aus. Die von den Nonnen aus runzligen Geldtaschen geklaubten Münzen, die ein wenig aufgerundeten Wochenzahlungen von Maja und die Trinkgelder der Kundinnen genügten, um das Essen, manchmal ein Eis oder ein T-Shirt zu bezahlen.

Eines Tages hatte die Theres aufgehört, ihrer Tochter die sechzig Mark für das Zimmer zu schicken, und Afra hatte sie nicht daran erinnert, sondern ein neues Buch des Lebens angelegt: das Mietbuch. Maja Weishäupel erhöhte ihr den Lohn um fünfzig Pfennig die Stunde, und das Krankenhaus wurde für sie allmählich eine andere Art Arbeitsstätte, zu der das Putzen ihr zwar Zugang verschaffte, finanziell aber kaum noch eine Rolle spielte.

Dennoch fanden die Nonnen nichts zu bemängeln, obwohl sie mit mullumwickelten Zeigefingern in den Zimmerecken herumbohrten und, auf Zehenspitzen stehend, die Ränder der Lampen und die Bilderrahmen entlangstrichen.

Ein lautloses Informationssystem in der Klinik verschaffte Afra immer neue Kunden, denen sie wohltat und die sie entlohnten.

Sie hatte vor den Männern und ihren Wünschen überhaupt keine Angst, denn außer ihrem Großvater war ihr keiner störend in ihre Kindheit hineingeraten. Und auch der hätte ihr, von den Frauen bewacht, nicht wirklich etwas tun können. Keine Buben weit und breit zum Fürchten und Ausprobieren, dafür die ersten Männer ihres Lebens ans Bett gefesselt, mit Gips lahmgelegt und mit Bruchbändern festgebunden, die nach ihr jammerten und in Sekundenschnelle schwach und glücklich waren.

Vielleicht, erzählte Afra später ihrer Tochter, war mir das Geld gar nicht so wichtig – aber wie sie außer sich geraten sind wegen so ein bißchen Spucke und Reiberei, du kannst alles von ihnen haben, wenn du im richtigen Moment danach fragst. Und was sie mir für Namen gegeben haben! Waren eifersüchtig aufeinander wie verrückt, manche haben sich die Verbände abgerissen, damit sie länger im Krankenhaus bleiben konnten.

Schwarzes Engerl, haben sie gesagt und Schokoladenpatscherl, Negerprinzessin: Nicht ein einziges Mal Brikett oder Rußkopf. Das hat mir gefallen. Das Geld schon auch, ein Gewissen hab ich mir nur manchmal draus gemacht, aber bis zum heutigen Tag hab ichs nicht gebeichtet. Nur dir.

Der Rost mit seinem Kopfwehkönig hat damals eigentlich auch nichts anderes gemacht, ist unter seinen Stand gegangen, und keiner hat sich was zu sagen getraut.

Monatelang hatte man die Pappbilder des wie ein Operettenheld gekleideten Fritz Rost fast in Lebensgröße vor Apotheken und Drogerien sehen können, einen weißen Seidenschal wie in gefrorenem Schwung nach hinten über die Pappschulter geworfen und mit einer kleinen blauen Schachtel in der Hand.

Besiegen Sie Ihr Kopfweh! Fühlen Sie sich wie ein König! Im Radio sagte es seine aristokratisch-schleppende

Stimme, und sogar im Fernsehen warf er eines Abends den Seidenschal zurück und hielt die Schachtel wie ein Juwel in die Kamera. Es liebten ihn von diesem Zeitpunkt an sehr viel mehr Frauen, als er mit seinen sämtlichen Oberförsterrollen und Heldenvätern hätte erobern können, vom Lear ganz zu schweigen.

Fritz Rost war für lange Zeit ein Bild geworden, vertraut und heilsam, und er enttäuschte niemanden mehr. Sein Freundeskreis erweiterte sich um ein paar Politiker und Industrielle, und viele ließen sich unter dem Chinesischen Turm und in der Starkbierzeit gern mit ihm sehen. Der Kopfwehkönig war verläßlicher als der politisch unsichere Exbürgermeister und Filmschauspieler.

Schaut er wirklich so aus wie diese Schießbudenfigur? fragt Aurelia.

Nach langer Zeit war ihr Geliebter endlich ins Gäu zurückgekehrt, fast lebensgroß, wunderbar erhalten, und hinter Aurelias Ruppigkeit, mit der sie sich bei Afra erkundigte, steckte die alte Angst, daß offen gezeigte Liebe lächerlich sei.

Sie hatte längst einen Angestellten aus dem Seifenladen der Kreisstadt bestochen – mit Geld und Schnaps, denn sie selber konnte schon lang nicht mehr damit rechnen, als Lohn zu genügen –, ihr einen solchen Kopfwehkönig, den Papp-Fritz und ewigen Kavalier zu besorgen, aber das durfte niemand wissen.

Allerdings bekam sie ihn auch nie, und der treulose Angestellte drückte ihr, anstatt die Bestechungssumme zurückzuzahlen, einen Haufen Kopfwehtabletten in blauen Schachteln in die Hand. In ihrem ganzen Leben hatte die Brünnerin noch nie Kopfweh gehabt, aber die Tabletten nahm sie, probeweise, und mit der Zeit immer mehr von ihnen, denn ihre Wirkung war angenehmer und anhaltender als die des scharfen Kakaos oder des Aufgesetzten.

Sie machten klug, die Tabletten, klug und wach, und witzige Sätze kamen einem in den Sinn. Schade nur, daß keiner da war, um sie zu hören!

Afra hatte sich oft vorgenommen, mit der Brünnerin über ihre neue Art des Geldverdienens zu reden, aber immer, wenn sie damit anfangen wollte, hatte Aurelia dem Gespräch gleichsam einen Stups versetzt, eine kleine Richtungsänderung, grade so viel, daß Afra nicht mehr zurückfinden konnte zu den Geschichten aus der Klinik und anderswoher.

Kurz vor ihrer Flucht nach New York wird Nivea die alte Hebamme auszufragen versuchen, und ihr wird es gelingen.

Es hat deiner Mutter nichts ausgemacht, erzählt Aurelia der Nachtigall, die sich immer nur verlieben kann, was, wie man weiß, weder zum Glück noch zu einem auskömmlichen Beruf führt.

Es war schon unanständig, wie leicht es ihr gefallen ist. Ich hatte längst gemerkt, was mit ihr los war. Ob sie es selber gewußt hat? Ich bin mir nicht einmal sicher, ob sie es jetzt weiß, deine erfolgreiche, fette Mama mit ihren rosa Lacroixkleidern und ihrem Geklunker und Geglitzer. So wie sie bin ich in meinen besten Zeiten in Brünn nicht gewesen, und deswegen konnte sie bekommen, wen und was sie wollte.

Das glaub ich nicht, wird Nivea antworten. Du kennst sie nicht. Keiner kennt sie.

Zur Zeit von A WHITER SHADE OF PALE begann Afra ein anderes Leben. Die Nonnen konnten sich zwar nicht vorstellen, daß ein milchweißer Patient, wie alt und heruntergekommen er auch sein mochte, einen schwarzen Putztrampel anfassen würde. Deswegen waren sie blind und taub, wenn es um die Freuden ging, die Afra großzügig austeilte. Trotzdem hatte sich Afra entschlossen, ihr Tätigkeitsfeld zu verlegen.

Nicht nur ihre Furcht vor den Nonnen war daran schuld, sondern ein wachsender Abscheu vor dem Krankenhaus, vor der Farbe der Gänge und dem Geruch.

Afra, die Düfte des Hausabtritts, des morgendlichen Stalles und der von hundertjährigem Mühsalsschweiß steifen Matratzen noch in der Nase, auch die Altmänner- und Bösartigkeitsausdünstungen ihres Großvaters und als Trost den rosaweißen Geruch ihrer Mutter, selbst Afra also konnte den Klinikgeruch eines Tages nicht mehr aushalten. Vielleicht deshalb nicht, weil sie sich zutraute, auch gesunden und gestandenen Männern eine Freude zu schenken und von ihnen dafür anständig bezahlt zu werden.

Sie hatte viele Abende in ihrem Museumszimmer gesessen, die leeren rosa Fläschchen atmeten ihre Düfte aus, während Afra nachdachte. Das brauchte Zeit und Ruhe, denn einfach dazusitzen, nichts zu tun und die Gedanken an die Zukunft ordentlich aneinanderzureihen, fiel ihr nicht leicht.

Ja, raus aus dem Krankenhaus, weg von den nassen, roten Böden und den Säcken voll blutigem Zellstoff, dem Gescheppper der Tabletts und Wägelchen und den Befehlen der Nonnen. Aber es war auch Macht, die sie zurücklassen mußte. Sie dachte an den Studienrat mit dem Loch im Hals. Der lag allein in einem Zimmer, von dem aus man die Bäume des Krankenhausgartens sehen konnte, und wollte immer die Fenster weit geöffnet haben, weil auch er dem Geruch zu entfliehen versuchte.

Afra hatte gelernt, wie man ein kleines Schläuchlein in das Loch hielt und es mit den Fingern zusammenzwickte, bis der Rotz von unten angesogen wurde und herauskam, damit der Kranke atmen konnte. Das Schläuchlein hing an einer Maschine, die ein schlürfendes Geräusch machte. Wenn Afra dem Kranken das Loch am Hals zuhielt, konnte er ein wenig sprechen und gab ihr wunderbare Namen. Semiramis nannte er sie oder Hilaria, lauter Namen wie teure Schokoladensorten. Ob sie überhaupt wüßte, woher ihr Name käme?

So ungefähr, hatte Afra geantwortet, aber das war gelogen. Es gab ihn, heilig war er auch, kurz und schwarz und damit basta. Bevor der Kranke ihr den Namen erklären konnte, ließ sie das Loch an seinem Hals los, und er war wieder stumm. Später sagte er, auch wenn sie ihm das Loch zuhielt, nichts mehr, und eines morgens war sein Bett leer, frisch bezogen, und die Fenster waren geschlossen. Afra fragte nicht. Sie kannte das.

Um ihn hatte es ihr leid getan, mehr als um andere.

Die also aufgeben, die Macht?

Die Welt veränderte sich, und für Afra ging ein Stern auf, über dessen Leuchtkraft sie sich lang nicht im klaren war. An die Stelle der längst verblichenen Toxi, jener nur kurzfristigen Vorkämpferin in Sachen Schwärze war eine andere, größere Gestalt getreten: Angela Davis. Das erste, was Afra über sie in der Zeitung las, unter anderen, ihr unverständlichen Dingen, war, daß Angela Davis laut erkennungsdienstlichen Angaben hundertsechsundvierzig Pfund wöge. Das freute Afra, denn genausoviel wog sie auch, jedenfalls auf der pockennarbigen Krankenhauswaage.

Das hätt ich nie geglaubt: Du wirst noch eine richtige Mode mit deinem Wollkopf! sagte Maja Weishäupel zu ihrer Helferin. Es kommen schon welche aus der Stadt, die die Haare in ganz enge Wuckerl eingedreht haben wollen. Da schau, sagte sie, mußt nur lang genug warten. Dann wird alles, wie mans braucht. Ich lad dich zum Essen ein.

Das geht ja jetzt, da braucht man sich nix mehr dabei denken. Wir müssen ja nicht gleich ins ROMA gehen. Aber wir haben uns so lang nicht ausgesprochen, Mädel, schließlich war ich eine Art Mama für dich, und jetzt bist du ein Riesentrumm Weib. Wie die Zeit vergeht, wir habens den Leuten schon gezeigt, du und ich, und die Kundinnen meckern auch nimmer, wenn du ihnen die Köpf wäschst, vielleicht hätten wirs doch mit einer regulären Lehre versuchen sollen, aber in der Berufsschule hättst es arg schwer gehabt, nicht wegen dem Lernen, das kann eins wie du genausogut wie die andern, da bin ich sicher. Weiß sein heißt noch lang nicht gescheit sein, da kann ich ein Lied singen, die Generationen von Trampeln, die bei mir Lehrmädeln waren, also mach dir nix draus. Eines Tages bist was Besonderes, siehst es ja schon, mit der Frisur fängts an, und das andere kommt auch noch.

Angela Davis wurde Afras Idol, und über den Regalen mit den rosa Fundstücken wuchs allmählich eine lange Reihe von Bildern, auf denen die amerikanische Revolutionärin mit erhobener Faust und einer winzigen Lücke zwischen den Schneidezähnen zu sehen war. Diese Lücke gefiel Afra ganz besonders. Die politischen Ziele erschienen ihr edel, obwohl sie sie nicht verstand.

Politiker? Schmeiß sie alle in einen Sack, bind ihn zu und hau so lang drauf, bis sich keiner mehr rührt. Triffst immer den Richtigen! war eine der Redensarten des Kopfwehkönigs, der seine eigene kurze Politikerkarriere längst wie eine Ensuite-Rolle betrachtete, die er einst, in einer ganz anderen Zeit und fast gegen seinen Willen gespielt hatte.

Seine neuen Freunde aus der Politik, die sich am Stammtisch mit seinem bekannten Gesicht schmückten, hielten ihn sich als Grantler und Neinsager, über dessen verächtliche Reden sie lachten und ihm zuprosteten.

Daß sich in der Welt etwas rührte, hatten sie noch nicht

bemerkt, und die Berichte von den Berliner Demonstrationen nahmen sie nicht ernst, denn von Berlin war nichts anderes zu erwarten.

Da werdet ihr euch noch umschauen, hatte Fritz Rost in den vergangenen Monaten öfter gesagt, es geht seit drei Jahren ein anderer Wind. Am Ende ists ein Revolutionerl, und ihr habts versoffen und verschlafen.

Sie lachten ihn aus, und damit hatten sie recht.

Ein paarmal hatten die Stammtischfreunde bei Fritz zu Hause weitergefeiert, und Afra fand sie, wenn sie morgens zum Putzen kam, zusammengesunken und schnarchend in den Sesseln.

Jetzt weiß ich, warum sie ihn den Kopfwehkönig nennen, hatte der jüngste von den dreien aus dem Landtag oder dem Stadtrat, oder woher sie kamen, gesagt. Meine Herrn! Ich hab einen Schädel wie ein Waschhaus. Und, nachdem er die Augen mühsam aufgesperrt hatte: Ja, da schau her! Was hamma denn da? Ein echtes Negerweibi? Schaut akkurat aus wie die schwarze Amihur, das Flintenweib, was sie zum Einsperrn vergessen haben. Aber saftig. Schau, daßd herkommst, Zwetschgerl, schwarzes. Bist überall so schwarz?

Afra sah ihn an und sagte: Kost was, wenn Sies anschaun wollen.

Dann rannte sie hinaus, ohne auf Antwort zu warten, und ging, ohne Fritz Rost gesehen zu haben.

Der redet auch nur daher, sagte sie vor sich hin.

Auf den kann man sich nicht verlassen, da hat Aurelia recht. Treibt sich mit solchen Deppen herum und tut so, als könnt er sie nicht leiden. Dabei schaut er zu denen hinauf, anstatt auf sie hinunter.

Geh auf die Seite, Bankert! sagte ein kleiner älterer Mann mit einer faltigen Aktentasche und zu kurzen Hosen zu Afra, die an der Trambahnhaltestelle angekommen war. Neger hinten anstellen.

Afra drehte sich um. Es gab solche Tage. Da konnte man nichts machen.

Das Essen mit Maja Weishäupel verschob sich von Woche zu Woche. Es war viel zu tun, Bälle, Taufen und Hochzeiten, und die Haare der Damen aus der Grafenstraße und Umgebung wurden so in Form gebracht und besprüht, als müßten sie das alles hintereinander unverändert durchhalten.

Vielleicht war Maja auch ein wenig unheimlich vor der eigenen Courage geworden, denn das Schwarze hatte unversehens nicht mehr nur den Geruch nach Fehltritt und Sünde, sondern seit einiger Zeit den zusätzlichen Duft nach Revolte.

Afro-Look! Das war was für die Mutigsten, erst einmal, und gestraft werden sie alle sein, sagte Maja zufrieden zu ihrer Helferin, wie nix werden ihnen die Haare abbrechen und ausgehen nach den wahnsinnigen Dauerwellen! Siehst, du hast es besser. Jetzt kannst dir die Glattzieherei sparen und das sinnlose Bleichwachs für bald dreißig Mark im Monat auch. Und schau dir an, wie sie ausschaut, unsere Frau Professor, die dir immer das unanständige Trinkgeld gibt, damit nur ein jeder sehn kann, was sie für ein gescheiter Mensch ist, der keine Vorurteile hat – jetzt hats auch einen Afro-Look haben müssen mit ihre paar Haar, mit ihre spülwasserfarbigen Schnittlauchfransen.

Für sowas hab ich kein Verständnis! sagte Maja.

Da ist mir ja die alte Ranunkel lieber, die sich seit fünfunddreißig Jahr die gleiche Innenrolle legen läßt und zweimal im Jahr Dauerwelle. Wenn alle so wären, könnt ich meinen Laden zwar zumachen, und lernen tät ich nix, aber irgendwie paßt mir die andere Richtung auch nicht.

Bist jetzt gegen den Vietnamkrieg, Afra?

Sowieso! antwortete die.

Ein paarmal hatte sie Kundgebungen am Marienplatz erlebt, aber obwohl sie sich ganz am Rand herumgedrückt hatte, schienen die Polizisten nur sie zu sehen, immer nur sie, und die Studenten riefen ANGIE! ANGIE! zu ihr hinüber und lachten.

Hoch in der Föhnluft, im warmen Wind der Verrücktheit, blähten sich die Spruchbänder und die Fahnen. Da ihre Schwester Angela Davis viel auf sich nahm, um in aller Welt den Rassismus und den Krieg unmöglich zu machen, fühlte Afra sich mit ihrem Sparbuch, den Arbeits- und Glückseinsätzen im Krankenhaus und der Schule des Lebens im Frisiersalon unausgelastet und hinter dem Mond.

Ihre rosa Sammlung wuchs nicht mehr, anders als ihr Sparbuch, sie nahm jetzt dreißig Mark und hatte am Tag zwei oder drei Kunden, die sich nach ihren Fingern und ihrer freundlichen, ein wenig gurrenden Stimme sehnten.

Mehr? sagte Afra, wenn sie angebettelt wurde, was immer öfter geschah. Mehr? Geh weiter, des brauchts doch ned.

Aber sie sah ein, daß es sich nicht mehr lang hinauszögern lassen würde.

Wenn der Fasching endlich vorbei ist, machen wir uns einen schönen Abend! versprach Maja und fühlte sich weltoffen und großzügig. Das tat sie um so mehr, weil sie wußte, daß sie mit Afra zusammen unsichtbar sein würde, fast jedenfalls.

Sie besuchte in wechselnden Kostümen den Ball der Köche, den Boulevardball, das Schwarz-Weiß-Fest, die Blumennacht der Friseure und den Ball Verkehrt, auf dem die Schlagersängerinnen der Stadt als sie selbst gingen, woraufhin sie, wie jedes Jahr, niemand erkannte.

Die löwenlockigen Hemdenverkäufer und die Metzgerssöhne mit den großen, amerikanischen Autos traf man da ebenso wie die Südfruchtimporteurinnen, die an jeder Banane einen Ziegelstein für ihr Haus in Grünwald verdienten. Stotternde Fußballspieler voller Whisky und ganz junge Huren, die gelangweilt ihren Busen zeigten, wenn einer mit Fotoapparat im Weg stand.

Oh Paradies im Süden!

In allen anderen Städten mußten die Ballbesucher durch stinkende Kücheneingänge geschleust werden und ihre Pelze nach innen tragen, während man sie bespuckte und anschrie, weil sie auf dem Krieg herumtanzten und den Armen das Brot wegfraßen, die Schweine.

Überall gossen sie Galle ins Vergnügen, aber nicht hier.

Warum gehst du nicht auf den Fasching? hatte Maja ihre Gehilfin gefragt. Traust du dich nicht? Kannst dich doch wehren! Ich mein überhaupt, du bist eine Heimliche. Nie weiß man, wo du bist, wenn man dich nicht sieht. Nie hast du nach Geld gefragt. Nie sieht man jemand, der dich abholt oder heimbringt. Das ist in der Grafenstraße noch keiner gelungen, schon gar nicht, wenn sie so auffällt wie du! Nicht einmal euer Hausmeister weiß was, dabei läßt er seine Alte den ganzen Tag aus ihrem Loch herausschauen wie einen Uhu. Du könntest mir eigentlich beibringen, wie du das machst. Bei mir wissen immer alle, was passiert, noch bevors geschehen ist, und nach jedem Fasching haben sie bis in den Sommer hinein was zum Reden.

Ich geh nicht auf den Fasching, weil ich nicht weiß als was, antwortete Afra. Ich kann nur so gehn wie ich bin. Und dann lassens mich vielleicht gar nicht hinein.

Es ist schon ein Kreuz, sagte Maja erleichtert, jetzt haben wir die ganze Stadt voller Japaner und Neger und Inder, auf der Uni lauft alles herum, wies kommt, und trotzdem ist es was anderes mit deinesgleichen. Na, vielleicht nächstes Jahr.

Und Maja machte sich schön, jeden Abend anders, war eine Cancantänzerin mit schwarzer Perücke und hochgeschnürtem Busen, eine Haremsdame mit goldenen Hosen oder Irma la Douce mit einem weißen Stoffhündchen unter dem Arm, war als alle nur möglichen Weibsangebote quer durch die Jahrhunderte und die Länder des Erdballs verkleidet und hatte doch keinen Mann für die Zeit danach kennengelernt. Nicht einmal für die paar Fastenwochen wäre von denen einer brauchbar gewesen.

Es waren ein Eiergroßhändler aus Pfarrkirchen, ein Kabelhelfer aus Geiselgasteig, ein offenbar berufsloser Scheich mit einer traurig-tiefen Kerbe am rechten Ringfinger und ein sehr schönhäutiger Student, der sich von ihr den Sekt bezahlen ließ und ihr sagte, er sei ganz scharf auf erfahrene Frauen.

Da wußte Maja, daß die Zeit der Faschingsträume vorüber war, die Tänze in sämtliche Himmel der Klassenlosigkeit waren vorbei.

Ach, ewiger Aschermittwoch.

Vielleicht hast ganz recht, daß du dir das sparst, sagte sie am freien Montag beim Einkaufen, während die alte Ranunkel mit der zementenen Innenrolle ein Zweipfundbrot und ein Stück Sachertorte einpackte und Afra sich ihre Kaisersemmel holte.

Hams recht gfeiert, sagte die Bäckersfrau.

Und jetzt hams Besuch, gell! Weils doch sonst immer nur einen Einpfünder holen. Und die Afra laßt sich jetzt die Haar wachsen. Also des gfallt mir gar ned, mußt schon entschuldigen. Früher hast dir wenigstens Müh geben, daß sie glatt werden. Ma meint ja, du laßt des Gwurschtel grad zum Fleiß so wild umeinandstehn ums Gsicht!

Hams schon was vom Afro-Look ghört, Frau Ranunkel? sagte Maja schlechtgelaunt. Den hat die Afra von ganz allein. Und bei Ihnen brächt man ihn mit Gewalt nicht hin. Die neueste Mode. Und die schönen Haar, die das Mädel hat, jetzt sieht mans erst richtig.

Über die Frage nach dem Besuch ging sie schweigend weg.

Ich komm schon noch zu meinem Fasching, sagte Afra und steckte einen rosa Schnellhefter, der auf der Ladentheke liegengelassen worden war, in die Tasche. Ich komm noch zu allem. Ich weiß nicht genau, wie. Aber vielleicht machts die Revolution.

Noch schien sie sehr weit weg, diese Revolution, noch war es eine andere schönere Art Fasching. Die Gesichter der Studenten wandten sich Afra neugierig und freundlich zu, nicht wie die Nonnen oder die Freunde von Fritz Rost, bei denen man schon froh sein konnte, wenn sie wohltätig dreinschauten.

Die Studenten und die Männer, bei denen sie Geld verdiente – vor beiden hatte sie keine Angst. Sie begann die Welten voneinander zu unterscheiden und auszusuchen, was sie von welcher brauchen konnte.

Jedes Jahr verschwand das Eis nach dem Aschermittwoch, der warme Wind fraß es auf, die übriggebliebene Asche zerkratzte die Schuhsohlen, und die Zweige veränderten ihre Farbe. Der Geschichtenerzähler im Parteibüro hatte eine rote Fahne über die Eingangstür gehängt, und es wurde Ostern, bis sie einer herunterriß.

Der Geschichtenerzähler hatte Afra erwachsen werden sehen und war immer freundlich zu ihr gewesen, anders als zu allen anderen Menschen, die ihm in den Weg kamen.

Weil, sagte er oft, du bist eine wirkliche Schwarze, und ich bin ein wirklicher Roter. Da hat mans nicht leicht, das wirst noch merken.

Das hab ich schon lang gemerkt, hatte ihm Afra zur Antwort gegeben.

Sie ging in das düstere kleine Büro mit den vergilbten Broschüren, den Armenhausmöbeln und dem uralten Stumpengestank, wie andere Kinder auf den Spielplatz.

Der Geschichtenerzähler gab ihr Kaffee mit vier Löffeln Zucker drin, brachte ihr rosa Wäscheklammern, Zelluloidpüppchen und glattgestrichene Geschenkpapiere mit und tat, was er mußte: Er erzählte Geschichten und manchmal, wenn es zur Geschichte gehörte, sang er ein Lied. SPANIENS HIMMEL BREITET SEINE STERNE sang er und einmal WIR SIND DIE MOORSOLDATEN, aber auch DRUM LINKS ZWEI DREI DRUM LINKS ZWEI DREI WO DEIN PLATZ GENOSSE IST, das mochte Afra am liebsten, weil es munter war und nicht so traurig wie die anderen, bei denen sie manchmal fast heulen mußte. Fast: Sie hatte das Heulen irgendwann aufgegeben.

Je älter sie wurde, desto seltener ging sie in das kleine Parteibüro, aber der Geschichtenerzähler war ihr deshalb nicht böse, er sah das politisch.

Ich kanns dir nicht verdenken, wenn du in den armseligen Laden nimmer hineinwillst, sagte er, das war nicht lang her, als er sich seine mittägliche Leberkässemmel beim Metzger holte.

Du schaust pfundig aus, Madel. Was willst in der Sozibegräbnisanstalt. Geh du nur an den Marienplatz und zu die Studiker. Vielleicht bringen die ja was zusammen. Wenn ich jünger wär, ging ich auch hin, aber einhängen und vor der Polizei davonrennen paßt mir nimmer. Es ist nicht die richtige Stadt für solche wie uns. Wo hätt ich hingehen sollen? Es waren ja nur die Sozi und die Kommunisten, aber mit denen wär ich so schnell überkreuz gewesen, so schnell schaust du gar nicht. Kommunisten! sagte er warnend zu Afra und hob seine große Faust. Kommunisten!

Er hieß Franz Korbinian Ebelseder, war sechzig Jahre alt, fast zwei Meter groß, klobig und zweihundertfünfzig Pfund schwer.

Seine Schafkopffreunde nannten ihn Kini, den König, weil der geliebte zweite Ludwig auch so groß und schwer gewesen war, und die Genossen nannten ihn Muerte, weil er im spanischen Bürgerkrieg gekämpft hatte. Was das Wort hieß, wußten sie nicht, und Kini-Muerte, der Geschichtenerzähler, sagte es ihnen auch nicht. Afra nannte ihn Onkel Franz.

Seit ihren ersten Ausflügen in die Revolution auf der Unitreppe oder am Marienplatz sagte sie manchmal Genosse zu ihm, schämte sich aber dabei ein bißchen. Franz, der Sozi, wußte nicht, wie seine Nachbarin, wie das groß gewordene Kind sein Geld verdiente und daß sie stumm und unermüdlich ihre verschiedenen Sparbücher mästete.

Es war ihr klar, daß dieser Trieb nicht revolutionär war. Aber für sie galten andere Gesetze, und das einzige, worauf sie sich verließ, war das Geld, jenes aufgeschriebene, geadelte und sich sachte auch ohne eigene Arbeit vermehrende Geld in den gelben und blauen Büchern.

Nie wäre Afra auf die Idee gekommen, den Geschichtenerzähler als möglichen Kunden zu betrachten, den und noch ein paar andere nicht: Aber die meisten Männer waren welche, das hatte sich allmählich in ihrem Blick festgesetzt.

Wie soll es mit mir weitergehen? hatte sie den Spanienkämpfer gefragt, später im Jahr, es ging sowieso weiter, ob man wußte wie oder nicht.

Die Revolution war manchmal lauter und dann wieder leiser geworden, und wenn nichts in der Zeitung stand, vergaß man sie manchmal wochenlang.

Afra fragte mehr zum Zeitvertreib als aus wirklicher Not. Im Gäu hatte ihre Mutter zu ihr gesagt, sie solle sich endlich eine Lehrstelle besorgen, zwar sei sie zu alt dafür, viel zu alt sogar. Daß einer sie heiraten würde, glaube niemand. Wo sie jetzt mit dem Negerwollkopf herumlaufe, mit diesem häßlichen Werg auf dem Kopf, das kein Mann werde anfassen wollen, schon gar nicht.

Was soll aus mir werden? fragte Afra den Genossen, der die Welt kannte.

Es war lang her, daß der Franz Frauen und Kinder gehabt hatte, mehrere sogar, aber er sah sie nie. Irgendwo in der Stadt lebten zwei Töchter, in der Nähe sogar, aber die schämten sich des roten und arbeitsscheuen Vaters. So war er dankbar für die Ersatztochter und zermarterte sich das Hirn, welcher Rat für eine fast zwanzigjährige Halbschwarze mitten in einem abgedankten Königreich und einer fadenscheinigen Republik voll dunkler Stellen und übertünchter Blutflecken der richtige wäre.

Wenn die Zeiten andere wären, könnt aus dir eine tolle Politikerin werden, sagte er und dachte mit jener Mischung aus Geilheit und Verwegenheit an die Große Angie, die sie überall hervorrief, wo sie auftrat.

Immer ganz vorn! Nix mit Verstecken und Schleicherei, das ist nix für eine wie dich. Dir bleibt gar nichts anderes übrig wie eine Mordscourage! Andere Zeiten müßten halt sein.

Daß du dich nicht mit den Terroristen einläßt. Da springt für niemand was dabei heraus. Renn, so weit du kannst, wenn sie dir sagen, daß sie grad dich brauchen. Eine Schwarze werden sie eh aber nicht wollen, das wird ihnen zu riskant sein. Was bleibt für eine wie dich, für so ein Schwarzbeerl? Der Sport? Dafür bist du zu schwer, und es ist zu spät. Putzen deiner Lebtag? Gut, da hast du dein Auskommen und keinen Ärger, wirst nicht arbeitslos, weil: Dreckig wirds immer wieder, und es redt dir keiner drein. Aber es geht nichts weiter, wenn du immer da bleibst, wo es dich hingeschmissen hat, schau mich an in dem Loch hier!

Die Kunst? Beim Zirkus oder beim Theater kann man was werden, siehst es ja in jeder Zeitung. Du mußt halt immer schaun, daß du irgendwo ein Durcheinander findest. Da ist am ehesten Platz für solche wie uns.

Franz fuhr nachts Taxi und las tagsüber in den Lebensbeschreibungen großer, meist jung gestorbener Genossen, von denen ihm ein gewisser Rudolf Rocker besonders am Herzen zu liegen schien.

Ein Hund! sagte er zu Afra voller zärtlicher Bewunderung – das war ein Hund!

Heiraten kannst du übrigens auch versuchen, aber da hab ich Angst, daß da nur die Verkehrten kommen werden. Hast überhaupt schon ein Gspusi?

Nein, sagte Afra.

Aber, was will sie eigentlich wissen? Sie will wissen, was ihr fehlt, was sie nicht kennt, wie sie werden könnte, was sie verändern würde, wer sie lieben will, wem sie etwas umsonst geben wird. Das kann sie den alten Mann nicht fragen, aber er weiß: Darum gehts.

Einmal, erzählt er und schaukelt auf dem alten Plastikgartensessel, einmal hab ich in Spanien einen Dichter sterben sehen. Es sind ja viele dort gewesen. Alle haben über mich gelacht, weil ich so groß bin. Warum sind wir dort gewesen? Ich weiß es heut gar nimmer, da war das Richtige und da das Verkehrte, aber es ist uns doch im Grund gar nix angegangen.

Zum Vorlesen hat er im größten Schlamassel Zeit gehabt, der Dichter. Ich hab ihn nicht recht verstanden, aber nachdem ich ihm zugehört hab, ist es mir besser gegangen, es war mir vieles wurscht, verstehst du? Nicht alles.

Damals ist mir aufgegangen, daß ich nicht gewußt hab, warum ich eigentlich da bin, in der Hitz, einen saumäßigen Brand die meiste Zeit, aber es macht nix, wenn man nicht genau weiß, warum man was tut.

Ich kanns nicht erklären, sagt er zu Afra, einerseits ist es egal, ob du da bist oder woanders und ob du was verteidigst, es kommt sowieso, wie es will.

Und andererseits gibts nix Wichtigeres, als daß du dort

bist und mitmachst. Alejandro hat er geheißen, der Dichter. Gestorben ist er hart, wie jeder andere auch. Da hab ich mich gewundert, weil ich immer gedacht hab, die Dichter sterben anders. Ich weiß nicht, warum ich dir das erzähl.

Ich weiß es schon, sagt Afra und verschwindet wieder für Monate aus dem Leben und dem Parteibüro des Onkel Franz.

Maja Weishäupel ließ den Salon renovieren, auf einmal mußte alles ganz hell werden, wie eine Metzgerei, Kacheln und Spiegel mit hundert kleinen Lämpchen ringsherum, und Maja sagte, jetzt bleiben sie vielleicht von allein fort, die Grafensträßlerinnen, denen schon mein Vater die Haar aufgedreht hat, jetzt, wo sie sich endlich bei Helligkeit sehen können!

So veredelte Maja Weishäupel ihre Kundschaft, ganz allmählich und ohne jemanden zu beleidigen.

Niemand dachte mehr an den Bartschaber mit dem wächsernen Leichenkopf im Schaufenster, der den Salon gegründet hatte, und die alten Frauen, die sich jahrein, jahraus ihre Haare in immer gleiche, von einer halbjährlichen Dauerwelle gestützten Locken hatten drehen lassen, waren gestorben, sparten das Geld und ließen sich gehen oder gingen in einen kleinen Laden weiter stadtauswärts. Dort, wo die Häuser immer noch grau waren, steingrau, staubgrau, fühlten sie sich eher daheim als im oberen Teil der Grafenstraße, die immer farbiger wurde. Wolkengemälde erschienen an den Häusern und rosa Fensterrahmen, violette Türen und Vordächer aus gehämmertem Kupferblech.

Maja, die schon seit vielen Jahren niemandem mehr ihr Alter verriet – und welches auch immer es war, man sah es ihr nicht an –, hatte fleißig Schnitt- und Färbekurse gemacht, Sassoon und was nicht alles, die Leidensbereitschaft ihrer Kundinnen wuchs ebenso wie ihr Mut und ihre Phantasie.

Außerdem war es Maja gelungen, in Mode zu kommen. Manchmal kamen Fernsehansagerinnen oder bekannte Ärztinnen, Anwaltsgattinnen, Regisseursfrauen und Chordamen aus der Staatsoper. Maja ließ sich überall sehen, wo man sich sehen lassen mußte und wo man es ihr erlaubte. So weit, daß sie in die Zeitung gekommen wäre, war sie zwar noch nicht, aber es dauerte sicher nicht mehr lang.

Eines Tages kam in den Salon eine junge Frau mit einem sehr bekannten Gesicht. Sie war groß, mager, mit seltsam verkehrt eingehängten Beinen, einem unbewegten Gesicht und winzigen, eng beieinanderstehenden Augen. Ihr Mund, auf den Afra starrte und sich an ihn zu erinnern versuchte, war klein wie ein Knopfloch, stand ein wenig offen und ließ weiße, spitzige Zähnchen sehen.

Ein Star! In jeder Zeitung stand ihre Geschichte, in jedem modernen Film war ihr völlig unbewegliches Gesicht zu sehen. Alle wußten, daß sie seit Jahren in einem Sarg schlief, den sie von Zeit zu Zeit vor das Bett der von ihr geliebten Männer schleppte.

Die Männer, die sie liebte, wollten allesamt absolut nichts von ihr wissen, hatte Afra gelesen. Sie schaute jetzt aus einer Ecke des Salons auf die berühmte Frau, die gerade einen tobenden Theaterskandal überstanden hatte, weil sie als Desdemona auf offener Bühne onaniert haben sollte, was man allerdings nicht so genau hatte sehen können, weil ihr magerer nackter Leib mit einer zappelnden Schar weißer Ratten bedeckt war. Die Zeitungen stritten sich tagelang, ob Onanie oder Ratten auf der Bühne verwerflicher seien. Manche fanden beides zusammen wunderbar.

Schneidets mir das ganze Kraut ab! sagte die Tragödin mit einer heiseren, sehr fränkisch klingenden Stimme und zog an ihren harten, rostfarbenen Haaren.

Weg damit! Ich kanns nicht mehr brauchen. Es soll nix mehr übrigbleiben, nur so, daß ichs mit dem Pudeltrimmer nachrasieren kann. Es reicht, wenn die Farb übrigbleibt.

Und wenns passiert ist, Frau Paralisi? fragte Maja erschrocken, aber sie tat flott und vertraulich, als kämen solche Wünsche öfter vor und als sei sie es gewöhnt, Verunstaltungen aller Art zu diskutieren.

Paralisi hieß der Star, jeder wußte es, Axt Paralisi. Axt war der Vorname. Geboren war sie, auch das wußte jeder, in Schwabach bei Nürnberg, und ihre Eltern betrieben einen kleinen Schreibwarenladen mit Lottoannahme. Bereitwillig und in jeder Zeitung schämten sie sich öffentlich ihrer Tochter, wie jene sich, in dunkleren und teilweise kreischend vorgebrachten Sätzen, ebenso öffentlich ihrer Eltern schämte, sie verleugnete und verfluchte.

Ich weiß schon, was ich tu! sagte Axt Paralisi, geborene Irmgard Schneehuber. Der KZ-Schnitt muß sein. Das verwinden sie nicht! Das müssen sie jetzt die ganze Zeit anschauen, immer, in jeder Zeitung!

Kannst dich drauf verlassen, sie sammeln nämlich alles und klebens in ein Buch. Kahl sollen sie mich sehen für das, was sie der Welt antun, die Maulhalter und Buckler und Jasager. Außerdem spiel ich die Nora, und da will der Schröder mich kahl, einen Schädel wie eine rasierte Fotze, hat er gesagt. Ich sehs vor mir!

Kann die das nicht machen, sagte sie und deutete auf Afra, die ihr zuhörte.

Die gfallt mir!

Sie ist nur zum Putzen da, Frau Paralisi! sagte Maja Weishäupel. Sie hat gar keine Ausbildung!

Glaubens, daß man eine Ausbildung braucht, um eine Glatze zu scheren? sagte Axt Paralisi und lachte.

Schauen Sie mich an, ich hab auch keine Ausbildung, ich bin auch nicht durchs Lernen versaut und dadurch, daß einem irgendein Bürokrat von Schmierenschauspieler sagt, wie man zu gehen und zu schreien und zu küssen hat auf der Bühne. Das muß man woandersher mitbringen. Der Schröder spürt das sofort bei den Leuten, und deswegen erschlagen ihn die Kritiker ein ums anderemal.

Ausbildung! Nichts für ungut, aber ich scheiß auf jede Ausbildung, die Schwarze soll mir die Haar abscheren und sonst niemand.

Hat dir schon wer gesagt, daß du der Angela ähnlich siehst?

Afra nickte stumm und holte eine Schere. Sie würde sich von niemandem abhalten lassen, den Kopf dieser Schauspielerin zu scheren und sie dabei zum Reden zu bringen.

Ich machs langsam, Frau Maja, sagte Afra und ließ die Schere um den Finger tanzen wie die echten Friseure.

Stück für Stück, wenn sie es überall gleich kurz haben will, kann ja nichts schiefgehen. Ich möchte es gern machen!

Maja Weishäupel wußte nicht, wie sie ihre langjährige Putzfrau und Ziehtochter davon abhalten sollte, auch war sie ihr schon viele Einladungen schuldig, die sie ausgesprochen hatte, weil sie ein guter Mensch sein wollte, und die sie dann bis zum Verschwinden hinausgeschoben hatte.

Daß Afra ihr den ersten wirklichen, wenn auch allzu modernen und unheimlichen Star, der je in ihren Laden gekommen war, ausgespannt hatte, erschien wie ein Akt ausgleichender Gerechtigkeit.

Aber gib obacht und tu die Frau Paralisi nicht schneiden! sagte sie.

Ein bissel Blut könnt gar nicht schaden, sagte die Axt nachdenklich. Kommt in der Nora eigentlich was mit Blut vor? Egal, dem Schröder wird schon was einfallen. Blut ist ja in einem jeden Stück, du mußt es nur rauslaufen lassen.

Afra hob liebevoll Strähne für Strähne des harten, nachlässig gefärbten und sich wie Eisendraht anfühlenden Haares vom Kopf der Paralisi, zog sie straff und schnitt sie ab.

Nur Farbe und keine Haar mehr! Hast verstanden, was ich gesagt hab? fragte die ruhig im weißen Sessel mit dem Kopfstützchen aus Chrom sitzende Axt und schaute sich, ohne eine Miene zu verziehen, im Spiegel an. Der winzige Mund geschlossen, die Backen waren wie helle Bögen über dunklen Höhlen und die kleinen Augen glänzten froschgrün.

Ich habs schon verstanden! antwortete Afra und schnitt weiter, ganz ruhig, Strähne für Strähne fiel auf den weißen Kachelboden und sah aus wie getrocknetes Blut. Wie Tierblut. Afra dachte an die Hasen, an die aufgespannten Felle und an die Blutschüsseln, wenn ein Schwein geschlachtet worden war.

Schön schaut das aus, sagte Afra in den Spiegel hinein, und ihre Augen und die Augen der Axt schauten einander an, bemüht, den Blick nicht durch einen Lidschlag zu unterbrechen.

Das muß man trainieren, sagte die Paralisi stolz in den Spiegel hinein, während ihr die Haare vom Schädel fielen.

Wenn man jemand anschaut und nicht zwinkert, kann man ihn zu allem bringen, was man will, und wenn er sich hundertmal wehrt.

Aber ich hab immer zwinkern müssen, bevor es geklappt hat! Ich lerns noch. Du kannst es gut, dafür, daß du noch nie trainiert hast. Oder tust du es? Übst du heimlich? Magst du Schauspielerin werden? Wenn ja, mußt du dich beeilen, sagte die Axt und schaute unbewegt auf ihren Kopf, der sich streng und rund aus den Haaren zu schälen begann.

Zur Zeit kommt man überall gut rein, nix mit Falkenbergschule und den sauteuren Privatstunden bei irgendwelchen dauerbesoffenen Mumien. Überall suchen sie das

Leben, die Theaterleute. Es kann ihnen gar nicht grob und stinkert genug sein.

Wenn sies so wollen, bitte! sagte die Paralisi und lachte wieder, ohne das Gesicht zu verziehen. Da sind solche wie du und ich grad richtig. Um das Schwarz bin ich dir direkt neidig. Obwohl: Man hats jeden Tag und für immer. Das ist natürlich etwas heftig. Vielleicht, wenn du in die Politik gingst. Schwarze Schauspieler sind aber auch nicht schlecht, für ganz weiße Rollen natürlich, davon gibts ja die Menge.

Ich kann nicht reden wie die auf dem Theater! sagte Afra.

Meinst ich? antwortete die Axt. Das wollen sie ja grad. Der Wolf zum Beispiel, bei dem ich in der Truppe bin, hat erst einmal allen das Reden ausgetrieben, also allen, die es einigermaßen gekonnt haben. Was meinst, wie er mir gestunken hat, erst jahrelang die Ohrfeigen von meinem Vater, wenn ich fränkisch geredet hab – weil, er kommt aus dem Osten und kann die Franken nicht ausstehen, und dafür dann die Schlägereien in der Schul, weil ich nicht fränkisch genug geredet hab und angeblich was Besseres sein wollte. Klar wollte ich was Besseres sein, was Schlechteres wär ja auch kaum zum Ausdenken gewesen. Und dann kommt einer daher und sagt dir, du sollst reden, wie du willst, nur wie du willst.

Ich hab mir den Kopf zerbrochen, was ich will. Ich hab nix gefunden. Jetzt laßt er mich alles spielen, weil ich das Gesicht nicht verzieh, aber mit dem Reden ist er immer noch nicht zufrieden.

Ich müßt ganz künstlich werden, sagt er, weil es mit der anderen Sach, er hat da so ein Wort dafür, das ich mir nicht merken kann, nicht hinhaut.

Ganz künstlich. Ich versuchs ja, aber das einzige, was ich kann, ist, das Gesicht nicht verziehen. Das hab ich schon als Kind können, das hat die Alten zum Weißglühen gebracht.

Vielleicht gehts jetzt mit der Glatze. Ich hab dem Wolf nicht gesagt, daß ich zum Scheren geh. Heut nachmittag haben wir Probe. Da gehst gleich mit, du wirst ihm gefallen. Wenn du dabei bist, macht er mir auch nicht so leicht einen Skandal, wegen der Glatze.

Aus dem Spiegel schaute eine Göttin mit einem zart angerosteten Kopf, wie ein sehr altes Bildnis sah die Paralisi aus, als habe man sie irgendwo ausgegraben, ihre Augen wirkten größer in dem fast nackten Kopf und ihr Knopflochmund schien Geheimnisse zu bergen.

Ha! sagte die Axt zufrieden, man muß sich nur was trauen. Wenn mans nicht macht, kann man sich gleich aufhängen. Solang es mir gefällt, bleibt es jetzt so, im Winter wirds kalt sein, aber bis zum Winter ist es noch lang hin!

Und sie spuckte auf einen schwarzen Stift und malte sich breite Ringe um die Augen.

Nora! da brauch ich vielleicht nicht den ganzen Text für den Schröder zu lernen, wenn ich so ausschau wie jetzt. Es hört ja eh keiner zu. Und du gehst mit zur Probe beim Wolf. Irgendwas hast du an dir, ich brings schon noch heraus! Kannst du eigentlich auch reden?

Wenn man mich läßt, schon, sagte Afra und streichelte den Kopf der Axt, den übriggebliebenen rauhen Haarteppich, der sehr warm war und sich an den Schläfen unmerklich hob und senkte.

Mein Leben wird sich verändern, mein Leben wird sich verändern. Die vom Theater kanns mir zeigen, eine Fremde, aber die hat auch ihr Gäu, das merkt man. Der könnt ich erzählen, wo ich herkomm und wie ich das meiste Geld verdient hab, oder doch nicht, aber ihr am ehesten.

Die Alten, sagte sie vor sich hin, während sie die rostrote

Wolle der Schauspielerin mit dem Besen vor sich herschob, die Alten helfen einem nicht, weil sie nicht mögen.

Wenn sie es könnten, wären sie ja selber anderswo hingekommen, nicht in den armseligen Parteiladen oder in so einen Frisiersalon, wo du den ganzen Tag an Köpfe greifst, vor denen du dich graust, und rausfinden mußt, was sie grad wollen, blond oder Locken oder viereckig oder sonstwas.

Was ist los? rief Maja Weishäupel mit höherer Stimme als sonst über den bewegungslosen, rötlichblonden Kopf einer Kundin hinweg der Afra zu, willst jetzt die Haar von deiner Zirkusprinzessin, von deiner schlamperten, noch länger umeinanderjagen? Kehrs auf und schmeiß' fort, kannst ja ein paar in ein Medaillon tun und dir um den Hals hängen.

Wissen möcht ich, warum die so ein Geschiß mit der Frau machen in der Zeitung. Für mich hat die ü-ber-haupt keine Ausstrahlung, und zehn Jahr älter schaut sie aus, als sie ist.

Komisch ist das mit der Kunst. Alle naslang habens was anderes und rennen wem anderen hinterdrein.

Naja, es ist ein bissel wie hier bei mir! sagte sie in den Spiegel zu ihrer Kundin in dem Ton, den die Stadt alle lehrte, die in ihr lebten, diesem Wenn-ich-wollt-gehört-ich-dazu-Ton, in dem Mir-macht-man-nix-vor-Ton, in einem Königreich gibts viele Möglichkeiten.

Es ist ja mit der Mode genauso! sprach Maja, die Herrscherin über grafensträßliche Schönheit geziert in den Spiegel. Manchmal kommt was, da versteht keiner, wie sie es sich auf den Kopf tun können, die Haare sind auch nicht danach, aber man muß es machen, da gibts überhaupt keine andere Möglichkeit.

In die Staatsoper oder auf den Mathäserball kommen sie eben in dem einen Jahr mit einem Farahbienenkorb und im nächsten mit einer Negerkrause und wieder später mit einem Ährenzopf, obs ihnen steht oder nicht. Aber es muß sein, und das ist auch was Schönes, daß man sich eigentlich nie selber was ausdenken braucht, da gibts Leut, auf die kann man sich verlassen.

Ich bin ja immer mit der Zeit gegangen, mir macht so leicht keiner was vor, ich beherrsch alle Schnitte, die gebraucht werden, genausogut wie die in der Stadt drinnen.

Und was ich drüber denk, daß die Hendlmayerin mit ihren drei Haaren eine Löwenfrisur haben will, das steht auf einem anderen Blatt. Sie kriegt ihren Löwen. Tu ich ihr halt ein Teil reinfrisieren, das geht alles. Und in der Nacht, sagt Maja und lacht, wird sie eh allein sein.

Der rötlichblonde Hinterkopf, aus dem sie winzige rosa Röllchen befreite, wackelte ein wenig.

Ruhig bleiben, Frau Doktor, sagte Maja in den Spiegel.

Mit den Schauspielern ist es ja das gleiche. Jetzt rennens einer wie der Paralisi nach, ich hab gar nicht gewußt, daß man eine so gscherte Nocken aufs Theater läßt. Aber bitte. Bitte. Das gibt sich auch wieder.

Unsere Afra da, sagte sie und drehte sich zu der besenschiebenden Ziehtochter um, kennt übrigens den Herrn Rost persönlich, der den Kopfwehkönig macht, haben Sie das gewußt? Sie ist sogar per du mit ihm. Das ist wirklich ein Herr, sowas wird noch gefragt sein, da geht die Paralisi schon lang stempeln. Bei dem ist es auch gar nicht schlimm, daß er Reklame macht. Im Gegenteil, das ist, wie wenn der Strauß zum Starkbieranstich geht und mit den Leuten redet. Da gehört er einem auch ein bissel, obwohl er sonst ja eine andere Luft einschnauft. Wenn ich den Rost so vor der Apotheke stehen seh, aus Pappendeckel – wie ein Denkmal. Mich freut es jedesmal.

Hast du ihn eigentlich in der letzten Zeit öfter gesehen? rief Maja zur Afra hinüber. Geht es ihm gut? Er könnt sich auch einmal wieder hier anschauen lassen, er ist doch früher öfter zum Fönen und zur Silberspülung dagewesen! Schneiden läßt er sich nur im Bayrischen Hof, naja, wenn man was gewöhnt ist, gell!

Was ist überhaupt los mit dir? Seit diese Bauern-Knef dagewesen ist, bist du ganz verdreht.

Ich muß heut früher weg! sagte Afra.

Ah, die erste von vielen Proben! Kein Vorhang, keines von den kirchenartigen Theatern, die Afra aus den Zeitungen kannte, schwarzbraun und staubig anstatt Rot und Gold, nur so war es richtig. Das lernte sie aber erst viel später, erst als Er, Wolf, der Gott des ganzen Grüppchens, der Herrscher über Ordnung und Unordnung, sie einer Unterweisung in Gegentheater, Rausch, Sprache, Stanislawski, Bataille, Bier, Blasen, Benjamin für würdig hielt.

Er hatte bei der ersten Probe in einem Saal hinter den Gildestuben nur gebrüllt, während Axt Paralisi, der Gegenstand, das Feuer, das Benzin seines immer wieder hochbrennenden Zorns mit ihrem berühmten Steingesicht vor ihm stand und nur manchmal die Hände hob, wenn er ihr zu nahe kam. Der Grund für seine Wut waren natürlich die verschwundenen Haare der Schauspielerin, denn erstens steckten sie alle mitten in einem Film, in dem die Haare der Axt eine ganz wesentliche Rolle spielten und den sie wegen einer längeren Drehpause, die dem Geldnachschub gedient hatte, völlig vergessen hatte, und zweitens duldete der Wolf nicht, daß irgend etwas ohne seine Anweisung geschah. Nichts.

Afra hatte vorher noch nie so einen Mann gesehen, einen wirklichen, arbeitenden und sich zum König hinaufbrüllenden Mann. Nur alte und kranke, manche, die schön waren aus weiter Ferne, manche, die sie ansprachen und weder alt noch krank waren, die ihr aber dennoch nichts weiter wert waren als ihre Dienste.

Der aber, dieser brüllende Tobsüchtige, der es genoß, wie die Figuren um ihn herum verblaßten und wie das Licht zu flackern schien durch seine Schreie – der war einer, wie Afra ihn sich wünschte. Sie dachte an ihren Vater, den sie sich abwechselnd als Häuptling oder als Sklaven vorstellte, und daß der, wo immer er lebte, vielleicht weder das eine noch das andere war, sondern so ein schreiender Künstler in Schwarz.

Zum Zeitpunkt der zärtlichen Gedanken Afras an ihren Vater, der für seine Unvergeßlichkeit gesorgt hatte, lebte der schon längere Zeit nicht mehr. Nicht einmal sein Grab hätte die Tochter finden können, es gab keins. Aber wen kümmerte das?

Es hatte Afra nie gestört, daß sie nichts über ihren Vater wußte. In ihr Leben kamen die Männer eben auf einem anderen Weg, später. Während sie dem Theatermacher zusah, merkte sie, daß sie glücklich war.

Wolf wog drei Zentner, vielleicht etwas mehr, niemand wußte es. Er hatte lange, bräunliche Haare, die meist unter einem Jeanshütchen versteckt waren, das auf seiner mächtigen Gestalt wie eine Fliege saß; er trug mürbe, wohnliche Cordhosen, die eigens für ihn angefertigt wurden – in seiner Jugend von seiner Mutter, jetzt vom Herrenschneider Krautfassl in einem der feinsten Läden der Stadt. Wolfs kleine Füße steckten in weichen Schuhen, seinen Bauch beschützte eine Art Verkäuferkittel aus pflaumenfarbener Seide, der mit einem geflochtenen Riemen in der Mitte zusammengehalten wurde. Der Riemen war hundertsiebzig Zentimeter lang.

Wolfs Hände waren voller Ringe, aus seinen Taschen fielen Zigarillos, Zettel, Zuckerwürfel und Zahlungsbefehle. Er hatte die Gewohnheit, seine Zigarillos brennend in die Tasche zu stecken.

Wolf strömte einen starken, seltsamen Geruch aus, über

dessen Charakter die Ensemblemitglieder flüsterten, wenn er nicht in der Nähe war. Er röche, hatte die Paralisi bei jenem legendären ersten Mal Afra zugeflüstert, nach in Porzellan verbrennendem Shit, worunter Afra sich nichts vorstellen konnte und schwieg. Sein Geruch, meinten andere, gliche dem nach frisch abgezogenem Hasenfell, dem eines Komposthaufens, einer seit langem verlassenen Kneipe, eines tunesischen Souks. Sie holten die Vergleiche aus ihren Kindheiten. Keiner traf genau.

Wenn Wolf sich aufregte, schwitzte er das Bier so schnell wieder aus, daß die Tropfen, die sich auf seiner Stirn bildeten, gelblich waren. Er konnte singen, tanzen, hochdeutsch sprechen, er las unglaublich schnell und hatte den Ledersack, auf dem er schlief, mit Papierschnipseln gefüllt.

Seine liebsten Schriften pflegte er nach mehrmaliger Lektüre in winzige Fetzchen zu zerreißen. Büchner und Marcuse, Kleist und Fanon, Brecht und Hafis, Lasker-Schüler und Shakespeare und noch viele andere dienten ihm als Lager, untrennbar ineinandergemischt.

Um ihn herum war ein sich ständig veränderndes Menschenkaleidoskop, Zweier, Dreier, Vierer, und die zerplatzten dann wieder und legten sich neu zusammen wie Spielkarten.

Am ersten Nachmittag hatte Afra nicht begriffen, was der Riese dort oben auf den wackligen Praktikabeln eigentlich probierte, er befahl sinnlose, schnelle Gänge, Schreie, abgehackte, in die Ferne weisende Gesten und eine Reihe von dünnen jungen Männern in Strumpfhosen formierte sich zu einer Art Raupe. Dazu spielte ein Tonbandgerät immer von neuem den Walzer aus dem Rosenkavalier und das Lied ICH BRECH DIE HERZEN DER STOLZESTEN FRAUN WEIL ICH SO STÜRMISCH UND SO LEIDENSCHAFTLICH BIN. Jedes endete an irgendwelchen Stellen mittendrin mit einem Kreischer, worauf das andere anfing und der Regisseur dem unsichtbaren Techniker zuschrie, er brauche beides mit der anderthalbfachen Geschwindigkeit, besonders den Walzer.

Afra hatte sich auf einen Wirtshausstuhl hinten im Raum gesetzt, die Dunkelheit ausnützend wie immer.

Als in einer Schrei- und Bewegungspause die Paralisi sich ihrer erinnerte und nach ihr suchte, damit sie dem Wolf ihre neueste Errungenschaft vor die Füße legen, vielleicht mit ihr sogar die Absolution wegen der geopferten Haare erringen konnte, fand sie zuerst niemanden.

Afra verschaffte sich einen Auftritt, indem sie langsam aus der Schwärze heraustrat, in das staubige Arbeitslicht, in dem ihre Zähne fast bläulich aussahen.

Was kannst? fragte der König gütig und ohne viel Erstaunen oder Interesse zu zeigen.

Nix, sagte Afra. Singen vielleicht. Aber was muß man denn hier können?

Die ist gut! sagte Wolf zur Paralisi. Was glaubt sie denn?

Die glaubt schon das Richtige, antwortete der Star, daß da draußen nämlich eine Revolution ist nur deswegen, damit du hier herinnen deine Gaudi machen kannst!

Brauchen wir in dem Stück eine, die singt? fragte der Regisseur niemand Besonderen.

Schaden kann es nix, kam eine Stimme hinter der provisorischen Bühne hervor. Vielleicht wär es sogar gut, irgendwas fehlt noch.

Es fehlt immer irgendwas, das muß man fehlen lassen, sonst begreift keiner was und geht, wie er gekommen ist. Aus den Kammerspielen kommen sie auch immer genauso heraus, wie sie hineingegangen sind. Schaust halt erst einmal eine Zeitlang zu, bis du dich auskennst.

Die Paralisi beobachtete das Gespräch regungslos, aber eine winzige Eifersucht begann langsam, ihr Gesicht aufzuweichen, und ihre Mundwinkel zitterten ein bißchen.

Es war vielleicht ein Fehler gewesen, die da mit hereinzunehmen in das Heerlager, in die Gesellschaft der fünfzehn, die sich nie von ihrem Meister trennen würden, mochte der auch mit ihnen tun, was er wollte. Für fünfzehn reichte er aus, obwohl sie immer versuchten, sich gegenseitig Stückchen von seiner Zeit oder Wörter abzujagen, Erklärungen, manchmal auch die Plätze in seiner Nähe, wenn sie vorn in den Gildestuben aßen und er zwischen den einzelnen Bissen und Schlucken vorlas, was ihm grade in die Taschen gekommen war.

Für Afra begann eine Zeit des Zuhörens ganz neuer Art. Zu ihr war der Wolf immer freundlich, auch wenn er manchmal wochenlang vergessen zu haben schien, daß sie da war.

Es fiel ihm auf, daß sie nie Geld forderte und nie nach den verschiedenen Möglichkeiten fragte, um für Kleider, Miete, Gras, Bier, Reisen oder sonstiges, an Geld zu kommen.

Bist du reich verheiratet? fragte er sie einmal nach Wochen. Das ist die beste Voraussetzung zum Kunstmachen. Wenn ich meine Mutter nicht hätt, wär ich vielleicht Amtsrichter geworden oder Banker. Statt dessen hab ich jetzt den Kleinzirkus.

Da untertrieb er, was ihm gut stand, denn er selber war eine Übertreibung und brauchte kein Wort zu sagen, um von aller Welt, das heißt von den Diskutantenecken in den Biergärten und Kritikern für einen Giganten, ein Genie, den Erneuerer des Theaters und des Films gehalten zu werden.

Er schob sich in die einschlägigen Lokale und Vernissagen wie ein Tanker ins Dock, er trank, rauchte und aß, daß man das allein schon, selbst in dieser vielsaufenden fettessenden und mächtig rauchenden Stadt für ein Kunstwerk hielt.

Hinter ihm seine fünfzehn, nicht immer alle auf einmal, aber nie weniger als die Hälfte von ihnen. Ohne ihn verdienten sie Geld, einzeln, benahmen sich laut und anmaßend, wo immer sie waren, und fürchteten zu Recht, trotz aller Farbigkeit ohne ihn nur die Hälfte wert zu sein.

Einen großen Teil der außerhalb verdienten Gagen nahm er ihnen wieder ab. Eine Produktion nach der anderen verschlang das Geld, die Nerven, die Schönheit und die Ruhe aller.

Afra beobachtete und hielt still. Hier wollte sie bleiben, und sie achtete darauf, wie die anderen sprachen, lachten, sich an- und auszogen, wie sie sich in ihre Liebesgeschichten hinein- und wieder herausdrehten, immer unter der Beobachtung der Stadt und ihrer Gäste.

Auf Filmbällen war die Crew gehaßt und ersehnt. In ihrer Nähe brachen die Liftgesichter zusammen, die Couturekleider wurden zu Küchenschürzen und die weiblichen und männlichen und Zwischen-dem-allen-Stars fragten sich, warum sie Diät hielten und in die Schwimmbäder gingen.

Warhol machte Porträts von Wolf und seinen häßlichsten Frauen, Genet schickte ein Päckchen Gedichte, die Internationale, oft gesungen, war einfach ein Lied.

Sie waren zwischen zwanzig und dreißig, und sie konnten eine Gruppe halbnackter SS-Leute Can-Can tanzen lassen und dazu einen Text von Berta von Suttner schreien. Man mußte ihnen glauben, es ging gar nicht anders. Ständig waren sie von hungrigen Journalisten und mit Kameras bewaffneten Exegeten wie von Pilotfischen umgeben.

In dem vierundzwanzigstündigen Radau konnte Afra sich ungestört entwickeln. Wenn es ihr zuviel wurde, verschwand sie in ihr ordentliches rosa Museum in der Grafenstraße, dessen Fenster nur einen Blick in den Himmel erlaubten, nicht auf die Straße oder in die Bäume. Das war ihr grade recht. Wenn sie kein Geld mehr hatte, suchte sie ihre alten Krankenhauskunden auf, soweit die noch am Leben waren, und erfreute sie mit Herzen, Mund und Händen.

Sie war immer noch Jungfrau, aber in Wahrheit blieb da nur ein kleiner, unerheblicher Rest zu tun, den hob sie sich auf. Sie hatte Zeit.

Wolfs Truppe bestand zu einem Drittel aus Frauen, ein weiteres Drittel, die ganz jungen Tänzer und Schauspieler, fürchteten sich vor Afra, was sie hinter gewaltigen Liebenswürdigkeiten versteckten, und das letzte Drittel kam in Frage.

Afra hätte den Wolf selber haben wollen, das Gebirge, was für ein Gefühl mußte es sein, von so einem überwälzt zu werden, langsam und luftabschnürend, aber da war eben nichts zu machen, vor seinem Buchfetzenbett hatte die Paralisi ihren Sarg auch vergeblich aufgestellt.

Wir lassen dich die Maria Stuart spielen! sagte er, nachdem Afra der Truppe schon fast ein Jahr stumm gefolgt war.

Kannst du den Text lernen? Wenigstens versuchen? Wir gehen damit zum Theatertreffen. Die Berliner denken, sie wären auf Schiller abonniert, das wollen wir mal sehen.

Die Stuart als Angela Davis. Angela Davis als Stuart. Und Axt gibt die Elisabeth, es paßt nicht schlecht, daß sie sich diesen KZ-Kopf hat schneiden lassen.

Wir probieren ab nächster Woche, da sind die Hefteln.

Und die fünfzehn blickten auf die gelben Reclamheftchen wie auf Meteoriten.

Ein richtiges Stück. Sie schwiegen, und einer von den Jungen sagte mit einem schönen, schweren Gäudialekt: Etzad schaug da des oo! So vui zum redn hamma no nia ghabt! Da hauts da ja den Schädel auseinanda, wennd des ois einibringa wuist.

Grad der wurde dann später ein wunderbarer Lord Leicester in weißen Schießerunterhosen, schräger Eingriff, die Freude der Königin. Alle lernten, wie der Wolf es ihnen befohlen hatte. Sie sagten einander die Sätze auf, die ihnen sperrig vorkamen, sie hatten schlechte Laune, weil sie mit der Geschichte nichts anfangen konnten und weil sie lieber in einem Film gespielt hätten, wo sie sich anschreien oder ablecken konnten und sich nicht fremd werden mußten.

Ich hätt sie schon im ersten Akt köpfen lassen! sagte die Axt mißmutig.

Damit, meine Liebe, bist du pfeilgrad in die Rolle hineingeschossen, und die Tür hinter dir ist zu. Zu! Zu! schrie der Wolf über drei Tische.

Er hatte seine verwirrte Schar im Biergarten verteilt, die gelben Heftchen leuchteten wie Schlüsselblumen, er trank und hatte einen großen Teller mit Sulzfleisch vor sich, das in der Sonne glänzte. Das Bier lief ihm sanft und beruhigend durch seinen dicken Hals, und er beobachtete träge seine lernende und leise schimpfende Familie. Neben ihm saß Afra.

Du hast das Jahr über so wenig geredet, sagte er, du mußt doch einen Hunger haben nach einem richtigen Haufen Wörter!

Mir ist es egal, antwortete Afra, diese Wörter oder andere, ich wills ausprobieren. Unsere Hebamme im Dorf war verrückt nach Wörtern. Der Rost hat ihr, als er weggegangen ist, einen Riesenpacken Bücher dagelassen, damit sie sich wenigstens mit den Wörtern trösten kann. Aber sie hat es nicht oft versucht.

Meinst du den Kopfwehkönig? fragte der Wolf interessiert. Den Förster-Rost? Den kennst du? Meinst du, wir könnten den kriegen? Er würde genau passen für das, was ich vorhab, und ein Stück Ufa könnte uns nur guttun. Das haben die Berliner nicht, darauf kommen sie gar nicht mit ihren geschmerzten Minnesängern!

Sowas macht der im Leben nicht, sagte Afra.

Es wurde dunkel, immer noch saßen sie verstreut im Biergarten und die ersten Suchhunde von den Abendzeitungen näherten sich samt ihren noch nüchternen Fotografen. Der Wolf holte sie alle an seinen Tisch, bestellte Bier, erzählte von der Maria Stuart, als handle es sich um einen Mordfall am Hasenbergl.

Das hat noch niemand so gesehen! sagte er, das Bier wurde getrunken, immer schneller, während aus den Taschen seines teuren Seidenwamses wieder einmal Rauchwölkchen aufstiegen und sich ein Brandloch ausbreitete, bis der Wolf fluchend eine Halbe daraufschüttete.

Muß man sich um alles selber kümmern? brüllte er Afra an, die daraufhin anfing zu lachen.

Warum soll ich was auslöschen, das du angezündet hast? fragte sie.

Die ganze Stadt spazierte am Tisch des Riesen vorbei, endlich war wieder einer berühmt, der was darstellte, keiner von den Fremden, die sich hier angesiedelt hatten und sich in der Stadt und den Zeitungen festkrallten, sondern einer aus Cham, manche glaubten, er sei in Schleching oder in Murnau geboren. Das schlimmste Gerücht hieß Fürth, was aber immerhin noch zum Königreich gehört hätte.

Seiner Sprache war nichts anzuhören, er redete wie ein Bibliothekar aus der Staatsbibliothek oder wie ein Modegeschäftsinhaber an der Oper. Wenn er fluchte, klang es nach Giesing.

Die Blitzlichter knisterten, das ausnahmsweise unberührte Sulzfleisch glänzte bläulich, ein verschlungenes Muster von frischen Brezeln schmückte den Tisch.

Abendläuten und einen Haufen ausgehungerter Journalisten. Es ist die glücklichste Stadt der Welt, sagte der Regisseur zu seinem neugeborenen schwarzen Star, der voller

Gleichmut und, was sie nicht wußte, prachtvoll wie eine Kriegsbeute anzuschauen war, neben ihrem Entdecker saß und nachdachte, ob in ihren Kinderjahren inmitten der Wörterhinterlassenschaft des Kopfwehkönigs oder in einer der Bildungssturzfluten des längst wieder zu Ehren gekommenen Wolinski irgendwann die Maria Stuart aufgetaucht war. Es fiel ihr nichts ein, und sie hielt den kraushaarigen Kopf gesenkt, während ihre Zähne wie ein dünnes und sehr helles Mondsichelchen zwischen angemalten Lippen hervorleuchteten.

Ich hab keinen Farbfilm dabei, so eine Scheiße! sagte in bewunderndem Ton ein junger Mensch, der einfach so vorbeigekommen war, immer auf der Suche nach irgend etwas Schrecklichem, das ihm endlich die Zeitungsseite drei – an eins war noch gar nicht zu denken! – öffnen würde. In diesem Augenblick hatte er erkannt, daß das vielleicht auch mit etwas Schönem erreicht werden konnte.

Neger in Schwarzweiß ist eine einzige Scheiße! setzte er ehrfürchtig hinzu.

Sie ist nur eine halbe. Die wirst du doch wohl so auch fotografieren können! sagte Wolf und schaute den armen Wasserträger gar nicht an.

Für eine halbe ist sie aber ziemlich schwarz, verteidigte der sich.

Afra war es egal, was sie redeten. Sie hörte gar nicht hin. Es genügte, daß es um sie ging, zum erstenmal, nicht als Stolperstein und Hindernis, sie war niemandem mehr im Weg. Die wollten etwas von ihr, aber nicht dasselbe wie ihre Kunden, denen sie noch immer half, drei oder vier am Tag hatte sie, manchmal auch nur zwei. Das blieb verborgen, so wie ihr Geld, das sich gemächlich vermehrte.

Sie mußte nie mehr allein sein. Was sie nicht ahnte an diesem schönen Abend im Biergarten, einem jener Abende, mit denen die Stadt auch ihre mißtrauischsten und vernünftigsten Gäste verführen und von jedem klaren Gedanken abbringen konnte, war, daß sie die Macht über sich abgegeben hatte an das fette Genie neben ihr, das sich fortwährend selbst zu entzünden drohte.

Sie schaute den Teil der fünfzehn an, die mit ihren Rollenbüchern an den Tischen saßen, kleine Satellitenstaaten bildeten, sich bewundern ließen und jeden Fotoblitz, der nicht ihnen galt, aufmerksam registrierten.

Sie hatten sich an Afra gewöhnt und machten sich nachsichtig lustig über die rosa Kleider, die sie am liebsten trug. Manche von den Männern hatten auf Festen bemerkt, wie wohl sie sich unter ihren schwarzen Pfoten fühlten und fanden gut, daß sie nie darüber sprach. Wenn jemand ihre Nähe wünschte, konnte er sie haben, und wenn das kleine Liebes- oder Geschlechtstheaterstück zu Ende gespielt war, entfernte sie sich und schien nicht auf Wiederholung zu warten.

Afra hätte nicht alle Mitglieder der Truppe beschreiben können, und wenn sie auf der Grafenstraße einem von ihnen begegnet wäre, hätte sie sie kaum erkannt.

Der Trampel ist gefährlich, sagte die Paralisi zu ihrer blonden Konkurrentin Ilse Hasinko.

Ilse Hasinko war für die Darstellung von Nazischlagersängerinnen und rauschgiftsüchtigen Schauspielerinnen zuständig. Sie hatte als einzige vom König Wolf das Essen verboten bekommen, damit sie so mager blieb, wie er sie brauchte. Sie durfte nur Sprudel trinken und hielt sich mit heimlichen Ausflügen an die Seen schadlos, von denen sie satt und fröhlich zurückkehrte.

Aus dir wird ohne mich nichts als eine Matz, eine sonstwiewer, eine Resischmelzreklame, eine Gotthilffischernudel, zweiter Sopran von ganz hinten, ein Vormittagsradioprogramm, eine Vertreterkelly, ein Pampersmutterl, und das wegen ein paar Teller Leberknödelsuppe und der Fickerei mit irgendeinem Festangestellten. Das merk dir, es gibt keinen verblödeteren und unbrauchbareren Gesichtsausdruck als den von Glück. Wenn du nicht so dumm wärst, könnt ich dir das seitenweise und jahrtausendelang belegen, du verfressener Trampel. Du bist nämlich ein Trampel, du, nicht sie! sagte Wolf zur Hasinko. In dir steckt der Trampel und will raus, man muß ihn gewaltsam niederhalten. Eines Tages erwischt er dich, das ist klar.

In ihr steckt etwas sehr Fremdes, nicht weil sie schwarz ist, sondern weil sie warten kann.

Siehst? fragte die Paralisi träge, verstehst, Hasi, was ich mein? Sie bringt ihn durcheinander. Und in der Stuart hat er dich gar nicht erst besetzt!

Ich geh weg von ihm, sagte Ilse Hasinko düster.

Das darfst du nicht, meldete sich Afra schüchtern, er macht jetzt nur was mit mir, weil er mich noch nicht gewöhnt ist. Ich bin nicht viel mehr als farbig, du wirst sehen. Er kommt auch noch drauf. Singen kann ich, aber das braucht er ja nicht. Und ich lern die nie auswendig, die ganzen langen Sätz – nie! OH WARUM HAT MAN MICH NICHT VORBEREITET! JETZT BIN ICH NICHT DARAUF GEFASST, JETZT NICHT. WAS ICH MIR ALS DIE HÖCHSTE GUNST ERBETEN, DÜNKT MIR JETZT SCHRECKLICH, FÜRCHTERLICH –

Ich werd verrückt, sagte die Paralisi, wie du das rausbringst!

Mir fällts schwer, daß ich nicht dabei lache.

Schiller hat er aber auch noch nie gemacht, lieber hat der Wolf selber was geschrieben, das redet sich auch leichter. Aber seit der Berliner einen Schiller nach dem andern runterreißt und die ganze Kritik vor Begeisterung Räder schlägt, muß er natürlich hinterdrein. Und weils so ist, nimmt er sich den gleichen Fürsten, obwohl den die

Deutschlehrer so gründlich totgetreten haben, daß man ihn gar nicht mehr vom Boden abkratzen kann.

Er ist ein Genie! sagte die Paralisi zärtlich. Und der Berliner, das halbe Hemd, wird mit seinen blutleeren Tanten beim Theatertreffen alt aussehen.

Man muß es gar nicht begreifen, sagt Afra, die froh ist, daß man sie nicht fortschickt, und nicht übersieht, daß keiner mitleidig wird und niemand zu freundlich redet.

Es ist wie beim Putzen. Wenn du an die ganze Station denkst, die fünfundzwanzig Zimmer und die vielen Chromteile, wirst narrisch, aber mach eine Ecke und noch eine, eine Nierenschale und eine Bettpfanne, dann ist auf einmal alles fertig. Und so ist es bei dem Stück: Eine Seite und noch eine, manchmal hat man ja auch Ruh, wenn die andern auf der Bühne sind – und auf einmal ist es aus.

Auf Seite hundertdreißig, sagt die Axt boshaft. Dann bist du tot.

In den nächsten Wochen wurde Afra Maria, und ihre Kunden waren verwundert über die Art, in der sie neuerdings sprach.

Wolf probierte im Gildestubensaal, in einer alten Zukkerfabrik weit vor der Stadt, in einer verlassenen Lagerhalle am anderen Ende, er probierte Orte und verwarf sie wieder. Sein melancholischer Bühnenbildner Curti und die Kostümbildnerin, die sich Hoffnungen auf die Rolle der Amme machte und auf Servietten winzige Entwürfe zeichnete, waren ihm nun am nächsten.

Afra hatte alle Wörter gelernt. Aber sie weigerte sich, Elisabeth zu verzeihen, und machte den Vorschlag, ihr im Wald von Fotheringhay eine zu kleben. Das gefiel dem Wolf, und so wurde es gemacht.

Die Klatschreporter folgten der Truppe überallhin und Afra kam einigemale in die Abendzeitung, wo sie allerdings wie ein technischer Fehler aussah, so daß sie den Ausschnitt nicht nach Hause schicken konnte.

Es gab eine Menge Vorberichte und erfundene Lebens- und Todesgeschichten. Afra lernte die Liebe der Schreiber kennen, das Gefühl, bei Tag und Nacht wichtig zu sein.

Davon kannst du, sagte der Wolf bei einer Probe zu ihr, irgendwann den Rachen nicht mehr voll genug kriegen. Du wirst ihnen noch dein gebrauchtes Klopapier zeigen, damit sie schreiben können, welche Farbe deine Scheiße hat. Du wirst sie an dich lassen, in dich rein, durch dich durch, und wenn sie jemand anderen zu lang anschauen, wirst du zur Mörderin.

Ob wir jetzt die Stuart machen oder den Komödienstadel, bleibt letztlich gleich – es geht immer um dasselbe: Wenn einer dir was von Kunst oder von Revolution in die Ohren bläst, hör weg. Oder hör hin, damit dus lernst. Du mußt nämlich auch so daherreden, sonst bleibst du nicht im Spiel!

Du und ich, sagte der Wolf melancholisch wie sein Bühnenbildner, nur gelang ihm der Ausdruck nicht so wie dem, du und ich sind nämlich die einzigen, die das durchschauen. Das heißt, von durchschauen ist bei dir keine Rede, das ist ja das Glück. Du stampfst einfach querbeet mitten über den Realismus durch die Verfremdung gradewegs ins einundzwanzigste Jahrhundert.

Ich sag dir, das wird das Zeitalter der Bewußtlosigkeit. Im Moment erklären sie alles, alles, und ich mach natürlich mit, weil es verlangt wird. Die flachgelegte Welt, aufgespannt, festgenagelt, beschriftet wie ein Einmachglas. Lang geht das nicht gut. Aber das ist wurscht, dich kann ich jedenfalls brauchen.

DIE FREIHEIT WOLLT ICH EURER HAND VERDANKEN. IHR SOLLTET MIR DIE FREIHEIT TEUER MACHEN, AN EURER HAND – sagte Afra.

Darauf kannst du dich verlassen! antwortete der fette Wolf, aber durch meine Liebe werd ich dich nicht beglükken, da mußt du dir einen anderen suchen.

Afra verstand ihn nicht. Sie hörte ihm zu.

Soll ich mit den Presseleuten reden oder nicht? fragte sie.

Als ob du es bleibenlassen könntest, antwortete der Wolf. Nur erzähl ihnen nie, wo du wirklich herkommst. Keine Spuren legen – oder falsche Spuren legen. Das ist auch viel spannender.

Mach dir keine Sorgen, sagte Afra. Was war, würden sie mir eh nicht glauben.

Wer von uns würde schon glauben, wo der andere herkommt? So einen wie meinen Großvater zum Beispiel hätte der Schiller nicht erfinden mögen, da hätte er sich gegraust.

Mir kannst du sowas erzählen, bis du schwarz wirst – entschuldige –, bis ich schwarz werde, aber bloß nicht den Bildbuben. Da pieseln wir ganz andere Informationspfützen an die Bäume, damit sie was zum Hinriechen haben.

Mutter Bluessängerin oder so. Enkelin von Josefine Baker. Oder ihre Tochter? Die hat aber nur geliehene Kinder, das ist zu leicht nachzuprüfen. Egal – nur nichts Wahres! Von welcher Seite du schwarz bist, kann man ja nicht sehen!

Afra dachte an ihre Mutter und schwieg. Das Gäu schien ihr wie weggerutscht, in einem Nebel von sorgsam gefilterten Erinnerungen versunken. Die Hebamme, Theres, der Kilian, die anderen Mädchen, die Zuflucht in ihrer Kuhle am Fluß, der rosa Bär, der Zigeuner, der am Baum hängende Gastwirt – alles war wie ein Muster, ordentlich und folgerichtig wie die Teppiche der toten Ahne.

Das Einkommen aus ihrer noch immer keuschen Glücksarbeit machte sie von der Truppe unabhängig und erlaubte ihr sogar, ein weiteres Lebensbuch anzulegen: das Verleihbuch, in dem bald alle fünfzehn verzeichnet waren und ihr dadurch Achtung und Liebe ebenso schuldig waren wie Geld. Sie schrieb mit winzigen, sehr sauberen und etwas nach links geneigten Buchstaben, wie ein französisches Vorschulkind, hatte der Wolf gesagt.

Wer soll aus dir klug werden?

Ich bin selber nicht klug, hatte Afra geantwortet. WORÜBER MIR VERGÖNNT IST FREI ZU SCHALTEN, DAS HAB ICH UNTER EUCH VERTEILT; MAN WIRD, ICH HOFF ES, MEINEN LETZTEN WILLEN EHREN. Wenn man sich die Sätze oft genug vorsagte, laut und leise, verstand man sie plötzlich, ohne daß man wußte, wie. Sie paßten ins Leben.

Auch die anderen hatten die Maulerei über das Deutschlehrerstück aufgegeben und wurden von Tag zu Tag würdeverrückter. Als sie nur noch mit gespitztem Mund und mühsam niedergehaltenem Dialekt sprachen, bekam der Wolf bei einer Probe in der alten Zuckerfabrik, in der schon die roten Wände der Gemächer und die schwarzen Bäume des Waldes von Fotheringhay standen, einen Wutanfall und jagte seine ganze Truppe vom Olymp zurück ins Ordinäre.

Ihr habt da hinaufsteigen müssen, schrie er, schwer genug wars ja bei eurer Faulheit und eurem eitlen Arschgewackel. Aber keiner hat euch gesagt, daß ihr da oben bleibt und auf den Zeilen entlangmarschiert, rechts, links, rechts, links, fünffüßig – wir sind nicht das Burgtheater oder eine andere von den Theatersparbüchsen. Und ich heiß nicht Everding! Von seiner Sorte gehen drei in mich hinein.

Das Stück hier geht um eine Macht-Schlampe, ohne Glauben, sie ist der Staat, verlogen und inkonsequent, und die andere ist ein unschuldiger Sexbolzen, bis zum Rand voll mit Irrationalismus, die nichts von Männern versteht. Die andere kennt die Männer, aber es schaut umgekehrt aus. Die Mannsbilder haben eine Choreographie, aber die beiden Weiber machen ein Spiel ums Leben. Das freut beide nicht, aber es geht nicht anders.

Seltsamerweise konnten alle den Text, und so schrien sie los und warfen sich in die Geschichte, ohne edel sein zu wollen, kein Haufen ehrgeiziger Schulkinder, sondern eine Truppe, die begriffen hatte, daß alles Material gestaltlos und damit verfügbar geworden war. Das Allererstarrteste war bei der Auflösung am lustigsten zu beobachten.

Verlaßt euch drauf, sagte der Wolf in dem Inferno von Geschrei, zerbrochenen Schwertern und zerrissenen Tuchfetzen, es kann nur danebengehen, wenn ihr den Ton nicht haltet und steigert: Angst gefälligst nur vor mir.

Die ganzen Theaterschreiber haben nämlich ihrerseits eine Scheißangst davor, daß man sie für alt halten könnte. Sie werden mitkreischen und mittanzen müssen. Wir wollen es ihnen aber nicht zu einfach machen, denn was die Moderne nennen, ist nicht selten die pure Vergnügungssucht, wo man nichts verstehen und nichts mehr denken muß, statt des freien Kopfes ein freier Bauch! Nicht mit mir.

Und der Wolf, der seine Truppe erst edel und eitel und dann kindisch hatte sein lassen, machte sie jetzt klug und tat ihnen auch den Gefallen, ein paar gar zu fremde Szenen, deren Sätze ihnen nicht aus dem Mund wollten, zu streichen.

In der Kerkerszene durfte Afra singen, einfach improvisieren, und dazu auf einer Kindermandoline herumzupfen. Das hörte sich so rührend an, daß die Paralisi den Wolf zu zwingen versuchte, der Schwarzen das Gehabe wieder zu verbieten.

Afra wunderte sich nicht über das Gezänk und nahm es so hin, wie sie die fast versunkenen Jahre im Gäu, die Kundinnen bei Maja Weishäupel und die Gerüche und Stimmen im Krankenhaus hingenommen hatte.

Die Blicke der Schauspieler erinnerten sie an die Nonnen, an deren Argwohn, es könne vielleicht jemandem besser gehen als ihnen.

Auch die Patienten suchten den ganzen Tag nach anderen, die noch gebrechlicher waren als sie selbst, und wenn sie ein Jammergestell sahen, freuten sie sich.

So freuten sich auch die Frauen und Männer der Truppe, wenn einer sich versprach, einen Texthänger hatte oder sich ungelenk bewegte. Trotzdem war Afra in dieser Zeit, wenn sie spät nach Hause ging, durch den hinteren Teil des Krankenhausgartens an den weißleuchtenden Patientenstühlen vorbei, aus denen manchmal ein Gekicher oder ein Seufzer drang, so daß man nicht wußte, ob da jemand liebte oder litt, glücklich. Ohne Neid ging sie unter den bunten Glühbirnchen entlang, die aus jedem kleinen Wirtshausgarten eine Italienische Nacht zauberten, hörte den Stimmen der Menschen und der Hunde zu, die den Sommer feierten, und stieg zum Schluß zufrieden in ihr Zimmer hinauf. Es war ihr endlich gelungen, sich zu verstecken, ohne allein sein zu müssen. Und ins Gäu würde nichts dringen vom seltsamen neuen Leben des Kuckuckseies.

Wahrscheinlich erwarteten sie, daß eine wie Afra sich lebenslänglich um Fußböden kümmern werde, vielleicht brachten sie das, ohne nachzudenken, mit der Geschichte ihrer Vorfahren zusammen. Die waren, das wußte man sogar im Gäu, nur ein einziges Mal Sieger gewesen.

Ich bin froh, aber ich zeigs nicht! sagte Afra am Sommerende kurz vor der Premiere. Die sollte nun doch in der alten Zuckerfabrik stattfinden, weil dem Wolf die Vorstellung gefiel, wie die Glanz- und Geldvögel der Stadt samt Kritikern von überall her sich über sandige Hügel, Bauschutt und durch Tümpel mit veröltem Wasser den Weg zum Kunstereignis würden bahnen müssen.

Gerade das wird ihnen gefallen, hatte er bei der endgültigen Festlegung des Ortes gesagt. Sie lieben nichts mehr, als sich die Hosenbeine dreckig zu machen und ihren aufgebrezelten Begleiterinnen den Buben vorzuspielen.

Ich bin froh, aber ich zeigs nicht!

Das einzig Kleidsame, das für die Kunst Unerläßliche, sei der Schmerz, hatte Wolf seinen Akteuren als Gesetz mitgegeben, und sie liebten ihre Schmerzen so sehr, daß sie ihm noch bedingungsloser folgten.

Jeder Liebeswahn, jeder beweinte Mangel an Schönheit, jede ejaculatio praecox, jeder Pickel oder Wohnungswechsel, Schulden, Kneipenverbote und Vorladungen zur Polizei wegen Verstoßes gegen das Betäubungsmittelgesetz – alles war Schmerz, und alles war geadelt und floß in die Kunst hinüber.

Daran war nichts Verhängnisvolles, und die Tage des Glücks, an denen man nach einer heftigen Nacht früh auf der Straße oder, noch schlimmer, auf der Probe Lust gehabt hätte, laut hinauszuschreien, ließen sich einigermaßen unterdrücken – es waren sowieso nicht viele, bei keinem der fünfzehn.

Dafür sorgte schon der Wolf, denn er ließ, außer zum Geldverdienen, keinen aus seiner Reichweite. Man mußte bei ihm bleiben, wenn er in den Kneipen saß, bis es still wurde und die Wirtinnen ihre Spülbecken dreimal blank gerieben hatten.

Eigentlich bin ich glücklich, gestand Afra der Paralisi, aber ich geb es nicht zu.

Da hast du schön recht, antwortete die, aber es nützt nicht viel, auch wenn du dich anstrengst. Du wirst immer so aussehen, als gings dir gut. Vielleicht ist es ja nicht so, aber wenn man dich anschaut, interessiert es einen gar nicht, ob du dich mit irgendwas herumschlägst oder ob du eine harte Kindheit gehabt hast. Am Anfang haben wir uns gegenseitig ausgefragt bis zum Erbrechen, das hast du ja zum Teil mitgekriegt, und ich schwör dir, du wärst glatt als Siegerin in Psychokatastrophen durchgegangen. Aber sollten wir uns deinetwegen aufregen, wo dir dein Leben offenbar überhaupt nichts ausgemacht hat? Du wirst hier nie dazugehören, Hauptrolle hin oder her. Der Trupp ist nicht für die Ewigkeit, und auch der Wolf ist es nicht, wenn er so weitermacht. Wir alle werden irgendeinen Platz finden, weit weg, aber immer wird alles, was wir tun, mit ihm zusammenhängen, ob wir wollen oder nicht. Was dich angeht, glaub ich, daß dir das alles gar nicht wichtig ist. Gut, jetzt kriegst du ein narzißtisches Zuckerl, warum auch nicht, ich gönns dir, auch wenn du mir das nicht glaubst.

Du kannst nicht gescheit hassen! sagte sie nach einer Pause vorwurfsvoll. Dir ist es egal, wenn du eines Tages wieder ins Gäu zurückmußt. Ich geh nicht mehr heim, nicht einmal im Sarg. Und alles, was ich tu, soll meiner Mutter eine hinreiben. Deswegen bin ich so gern in der Zeitung.

Das Kahlscheren, das hat sie besonders zusammengehauen. Sträfling, hat sie gesagt. Wahrscheinlich hat sie KZ-Häftling gemeint. Daheim hat sie noch Einmachgläser, wo NS-Frauenschaft draufsteht.

Es ist eigentlich immer alles so gekommen, wie es auszuhalten war, sagte Afra, während sie eine Seitennaht ihres Mariakleides auftrennte, das leider nicht rosa sein durfte, sondern knallrot war, während die kahle Elisabeth in einem Nadelstreifenanzug steckte.

Man kann sowieso nichts ändern. Wenn man lang genug wartet, ändert sich alles von allein. Ich war gern in unserem Dorf, mit den Mädeln zusammen, es hat einem ja niemand ernsthaft was getan, und man hat auch für niemanden den Affen machen müssen. Ihr tut alle soviel für die Männer, ihr redet anders und lacht anders, wenn einer in der Nähe ist, ganz egal, ob er von der Müllabfuhr ist oder ob es der Tanztheo ist, der noch nie eine Frau auch nur angeschaut hat – das tu ich nicht, weil es nicht nötig ist. Ich hab es nicht gelernt. Ich brauch es nicht, es fehlt mir nicht. Was ich haben will, krieg ich. Der Gegenwert muß klar sein.

Deswegen hat er dich als Stuart genommen, glaub ich. Weil du einfach im Leben herumstehst wie ein Schwammerl. Riechst gut, jeder will dran, giftig oder nicht: Weiß keiner. Alles passiert, ohne daß du dich rührst. So sieht er die Maria. Sie braucht eigentlich nur dazusein, und schon geht der Verdruß und die Verrücktheit los.

Mir macht sie Freude, sagte Afra. Es ist wie damals bei der Brünnerin, wenn sie dem Rost seine Bücher vorgelesen hat.

Du bist hoffnungslos! gab die Paralisi zur Antwort. Dafür ist das Theater nicht da, damit dir irgendwas zu Gefallen geschieht. Du darfst dem Wolf nicht glauben, wenn er so daherredet, als wär ihm das alles nicht wichtig und als gäbs keine Kunst. Er würde dafür krepieren. Und er nimmt vor jeder Premiere zehn Kilo ab. Man sieht es zwar nicht, aber ich weiß, wie es ihn beutelt. Immer durch einen Film hindurch in ein Stück, und da wieder hinaus in das nächste, und hinter jedem wartet noch was Tolleres. Leute wie dich, sagte sie, braucht er, aber er läßt sie nicht dabeibleiben, weil sie nichts weiterbringen.

So hat ers mit alten Weibern gemacht oder mit Arbeitern, mal war es ein Tunesier, dann eine Hure aus Pfarrkirchen. Er würde auch eine Klosterfrau oder einen Mörder dazunehmen, wenn es die Sache braucht. Aber dabeibleiben läßt er nur uns.

Das ist mir egal, sagte Afra, wenn er mich braucht, um so besser. In der Hauptsache hab ich ihn gebraucht, also euch, schließlich bist du es, die mich eingefangen hat! Und ich geh erst, wenn ich was Besseres weiß. Ich geh nur noch freiwillig, hab ich beschlossen. Früher hab ich mich verstecken lassen, weil ichs nicht anders gekannt hab, weil ich mich geschämt hab, daß jeder an mir hat sehen können, was meine Mutter gemacht hat. Aber das ist mir erst später aufgegangen. Beim Bödenputzen und Haareaufkehren hätten sie es mich auch eines Tages nicht mehr spüren lassen, aber immer, wenn irgendwas aufwärts gegangen ist, hat alles wieder von vorn angefangen.

Man soll seinen Platz kennen, hat die Obernonne immer gesagt, dieser Weibsteufel, dieser ausgedörrte. Das ist ein großer Schmarrn. Man kann ihn nicht kennen, ich schon gar nicht. Man muß ihn sich nehmen, und zwar einen möglichst großen. Und jetzt kommt ihr mit eurer Kunst und der Revolution daher, jeder kriegt Gerechtigkeit, das soll aber immer mehr sein, als er vorher gehabt hat, und schon wieder erzählt mir jeder, wozu ich taug und wozu nicht.

Ach, sagte die Paralisi, da bin ich ja direkt froh. So viel habe ich dich noch nie hintereinander sagen hören, außer Schiller. Aber du hast unrecht. Du wirst es schon noch merken.

Und auf der gefährlich schwingenden Bühne mit ihren zwei gegeneinander versetzten Schrägen wuchs das schwarzrote Bühnenbild des kummervollen Curti, diesmal endgültig, Schloßgemach und Wald und Kerker, und trotz der anhaltenden Diskussionen über die Dummheit des Wirklichen erstaunlich erkennbar. Vor den Türen brüllten die Baumaschinen und schoben zu Wolfs großer Freude immer unüberwindlichere Gebirge vor die alte Fabrik, während die Zeitungsflaneure, Kulturreporter und Fotografen auf Interviewbröckchen warteten.

Sie hatten in der Zwischenzeit gelernt, von dieser merkwürdig stillen, halbschwarzen Stuart brauchbare Bilder anzufertigen, so daß im Gäu eine begeisterte Aurelia mit einem gebügelten Zeitungsblatt die Theres aufstöberte, die lange Zeit brauchte, bis sie erkannte, daß es sich bei dieser mit heftigen Voraushymnen bedachten genialen Besetzung um ihre Tochter handelte.

Mitteilungen, die Afra regelmäßig an ihre Mutter zu schicken pflegte, gingen nie über LIEBE MAMA MIR GEHT ES GUT AUF DER GRAFENSTRASSE WAR EIN UNFALL STROM IST TEURER GEWORDEN hinaus, was Theres sehr recht war.

Sie schrieb nie zurück, denn sie sah nicht ein, für ähnliche Mitteilungen einen halben Tag zu vertun. Lesen machte ihr keine Mühe, aber das Schreiben war eine zähe und unbefriedigende Arbeit, und die Ergebnisse stundenlanger Anstrengungen gefielen ihr nie.

Afra erwartete auch keine Post.

Ich hab immer gewußt, daß die sich in der Stadt noch wundern werden über die Unsere, sagte Aurelia zur Theres, aber daß sie zum Theater geht, hab ich eigentlich nicht erwartet. Ich bin natürlich nicht auf dem laufenden. Aber eine Schwarze in einem Schiller oder sonst einem Klassiker hätten sie sich in Prag nicht zu besetzen getraut, vor dem Krieg. Nicht einmal der Othello war je ein echter Schwarzer. Schön, daß sich die Zeiten geändert haben.

Sie wisse nicht, was daran schön sein solle, antwortete Theres der alten Freundin und Lehrerin ihrer Tochter, daß Afra sich jetzt offenbar zum Affen habe machen lassen in dieser Hurenstadt. Sie könne sich schon denken, was dahinter stecke, hinter diesem grundverlogenen Foto – so gut habe sie nämlich nie im Leben ausgeschaut, ihre Tochter, und es gebe keinen Grund, daß sie das nach mehr als sieben oder acht Jahren in der Stadt tue. Hinter diesem gottlosen Bild stecke nur, daß denen in ihrer Überfressenheit zur Abwechslung einmal ein schwarzer Hintern und ein schwarzes Maul lieber seien als die weißen, an denen sie sich satt gesehen hätten. Das stecke dahinter, und die Afra sei schon immer langsam im Denken, aber genußgierig gewesen. Daß die auf einen solchen Zauber hereinfallen würde, sei kein Wunder. Und man könne sehen, daß weder auf die Nonnen noch auf eine so alte und umgetriebene Vogelscheuche wie Maja Weishäupel Verlaß sei. Einfach laufen hätten sie sie lassen, seien vielleicht auch noch stolz auf das Getue.

Du bist ja nur neidisch, sagte Aurelia, die von ihrem alten Freund, dem Kopfwehkönig, schon vorher ein wenig in die rätselvollen und glänzenden Spiele der modernen Zeit eingeweiht worden war.

Nichts wie neidisch bist du.

Und auf was? fragte die Theres.

Ich hab gesehen, wie es da zugeht, danke. Ein Pater Rettich, der ihr immer ein wenig übertrieben vorgekommen sei mit seinem Unterleibsgeschrei, denn bei den Pfaffen wisse man ja, daß es meist die Sehnsucht sei, die sie so zum Schreien brächte, habe wahrscheinlich recht. In der Stadt sei alles anders, das Schöne nicht schön und das Gute verdächtig. Wahrscheinlich spielt sie keinen Schiller, sondern wird schwanger und endet in einem Biergarten als Kellnerin, wenn sie Glück hat.

Sie hat es sich nicht ausgesucht! sagte Aurelia böse, herzloses Luder, man sieht ja, wie du mit deinem Vater umgehst. Was dir im Weg ist, hat zu verschwinden.

Theres war nicht zu erschüttern. Wörter von anderen Leuten hörte sie sich an, prüfte, was sie davon behalten wollte, und verwarf das meiste als nicht brauchbar.

Wer kannte sie? Nicht die lange Reihe der Dorfpfarrer, denen sie mit ihren Beichten unerträgliche Nächte bereitet hatte, nicht ihre Großmutter und der mittlerweile fast ganz erkaltete alte Teufel, ihr Vater, erst recht nicht.

Der Bürgermeister war ein windiger Deserteur, ein Reklamemännlein, und Aurelia wurde zu einer wichtigtuerischen, alten Frau, die an ihren Erinnerungen herumpolierte, bis sie nach etwas aussahen.

Die anderen Bäuerinnen, die längst mit ihrem armseligen Leben Frieden geschlossen hatten und nun die Zeit genossen, da ihre Männer sie in Ruhe ließen und die Gicht ihnen längeres Liegenbleiben am Morgen erlaubte, nahm sie nicht deutlicher wahr als eine Kuhherde oder Hühner auf dem Hof.

Afras herangewachsene Mitschülerinnen, die Annen und Marien, verschwanden an den Samstagabenden nach dem Melken und wurden nicht mehr gesehen, bis sie in den Morgenstunden des Sonntags mit Grashalmen und Spelzen bedeckt, einzeln oder zu zweit mit zerrissenen Strümpfen und kichernd durch den Wald wieder nach Hause schlichen, sich Brunnenwasser ins Gesicht spritzten und zwei Stunden später, während der Messe, bei jedem Gegrüßtseistdumaria mit dem Oberkörper nach vorn sanken und mit offenem Mund schliefen.

Mit denen hätte Theres reden können, aber die wollten mit ihr, der alten Frau von über vierzig nichts zu tun haben.

Das Zeitungsfoto von ihrer Tochter ärgerte sie sehr, brachte sie durcheinander, und sie ließ einmal mehr ihren Vater, der schon seit drei Jahren nicht mehr aufstehen konnte, dafür büßen.

Es geschah oft, daß sie vergaß, ihm etwas zum Essen zu machen. Sie tat das vielleicht nicht einmal aus bösem Willen oder als Rache für die Teufeleien von einst, an die sie sich nur noch undeutlich erinnerte.

Wenn er hätte allein essen können – aber sie mußte ihn füttern. Und Theres, die sich vor Bergen von Kuhdung ebensowenig ekelte wie vor schwarzverwesenden Resten von Schlachtfleisch, vor den eilig sich hin- und herkrümmenden Larven in der Regentonne sowenig wie vor den

Würmern im abgehäuteten Fuchsfell, Theres, die ihre schönen, weißen Arme in Schweineblut oder in einen Schafsuterus steckte: Vor dem Mund ihres Vaters grauste ihr wie vor nichts anderem auf der Welt.

Sie hielt ihn sauber. Kilian war gepflegter als je zuvor in seinem Leben, seine Tochter wusch ihn jeden Tag, schnell, rauh und mit viel Wasser wie Wäsche, und sowenig sie je auf das Klatschen und Schmatzen nasser Wäschestücke gehört hatte, hörte sie jetzt auf sein Jammern.

Sie schob sein armseliges Geschlecht in die Bettpfanne und dachte nicht mehr dabei, als wenn sie Gurken in die Einmachgläser schichtete, sie rasierte ihn alle drei Tage und rieb ihn mit Latschenkieferessig ab. Das Füttern aber war ihr eine Qual und ein Abscheu: die Nähe, die arme, sehnsüchtige Zunge, die sich dem Löffel entgegenstreckte, die Rinnsale über dem Kinn.

Auch deshalb dachte Theres voll Zorn an ihre Tochter: Das hier hätte sie tun können, groß und kräftig wie ein Ochse war sie geworden, und sprang jetzt offenbar vor aller Augen verkleidet auf igendeiner Bühne herum. So ging der alte Kilian, gut gepflegt und mehrmals täglich mit Gebeten versehen, einem langsamen Hungertod entgegen.

Ich fahr jedenfalls hin, hatte Aurelia gesagt.

Du suchst nur eine Gelegenheit, daß du den Rost wiedersehen kannst! sagte Theres giftig. Deinen Reklamekönig! Ich fahr nicht mit, nicht für Geld.

Für das, das, das, sagte sie und suchte nach einem Wort, das ihr Verhältnis zu Afra beschreiben würde, aber da war keins. Für die da hab ich mich in meinem Leben genug schämen müssen. Da lauf ich nicht auch noch der nächsten Blamasch hinterher, was anderes kann ja nicht dabei herauskommen. Was müssen das in der Stadt drinnen für Deppen sein, daß sie sich jetzt was von den Bauerntrampeln vormachen lassen. Ich hätt ja nichts gegen ein Ritterfestspiel oder die Seebühne, die kommen sogar manchmal im Fernsehen. Aber da täten sie die Afra gar nicht erst nehmen, da merkt nämlich jeder, ob die was kann.

Ich sag dir, sie lassen sie den Affen machen und lachen sich tot, weil sie so schwarz ist und trotzdem bayrisch, und dann noch so ein Stück, wie du gesagt hast: Nichts als eine Hetz werden sie mit ihr machen. Jetzt weiß ich erst, wie das gemeint ist, wenn man sagt, etwas ist eine Hetz. In Wirklichkeit ist das was Gemeines. Und das dumme Trumm merkt nix und freut sich wahrscheinlich noch, weil sie denkt, besser wie Böden putzen bei den Nonnen ist es auf jeden Fall.

Aurelia hörte ihr schon lang nicht mehr zu, schaute auf die glatte, graue Dorfstraße, an deren Seiten der Regen in ordentlichen Rinnen abfloß, bergab zum Wald hinunter, der lichter und freundlicher erschien als früher. Vor den Häusern waren Autoreifen mit Fleißigen Lieschen bepflanzt, rot und weiß, und die zersplitterten Dreschflegel und Heurechen hatte man wieder zusammengeflickt und sie überkreuz an die vordere Hauswand genagelt, das hatte man jetzt und überall Antennen.

Hinter dem Dorf streckte sich das grüngelbe Viereckmuster der Felder bis zum Horizont, nur wenige Bäume störten noch beim Mähen.

Es war schön geworden im Dorf, und manchmal verstand Aurelia nicht, warum so eine Wut in ihr tobte und zerrte, warum sie manchmal auf ihre Möbel einschlug, die Blumen aus den Kästen riß und auf ihnen herumtrampelte.

Sie hätte jetzt ohne Schwierigkeiten in die Kreisstadt kommen können. Der Bus fuhr dreimal am Tag und brachte die Bäuerinnen zum Landfrauennachmittag, zum Nähkurs, die jüngeren lernten Diätküche oder Gymnastik. Sie hätte sogar ihren alten Führerschein heraussuchen können mit dem braunstichigen Bildchen der Brünner Hure

Koniecka mit dem schrägsitzenden Hut, die schon so lang tot war.

Fast verschwunden waren die klebrigen grünen Vorhänge, die im Gäu das Mittelalter so lang festgehalten hatten, es aber auch vor Kriegen und Verwirrung beschützt hatten. Pflücker waren zu teuer geworden. Es gab nicht mehr viele Bauern, auf deren Feldern die schönen Ranken meterhoch an den Drähten emporkletterten und die Welt dahinter verbargen.

Die Frage, ob es trauriger sei, im Gäu oder in der Stadt alt zu werden, konnte sie nur entscheiden, wenn sie es ausprobierte – aber welchen Preis würde sie zahlen müssen und was dafür bekommen? Fritz Rost? Man läßt niemand ins Leben, den man so lange Zeit vorher gekannt hat und über den man so viel weiß. Um der frischgebackenen Schillerdarstellerin hinterherzulaufen, war sie sich zu schade.

Schon seit langem ließ Aurelia den Kakao weg und trank den Schnaps pur, den sie mit Pillen des Kopfwehkönigs noch ein wenig verstärkte. Jede Nacht schlief sie mit dem Gefühl ein, wieder einen Tag an die Finsternis verloren zu haben, ohne Not verspielt, und kein noch so weicher und tröstlicher Rausch konnte ihr die Bitternis nehmen.

Niemand hält mehr Überraschungen bereit als eine geschonte Hure, hatte sie einmal gesagt. Wie lang das her war und wie wenig sie getan hatte, um den Satz wahr werden zu lassen. Noch war sie da, diese in der Zukunft verborgene Überraschung, aber jeder Tag leckte ein Stückchen davon ab, und sie wurde immer kleiner. Manchmal träumte sie von Inseln, die sich wie Eisschollen auflösten.

Indessen schminkten sich die fünfzehn. Der für die Stuart notwendige Tross erlaubte ein paar Doppelbesetzungen, keiner würde sich langweilen. In letzter Minute hatte der Wolf sich entschlossen, den Melvil zu spielen, diesen verkleideten Pfaffen, weil die Szene, wie er meinte, nur durch seinen riesigen Wanst aus dem Nebel der Rührseligkeit hinunter auf die Erde gedonnert werden konnte.

Sie, hatte er bei einer der letzten Proben gesagt, wird auf einmal ganz zart aussehen, dieser Brocken von Frau wird in der Todesnähe ganz gotisch werden, versteht ihr! Gotisch! Das funktioniert nur, wenn was Breiteres sich daneben aufbaut, bedrohlich. Der darf kein Tröster sein, dieser handgestrickte Beichtvater mit seiner Hostie. Da muß bei ihr ein Rest von ganz schmaler Geilheit bleiben, auch von Mißtrauen. Also, ich spiel ihn, Tartuffe als Retter. Außerdem muß ich ihr ein bißchen Zunder geben, sonst schläft sie mir ein vor lauter Innerlichkeit und Edelmut. Also: Bissel Angie darfst ruhig hineinmanschen in die Schlußszenen, nicht nur Weihrauch!

Elisabeth hat recht, verstehst du! Das ist Politik.

Sie schminkten sich, Afra saß in der Maske, einem Bretterverschlag mit einem Gehänge von festlichen Glühbirnchen und der alles überschreienden, sich in alles einmischenden Mutter des Regisseurs, dieses Dreizentnerlämmchens, von dem sie sich Monate hatten kujunieren lassen. Alle trugen die Farben auf, die sie wollten, nur Afra blieb unbeschäftigt und hielt ihre Hände mit den hellen Nägeln ruhig im Schoß. Einer von den Verrätern pinkelte, von einem Paravent nur halb verborgen, in das armselige, rostige Waschbecken, die einzige Wasserstelle dieses wunderbaren Theaters, die für die Schauspieler zugänglich war.

Es duftete nach feinstem Gras. Eine halbvolle Flasche Hausmarke brut stand auf einem Tischchen, darunter ein Kasten Bier, eine Tüte mit altbackenen Brezeln und ein nach Leberkäs duftendes Stück Pergamentpapier. Der kleine Hund von Hasinko war grade dabei, es aufzufressen. Afra dachte ohne Furcht an den bevorstehenden Abend. Sie fühlte sich vollkommen wohl, sie wünschte sich nichts anderes als diesen Lärm, diesen Raum, die Gesellschaft dieser Menschen, die sich zwar nicht für sie interessierten, ihr aber einen Platz gegeben hatten, der niemand anderem gehörte als ihr, nur ihr, so, wie sie war.

Für die Medea geht sie nur äußerlich, hörte sie den Wolf sagen.

Was bildest du dir ein?

Afra sah nicht, mit wem er sprach.

Eigentlich müßte die Hose einen Spalt offenstehen, verstehst du, ganz selbstbewußt, wie man eine Soutane offenstehen läßt. Medea: Dafür ist sie viel zu tranig. Deshalb ist ja die Maria eine Rolle für sie – völlig leidenschaftslos, aber hingebreitet wie ein Bettuch. Das ganze Getue mit der Frau Direktor, mit der Elisabeth, ist ja nur Würdezickerei. Es geht eben nur der einen um die Macht, der anderen gehts um die Dekoration und um die Männer. Deshalb: Aufs Schafott!

Medea? Sie wär ideal, sogar das Bayrische, die Dame kommt ja aus der Barbarei – aber die richtet selber hin, und sie will geil sein und nicht geil machen, das ist der Unterschied. Unsere Dicke hier will geil machen. Muß es auch geben. Als Medea wird der Neuenfels seine Wahnsinnsgattin über die Bühne scheuchen müssen: Die macht das. Ich kann die Medea zur Zeit nicht besetzen.

Wieso reden wir eigentlich jetzt über die Medea? Konzentriert euch gefälligst. Im Augenblick kraxelt die Blüte der deutschen Kritik, hoff ich, über unseren Bauschutt und wird sich erst einmal die Hosenbeine aufreißen und die Krampfadern zerkratzen. Und dann: Auf die Biergartenbänke und den Rücken gradegehalten. Kissen sind mitzubringen. Zum Trinken ist hoffentlich genug da?

Auch dafür war der Bühnenbildner Curti verantwortlich, der deshalb vor lauter Verzweiflung mit dem etwas gestörten Sohn eines Brauereibesitzers geschlafen hatte.

Im Foyer, dem ehemaligen Kesselhaus, standen ein paar Fässer Bier.

Hättest du dir nicht einen anderen aussuchen können? fragte der Wolf später. Ausgerechnet das schlechteste Bier von der ganzen Stadt!

Dann fick du dir doch das nächstemal ein Lastauto voll Roederer zusammen, gab Curti zur Antwort.

Sie konnten in der Garderobe die Geräusche der Premierengäste hören, Ausrufe, wenn sie die dicht hintereinander gestellten Biergartenbänke sahen, Begrüßungsschreie, unterdrücktes Gelächter.

Alle, alle waren gekommen. Die Old Lady von der Abendzeitung ebenso wie der hundeäugige verhinderte Konzertpianist, der wie ein Folterer gefürchtet wurde. Aus der Ferne, sogar aus Berlin waren sie angereist, jene, die Brecht selber noch gesehen und auch ein paar Jahre vorher nichts Besseres zu tun gehabt hatten, als ins Theater zu gehen. Niemand sollte ihnen vorwerfen, sie würden bei einer wichtigen Drehung des geliebten Karussells fehlen.

Sich zum Neuen vorzukämpfen: Mühe, aber Pflicht! sollte einer am nächsten Tag, nachdem er sich seine zerkratzten Beine mit Jod eingepinselt hatte, schreiben.

Die Old Lady versuchte, aus ihrem Abendjäckchen ein Sitzkissen zu falten, und stoppte ihre Laufmaschen mit Spucke. Schon lange hatte sie sich im Theater nicht mehr so wohl gefühlt.

Der Wolf, längst im Kostüm, sein Gemächt zwar freigelegt, aber unter der Wampe kaum sichtbar, stand am Vorhang und atmete schnaufend. Niemand konnte ihn hören, denn schon vor Einlaß des Publikums hatte die Musik begonnen, und die Mischung aus Moussorgskij und Miles Davis seufzte und hämmerte durch den schwarzverhängten Raum.

Ihr könnt gar nicht anders, sagte der Wolf immer wieder.

Ihr kommt mir nicht aus. Ich jag euch dahin, wo ich euch haben will.

Der Wolf war sechsundzwanzig Jahre alt.

Und wenn Baal nur Leichen um sich sah / War die Wollust immer doppelt groß, sagte er. Das kommt als nächstes, wartet nur ab. Man muß stark sein, denn Genuß macht schwach. Ich werd eine Stelle einbauen, damit ihr aufspringen und eine Faust machen könnt. Das tut ihr doch zur Zeit so gern. Und dann dem von der anderen Weltanschauung eine reinhauen, weil er keine Faust macht und nicht mitsingen mag. Heut aber noch nicht, flüsterte er schnaufend durch seinen Vorhangspalt. Heut werdet ihr erst einmal zu Meßdienern und Kranzeljungfrauen, besonders du, du ausgevögeltes altes Luder. Rührt dich keiner mehr an, oder nur, damit du ihn nicht verreißt? nahm er sich eine andere, sehr wichtige Kritikerin vor, deren mächtiger Hintern ihr einen natürlichen Schutz vor der Härte der Holzbänke bot, und die, in eine blaue Lederjacke gezwängt, eine Baskenmütze mit einem roten Emailsternchen auf den blonden Haaren und ein rötliches Hermestuch um den Hals, wie ein als FDJ-ler verkleideter Mops aussah.

Sie hatte über den Wolf anläßlich einer Inszenierung von KAPUTT geschrieben, Mangel an Sorgfalt und Überfluß an Lautstärke seien noch keine Genialität, und die Elemente des Bauerntheaters oder des Mysterienspiels müßten sich eine andere ideologische Befragung gefallen lassen als früher.

Das hatte er nicht verziehen. Pharisäer. Revolutionsmitesser. Scheißhausfliegen des Menschheitstraums!

Er sah, daß sogar einige Überläufer aus der Literatur gekommen waren und sich ahnungslos über den unbequemen Zugang beschwerten. Es freute den Wolf zuzusehen, wenn der kleine, rotköpfige Alleswisser mit einer tänzerischen Geste stolzer Jugendlichkeit seine mörtelverklebten Hosenbeine zur Schau stellte und der kobraköpfige Robert-Musil-Exeget seinen Abscheu langsam zurücknahm und schulterzuckend mit einem falschen Lächeln zwischen zwei Todfeinde sank, denen er nun nicht mehr entkommen konnte. Rechts von ihm ein Dichter, und links auch, politische, natürlich, und beide hatte er verrissen.

Wolf hatte sich abgewendet, die Musik füllte den Raum und zwang die auf den harten Bänken sitzenden Gäste, sich ihr anzuvertrauen.

Niemand lachte, als die kreischende Mutter des Regisseurs im Ton der Nürnberger Vorstadt anhub und fragte WAS MACHT IHR, SIR? WELCH NEUE DREISTIGKEIT! ZURÜCK VON DIESEM SCHRANK! während der Tanztheo als Paulet wie eine Ente mit dem Bürzel wackelte und aus einem aufgebrochenen Schrank Kondompäckchen, Wasserpfeifen und Bücher des MÄRZ Verlages, leicht an ihrem lauten Gelb zu erkennen, zusammen mit Peitschen, einem Lederkorsett und einer großen Schachtel MON CHERI fielen.

Zwei oder drei Stunden bleibt die Welt stehen, sanft rollt sie dorthin, wohin sie geschubst wird und verharrt, wenn der Richtige es ihr befiehlt.

So war es auch in der Zuckerfabrik, aber niemand hätte danach sagen können, was nun bewegt worden war, in jedem und jeder von denen, die auf den Bänken saßen.

Sie redeten und schrieben natürlich ganz andere Dinge, aber der Wolf, ein nachlässiger Melvil mit Blick und Ohren im Publikum, hatte die Atemzüge genau gespürt, als die Afra Stuart leise und mit der kaum noch hörbaren Sprache des Gäus sagte: DIE KIRCHE ISTS, DIE HEILIGE, DIE HOHE / DIE ZU DEM HIMMEL UNS DIE LEITER BAUT / DIE ALLGEMEINE, DIE KATHOL'SCHE HEISST SIE / DENN NUR DER GLAUBE ALLER STÄRKT DEN GLAUBEN / WO TAUSENDE ANBETEN UND VER-

EHREN / DA WIRD DIE GLUT ZUR FLAMME UND BEFLÜGELT / SCHWINGT SICH DER GEIST IN ALLE HIMMEL AUF

Die FLAMME war dem Wolf ewig nicht recht gewesen.

Schärfer! Gefährlicher! die redet nicht von einem Sonntagsgottesdienst in Ampfing, sondern von etwas Bedrohlichem. Letztendlich ist es egal, um welchen Glauben aller es sich handelt, verstehst du? Elisabeth weiß das. Sie ist Politikerin: Und das: DIE FLAMME – sag es schärfer! ist das einzige, was ihr wirklich ans Leder gehen kann. Das muß sie hören.

Du bist zwar nur ein bewußtloses Gefäß, du gibst die Macht anderen in die Hände, den Männern, verstehst du. Aber die sind nichts ohne dich! Sag FLAMME, verdammt nochmal.

Bei der Premiere war es gekommen, wie es sollte, das Wort, und die gescheite, kahlköpfige Axt hatte eine Elisabeth gespielt, der man auch die erfolgreiche Leitung der Bayerischen Hypobank zugetraut hätte.

Man kann, wird Afra ihrer Tochter erzählen, nicht beschreiben, was das Theater war. Man kann die Wahrheit nicht behalten. Noch am gleichen Abend ist sie weg, und alles, was nachher kommt, ist armselig und traurig.

Du schneidest das Pappröhrl auf, das Kaleidoskop, in dem du die schönen Muster gesehen hast. Es ist nicht leicht zum Aufschneiden, das harte Papier, das Milchglas vorn mußt du zertrümmern. Und was hast du in der Hand? Ein paar Splitter.

Weg sei ein solcher Abend, verschwunden. Die Aufregung über die Kritiken – die Weishäupel, ja, eigentlich die ganze Grafenstraße hätte gesagt, jetzt werde sie berühmt, nein, sie sei es ja eigentlich schon, ein Anfang, wie er besser nicht sein könnte. Wenn, sagte die mittlerweile sehr dick gewordene erste und letzte schwarze Maria Stuart der Republik, wenn du nicht in der Nacht von der Premierenfeier aller Wahrscheinlichkeit nach angepflanzt worden wärst – es kann ein paar Nächte später gewesen sein, aber ich glaub, es war nach der Premierenfeier –, wenn ich also nicht eine ziemlich bleibende Erinnerung an die Zeit hätte, würde ich kaum noch dran denken. Irgendwie mittenrein kam dann auch noch der Tod vom Kilivater. Eine, was wollt ich sagen, aber da brauchst du nicht beleidigt sein, Erinnerung, das warst du, aber auch viel mehr, das weißt du, Bärle, ich hätt sonst kaum mehr was von der Zeit damals übrig, und es ist doch so schön gewesen.

Ihr seid arm dran, daß ihr das nicht erlebt habt, nicht nur das Theater, sondern die ganze Revolution, wo alle mitgelaufen sind, weil man nichts dafür hat lernen müssen, genau wie beim Theater damals.

Nivea wird ihrer Mutter wie immer entzückt zuhören, denn viel Gelegenheit, in deren Leben hineinzugucken, hat sie nicht. Zum Kommunionsbild, das sie bei der alten Aurelia entdeckt, werden die Bühnenfotos ihrer Mutter als Maria im Kerker kommen, hauchdünne Zeitungsblätter, auf Karton aufgeklebt, als sei das alles hundert Jahre her und nicht erst fünfzehn.

Die Nachtigall ist da selber schon bekannter, als ihre Mutter es je war, aber deren Eintagsruhm ist wichtiger und schöner.

Bei der Premierenfeier hat es Brezeln und das schlechte Bier gegeben, sagt Afra, wegen dem der Curti damals den armen Deppen von der Brauerei nicht mehr losgeworden ist. Die berühmten Leute von überall hätten doch was anderes gar nicht angerührt, wegen der Dritten Welt und dem Krieg und allem möglichen. Mich haut es immer wieder um, wenn sie für dich eine CD-Präsentation machen oder wenn euer Heini von Produzent seinen Dreißigsten feiert. Mit der Fresserei ist es ja wunderbar, aber früher bist du dir als guter Mensch vorgekommen, und das war auch nicht zu verachten.

Bei der Feier damals hockte Afra erst einmal schweigend und unzugänglich in irgendeiner Ecke, bis auch der letzte Kritiker vor Neugier, Solidarität und Verständnis fast platzte. Afras Auffassung von der Maria – ganz neue Aspekte für das abgebrauchte Stück bürgerlicher Literatur – Sprengkraft und revolutionärer Impetus des Glaubens – das Katholische nur als Metapher und Elisabeth, deren Macht und politische Klugheit durch die vollständige Entweiblichung sich als verhängnisvoll selbst entlarve – Afra hörte zu und gab sich kaum Mühe, die Wörter, die angenehm klangen, zu verstehen.

Die Wörter ersetzten den Wein und das feine Essen, sie ersetzten Musik, Mode, Verführung und Rausch. Anstelle von all dem, dem Müll, dem wohlriechenden Abtritt, wie der Wolf in scharlachfarbenem Seidenkaftan sagte, war das Wort getreten und vermochte alles zu ersetzen.

Ob er das bedauere? fragte seine Hauptdarstellerin, die ihn gar nicht hatte fragen wollen, vorsorglich.

Ja, er gebe zu, daß ihm ein paar der abgelebten Formen fehlten. Der Genuß dürfe nicht gänzlich versaut werden, den er an einem besseren Bier wie diesem oder eher noch an einer anständigen Flasche Champagner verspüre. Ob Afra das verstehe?

Sie verstand es nicht, Champagner hatte sie noch nie getrunken, und ihr Inbegriff von wundervollem Essen war ein Schweinsbraten mit ganz dünner Kümmelsoße, Krautsalat mit gerösteten Speckwürfeln und frische Reiberknödel.

Was Menschen unter Genuß verstanden, schien unterschiedlich und nicht in Übereinstimmung zu bringen. Zum erstenmal erinnerte der Wolf sie an ihren desertierten Lehrer Wolinski, der auch oft irgendwelche unzugänglichen Genüsse beklagt hatte, ohne genau zu sagen, was ihm denn so dringend fehle.

Einen Rausch konnte man von allem kriegen, das spürte Afra, die das Trinken nicht gewöhnt war, am späteren Premierenabend sehr genau.

Bis dahin hatte sie nie über ihre Verführungskünste nachgedacht. Ganz einfach: Was immer die Männer von ihr gewollt hatten – schüchtern, ungelenk, manche vor lauter Angst auch frech und fordernd –, konnte sie ihnen geben, und sie staunte immer wieder darüber, wie leicht das war.

Ihre Tugend brauchte sie nur selten zu verteidigen, die Männer waren ja mit so wenig zufrieden und schneller außer Atem, als man sich vorstellen konnte.

Wie schön sie seien, mußte man ihnen sagen, wie stark, daß sie, Afra, Angst vor ihnen habe und das Wiedersehen dennoch gar nicht erwarten könne, dann die Menagerie der Liebe noch heruntergebetet: Löwe, Bär, Tiger mein Puma, je weniger die Wörter paßten, desto glücklicher war der Kunde, den sie so nannte.

Mit dem schönen Wollkopf im Schoß ist alles egal, werden die meisten Männer gedacht haben, bei einer Schwarzen können die Wünsche schon waghalsiger werden.

Die Premierenfeier aber hatte Afra ihrer angenehmen, abwartenden Sicherheit beraubt, denn sie war plötzlich in den Wolf verliebt. Jedenfalls wurde das von Axt Paralisi diagnostiziert. Die erfolgreiche Maria Stuart schaue wie ein abgestochenes Kalb drein.

Vor allem bei dem kleinen Lied im Kerker waren sogar denen die Tränen in den Hals gestiegen, die gemeint hatten, ihren Gefühlen längst entwischt und damit fit für die Neue Zeit zu sein. Erschrocken hatten die Revolutionäre Reste von Seelenschlamm in sich hochsteigen gespürt, die Kehle so eng und die Nase so feucht. Einer von ihnen würde am nächsten Tag, noch ganz aufgeweicht von den üppigen, sehnsuchtsvollen Stuartliedchen mit Südstaatentönen, in seiner Wochenzeitung streng schreiben, daß die Gefahr bei der ansonsten hochinteressanten und das Stück aus einer ganz unbekannten Richtung befragenden Inszenierung die Bedienung der bürgerlichen Ruine Sentimentalität sei. Da habe der Regisseur vom strukturalistischen Ansatz abgelassen und dem spätkapitalistischen Affen Zukker gegeben. Der Darstellerin in ihrer wunderbaren Bewußtlosigkeit und Täter-Opfer-Vermischtheit sei das nicht anzulasten, sondern es sei ihr sogar für das fremde, wilde Element zu danken. Aber trotzdem!

Der neue Star saß herum, blies Trübsal, machte sich, wie Hasinko und die Paralisi meinten, unnötig wichtig, es reiche doch schon, daß ohne jede intellektuelle Leistung ihrereits die Sache einigermaßen gut gegangen sei. Froh solle sie darüber sein, denn Bestand habe das keinen, und die Liebe zum Exotischen reiche nicht als künstlerisches Programm. Trinken und ein bißchen kiffen solle sie, einer habe sich erbarmt und ein paar Flaschen Wein und Gin gespendet. Die Hasinko hielt der traurigen Maria Stuart einen Joint wie ein Trompetchen hin, groß und süß duftend.

Daran kannst du dich halten, sagten sie ihr. Das mit dem Wolf haben wir alle durchgemacht, denk doch nur an die Axt mit ihrem Sarg. Nicht einmal das hat was genützt. Das ist wie bei der Analyse, da verknallst du dich auch in deinen Analytiker, und wenn er aussieht wie der Glöckner von Notre Dame. Das geht vorbei.

Er treibts mit niemanden, den er kennt. Einmal im Jahr verschwindet er nach Amerika, da sind sie weiter. Vielleicht läuft auch hier manchmal was, sagten sie, er kann sich ja nicht so leicht verstecken. Jemand hat ihn mal im American Number One gesehen, da, wo die Banker hingehen. Und als wir ihn gefragt haben, was er da wollte, hat er geantwortet, die hätten als einzige in der ganzen Stadt Sessel, in die er bequem hineinpaßt.

Jetzt rauch was und freu dich! Deine Singerei, sagte die Axt gnädig, solltest du ausbauen. Wirklich nicht schlecht. Den Sound kriegen wir nicht hin, das kann man eben nicht lernen. Vergiß den Wolf, schau ihn doch an, willst du wirklich mit dem ins Bett? Der drückt dich doch platt, in jeder Beziehung. Du mußt da durch.

Alle redeten durcheinander in der staubigen Halle, in der noch immer der leise Gestank des Sirups war. Heimatlich war dieser Geruch, Afra dachte an Rübenfelder mit fetten, gelbwerdenden Blättern, an die Schnapssäckchen, die ihr die Ahne in den einsamen Nächten in den Mund gesteckt hatte, an den rosaweißen Pfefferminzzucker des Zigeuners. Aurelia hatte sich bei ihr noch nicht gemeldet, aber etwas von daheim war da, das spürte sie. Jemand neben ihr hatte ihr die ganze Zeit geduldig ihren Becher gefüllt, schon zum vierten oder fünften Mal.

Hör auf, ich werd besoffen, sagte Afra und hielt ihm den Becher hin. Es ist aber ein schönes Gefühl!

Das überraschte Afra, denn die Bilder der Betrunkenheit hatte sie aus dem Gäu mitgebracht. Der Kilivater, verzerrt und den Himmel, die Welt und die Menschen mit furchtbaren Schreien verfluchend, oder die mühsame Vornehmheit der Hebamme, der Biergestank im Wirtshaus des armen Hias, über dessen Tod sie nie mit jemandem gesprochen hatte, die bösen Gesichter der Bäuerinnen, die ihre Männer zur Kirche schleppten, weil sie nicht mehr allein gehen konnten, und die sie nach der Messe resigniert am Wirtshaus stehenließen – das alles war Suff und hoffnungslos häßlich, schlammig und ohne Grund unter den Füßen, wie früher, vor gar nicht langer Zeit, die Wege im Gäu.

Hier aber – Afra schaute sich um. So schön lachten die Mädchen, die Männer tanzten in einer Ecke zu einer klagend-munteren Musik, Rauchwolken ringelten sich duftend über den Köpfen, der Geschmack des Weins war besser als der von Süßigkeiten.

Sie schaute ihren neuen Freund an, der sagte: Du hast doch jedes Recht, dich zu besaufen, bei der Leistung, die du heut abend abgeliefert hast.

Afra war ihm dankbar dafür. Der da hatte sie begriffen und schien sie nicht anders haben zu wollen, als sie war. Alles war in ihrem Kopf, sie hätte alles gleichzeitig aussprechen und fühlen können, die allerschönsten Wörter standen ihr plötzlich zur Verfügung, willfährig, sie brauchte nur unter ihnen auszuwählen.

Der tote Hias und ihre befreite Krähe, die späten, graublauen Teppiche der Ahne, aber auch die bunten, die alten Bücher im Häuschen der Aurelia und Maria Stuart, sanft und todgeweiht vor der klirrenden Elisabeth, die weißen Würmer auf dem Abtritt, das Geräusch der fallenden Äpfel am Tag ihrer Flucht in die Stadt: alles konnte sie jetzt diesem neuen Freund erzählen. Was war der fette Wolf dagegen, der nichts von ihr wissen wollte? Nichts von ihr wissen.

Willst du was von mir wissen? fragte Afra den Jungen, der neben ihr saß. Ganz schwarz war er angezogen. Etwas Ledernes, etwas Seidenes? Sie konnte es nicht erkennen, aber sie sah, daß seine Haare golden waren wie das Häcksel auf den Wegen im Gäu, und seine Haut weiß.

Einen so weißen Menschen hatte sie noch nie gesehen. Eigentlich waren die Weißen gar nicht weiß, das war ihr schon früher aufgefallen, wenn sie sich mit den anderen kleinen Mädchen im Dorf verglich: Die waren gelb oder rosa, rötlich, manche auch grau.

Dieser aber war ganz weiß und auf dem Rücken seiner Hände wuchs ein goldenes Fellchen.

Alles will ich von dir wissen, sagte er. Ich bin der Siggi.

Gehörst du dazu? fragte Afra.

Ich gehör nirgends dazu! antwortete der Engel. Ich bin nur deinetwegen da. Die anderen sind doch nur ein Haufen Parasiten und Hofnarren. Schau dir das Pack an, das ihnen nachläuft. Da ist wieder so einer.

Er deutete auf den Literaturmenschen, der sich verirrt hatte und nun in rauhen, abgehackten Sätzen auf Wolf einredete.

Immer die Form, die Form, die Form! sagte Siggi. Als ob es um die noch ginge. Der da tut so, als wäre der dialektische Materialismus noch nicht erfunden worden und als könnte man die Welt retten, wenn man Naphta und Settembrini endlos weiterquasseln ließe.

Afra lehnte sich zurück und ließ die Wörter durch den Raum klingeln, schön und extra für sie gemacht.

Der Engel namens Siggi sagte: Entschuldige, da komm ich ausgerechnet dir mit dem Bildungsbürgergeschwätz. Der Wolf wäre schon längst auf dem richtigen Weg, wenn er nicht so eitel wär. Das ist die schlimmste Sorte: die es besser weiß und sich doch mit dem Feind ins Bett legt. Die muß man als erste liquidieren.

Afra erschrak und schaute den Wolf an, den sie eines Tages haben mußte, sonst würde sie sterben. Sie trank ihren sechsten Becher Rotwein und sah die Dinge klarer und klarer. Der Wolf mußte warten. Sie war noch nicht reif. Alles, wonach er in Amerika oder sonstwo suchte, konnte sie lernen. Der goldene Siggi würde ihr etwas beibringen.

Was machst du? fragte sie.

Ich bin Verlagslektor, antwortete er stolz. Deswegen kenn ich die Scene besser als die vom Theater. Das gefiel Afra besonders. Der Mann tat etwas anderes als ihre bewunderte Truppe. Er war kein Sieger über den Wolf, aber auch keiner von denen, die sich ihm täglich unterwarfen.

Er hatte einen Beruf, wenn sie auch nicht wußte, was das für einer war.

Bäcker und Friseuse, Bauer, Schauspieler und Totengräber: das waren die Broterwerbe, die sie kannte, aber Redakteur und Soziologe, Therapeut und Consulter – was die taten, blieb ihr verborgen. Sie waren aber wichtiger als die anderen.

Spät in der Nacht, nach einem Blick auf den Wolf, der sich schon mehrere Zigarillos in die Taschen gesteckt hatte und vor sich hin zu glimmen schien, nach einem verabschiedenden und alkoholgeschärften Rundblick über die feiernden Kunstfreunde, von denen keiner auf Anhieb hätte sagen können, welches Stück es gewesen war, das sie da feierten, nahm Afra den neuen Freund bei der Hand und führte ihn in ihr rosa Zimmer.

Die Grafenstraße schlief längst, die Hausmeisterin bewachte nichts, kein Hund meldete den frischgebackenen Star, der zum erstenmal einen Mann mitbrachte. Auch Siggi war ein bißchen betrunken und ließ weder Staunen über das rosa Museum noch Erschöpfung nach den vielen Treppen erkennen. Nur die fröhliche, durch den Wein noch kühnere Liebeskunstfertigkeit Afras, die er nicht erwartet hatte, verblüffte ihn.

Das bin ich überhaupt nicht gewöhnt, sagte er schüchtern und begeistert, und als sie sich schließlich als Jungfrau erwies, sagte er, noch ganz außer Atem: Das hättest du mir aber sagen müssen. Damit kann ich ad hoc gar nicht umgehen. Das ist verantwortungslos von dir! Sein Unmut und seine Angst, daß die Schwarze jetzt an ihm hängen würde, hinderten ihn nicht daran, Afra den unbekannten Rest der Liebe gründlich und mehrmals beizubringen.

Sie habe damals, sagte sie zu ihrer Tochter, die ganze Zeit an den Wolf gedacht, an dieses Mannsgebirge, an dem sie so gern hinaufgestiegen wäre wie der Engel auf der Jakobsleiter und den sie viel besser hätte verwöhnen können als diesen weißen Zaungast.

Den traf sie in den folgenden Wochen noch einige Male, aber es stellte sich heraus, daß Siggi mit Afra nichts anderes tun konnte als ins Bett gehen, oft, aber gleichbleibend und schrecklich wortlos. Er besuchte sie nicht mehr im Theater, obwohl die Inszenierung ein Erfolg wurde und die fünfzehn von neuen Filmen, Tourneen und Festivals zu reden begannen.

Die Kritik verbeugte sich, und das Publikum war erleichtert, weil es weinen durfte und sich dessen, mit politischen Erklärungen wohlversehen, nicht zu schämen brauchte.

Afra zeigte ihrem ersten Geliebten den Krankenhausgarten mit den leeren weißen Stühlen, den Hof des Hauses, in dem sie lebte, sie schleppte ihn zu Maja Weishäupel und zum Geschichtenerzähler aus dem Parteibüro, und wenn er es von ihr gefordert hätte, wäre sie bereit gewesen, ihre rosa Sammlung auf den Müll zu schmeißen. Aber er wollte nichts von ihr außer dem, was sein Schwanz wollte.

Geh, hatte der alte Sozi zu ihr gesagt, der ist doch windig! Hochnäsig daherreden tun sie ja alle, da muß man sich dran gewöhnen, das gibt sich auch wieder. Aber der läßt ja nur Spruchbänder aus dem Maul. Daß dir das nicht auf den Nerv geht. Du bist doch gescheit, Mädel.

Maja Weishäupel gefiel er.

Den halt dir, Kind, sagte sie, das mit der Berühmtheit kann ganz schnell vorbei sein, aber mit einem Mann wie dem kannst du dir was aufbauen. Der ist clever, das sieht man. Der weiß sich durchzusetzen.

An was merkst du das? hatte Afra von ihr wissen wollen.

Das sieht man, das ist Lebenserfahrung.

Ein paar Wochen später stand die leicht verknitterte

Hebamme Aurelia in der Grafenstraße und sah Afra entgegen. Statt einer Begrüßung lachte sie und sagte: Dir wird bald der Rock vorn zu kurz sein.

Da mußte Afra es wahrhaben, ob sie wollte oder nicht. Aurelia hatte sich, wenn sie diesen Spruch sagte, noch nie geirrt.

Es ist erst einmal nicht gekommen, antwortete Afra.

Das reicht! sagte Aurelia. Was glaubst du denn? Deine Mutter hats vorausgesehen, aber ich wundere mich doch drüber. Irgendwie bist du schon wie die Theres, da mach ich mir nix vor. Und trotzdem, wenn ich dich so anschau: Ganz anders. Ich komm nicht dahinter! Was wirst du machen?

Ich? fragte Afra und dachte an das beruhigende Stäpelchen Sparbücher, das sie hinter den rosa Pralinenschachteltürmen angehäuft hatte – ich? Nichts.

Willst es am End einfach kriegen? fragte die Brünnerin erstaunt. Ich geb zwar nichts auf deine Bühnenkarriere, das ist, wenn du mich fragst, eine Mode und geht schnell vorbei. Immerhin war es doch ein Anfang, vielleicht wärst du in die Werbung gekommen oder in ein gutes Restaurant!

Das hab ich gern! sagte Afra wütend. Nur, weil ich mit meinem Leben nicht hausieren geh und ihr nichts wißt, bildet ihr euch ein, ihr könnt mir die Richtung sagen. Das ist aber vorbei. Meine Mutter hat mich mit dreizehn Jahren in die Stadt gegeben, ausgesetzt wie einen Mischlingsköter, und das war ich vielleicht auch. Ich hab für die Scheißnonnen, diese hinterlistigen alten Ziegen, den Rücken krumm gemacht und der Weishäupel ihre ranzige Mütterlichkeit ausgehalten, weil ich nicht gewußt hab, wohin. Ich bin immer allein gewesen, aber jeder hat mich beobachtet und hat gemeint, er kann mich herumkommandieren.

Das Theater: Glaub doch du nicht, daß ich mir einbilde, ich wär die Becker oder sonstwer. Oder eure Leuwerik.

Romy bin ich auch nicht, und nicht Carmen Jones, sondern nur ich. Verstehst du: nur ich.

Außer den Sachen in meinem Zimmer, log sie, gehört mir gar nichts. Und trotzdem hab ich mich bisher durchgebracht und muß niemandem Dankeschön sagen. Das ist das wichtigste. Warum soll ich kein Kind kriegen? Es wär meins. Wer von uns hat schon Männer dazu gebraucht? Die einzige, die einen gehabt hat war die Marri vom Kilivater, und der ist das saumäßig schlecht bekommen. Und auf eins kann ich mich verlassen, der Weg geht wieder retour, das, was ich krieg, wird in jedem Fall heller sein wie ich. Da kannst du Gift drauf nehmen!

Aurelia sah ihren großen Schützling an, den sie noch nie wütend gesehen hatte. Afras Gesicht, sonst glatt wie poliertes Holz, mit ganz kleinen, sanften Bewegungen des Mundes und der Augenbrauen, sah wie der Wasserspeier an der Kirche aus.

Auch der Wolf, dem sie die Neuigkeit erzählte, während Aurelia sich im Zug überlegte, wie sie die Nachricht und den Entschluß im Dorf und bei der Theres loswerden könnte, sah das Wasserspeiergesicht seiner sanften und nachgiebigen Stuart und sagte, vielleicht sei es doch ein Fehler gewesen, ihr die Medea nicht zuzutrauen.

Das ist überhaupt die Idee! Wir inszenieren sie für das Frühjahr und nutzen die Schwangerschaft aus. Eine schwangere Medea, das gibt einen ganz neuen Aspekt. Der Kindermord einmal anders. Die Weiberausnützung aufs Äußerste getrieben.

Afra hatte keine Ahnung, wer diese Medea war, und es interessierte sie auch nicht.

Sie hörte dem, von dem sie das Kind lieber gehabt hätte, nur nachlässig und halbherzig zu. Bei der Truppe stieß sie auf Verständnis und Begeisterung.

Als sie auch noch sagte, daß ihr der Vater völlig egal sei

und daß sie nicht wünschte, ihn wiederzusehen, glaubten die fünfzehn, daß sie die einzig echt Emanzipierte in ihrer Mitte bisher sträflich mißachtet hätten.

Man traut dir das ja gar nicht zu! sagte Axt und steichelte ihr schüchtern über den noch völlig unveränderten Bauch.

Weil du ja nie was sagst. Und weil du die Stuart so spielst, daß man dir eigentlich eine reinhauen müßte. Aber wir kriegen das Kind schon durch, und du wirst sehen, man kann das alles zusammenbringen. Du solltest auch nicht mehr allein da wohnen.

Aurelia, längst wieder im Gäu angekommen, erzählte niemandem, was da in der Stadt in einigen Monaten zu erwarten war.

Sie dachte nach. An dem Mädchen war ihr etwas aufgefallen, das sie an sich selbst erinnerte, an die junge Aurelia im versunkenen Brünn.

Sie besuchte Theres und brachte ihr Grüße von der Tochter.

Springt sie immer noch auf dem Theater herum? fragte die. Was verdient sie da eigentlich? Sie könnt auch einmal was schicken, jetzt, wo ich mit dem Alten soviel zu tun hab und für den Hof zuwenig Zeit.

Ich glaub, sagte Aurelia, sie wird dir was schicken. Bald sogar.

VIERTES BILD
Salto Mortale

Eine Schwangerschaft geht nicht gemächlich vor sich, das wird nur behauptet: Die Frau werde beim Anschwellen immer innerlicher und trage einen entrückten Ausdruck sichtbar für jeden vor sich her wie ihren Bauch.

Afra erinnerte sich ungern an diese Zeit.

Als ihre Tochter endlich in die Schule gekommen war und sie wenigstens an den Vormittagen nicht mehr nachzudenken brauchte, womit sie das Kind von ihrem Leben und ihrer Arbeit ablenken könnte, erst an dem Tag also, an dem sie sie mit einer bunten Riesentüte voller Süßigkeiten dem Staat hatte in die Arme schicken können, hörte sie auf, an diese blöde Zeit zu denken. Zum Glück sorgte die noch immer lebende Revolution für Schutz und Liebe, und niemandem wäre es eingefallen, die sentimentale Entscheidung des schwarzen Stars für ein Kind zu kritisieren.

Wen interessierte schon der Vater, die Konventionen oder die Flüstereien der Bürger? Afra hatte noch mit einem Bauch Theater gespielt, der sie an ihren Großvater in seinen besten Zeiten erinnerte. Er starb, als sie im achten Monat war, und sie hatte geträumt, daß der Tote ihr seine Wampe angehext habe.

Was da drin ist, weiß ja keiner, sagte sie verzweifelt zu ihrer Kollegin Hasinko, die immer berühmter wurde mit ihrem lakonischen Pfannkuchengesicht und der Trümmerfrauenfrisur. Sie war zu einer guten Freundin geworden und blieb es, bis das Kind erwachsen war.

Du ahnst eben nicht, was du alles herumschleppst, lauter Brocken von Leuten, vor denen du Angst hast, die du verachtest oder die dir auf die Nerven gehen. Das ist da alles drin, in einen Sack gestopft und oben zugebunden, und der Sack ist dann dein Kind.

Zu anderen, sanfteren Zeiten schien ihr, als ob sie das Ding nie herauslassen werde, so stolz war sie darauf, und die Tatsache, daß der goldene Siggi ziemlich geräuschlos aus ihrem Leben verschwunden war, störte sie nicht.

Er, der das Recht dazu gehabt hätte, schien der einzige zu sein, der ihr den Besitz nicht streitig machen wollte. Alle anderen, Wolf, tatenlos wie er gewesen war, eingeschlossen, waren gleichzeitig mit ihr schwanger, redeten ihr drein, hätten gern ihren Anteil an dem Ding gehabt. Über die richtige Erziehung, den richtigen Namen, die richtige Umgebung, die richtige Ernährung, den richtigen Beruf wurden so viele unumstößliche Wahrheiten produziert, daß sie zur Beglückung ganzer Erdteile ausgereicht hätten.

Afra wehrte sich lange Zeit nicht gegen die Schmarotzer, die an ihrem Bauch horchten: Glaubst du, hatte sie einmal zur Paralisi gesagt, du kannst hören, was es für eine Farbe hat?

Ich bitte dich, hatte die geantwortet, wen interessiert denn das?

Mich! sagte Afra.

Es ist fast das einzige, was mich interessiert. Und ich kann daran genausowenig ändern wie an allem anderen. Ob es dem alten Teufel aus dem Gesicht geschnitten ist, oder ob es so wird wie meine Mutter, vielleicht hängt es sich ja auch auf wie meine Großmutter, oder es wird Künstlerin wie die Ahne. Ich hab keine Ahnung, was mein Vater dem Kind anhängen könnte, aber etwas Gescheites wird es schon nicht sein, und das Gemeine vererbt sich am sichersten, hat die Brünnerin gesagt. Die muß es wissen.

Das ist ja pures Mittelalter, sagte der Wolf.

Davon solle sie sich befreien: Allein sie selber und die Gesellschaft (die man dann schon aussuchen werde) seien für das Kind verantwortlich. Jedes Kind entstehe wieder ganz von vorn, erster Schöpfungstag. Die Vererbung? Ein übles Märchen, um den Privilegierten ihre Privilegien zu erhalten. In jedem Menschen sei die Menschheit enthalten, nicht die Familie, und solche Albernheiten wie die Augenfarbe oder eine Fähigkeit zum Auswendiglernen als Beweis für die Unausweichlichkeit der Entwicklung des einzelnen herzunehmen, sei Sozialdarwinismus oder schlimmeres.

Afra blieb stur und widersetzte sich der wahren Lehre.

Ich bin schwarz, sagte sie, weil mir einer das vermacht hat. Ich weiß sonst nichts über ihn. Nur, daß er schwarz war, weil man das bei mir sieht. Das hab ich geerbt. Das kann man nicht wegerziehen!

Nur wenn es einigermaßen weiß ist, hat es eine Chance.

Das ist eine Obsession! Immer wenn etwas sich den Erklärungen und Lösungen entzog, wenn etwas trotz aller politischen Begründungen nicht aufhören wollte, weh zu tun, nannten sie es eine Obsession. Was man, bitte, dagegen machen solle? Eine Therapie. Es besprechen. Es so lang hin- und herdrehen, bis es sich aus dem Staub macht.

Aber schwarz bleibt man! hatte Afra geschrien.

Du mußt es gut finden, war die Antwort gewesen. Denk an die Davis. Stolz mußt du darauf sein, denk doch an deinen Erfolg.

Als Afra erfuhr, daß ihr Großvater im Sterben lag, fuhr sie fast erleichtert zurück ins Dorf, unübersehbar schwanger. Die Vorhaltungen ihrer Mutter und der Hebamme und die Böszüngigkeit der Dorfweiber schienen ihr leichter zu ertragen als die fünfzehn, die ihr Tag und Nacht eine Erwähltheit, eine Verpflichtung, die endgültige Umkehr der

Welt vom falschen Weg, nur wegen dieser kleinen Made in ihrem Bauch, einreden wollten.

Im Zug saß sie in einem Abteil erster Klasse. Sie konnte sich das leisten, Geld war nie ihr Problem gewesen. An vielen verschiedenen Stellen war es untergebracht, Steuern zu zahlen wäre ihr nicht in den Sinn gekommen. Sie hatte sich erkundigt. Manche von denen, die ihr für ihre Freundlichkeiten Geld schenkten, verstanden etwas davon und gaben ihr gerne Auskunft: Das war für diese Männer, die in ihren Büros längst niemand mehr etwas zu fragen wagte, eine ganz neue Art Lust.

Erster Klasse nach Hause zurück. Der Zug roch nach Staub und altem Plüsch, Äpfeln, Bier und warmem Eisen, wie Reisen eben riecht. Sie wußten längst von Aurelia, daß sie schwanger war, aber den Bauch sehen war was anderes.

Afra weiß noch genau, wie sie damals, zehn Jahre ist das her, diese Reise zurück ins Gäu empfunden hat. Sie schaut ihre kleine, dünne und sehr helle Tochter an.

Dich hab ich überhaupt noch nicht gekannt, sagt sie, nur mit mir herumgeschleppt und mich dutzendmal verflucht, daß ich so wild drauf war, dich zu kriegen.

Angst hab ich gehabt, mein Gänseblümchen, mein Schneestern, Sahnetöpfchen, Trüffelchen! Afras Vergleiche, ihre weißen Namen für das Kind, werden schnell zu Namen für ihre Freßlust.

Geh, Mama, sagt Nivea und sträubt sich gegen die Hände ihrer Mutter. Sie ist fast zehn Jahre alt und will wie alle anderen Kinder sein.

Hör auf. Und der blöde Name.

Obwohl sie schon lange Arbeitsjahre mit ihm hinter sich hat, mag sie ihren Namen nicht und möchte lieber heißen wie die anderen in der Schule: Andrea, Nicole oder Nathalie, die unvergänglich leuchtenden Spuren der Lieblingsschlager.

Man muß reiten und Gitarre spielen können und Mireille heißen oder Nadine. Man sollte keine Mama haben, die so dick ist und so dunkel, die zu den Elternabenden immer in Rosa kommt, allein und ohne sich dessen zu schämen. Sie sollte nicht so viele Freunde haben und nicht so laut lachen. Sie müßte damit aufhören, ihrer Tochter die einzigartige Schönheit des Geldes immer von neuem einzureden: Daß sie, Nivea, so früh das Glück hatte, welches zu verdienen, könne sie gar nicht laut genug bejubeln.

Eines Tages wirst du sehen, daß ich recht gehabt habe, sagt Afra, und Nivea weiß nicht, was sie damit meint.

Trotz ihres mächtigen Bauchs war Afra durchs Dorf gegangen wie eine Siegerin, ihre Scham hielt sie mit Gedanken an ihre vielen kleinen Konten und Geldverstecke in Schach.

Jetzt grad! hatte sie laut gesagt. Zum erstenmal konnte sie trockenen Fußes den Hof betreten.

Ihre Mutter war längst viel kleiner als sie. Statt einer Begrüßung hatte Theres ihrer Tochter nicht zu fest auf den Bauch gehauen und gesagt: Jetzt hast den Dreck im Schachterl! Wie die Brünnerin erzählt hat, daß du am Theater bist und nimmer bei die Nonnen, hab ich gleich gewußt, auf was das hinausläuft. Gespannt bin ich, was dabei herauskommt.

Ein Kind wird es schon sein! hatte Afra zornig geantwortet. Oder was glaubst du? Ein Aff vielleicht?

Es ist trotzdem gut, daß du gekommen bist, sagte die Theres versöhnlich. Du kannst mir helfen, den Alten anständig hinüberzubringen. Verdient hat ers nicht. Ich weiß nicht, warum ich ihn nicht schon längst erschlagen hab.

Niemand ahnte, daß sie ihren Vater seit Monaten sachte verhungern ließ. Sein Stöhnen und Betteln nahm sie genausowenig wahr wie in den Jahren zuvor seine Wutschreie.

Theres zeigte ihrer Tochter die Verbandsstreifen, die zum Trocknen über dem Herd hingen, die Schüsseln, Siebe und Flaschen, in denen sie Kräuterauszüge und Essig angesetzt hatte.

Es hilft ja nix mehr, sagte sie zu ihrer Tochter, die Beine bleiben ihm offen, und jetzt fängts am Rücken auch an. Aber ich tu mein möglichstes, ich laß mir von keinem sagen, daß ich mich nicht gekümmert hätt. Du wirst sehen, ich halt ihn so sauber, wie er nie war, jetzt, wo er sich nimmer wehren kann.

Der Alte war nicht wiederzuerkennen, dürr und still lag er im weißen Bett, umgeben von einem fremden Geruch nach Krankenhaus oder Einbalsamierung.

Er drehte den Kopf zu seiner Enkelin und sammelte lange Kraft, ehe er eine Begrüßung herausbrachte. Ob er nicht mehr richtig sprechen konnte – hatte er es je gekonnt? Oder war ihm nur das Gebrüll abhanden gekommen und damit die Lust, jemandem etwas mitzuteilen?

Man hätt dich gleich erschlagen sollen, flüsterte er mühsam und versuchte, eine Hand nach seiner großen Enkelin auszustrecken, gleich am Anfang. Der Saukrieg. Wie wir heimgekommen sind, haben die Weiber schon nimmer pariert. Ungespitzt in die Erd hättest gschlagen ghört und deine Hur von Mutter auch. Sie laßt mich verhungern. Gib ein Bröckel Brot her!

Afra hatte nicht alles verstanden und brachte ihren Bauch in sichere Entfernung vom Sterbebett.

Die Dämpfe der Bosheit und des Todes konnten der Frucht schaden. Revolution hin oder her, das Dorfwissen war ein paar Jahre älter.

Ich bring dir was zum Essen, sagte sie zu ihrem Großvater.

Meinetwegen, sagte Theres, füttere ihn halt. Aber gib ihm nicht zuviel. Er wird mir sowieso jeden Tag schwerer beim Heben.

Noch fast zwei Wochen versuchte der Alte am Leben zu bleiben, gewaschen, mit Kräuterextrakt abgerieben und von seiner Enkelin gefüttert. Er greinte wie ein Säugling und hielt sich für die lange Zeit der Entbehrung schadlos. Feste Nahrung konnte er nicht mehr zu sich nehmen, aber er schnappte mit seinen harten Schildkrötenkiefern nach allem, was man ihm hinhielt. Manchmal sprach er, heiser und fast unverständlich.

Denkst, du brauchst keine Mannsbilder, sagte er zum Beispiel. Der Saukrieg. Da habts euch die Männer abgewöhnt und seids frech worden. Das Bankert da hast dir allein verschafft.

Wie kommt der Neger da herein? fragte er am vorletzten Tag seines Lebens die Theres.

Seine Augen konnten kaum noch die Richtung halten, seine Blicke rollten weg, irgendwohin.

Nur als der Pfarrer kam, wieder so ein zufälliger Gottesdiener, der seinen Sprengel genausowenig liebte wie alle seine Vorgänger, zwang der Alte sich zu einem letzten feurigen Ausbruch. Wie ein Junger schaut er, das armselige Gestell! sagte Theres überrascht.

Hauts ihn naus, den Kuttenbrunzer, den Schleimscheißer, das Gottesarschloch, schrie der Bauer. Anlügen tun sie einen. Nix is davor, nix danach. Und mittendrin auch nix. Weil sie einem das nicht gönnen. Schmeißts ihn naus mitsamt seinem Stinkfassl und seinem heiligen Getue.

Der Ministrant, der erst schlechtgelaunt das Weihwasserkesselchen geschwenkt hatte und lieber zum Fußball gegangen wäre, freute sich sehr, und Theres sagte mit mühsam verhohlenem Triumph: Seiens nicht bös, Herr Pfarrer, er ist nimmer recht bei sich.

Jetzt bin ich bei mir, Hur, gemeine! schrie der Kranke und versuchte, sich im Bett hochzustemmen.

Jetzt bin ich angekommen bei mir. Und jetzt nützts nix mehr.

Afra hörte zu und ertrug gleichmütig die beleidigten Blicke des Priesters auf ihren Bauch. Der Alte gefiel ihr, und sie dachte, wenn das Ding ein ganz kleines Stück von ihm erbt, wird es schon nicht so schlimm sein.

Die Kraft des Kilian reichte aber nicht mehr aus, um sich gegen die Segnungen und Tröstungen der Heiligen Mutter Kirche zu wehren. Und als er dann endlich starb, sagte Theres etwas, das viele Jahre vorher, als der Krieg sie vor ihm zu bewahren schien, ihre Großmutter gesagt hatte: Jetzt können die da droben schauen, was sie mit ihm machen. Denn in den Himmel mußte er zwangsweise kommen, weil es ihm nicht mehr gelungen war, sich vor der Letzten Ölung zu drücken.

Er bekam eine schöne Leich, der Bauer, und Theres zeigte sich würdevoll mit ihrer schwangeren Tochter beim Begräbnis und beim Leichenschmaus. Das ganze Dorf erwies ihm, dem einzigen Mann in der Familie, eine tadellose letzte Ehre. Keiner erinnerte sich mehr an seine Frau Marri, von der er auch im Tode verschont blieb, denn er wurde inmitten unbescholtener Christenmenschen begraben, wie es sich gehörte, nach dreitägiger und nächtlicher Totenwache, an der teilzunehmen die Hebamme Afra verboten hatte.

Was willst denn noch alles verkehrt machen? fragte Aurelia aufgeregt. Du hast dich schon bei der Pflege viel zu nah zum Tod hingestellt, das ist nicht gut für die Frucht. Wenn du dich jetzt zu der Leiche setzt, kann ich für nichts mehr garantieren. Du wirst schwermütig, oder das Kind geht ab, das hat es alles schon gegeben.

Laß nur, sagte die Theres. Ich paß schon auf, daß er nimmer aufsteht. Den größten Stein, den ich auftreiben kann, laß ich auf sein Grab stellen. Dann ist endlich Ruh.

In der Küche hatte sie eine Menge Papier auf dem Tisch ausgebreitet, Lagepläne und dünne, vergilbte Urkunden. Das war ihr Erbe. Papier. Ein paar Wiesen, auf denen in Ewigkeit nichts wachsen würde, wenige Äcker, die sie allein nicht mehr bearbeiten konnte.

Sie brauchte kaum Geld, aber der Gedanke an die im Boden schlafenden Reichtümer machte sie ganz schwindlig. Noch war die Wiese einfach eine Wiese und der Rübenacker ein Rübenacker, doch man konnte allenthalben sehen, daß darauf ganz andere Dinge wuchsen. Siedlungen, Einkaufszentren, Mehrzweckhallen und Holzlager, die Stadt hatte sich wieder einmal auf den Weg gemacht und wollte in die Dörfer.

Da heißts auf dem Posten sein, sagte Theres zu ihrer Tochter und blätterte liebevoll in den Papieren, während der Alte zwischen Kerzen nebenan lag und keinen Mucks mehr tat.

Das kann das ganze Leben ändern.

Ach Mama, hatte Afra da geantwortet, bei dir wird keiner bauen, wenn du eine Wiese hast, bleibts eine Wiese, und auf deinem Rübenacker wachsen Rüben und nicht einmal besonders große. Die wichtigen Sachen hast du immer umsonst gemacht. Das ist dein Fehler gewesen. Die paar Fetzen saures Land verändern nichts.

Theres hörte ihrer Tochter gar nicht zu. Sie hätte nicht verstanden, wovon Afra redete und daß sie nur jenem Geld vertraute, das mit den eigenen Händen verdient war. Davon hatte Theres keine Ahnung, und Aurelia, die in der Stadt das eine oder andere bemerkt und sich den schönen und wahren Hurenreim darauf gemacht hatte, beobachtete und hielt den Mund.

Was wünschst du dir? fragte Aurelia ihren Zögling nach der Beerdigung des alten Bauern.

Daß ich nie mehr hierher zurückkommen muß, sagte Afra. Daß es weiß wird. Daß meine Mutter so weit wie möglich von mir wegbleibt.

Danach haben sie dann die Pilgerfahrt nach Augsburg gemacht, die Hebamme und Afra. Ganz kurz vor der Niederkunft waren sie dorthin gefahren, wo angeblich die Namenspatronin, über die viel geflüstert worden war, schon seit mehr als tausendfünfhundert Jahren ruhte.

Es kann nichts schaden, wenn du sie bittest, hatte Aurelia gesagt. Was soll man denn anderes machen als eine Fürbitte? Da brauchst du gar nicht besonders stark zu glauben, es haut öfter hin, als man denkt. Woran das liegt, ist doch egal.

Afra versuchte, sich die Gesichter der fünfzehn vorzustellen, besonders das von Wolf, der vom Mittelalter und der religiösen Repression reden und dabei schauen würde, als erwarte er den göttlichen Blitzschlag und als sei dessen Fehlen nur der Schlamperei des Allerhöchsten zu verdanken.

Auch der Wolf kam aus einer Gegend, in der man Holzsplitter und verdörrte, mit falschen Edelsteinen bedeckte Fingerglieder anbetete.

Die fünfzehn, sagte Afra zur Brünnerin, und die Revolution: Das ist das eine. Aber es braucht noch was anderes. Ich will dem Kind alles mitgeben, was es gibt: Der Schutz durch die Heilige Afra soll Gleichheit, Freiheit und Brüderlichkeit ergänzen.

Wie alle Pilger sahen sie kaum etwas von der Stadt, ein mittelgutes Hotel, in dem sie ein Zimmer teilten, und die sanft bergan führende Straße, die sich in einem schönen Bogen zu den beiden Kirchen schwang, der großen und der kleinen.

Nicht, daß du denkst, ich glaub dran, daß es was hilft, sagte die Brünnerin nachts, auf dem Bettrand sitzend, zu

Afra, die verlegen auf der dem Fenster zugewandten Ehebetthälfte lag. Ihr Bauch drückte, aber drin bewegte sich nichts.

Die Ältere war ihr zu nah. Das war sie nicht gewöhnt, es machte sie verlegen und mißmutig.

Wenn du nicht dran glaubst, daß es was hilft, hatte sie geantwortet, warum sind wir dann hergefahren?

Weil du wieder einmal Erster hast fahren wollen, sagte Aurelia und lachte. Und weil ich glaub, daß du was über deine Patronin wissen solltest.

Irgendwas stimmt mit ihr nicht, das weiß ich schon lang, sagte Afra und hielt die Hände fest auf den Bauch gedrückt – ist das eigentlich normal, daß es so im Kreuz zieht? –, sie haben bei der Weishäupel schon immer darüber geredet, aber was mit ihr ist, habe ich nie rausgekriegt, war mir auch wurscht.

Hast nie im Heiligenkalender nachgeschaut? fragte die Hebamme.

Warum? antwortete ihre Mitpilgerin mürrisch. Hätts was geändert? Ich hab den Namen wie die Farbe, ich kann für beides nix, aber es hängt mir an, was nützt es, wenn ich weiß, warum?

Bist du in deinem Theater auch so, daß du alles hinnimmst und nix fragst? sagte Aurelia, während sie langsam ihr Mieder aufhakte und sachlich, wie an einem Baumstamm, an sich herunterstrich. Mit dem Nachthemd über dem Kopf zeigte sie einen weißen, wohlerhaltenen Leib mit kleinen Brüsten, für die sie das Mieder nicht gebraucht hätte.

Afra schaute nicht hin. Deswegen mag er mich vielleicht, der Wolf, sagte sie. Wie ein Batzen Lehm, meint er. Kannst eine Figur draus machen oder einen Ziegel.

Das mit dem Lehmbatzen, antwortete Aurelia, durch das Nachthemd gedämpft, das hat schon einmal jemand gesagt. Da brauchst du nicht stolz drauf zu sein, bei Gott nicht.

Bin ich aber. Nur die Medea hat er dann doch nicht mit mir gemacht. Die hat irgendwer aus Frankfurt besser gekonnt.

Sie waren später mit ihrer Heiligen ganz allein gewesen, in einem runden Raum unter der großen Kirche, in dem ein glatter, grauer Steinsarg stand.

Oben gab es einen Altar, der jener Afra gewidmet war und auf dem eine Figur stand, zum Himmel schauend und von Flammen umgeben. Auch die Schmucksäulen des Altars trugen wie zum Hohn niedliche, kleine Flämmchen.

Die schwarze Afra hielt ein Traktätchen in der Hand und sagte: Was heißt das? Venusdienst?

Eine Hure ist sie gewesen, antwortete Aurelia.

Ich bin sicher, daß deine Mutter nichts davon gewußt hat. Eine Hure im vierten Jahrhundert. Wie das wohl ausgesehen hat, so ein Bordell damals? Zeigs doch mal her das Büchel, schau, da schreiben sie, daß das gar nicht stimmt und daß sie in Wahrheit eine Jungfrau war, die sich mit ihrer Mutter zusammen hat taufen lassen. Eine Hure und eine Jungfrau! Da kannst dus wieder sehen, sowas fällt nur Mannsbildern mit Röcken ein.

Das geht, sagte Afra ruhig. Was ist daran so Besonderes?

Aurelia antwortete nicht und schaute sich in der leeren Krypta um.

Ein paar Blumen hätten sie schon hinstellen können, sagte sie. Immerhin bringt die ja Geld in die Stadt, wenn Fremde kommen. Sankt Ulrich und Afra heißt die Kirche. Das ist wieder typisch! Einem Weib allein eine ganze Kirch überlassen, das käm ihnen nicht in den Sinn. Und schon gleich einer solchen!

Wo ist sie eigentlich hergekommen, fragte Aurelia das

frühchristliche Patenkind, das in dem kleinen Heftchen hin- und herblätterte, als fehle das Wichtigste.

Aus Zypern, antwortete Afra. Sind die dort schwarz? War sie vielleicht eine Schwarze? Ihre Mutter war eine Königin, steht da, und der Name heißt Afrikanerin.

Vielleicht sind schon damals Neger irgendwo vorbeigekommen. Armes Luder! sagte die Brünnerin mit echtem Mitleid. Hätt sie nicht den Schmarrn mit der Taufe gemacht, dann wär sie wahrscheinlich reich und friedlich alt geworden. Ein Puff kommt nicht aus der Mode.

Da würde ich nie hineingehen, sagte Afra und legte die Hand auf den Sarkophag, in dem wer weiß was ruhte, vielleicht sogar die Restchen ihrer Namensgeberin.

In dem Heft steht, die Flammen auf der Lechinsel, wo sie sie verbrannt haben, hätten ihr nichts anhaben können. An was ist sie dann gestorben? Und warum steht trotzdem da, an den Knochen hätten sie Brandspuren gefunden? Entweder so oder so, aber doch nicht beides! Das widerspricht sich doch!

Mein Gott, antwortete Aurelia, man möcht meinen, du hättest immer noch nicht begriffen, was Katholischsein heißt. Nimms halt hin! Sie selber hat nicht gebrannt, aber ihre Knochen. Und sie ist eine Jungfrau gewesen, aber gleichzeitig eine Hure. Beschützen tut sie sie bestimmt, die Huren! Jetzt mach Fürbitte, damit wirs hinter uns bringen.

Laß es weiß werden, sagte Afra leise und schnell, ich tu dir auch was zu Gefallen. Ich schick dir Blumen. Laß es weiß werden und mach, daß keiner was von dem, du weißt schon was, merkt.

Sie dachte an den Totenpoldi, der sich nicht gescheut hatte, auf den im Tode respektierten und geachteten alten Bauern Kilian, den Vater- und Großvaterteufel, ein merkwürdiges Gedicht zu machen. Auf das Grab wagte er die Tafel natürlich nicht zu stellen, aber Theres und Afra hatten sie am Kastanienbaum neben dem Wirtshaus hängen sehen. Es war jener Baum, an dem der Alte hunderte Male sein Wasser abgeschlagen hatte, der Totenpoldi wußte das wie jeder im Dorf.

Afra dachte nicht gern an das Gedicht, denn es schien ihr zuzugrinsen, so, als könnte der versoffene Totengräber ahnen, was sie tat. Sie wußte, daß das nicht möglich war und daß ihre winzige Schauspieler- und Klatschspaltenkarriere alle Verdächtigungen überstrahlte, aber trotzdem.

Als sie mit der Hebamme ins Hotel zurückging, drehte sie sich noch einmal nach der großen Basilika um und sagte: Schaden kanns ja nichts. Sie wird gewußt haben, wie es zugeht im Leben. Wie alt ist sie eigentlich geworden?

Es ist tausendsechshundert Jahre her, antwortete Aurelia. Da kommt es nicht mehr drauf an. Habt ihr eigentlich das Taferl vom Totenpoldi wieder heruntergetan von dem Baum? fragte sie dann.

Welches Taferl? sagte Afra, dem Wolf, dem Theater, Maria Stuart und sonstwem sei Dank, kühl und verwundert.

Entschuldige, daß ich gefragt hab, du brauchst nicht so zu tun, als wär dir egal, was draufgestanden hat. Aber ich versteh dich. Hier haben wir nichts mehr zu suchen. Vielleicht hats geholfen. Auf jeden Fall weißt du jetzt, was für einen Namen du hast, sagte Aurelia. Am Bahnhof trennten sie sich, die Hebamme fuhr zurück ins Gäu und Afra in die Stadt, diesmal zweiter Klasse.

Aurelia, ins Dorf zurückgekommen, machte einen Umweg an der Kastanie vorbei. Die Holztafel war nicht mehr da. Die Wörter aber steckten in den Köpfen der Dörfler, es waren schöne Wörter, die man sich leicht merken konnte.

Niemand wußte, daß Theres die Tafel auf den Boden des Hühnerhauses gelegt hatte, und bald war die Schrift vom scharfen Hühnermist weggefressen.

Jetzt hockt der Kilian drunt in der Höll
Brennen und braten muß seine Seel
Tochter und Enkelin Arm in Arm
Machen hier oben den Mannsbildern warm
Schlecht ist der Stamm und sauer die Frücht
Wird der Herr rufen beim Jüngsten Gericht

Die letzten Wochen ihrer Schwangerschaft waren mühsam für Afra, und die Treppen zu ihrem Zimmer in der Grafenstraße schienen ihr jeden Tag höher zu werden.

Sie schleppte zwanzig Kilo, fünfundzwanzig, zum Schluß dreißig Kilo mehr hinauf unters Dach, und sie stellte sich die abwechselnd als Säcke voller Kartoffeln oder Kornsäcke vor.

Mit dem Spielen war erst einmal nichts mehr. Es gebe zwar reizvolle Männerrollen für diese Statur, die der seinen zu ähneln beginne, sagte der Wolf, der sie wohlwollend angeschaut hatte, aber sie wolle sicher weder den Falstaff noch den Baal spielen, ins Darstellergehege würden sie einander bestimmt nicht geraten. Dafür werde er sorgen. Gegen das Gerücht, er sei der Vater des zu erwartenden und von der Boulevardpresse immer wieder ins Gerede gebrachten Kindes, hatte er nichts.

Afra besuchte in den letzten Wochen immer öfter jene, die sie während ihrer Anfangszeit in der Grafenstraße beschützt hatten.

In der Not kann man die alten Freunde brauchen! hatte Maja Weishäupel spitz gesagt, aber sie freute sich über die Besuche der keuchenden, nahezu unbeweglichen Afra.

Du wirst Wasser in die Füße kriegen!

Obwohl Maja in den letzten Jahren etwas füllig geworden war, fühlte sie sich in Afras Gegenwart geradezu zierlich. Auch deswegen genoß sie deren Besuche. Und der Geschichtenerzähler, durch einen verblüffenden Dreißigprozenterfolg bei einer Kommunalwahl mit seiner armseligen Partei kurzfristig versöhnt, schaute sie an und sagte: Reschpekt! Sinds mehrere?

Am verwundertsten war Afra, als sie entdeckte, daß ihre Liebeskunden sich weder von ihrem Zustand noch von ihrer Mächtigkeit an irgend etwas gehindert fühlten, ganz im Gegenteil. Afra ließ sich das Gestreichel und Gelecke gleichmütig, manchmal sogar gern gefallen. Wie ein riesiger Schokoladenkuchen lag sie auf ihrem Bett, lachte über die kindische Entdeckerfreude und schnelle Zufriedenheit der Männer und schob die Scheine, die sie ihr in einer Mischung aus schlechtem Gewissen, Mitleid und Gier bereitwilliger als sonst gaben, fürs erste in eine rosa Keramikvase.

Sie überdachte an den Nachmittagen, während die Liebkosungen an ihr abliefen, ruhevoll ihr weiteres Leben: Mit einem Kind, aber nach wie vor allein. Hier in der Grafenstraße würde sie nicht bleiben können. Sie wollte zwar ihr rosa Zimmer behalten, aber für sich, als geheime Zuflucht.

Erst durch ihre Schwere und Faulheit war sie bereit gewesen, den einen oder anderen Kunden hier zu empfangen, wenn aber auch nur eine Stimme in der Grafenstraße das Unerhörte ausspräche, wäre die ganze Straße für sie verloren. Das wollte sie nicht.

Ich hab immer gearbeitet, man braucht doch nicht jedem zu erklären, was! sagt sie zu ihrer Tochter, als die in die Schule kommt. Was die hinschreiben sollen? Was sie wollen. Hausfrau. Das schreiben sie doch immer.

Es hieß, Afra habe das Kind fast im Gehen verloren. Sie war kaum an ihrer alten Arbeitsstelle, bei den Nonnen, angekommen, da begann schon die Geburt, etwas zu früh, und Afra bedauerte flüchtig, daß sie nicht Aurelia gebeten hatte, die Sache mit ihr zusammen in irgendeinem ruhigen Zimmer abzumachen. Sie fühlte sich bedrängt, weil Dinge mit ihr geschahen, die ihr keiner erklärte, und Bemerkungen von dieser unbekannten Hebamme fielen, für die Afra ihr gern eine gelangt hätte.

Es ging aber alles so schnell, das Rasieren und die Maske mit dem Gas, saukalte Hände und immer wieder neidische kleine Sätze über welche, denen es ja nicht reiche, jede Woche in der Zeitung zu stehen und bei den Zersetzern des schönen Vaterlands dabeizusein, die die königliche Kunst auf dem Gewissen hätten und nur Dreck und Hurerei verbreiteten, Blutschande und noch Schlimmeres, sie müsse sich auch noch ein Kind anhängen lassen, ob sie nicht nachgedacht habe?

Immer, wenn Afra antworten wollte, nahm ihr etwas die Luft, nicht nur der Schmerz, den hatte sie sich eigentlich schlimmer vorgestellt, sondern ein Gefühl von Unabänderlichkeit. Was immer jetzt da herauswollte, es würde dasein, wenn man es am Leben ließ. Man konnte nicht davor weglaufen oder noch einmal überlegen und anders entscheiden.

Aber jetzt war es zu spät zum Nachdenken.

Noch gab es die Revolution, das konnte die bösartige Stimme neben ihr zu spüren bekommen, wenn sie nicht aufpaßte. Sie würde selber in der Zeitung stehen, nicht zu knapp, wenn sie ihr reaktionäres Gerede nicht bleibenließe. Für den Wolf und seine Truppe samt den Hinterherläufern von den Abendblättern wäre so eine ein gefundenes Fressen.

Dann, nach sehr kurzer Zeit, die aber anders zu messen war als gewöhnliche Stunden, war das Kind da.

Aus Afras großem Leib war etwas viel Kleineres gekommen, als alle gedacht hatten. Das Mädchen wog knapp fünf Pfund, soviel wie ein normales Bauernbrot, und war keinen halben Meter lang. Afra versuchte, durch die Schmiere und das Blut etwas zu erkennen. Als es gewaschen worden war, sah sie: Weiß.

Die werden meistens noch dunkler, sagte die fremde Hebamme.

Halts Maul, antwortete die Wöchnerin müde. Das wird sowenig dunkler, wie ich heller geworden bin, Weiberschinderin, neidische. Immer zuschauen, wenn andere was tun, was du nicht kannst – das macht grantig.

Das Kind ist so weiß, kaum eine Weiße würde so ein weißes zustande bringen: Schauen Sies ruhig genau an. Es ist nicht rot oder gelb, sondern wirklich weiß!

Die Hebamme tat stumm, was sie tun mußte, versorgte Afra – über deren Zeit im Krankenhaus sie von den wenigen übriggebliebenen Nonnen seltsame Andeutungen gehört hatte – mit spitzen Fingern und wollte dann das verpackte, kleine Kind mitnehmen. Die Patientin hatte für ein Einzelzimmer bezahlt und würde vermutlich vom Professor selber beguckt werden, vorher war dafür ja keine Zeit mehr gewesen.

Das Kind bleibt da, sagte die Wöchnerin.

Es muß aber auf die Säuglingsstation! antwortete die Hebamme.

Es fehlt ihm nichts, es bleibt da. Es gehört mir. Es ist kein Viech, was sie dir erst schenken und dann wieder wegnehmen, es ist ganz allein meins. Und das schönste ist, daß man es nicht sieht, dachte sie.

Die Hebamme holte sich höhere Weisungen. Es waren widerliche Zeiten, selbst in diesem Land, dem letzten, in dem Gott noch wohnte – man wußte nicht mehr, wer etwas galt und wer nicht. Das verlausteste und rassisch unsauberste Volk wurde in den Himmel gehoben, Kriminelle und Huren saßen in der Oper und wurden vom Ministerpräsidenten begrüßt, Prinzen speisten mit Negern, das Geld floß in die finstersten Kanäle, schöne und wohltuende Musik wurde verspottet, dafür war ein magerer Strizzi, der nicht einmal gescheit deutsch konnte, seit Wochen erfolgreich mit einem Stück, in dem kaum etwas geredet wurde und dafür um so mehr getrieben. Die Kirche schien ohnmächtig. Was nützen Bannflüche von der Kanzel herunter, wenn keiner zuhört? Und jetzt lag so eine auf der Privatstation, die noch vor wenigen Jahren hier geputzt und vielleicht noch ganz andere Dinge getan hatte.

Afra wollte ihr Kind Tag und Nacht bei sich haben. Sie mußte hinschauen, hinschauen, in das kleine, weiße Gesicht mit den dunklen Haaren, nicht blond wie der fast vergessene Siggi, sondern bräunlich und dünn. Die Augen dunkel, aber die Haut weiß, unveränderbar, wenn man sie, die Mutter, jede Minute aufpassen ließ.

In ihrem Arm wurde es noch weißer.

Zierliches Persönchen haben Sie da in die Welt gesetzt, sagte der Chefarzt später, privat war privat, da zählte nicht, wie die Patientinnen in das hübsch quadratische Weltbild des Doktor Löbl paßten.

Man muß sie doch nicht heiraten, Sie blöde Kuh! hatte er zu der aufgebrachten Hebamme gesagt, die nicht alles auf die Welt bringen wollte, beileibe nicht. Wenn man sie nur vorher fragen würde. Der anschwellende Strom kleiner Jugoslawen, Afrikaner und Türken würde von ihr schon eingedämmt werden. Und jetzt die!

Noch dazu eine hiesige, der man schon die zweite Sündengeneration nachweisen konnte.

Ihre Vorstellungen vom gesunden Volkskörper, hatte der Arzt gesagt, sind zwar sehr ehrenwert, und wenn es nicht zur Zeit so unpopulär wäre, würde ich Ihnen auch beistimmen.

Es ist ein Jammer, daß das ganze alte Kriegslaub wieder heraufgeholt worden ist, der ungute Moder. Das geht aber auch wieder vorbei. Die Jungen, mit denen Ihre schwarze Kundschaft auf Kundgebungen herumgeschrien hat, werden auch älter. Darauf kann man sich verlassen. In der Zwischenzeit, liebe Frau, müssen wir ein paar Kröten schlukken, auch wenns uns gegen den Strich geht. In einer halben Woche ist sie wieder weg mit ihrem Kind – auffallend hübsches Kind, übrigens! Der Vater offenbar hundert Prozent weiß! Na, suum cuique! – also reißen Sie sich zusammen und regen Sie sich nicht auf. Das Kind können wir ihr stundenweise lassen, machen die Amerikaner auch, rooming in. Immer wieder was Neues. Stillt sie?

Sie will nicht, antwortete die Hebamme erbittert.

Können Sie sich das vorstellen? Hat Milch wie eine Kuh und will sie nicht hergeben. In einem winzigen Anfall von Hellsichtigkeit meinte der Arzt nachdenklich: Sie glaubt wahrscheinlich, ihre Milch macht es schwärzer.

Es soll nicht mehr von mir bekommen, als es unbedingt braucht, sagte Afra zur Hasinko, die sie besuchte und ihr ein Buch über die Schrecken der Kindheit mitbrachte, damit, wie sie sagte, ein paar Grundfehler von vornherein verhindert würden.

Ich bin nicht sicher, sagte die blonde Schauspielerin, der man grade einen Filmpreis und die Mechthild-Medaille verliehen hatte und die pro Drehtag zweitausend Mark bekam – auf der einen Seite bindest du sie wahrscheinlich zu sehr an dich, wenn du sie stillst, aber auf der anderen Seite gibt das jede Menge Abwehrkräfte.

Ich hab längst entschieden, sagte Afra, sie kriegt die allerbesten Sachen, aber nicht von mir. Und Abwehrkräfte kann ich ihr auf andere Art beibringen.

Das Baby war still, sehr zart und schön, es hatte einen traurig vernünftigen Blick und lächelte noch nicht. In den Winkeln seiner Augen zeigten sich winzige Hautfältchen, über die der Chefarzt den Kopf schüttelte, sie aber nach eingehenden Untersuchungen für das Ergebnis irgendeiner Blutbeimischung, von der man nichts wisse, erklärte und Mongolismus ausschloß.

Sehen Sie, sagte er zu Afra, das ist doch besser: einen unbekannten Polynesier oder Filipino in der Ahnenkette als ein wirklich böses Knötchen in den Genen!

An diesem Abend holte Afra gegen den Protest der Schwestern ihr Kind aus dem Bett, umhüllte es mit einem der drei Dutzend gestrickter Tücher, die sowohl aus dem Gäu als auch von vielen verwarteten Theaterproben in die Klinik geschickt worden waren, und ging, nachdem sie sich eine doppelte Schicht Binden gegen den Wochenfluß in die Hose geschoben hatte. Windeln für alle, murmelte sie. Keine Sekunde bleib ich hier noch, wer weiß, was aus dem Kind wird, wenn mans länger daläßt.

In die Grafenstraße wollte sie fürs erste nicht zurück, sondern sie rief von einem Café aus den alten Fritz Rost an, den legendären Kopfwehkönig, der aber in der Zwischenzeit eine Reihe respektabler Rollen gespielt hatte.

Natürlich war er zu Hause, sie hatte, obwohl sie seine tausend Verpflichtungen und Vergnügungen kannte, nicht daran gezweifelt. Daß bei ihm Platz genug war, wußte Afra. Ob er Lust hatte, wußte sie nicht, aber man konnte aus der schwarzen Mutter mit Kind eine hübsche Geschichte für alle möglichen Zeitungen machen, und das würde ihm gefallen.

Wenn Afra in seiner Stimme am Telefon ein Zögern, die Rundfunkfreundlichkeit oder sein Reklamelächeln erkannt hätte – sie wäre niemals zu ihm gegangen. Er schien sich aber wirklich zu freuen.

Plärrt es viel? fragte er aufgekratzt. Hier ist es manchmal so still, daß ich die Wände hinaufgehen möcht. Seit die Leut denken, ich wär alt, schonen sie mich, und ich hab keine Ahnung, wie man sich dagegen wehren soll. Wenn ich am Set bin, schleppen sie mir immer Stühle und Thermoskannen und den Produktionsarzt an, es ist zum Ausderhautfahren. Wo doch die Jungen viel weniger haltbar sind! Wer weiß, warum sie nix vertragen, wir haben doch dreimal soviel geraucht und getrunken. Ich hab bis zu meinem zweiundsechzigsten Lebensjahr nicht einmal gewußt, was ein Blutdruck ist. Es ruft auch, außer wegen der Arbeit, keiner mehr an. Gescheite Freunde hat man ja sowieso wenig, und die fangen jetzt an und erzählen über nix wie ihre Krankheiten, es gibt kaum was Faderes. Andererseits trauen sie sich daheim nicht, drüber zu reden, weil sie alle die zweite oder dritte Frau haben, und die soll doch denken, daß sie den Oberstier eingefangen hat.

Es ist eine gute Idee, Mädel, daß du angerufen hast. Komm nur her, es hat keine Eile, kannst bleiben, solang du willst. Der Haushalt schaut auch so aus, als tät er sich über einen Besuch freuen. Spielen wirst du die erste Zeit ja sowieso nicht können, im Vertrauen, es ist auch nicht dein Job, nichts für ungut. Darüber können wir reden, wenn du da bist. Ich hab noch einen, der ab und zu kommt, einen Musiker, den wirst du mögen. Die Spezln aus der Politik hab ich aufgegeben, sie sind mir zu blöd geworden. Mittlerweile wollen sie nicht einmal mehr pieseln gehen, ohne daß einer vom Fernsehen dabei ist. Das wird immer schlimmer! Also, setz dich in ein Taxi. Hast Geld? Du hast ja, fällt mir ein, irgendwie immer Geld gehabt, merkwürdig. Komm nur her.

Was braucht denn so ein Kind? fragte er noch ängstlich, aber Afra gab keine Antwort.

An diesem Frühsommertag begannen die zwei ruhigsten und schönsten Jahre in ihrem Leben. Ob sie für das Kind genauso wichtig waren – darüber denkt man nicht nach, wenn etwas anfängt.

Wenn Afra ihre Tochter in den kleinen Park schob, in

dem die Gitarrenzupfer und Grasraucher um das Lusthäuschen herumlagen und sich aufs angenehmste um niemanden kümmerten, setzte sie sich manchmal auf eine Bank und wartete, bis Passantinnen das Kind bewunderten.

So ein goldiges Pupperl, so fein, ganz was Besonderes, passens nur gut drauf auf, Fräulein.

Niemand brachte das kleine Mädchen mit ihr in Verbindung, sie war ganz selbstverständlich die Dienerin ihrer Tochter. Angela Davis' Schatten war blasser geworden, und es galt wieder als akzeptabel, einem Menschen aus der Dritten Welt zu krisenfester und gutbezahlter Arbeit zu verhelfen.

Seltsamerweise erkannte niemand mehr die Schauspielerin aus der Fünfzehntruppe, und ihre Kunden kamen nicht in solche Parks.

Axt Paralisi, die nur noch selten in der Stadt war, machte sich eines Tages auf die Suche nach der alten Kumpanin, weil sie neugierig auf das Kind war. Fritz verwies sie in den Park, doch sie erkannte Afra nicht gleich. Die war noch immer sehr dick, und die Paralisi beobachtete, wie eine ältere Frau mit Hündchen Afra ansprach. Sie deutete auf das Kind im Wagen, schüttelte mit dem Kopf und schien Afra heftig zu ermahnen. Als die Paralisi näher kam, sah sie, daß Afra weinte.

Sie begann aber sofort zu lachen, als die Axt sich in den Wagen beugte und das Kind bewunderte.

Wie bist du um Gottes willen auf den Namen gekommen? fragte sie.

Ja, da haben sich alle aufgeregt, sagte Afra zufrieden, aber bei Che und Liberacion und Pasionaria haben sie sich nichts gedacht. Ich soll sie Angela nennen, hat Wolf gesagt.

Aber warum sollte ich ihr einen schwarzen Namen geben? Nivea, die Schneeweiße, und eine Heilige, die für irgendwelche Überraschungen sorgt, gibt es auch nicht. Es war natürlich ein Aufstand beim Anmelden, aber zur gleichen Zeit war einer da, der seinen Buben Orsos hat nennen wollen, nach einem Sattelschlepper, den er erfunden oder gebaut hat, und da haben sie die Nivea durchgehen lassen müssen.

Maria heißt sie auch noch, für die Taufe hab ich ihr den noch zusätzlich gegeben. Man muß sie ja nicht so rufen. Mit dem Namen wird sie was Großes. Sie kann sagen, daß sie schwarz ist, wenn es mal wieder Mode wird, oder sie kann weiß sein – wie sie will. Ich habe das nie gekonnt.

Arme Person! sagte die Paralisi spöttisch, und arbeiten willst du auch nicht mehr, weil alle dich ja nur ausbeuten. Hör mal zu: Bei den fünfzehn ist keiner, der nicht eine hausgroße Macke hat und sich bis in die Steinzeit dafür leid tun könnte, fang du nicht auch noch damit an.

Der eine mit der bösen Mama und der nächste mit der lieben Mama, die Naziväter oder eben nicht Naziväter, der sexuelle Krampf oder das Bier, der Frustfraß wie beim Wolf oder Bettnässerei oder was weiß ich – irgendeinen Grund, auf dem Hintern zu sitzen und sich leid zu tun, gibt es immer.

Du hast doch Theater gemacht, Kunst! Das ist nicht bloß eine Spielerei oder das Vergnügen daran, wie die Großkopferten dreinschauen, wenn in Kabale und Liebe die Luise dem Ferdinand an den Sack greift oder wenn im Sommernachtstraum der Esel echt ist. Es ist etwas anderes. Du kannst jetzt nicht einfach werfen wie irgendeine Katz, und das ist es dann gewesen!

Ich habe keine Macke, sagte Afra still, ich bin nur schwarz. Und das Theater hat nicht mich haben wollen, sondern die Schwarze. Das genügt nicht, dir brauch ich das nicht zu sagen.

Sie schauten den Leuten im Park zu, denen man nicht ansah, was sie waren und was sie sich wünschten.

Nivea schlief, sie schlief in den ersten Jahren sehr viel, als müßte sie mehr Kräfte sammeln als andere Leute.

Vielleicht, sagte die Paralisi, hast du recht. Für mich wär es nichts mit der Ruhe, so künstlich. Du bist grade sechsundzwanzig und redest wie eine Rentnerin, auf dem Bankerl sitzen und den Kindern zuschauen.

Meinem eigenen. Meinem eigenen!

Kinder als solche interessieren mich nicht, ich weiß auch gar nichts über sie. Eigentlich habe ich vor Kindern immer Angst gehabt. Aber sie gehört mir, das ist der Unterschied. Und ich werd ihr nicht nur zuschauen, das kannst du mir glauben.

Du solltest anfangen abzunehmen! versuchte die Paralisi ein anderes Thema, sonst kannst du dir jede Art von Weitermachen von vornherein abschminken.

Paß auf, antwortete Afra böse, das kommt von allein, wenn es an der Zeit ist. Ich bin, wie ich bin. Nicht wie ich will: Das habe ich mir, wie du weißt, nicht aussuchen können. Ihr könnt euch den Busen kleinschneiden oder aufpumpen, jede Farbe könnt ihr euch auf den Kopf schmieren und die Augenbrauen herausreißen: oder einfach alles hängen lassen, wie es will, und sagen, grad so ist es richtig, und grad so ist es gut. Alles gehört euch, das Gleichbleiben und das Anderswerden. Und genau das hab ich nicht gehabt und werd es nie haben. Das macht mir zwar viel weniger aus, als du denkst, und was ich haben will, kriege ich auch, im Gegensatz zu dir mit deiner Kunst, denn nach der Premiere liegst du in deinem Sarg – hast du den noch? –, oder du machst deine saukomplizierten Liebesübungen mit irgendwem, eine Tragödie nach der anderen.

Vielleicht ist das was Schönes! sagte Afra versöhnlich. Ich kenns halt nicht. Einmal hab ich mir eingebildet, ich wär in den Wolf verschossen, aber es war vielleicht nur, daß ich irgendwas hab spüren wollen. Vielleicht. Es könnt auch sein, daß ihr das alle so macht und es nur nicht eingesteht. Was bedeutet das Aussehen, dein Kahlkopf damals und jetzt der viele Schmuck und die zehn Zentimeter langen Krallen oder der Hasinko ihr Meerjungfrauengetue? Was ist das mit der Liebe? Wie kriegt man heraus, wieviel von dem einen man haben und hergeben muß, damit man das andere kriegt?

Der einzige von euch, der das weiß, ist der Wolf: Der sitzt in seinem Fett und wartet, bis er bei euch die kahlen Stellen sieht – und da sät er dann sein Zeug. Es wächst, ihr seid für kurze Zeit froh, und dann gehts wieder von vorn los. Mit Nivea, hoff ich, gewöhn ich mir das alles ab.

Redselig bist du geworden, sagte die Paralisi freundlich. Kann sein, daß du recht hast. Es interessiert mich aber nicht. Da hast du jetzt so ein kleines Beutelchen, deutete sie auf den Wagen mit dem winzigen schlafenden Kind, in das soll jetzt alles hineinpassen. Mir wird ganz übel. Wie oft haben wir über die repressive Zuneigung geredet, daß es einen gradheraus abwürgt und ankotzt, wenn man seine Alten nur sieht oder hört. Genau dafür legst du den Grundstein, und damit dir keiner ein paar Wahrheiten sagt, gehst du zu dem alten Gauner, zu diesem Handlanger der Verblödungsindustrie, und machst dir eine ruhige Zeit, bis deine Brut soweit ist, daß du sie verbiegen kannst.

Was um dich herum geschieht? Fehlanzeige.

Wie war das bei der Olympiade? wird das Kind fragen.

Ich hab kaum was davon mitgekriegt, nur im Fernsehen, sagt Afra. Einen Haufen Baustellen, daran wird sich jeder erinnern, und Fritz hat gut zu tun gehabt mit Spots für die Stadt und das Olympiadorf. Einmal hat er mir gezeigt, wie sie an dem Dach arbeiten. Der Wolf hat es damals zur Abwechslung mit Kabarett versucht, aber das hat ihm keiner abgekauft, und er hats gleich wieder bleibenlassen. Im Jahr drauf haben sich, glaub ich, die fünfzehn geteilt, die einen sind beim Kabarett geblieben und haben sich selbständig gemacht, ein paar andere sind zur RAF und in den Bewaffneten Kampf, grad die, bei denen ich es mir gar nicht hab vorstellen können. Und der Rest um den Wolf ist bei der Kunst geblieben, das war das beste, weil man da nicht soviel falsch machen kann, vielmehr, weil es da schnell vergessen wird.

Damals, sagt Afra zu ihrer zehnjährigen Tochter, hab ich wahrscheinlich endgültig begriffen, daß das nichts für mich ist. Kabarett hab ich nie verstanden, obwohl ich eigentlich gern lache – aber ich hätt mich nie da oben hinstellen können und den Leuten sagen, wie schlau ich bin und sie auch und alle, die im Raum sind, aber nur die. Beim Kabarett sind die Blöden immer draußen.

Im Untergrund wär ich auch nicht gut aufgehoben gewesen, obwohl: Nach deiner Geburt war ich genug in Rage dafür. Immer in Rage sein ist aber andererseits furchtbar anstrengend.

Die Olympiade, Mama! wird Nivea sagen, davon sollst du mir erzählen. Sie hat ja nur an den Jahrestagen die Fernsehikonen in Zeitlupe gesehen, immer und immer wieder, das Auto in Dallas, ganz langsam, die Präsidentenfrau mit dem Hütchen, die über das Auto kriecht: Jedes Kind kennt das, was aber davor und danach geschehen ist, versickert und vergeht. Der Wolkenpilz von Hiroshima jedes Jahr, in Zeitlupe. Der schlanke Mann mit der Wollhaube und dem Gewehr auf dem Dach während der Olympiade – Nivea findet ihn schön und sagt das ihrer Mutter.

Ja, lacht die, das ist damals manch einer so gegangen! Sie haben uns gefallen, die Gangster. Man würde sich wundern, wer alles scharf auf die war und wo sie sich haben verstecken dürfen, nicht nur in Kellern und auf Dachböden, sondern auch in Betten, Männlein bei Weiblein und anders. Mit ihrer Tochter kann sie über alles reden, das Kind ist aufgeklärt, doppelt und dreifach, Schule, Straße und die Gesänge im Zimmer ihrer Mutter, wenn die vergessen hat, daß die Schule früher aus ist.

Olympiade! Am Anfang, erinnert sich Afra, haben sie schöne Sachen für die Ausländer erfunden, helle Farben und eine fröhliche Musik, und immer ist was geflogen, mein ich, Tauben oder Ballons, alles leicht, leicht, leicht. Wenn etwas ernst aussah, haben sie es gleich hinausgeschmissen. Alle haben damals übrigens gute Jobs gehabt. Mich hätten sie nicht beschäftigt, da bin ich sicher. Aber dich, Nivea, dich hätten sie genommen. Mit Kußhand.

Jetzt dachten sie, sie hätten die Naziolympiade ausgewischt! hatte Fritz Rost damals zu seiner Untermieterin und Haushälterin Afra gesagt. Und dann passiert das.

Afra hatte sich einen Teil der Stadt zueigen gemacht, nicht größer als ein Hundespaziergang, mit einem regelmäßigen Tagesablauf und vielen, kleinen Ordnungen. Wenn Fritz sich über ihre Kleinkariertheit lustig machte, verstand sie ihn nicht. Manchmal stieg sie in ihr Zimmer in der Grafenstraße hinauf, staubte die rosa Sammlung ab und betrachtete sie lange.

An einem dieser stillen Tage, nachdem sie kurz Maja Weishäupel und den Hausmeister begrüßt hatte und erschrocken feststellte, wie alt und sanft die wurden, so schnell! – da half auch das neue Styling des Salons mit Mohnblumentapeten und gleich gemusterten Handtüchern, Lampen, Kissen und Teppichen nichts –, erkannte Afra, daß das Kind ihr eine ganz neue Art der Einsamkeit verschafft hatte. Sie nannte es nicht Einsamkeit, denn die war ihr zugeteilt wie ihre Farbe: Aber was früher ein leises und manchmal auch leicht zu betäubendes Gefühl war, schlug plötzlich gegen die Kehle, ihr Magen hob sich, die Galle floß ihr im Mund zusammen, und sie mußte ausspucken. Das armselige rosa Museum tröstete sie nicht mehr, und nicht einmal die vielen Sparbücher, die sie aus ihren Verstecken holte und vor sich ausbreitete. Die hatten sonst immer geholfen, lebenswichtige kleine Hefte mit gestanzten Zahlen, die auch, seit sie nicht mehr arbeitete, nicht niedriger geworden waren.

Sie brauchte nicht viel, ein Kind bekommt mehr Dinge geschenkt, als es nötig hat, gerade von Leuten, die keine haben wollen.

Nivea besaß den teuersten Kinderwagen und die feinsten, kleinen Anzüge, dafür brauchte Afra kein Geld auszugeben.

Fritz entlohnte sie bescheiden für ihre belächelte und verachtete Ordnungsliebe, und die beiden Zimmer in seinem Haus bewohnte sie umsonst.

Ihre Ruhepause verlangsamte also die Vermehrung ihres Geldes, brachte sie in manchen Monaten fast zum Stillstand – aber es verminderte sich nicht. Es hätte also alles schön sein können, doch manchmal dachte sie mit einer Art Sehnsucht an die hastigen und begeisterten Überfälle, die ihre Kunden auf sie unternommen hatten. Küsse überallhin, Gehechel, Dankeswörtchen. Zu ihr kamen nur die Unterlegenen. Über Gewalt gegen Huren konnte man mit ihr nicht reden. Als Aurelia, in Gegenwart ihrer zuständigen Heiligen, Warnungen hatte loswerden wollen, lachte Afra sie aus.

In diesen zwei Jahren machte sie Reisen in die Umgebung der Stadt, aber sie fuhr nur selten ins Gäu. Ihre Mutter schien, nicht zuletzt wegen der geerbten Grundstücke, andere Männer als früher anzuziehen. Noch nicht fünfzig, noch lang nicht fünfzig und im Besitz von Wiesen, die jeden Augenblick zu Gold werden konnten – das sprach sich herum.

Sie ist ein dummes Stück, deine Mutter, sagte Fritz Rost zu Afra, und sie wird auf irgendeinen gekämmten Bescheißer, der hochdeutsch redet, hereinfallen, aber sie wird sich nicht weh tun. Sie verfügt über einen Haufen Abwehrkräfte!

Sie hat nie gefragt, ob sie ihrer Enkelin ein Stück Land schenken soll! sagte Afra. Es hätte sich doch gehört.

Sei froh, daß sie sich sowenig um euch kümmert, anwortete der alte Schauspieler, das gäbe nur Verdruß.

Fritz Rost hatte sich von allen am wenigsten verändert, er genoß sein klein gewordenes Leben, die Stammtische, die nachdenklichen Abende im angenehmen Lärm der Biergärten, seine Stereoanlage und Afras Ordnung. Das Kind sah er selten.

Wächst es auch gescheit, fragte er, oder: Hat es schon Zähne?

Afras kurze Reisen, die sie mit Nivea unternahm, störten ihn nicht.

Nur nicht länger als drei Tage, sagte er. Sonst merk ichs an den Hemden und an allem.

Ob das Kind dran schuld ist, daß ich wieder beim Putzen gelandet bin, fragte sich Afra. Als ob ich nichts anderes könnte.

Sie schaute sich Schlösser an, trug pinkfarbene Hosenanzüge und fühlte sich in den Touristengruppen wie unsichtbar. All die Schlösser, die sich in Seen spiegelten und in denen keine glatte Wand zu finden war, Schmuck über Schmuck statt dessen, und sie betrachtete lang und ausführlich die Raritätenschränkchen und Kunstanhäufungen des unglücklichen Königs. Dagegen waren, trotz einer gewissen Pracht, die Heiligen eigentlich armselig untergebracht.

Das ist alles nur für den König gewesen, erzählte sie ihrer kleinen Tochter. Für sonst niemand. Er hat es keinem erklären müssen. Er hat auch nicht so getan, als ob es für den lieben Gott oder die Jungfrau Maria oder sonstwen wär.

Niveas Erziehung glich auf seltsame Weise der Flickwerk- und Fetzchenausbildung ihrer Mutter, nur blieb sie seltener allein.

Afra wußte nicht, was sie sich für das Kind wünschte. Die alte Geschichte, daß Mütter in ihren Töchtern ein Abziehbildchen sehen, an dem sie herumschnippeln, bis es so ist, wie sie sich selbst hätten haben wollen, konnte Afra nicht nachmachen. Der Unterschied war zu groß und zu endgültig. Daß man sie für die Dienerin ihrer Tochter hielt, machte sie wütend, aber da war auch eine Art Freude, ein Gefühl von Gerechtigkeit.

Sie wird mir keine Vorwürfe machen können, sagte Afra eines Abends zum alten Fritz Rost.

Sie sprachen nicht oft miteinander, Afra hielt das Haus in Ordnung, versuchte zu kochen, was ihr schwerfiel, und bügelte seine vielen feinen Hemden, Seidenjacken, Schals, sogar die Socken wünschte er gebügelt. Die Zeit verging, seit das Kind geboren und sie zu Rost gezogen war, langsamer. Die Ereignisse schienen sie zu umgehen, sie lebte in einem unsichtbaren Kokon, der schwerer abzuwerfen war als ihre sichtbare Mauer gegen die Menschen: das in der Schwangerschaft angesammelte und dann behaltene Fett.

Geh, setz dich zu mir, hatte Fritz auf ihre Bemerkung von den Vorwürfen gesagt.

Unterhalten wir uns ein bissel. Ich denk, du hast mehr zu erzählen, als du zugeben magst.

Ich weiß es nicht, sagte Afra, aber vielleicht sollte ich schon mal anfangen zu üben. Immer Fremderleutswörter, damit will ich das Kind nicht groß werden lassen.

Das ist aber das Beste, was du tun kannst, antwortete Fritz Rost, es kommt nur drauf an, daß es die richtigen sind. Mit der Stuart und deinen unausgegorenen Theaterfreunden kannst du kein Kind aufziehen, du gibst ihm ja auch noch keinen Schweinsbraten zu essen.

Der würde ihr nicht schaden, sagte Afra, aber darum gehts jetzt nicht.

Ich will ihr unsere eigene Geschichte erzählen können, und da hilft mir nichts Fremdes. Daß sie alles für sich und für sonst niemanden machen soll, daß sie niemandem was schuldig ist – das muß sie lernen. Das gilt nicht für jeden, Kopfwehkönig, das weiß ich auch. Für sie gilt es. Es ist genug geschehen mit den Weibern in unserer Familie, was heißt Familie, da ist eine zur anderen gekommen, ob sie dahin gewollt hat oder nicht. Sie ist die erste, bei der freiwillig alles nebeneinander und ineinander seinen Platz hat.

Kannst du dich noch an die Teppiche von der Ahne erinnern? Wenn sie sie aus der Hand gegeben hat, zum Weben, waren sie noch gewöhnliche bunte Stoffknäule wie alle anderen. Jedes Kind hat die gewickelt. Aber bei ihren sind Bilder herausgekommen und bei den anderen nur ein Zufallsmuster.

Ich erinnere mich genau an deine – was ist sie gewesen? Großmutter? Nein, das war die Aufgehängte, wie hat die geheißen? Die Teppichfrau, das war ja schon deine Urgroßmutter – wie hat die jetzt gleich geheißen?

Die Selbstmörderin war die Marri. Und die andere – das weiß ich auch nicht, weil ich immer nur Ahne gesagt hab. Ich muß Nivea das alles erzählen können, denn es ist in ihr drin, das seh ich.

Bei mir hat der Amerikaner durchgeschlagen, deshalb hab ich nicht ganz hineingehört, aber sie – sie kann sich drin sehen in der Kette, oder sie kann sich rauslösen, ganz, wie es ihr paßt.

Wenn man erzählt, ist es ja nicht so schlimm, als wenn mans erlebt und nicht herauskann. Sie soll immer herauskönnen, wenn sie an einer Ecke nicht weiter mag, soll sie zur nächsten gehen. Davor darf sie keine Angst haben.

Ich weiß nicht, sagte Fritz und trank seinen Wein.

Willst du auch einen? Du verträgst nichts, oder?

Doch, ich will einen, sagte Afra, es redet sich leichter, und man kommt auf schönere Gedanken. Das hab ich schon einmal gemerkt, es hält aber nicht vor.

Ich weiß nicht, sagte Fritz. Was du erzählst über das Kind und wie du mit ihm umgehen willst, das kommt mir bekannt vor. Haut aber meistens nicht hin. Es hat sowas Aufgeregtes, das Gerede von der Entscheidungsfreiheit.

Weißt du, warum Kinder und ganz alte Leute gut miteinander auskommen? Sie haben eine ähnliche Art, sich zu langweilen. Es ist die Sorte Langeweile, bei der man weiß, daß man ihr nicht entgeht.

Die einen sind noch nicht reingelassen in die große Umtriebsgesellschaft, sie haben das festliche Zeittotschlagen noch nicht gelernt, und die anderen sind unwiderruflich draußen und merken, daß sie ihre Zeit zu schnell verbraucht haben. Da drin verbraucht, in dem schönen beschissenen Ballsaal.

Ja, sie mögen sich gern, die Alten und die Kinder, mit Verwandtschaft hat das nichts zu tun. Den einen wie den anderen ist das Aussehen egal, der Erfolg und mit wem man die Nacht verbringt. Beide wissen etwas vom Nichtsein.

Vielleicht ist das wahr, sagte Afra. Bei uns ist es auch so gewesen. Vor der Ahne habe ich nie Angst gehabt. Ich weiß, daß alle gemeint haben, die wär schon halb hinüber. Da hat sie noch lang gelebt, und mir ist nie aufgefallen, daß sie besonders furchtbar ausgesehen hat. Sie ist dagewesen, immer. Sie hat nichts von mir gewollt, sie hat mir auch nie gesagt, was ich tun soll oder nicht.

Mit dem Kilian war es aber was anderes. Wieso eigentlich? Der war doch auch alt. Du siehst, es ist nicht immer dasselbe.

Natürlich nicht, antwortete Fritz, gegen die Bosheit und den Hunger, der nicht aufhört, ist sogar das Alter machtlos. Es gibt auch solche Kinder. Du schaust an einem schönen Tag im Englischen Garten ganz unschuldig in irgendeinen Kinderwagen, und heraus starrt ein perfekter Teufel, noch klein, aber alles schon da. Doch, das gibts.

Die gescheiten Leute sagen, antwortete Afra nach einer langen Zeit, Bosheit fängt später an. Sie muß erst gemacht werden. Wen sie trifft, der kann nichts dafür. Ich meine immer, die hätten den Kilian kennen sollen.

Nicht nur den! sagte der alte Schauspieler bissig. Die Auswahl ist hierzulande gar nicht schlecht. Anderswo auch, aber das geht uns erst einmal nichts an. Bei Schauspielern hast du sie übrigens selten, die echte Bosheit, das ist das angenehme. Die meisten sind zu dumm dafür. Sie spielen Bösewichte, schwarze Seelen, und sie wissen gar nicht, was sie tun. Hinken und sabbern und verzerren das Gesicht oder ziehen einen Frack an und versuchen wie Gründgens dreinzuschauen. Das wird dann bestenfalls aasig, wie der arme Klaus Mann gesagt hat. Nein, in der Kunst ist sie selten, die wahre Bosheit. Nur Simulation, und das hat manchmal direkt was Nettes. Aber wie sind wir zum Henker auf die Bosheit gekommen? Nach anderthalb Flaschen hupfen einem die Gedanken in alle Richtungen gleichzeitig davon, bei diesem Wein wenigstens. Es gibt rote, da werden sie ölig, die Gedanken, breiten sich über eine Riesenfläche aus, ganz dünn und in allen Farben. Weißt du was? Die Nacht ist die schönste Zeit. Wieder etwas, das die alten Leute und die Kinder gemeinsam haben. Deswegen wollen beide nie ins Bett. In der Nacht versäumt man das Leben, auch wenn gar nichts Großartiges passiert.

Wo sind wir gewesen? Bei der Bosheit. Wie sind wir nur dahingekommen? sagte er noch und lehnte sich ein wenig zurück, in untadeliger Haltung, das Haar weiß und glatt im Lampenlicht.

Jetzt schlafen Sie halt ein paar Minuten, dann kann sie ja weitergehen, die Nacht, sagte Afra.

Deine Mutter hat mir mal gut gefallen, redete Fritz Rost weiter, als er wieder aufgewacht war. Viel besser als die gute Aurelia, obwohl die interessanter ist als deine Mutter.

Das ärgerte Afra. Jeder weiß doch, was die Hebamme früher gemacht hat, sagte sie, ihres eigenen Geheimnisses sicher. Wie kann einem so eine Frau gefallen?

Du redest Blödsinn, antwortete Fritz erstaunt, das habe ich von dir nicht erwartet.

Ich red ja sonst kaum was, antwortete Afra.

Vielleicht weißt du es nicht besser. Im Kopf, jedenfalls, ist es einem doch ganz klar, eine Frau wie Aurelia ist genausoviel wert wie jede andere. Es hat nur nicht geklappt mit uns damals, weil bei mir der Kopf allein geblieben ist und der Rest nicht nachkommen wollte. Da war sie sauer.

Deine Mutter, mein liebes Kind, hat sich auch herumgetrieben, allerdings nicht für Geld, sondern wegen der Freude. Deswegen war ich ja auch scharf auf sie, vor tausend Jahren, vielmehr, nachdem grad die letzten tausend Jahre glücklich vorbei waren.

Wenn man es nur aus Freude macht, gibt es Unheil, sagte Afra streng. Ich weiß es.

Hast du es mit deinem Kindsvater aus Freude gemacht? fragte Fritz Rost gähnend. Meinst du das mit Unheil?

Sie ist keins, antwortete Afra zögernd. Ich hab sie ja gewollt und hab nicht darum gebetet, daß sie abgeht. Nach Holland wär ich nicht gefahren, und Aurelia habe ich auch nicht gefragt, obwohl ich gespürt habe, daß sie drauf wartet. Nein, ein Unheil ist sie nicht, und dem, von dem sie herkommt, trag ich nichts nach. Ich will auch nicht, daß sie ihn einfangen, damit er zahlt.

Freude? Ich weiß nicht. Es ist etwas Unordentliches, man kann sie nicht greifen. Irgendwas muß einem doch von der ganzen Sache bleiben, nicht nur so ein Gefühl, bei dem man nie weiß, ob der andere davon eine Ahnung hat. Ich kann doch nicht wissen, was einer denkt, wenn ich nicht mehr direkt an ihm dran bin? Nur da weiß mans. Man kann es hören, und man sieht es auch, mittendrin machen sie einem nichts vor.

Aber eine Stunde danach, oder ein Tag. Was weiß denn ich, ob er sich erinnert und an was, ob er innerlich lacht oder flucht oder ob er es vielleicht schon völlig vergessen hat, weil er grade was anderes macht? Deswegen muß man was übrigbehalten davon. Bloß Freude – damit meint jeder etwas anderes.

Bei der Theres war es, glaube ich, nur die Freude, sagte Fritz, dem dieses Gespräch unheimlich zu werden begann. Ja, das war vielleicht das unwiderstehliche an ihr.

Ich hab sie immer nachts wegschleichen hören, antwortete Afra leise, bei jedem Wetter. Nicht nur aus Angst vor dem Großvater bin ich immer wach geblieben, sondern weil ich gedacht habe, einer bringt sie mal um.

Das kam vor, antwortete der ehemalige Bürgermeister. Es hat nie so viele ungeklärte Todesfälle gegeben wie damals, die Grenze, der Wald, die aufgelösten Lager. Jeder hat nur über sich Bescheid gewußt, und vielleicht noch nicht einmal das.

Es kann ja wieder so werden, sagte Afra, aber mir und dem Kind passiert nichts, dafür sorge ich.

Du bist ziemlich sparsam, stimmts? fragte Fritz Rost.

Das macht mir Freude, schauen Sie, das ist eine wirkliche Freude! Da kann ich etwas sehen, es wächst, es ist sauber aufgeschrieben, und die Leute wären freundlich zu mir, wenn sie davon wüßten – das ist ein gutes Gefühl. Beifall ist auch schön, aber man hat hinterher nichts in der Hand.

Mir ist das Gerede von Liebe immer unheimlich gewesen. Bei uns daheim hat man das ja gar nicht gekannt, ich schon zweimal nicht, und hier ist es dann plötzlich um nichts anderes mehr gegangen.

Am Anfang, in der Grafenstraße, da waren die Leute wie bei uns im Gäu, man hat immer gewußt, was sie wollten, und wenn sie gesponnen haben, wars, wie wenn die Ahne von den Sieben Henkern erzählt hat. Man braucht sowas manchmal. Aber mit dem Wolf und seiner Truppe ist es unheimlich geworden. Das mit den Wörtern, das haben wir ja schon als Kinder mitgekriegt, daran waren Sie schuld und Aurelia, für die war alles, was von Ihnen übriggeblieben ist, wie ein Reliquienkastel. Die Wörter haben mich gar nicht gestört. Man kann sie lernen, und nach einer gewissen Zeit versteht man sie. Aber das mit der Liebe und dem Unglück habe ich nie begriffen.

Was meinst du damit? fragte Fritz und war nicht mehr müde, wie immer, wenn Mitternacht vorüber war.

Was meinst du?

Sie waren immer das eine oder das andere, ganz oben oder im Keller. Irgendwas zwischen beidem hat sie verrückt gemacht.

Wissen Sie, sagte Afra zu Fritz, ich hab es nicht so mit dem Glücklichsein. Wenn ich nur nicht mehr unglücklich sein muß.

Du bist ein komisches Gewächs, sagte Fritz. Aber du kannst gut auf dich aufpassen, stimmts?

Das hab ich mir nicht ausgesucht, sagte Afra.

Vielleicht kann ich auf mich achtgeben, aber ob ich auf einen anderen Menschen aufpassen kann, weiß ich nicht. Sie brauchts aber.

Warum hast du ihr eigentlich diesen Namen gegeben? fragte der Schauspieler nach einer Weile.

Das war der schönste und weißeste Namen, den ich finden konnte, antwortete Afra begeistert.

So ein schönes Wort, es läuft einem richtig über die Zunge, ganz weich und weiß. Für mich ist das vielleicht das Tollste an der Revolution gewesen, daß du plötzlich die Kinder nennen konntest, wie du wolltest, und daß es vorbei war mit den blöden Marien und Annen, so abgebrauchte Namen, wie bei den Kühen bei uns daheim. Wenn eine zum Metzger gekommen ist, hat das nächste Kalb wieder genauso geheißen. Und wenn die Kinder früher nicht über ihr erstes Jahr hinausgekommen sind, haben sie das nächste Kind wieder so genannt wie das tote. Ich denk, es gibt einen bestimmten Namen für jeden, man muß ihn nur finden.

Schau mich an, das war das Beste, was meiner Mutter je eingefallen ist. Warum sie mich so genannt hat, weiß sie wahrscheinlich selber nicht. Ich will keinen anderen Namen haben, auch wenn er den Leuten erst einmal quer im Maul liegt. Ich sag auch, was es mit ihm auf sich hat, wenn ich gefragt werde.

Das hat mir am Theater gefallen, das mit den anderen Namen. Was sie erzählt haben über das andere, wie man das wird, das Fremde – das war mir zu hoch. Ich hab nur verstanden, daß die einen glauben, sie müssen in die Figur hinein, und die andern meinen, die Figur muß in sie hinein.

Interessant, du seltsame Autodidaktin, sagte Fritz und schaute sie an. Über merkwürdige Sachen denkst du nach, das muß ich schon sagen. Wahrscheinlich weißt du, daß dir beide Wege verschlossen sind.

Möglich, antwortete Afra, aber darum gehts nicht. Ich denke, sie sind beide verkehrt. Aber ich weiß noch nicht, warum.

Die Stadt entledigte sich langsam aller Freudlosigkeiten und Gewissensbisse, die in den Siebzigern über sie hergefallen waren wie biblische Plagen. Selbst die unangefochten christkatholischen und eisern lebensfrohen Regenten hatten in dieser Zeit einen mürrischen, unsicheren Eindruck gemacht. Ihre Vergnügungen schienen düster, und ein altes, grob und ehrlich gestricktes Bauern-Theaterstück hatte großen Zulauf. Es hieß DER GWISSENSWURM.

Alte, allen Eitelkeiten endlich entwachsene Liebhaber der königlichen Stadt hatten mit leisem Bedauern gesehen, wie dickbusige Filmschauspielerinnen versuchten, Proklamationen gegen den Krieg und für die Indianer, die politischen Häftlinge oder die Mitbestimmung in den Studios aufzusagen. Es paßte nicht, es paßte an allen Enden nicht. Der Ministerpräsident, der etwas anderes hatte werden wollen und jetzt nur noch bayrisch sein mußte, war immer beleidigter und düsterer geworden, seine Gemahlin habe, hieß es, wochenlang gegrübelt, welche Art der Wohltätigkeit so beschaffen sei, daß man sie auf keinen Fall als Kapitulation vor den mörderischen Weltverbesserern mißverstehen konnte. Amüsieren wollte sie sich auch ein bißchen dabei, da fielen einige Krankheiten und Armutsfälle der unangenehmen Sorte schon flach. Sie engagierte sich dann für alte Schauspieler, jenen Beruf, der diese Stadt wie kein anderer bestimmte.

Für alles gab es Schauspieler: Die Bankiers schienen welche zu sein, mit ihren unglaubwürdigen Frisuren, den Zigarillos und den schönen Töchtern, die sie bei Staatsopernpremieren in jene Logen stopften, in denen die Darsteller adliger und sportlicher Heiratskandidaten schon warteten. Die Bankierstöchter selber hatten Schauspielunterricht genossen und wußten, wie man den Kopf irgendeiner völlig gleichgültigen Musik zuwendet, während unten ein Dirigentendarsteller die Augen schloß und tänzerisch die Arme hob. Alle waren Schauspieler, Fritz, der Kopfwehkönig, wußte das längst und sah es mit Nachsicht. Deshalb war die Revolution hier ein so ungeeignetes Stück, anders als in Berlin oder in Frankfurt, anders als überall auf der Welt.

Das konnten sie hier nicht spielen, es machte sie mürrisch. Sie hatten es versucht, aber sogar die einbeinigen Bettler, die alten Mütterchen und jungen Arbeitslosen, die sich in den schönen Parks beim Entenfüttern und Jammern trafen, sahen in dem Stück nichts, was sie interessierte. Die Studenten? Manche hatten die Inszenierung tapfer durchgehalten, aber das Fleisch war schwach, das hieß, es erwies sich als übermächtig. Und die Stadt leuchtete unangefochten. Jedes andere Drama nahm sie bereitwillig auf, öffnete ihm ihr Herz, ihre behäbigen, breiten Straßen, ihre Zeitungen:

Eine Schauspielerin als Mörderin? Welch ein Applaus!

Eine alte Prinzessin, die auf Empfängen die kalten Buffets abräumte, damit sie die nächste Woche etwas zu essen hatte? Rührend und wunderbar, wenn man bedachte, daß ihre Madonnenbilder und Silberteekannen schon seit langem Stück für Stück auf der Auer Dult auftauchten.

Ein päderastischer Friseurdarsteller, eine in den Adel hinaufadoptierte Hure, eine geiselnehmende Industriellentochter? Wunderbar, wenn alle ihren Part spielten auf den tausend hinreißenden Bühnen der Stadt, vor dem liebevollsten und verständnisinnigsten Publikum, das auf der ganzen Erde zu finden war.

Am Ende des Jahrzehnts war von dem falschen Stück, bei dem sie alle ihre Zeit vertan hatten, nicht mehr viel übrig. Es war hier leichter zergangen als anderswo, spurloser gleichsam. Außer einem leisen Gefühl der Scham, aber auch der verklärten, in Nebelfarben getauchten Erinnerung war nichts mehr da.

An den kaisergelben Mauern in der Innenstadt bleichten ein paar nichtssagende Sterne und Hieroglyphen vor sich hin, die niemanden störten. Die Buchhandlungen, in denen Nachhilfe für die bockbeinigen und ahnungslosen Kämpferdarsteller bereitgelegen hatte, wurden in freundlichen Farben gestrichen, beschäftigten sich statt dessen mit der angenehmen Welt der Geister und boten Lektüre darüber an, wie man die Lebensfreude und den Genuß auf höhere, gleichsam göttliche Ebenen heben konnte.

Afra sah als eine der ersten, daß es mit der Revolution vorbei war. Irgendwann wurde wieder ohne entschuldigendes Grinsen öffentlich gespeist, wurden die schönen, festlichen Räume von weniger Polizei und Einladungskontrolleuren beschützt, die Kleider wieder ohne verstohlene Blicke über die Freitreppen geschleppt, und das Lächeln ins Blitzlicht war wieder unschuldsvoll und ohne Gedanken an die Schattenwelten.

In keiner Stadt war das Revolutionsspiel unpassender gewesen als in dieser.

Als Afras Tochter Nivea grade ihren neunten Geburtstag und ihre zwölfte große Produktion feierte, lebten in ihr etwa fünfhundert Wahrsager und Wahrsagerinnen und ebenso viele selbsternannte Psychagogen, Handaufleger, Geistheiler, Urstimmentherapeuten, Wiedergeburtshelfer, Kräuterspezialisten und alle möglichen anderen Inhaber heiliger Fähigkeiten.

Als hätten die mit den höheren Welten im besten Kontakt stehenden Heere nur darauf gewartet, daß wieder ein günstigeres Klima für das Glück des einzelnen und das Interesse an sich selbst einträte, waren sie, schwupps, alle wieder da und schauten höhnisch den marxistischen Hirnhunden hinterdrein, die sich in denkwilligere Gefilde verzogen.

Auch der Wolf hatte die Stadt verlassen, obwohl für einen wie ihn hier immer Platz gewesen wäre, und man ihm grade deshalb leidenschaftlich hinterherschimpfte. Von hier durfte keiner aus freien Stücken weggehen, hinaus in die Kälte und die Barbarei. Im Ausland, wo Disteln und bittere Kräuter wuchsen – da sollte es Theater geben und Musik, Malerei und das Fest des Lebens? Niemals. Es waren Elende, die das ausprobieren wollten.

Nein, diese Stadt verließ man nicht aus freien Stücken, man durfte sich höchstens verjagen lassen und ein Leben lang darunter leiden. Dennoch war der Wolf mit einem Kern seiner fünfzehn nach Berlin gegangen, wohin sich lange Zeit vorher auch die alte Freundin des Fritz Rost, die Panischewska, gerettet hatte.

Für dich wär Berlin nichts, sagte Wolf zu seiner ehemaligen Darstellerin Afra, als er sie und das Kind besuchte. Du mußt hierbleiben. Die Sprache, die Figur, sogar deine Art, schwarz zu sein, gehört hierher. Woanders fängst du wieder ganz von vorn an, das packst du nicht. Aber die Miniatur da, die du dir hast anhängen lassen – er schaute die damals vier- oder fünfjährige Nivea an, die ihn ihrerseits hochmütig und ausführlich betrachtete –, die ist aus einem anderen Stoff gemacht.

Da, sagte er und drückte dem Kind ernsthaft ein kleines Beutelchen mit Zehnpfennigstücken in die Hand. Hebs gut auf. Und in genau vierzehn Jahren rufst du mich an.

Afra nahm ihrem Kind den Beutel weg, und Nivea vergaß den fetten Regisseur. Sie wohnten schon lange nicht mehr bei Fritz. Afra, in der ihr eigenen Art, Entschlüsse wochenlang hin- und herzurollen, zu kneten, auszuwalzen und wieder zusammenzumengen, war zwar nicht in die Grafenstraße zurückgegangen, aber in deren Nähe. Das rosa Museum behielt sie. Man hatte die Miete in all den Jahren kaum erhöht, und wenn Afra sich auch selten die vielen Treppen hinaufmühte, wußte sie doch: Alles war da. Nichts konnte sich verändern. Ihr rosa Museum wurde nicht älter, es schlief nur, und sie konnte es immer, wenn sie wollte, zum Leben erwecken.

Als kleines Kind hatte Nivea es geliebt. Später ging sie nicht mehr hin und lachte über Menschen, die Wohnungen einrichteten und sich mit Dingen umgaben. Die einzige Wohnung, die sie immer leidenschaftlich und mit fast mißtrauischem Interesse beobachtete, war ihr Körper. Sie hatte schon als Kind eine eigentümliche Besorgnis an den Tag gelegt, wenn sie irgendwo ein rotes Fleckchen hatte oder wenn ihr die Nase lief: Man muß in die Apotheke, Mama, sagte sie. Es soll aufhören.

Nichts auf der Welt hätte für Afra, die sich nie um ihren Leib kümmerte und nur darauf achtete, in welchen Farben sie ihn schmückte und wem er diente, fremder sein können. Mit Ilse Hasinko, der einzigen, die nicht mit Wolf und den anderen nach Berlin gegangen war, weil für sie ähnliche Hindernisse galten wie für Afra, versuchte sie darüber zu reden.

Ich weiß auch nicht, an was das liegt, sagte die. Man möchte meinen, wir hätten ihnen was vorgelebt mit der Freiheit, alles auszuprobieren, bis man sich grad noch am Rand festhalten kann, saufen und rauchen und Liebe von allen Sorten, einmal habe ich vierzehn Tage lang am Stück jeden Abend gespielt und bin keine Nacht heimgegangen, nur morgens ins Stadtbad zum Duschen und dann wieder ins Venetia oder sonstwohin, damit ich nix verpaß. Das kann ich immer noch, sagte sie stolz. Deswegen will ich auch hier bleiben, weil, wenn du hier sumpfst bis zum Verlöschen, bist du trotzdem noch an der frischen Luft. Hier und wenn Föhn ist, was soll ich dir sagen, weißt es ja sowieso. Da wirst du nicht älter, alle schauen gleich aus, irgendwie verwaschen, aber toll, und es ist egal, mit wem du zusammen bist, irgendwas Schönes hat jeder an solchen Tagen. Das gibts nur hier, und deswegen geh ich nicht weg.

Die Kinder wissen das noch nicht, oder haben wir irgendwas falsch gemacht, daß sie so hypochondrisch werden? Ich hör das von allen Seiten, und jetzt deine auch noch, vielleicht mutest du ihr einfach zu viel zu?

Sie wills ja selber, antwortete Afra mit schlechtem Gewissen. Ich zwing sie schließlich nicht dazu. Die Werbefritzen wollen sie immer wieder haben, sie paßt zu allem, Katzenfutter oder Schokolade. Manchmal kommt sie mir vor wie eine alte Showfrau. Verrückt. Was willst du machen? Ich hab gesehen, daß es nichts Sicheres gibt, außer du hast was zum Verkaufen, das nicht aus der Mode kommt.

Na, dann such ihr was aus, sagte die Hasinko, such ihr was aus, deiner Tochter. Gegessen wird immer, gesoffen, gevögelt und gestorben.

Von Afras längst wiederaufgenommenem Beruf wußte die Schauspielerin nichts, und deswegen wunderte sie sich über den Schrecken in Afras Stimme.

Es gibt noch was anderes, sagte die. Das Theater und alles, was damit zusammenhängt. Das wird genauso gebraucht. Sich hinsetzen und an was anderes denken dürfen. Musik. Vielleicht ist es doch schön, daß die alten Lieder immer wieder zu hören sind. Da siehst du, daß solche Sachen viel mehr Dauer haben, als man meint. Aurelia hat sich neulich darüber beschwert – meine alte Lehrerin, eigentlich Geburtshelferin, egal: Sie lebt mit ihrem Radio, das ganze Dorf hat immer mit ihrem Radio leben müssen. Früher hat sie es immer so laut gestellt, weil sie allen hat zeigen wollen, daß es sowas gibt, und jetzt hört sie ein bissel schwer. Man denkt manchmal, sagt sie, daß sich überhaupt nichts verändert hat. Wenn du abends um elf zuhörst – alles wie früher, kein Krieg ist gewesen und kein Fortschritt, singen tun sie wie in der Jugend, in ihrer und in meiner.

Vielleicht geh ich nach Frankreich, sagte Ilse Hasinko. Da ist mein Typ im Moment unheimlich gefragt, das hat auch damit zu tun, daß sie nicht wollen, daß sich was verändert. Glaub nicht, daß ich das nicht weiß. Ich bin eine Frau, bei der sie denken, daß alles geblieben ist, wie es war, und trotzdem modern. Manchmal ist es mir unheimlich. Ich mach vielleicht einmal ein Rebirthing, damit ich rauskrieg, was es damit auf sich hat.

Wie oft bist du mit mir eigentlich umgezogen? wird Nivea ihre Mutter fragen. Ich weiß es nicht mehr, antwortet die. Immer wenn ich in einer Gegend zu bekannt geworden bin, wollte ich weg. Einerseits hab ich es gern, wenn sie mich im Laden oder beim Italiener mit meinem Namen ansprechen, andererseits verdirbt es das Geschäft.

Nivea weiß früh Bescheid. Kinder wundern sich nie über Gewohntes.

Afra wird ihrer Tochter nichts erklären. Einen großen Teil ihrer Zeit verbringt sie allerdings mit Legenden, Vorsichtsmaßnahmen und Verheimlichungen ihrer Profession.

Das Leben war nicht mehr so einfach wie früher, oder wie es erschien, wenn man zurückschaute. Man konnte nicht mehr verkaufen, was man wollte und an wen man wollte.

Es gibt seltsame Nachrichtennetze in einer Stadt, auch durch den häufigen Wechsel der Wohnung und durch Schweigen entgeht man ihnen nicht.

Vielleicht war es ein Wunder, daß es so lang gedauert hatte, bis Afra die Bekanntschaft derer machen mußte, die an ihrer Fähigkeit, vielen verschiedenen Männern ein ähnliches und immer von neuem ersehntes Glück zu schenken, profitieren wollten. Das Finanzamt war nur eines der Krokodile, vor denen sie sich und ihr Geld retten mußte, und nicht das gefährlichste. Man konnte ihm lange Zeit entwischen, sich arm stellen, immer wieder einmal putzen gehen und die wertlosen Wiesen im Gäu als Einnahmequelle angeben – irgendwann erwischten sie einen und ließen erst ab, wenn sie Geld sahen.

Mit Hilfe eines ihrer Kunden gelang es Afra, die Beamten zu überzeugen, aber sie mußte eine ganze Lügenburg aufbauen, immer noch ein Stockwerk drauf und wieder einen Querbalken einziehen, damit alles hielt.

Es ist ein Glück, daß Sie so ruhig sind, sagte ihr Kunde, ein Steuerberater, der Reichtum und Armut der Stadt wie kein zweiter kannte. Nur die Ruhe gibt die Kraft. Schließlich tun Sie was Unerlaubtes, dafür wollen die Geld sehen. Den heiligen Sündenlohn, es ist, wie es immer war – die Kirche und der Staat haben einen großen Magen. Wir kommen da schon wieder raus, wasserdicht und ein für allemal. Machen Sie sich keine Sorgen.

Kein Lidschlag, keine Bewegung seiner Wohltäterin verriet ihm, daß sie halb verrückt vor Angst war. Der Gedanke daran, daß die jetzt ihr ganzes Leben in der Stadt aufblättern würden wie ein Kartenspiel, nahm ihr die Luft.

Sie würden vor nichts haltmachen, die Feinde, nicht vor dem rosa Museum, nicht vor der Suche nach dem Vater ihres Kindes, denn ihr stand Unterhalt zu, und es konnte ja sein, daß sie eines Tages den Staat um Geld würde bitten müssen. Da wollte der dann auch wissen, wem er es seinerseits entreißen konnte.

Afra schwieg noch eiserner als früher, sie tat so, als habe sie all die Jahre von nichts und nirgendwo gelebt, sie wollte ihre Spuren auslöschen, aber sie konnte es nicht. Auch ihre Tochter verdiente Geld, auch von Nivea wollten die ihren Teil haben und, was noch widerlicher war, genaue Kenntnisse über ihr Leben.

Wir sind hier nicht im Busch, hatte ein Beamter des Finanzamts zu Afra gesagt. Vielleicht begreifen grad Sie das nicht, junge Frau, aber hier haben die Dinge eine Ordnung.

Das war eine Mistzeit, wird Afra zu ihrer fast erwachsenen Tochter sagen. Mach bloß nicht den gleichen Fehler wie ich. Mir scheint, das gehört zu dem wenigen, das du von mir hast, leider. Was Vernünftiges erbt man nie! Du mußt korrekt sein, damit sie dich tun lassen, was du willst.

Wenn sie dir auf die Schliche kommen, auf irgendeinen blöden kleinen Fehler, auf irgendeinen Menschen, der dir was gegeben hat, weil du ihm gefallen hast, wenn sie irgendwas von dir wissen, gehörst du ihnen. Du mußt sie füttern, dann lassen sie dich vielleicht, aber auch nur vielleicht, in Ruhe.

Es ist scheußlich, wenn du plötzlich merkst, daß dir nichts wirklich gehört, daß sie dir alles wegnehmen können, nicht nur Geld, auch Zeit, deine Freunde, Tage und Nächte.

Hör auf mich. Nimm dir jemanden, der deinen Kram für dich in Ordnung hält, aber keinen, der dich bescheißt. Leute wie du und ich sind, glaube ich, leicht zu bescheißen, obwohl ich immer das Gegenteil gedacht hab.

Jahrelang war ich sicher: Ich geb etwas her, und dafür bekomm ich was zurück. Das geht nur zwei Leut was an, den, der gibt, und den, der nimmt. Und wieviel es ist, geht auch nur die beiden was an.

Dazu ist es jetzt zu spät, wird Nivea zu ihrer Mutter sagen, daß du mir einredest, ich solls anders machen. Da liegt doch der Fehler in deiner Gäumoral. Gib was her, und du kriegst was zurück, auf Gramm und Pfennig, da ist niemand dazwischen und keiner beißt sich unterwegs die besten Stücke raus und tut so, als ob er ein Recht drauf hätte. Nirgendwo lernt man, daß es ganz anders ist – nicht in der Schule, nicht zu Hause und in der Kirche schon gar nicht. Man wird auf die Welt losgelassen. Gib was her, und du kriegst was wieder. Hast du nicht gemerkt, daß das nicht stimmt? Der Witz ist, daß es darum geht, möglichst viel zu kriegen, ohne auch nur einen Fingernagel herzugeben. Aber das hast du nicht gerafft und ich auch nicht. Wir sind nur die Tanzbären für die, die das wirklich können – meine Produzenten und deine – was soll ich jetzt sagen? Freunde?

Afra weiß, daß ihre Tochter zu jung ist, um so zu reden, jedenfalls zu jung in den Augen der Kindheitsanbeter, die in jedem Spielzeugladen feuchte Augen bekommen und am liebsten die Zwölfjährigen noch hinter den Ohren abrubbeln und, mit Märchen versorgt, ins Bett stecken würden.

Von der Revolution hatte sich das am längsten gehalten – die Rührung über etwas so Köstliches und bei der revolutionären Generation so Versautes wie die Kindheit. Die war Afra immer fremd geblieben. Möglichst schnell erwachsen und selbständig zu werden schien ihr das einzige, wofür zu kämpfen sich lohnte. Liebe, Kindheit, Solidarität waren wacklige Angelegenheiten, denen sie sich nur ungern anvertraute. Erfolg und Geld dagegen wurde einem nie fad und schal wie die anderen Lebenswünsche.

Du bist im Irrtum, antwortete Afra ihrer Tochter, wenn du glaubst, ich brauch deine Belehrungen, Fräulein. Ich hab das nämlich begriffen, und ob du es eines Tags begreifst, steht noch in den Sternen. Ich wollte, daß du die Füße auf dem Boden behältst, aber ich seh dich immer wieder abheben, und dann mußt du von allen hören, wie gut du bist.

Bei mir ist es längst anders. Du erinnerst dich nicht, da warst du noch zu jung, wie bei mir der Knall gekommen ist, ein Mordsknall, den hätte man eigentlich bis ins Gäu hören müssen. Seither ist mir immer kalt. Aber keiner hat mich mehr über den Tisch gezogen. Daß ich so ausseh, als könnte das jeder, gehört zum Spiel.

Ach, Mama, sagt Nivea und beendet das Gespräch, wenn du nur immer so schlau wärst, wie du tust. Sie will nichts hören von den Dingen, die sich im Leben ihrer Mutter ereignet haben. Es kommt ihr unlogisch vor: So viel Kraft hat die fürs Verstecken und Verschleiern aufgewendet – jetzt soll das alles auch verborgen bleiben und sauber von Niveas Leben getrennt.

Was sie aus dem Leben ihrer Mutter braucht, nimmt sie sich – die Geschichten. Die längst versunkenen Geschichten vom Gäu und den Menschen, diesen Hutzeln, die Nivea kennt und die unbegreiflicherweise einst auch jung waren. Zu der Zeit, von der Nivea nichts wissen will und die Afra auch nie mehr heraufbeschwört, haben sich nicht nur die Steuerbehörden in ihr Leben gedrängt – das wäre noch zu ertragen gewesen. Sie waren zwar, die Revolution hatte das klargemacht, Urfeinde – und warum sollte man mit dem ehrlichen, unter dem Einsatz des ganzen Leibes und eines Teils der Seele verdienten Geld den Staatsblödsinn finanzieren –, dennoch hatte die Religion Afra gelehrt, daß es besser ist, man bringt Opfer und wirft freiwillig einen Teil seines Eigentums dem richtigen Heiligen in den Rachen. Einen gewissen Schutz bietet das, man wird, tut mans pünktlich, in Ruhe gelassen.

Nein, die Steuer war es nicht, und dank der Hilfe ihres kundigen Stammkunden gelang ihr auch eine alle zufriedenstellende Konstruktion, nachdem ihr erster Schrecken vorbei war. Es waren andere auf sie aufmerksam geworden, denen die direkte und niemandem außer den Beteiligten nützliche Arbeitsweise Afras nicht gefiel.

Seltsamerweise fanden die sich im Umkreis der zerfallenen Theatertruppe, deren Mitglieder, wenn sie nicht streng und eindeutig bei der Kunst geblieben waren, auf verschiedene und bunte Nebenwege geraten waren, für die grade diese Stadt so berühmt ist. Wer hier hübsch verrückt aussah und für alle Möglichkeiten offen, wer nicht zuviel Schlaf brauchte und ein gutes Mundwerk hatte, kam durch. Er mußte seine Brauchbarkeit unter Beweis stellen, ein bißchen pathetisch durfte er auch sein – nicht zu schlau und eine gute Leber, das war schon die halbe Liebe und ein Viertel Erfolg. Ein paaar Käuze wurden geduldet, kluge Grantler, die ihr Quantum Galle über den Biertisch verspritzten, aber nicht zuviel, jede Gruppe ließ nur einen von denen zu.

Die Grantler wußten alles: Daß der eine ihrer Spezln Autos verschob und der andere alten Weibern das Geld aus den weit offenen Taschen zog, daß die fesche Blonde sich ihren Schuhladen zusammengevögelt und ihren alten Hund, weil der nicht mehr fesch genug aussah, hatte einschläfern lassen, – der war Bussibussi mit einem Waffenschieber und jener mit den Leiharbeiterfirmen, die man die Tamilenschleudern nannte.

Die Grantler und die wenigen Grantlerinnen, die ihre Hofhaltung über Jahre aufgebaut hatten, wußten alles und sprachen es offen aus.

Einmal im Jahr ging man beichten und nahm an den Wallfahrten nach Altötting teil, weil das von hoher politischer Seite gern gesehen wurde. Auch darüber raunzten die Grantler, die einzigen bekennenden Atheisten der Stadt.

Eigentlich, hatte jeder von ihnen schon gedacht, eigentlich ist das alles widerwärtig, zum Speien, aber wo soll man sonst leben? Woanders wäre man in drei Wochen tot.

Es war nicht mehr auszumachen, wodurch drei von den netten Buben, die überall dabei waren und über die eigentlich niemand was Genaues wußte, ausgerechnet auf Afra kamen.

Nach ihrem Rückzug war sie längst in der Stadt wieder unterwegs, prachtvoll und von jener gezähmten Gewichtigkeit, die man hier gern sah und die durch die Hautfarbe etwas Königliches hatte.

Zur Tarnung einerseits und auch, weil sie daran Vergnügen hatte, fing sie in einem Club als Sängerin an, mit Steuerkarte und Krankenversicherung. Ganz was Solides, sagte sie zur Hasinko.

Kriegst am End auch eine Rente? fragte die.

Da zahl ich freiwillig weiter ein, antwortete Afra. Brauchst gar nicht so blöd lachen. Alt wirst du schneller, als du denkst. Auch wenn du keine Lust hast. Meine Mutter, zum Beispiel, hält sich eigentlich unwahrscheinlich gut. Aber sie rechnet hin und her und rauf und runter, mit ihren paar Äckern und den Wiesen, die sie nicht mehr braucht. Sie hat wenig Rente. Früher war ihr das egal. Jetzt redet sie dauernd davon. Mir soll es nicht so gehen.

Wird dir aber genauso gehen, sagte die Hasinko lachend, genauso wirst du am Küchentisch sitzen und hin und her und rauf und runter rechnen, ob du was hast oder nicht. Du machst es, weil es was Bleibendes ist. Geld stirbt nicht.

Der Club, in dem Afra als Sängerin auftrat, war ein Überbleibsel aus alten Zeiten. Mit den Fingernägeln hatte der legendäre Gründer angeblich den alten Gewölbekeller nach dem Krieg aus den Trümmern gekratzt, und an Musikern, die ihn füllten, war kein Mangel.

Irgendwie hatte sich der Laden gehalten, wenn auch mehr Fremde als Einheimische hingingen, denn das Lokal war für die Stadt eigentlich zu melancholisch, zu sehr der von Jahr zu Jahr goldener scheinenden Vergangenheit zugewandt.

Afra war ein Erfolg, weil sie sehr bunt und mit ihrer fülligen Stimme den Süden in den viel zu kargen, der reinen Jazzlehre dienenden Club brachte. Sechs Abende in der Woche machte sie das. Sie lernte Lieder und ihre beste Lehrerin war ihre Tochter. Als Erinnerung an die Zeit der wirklichen Kunst hatte sie sich eine Kindermandoline gekauft, auf der sie ein bißchen herumzupfte. Den Rest besorgten wechselnde Bands.

Nicht das Gesinge war Afra wichtig, daß sie singen konnte, anders als die Weißen, wußte sie seit dem Kindergottesdienst. Sie triumphierte, daß es ihr gelungen war mit einer so leichten und angenehmen Arbeit die für eine bürgerliche Existenz notwendigen Papiere zu erobern. Kunden für ihr anderes, wie sie meinte, jetzt gut geschütztes Leben fand sie auch dort. Dort lernte sie jenes Trio kennen.

In das Lokal paßten die drei eigentlich nicht, aber wie es so geht; man hat die eine oder andere Sache laufen, da ist einer, der einen Posten heißer spanischer Ledertaschen an der Hand hat und Jazzfan ist, was liegt da näher, als sich dort mit ihm zu treffen? Das wirklich große, kalte Verbrechen brachte man hier nicht zustande, ebensowenig wie die Revolution. Das Trio, das, gefährlich aussehend, Furcht und Schrecken um sich zu verbreiten suchte, bestand aus zwei armseligen Arbeitersöhnen, denen man das Stottern mit dem Stock und Pubertätspickel mit Scheuersand ausgetrieben hatte und einem, der was Besseres war. Sie liebten einander blutsbrüderlich, hatten schon ein paar Monate in Stadelheim hinter sich und fühlten sich zu dritt stark wie eine echte Gang.

Vielleicht hätten sie einem ein paar Jahre zuvor leid getan, wenn man sie herumlungern gesehen hätte mit ihren zu kurzen Hosen, ihren Schweineschmalzhaaren und den energischen, endlosen Gesprächen über Möglichkeiten, an Geld zu kommen. Der Älteste von ihnen war beim Bund unehrenhaft entlassen worden, nachdem man ihm den Umgang mit Maschinengewehren, Handgranaten und Dekontaminationspulver beigebracht hatte. Er sagte oft, nur für das letzte werde er nie Verwendung haben, die zwei ersten Sachen seien sehr brauchbar. Er hatte dafür gesorgt, daß er diesen Arschhaufen, diese Wichsertruppe nicht waffenlos verließ. Sie nannten ihn Tschango.

Der Mittlere war mit zwölf Jahren im Eis eingebrochen,

und seine Retter hatten Mühe gehabt, aus dem kälteklappernden Buben die Adresse herauszufragen. Sie begriffen nicht, daß er lieber erfroren wäre, als seiner Mutter unter die Augen zu kommen. Sie erfuhren auch nie, daß die süßstimmige Mutter des geretteten Buben, die sich vor lauter Vergeltsgott gar nicht wiederfand, ihren Sohn anschließend mit Hilfe seines Bruders so warm, lebendig und trokken geprügelt hatte, daß er sich eine Woche lang nicht in der Schule blicken lassen konnte. Er hieß Hepp.

Bei dreien gibt es immer den Kleinsten, auf den die anderen herunterschauen, den sie gern haben und manchmal ein bißchen quälen, einen, der immer Bier holen und die Automaten ausprobieren muß – den hatten sie auch. Er war der Sohn eines Fahrradhändlers in der Innenstadt, einziges Kind, kleinwüchsig, wehleidig und verzogen. Zwei Jahre lang hatte er das Gymnasium besucht, erwies sich deshalb als unschätzbares Gruppenmitglied, wenn es um gehobenere Geschäfte ging, und ärgerte seine beiden Freunde mit Fremdwörtern und Gedichtfetzen. Die beiden waren seine letzte Rettung gewesen. Wie vertriebene Besitzer gingen die drei an den barocken Palästen der Innenstadt vorbei, standen vor den Schaufenstern voll Juwelen und Seide, als sei es nur eine winzige, schnell zu beseitigende Ungerechtigkeit, die sie am freien Zugriff auf all das hinderte, und als werde sich das alsbald ändern.

Am schlimmsten von den dreien war der Kleinste dran, weil der schon ein Maul voll Glanz hatte nehmen dürfen. Denn ein Fahrradhändler, ein großer, das war immerhin was, aber eben nicht genug. Und die, zu denen er ums Leben gern gehört hätte, buchstäblich ums Leben, Jahre davon hätte er bereitwillig dafür hergegeben, die ließen ihn nicht hinein: die Dichter. Manchmal durfte er eine Runde bezahlen oder ein wenig zuhören, wenn sie sich umsichtig mit Wörterskalpellen über Abwesende hermachten, aber mehr auch nicht. Wahrscheinlich wäre er gestorben, wenn sie ihn aufgefordert hätten, eigene Verse vorzutragen, und dennoch wünschte er sich nichts mehr als das.

Afra, als sie ihn näher kennengelernt hatte, erinnerte er an den flüchtigen Lehrer Wolinski.

Die Dichter: Man sah sie in der Stadt an immer den gleichen Orten, im Fallmerayerhof, zum Beispiel. Sie waren schön anzusehen und anzuhören, bisweilen hatten sie Frauen dabei, die wie Töchter aussahen. Einige Dichter waren rasiert, andere nicht, und manche waren schon fünfzig, obwohl sie nicht so aussahen. Es ging ihnen gut, das sah man. Die Stadt liebte ihre Dichter und gestattete ihnen eine üppige Unverständlichkeit, auch fürchterlichen Hochmut oder eine gewisse Art von Robespierrehaftigkeit verzieh man ihnen gern. Der Fahrradhändlerssohn bewunderte das alles, mit einer Neidsäge im Herzen, die er nur mit dem ehrwürdigen Schwur zu besänftigen vermochte, er werde eines Tages den ganzen Laden samt den Dichtern drin kaufen.

Um sich an den finanziellen Aufstieg zu machen und weil er von ihnen selbstlos und ohne Hintergedanken geliebt wurde, hatte er sich den beiden Proleten angeschlossen. Die gaben ihm wegen seiner Liebe zur Dichtkunst den Namen des einzigen Dichters, von dem sie je gehört hatten: Goethe. Goethe, der eigentlich Ludwig hieß, wäre lieber Bukowski gerufen worden, aber man kann es sich nicht immer aussuchen. Goethe sprach sich auch leichter aus, und er genoß das kurze Aufsehen, das entstand, wenn die andern beiden nach ihm riefen. Wer Goethe war, wußte nämlich jeder, bei Bukowski wäre das nicht sicher gewesen. Tschango, Hepp und Goethe also, drei Stadtgänger, immer die Augen offen und genau hingeschaut, wo was geht, hatten Afra zu Anfang eher nachlässig und beiläufig aufs Korn genommen. Sie war ein paar Jahre älter als die drei, aber das zählte nicht, wenn man beobachtete, für wie viele anständig und betucht aussehende Männern dieses bunt angezogene Halbblut ein Ziel der Wünsche zu sein schien. Sie konnten nicht glauben, daß da kein Mann im Hintergrund war, kein Beschützer. Da lief Kapital frei und nur sich selber nützend herum. Das durfte nicht sein.

Afra hatte ihren Schreck mit dem Finanzamt noch in den Knochen, als die drei sie nach ein paar Liedern fragten, wer sich denn um sie kümmere.

Das ist ja verantwortungslos, sagte Tschango, wennst bedenkst, was alles passieren kann!

Was soll passieren? fragte Afra mißtrauisch.

Gefielen ihr die drei? Vielleicht. Sie wird es später nicht zugeben, man wird sie auch nicht danach fragen, nicht eindringlich genug jedenfalls, so daß sie das Trio Infernal dorthin versenken wird, wo schon viel Furcht und Wut sicher in ihr verborgen ist.

Eigentlich, wird der Analytiker im Rollstuhl zu seiner Klientin Nivea sagen, müßten wir mit Ihrer Mutter anfangen!

Und mit der ihrer und dann mit der ihrer und so fort, wird Nivea antworten. Das ist es doch. Eigentlich bin ich diejenige, die Sie am wenigsten nötig hat. Ich hab wahrscheinlich für die anderen angefangen, für die, die es nicht tun können.

Das darf nicht wahr sein, hatte Afra zu ihrer Tochter gesagt, als die sie von ihrem Plan, eine Analyse zu beginnen, unterrichtete. Was willst du denn da analysieren lassen? Ein Haufen Geld, nur damit einer zuhört. Weißt du was, ich laß dir ein eigenes Konto dafür einrichten, mit deinem Geld, von dem nur der Seelenklempner abbuchen darf, damit du siehst, wies verschwindet. Mach in Gottesnamen, was du willst. Aber ich sag dir: Beichten oder zur Wallfahrt gehen ist billiger und bringt genausoviel. Glauben mußt du so oder so.

Nie hat Afra sehen wollen, daß ihre Tochter müde ist und sich von ihrer riesigen Mutter zurückzieht, langsam, ohne Hast, Schritt für Schritt und Flucht für Flucht.

Damit hatte sie schon als Kind angefangen, zum erstenmal kurz nach dem Zusammenstoß ihrer Mutter mit denen, die gern ihre Zuhälter geworden wären. Es fing harmlos an, eigentlich lieb, so wie im Kino, wo, wenn die Heldin einen Schwächeanfall hat, unfehlbar ein Helfer kommt, von dem man zunächst nicht sicher ist, ob man ihm trauen kann. Die drei hatten Afra schneller eingewickelt, als sie sich eingestand. Sie waren lustig, redeten so, daß sie sich nicht zu verstellen brauchte, lobten ihre Figur, nötigten sie zum Essen.

Da brauchts einen Resonanzboden, bei der Wahnsinnsstimm, sagte Goethe, und die beiden anderen hörten ihm respektvoll zu.

Der hat eine Ahnung, sagten sie, davon versteht er was, das darfst ihm glauben. Wenn er meint, du mußt viel essen, dann stimmt das. Bei einem solchen Temperament.

In ihrem ganzen Leben hatte noch niemand Afra wegen ihres Temperaments bewundert, und es kam, wie es kommen mußte, das falscheste macht immer am glücklichsten. So ging es ihr auch, und zum erstenmal in ihrem Leben übernahm sie eine Zeche.

Ich lad euch ein, Buben, weil es lustig gewesen ist mit euch. Die drei erzählten von ihren kleinen, flotten Gaunereien, erst vorsichtig, dann, als sie merkten, daß Afra ihre Geschichten irgendwie revolutionär erschienen, etwas kühner.

Einer muß dich managen, Mädel, sagte Tschango. Du bist eine Goldgrube, das sieht ein Blinder.

Warum, fragte sie spät am Abend den betrunkenen Jazzclub-Geschäftsführer, warum ist das vorher noch keinem aufgefallen? Immer hat mich jemand vom Boden aufgehoben und dann wieder fallenlassen. Stallausmisten und Putzen, Schauspielen und ein Kind kriegen, das hat doch keine Ordnung. Versichert bin ich ja jetzt, aber das ist auch alles.

Versichert hab ich dich als Putzhilfe, sagte der Geschäftsführer und lachte. Anders wär das gar nicht gegangen.

Eine Goldgrube, sagte sie nachdenklich.

Nivea ist, wenn ihre Mutter sie nicht gerade hübsch angezogen in irgendein Fotostudio schleppt, oft allein.

Du hast immer geschlafen wie ein Stein, sagte Afra zu ihrer Tochter.

Woher willst du das wissen? fragte die. Gut geschlafen hab ich nur, wenn ich bei der Theres war oder bei Aurelia. Trotz der Sieben Henker.

Kind, sagt Afra, wenn du alle meine Henker kennen würdest. Mehr als sieben waren es bestimmt.

Die drei ließen nicht locker, sie beobachteten Afra, wenn sie, eingehüllt in einen rosa Mantel, in große Autos stieg, ein Staatsanwalt lächelte ihr zu, der sonst vollständig erfroren aussehende Herausgeber einer großen Zeitung schien seine kalten Hände an ihrem Hintern zu wärmen, ein Gynäkologe, der alle von hunderttausend im Monat aufwärts an ausschaben, manchmal auch entbinden durfte, heilte bei ihr seinen Abscheu und gab ihr Ratschläge, die sie allesamt nicht befolgte. Den nannte sie Willychen, seinetwegen hatte sie eine schöne Sammlung von Opernplatten.

Was dachten die drei, wenn sie all diese Möglichkeiten in leisen und sehr schnellen Autos wegfahren sahen, die Beute im Fond, die sich ihnen noch entzog? Sie wußten nicht, daß Afra das Geheimnis des Glücks für die Unglücklichen kannte. Nicht, daß sie selber eine Ahnung davon gehabt hätte, wenn man sie nach dem Rezept dafür fragen würde. Sie tat gar nicht viel, trank ein bißchen mit denen, die trinken wollten, sprach mit ihrer südlichen Stimme zu denen, die sich Schlaf wünschten, und nahm ohne Lüge und ohne Hast jedes weiße, müde Fleisch in ihre Hände.

Macht überlebt die Nacktheit nicht, nicht einmal bei den ganz Dicken, die manchmal erleichtert bei ihr strandeten wie Wale und sagten, tu gar nichts, tu gar nichts, du sollst nur in meiner Nähe sein.

Manchmal mußte sie lachen, wenn sie einen von ihnen in der Zeitung sah, und sie hätte den Sieg der Revolution auch denen, grade denen gewünscht. Die war nun schon so lang her, daß Afra ihren Erinnerungen mißtraute und manchmal Muerte besuchte, der etwas klapprig geworden war, aber die Sprache von damals noch verstand.

Von all dem wußte das Trio nichts, aber daß da verschiedene Schätze ruhten, war ihnen klar. Alle drei ahnten, daß Afra nicht so leicht zu erobern sein würde, wie es den Anschein hatte. Sie besuchten sie regelmäßig in dem langweiligen Club, in dem nur diese blöde Musik gespielt wurde, sie machten ein paar kenntnisreiche Bemerkungen, aber es war der stille Hepp, der eines Abends sagte: Das geht so nicht weiter, verstehst. Wenn wir so weitermachen, dann sitzen wir in zehn Jahren auch noch da und schaun der Alten beim Singen zu. Von Anfang an hätten wir mit der ganz anders umspringen müssen. Die kommt aus dem Gäu, und die einzige Sprach, wo die versteht, redet man mit der Faust. Zu solchen mußt nicht freundlich sein, das saugen die auf wie ein Schwamm und geben nichts her, im Gegenteil, wahrscheinlich wills jetzt Blumen mitgebracht haben, demnächst.

Tschango widersprach erst einmal, aber man konnte ihm ansehen, daß er Hepps Meinung teilte. Es war ihnen fad geworden, das Getue mit der Schwarzen, aber Goethe zeigte ihnen die Namensliste von Afras Kunden und sagte: Vorsicht, das ist ein Bankkonto! Das ist so gut wie ein Lottogewinn! Zertrampelts das nicht, ihr Deppen, damit muß man elegant umgehen. Wenn wirs richtig machen, haben wir auf Jahre ausgesorgt, da sind Zigtausende drin. Und wir kommen überall hinein, wo wir wollen. In den Stadtrat oder in die Zeitung, in die Uni oder in den FC. Die kriegt doch raus, was sie will, grad weil sie sich nicht dafür interessiert. Die hats Geld im Kopf und ihre Ruh.

Scheint, als ob du nicht begreifst, worum es geht, sagte Tschango eines Abends auf dem Heimweg zu Afra. Es war spät in der Nacht, so heiß wie schon seit dreißig Jahren nicht mehr, die Luft war völlig unbewegt, und die Bäume im Park, schwarz wie Kohlen, strömten eine Hitze aus, als seien sie angezündet worden. Schwäne trieben auf dem Teich in der Ferne, schlapp wie Zeitungspapier. Überall flüsterte und stöhnte es leise, die ganze Stadt wartete aufs Gewitter, das noch hinter den Bergen stand. Ein Klima, das es nur hier gab, Tropen und Hochsommer, Urwald und Bauerngarten.

Afra wollte vor dem Gewitter zu Hause bei ihrer Tochter sein.

Worum soll es denn gehen? fragte sie zurück. Ich hab immer das Gefühl, ihr wollt was von mir, aber ich kann mir nicht denken, was.

Kannst du nicht, sagte Hepp gehässig, eine Hure, die sich nicht denken kann, was man von ihr will. Organisation! Wir wollen nichts von dir, sondern du sollst gefälligst was von uns wollen. Glaubst du, wir laufen dir aus lauter Liebe und Zeitvertreib hinterdrein? Heutzutage braucht alles eine Organisation, grad so eine wie du, bei deiner Kundschaft. Glaubst, in der scene haben sie kein Aug auf dich? Wenn du uns nicht hättest, wären sie dir schon längst in die Quere gekommen, bildest dir ein, jede kann machen, was sie will, wenn sie nur das Maul hält? Da hast du dich geschnitten, meine Liebe. Ab jetzt siebzig Prozent, bei der Singerei bleibst, das ist eine ganz gute Deckung, alles andere ist unsere Sache. Der Goethe sagt dir dann, wen du was fragen sollst. Was wir damit machen, geht dich nix an.

Afra fing an zu lachen. Ihr blöden Vorstadtstrizzi, sagte sie, und was ist, wenn ich euch einen Tritt geb, daß ihr bis über den Eisbach in den nächsten Misthaufen fliegt, wenns hier einen gibt? Ihr seid mir die ganze letzte Zeit schon komisch vorgekommen. Zu oft im Kino gewesen, du Depp! sagte sie zu Tschango. Und du solltest eigentlich gescheiter sein, wandte sie sich an Goethe. Übernimm lieber das Geschäft von deinem Vater, und kauf dir deinen Dichterstammtisch, das kann doch nicht so schwer sein. Wenn ich einen Zuhälter brauch, dann such ich mir schon einen und nicht solche Zwetschgenmanndeln wie euch.

Der Schweiß lief ihr die Achseln herunter, ihr Gesicht glänzte, und sie wedelte mit ihrer Handtasche, um ein bißchen Luft zu spüren. Keine Vorahnung ließ Afra mit ihren drei windigen Beschützern schneller gehen, kein Schatten von Angst.

Zwetschgenmanndeln, hast du gesagt? fragte Tschango leise. Ehrlich? Nimmst du das zurück, oder soll ichs dir in deine schwarze Goschen stecken, du Sau?

Wenn man meint, es kann einem nichts mehr passieren, weil man alles schon kennt, steckt dich irgendwas mit der Nase in deinen eigenen Irrtum, erzählt sie später Aurelia, die schon lang in der Stadt wohnt, sehr schlecht hört und deswegen für Afra die einzig erträgliche Vertraute ist. Ich hab ihnen gar nicht genau zugehört, erzählt sie, du erinnerst dich, das war am Abend vor diesem Mordsunwetter, wo nachher die Kinder die Hagelkörner in die Tiefkühltruhe gelegt haben, damit man ihnen glaubt, wie groß sie gewesen sind. In der ganzen Stadt hats später die Glasdächer und die Autofenster in Scherben gehauen, das war mir grad recht.

Plötzlich hör ich, wie der Hepp sagt, wer kauft sich schon eine, die er nicht kennt. Und da waren sie schon alle drei bei der Sache, so schnell konnte ich gar nicht begreifen, daß alles plötzlich anders ist. Alles umkippt. Ich schwör dir, ich hätte alle drei zu Gulasch gemacht, einen nach dem anderen, aber der Tschango hat, ich weiß nicht woher, plötzlich einen Revolver oder eine Pistole in der Hand gehabt. Damit du uns das Vergnügen nicht versaust, hat er gesagt. Was man denkt in einem solchen Moment? Ich kanns dir nicht sagen, und wenn ich hundert Jahre alt werd. Ich war plötzlich die Theres und du, die Paralisi, alle möglichen Weiber war ich plötzlich und hab ganz ruhig überlegt, welche ich jetzt aus mir raus laß. Währenddem hat der eine mir die Bluse aufmachen wollen, ganz geduldig hat er geknöpfelt, der Hepp, und ich hab den Stoff zittern sehen unter seinen Fingern.

Du armseliges Arschloch, hab ich, glaube ich, gesagt, aber Tschango hat nur das Ding höher gehalten und geflüstert, besser, du hältst dein Maul, du wärst nicht die erste, bei der ich dafür sorg, daß sie das letzte Wort sagt. Vielleicht hat er gelogen. Vielleicht war das Ding gar nicht geladen. Seit die Paralisi gefragt hat, woher weißt du denn, daß das Ding geladen war?, Hast du dich denn nicht wehren können, du bist doch stark genug? hab ich kein Wort mehr mit ihr geredet und tus auch in alle Ewigkeit nicht. Extra von Berlin ist sie gekommen, damit sie mir einen solchen Scheiß erzählen kann.

Aurelia sitzt Afra gegenüber und schaut sie nicht an. Sie hat den Kopf so gedreht, daß ihr besseres Ohr näher ist, aber sie läßt nicht erkennen, ob sie versteht. Mit einer silbernen Kuchengabel zerlegt sie den Kuchen in einzelne kleine Streusel.

Man kann mit niemandem darüber reden, sagt ihre einstige Schülerin, das einzige ist die Mordlust, die geht leicht zu erzählen. Keiner widerspricht dir, jeder tut, als wüßte er, wovon du redest. Es weiß aber in Wirklichkeit niemand, was es heißt, wenn du dir nur noch eins wünschst: drei Leute langsam und möglichst gemein krepieren zu sehen.

Ich kann eigentlich so gar nicht denken, sagt Afra nach einer langen Pause. Ich hab es nicht gelernt. Insofern macht es dich auch gescheiter, ich weiß nicht, ob du das verstehst. Wie ich das mittendrin gemerkt hab, mit dem pappigen Zeug vom Hepp zwischen den Beinen, in dieser grausamen Hitze, wie ich gemerkt hab, daß mir das nichts wegnimmt, sondern was beibringt, wollte ichs plötzlich durchstehen. Da wär das furchtbarste gewesen, wenn der geschossen hätte. Verstehst du: Die Sache mußte zu etwas gut sein, ich bin die stärkere geblieben, und dadurch bin ich auch frech geworden. Wie der Goethe versucht hat, mir seinen Bauch ins Gesicht zu drücken und immer gesagt hat, nimms, nimms, es geht nicht anders, sonst legt er dich um, als ob er und ich in der gleichen Situation wären, da hab ich mich zurückgebogen und hab gesagt, schau, daß du ihn wegtust, sonst beiß ich ihn dir ab.

Warum hast du ihn nicht abgebissen? fragt Aurelia und seziert langsam und gründlich einen Streusel.

Afra schaut Aurelia überrascht an, als hätte ein freundliches Standbild unversehens zu reden begonnen.

Ich hab es mir später oft überlegt, antwortet sie. Ich weiß es nicht. Vielleicht hat man zu viel Mitleid mit dem Ding, es kann ja nichts dafür, daß es ist, wie es ist. Der Hepp hat gequietscht wie eine Sau und angefangen zu heulen, dabei war er doch schon fertig. Und Goethe hat geflucht über meinem Kopf und immer noch den Bauch in meinem Gesicht, ich kann dir gar nicht sagen, wie der sich angefühlt hat. Wie eine verfaulte Kiwi. Und gerochen hat er nach Maggi. Tschango ist als letzter gekommen, und plötzlich hab ich an meine Namenspatronin denken müssen, ob du es glaubst oder nicht. Ich hab nicht zu ihr gebetet, ich bin schließlich nicht verrückt. Ich hab nur immer das dumme Gesicht von dem Altarbild vor mir gesehen, wie sie aus den Flammen herausschaut. Vielleicht hab ich an den Feuertod wegen der Affenhitze denken müssen, vielleicht aber auch wegen der Hure, die eine Jungfrau war, oder umgekehrt. Mir war auf der Bank – kein Mensch ist in der Nacht vorbeigekommen, buchstäblich keiner – plötzlich klar, was damit gemeint ist. Und danach war mir auch nicht mehr so heiß, ich hab gewußt, das Schwierigste kommt noch.

Das war der mit der Pistole, sagt Aurelia. Der hat nicht können.

Woher weißt du das? fragt Afra erstaunt.

Es ist immer dasselbe, antwortet die alte Hebamme. Aber das hat nichts zu sagen, das macht es nicht besser. Jede ist wieder am Anfang, jede erlebts neu, den ganzen Unsinn von Solidarität und gegenseitiger Hilfe brauchst du nicht zu glauben. Sentimentaler Schmarren. Als könnt man drüber reden wie über ein Strickmuster und dann alle Fehler raustrennen, und alles ist wie zuvor. Nichts ist wie zuvor, gar nichts. Für jede, die es erlebt. Für jeden, ders macht.

Keiner von den dreien ist mir so nah gekommen wie der, der größte Prolet von denen, aber auch der ähnlichste – mir am ähnlichsten, verstehst du? Das klingt vielleicht komisch, aber es ist so. Die Pistole hat er nicht aus der Hand gelegt, die ganze Zeit hab ich gemerkt, wie er versucht, sich in Wut zu bringen. Deshalb war ich ganz still. Wie ich gespürt hab, daß es nichts wird, hab ich geglaubt, daß es jetzt aus ist mit mir.

Das hätt auch gut sein können, sagt Aurelia. Das ist immer der heikelste Moment.

Du redest drüber, als wenn das jeden Tag vorkäm, sagt Afra aufgebracht.

Das tuts ja auch, antwortet die Brünnerin und lacht. In irgendeiner Art, es endet natürlich nicht immer schlimm, bei dir ist es ja auch noch einigermaßen gutgegangen.

Du verstehst mich nicht, sagt Afra nach einer Weile nachdenklich. Seit es passiert ist, weiß ich eigentlich erst, wer ich bin. Eine Hure? In Ordnung, dann bin ich eben eine. Ich steh aber nicht auf der Straße und schwenk nicht den Arsch für jeden Idioten. Ich weiß selber nicht genau, was sich verändert hat – erinnerst du dich dran, als du noch nicht gewußt hast, was mit mir ist und was ich tu, in der Theaterzeit und auch später? Das hab ich verloren in der Nacht damals, was immer es gewesen ist. Meine Tochter hats gemerkt, und die Freier haben es auch gemerkt.

Das hast du früher nie gesagt, Freier, meint Aurelia.

Eben. Ich hab sie auch für mich nicht so genannt. Ich weiß heute noch nicht annähernd, wie lang das Ganze gedauert hat, es war mir auch egal, weil ich nicht wußte, ob es gut oder bös für mich ist, wenn die Zeit vergeht. Einmal war ich für eine Minute ganz klar und hab alles doppelt laut wahrgenommen, den Donner und einen Vogel, der immer ganz hoch und klagend ziiii ziii gemacht hat. Wie eine arme Seele hat er geklungen. Und einmal hab ich Glocken gehört, aber ich hab mich verzählt. Der Donner, das war mein Freund, plötzlich war da eine Hoffnung, daß sie davor Angst kriegen, weil ich sie früher einmal bei Regen gesehen hab – schlimmer als die Katzen haben sie sich angestellt, wegen ihrer Frisuren. Wie sie mit mir fertig gewesen sind, haben sie sich gleich gekämmt und dann immer zum Himmel geschaut. Du hast sehen können, die wollten nichts wie heim, und morgen wär dann alles wie vorher gewesen. Aber der dritte, der Boß: Ich war immer noch nicht wieder im Leben drin.

Ich hab eine Tochter, habe ich zu ihm gesagt. Geschieht ihr recht, hat er geantwortet. Eine andere Mutter hätt sie sich aussuchen sollen, nicht so eine Schlampe.

Um was willst du beten? Hoffentlich schafft ers, hoffentlich kann er so, wie er will, was mit mir passiert, ist erst einmal egal. Wenn er nur nicht schießt. Das kleine Rohr von dem Revolver, oder was es war, am Kopf, du kannst dir die Kälte gar nicht vorstellen, die so ein bißchen Eisen ausströmt.

Du Drecksau, glaubst, es geht, wie du willst, hat er gesagt, und etwas hat mir weh getan, seine Hand aber nur, machs mit mir wie mit den andern. Es ist eh das letzte, was du tust. Ich hab ihm geglaubt, und plötzlich war keine Kraft mehr da, wie ein nasser Lappen bin ich auf der Bank gelegen, und die andern beiden waren still. Der Donner ist lauter geworden, als gäbs ein Erdbeben, dann hat es geblitzt, wie ich es noch nie gesehen habe, nicht einmal im Gäu. Der Wind hat den Sand von den Wegen hochgeblasen, plötzlich war zwischen den Zähnen und in den Haaren Sand, und dann kam der Regen und der Hagel. Überall hast du auf einmal Schatten gesehen, Leute, die doch in der Nähe waren und vielleicht herumgeschmust haben, ich weiß es nicht. Ob die uns nicht gehört haben oder nicht hören wollten, egal. Ich bin unter ihm weg auf die Erde gerutscht, und dann irgendwie auf die Beine gekommen. Sie sind mir nicht hinterhergerannt, dabei hätten sie mich schnaufen hören können trotz des Getöses. Ich hab dann unter einem Baum in der Nacht gelegen, der Hagel hat mich nicht stark getroffen, aber der Regen und kleine, nasse Äste, die es heruntergefetzt hat. Irgendwie bin ich heimgekommen, zu Fuß. Ein Taxi hat zwar gehalten, aber der Fahrer hat mich angeschaut und gesagt, ich fahr keine Amiweiber, schon gar nicht in der Nacht. Das Kind war wach, wie ich gekommen bin.

Du bist ja ganz naß, Mama, hat sie gesagt, und alles ist zerrissen. Sie hat sich gefürchtet, und wir sind dann in mein Bett gekrochen, zusammen, das ist selten vorgekommen. Denken konnte ich erst wieder am nächsten Tag. Anders, das hast du ja gesagt.

Dich schmeißt so schnell nichts mehr um, sagt Aurelia und schaut ihren Gast an. Hast du dich geekelt?

Vor mir selber eigentlich nicht, antwortet Afra. Der Regen hat gutgetan und sogar der Hagel, und meine Badewanne, natürlich. Zum Arzt bin ich auch gegangen, weil ich sowieso dran war. Und dann hat der Beau mir Angst wegen Nivea gemacht.

Beau war einer der Kumpane von Fritz Rost, ein Musiker, aus den frühen Siebzigern, ein eisern sanfter, an den Liebenswürdigkeiten und den Farben dieser Zeit festhaltender Mensch. Afra mochte ihn gern, er kannte sie gut, aber ihr Verhältnis war kurz und sachlich gewesen. Sie paßten nicht zusammen, deshalb hielt sie ihn für einen verläßlichen Freund. Ihm hatte sie Tage danach von dem Ereignis erzählt, und er war weniger um sie als um Nivea besorgt.

Die geben nicht auf, sagte er. Du mußt sie anzeigen. Sonst lassen sie ihre Wut an deinem Kind aus. Daran hatte Afra nicht gedacht, aber es schien ihr einleuchtend.

Was können sie ihr tun? fragte sie verängstigt.

Das sind Zombies, antwortete Beau, die sind gar nicht am Leben. Die müssen kaputtmachen, etwas anderes kommt für sie nicht in Frage. Du hast sie schwach gesehen, also werden sie eine schwache Stelle bei dir suchen.

Es fiel Afra nicht leicht, ihm zu folgen, sie war doch schließlich die Bedrohte, sie hatte sich nicht gewehrt, weil ein winziges Stück Eisen einen wehrloser macht als hundert Menschen.

Denk dran, die wissen viel über dich.

Aber du nicht, antwortete Afra. Du weißt nichts über mich.

Das brauche ich auch nicht, sagte Beau freundlich, ich nehm die Dinge und die Menschen, wie sie sind. Ich kenn deine Stimme, die Art, wie du singst, es ist dir eigentlich gleichgültig. Man kann dir nicht weh tun, nicht wirklich. Deine Tochter ist aus einem anderen Holz, härter als du, aber leichter zu brechen. Sie kennt sich zwar schon mit vielem aus, aber sie ist ein kleines Kind, und du bist eine Mutter, mit der sie es nicht leicht hat. Einmal machst du ein Zuckerpüppchen aus ihr und dann wieder den Profi, Werbeverträge für eine Neunjährige, Fototermine: Das ist Ausbeutung. Ein solches Kind ist gefährdeter als andere.

Ich bring sie zu meiner Mutter, ins Gäu, sagte Afra leise. Ich sag ihre Termine ab und meld sie in der Schule krank.

Warte, antwortete Beau. Vielleicht fällt uns was Besseres ein. Aber Nivea nahm ihnen die Entscheidung ab und verschwand ganz einfach. Sie kam am Tag nach den Warnungen des Musikers Beau nicht aus der Schule nach Hause. Beau und Afra suchten einen Nachmittag und einen Abend lang, ehe sie sie fanden.

In der Nähe von Afras Wohnung gab es einen Platz, um den sich viele Erben und eine große Bank schon so lang gestritten hatten, daß auf ihm ein mageres, kleines Paradies hatte entstehen können. Ein Stück Wiese wuchs und blühte da, Brombeerbüsche, Holunder und Goldruten waren in die Höhe geschossen und ein rosa Feld von Weidenröschen. Alle Pflanzen, die Trümmerboden und Gebäudereste liebten, waren dort zu finden, die Tauben düngten die Erde, und ein paar magere Katzen kamen mit den Leberkäsresten aus den fettigen Papieren aus, die die Rentnerinnen ihnen hinwarfen. Die Kinder liebten den Platz mehr als die vernünftigen Spielplätze, und kein Gitter, kein Stacheldraht konnte sie fernhalten. Schneller als die zerstrittenen Besitzer die Zäune flicken und immer größere Betretenverbotenschilder hinstellen konnten, bohrten sich die Kinder durch das Drahtgitter, manche gruben sogar Tunnels und spielten Fluchthelfer, und immer neue Schriften bedeckten die Verbotstafeln. BESETZT stand auf ihnen zu lesen, und auf eins hatten sie FREISTAAT LUISENPLATZL geschrieben. Auf einem anderen stand, als tapfere Ergänzung des Texts BETRETEN AUF EIGENE GEFAHR: FÜR ERWACHSENE. Ordnung und Kindervernunft lieferten sich dort schon seit langem einen munteren Kampf, und deshalb hatten die Besitzer zugestimmt, daß die Stadt den Platz zur Aufbewahrung von Leuten anmietete, mit denen sie nicht wußte, wohin.

Er war einem kleinen Unternehmen zugeteilt worden, das sich nicht hatte verjagen lassen. Zäh und unbeirrbar waren die siebzehn Menschen immer wieder in aller Herrgottsfrühe auf den Ämtern erschienen, mit vielen Papieren und aufgeschriebenen Lebensgeschichten bewaffnet, die Frauen hatten von Zeit zu Zeit laut geheult, und die Beamten sagten, wenn sie sie sahen, daß es gar nicht schlecht gewesen sei, was man früher mit solchen wie ihnen gemacht habe, ruckzuck, verstehst?

Zu guter Letzt war es der Macht des Tierschutzvereins zu verdanken, daß man sie auf dem Platzl hatte kampieren lassen, denn zu ihnen gehörten nicht nur eine Horde Kinder, die man als Bedrohung für alles mögliche empfand, sondern über siebzig Tiere, bei denen sogar den Behörden weich ums Herz wurde.

Zwei Löwen lebten in einem Wagen mit Eisenstangen, von deren Festigkeit sich ein Vertreter des Ordnungsamtes gründlich überzeugt hatte, Ziegen und Ziegenlämmer, ein ausgefranstes Lama, Pferde, Hühner, Schafe und zwei große, alte Hunde, deren Pfoten von Geschwüren bedeckt waren. Ihren traurigen Witz von einem Zirkus hatten sie GROSSCIRCUS Kramani genannt, weil ein richtiger Zirkus erstens mit zwei C und zweitens mit einer italienischen Endung geschrieben werden mußte.

Da waren sie nun. Der TÜV hatte ihnen die Zugmaschinen nicht mehr abgenommen, zwei von den Pferden litten an Kolik, und die Frau des ältesten der sieben Brüder Kramer, eine dürre Sintizza mit Namen Shutli, saß, weil man sie beim Diebstahl einer Silberlaméhose erwischt hatte, in Stadelheim, denn die Wagen und das Zelt galten nicht als fester Wohnsitz. Eine der Schwägerinnen sah ihrer Niederkunft entgegen, das war das geringste Problem. Die Mutter der sieben Söhne, die Witwe Martha, hatte schon wochenlang so furchtbare Zahnschmerzen gehabt, daß sie, die ganz andere Dinge durchgestanden hatte, sagte, ohne einen Zahnarzt zu finden, fahre sie keinen Meter mehr weiter.

Man muß ein Herz haben für die armen Viecherln! hatte der Doktor Kornhuber vom Tierschutzverein gesagt, am besten, man nimmt sie denen weg. Aber fürs erste – und als dann ein rührender Bericht mit einem Foto von zwei Ziegenlämmchen in der Abendzeitung erschienen war, gab der Oberbürgermeister persönlich die Erlaubnis für einen befristeten Aufenthalt auf dem stillen und umkämpften Platz, auf dem, wäre alles mit rechten Dingen zugegangen, längst das Hotel Bavaria hätte stehen sollen.

Daß die Tiere ihnen dieses Glück verschafft hatten, wunderte die Familie nicht. Sie dachten über Wert und Unwert von Lebewesen ähnlich wie der Tierschutzverein. Ihre rostigen Wagen stellten sie in einem Halbkreis auf, bauten Zeltvordächer und rollten einen alten, lehmverschmierten Läufer aus, auf dem die Kinder Überschlag und Pyramide übten.

Die Tiere wanderten in biblischer Eintracht durch das hohe Gras, und die Ziegen fraßen sich Bäuche an.

Leider war es noch zu früh im Jahr, um mit dem alten Lama und einem transusigen Pony in die Fußgängerzone zu gehen. Weihnachten und der Winter waren noch viel zu weit weg, und der Chef des Hauses, ein dünner, etwa dreißigjähriger Mann ohne Zähne sagte: Das hat gar keinen Zweck. Wenn wirs versuchen, jagen sie uns gleich davon, angebettelt mögen sie nur an Weihnachten werden. Einen besseren Platz wie den hier haben wir lang nicht gehabt, es gibt Wasseranschluß, die Elektroleitung hab ich auch schon gefunden, und wir können in Ruhe die Zugmaschinen in Ordnung bringen. In der Nähe gibts einen Schrottler, dem sein Zaun ist ein Witz. Soweit in Ordnung. Wir spielen!

Auch wenn es nicht so aussah und wenn sie allesamt aus der Übung waren – Circus bleibt Circus. Was dazu nötig war, hatten sie. So packten sie ihr zerschlissenes, orangeblau gestreiftes Chapiteau aus, stellten die Holzbänke auf, legten die Plane aus und versuchten, die Raubtiergitter vom Rost zu befreien. Die beiden Löwen, Pascha und Erna, waren ziemlich alt und verschliefen den größten Teil ihres eintönigen Lebens.

Der zweite Bruder, der für sie verantwortlich war und seit Jahren behauptete, Erna werde demnächst ein Junges bekommen, stellte, hinter dichtem Gebüsch wohlweislich verborgen, den Übungskäfig auf und versuchte, die beiden müden Raubtiere wieder an Hocker und Reifen zu gewöhnen. Das klappte nicht sehr gut, weil er seine Kommandos wegen der Anwohner nur leise geben konnte.

Die Löwen lagen die meiste Zeit auf dem angenehm warmen Sand, den ihr Herr im Käfig gestreut hatte, hielten die Pfoten verschränkt und blinzelten. Manchmal brüllte Pascha, wie zur Übung, was zur Folge hatte, daß mehrere männliche Anwohner des Luisenplatzls, die sich nicht um die Nachbarschaft zu kümmern pflegten, besorgt über die Zahl der Halben nachdachten, die sie am Abend zuvor getrunken hatten. Wennst schon an Löwen brülln hörst, sagte der eine nachdenklich zu seinem unrasierten Spiegelbild, Freunderl, da mußt aufpassen. Da ists bald aus mit dir.

Den Kindern war die Ankunft des Circus natürlich nicht verborgen geblieben. Nach und nach zogen sie ihre Kreise immer enger um das Lager, schauten zu, wie die Lichterkette am Zeltdach befestigt und, was veborgen bleib, an die Leitung der nahe gelegenen Metzgerei Dechant angeschlossen wurde. An der hing das ganze Unternehmen, was der Chef des Hauses Lothar Kramer nicht wußte, Leitung ist Leitung – er hätte es aber für eine Art ausgleichender Gerechtigkeit gehalten.

Die Metzgerei Dechant spielte überhaupt eine wichtige Rolle für ihr Wohlergehen. Der Metzger war nämlich ein gutmütiger Mensch und schenkte den Vagabunden jene Fleischabfälle, die auch für die Leberwurst nicht mehr zu gebrauchen waren. Die alte Martha durchsuchte dann das übelriechende, blutige Paket sorgfältig, bevor Pascha und Erna es bekamen. Aus manchem konnte sie mit Raffinesse und starkem Gewürz eine schöne Mahlzeit für die Familie zaubern.

Sie kochte nicht jeden Tag für alle. Die sieben Brüder lebten mit Frauen oder Freundinnen, wer will das schon so genau wissen, mit denen sie eine Menge Kinder hatten, die manchmal in die Schule gingen und meistens nicht.

Die Stadtkinder diskutierten diese Frage untereinander voller Neid. Man habe einige von denen schon einmal in der Schule gesehen, in Lumpen, so, wie sie waren. Nicht einmal waschen müßten die sich. Die Kinder grausten sich voller Neid.

Nivea nicht. Sie hatte sich noch mehr als sonst von denen aus ihrer Klasse abgesondert und war beim ersten Anblick, beim ersten Löwenbrüllen, mit der ersten Nase voll Pferdegeruch entschlossen, zum Circus zu gehen.

Fast zehn Jahre war sie alt, sehr klein, zäh und still, mit einer schönen Haut und einem richtigen Fotogesicht, wie die Casting-Frauen, die Menschenfängerinnen der Werbebranche sagten.

So ein kleiner Ichweißnichtappeal, verstehst schon. Irgendwie an der Grenze, aber doch sehr süß und kindlich. Das Ernste, das sie hat, liegt ganz im Trend. Bei der könnte sich sogar was rüberretten lassen, ich mein, wenn sie erwachsen ist.

Mach dir keine Illusionen. Viel zu klein. Körperlich ist da nichts los.

Nivea hatte sich an das Gerede gewöhnt, sie behielt jedes Wort. Ihr öffentliches Gesicht unterschied sich vollkommen von ihrem Alltagsgesicht, nur wenige erkannten sie auf den Müsliriegel- und T-Shirt-Bildern.

Ihre Augen so groß wie Bratpfannen, ihr riesiges Gesicht auf Plakatwänden blieb ein fremder Anblick.

Auf Bildern lächelte sie, ein kleines, weißzahniges Lächeln, oder sie lachte über das ganze Gesicht.

Im Alltagsleben, beim Einkaufen, in der Schule, bei ihren verschiedenen Unterrichtsstunden am Nachmittag lächelte sie nie. Sie war ein Arbeitskind, sachlich, verschlossen und ohne Illusionen. Nivea fühlte sich wie die meisten Kinder, uralt, weise und ihrer Mutter weit überlegen.

Dieses Gefühl lernen Kinder kennen, sind mit ihm allein, vergessen es irgendwann wieder und beobachten es später an ihren eigenen Kindern.

Nivea wurde es nie los. Ihre Lehrer fanden sie altklug und überfordert. Mit der merkwürdigen Mutter des Kindes, der man mit Höflichkeit und betonter Neutralität begegnete, war darüber nicht zu reden.

Sie nimmt sich schon, was sie braucht. Was sie jetzt nicht versteht, lernt sie später. Macht sie Ärger, ist sie ungezogen oder faul? Das sei nicht der Fall, nein, ganz und gar nicht, im Gegenteil, versicherte man ihr.

Afra, sich dunkel an die Gesetze der Revolution erinnernd, sagte: Ich laß sie, wie sie mag. Ich zwing sie zu nichts. Wenn sie Ihnen zu ernst ist, tuts mir leid. Zum Aufheitern können Sie sich andere nehmen, Sie haben ja genug Auswahl.

Man könnte denken, die hat keine Ahnung, was ein Kind eigentlich ist, sagte Niveas Klassenlehrerin in der Pause zu ihren Kollegen. Sie war in Afras Alter und hatte, wenn auch sehr von weitem, die gleiche Revolution wie sie erlebt.

Naja, sie hat ja auch ein gewaltiges Handicap. Nicht bei mir, natürlich, im Gegenteil. Aber gesellschaftlich gesehen ist es immer noch ein Problem, und grade hierzulande bei dem Mangel an Toleranz. Dem Kind sieht man ja nur was an, wenn man es weiß.

Nur der Musiklehrer, ein strenges und wohlgelauntes, seinen Beruf liebendes Überbleibsel aus vorrevolutionären Zeiten, schwieg, wenn die anderen Lehrer den Fall Nivea und Afra verhandelten. Nivea war seine interessanteste Schülerin, sie entwickelte langsam aus einem schönen und ungewöhnlich reichen Kindersopran einen vielversprechenden Alt. Im Chor störte sie, weil sie sich deutlich von den anderen abhob.

Weißt du, was Homogenität ist? hatte der Lehrer Martiny Nivea vor kurzem gefragt. Nein? Das kann ich mir vorstellen.

Das Kind hatte nie Schule geschwänzt, früh aufzustehen fiel ihr nicht schwer, sie lernte gern und achtete auf ihre

Kleider und Schulsachen. Afra war das manchmal unheimlich, aber weil es für sie bequem war, nahm sie es hin.

So ein fremdes Junges, hatte sie einmal zur Hasinko gesagt, ein fremdes Ding hat man ausgebrütet. Da denkt man direkt noch einmal über den Vater nach. Sie hat vielleicht mehr von ihm als nur das Weiße. Er wußte auch immer alles besser.

Nivea, so klein sie war, hatte eine seltsame Art, jedermann zu stören. Ganz unbewußt: Die von ihr aufgescheuchten oder unwillig nachdenklich gemachten Leute hätten nie zugegeben, daß sie ihnen unangenehm war. Sie sei ein reizendes Kind, hieß es, guterzogen und apart, wenn auch nicht hübsch. Oder doch?

Auf Bildern war sie schön und in Wirklichkeit unscheinbar.

Siehst du, hatte Afra tröstend zu ihrer Tochter gesagt, wie die ganz berühmten Fotomodelle. Die schauen normal aus wie die Putzlumpen, und auf den Bildern erkennst du sie nicht wieder.

Heißt das, ich schau aus wie ein Putzlumpen? hatte Nivea geantwortet.

Ihre Mutter ist ihr zu riesig, zu schwarz, zu rosa, zu laut. In der Nacht, als sie so naß und verstört heimgekommen war, hatte Nivea sie trösten wollen – aber für was? Und wie?

Männer kamen und gingen, sie holten Afra ab und schenkten Nivea riesige, teure Stofftiere und pfundweise Pralinen. Die Tiere glotzten aus den Ecken ihres Zimmers, und die Pralinen verteilte sie in der Schule. Ihr wären saure Gurken lieber gewesen, die kleinen, giftgrünen, die es beim Käfer gab. Aber sie sagte nie etwas.

Man möcht nicht glauben, daß das Ihre Tochter ist, sagten Afras flüchtige Freunde manchmal, so eine stattliche Person wie Sie, barock, und dann so ein Flöhchen.

Das wächst sich schon noch aus, antwortete Afra dann. Sie ertrug es nicht, wenn ihr Kind kritisiert wurde. Das durfte nur sie, aber sie tat es nicht oft, weil Nivea dann stumm wurde und tagelang wie ein Geist herumging. Nur Beau und der Musiklehrer Martiny konnten Nivea Ratschläge und Hinweise, aber auch nur zur Musik, geben. Was sie anzog oder las, wohin sie ging und welche Aufträge sie annahm, entschied sie selbst, während Afra nur so tat, als ob, weil das zwischen Mutter und Kind eben so zu sein hat.

Am Nachmittag näherte Nivea sich dem schmutzigen Läufer, auf dem fünf dünne, dunkelhäutige Kinder in T-Shirts von nicht mehr bestimmbarer Farbe immer von neuem eine Pyramide bauten, Handstand, Überschlag, Kobolz und auf die Schultern! Und gleich nochmal. Daneben im Gras saß auf einem Klappstuhl die alte Martha mit ihrer dicken Backe und schaute aufmerksam zu, während sie Kostüme flickte.

Siebte Generation, sagte sie zu Nivea. In der siebten Generation ist der Circus. Die können Pyramiden bauen, bevor sie laufen lernen.

Bist du vom Fach? fragte sie das fremde Kind.

Noch nicht, antwortete Nivea.

Hast du Hunger? fragte die alte Circuschefin. Wir essen schon um sechs. Du kannst Kartoffeln schälen. Ich muß die Kostüme in Ordnung bringen, das geht vor. Solang Shutli sitzt, essen ihre Kinder bei mir. Es kommt nicht drauf an. Schlimmer ist, daß wir zuwenig Heu haben. Immer frisches Gras ist nicht gut für die Pferde, das bläht.

Nivea kam es so vor, als wäre sie schon lang hier. Das hatte nichts mit Fernweh zu tun, sondern mit der Sachlichkeit, die sie spürte. So ist es eben. Nicht schlecht, nicht gut. Wir kennen es nicht anders.

Als eine völlig aufgelöste, laut schluchzende und von den

Erschütterungen der letzten Tage fast abgemagert aussehende Afra ihre Tochter fand, saß sie vor einem alten, schmutzigen Wohnwagen neben einer zerlumpten Frau inmitten einer ruhig und konzentriert essenden Kinderschar. Afra hätte ihre Tochter beinahe nicht erkannt, zwischen den Circuskindern verschwand sie, jener Tropfen Wasser in einer Pfütze, der Afra immer so gern gewesen wäre. Unsichtbar.

Da ist sie, siehst du, sagte Beau. Sie ist doch früher schon oft verschwunden, weit war sie nie, eben –

Unsichtbar, flüsterte Afra.

Mit geübtem Blick sagte Martha, die das auffallende Paar herankommen sah, ich glaube, da kommt deine Mama. Aber nicht mit deinem Papa.

Sie weiß auch immer gleich, welches Lamm von welchem Bock ist, sagte ein größeres Mädchen zu niemand Besonderem. Könntest du mir mal deine Schuhe leihen? Ich muß nämlich in die Stadt.

Meinst du mich? sagte Nivea.

Wen denn sonst? fragte das Mädchen. Hier ist doch außer dir keiner, der welche hat.

Afra weinte, als sie ihre Tochter sah, aber sie überfiel sie nicht und umarmte sie nur kurz und vorsichtig.

Wie riechst du denn? sagte sie tränenüberströmt.

Was ist los, Mama? fragte Nivea erschrocken. Du heulst doch sonst nie.

Halt den Mund, sagte Afra. Du kannst doch nicht einfach so verschwinden, nicht nach dem, was passiert ist.

Was ist denn passiert? fragte Nivea.

Die Circuskinder haben das Interesse an der schwarzen Frau und ihrem Begleiter verloren, sie teilen sich, was noch zu essen da ist. Morgens hatte ein fetter Früchtegroßhändler eine Kiste fleckiger Bananen abgegeben, für die Affen. Affen gab es zur Zeit keine, so teilten sich die Pferde und die Kinder das Obst.

Es war Beaus Idee, daß Nivea dortbleiben sollte, es war das beste Versteck, das es gab, bis die Sache mit den dreien geklärt war. Er vereinbarte mit Martha, daß Nivea im Circus wohnen sollte, solang es nötig war. Afra gab der alten Frau dreihundert Mark, die sie in ihre Schürzentasche steckte.

Wenn der Lothar die Ersatzteile kriegt, langt das für die Zugmaschinen. Danke. Wir können alles brauchen. Wenn Sie vielleicht ein bißchen Wäsche hätten, ein paar alte Dekken, Kindersachen, Schuhe, Töpfe und Geschirr auch, aber vor allem Decken. Für die Tiere und für uns.

Als Afra sich umsah, am Arm des zufriedenen Beau, erkannte sie ihr Kind wieder nicht zwischen den anderen. Sie schickte am nächsten Tag einen Berg alter Steppdecken, Bettlaken und Kissen, Pullover, Schuhe und eine Menge großer, flatternder Gewänder in Rosa, die lang das Entzükken der älteren Circusmädchen waren. Noch viele Jahre würden sie ihre armseligen, schönen Vorstellungen in rosa Kostümen aus teuren Stoffen geben, Afras Vermächtnis.

Zwei Wochen blieb Nivea beim Circus Kramani, und sie gewöhnte sich leicht und schnell an ein Leben, in dem sie nie allein war. Hier war nichts an ihr auffallend, nicht einmal der Name, die Circuskinder übertrafen sie da bei weitem. Conchita und Maria Loretto, Anastasia und Carmen, Innocentia, genannt Notzi, Iphigenie – was war dagegen schon Nivea? Die Buben standen ihnen nicht nach, es gab einen Cäsar, einen Iwan, einen Billy James und einen Pedro, je nach den geographischen Vorlieben der verschiedenen Väter und Mütter. Die konnten ihre Kinder manchmal nicht auseinanderhalten, und die Väter wußten nicht genau, wie viele sie überhaupt hatten.

Ein paar Tage, nachdem Nivea dazugemischt worden war, sah sie einem der jüngeren Brüder zu, der behutsam eine sehr lange Schlange auf mehrere Gummiwärmflaschen legte. Die Schlange bewegte sich matt.

Sie häutet sich, sagte er. Das strengt sie furchtbar an, sie ist dann immer ganz fertig. Deswegen braucht sie Wärme.

Nivea hatte keine Angst vor dem Tier, das den Kopf hob und ihn langsam pendeln ließ.

Gell, das tut dir gut, meine Hübsche, sagte der Mann. Ich bin der Hans. Du bist das Leihkind. Kannst du irgendwas? Wenn wir spielen wollen, brauchen wir jeden. Und wenn du Nummern ansagst oder Eis verkaufst.

Sie haben doch selber Kinder, sagte Nivea. Die werden das doch besser können. Sie sah der Schlange zu, die ihren glänzenden Leib an den Wärmflaschen entlanggleiten ließ, als wolle sie soviel wie möglich davon spüren.

Klar hab ich Kinder, die sind das einzige, was uns hier nicht fehlt.

Wie viele haben Sie? fragte Nivea.

Ich glaub, fünf, sagte Hans zögernd.

Sechs, du Gannef, schrie eine Stimme aus dem Wohnwagen. Laß Mona sich in Ruhe warm machen und komm essen. Willst du auch was, trauriges Kind? sagte die Stimme.

Ja, antwortete Nivea, aber ich bin nicht traurig.

Doch, doch, sagte die Frau und schob eine Schüssel voller Bratkartoffeln mit Ei aufs Fensterbrett. Nimm mal. Eigene Eier.

Die Hühner, die zwischen den Wagen herumsuchten und manchmal den Ziegen auf den Rücken sprangen, legten sie überallhin.

Er weiß noch nicht einmal, wieviel Kinder er hat, machen kann er sie gut, aber mit dem Zählen ists nicht weit her. Von seiner Mona kennt er jeden Zentimeter. Dabei ist es meine Schlange, ich trete mit ihr auf. Hilaria, die Sultanin. Du mußt mich mal im Kostüm sehen. Kannst du auch was?

Jeder fragte Nivea, ob sie irgendwas könne, aber nicht, wie man in der Schule gefragt wird, sondern als sei das der einzige Lebenssinn.

Ich hab schon Werbung gemacht, antwortete sie Hilaria, der Sultanin.

Das ist Klasse, sagte die. Damit wirst du schnell reich! An sowas kommt unsereiner nie, ich bin schon froh, wenn ich mal ein Engagement habe bei einem Lehrergeburtstag oder einer Silberhochzeit. Machst du nicht was, das wir in die Vorstellung einbauen könnten?

Ich kann ein bißchen singen, sagte Nivea. Nach einer kleinen Pause traute sie sich, den Satz zu ergänzen: Ich kann ziemlich gut singen.

Das ist doch was, sagte die Sultanin, daraus kann man was machen. Mit der Musik ist es bei uns sowieso nicht weit her, immer die alten Bänder mit den Märschen, die machen einen nur traurig, weil sie für Elefantenparaden und die großen Nummern gedacht sind. Wenn der Lothar mit unseren vier Gäulen in der Manege steht, die Rosa kommt ja sowieso nicht mehr hoch bei der Dressur und geht nur noch ein bißchen im Kreis mit, wenn er da einen auf Dressur macht und es läuft dazu der Circus-Renz-Marsch, da könnte ich verrückt werden. Ja, wir bauen ein, zwei Lieder ein. Es gibt so ein altes, da hab ich früher immer geheult. Kannst du das? Oh mein Papa?

Ich kanns nicht, ich kenne es auch nicht, aber meine Mama wirds kennen, und ich kanns lernen.

So eine verrückte Idee! sagte Afra, als sie ihre Tochter besuchte. Du kommst bald wieder heim. Wenn du unbedingt willst, mach halt mit, es wird dich schon keiner sehen in dem Armeleutscircus. Sie gestand sich nicht ein, daß es sie auch hierherzog, in den Dreck und den Geruch nach Ziegenmist und gebratenen Zwiebeln, in die Musik von fünf verschiedenen Radios, der Ziehharmonika des Bruders, der nie sprach, und dem gelegentlichen müden Gebrüll des Löwen Pascha.

Kannst du hier eigentlich schlafen? Wenn du heimkommst, wirst du erst einmal eingeweicht.

Ich schlaf gut, antwortete Nivea, und alle waschen sich jeden Morgen. Es dauert, wegen dem Wasserholen und warm machen, aber Dreck ist der Anfang vom Ende, sagt Martha, einem schmutzigen Hals nützt kein seidener Kragen.

So siehst du aus, als ob ihr euch jeden Morgen waschen würdet, sagte Afra. Man kann nicht sauber bleiben, wenn man draußen ist! Das weiß ich noch von früher. Schlachten sie hier eigentlich auch Tiere, Karnickel oder Hühner oder so?

Nie! sagte Nivea empört. Wir essen nur manchmal was von dem Fleisch, das der Dechant ihnen schenkt. Und das ist schon ziemlich lang tot, gekannt hat es auch niemand.

Also: Oh mein Papa soll ich dir beibringen? fragte Afra.

So schnell wie möglich! antwortete Nivea.

Den ganzen Nachmittag lang saß die Gelegenheitssängerin Afra mit ihrer Tochter hinter einem dichten Holundergebüsch, in dem die Vögel herumturnten und sich mit den Beeren vollfraßen.

Oh mein Papa, hörst du, das Oh ziemlich lang ziehen und ganz weich, du hast ja Gott sei dank keine Kinderstimme mehr, zu dem Lied darf man nämlich keine haben. Sei nur nicht mit Absicht niedlich.

Das bin ich nie, antwortete Nivea empört.

Oh mein Papa, war eine wunderbare Clown, oh mein Papa, war eine große Küüünstler. Habt ihr eigentlich auch Seiltänzer?

Wir haben alles, sagte Nivea stolz. Als gehörte sie für immer dazu, trotz des muffigen Gestanks, der nachts in den Wohnwagen stand. Wenns kalt ist, kannst du kein Fenster aufmachen, sagten die größeren Mädchen, mit denen zusammen Nivea im Wagen der eingesperrten Shutli schlief.

Frieren ist das schlimmste. Du würdest keinen Winter bei uns durchhalten. Einmal, ich glaub, in Osnabrück, haben sie uns von der Stadt über den Winter eine Wohnung angeboten, gar nicht mal schlecht, mit Heizung und Waschmaschine. Aber nach zwei Nächten sind wir alle wieder in den Wagen zurück, wir haben es nicht ausgehalten. Wollen wir noch einmal das Video anschauen?

Sie hatten freundlich auf den Eindringling Nivea reagiert, erstens war ihnen das Zusammenrücken nichts unbekanntes, denn die neuen kleinen Geschwister kamen viel schneller, als die erwachsenen gingen. Zweitens hatte der Gast Geld gebracht und verlieh seine Schuhe und Armreifen.

Das Video hatte Nivea schon sehr oft gesehen. Zwei Jahre vorher hatte irgendeine sentimentale Fernsehreporterin einen kleinen Bericht über den Circus Kramani gemacht, im Winter, weißt du noch, was das für ein Scheißplatz war in Frankfurt? Immer und immer wieder spielten sie das Band ab, man konnte kaum was drauf erkennen, aber die Circuskinder brauchten keine Bilder. Die Schatten genügten, das Wissen, sie sind das auf dem Band, sie, der Circus Kramani, bis zu den Felgen im Dreck, auf einem tief verschneiten Platz, von dem sich die dunklen Pferde abhoben. Die Reporterin hatte dazu den Renz-Marsch unterlegt.

Ich kanns nicht hören! pflegte die Sultanin von irgendwoher zu schreien. In jedem der Wagen stand ein Videogerät. In jedem lag dieses Band.

Ich kann dir sagen, warum deine drei netten Freunde nicht mehr kommen, hatte Afras Arbeitgeber ein paar Tage vor dem ersten wirklichen Auftritt ihrer Tochter zu ihr gesagt. Afra erschrak. Außer Aurelia und Beau wußte niemand, was sich ereignet hatte. An die Polizei dachte sie nicht mehr, aber an Rache, ganz nahe, sichtbare, zerfetzende und endlich Ruhe bringende Rache. Den Bauch fühlte sie an ihrem Gesicht und die Klebrigkeit, Hitze und

Kälte und das eisige runde Mündchen des Revolvers an der Schläfe. Was fühlten die?

Den einen haben sie auf Urlaub nach Stadelheim geschickt, gestern, sagte der melancholische Jazzer, die beiden anderen suchen sie. Überfall auf das Geschäft von dem einen seinem Alten. Sowas Blödes. Ich hab mich immer gewundert, was du mit denen hast.

Sie wollten mich beschützen, antwortete Afra. Und jetzt sind sie fort. Das nützt nichts. Das bedeutet nur, daß ich länger warten muß.

Kannst du mir sagen, von was du redest? fragte der Jazzer.

Nein, antwortete Afra. Du verstehst es sowieso nicht.

Um so besser, antwortete er, ich kann Leute nicht ausstehen, die von mir verstanden werden wollen. Ich will nichts verstehen. Solche Geschichten, wie die mit den dreien, schon gar nicht. Verstehen. Ich will, daß man mich mein Leben lang die gleiche Musik machen läßt, das reicht mir.

Dem Circus Kramani leuchtete für kurze Zeit das Glück. Die Kostüme waren fertig und von ungewöhnlicher Pracht, wenn auch sehr rosa. Pascha schaffte es, durch einen Reifen zu springen, das heißt, sein Dompteur ließ ihn springen und fädelte ihn dann durch den Reifen, die Löwin Elsa saß in erhabener Scheinschwangerschaft brav auf ihrem rotgoldenen Hocker, und Mona hatte sich rechtzeitig von ihrer Häutung erholt. Das Wetter war kühl und klar, und am Chapiteau leuchteten die von der Leitung des großzügigen Metzgermeisters Dechant gespeisten Lämpchen in vielen Farben. Der freute sich an ihnen wie die Rentnerinnen, die aus den umliegenden Straßen, immer zwei und zwei paarweise, wegen der Räuber, gekommen waren, und die Schulkinder, deren Eltern nicht das Geld hatten, sie in den Erlebnispark zu schicken.

Es wird direkt voll! sagte Martha, die in einem spanischen Gewand, die Halsfalten von breiten Paillettenstreifen verdeckt, an der Kasse saß.

Wie mochte es bekannt geworden sein? Afra war schweigsam gewesen wie nie. Sie hatte bestimmt niemandem vom Auftritt ihrer Tochter in diesem Mottencircus erzählt – und doch saß Fritz Rost da, schön und rittmeisterhaft wie immer, auch Aurelia war gekommen und drehte sich, des alten, keuschen Liebhabers ansichtig geworden, noch einmal zur Seite, um sich die Lippen nachzuschminken. Auch Maja Weishäupel hatte sich eingefunden, ein wenig gekränkt lächelnd. Weit hinten und hoch oben saß fett wie nie der Wolf. Der Chef des Unternehmens, Lothar, konnte sich den ganzen Abend nicht richtig konzentrieren, weil er fürchtete, seine Bänke würden dieser Last der Berühmtheit nicht standhalten. Tusch und Fanfare! Sogar das Pferd Rosa schaffte an diesem Abend eine Levade, und Hilaria, die Sultanin, hätte jedes Weltstadtvarieté geschmückt. Die rosa erglühende Pyramide der Kinder war noch höher geworden und hielt trotzdem. Tusch und Fanfare! Unser Gaststar, zum erstenmal in diesem Unternehmen: NIVEA NACHTIGALL!

Bei uns beiden hat damals etwas angefangen, sagt Afra im Winter zu ihrer Tochter. Da war der Circus längst weitergezogen, das Gras verwelkt und Reif lag auf den Bäumen.

Was? fragt Nivea Nachtigall.

Vielleicht das Hartwerden, sagt Afra. Das ist nichts Schlechtes.

Ich will nie mehr drüber reden, sagt Nivea.

Ich auch nicht, antwortet ihre Mutter.

Ich will mich nie wieder verabschieden müssen.

Man verabschiedet sich sowieso nie, antwortet Afra ihrer Tochter.

FÜNFTES BILD
Übern Atlantik

Es hatte lang gedauert, das Geld zusammenzuscharren – nicht wirklich viel Geld, achthundertfünfzig, Charter über Neufundland. Neufundland? Das mit den großen, schwarzen Hunden? Aber von oben wird sie dann nichts sehen, nur etwas weißen Eisglanz, es ist dunkel.

Sie grübelte oft, wohin ihr Geld sich verzog. Kaum, daß es aufgetaucht war, versickerte es, während die Miete sich als Schuld aufstaute und die grünen Briefumschläge mit den Fensterchen sich in ihrem dunklen Flur wie ein See ausbreiteten. Sie hatte nicht schlecht verdient im letzten Jahr.

Man soll sich keinen Manager nehmen! Er bringts zum Verschwinden, er versteckt das Geld, macht es unsichtbar, verteilt es, läßt es davonlaufen.

Du hast, was du brauchst, sagte der neueste Musikfürst. Sie besaß ihn, er sie – seit einem halben Jahr. Man mußte ihn haben. Er kannte die kleinen Ecken der Stadt. Wenn Nivea mit ihm zusammen war, umgaben sie so viele Heimaten, wie sie wollte. Die Stadt gehörte ihm, er war ein Tagfürst in den Cafés und den feinen Freßläden, ein Nachtfürst dort, wo man es zu sein hatte.

Wunderbar, sein Besitz zu sein, schweigen zu dürfen, mal mit einem schwarzen, mal mit einem kalkweißen Mund.

Schau zu, daß du gut ausschaust, sagte der kleine Gott zu ihr, alles andere ist mein Ding. Ich mach schon. Halt den Mund.

Und Nivea malte sich den Mund grün oder dunkelblau und schwieg.

So war es, bis zu diesem Flug über den Ozean, in dem zwar vorher ein paar Inseln für sie gewesen waren, Inseln als Sprungbretter hinüber nach New York, Inseln, die London hießen, Studio Barcelona, Festival Aix en Provence oder Open Air Lorelei. Auf jeder dieser Inseln wuchs ihr Wunsch, den endgültigen Sprung ins einzig wahre Land zu tun, ohne den Fürsten Larry. Er hatte ihr Geld versteckt, wie man die Schuhe einer untreuen Geliebten versteckt.

Achthundertfünfzig ist ein Witz, sagte sie, da muß doch noch was sein? Und sie öffnete alte Bankbriefe und starrte Zahlen an, ohne sie zu verstehen. Achthundertfünfzig für den Nachtflug, und zu Hause eine halbleere Riesenwohnung voller Rechnungen, Federfächer und Sechzigwattboxen, ein Foto von Larry bei der Goldenen Europa an der Wand, Larry, der die Flocken beiseite gebracht hatte und der den Schnee schmelzen lassen konnte. Dagegen gabs nur Amerika. Außerdem vielleicht ein Engagement, in einem Hotel, nicht viel besser als die Zigarettenmädchen oder die Croupiersmiezen an den samtgrünen Tischen in den Casinos.

Nivea Nachtigall trank ihren Grapefruitsaft und hätte gern ein bißchen geweint. Von ihrer Mutter hatte sie sich nicht verabschiedet, von ihrem Promoter Larry auch nicht, denn das wäre vielleicht ein handgreiflicher Abschied geworden, und davor hatte sie Angst. Sie zog den schwarzen Pelzrock noch ein bißchen höher, schaute ihre fast weißen, schönen Beine an, und keiner von denen, die mit Plexiglasbechern in der Hand und ohne Schuhe durch das dunkle Flugzeug tappten, konnte ihr ansehen, daß sie sich fürchtete. Alle Angst auf einmal, eine Rutschbahn im Magen, an deren Endpunkt Eisklumpen waren, sie hielt sich die Hand vor den Mund. Sie hielt sich die Hand vor den berühmten Mund, würgte und schluckte alles wieder herunter.

Geht es Ihnen nicht gut? fragte die Stewardeß. Kann ich Ihnen helfen? Und wenn Sie grade Zeit haben, sagte sie mit einem herablassenden Lächeln, ich hätte gern ein Autogramm für meine kleine Tochter. Kinder sind ja so albern, nicht wahr? Es macht Ihnen doch nichts aus?

Was für ein Blick diese dämliche, blondblöde Ziege traf, diese verfluchte Kellnerin, was für ein Blick!

Es macht mir gar nichts aus, sagte die Nachtigall und suchte in ihrer Tasche nach den Autogrammkarten. Ich wollte nur nicht erkannt werden. Wie alt ist Ihre Tochter?

Zehn, sagte die Stewardeß nervös. Ich habe sehr früh geheiratet.

Tatsächlich, antwortete die Nachtigall. Da habe ich ein starkes Foto für Ihre Tochter.

Das Bild war aus einem ihrer ersten Clips und zeigte sie, die Knie nach oben in einer Wolke von schwarzen und grünen Hahnenfedern, ein Skelett in zärtlicher Haltung auf ihr hockend. In der Hand hielt sie eine mit bunten Steinen besetzte Monstranz, aus deren Mitte ein Teufelshorn wuchs.

Da wird sie sich wahnsinnig freuen! sagte die Stewardeß, ohne das Bild anzuschauen. LOVE NIVEA NACHTIGALL stand drauf.

Dieses Bündel Fotos hatte Afra beim Fernsehen signiert, Larry konnte es auch, und zwei oder drei von Niveas Freundinnen unterschrieben die Autogrammkarten nachmittags in der Kneipe.

Unzählige Nachtigallen schauten von unzähligen Bildern, weißhäutig, mit schwarzen Brustpanzern oder goldenen Kettenhemden und immer wieder Federn, schwarzgrüne Hahnenfedern.

Es ist Ihr Versuch, das Dorf zu wiederholen, sagte ihr Analytiker, der Herr ohne Unterleib, der Dämon im Rollstuhl. Sie dachte an das winzige Geräusch, wenn er mit den

Händen um die Räder griff, um auf sie zu oder von ihr weg zu rollen, sie wußte nie im voraus, wohin. Keine Couch, natürlich nicht, aber ein bißchen Schreien zur Entspannung.

Wen wollen Sie mit diesem Lied bestrafen? Warum brechen Sie ab, wenn Sie vom Fliegen erzählen? Was fällt Ihnen zu Spiegeln ein?

Die Stewardeß sieht im dunkeln Flugzeug einen müden, zusammengekauerten Popstar mit einem schwarzen Pelzmini und einem Schminkspiegel, groß wie eine Bratpfanne.

Der Star forscht unter den Augen, in den Mundwinkeln und an den Zahnhälsen nach Abweichungen von der Makellosigkeit und findet keine. Oder doch? Ein paar winzige dunkle Pünktchen an den Nasenflügeln, eine kaum sichtbare Ungenauigkeit am Schwung der Oberlippe?

Nivea hat Angst vor dem Fliegen und ist in ihr Gesicht geflohen, einen vertrauten Ort. Sie besitzt eine goldene Kreditkarte, ein paar Adressen, einen Koffer und Erinnerungen an ihr Ziel.

In New York erwartet sie niemand. Bis jetzt wird sie dort noch nicht gebraucht.

Ich fliege Economy, damit ich um den Trubel herumkomme, sagte sie zu der Stewardeß, die zwischen den Reihen der Schläfer wie ein Geist hin- und herging und sich langweilte.

Ach so, antwortete die, ich habe mich schon gewundert. Haben Sie in der letzten Zeit überhaupt große Auftritte gehabt? Ich kriege das nicht so mit, Sie dürfen nicht böse sein. Sie verstehen das doch nicht falsch, nicht, aber das ist nicht meine Musik, die Sie machen, vielleicht werde ich ja schon alt, nicht wahr, obwohl wir beide im Alter gar nicht weit auseinander sind, aber mir war das immer fremd, auch die Kostüme oder das Outfit oder wie Sie das nennen, obwohl Ihnen das Schrille ja sehr gut steht, aber wie Ihre Band manchmal rumläuft, man denkt immer, die nehmen irgendwas, die meisten Musiker nehmen ja was, ich könnte Ihnen da Geschichten erzählen, aber die, an die ich denke, fliegen natürlich immer First. Ich bin ein großer Fan von Domingo.

Von wem? fragte Nivea Nachtigall und schaute die blonde Frau mit dem blauen Schürzchen unverwandt an. Wer soll denn das sein?

Den kennen Sie wahrscheinlich nicht, sagte die Stewardeß und erinnerte sich mit entrücktem Lächeln an die geschenkten Met-Karten, ah, Er! Als Don José – er ist wunderbar, sagte sie im Flüsterton zur Nachtigall, und die antwortete:

Ich denke, er ist eine ausgeschrieene alte Tenor-Hure! und dabei flüsterte sie nicht.

Kann ich Ihnen noch was bringen? fragte die Stewardeß. Schließlich bin ich zum Arbeiten hier.

Wirklich? fragte die Nachtigall.

Und wenn die jetzt tot umfällt, ist es mir egal, dachte sie im Einschlafen und spürte die Schminke wie eine dreckige Haut auf dem Gesicht. Aber ohne? Undenkbar, eher nackt bei zwanzig Grad minus. Von Zeit zu Zeit mußte man das Zeug abwaschen, einen halben Becher Yoghurt statt dessen drauf oder die Ölmixtur ihrer Mutter, deren schwarze Haut jetzt saftig wie eine Zwetschge aussah, nachdem die jahrelangen Torturen mit Zinksalbe und Drula Bleichwachs überstanden und verheilt waren.

Red nicht, hatte Afra zu ihrer Tochter gesagt, vielleicht wärst du nicht so weiß geworden, wenn ich mich nicht geplagt hätte, jedenfalls bis zu BLACK IS BEAUTIFUL, danach wars mir egal. Aber nicht lang.

Arme Mama, dachte Nivea im Dösen. Bei mir sieht es wirklich keiner mehr. Man kann es nur hören. Wenn nichts

Schwarzes drin ist, ist man wie diese blonde Schneegans da, die alte Schachtel. Domingo. Sie wußte nicht, wer dieser Don José war, es interessierte sie auch nicht. Nach ganz anderer Musik wollte sie suchen, hatte sich die Nummern der Straßen in ihrem Kalender aufgeschrieben und in den letzten Wochen immer gehofft, daß es jemand entdecken und sie doch noch davon abhalten würde. Die letzte Woche vor dem Abflug gab den Ausschlag, ein richtiger Abschied, der allergründlichste bisher.

Vielleicht muß ich jetzt doch kotzen, sagte sie zu ihrer Freundin, der Stewardeß.

Entschuldigen Sie, daß ich Ihnen Mühe mache – aber dazu sind Sie doch da, wollten Sie jetzt sagen, nicht wahr –, nochmal Entschuldigung, ich bin ziemlich widerlich heute, aber soll ich Ihnen was sagen? Es ist das einzige, was mir Spaß macht. Und Ihren Domingo kenne ich nur aus der Werbung und den blödesten Clips, die ich je gesehen habe. Hat er ein Korsett an? Eine Stimme mit mehr Öl als in einer Pipeline. Und warum kann ich nicht aufhören, ekelhaft zu sein, wo Sie ihn doch so mögen und sicher nett sind und mir einen Gin-Tonic bringen? Ein Glück, daß ich keinen Alkohol mag. Es ist nur gegen das Kotzen. Aurelia hat mir gegen das Kotzen immer Cognac gegeben!

Ich kann Ihnen auch einen Cognac gegen die Übelkeit bringen, Fräulein Nachtigall! sagte die Stewardeß würdevoll und wunderte sich, weil dem Mädchen vor Lachen fast die Schminke in Trümmer ging.

Vielleicht sind Sie genial, einfach genial! sagte Nivea. Fräulein Nachtigall! Da war bisher kein amerikanischer Name, keine Band, kein vernünftiger Clip, und sie wußte nicht, was der Producerkönig Larry mit dem Geld gemacht hatte, anstatt etwas zu produzieren, das ihr in New York helfen könnte, etwas Einmaliges, nicht nur ein Tape, wer hörte sich das schon an?

Über Kanal läuft im Flieger Vivaldi, Frühling, Sommer, Herbst und Winter und dann das Ganze wieder von vorn. Nivea denkt an New York. Einmal war sie dort gewesen, so wie man eine Spur zieht über ein unbetretenes Schneefeld, sie hatte es Urlaub in Kalifornien genannt, war aber aus dem Viereck, dem zerfransten, zerklüfteten Viereck zwischen der achtzehnten und der achtzigsten und den Avenues nicht hinausgekommen, Kalifornien soviel sie wollte im Kino, sie hatte nach einem Platz gesucht, von dem aus sie neu anfangen konnte ohne *Bravo* und Hitparade und den Studiomief.

Statt dessen der Geruch in ihrem halben Zimmer in der zweiundzwanzigsten Straße West mit einem faßgroßen Loch vor der Haustür, in das jede Nacht irgend jemand fiel, zweimal auch sie selber, der Geruch nach Spaghetti, faulem Wasser und Popperwolken, die sich in die Nasenlöcher schlichen und etwas weiter unten für Aufruhr sorgten. So etwas hatte sie vorher noch nie gerochen, solches Wasser nie aus Hähnen fließen sehen. Auch das Leben ihrer Mutter hatte mit Würmern im Wasser begonnen, aber das wußte sie nicht.

Den Schreien der Verkünder von tausend Göttern in den Straßen Manhattans hätte Afra den Pater Rettich entgegengehalten mit seinen haßerfüllten, magerstimmigen Tiraden. Wie ähnlich waren die Wege der beiden, aber keine wußte davon, und es hätte keiner genützt.

Nivea denkt während des Vivaldi-Herbstes, der sie vor der Stewardeß, vor den anderen Fluggästen mit ihren unruhigen Wegen durch das Flugzeug und vor dem Geräusch der Maschine schützt, an das Zimmer in New York, in dem vielleicht noch etwas von ihr übriggeblieben ist, ein Fetisch, ein Empfangskomitee für jetzt, wo sie endgültig hinüberfliegt, um dort das zu werden, was man sie zu Hause nicht werden läßt.

Das Zimmer des schwarzen Bassisten Absalom, in dem zwei Matratzen lagen und sich eine Buddastatue mit einem verschlafenen goldenen Lächeln eine Ecke mit einem Haufen kaputter Lautsprecherboxen teilte, vielleicht war es noch immer bereit für sie, unberührt unter der sanften Staubdecke?

Aus ist es mit der Vorläufigkeit, dachte sie. Wenn nicht dieses Zimmer (wie hätte es überleben sollen?), dann ein anderes. Die Stadt ist voller Zimmer, und wenn da schon jemand wohnt, stört es mich nicht. Ich werde nie zu Hause sein, ich muß nur einen Platz für meine Federn und eine Dusche haben für die braune New Yorker Jauche, mit der man sich nicht einmal die Haare waschen kann.

Absalom wusch sich mit Vitell die Haare, aber nur alle halbe Jahre. Absalom konnte alle Baßpartien aller Opern der Welt singen, italienisch, deutsch oder russisch. Aber was in den Opern für Geschichten steckten, wußte er nicht.

Das würde nur stören, hatte er erklärt. Wenn du darüber nachdenkst, ob es einen Sinn hat, was du singst, zerbröselt dir die Kraft. Wie in der berühmten Geschichte mit dem Tausendfüßler, der sich überlegt, mit welchem Fuß er anfangen soll. Der fällt auf die Tausendfüßlerschnauze. Da stehen Leute auf der Bühne, randvoll mit Tönen, die andere nicht singen können. Irgendwas muß ihnen sagen, wann der eine anfängt und der andere aufhört. Die Rezitative hast du nur, um dich von den Arien zu erholen, drüberhinaus haben sie gar keinen Sinn. Wenn du aufgehört hast, fängt der Sopran an und dann wieder du. In diesen heilgen Hallen kennt man die Rache nicht – kannst du mir sagen, was das soll? Eben. Es soll gar nichts, bringt nur die Töne, die ich singen soll, in eine bestimmte Ordnung. Deshalb gibt es soviel Scheißmusik: weil sie was bedeuten soll, damit irgendeine zugedröhnte Horde beim Heimgehen beschließt, bessere Menschen zu werden, honey. Sing einfach Töne, hatte er gesagt, sing einfach Töne. Ganz buddhistisch. Nichts zwingen, nichts wollen.

Sie hatten sich nicht oft gesehen, denn damals, lang her, furchtbar lang her, zwei Jahre, in diesem Sommer der Vorläufigkeit, war die Nachtigall meistens die hitzeweichen Straßen allein mit wehen Füßen entlanggehumpelt, betäubt von Sirenengeheul, Erweckungspredigergeschrei und dem fauligen Geruch der Eisdrinks.

Aber die Farben, die Farben in dieser Stadt! Nicht auf der Straße, aber in den Läden!

Noch sechs oder sieben Stunden bis dorthin. Wann kippt eigentlich die Zeit um und fällt zurück? Oder geht das allmählich?

Der Schneider Abe Tannenbaum am oberen Broadway – an dieser Straße der Großen Enttäuschung und der Unheimlichen Ungläubigkeit, am holprigen, nach in alten Kleidern steckengebliebenem Bratfett riechenden, sonnenlosen Broadway, lag der Zauberladen des Abe Tannenbaum, in dem die leuchtenden Stoffe wie Wasserfälle von den dunklen Holztischen zu Boden flossen, schwarzgold, hahnenfeder-grün, silber.

Nivea wußte nicht, warum sie die Höhle mit den Flüssen aus Damast und falscher Seide nicht vergessen konnte, sie wußte auch nicht, wie die einzelnen Stoffe hießen, und hatte Abe Tannenbaum, der von seiner Leiter, seiner wackligen Kommandobrücke heruntergestiegen war, zugehört wie einem Balladensänger, während er zwischen seinen Fingern die Stofffluten bändigte und: silk, jacquard, crêpe de chine, satin de panne, real silk sang.

Von wo sie komme, hatte er gefragt. Als sie ihm Germany antwortete, hatte er heiser und hörbar ungeübt gelacht.

Lassen sie euch dort jetzt am Leben? hatte er gefragt und

war wieder auf die Leiter gestiegen, eine breite Bahn von schwarzem, glanzlosem Samt hinter sich herziehend.

Den werd ich nochmal besuchen, dachte Nivea und massierte ihre anschwellenden Knöchel in den engen Stiefeln, die sie nicht ausziehen konnte, weil sie sie, wenn sie je in New York ankommen würde, nie mehr an die Füße bekäme.

Der Niemand neben ihr hatte seine Schuhe ausgezogen, die wanderten jetzt leise und allein unter den Sitzen entlang durch das Flugzeug, während ihr Besitzer schlief. Nivea sah voll Staunen, daß er hellgelbe Socken mit kleinen draufgestickten Donald Ducks trug. Plötzlich war sie sicher, daß nichts in der Stadt anders geworden sei – keiner gestorben, keiner geboren, keiner älter geworden. Die Götter immer noch an den gleichen Stellen.

Will sie wirklich dorthin zurück? Sie weiß es nicht. Mehr in die Nähe der goldenen Türme vielleicht, ein paar Straßen weiter in Richtung Morgenröte und ein Foto in der *Village Voice* mit der wunderbaren Sicherheit, irgendwem zu Hause würde das, Wochen später, in die Hände geraten, ein Wegzeichen des Erfolgs.

Ich habe einen schwarzen Großvater gehabt! hatte sie Absalom eines Nachmittags erzählt. Ich habe ihn natürlich nicht gekannt.

Und ich, gab der Sänger zur Antwort, also mein Großvater war weiß und hatte eine große Farm in Ostgermany. Die werde ich mir eines Tages holen.

Da begriff Nivea, daß der Farb- und Familienwechsel nichts nützte. Sie hätte auch nichts weiter erzählen können, ein schwarzer Schatten, verweht wie der weiße Schatten des Absalom'schen Großvaters, wenn es ihn je gegeben hatte und wenn sein Name unter Tausenden am metallenen Bug der Insel Ellis Island geschrieben stand. Man konnte sich dort irgendeinen Namen aussuchen, wer wollte einem schon die armseligen Vorfahren streitig machen? Absalom hatte sie mitgenommen auf die Insel, sich einen Namen ausgesucht und eine Geschichte dazu. Die bestand aus Zeitungen, wenigen Fernsehberichten und den Wörtern seiner Mutter, die ihm eingeredet hatte, er sei mit einer weißen Feder berührt. Daher käme die kostbare Härte in seiner Stimme, die ihre schöne Kraft erst leuchten ließe.

Wir werden hingehen zu der Farm, du wirst mir das zeigen, du kennst dich da aus!

Aber er vergaß es wieder und murmelte vor sich hin: Nichts wollen. Nichts erzwingen.

Will sie wieder bei ihm wohnen, bei dem dicken schwarzen Sänger mit seinen Strichjungen und dem goldenen, verstaubten Gott in der Ecke, im elften Stock, in dem es zwar die Hitze gab und das Rappeln der alten Klimaanlagen, die wie Vogelkäfige vor jedem Fenster hingen – die Hitze und das rostfarbene Wasser, dreifache Schlösser an der Tür, aber nie einen Strahl Sonne?

Auch in dem kleinen Park, zu dem man sich einen Schlüssel holen mußte, um darin zu joggen oder auf einer Bank zu sitzen und sich von den fetten Eichhörnchen bestehlen zu lassen, lag nie ein Fleckchen Sonne.

Will sie das alles wiederhaben? Ja.

Jetzt hätte sie gern ein bißchen Stoff, gegen Langeweile und als sanfte Rutschbahn in die Erinnerungen, in die schönen Erinnerungen.

Vor dem kleinen Park waren sie auf- und abgegangen, alle schwarz, halbnackt in der düsteren Hitze, leere Hände zeigend und mit dem Geflüster der Musik vom Vorabend auf den Lippen.

Willst du was für den Kopf? sagten sie und grinsten, zogen unermüdlich ihre Mäanderbahnen um den kleinen Park, den manchmal ein Kindermädchen auf- und hinter sich und dem Kinderwagen wieder zuschloß und in dem die Jogger ihre Kreise innerhalb des Gitters andersherum zogen.

In all den Wochen hatte Nivea nie einen Jogger hinein- oder herauslaufen sehen. Immer trabten sie, von den prachtvollen alten Gittern geschützt, aber auch wie in einem vergessenen Zoo ausgestellt, im Kreis, wie beschleunigte Teilchen in dem Garten mit grauen Bäumen und grauweißen Blüten, der von grauen Eichhörnchen bewohnt wurde.

Nivea war es nicht gelungen, herauszufinden, wo man den Schlüssel zu diesem Park bekommen konnte, sie suchte sich eine Steinbank außerhalb, auf der sie den Vormittag mit einer Dose Cola und dem englischen Wörterbuch verbrachte. Schon in der ersten Woche boten sie ihr keinen Stoff mehr an, sie war unsichtbar geworden, die Dealer nahmen nicht einmal mehr ihre Neugier zur Kenntnis.

Ihr kann nichts geschehen, das weiß sie, aber mittlerweile weiß sie auch, daß sie noch kindisch gewesen ist in diesem gestohlenen New Yorker Sommer, einem Sommer voll fremder Musik. Sie brauchte nur hinzuhören und sich zu nehmen, was ihr gefiel.

Die Nachtigall kritzelte in blaue linierte Hefte und sammelte so gierig wie ihre Freunde, die Eichhörnchen. Sie hatte eine eigene Notenschrift erfunden, die den Teppichen ihrer Ururgroßmutter glich, sie malte und notierte mit Schminkstiften, Filzschreibern, Augenpinseln und gestohlenen Füllfederhaltern, die sie aufs Papier drückte, bis sich die Federn spreizten. Sie klebte mit Spucke Fetzchen von Zigarettenpapier oder Ahornblätter zwischen die wellenförmigen blauen oder grünen Notenlinien, und sie vergaß diese Erinnerungen an einen Ton, einen Weg oder ein brauchbares Licht scheinbar wieder, kaum daß sie sie in Besitz genommen hatte. Irgendwo blieben sie hängen.

Nivea Nachtigall hat ihre Hefte von damals mitgenommen, alle Notizen aus ihrer dreimonatigen New Yorker Kindheit. Ihr letztes Album war aus diesen Heften entstanden, aber nur aus Bruchstücken, ungefährlichen Resten, ein bißchen Lower East Side zum Hausgebrauch, ein bißchen Village am zu frühen Abend, wenig Bronx, kaum Spuren von Absalom. Überschuß, Ausschuß.

Das reichte für Garmisch und Flensburg oder wie die Käffer hießen, und jeder konnte sich an den kleinen, abgehackten und flötenverzierten Schreien von WALKING MY FIRESTAIRS versuchen, ohne sie zu verunstalten. Damit war sie monatelang in den Charts geblieben. Das Lied gehörte ihr nicht mehr, sie hatte es zugedeckt und glattproduziert. Sie verschwand in ihrem eigenen Song.

Bist du Nivea Nachtigall? Warum hast du keine Federn um?

Hahnenfederboas waren der Hit, trotz des heißen Sommers.

Sie fragte sich, während die Stewardeß jetzt Tabletts verteilte, warum sie ihre Federn eigentlich mitgenommen hatte. Es würde etwas Neues geben, nicht die alten, verklebten Dinger, die Uniform von Bankazubis und Schulkrüppeln an Wochenenden.

Kindergartenqueen, ich.

Nivea Nachtigall für die Klassenreise.

Klappseite in der *Bravo*.

Nichts wie weg.

Das eß ich alles nicht! flüsterte sie der Stewardeß zu, ohne das hingehaltene Tablett auch nur anzuschauen.

Ich esse nur koscher vegetarisch.

Sie hätten das anmelden müssen, antwortete die Frau und schob das Tablett mit den Folienhäubchen vor den Schläfer am Fenster.

Wenn ich auf der Passagierliste stehe, haben Sie das zu wissen! Konnte man seitenlang in jeder blöden Zeitung lesen! Das einzig Wahre in den Geschichten über mich, und keiner kümmert sich drum!

Da bräuchten Sie die Goldene Kundenkarte! sagte die Stewardeß.

Wieviel Goldene Karten denn noch? fragte die Nachtigall verzweifelt und läge gern in einem Bett, allein, und ihre fette Mutter Afra müßte die Decke am Fußende feststopfen und fragen: Willst du Apfelkompott?

Wenn man sie braucht, ist sie nicht da, die blöde Kuh, dachte Nivea und aß ein Päckchen koschere vegetarische Erdnüsse, die einer zehn Flüge vorher in die Bordzeitung gesteckt hatte.

Meistens aß sie gar nichts, weil sie an das dunkle, wachsende und undurchdringliche Fett ihrer Mutter Afra dachte, die noch längst nicht fünfzig war, sich aber an Treppengeländern hinaufzog, da ihre kleinen Füße und ihre kleine Lunge längst nicht mehr damit fertig wurden. Afra. Ein Klumpen Musik wie Absalom.

Wie du Musik machen sollst? hatte der gesagt. Das lernst du nicht. Nichts wollen, nichts zwingen. Es darf sich lange Zeit gar nichts bewegen. Vielleicht nur der Ventilator an der Decke. Wenn du dem lang genug zuschaust, merkst du, wie er dir das Innere durchrührt, ganz regelmäßig. Dabei kommt vielleicht ein Song raus, oder nicht. Dann mußt du eben weiterwarten. Nicht weggehen. Kannst auch den alten Plastikbuddha anschauen oder deinen Teddy. Nur nicht bewegen, sowenig wie möglich bewegen. Und daran haperts im kranken Westen, ja. Wir rennen immer weg, bevor überhaupt was angefangen hat.

Und deswegen singst du Opern? hatte die Nachtigall ihren schwarzen Zimmervermieter gefragt: Weil man da soviel Zeit hat?

Kein anderer Markt für mich, im Moment, antwortete Absalom vernünftig. Ich bin zwar schwul, aber zu schwer.

Nichts zu machen zur Zeit. Aber ich sammle, wie du. Und warte, bis ich dran bin.

Vielleicht war er längst dran, und sie wußte es gar nicht. Vielleicht hatte er den Plastikbuddha in das Loch vor der Tür geworfen, vielleicht hatten sie das Loch zugeschaufelt. Vielleicht mochte nicht einmal mehr jemand in die Ecke neben dem Fahrstuhl kotzen.

Sie wird nicht nachsehen. Diesmal wird sie sich eine Band suchen. Nivea Nachtigalls schwarze und weiße Bestandteile werden in ihrer Band sichtbar sein, schwarze und weiße Musiker und Techniker, nicht solche Bierzeltjubler und Kindergeburtstagsorchester wie daheim. Eine eigene Gruppe will sie haben, und sie probiert über dem Atlantik Namen für ihre neue Familie aus, ohne darüber nachzudenken, ob sie drüben auch nur einen Bruder wird finden können, ob sie jemanden aus dem Koma wecken kann, in dem die ganze Stadt liegt.

Was werden sie anziehen, und wo werden sie spielen? Schon denkt sie nicht mehr an ihr kleines Sicherheitsarrangement in diesem Hotel, dessen Namen sie irgendwo aufgeschrieben hat. Der lebensrettende Zettel liegt wahrscheinlich zusammen mit den Mahnungen, Bankauszügen und Agenturwerbungen auf dem dreckigen Teppich in ihrer Wohnung. Egal. Es wird alles anders und groß.

Wie könnten sie heißen?

Im Flieger soll es jetzt einen Film geben, die kleinen Fernsehapparate sinken aus der Decke, und die Lämpchen gehen aus.

Nivea hatte beim Fernsehen schon immer gut nachdenken können. In allen Wohnungen, auch an den verschiedenen düsteren Arbeitsstellen, wohin Afra ihr Kind unschuldsvoll mitgenommen hatte und deren Art und Zweck Nivea nicht lang verborgen geblieben war, hatten immer Fernseher gestanden, murmelnd, tröstliche Farben und liebevolles Licht spendend. Das allererste Videogerät in der ganzen Straße, im ganzen Viertel, gehörte ihnen, und Nivea erkaufte sich mit Kassettengucken die Liebe ihrer Banknachbarinnen in der Schule und die Buben aus der Parallelklasse gleich dazu. Immer die neuesten Systeme.

Der Fernseher war ihr Lehrer und ihr Seelsorger, ihr erstes Publikum, ein nie versiegendes Glück, seit sie sehen und hören konnte. Ihm hatte sie vorgetanzt und -gesungen, für ihn hatte sie sich verwandelt in eine winzige Tina Turner oder Dionne Warwick, sie, eine Circusprinzessin für alle Zeiten.

Niveas wahre Schule waren die Nachmittage, Auftritte und Hüftschwünge, wie man ein Mikrophon streichelt, wie man es ableckt und hineinbeißt, wie man es verschluckt und mit dem Rücken zur Kamera mehr zeigt als andere mit dem Gesicht.

Zeigs her! hatte ihre fette Mutter Afra bei jeder Gelegenheit gesagt, mit ihrem bedrängten, keuchenden Lachen auf ihr gelehriges Junges zeigend, da, bitte! Ist sie nicht irr? Sie war mit ihr ins Gäu gefahren, Nivea von Kopf bis Fuß in Rosa, mit einem krausen Heiligenschein von Haaren, aber ganz weißhäutig. Fast ganz weißhäutig.

Nivea sieht an der Decke des Flugzeugs einen Film über Gorillas, hört einen unverständlichen Text.

Vielleicht wird sie doch als Kellnerin oder Zimmermädchen arbeiten müssen. Keine Autogrammkärtchen mehr, kein erster Platz bei der Parade, keine verheulten Kinder am Bühnenrand, mit Brandblasen an den Händen von den Feuerzeugen.

Immer hat Nivea anderen etwas vorgemacht.

Du bist mein Papagei, hat Afra zu ihr gesagt, mein süßer rosa Papagei, mein Pfefferminz, meine Pfefferminzprinzessin. Hast du dir die Ohren ausgeputzt? Hast du das Geld für die Ballettstunde mitgenommen? Hast du beim Sender angerufen, hast du dich beworben, warst du bei der Fotografin? Paß auf dich auf!

Es wurde schwieriger, den Leuten etwas vorzumachen. Andere waren auch nicht schlecht, und es gab mittlerweile soviel Schokolade und Giesinger Südsee im Geschäft, da mußte einem schon was einfallen.

Das wird in New York genauso sein oder schlimmer.

Nivea denkt nicht an ihre Stimme, die wirklich einzigartig ist und ihr ohne ihr Zutun gehört, denn Singen? Das bedeutete nicht viel. Wann hörte man sie, nur ihre Stimme? Das war ihrer Erinnerung nach nur bei den Tuntenbällen der Fall gewesen.

Die Nachtigall hat früher oft bei denen gesungen, bei den Königinnen der Imitation. Auch sie war eine Nachahmerin, aber tief in ihr versteckt war etwas Eigenes, etwas Unverwechselbares. Das rochen die Tunten, und deshalb luden sie sie nicht mehr zu ihren Shows ein.

Und trotzdem war das eine wichtige Zeit, sagte Nivea zur Stewardeß, die ihr auf die Schulter getippt hatte und einen Becher Kaffee hinhielt.

Stören Sie mich doch nicht bei diesem wunderbaren Film. Wie die Affen die Menschen nachmachen!

Ich hatte Angst, daß Sie weinen würden! antwortete die, ich habe sehr geweint, als ich den Film zum erstenmal gesehen habe. Ohne Ton! Nur die Augen von diesen Affen!

Wenn ich hätte weinen müssen, sagte die Nachtigall, wäre Kaffee genau das falsche gewesen! Aber keine Sorge, ich weine nicht so leicht. Grund hätte ich, denn ich bin nicht sicher, ob diese Reise nicht der größte Blödsinn ist, den ich je gemacht habe.

Man ist ja schnell wieder zurück! sagte die Stewardeß, man verliert faktisch gar keine Zeit.

So sehen Sie aus! sagte Nivea und lachte.

Sie werden heiser, wenn Sie so lachen! Ich glaube nicht,

daß Sie sich das leisten können. Ihre Stimme ist doch Ihr Kapital. Es wird immer schwerer, sich von der Masse abzuheben, das wissen Sie bestimmt besser, so jung Sie auch sein mögen. Es gibt immer noch Jüngere, die einem alles wegnehmen, kaum, daß man wegschaut. Manchmal ist es sogar die eigene Tochter. Da sind plötzlich die Pullover weg, die Schminke, die Schallplatten, der Hund, der Freund. Sie sind wie Staubsauger, die Jungen, schlucken alles.

Blödsinn, sagte die Nachtigall, meine Mutter hat immer alles behalten. Die hätte ich totschlagen müssen, damit sie was losläßt. Und deswegen wird die Reise schon richtig sein, sie ist meine einzige Chance. Vielleicht brauchen sie meine Art Stimme in New York eher als daheim.

Auf den Tuntenbällen hatte sie immer die gleichen Typen getroffen, Liza Minelli in mindestens fünffacher Ausfertigung. Mehrere dünne und zwei sehr dicke Marlene Dietrichs, dick waren auch sämtliche Zarah Leanders, dafür aber gab es magere, kleine Edith Piafs mit schwarzen Kleidchen und verrutschtem Busen.

Dank Afra kannte Nivea alle Göttinnen, sie machte auch deren Stimmen nach, aber in Tina-Turner-Verkleidung.

Ach, der Applaus.

Es gibt nichts Dankbareres auf der Welt als diese Leute! hatte Afra ihrer Tochter eingeschärft, sieh zu, daß du immer ein paar von denen kennst, dann kann dir nichts passieren.

Eine von den Marlene Dietrichs kam aus New York. Ihre Adresse steckte in Niveas Tasche.

In ihrem ersten New Yorker Sommer hatte Nivea arbeiten müssen, während Absalom die Tage ebenso regungslos wie sein goldener Buddha verschlief.

Nivea wußte bis dahin nicht, was es bedeutete, kein

Geld zu haben. Sie hatte immer genug verdient. Afra teilte es ihr bis zur Volljährigkeit zu. Ihre Konten wuchsen mit jedem Ton, der aus den Kassettenrecordern sickerte, ihre Stimme, die Hitlistenerste – das machte angeblich reich. Die goldenen Ströme hatten sich aber nicht ohne weiteres in die neue Welt umleiten lassen.

Tu was, sagte Absalom und wälzte seinen schweren Leib in den Luftzug der Klimaanlage, es gibt genügend Jobs.

Warum arbeitest du nicht selber? Ich mache Ferien! hatte die Nachtigall, damals noch schüchtern und von Not und Mut überwältigt, gefragt.

Ich muß nicht. Es sind Ferien! Eine neue Inszenierung gibt es erst im Herbst, bis dahin werde ich dünner und geh ein bißchen singen im Village oder wo.

Wer glaubst du, daß ich bin? hatte sie damals zu ihm gesagt. Ich laß mich nicht auf den Strich schicken. Ich bin nicht meine Mutter. Zum erstenmal hatte sie über den Job ihrer Mutter mit dem dicken, von zu viel Stoff eingeschläferten Sänger gesprochen, aber den beeindruckte das Geständnis überhaupt nicht. Er hatte es nicht einmal gehört. Normaler Job für Frauen, kein Grund, auch nur die Augen aufzumachen.

Versuch Garderobenfrau in der Oper oder sonstwo, hatte er gesagt, verkauf was, geh in eine Kneipe.

Und Nivea, die nicht mehr wußte, wie sie ein Eis oder ihren Mietanteil bezahlen sollte, suchte nach etwas, das in der großen Stadt selten war und sah: Es gab nur wenig Blumenläden. Drei Wochen lang profitierte sie von diesem Mangel, machte Sträuße aus Geklautem, Gekauftem und Erbetteltem, in den Farben der Teppiche ihrer Ururgroßmutter.

Sie verkaufte die Gebilde aus Zweigen, Kunst- und Naturblumen, Papierfetzen und Glasstückchen vor den

Restaurants und lernte, wie man sein Geschäft, Korb, Blumen, Bänder und Tüten unsichtbar macht und vor den immer zwiefach auftretenden Polizisten verschwindet.

Die anderen Händler mit den Seidenkrawatten und den kleinen Tieren, den phosphoreszierenden T-Shirts und den Baseballmützen ließen sie in Ruhe, obwohl sie nicht zu ihnen gehörte. Sie hatte niemandem den Platz weggenommen mit ihren europäischen Blumensträußen, für die sie zehn Dollar das Stück verlangte.

Damals, dem schlafenden Absalom sei Dank, lernte sie endgültig Englisch und verdiente noch Geld dabei. Zwei Stunden am Tag, in der wahnsinnigen, feuchten Hitze stellte sie ihr Produkt her, wurde immer erfinderischer und schreckte vor keinem Material zurück.

Die waren wirklich Spitze, erzählte sie der Stewardeß, die Dinger aus meiner kleinen Fabrik, aber die Taubenfedern von der Straße mußtest du erstmal waschen und an den Zweigen aus den Parks hat Teer und Scheiße geklebt. Das einzig cleane waren die karibischen Blumen aus den Lieferautos an der Sechsten. Aber das hat nicht immer geklappt, und manchmal haben sie mich verprügelt, obwohl ich so gut wie weiß bin. In dieser Stadt kannst du dich auf nichts verlassen, Schwester, sagte Nivea zu der halbzeitmüden, nein, noch nicht einmal halbzeitmüden, Stewardeß. Manchmal schenken sie dir freiwillig eine ganze Tonne astreine Nelken, gefärbte natürlich, sie stellen sie in Tinte, und die zieht dann die Stengel hoch und macht sie so waschpulverblau – und dann schlagen sie mit Besen auf dich ein, weil du eine vergammelte Lilie vom Boden aufgehoben hast.

Ich kann Blumen nicht leiden, Schwester! Aber man kann Geld damit machen, wahrscheinlich mehr als mit der Singerei, wo dir das Geld wegrennt, wenn du nicht hinschaust.

Vielleicht sollten Sie nichts mehr trinken! sagte die Stewardeß. Es bekommt Ihnen nicht so gut, der Flug ist auch ein bißchen unruhig. Ich liebe Blumen. Aber nur ganz natürliche, Wiesenblumen oder Freilandrosen, in einem schönen alten Krug, ohne so etwas könnte ich gar nicht leben. Das gehört für mich dazu!

Freilandrosen! sagte Nivea. So schaust du aus.

Zur Strafe ließ diese Nacht-Schwester sie wieder allein in ihrem halbdunklen Gefängnis. Ihr Nachbar war offenbar schon vor langer Zeit gestorben. Er rührte sich überhaupt nicht.

Der Film mit den Affen ging zu Ende, und die kleinen Fernseher verschwanden wieder in der Decke . Zum hundertstenmal die Vier Jahreszeiten. So einsam. Anders einsam als in New York.

Jede Stunde allein ist eine verlorene Stunde, hatte ihre dicke Mutter gesagt, Afra, die an einem Beschützer im Bett nicht genug hatte und in der ganzen Wohnung die Lampen brennen ließ, ob sie da war oder nicht.

Sie sei als Kind immer allein gewesen, auch mit Menschen. Jetzt wolle sie Bewegung um sich herum fühlen. Bleiben sollte niemand, auch keiner von den tausend Männern, den zahlenden und den nichtzahlenden.

Er klammert, sagte Afra majestätisch, davon verstehst du noch nichts, meine Süße, am Anfang hat man das ganz gern, zwei, drei Seidenunterröcke in verrückten Farben und einmal den Geburtstag nicht vergessen – und schon klebst du fest und kannst zusehen, wie du vom Leim wieder herunterkommst. Und nie wirst du herausfinden, was sie in dir eigentlich suchen oder was sie finden. Sie sagen es dir nicht, nicht unter der Folter. Du kannst das gar nicht früh genug lernen.

Die Nachtigall dachte, während sie sich mit etwa neunhundert Kilometern Stundengeschwindigkeit von ihrer

Mutter zu entfernen versuchte, an ihre ersten Unterrichtsstunden in Liebe.

Bis zu diesem Zeitpunkt in der Maschine nach New York hatte sie mit elf Männern das getan, was Afra das einzig Verläßliche nannte.

Ein Kapital, wenn man klug damit umgeht! Aber wenn irgendwas mit dir durchgeht, mein Schätzchen, dann gibst du schon mal mehr aus, als du wolltest. Das macht nichts. Nur rechtzeitig rauskommen mußt du, das ist das wichtigste. Versprich es mir, oder laß es bleiben. Ich kann nicht immer dabeisein, und so, wie du gemacht bist, bleibt dir Kummer nicht erspart.

Sie war lang her, die erste Lektion in Liebe und Liebesvermeidung. Nivea hatte damals grade den Abschied vom Circus überwunden und war zehn Jahre alt. Nach ihrer Firmung war das über sie gekommen, erst Englein, über Nacht Sünderin. In dem weißen Kleid hatte sie dunkler ausgesehen als sonst, das fast weiße Kind.

Kein Vergleich natürlich mit ihrer Mutter, die ihr ein Schwarzweißfoto zeigte, auf dem lauter helle Kindergesichter zu sehen waren, in der zweiten Reihe aber ein durch eine weiße, verzweifelt vor das Gesicht gehaltene Kerze geteilter, schwarzer Fleck.

Das bin ich bei der Kommunion, sagte Afra, damit du verstehst, was ich meine. Niemals habe ich mich verstekken können. Aber da kann man nichts machen. Und es war eben ganz anders als bei uns beiden, Süße. Meine Mutter war weiß wie ein frisches Bett und auch noch blond wie eine Kaisersemmel, wie hätte ich sie liebhaben können, oder sie mich? Du mußt mich liebhaben, weil ich dich fast weiß gekriegt habe, fast, wenn man nichts ahnt, sieht man es nicht. Nur das verdammte Kleid. In Rosa hätten wir ganz anders dagestanden.

Noch immer trug sie, wer weiß, ob sie sich noch an den

Grund erinnerte, am liebsten die Teddybärenfarbe, pink, rosa, zyklam, blaßrosé, apricot, mauve, auch flieder. Afra mit Schultern wie Brotlaibe, breit und dunkel, und mit Wammen an der Kehle, die ihr das Gelächter schwermachten. Vielleicht lag ihr fettes, bedrängtes Lachen aber auch an ihrem Busen, der ihr beim Einatmen bis zu den Kinnen stieg. Jetzt zahlte sich ihre Dunkelheit aus, denn was an einer Weißen – wie an der im Alter eintrocknenden Großmutter Theres – talgig aussah, war bei Afra voller Pracht. Wie eine große Schaluppe aus dunklem Holz bei Sonnenaufgang sah sie in ihren vielfältig rosa Gewändern aus. Auf Fotos paßte sie nicht. Nivea hatte es aufgegeben, sie zu fotografieren. Immer fehlte auf den Bildern ein Teil von ihr, einer ihrer mächtigen Arme, ein Stück Frisur, das halbe Gesicht, und kein Film der Welt war imstande, ihre Farben auch nur annähernd wiederzugeben.

Du mußt mich liebhaben, schreibt die dünne Nivea in ihr Heft, deswegen bin ich abgehauen, auch deswegen. THE SUNRISE COLOURS OF BIG MAMA. Vielleicht könnte das Töne bekommen. Es wäre eine Lüge, denn Afra ist keine Big Mama, es scheint nur so.

Nivea Nachtigall schaut ihren dünnen, weißen Arm an und schiebt den schwarzen Lederärmel hinauf. Sie nimmt ein Stückchen Haut mit zwei Fingern der rechten vom Rükken der linken Hand und zieht es hoch. Die kleine, bleiche Falte mit den bläulichen Nagelspuren bleibt eine Zeitlang sichtbar, dann senkt sie sich langsam und ist fast eine Minute lang heller als die übrige Haut.

Nivea reibt mit dem Finger darüber. Irgendwann hat das angefangen, wann, weiß sie nicht. Vielleicht wird ihr Abschied von Afra alles beschleunigen, vielleicht auch nicht.

Nivea hat nie gewußt, ob Afra sie am Leben hält oder in aller Unschuld allmählich umbringt, es ist ihr auch egal.

An Müdigkeit ist sie seit ihrer Kindheit gewöhnt. Sonst merkt sie noch nicht viel.

Ich will jetzt nichts essen, sagt sie zu der fürsorglichen Hexe mit der blauen Schürze, ich will nachdenken. Beim Essen kann ich nicht denken.

Sie schauen aus, sagt die Frau hinter dem schweren Wägelchen, das sie bergauf und bergab durch die schmalen Gänge schiebt – tatsächlich sind die Gänge genauso breit wie das Wägelchen, und dennoch passen immer wieder dicke Männer durch die nicht vorhandene Lücke, Sie schauen aus, als ob Sie zuwenig essen und zuviel nachdenken.

Das täuscht wahrscheinlich, antwortet die Nachtigall. Ich stamme nur aus einer fetten Familie. Ich versuche, denen nicht ähnlich zu werden.

Und sie erinnert sich an Afras Erzählungen aus der kleinen Schule, in der die Mädchen immer zu- und abnahmen wie Monde.

Na, sagt die Stewardeß, dann denken Sie mal und lassen Sie sich nicht stören. Ich komme ja immer wieder vorbei.

Kein winziges Zeichen, kein Atmen, kein Flüstern von Stoff, der sich an Stoff reibt, kommt von Niveas schlafendem Nachbarn.

Mit dem habe ich Glück gehabt, denkt sie und erinnert sich an Flüge mit der Band, mit den nervösen Produktionsassistenten, die schon vor dem Start besoffen waren, an die Halden von kleinen Schnapsfläschchen und die lauten Stimmen, die: Das sind wir! zu rufen schienen. Wir machen Musik, wir sind die Größten und haben übermorgen eine Titelseite und vielleicht eine richtige Story. Wir sind die Sieger, ganz toll, Spitze, und deshalb dürfen wir laut sein.

Nivea Nachtigall wußte, daß sie die Lauteste gewesen

war, dürr und spillerig, aber nie zu überhören. Manchmal geschah so viel auf einmal, daß sie das Atmen vergaß, Fotografen und Engagements, ein Preis als beste Nachwuchssängerin, ein neuer Song, so hatte sie es immer gewollt, noch vor Larry, noch vor dem Skandal.

Schön wars, flüsterte sie in Richtung des bewußtlosen Bündels neben ihr. Schön wars. Das weiß man immer erst hinterher. Die Tränen laufen ihr herunter, und sie schneuzt sich in die kleine Papierserviette, die bei den Erdnüssen gelegen hat. Ja, ich bin davongeflogen. Abgehauen. Nur noch das tun, was ich will. Oder gar nichts.

In New York kann man, sagt Nivea zu ihrem toten Nachbarn, zu dem sie allmählich eine besorgte Zuneigung entwickelt, kann man alles, was man irgendwo mal verloren hat, wiederfinden. Es gibt auch immer jemanden, der das gleiche tut oder die gleiche Krankheit hat wie man selber. Man ist gar nichts Besonderes, wissen Sie, das ist wunderbar.

Lassen Sie den Herrn doch schlafen! sagt die Stewardeß, die vorbeilief, fast schwebend ohne ihren Wagen. Er hat vor dem Flug was genommen, das machen manche, die Angst vor dem Fliegen haben.

Ich dachte, er sei tot, antwortet die Nachtigall etwas enttäuscht. Was hat er denn von seiner Flugangst, wenn er sie gar nicht merkt?

Nicht nur zu Absalom – den ihr Analytiker im Rollstuhl mühelos als Verkleidung für ihre Mutter Afra entlarvte – nicht nur zu Abe Tannenbaum auf der Leiter, den sie fast jeden zweiten Tag besucht hatte, kehrte sie zurück. Es waren viel mehr Menschen, zu denen sie jetzt für alle Zeit und endgültig zurückging.

Aber keiner von denen wartete auf sie.

Das weiß jeder: In New York fällt nichts und niemand auf. Man kann sich eine neue Familie zusammensuchen oder allein sein, man kann leben oder sterben, und es macht keinen Unterschied.

Nivea dachte an die Kneipe in der sechsundsiebzigsten Straße mit dem Namen COLOURS OF MUNICH, in der Arbeitslose und alte Jüdinnen saßen. Die COLOURS OF MUNICH: Weißblaue Rauten an Decken und Wänden, auch der Boden war in einem abgetretenen, traurigen Weißblau gehalten, in einer Ecke stand ein aufblasbarer Gummiweihnachtsmann, den man mit gelbschwarzer Kutte und Kapuze zum Münchner Kindl gemacht hatte.

Es ist angenehm, vergessen zu werden. Vor allem, wenn es ein paar Peinlichkeiten gibt, für die man durchaus etwas kann.

Nivea Nachtigall hat Kopfweh, ein Bohren, als wollte gleichzeitig etwas aus ihrem Kopf heraus und in ihn hinein. Sie denkt an ihre stumme, nichtsahnende Familie in New York, denen sie sich anvertrauen will für die Zeit, die ihr noch bleibt.

Sie hat schon früher oft ans Sterben gedacht, und wenn sie ihre angenehmen, ein wenig ziehenden Todesklänge in ihren Songs losließ, gerieten die größten Säle außer Rand und Band, Säle voller Kinder, deren verlegene Mütter und Väter am Eingang warteten und sich nach einem einzigen Versuch zuzuhören, abwandten und die Ohren zuhielten, als ginge das alles zu weit. Nicht selten war Niveas Autogrammpost verschmiert und wellig von Tränen gewesen. Vorbei. Schade ist es aber doch.

Das schönste Aufsehen hatte sie in den zwanzig Monaten zwischen ihrer ersten und der jetzigen Flucht nach New York angerichtet. Mehrere Tennisspieler, Lesben, Immobilienmakler und Rauschgifthändler hatte die Presse ihr ins Bett gelegt und wieder herausgezerrt. Die Geschichte ihrer Mutter erschien bis zur Unkenntlichkeit verzerrt in gewissen Zeitungen, was Afra verschreckt genossen hatte. Das Gäu hatte die Journalisten aber nie interessiert. Es war wohl zu nah.

Auch New York war so etwas wie das Gäu. Auch dort war der Tod zu Hause, von dem es sich so gut träumen ließ, auch dort konnte man Töne aus ihm machen. Der strengere Teil ihrer zuhörenden Familie, Abe Tannenbaum zum Beispiel war darüber angewidert gewesen.

So soll das klingen, ernsthaft? hatte er gefragt, nachdem Nivea ihm zum erstenmal vorgesungen hatte, am Fuß der Leiter stehend. Mit solchem Gejammer willst du Leute erfreuen? Das soll verstehen, wer will, ich nicht. Oder haben die Freude daran, weil sie keinen Grund zum Jammern haben?

Abe Tannenbaum hockte rittlings auf seiner alten Holzleiter und überblickte sein dämmeriges Stofflager. In der Tiefe des Ladens entrollten alte Frauen bunte Ballen und ließen sich von Niveas Gesängen nicht stören.

Schmeckt nach Begräbniskuchen, deine Musik, sagte Abe Tannenbaum von oben herab zu Nivea. Aber eine schöne Stimme hast du, da gibt es nichts. Eine schöne Stimme. Ich hab seit Rosita Serrano keine solche Stimme mehr gehört. Auf der falschen Seite, aber singen konnte sie.

Nivea schwieg und schaute zu dem Kritiker auf der hohen Leiter hinauf, beleidigt, aber lernwillig, wer Rosita Serrano war, wußte sie nicht.

Abe Tannenbaum aber hatte für kurze Zeit die in seinem Laden notgelandete Sängerin vergessen und schaute von seiner Leiter aus in ein anderes Land. Er war klein und klapprig, trug bei der Arbeit einen steingrauen Mantel aus innen angerauhtem Stoff, denn er fror leicht, einen braunen Hut mit Band und Häherfederchen, Schuhe mit leisen Kreppsohlen und einen Schlüsselbund an seiner mageren Hüfte. Zwischen seinen Fingern hing den ganzen Tag eine

Orientzigarette und umgab ihn mit zarten Rauchspirälchen.

Abe Tannenbaum war nicht alt, nicht jung, und er sprach nie über sich und die Zeiten, die er mit dem Namen Rosita Serrano für kurze Zeit zurückgerufen hatte und in die er jetzt, Nivea vergessend, zu schauen schien.

Samstags war sein Laden am Broadway geschlossen, und Abe Tannenbaum ging in schwarzer, ein wenig zu enger Kleidung und einem hochgeknöpften Mantel. Er sah aus wie ein alternder Artist. Seine Hüte kaufte er in einem teuren Laden, er sammelte Hüte.

Ja, sagte er ein wenig später und holte seinen Blick aus der Vergangenheit zurück zu Nivea, die verstockt am Fuß der Leiter stand. Da wird sich vielleicht was machen lassen. Aber was bist du eigentlich?

Ich bin ein bayrischer Viertelneger weiblichen Geschlechts, antwortete Nivea.

Berufserfahrung? fragte Abe Tannenbaum von oben herab, ohne sich auf Niveas Herkunftsbeschreibung einzulassen, denn was ist schon ein bayrischer Viertelneger in New York?

Vielleicht zu viel davon! antwortete Nivea und hörte nicht auf, sich wichtig zu machen, denn so hatte man sie den Umgang mit Kritikern gelehrt.

Berühm dich nicht, sagte Abe Tannenbaum freundlich, und seine Zigarette umgab ihn mit einem grauen Schleier.

Ich habe nur einen Stoffladen, wie du siehst. Für die Adresse kann ich nichts. Er ist ein Dreckloch wie jeder andere in dieser meschuggenen Stadt. Wenn dir einer sagt, du Viertelirgendwas, daß er was für dich tun kann und dich vielleicht in die Rattenlöcher zwölf Block weiter unten bringen will, diese Dilettantentheater mit ihren armseligen Schüleraufführungen: wenn dir einer sagt, er sorgt dafür, daß dein geviertelter Name (ich hab keine Ahnung, wie du heißt) auf ein Plakat kommt, dann kannst du ihm ruhig glauben. Er will dich dann vielleicht nur bürsten, aber das merkst du früh genug, und vielleicht will er auch gar nicht. Frauenbürsten ist aus der Mode, hör ich. Vielleicht stehst du sogar irgendwann zwölf oder sonstwieviel Blocks weiter auf einem Plakat und freust dich. Aber es ist eine Sackgasse, und ich wohne nur hier und kann nichts für dich tun. Zum Singen kannst du wieder vorbeikommen, wenn du willst. Und am Sonntag zeig ich dir, wie sich richtige Musik anhört. Schließlich brauchst du ein Programm und nicht nur dein Repertoire als Juicia di Jammermore. Er lachte und sagte noch: Perlen vor die Viertelsäue!, was Nivea damals in ihrer Unbildungsunschuld nicht verstanden, statt dessen darüber nachgedacht hatte, ob so etwas als Bandname brauchbar sein könnte.

Er wird immer noch auf seiner Leiter sitzen und rauchen, dachte sie, während sie ihm durch die Ozeanschwärze, in der trotz der Höhe noch nicht der kleinste Morgenschimmer sichtbar wurde, näherkam.

Die Stewardeß war schon längere Zeit verschwunden, und ihr Nachbar gab noch immer kein Lebenszeichen von sich. Irgendwo hinten maunzte leise und hoffnungslos ein Kleinkind.

Das ist ein widerliches Geräusch, sagte Nivea leise, das widerlichste Geräusch, was es gibt.

Nur, daß ich damals keine Narkose bekommen habe, ist schlimm gewesen. Daß es weg war, überhaupt nicht. Im Gegenteil. Vielleicht wäre es schwärzer geworden als ich, das soll es geben. Daß er mir keine Narkose gegeben hat, war trotzdem eine Sauerei. Das hat er absichtlich gemacht, weil ich ihm vorher gesagt habe, daß er mich langweilt.

Machst es dir lieber selber, hat er gesagt, man siehts. Hast es dir einmal zuwenig selber gemacht. Und zum Helfen bin ich jetzt gut genug, was. Betäubung kann ich dir aber nicht geben, da brauche ich Assistenz, und die ist leider besoffen.

Das gemeinste waren die kalten Eisen, die er hineingeschoben hat, die könnte man ja schließlich anwärmen. Und dann das Gefühl, daß etwas anderes in den Bauch kommt anstelle von dem, was herausgeholt wird. Wochenlang habe ich geglaubt, daß da noch was wächst, ich bin auch dicker geworden, die Hosen sind nicht mehr zugegangen.

Der wird das Kleid vorn zu kurz, hat die alte Brünnerin immer gesagt, wenn jemand schwanger war. Die konnte das schon sehen, wenns noch gar nicht passiert war. Bei mir hat sie es auch gesehen, aber Afra nichts davon gesagt.

Die hätte es mir mit Sicherheit auch wegmachen können, die Brünnerin, und bei der hätte es nicht so weh getan wie beim Doktor.

Ob es wirklich schwärzer geworden wäre, ob da was zurückgekommen wäre? Ich hätte den Vater beim besten Willen nicht gewußt.

Wie ein Henker ist er mir vorgekommen, der Doktor, Willychen, der alte Familienfreund, der große Opernkenner. Ach, das Willychen mit seinen Mietshäusern und immer in Bayreuth oder Salzburg oder wo. Und mit seiner armen, fetten Sprechstundenhilfe. Wenn meine Mutter das wüßte mit ihrem Willychen, wo er doch der einzige Akademiker ist, den sie duzen darf. Oder fast der einzige.

Aber es würde wahrscheinlich gar nichts ändern, wenn sie es wüßte. Schuld wäre sowieso ich, auch wenn sie sich nicht trauen würde, das zu sagen. Ich wüßte gern, ob er es bei ihr auch schon gemacht hat. Ob er es ihr auch schon gemacht hat.

Die Stewardeß trägt etwas Zusammengerolltes vorbei und hört Nivea kichern.

Gute Laune? fragt sie höflich. Dabei haben Sie ja wirklich einen langweiligen Nachbarn, flüstert sie, so tief habe ich schon lang keinen mehr an Bord schlafen sehen, beängstigend.

Hier stinkts nach voller Windel, sagt Nivea, ein widerlicher Geruch. Ihren Job möchte ich nicht haben.

Ach, für Kinder tu ich alles, sagt die Stewardeß begeistert, ich freu mich immer, wenn welche dabei sind. Bei uns gibt es viel zu wenige, die wirklich etwas von Kindern verstehen. Ich hätte gern noch mehr gehabt als die eine.

Und was sprach dagegen? fragt die Nachtigall. Gemacht sind sie ja ziemlich schnell.

Eine Totale, sagt die Stewardeß knapp.

Oh, Verzeihung! anwortet Nivea. Da kann man nichts machen. Es trifft halt immer die Falschen.

Nett, daß Sie das sagen! flüstert die Stewardeß dankbar, Sie sind sehr reif für Ihr Alter.

Leider macht Nivea den guten Eindruck wieder zunichte, weil sie anfängt zu giggeln und zu prusten, gleich wird sie Schluckauf bekommen.

Sie sagt: Wenn Sie wüßten! Wollen Sie vor lauter Liebe die Kinderscheiße aufbewahren?

Die Stewardeß verschwindet, und Nivea flüstert ihrem Nachbarn zu:

Vorher hatte ich nie gesehen, daß der Doktor eine Glatze hat, eine kleine, glänzende Glatze, die plötzlich zwischen meinen Beinen steckte und mich anschaute. Wie lang das Ganze gedauert hat, weiß ich nicht mehr. Ich habe aber nicht geschrien, nur immer wieder gesagt, mach mich nicht auf, mach mich nicht auf.

Ganz schön wehleidig, hat das Schwein zwischen meinen Beinen gesagt, daran erinnere ich mich genau. Vielleicht war er neidisch, weil er nur das mit mir machen konnte. Meine Mutter läßt heute noch nichts auf ihn kommen.

Du wirst es schon aushalten, hat er gesagt, aber seine Hände haben gezittert, und er hat plötzlich nach Maggi gerochen, ganz stark. Das ist mir schon öfter aufgefallen: Manche Leute riechen nach Maggi, wenn sie aufgeregt sind. Vielleicht habe ich auch selber danach gerochen, weil ich nicht schreien durfte. Draußen auf dem Flur habe ich die Putzfrauen gehört. Aber das ist alles meine Schuld. Ich hätte es ja legal machen lassen können, mich ausfragen lassen und die Zettel sammeln und dann schön mit Spritze. Vielleicht wollte ich das ja so, die Glatze zwischen meinen Beinen und das kalte Eisen vom Willychen. Damit es in der Familie bleibt. Ich weiß bis heute nicht, wie oft meine Mutter das hat machen lassen. Sowas Weißes wie mich kriegt sie nicht noch einmal hin, hat sie gesagt. Vielleicht war sie da schwanger. Ich bin froh, daß ich keine Geschwister habe.

Er war der achte Henker, das Willychen, sagt Nivea Nachtigall und lacht. Ob er sich wiedererkannt hat, damals in dem Abtreibungssong, den sie im Radio nur dreimal gebracht haben? So ein feiner, zierlicher Henker, Oper und Seidenhemden, mit schönen, langen Händen und einem blauen Siegelring. Er hat genau gewußt, daß ich mich nicht wehren kann, ich habe ja auch hinterher Dankeschön gesagt und ihn nicht verraten, als ich eine Woche später mit vierzig Fieber zu einem anderen Arzt bin, der gefragt hat, wer denn diese Sauerei veranstaltet hätte, und ob die Zeiten mit der Stricknadel und dem Küchentisch vielleicht doch noch nicht überwunden wären?

Nein, ich habe ihn nicht verraten und meiner Mutter nur so viel erzählt, wie sie aushalten konnte, das ist weiß Gott nicht viel. Nicht ein einzigesmal habe ich geheult, aber damals wollte ich das erstemal weg, obwohl sich alles so gut angelassen hatte mit der Singerei. In einem Land, wo du zu so einem Doktor Dankeschön sagst und ihm drei Hunderter in die Hand drückst, nur weil du dich nicht ausfragen lassen willst, wirst du nie was. Da, wo du den achten Henker getroffen hast, kannst du eigentlich nicht bleiben.

Ich habe mir immer einen Freund gewünscht, der das Willychen über den Haufen schießt. Aber die gibt es in dem Land auch nicht, nicht für unsereinen.

Niveas Flüstern verliert sich und ihr Nachbar, dessen Socken das einzige sind, was er seiner Nachbarin zeigt – denn sonst ist er ganz bedeckt von einer gelben Decke und sieht aus wie ein großer Maiskolben – wird nicht wach. Nivea hat nicht die Wahrheit gesagt. Sie sitzt hier, weil einer dieser Freunde tot ist, und den Schmerz hat sie nicht ganz bis in ihr Innerstes gelassen, sonst wäre sie erfroren.

Ach, sie hatten einen Helden aus ihm gemacht, als sie vom Friedhof zurückgingen, die Boxen, die Instrumentenkoffer und die Schlangenbündel der Kabel in den Händen, die größeren und sperrigeren Baßboxen zogen sie auf den kleinen Karren hinter sich her, auf denen sonst die Friedhofsgärtner ihr Werkzeug transportierten. Sorgfältig hatten sie die großen Kästen in Planen gehüllt, damit sie nicht mit der Erde in Berührung kamen. Ihre Wohnungen waren ein Chaos aus Zigarettenkippen und leeren Dosen, aber das Arbeitsmaterial hielten sie in Ordnung.

Nivea wollte nicht an die schöne Function denken, die sie für den Freund gemacht hatten, es war ja schon lang her, fast ein halbes Jahr. Fast ein halbes Jahr, im Winter, die Gräber wie Daunenkissen, mit Mimosen besteckt und vor vielen ein eingesunkener roter Wachsfleck. Zu zwölft hatten sie Musik gemacht für den verstorbenen Beau, von dem sie, als sie seine Todesanzeige formulierten, den Nachnamen nicht wußten. Sie hatten ihn aber alle gekannt, ihren Circusvater, einen jener Väter, die nicht älter werden können und die sie alle hatten, echte oder selbst ausgesuchte.

Es dauerte ein paar Stunden, ehe der unbenutzte Nachnamen gefunden war, und er hatte nicht nur Beau geheißen, sondern wirklich und wahrhaftig Beauregard, Beauregard L'Arronge, vor zweiundfünfzig Jahren auf St. Martin geboren. So lang hast du deinen Namen nicht gebraucht, Beau, daß er ganz neu und frisch geblieben ist. Da steht er jetzt in einem schwarzen Viereck in der Zeitung und geht dich gar nichts an. Es war ein schöner Name, Beau, ein bißchen zu groß für dich und paßte nicht ganz zu einem Musiker, aber dennoch!

Nivea denkt an die Musik, die sie auf der Beerdigung gemacht hatten. Daran zu denken, war leicht, eine gute Arbeit, kein Seelenmatsch. Von allen, die es ein Stück über die Hitparade und die Walkmen in den Kinderzimmern hinaus geschafft hatten, war sie die Professionellste, die Beste sowieso. Das wußte sie, da konnten die Szeneschmierer schreiben, was sie wollten.

Sie dachte an die Wintermusik für Beau, an die Proben und das Hin und Her mit der Friedhofsverwaltung wegen der Technik. Sogar das Fernsehen war dagewesen, während die dürren, nachlässig angezogenen Musiker sich warmschrien, warmschlugen, warmbliesen. Unbekümmert kletterte damals die Stimme der kältestarren Nivea Nachtigall in dreieinhalb Oktaven herum, voll leichter, unaufdringlicher Traurigkeit. Nivea mit Hahnenfedern um die Schultern und vom Atemnebel eingehüllt. Auf dem Foto in der Zeitung am Tag darauf sah sie wie eine Mischung aus Muttergottes und Schloßgeist aus.

Die Fernsehreporterin hatte in ihrem Sechzigsekundenbericht untergebracht, Niveas Stimme sei »in den Ohren zergangen«. Darauf war Nivea noch sehr lang stolz.

Man kann sich im Flugzeug nicht gegen die Toten wehren, sagt Nivea zur Stewardeß, die ihr eine Decke hinhält, jedenfalls nimmt Nivea an, daß das blaue, eingeschweißte Viereck eine Decke ist.

Mein Gott, sagt die Stewardeß, in Ihrem Alter war ich auch so todessüchtig. Fliegen ist die sicherste Fortbewegungsart, das brauche ich Ihnen doch nicht zu sagen!

Es ist direkt geil, daß Sie alles falsch verstehen! antwortet die Nachtigall freundlich. Das scheint eine Spezialität Ihrer Generation zu sein. Die Älteren sind viel cleverer. Merken Sie denn nicht, wie viele Tote hier mitfliegen? Wenn die alle was wiegen würden, wäre der Vogel schon heruntergefallen.

Seien Sie nur schön makaber, sagt die Stewardeß und lächelt ziemlich leblos, das gibt sich von allein. Wahrscheinlich muß ich mich bei meiner Kleinen auch auf so eine Phase einstellen.

Kaum! antwortet Nivea und nimmt die Decke doch.

Einmal hat Afra Strauß gewählt, vor Jahren, nur, damit sie es Beau erzählen und beobachten konnte, wie das Entsetzen seine Ungläubigkeit besiegte, wie er seine langen ungepflegten Zähne in Trauergrimassen freilegte, seinen Kopf zurückwarf und die schönen Augen zusammenkniff. Niemand wußte, ob Beau ein bißchen körperbehindert oder einfach exzentrisch war. Sein Grimassieren, seine Verrenkungen, auch beim Spielen, seine Anfälle von Stottern und Atemnot konnten bewußt oder hilflos sein, es war ihm jahrelang gelungen, offenzulassen, ob er vom Dämon einer Krankheit gebeutelt war oder ob er nur die Gewißheit wollte, daß man ihm in einer unaufmerksam und stumpf gewordenen Welt die notwendige Aufmerksamkeit schenkte. Er schonte sich, was auch immer die Ursache für seine kräftezehrende Zappelei und die schrecklichen Verzerrungen seines Gesichts sein mochte, nie.

Die politischen Zornobjekte seiner Jugend, seine Haßausbrüche, Schuldzuweisungen und Vorlieben waren die gleichen geblieben, das Siechtum seines geliebten Marx hatte er zwar noch bis zur Agonie tapfer geleugnet, als aber der Exitus verkündet war, erzählte er allen, die ihn schon lang satt hatten und dafür jetzt endlich die Begründungen, sogar respektable und pathetische Begründungen nachliefern konnten, daß er, Beau, bereit sein würde, mit Marx allein zu bleiben auf dem unübersehbaren Schlachtfeld der ins Schweigen gefallenen Anbeter, er, Beau, als einziger Zeugnis ablegend: Ja, nur so könne er weiterleben.

Nivea hatte Beau schon gekannt, als sie klein war und als er in der Studioband, die den Talentwettbewerb begleitete, ein bißchen Geld verdiente. Beau-Daddy.

Er hatte ein kurzes Verhältnis mit Afra gehabt, die ihn unsinnigerweise an seine karibische Heimat erinnerte und ihn mit ihrem Geiz, ihren Gäu-Redensarten und ihren Aufbrüchen in ihr ganz eigenes, ausgedachtes Afrika, von denen sie manchmal aus heiterem Himmel geschüttelt wurde, sehr verwirrte.

Nivea hatte nichts von diesem Gspusi wissen wollen, aber dann, bei irgendeiner Landtagswahl, hatte Afra Strauß gewählt und Beau-Daddy zu einem langen, fast lebensbedrohlichen Veitstanz verholfen. Statt seiner war aber damals Strauß selber gestorben, ziemlich bald sogar, und Beau hatte Afra verziehen, weil er ihr eine mystische Beteiligung daran zutraute.

Was habt ihr für eine Ahnung vom Kämpfen?

Und man sah es ihm an, wie die Politik in ihm tobte und ihn mit eisernen Krallen gepackt hielt, schüttelte oder fallenließ, wie es ihr paßte.

Alle historischen Irrtümer mußte der arme Beau aushalten, gegen das, was in ihm tobte, war die ganze kritische Theorie ein Kaffeekränzchen. Es gab nicht mehr viele wie ihn.

Nicht nur Nivea Nachtigall hatte ihn verloren, sondern die Geschichte, aber das interessierte Nivea, die an die schöne Beerdigung ihres Pop-Vaters dachte, überhaupt nicht. Ihre Geschichte fing da an, wo die der anderen unwiderruflich aufhörte, es wird Nivea aber auch in der Mitte, zwischen Europa und Amerika, auf dem dunklen Weg, nicht gelingen, herauszufinden, warum sie sich allein und schwach fühlt.

Auf der Bühne nie! Entgegen allen anderen Meinungen und Anstrengungen kann man aber die Bühne nicht immer mitnehmen. Schon wenn die Studiotür zugeht und die Maskenbildnerin sagt: Kannst alles grad drauflassen, wennst noch was vorhast und die Garderobiere sagt: Die Federn tust aber her, der Meter neunzig Mark, des is zu schad für die blöde Disco, fängt die Angst an. Niemand ahnt, wie schrecklich das Leben nach einer Fernsehaufzeichnung ist.

Alleinsein ist das schlimmste. In New York konnte sie es jeden Tag, jede Nacht ein bißchen besser. Aber nicht zu Hause! Zehn oder elf Uhr abends, die Livesendung oder die Show zu Ende, die Musiker rennen auseinander wie Wasser auf einer heißen Herdplatte, und im Hotel ist niemand, niemand.

Sie hat bei ihrer Großmutter Theres gewohnt, bei ihrer Mutter, auch einmal kurz bei Beau, aber das war nicht gutgegangen, weil sie sich nicht darüber hatten einigen können, wer sich an wem festhalten durfte. Es war ihnen auch nicht gelungen, Stärke und Schwäche ordentlich zwischen sich aufzuteilen oder den Orangensaft, Shit und Yoghurt, das dem anderen gehörte, in Ruhe zu lassen.

Nivea haßte Wohngemeinschaften. Wenn sie allein war, kamen die Gedanken wie Gelee, es war, wie wenn eiskaltes Gelee aus dem Kopf langsam heruntertropft. Wenn man sie fragte, was ihr gefalle, wußte sie keine Antwort. Sie hatte immer viel Geld ausgegeben, aber ohne Freude, und nur ihre buntverschmierten Notizbücher brachten sie zum Lächeln. Bei ihrer Großmutter hatte sie wegen des Essens nicht bleiben können. Nivea ekelte sich vor dem Essen und lebte hauptsächlich von Flüssigschokolade und Nüssen.

Jetzt versuchte sie, an Beau zu denken und an seine Musik, nicht an seinen Tod. Daß er sich aus dem Fenster (aus welchem Fenster? hatte sie sofort gefragt) gestürzt hatte, war ihr verständlich, sogar vernünftig erschienen. Schließlich war er sehr alt gewesen, älter als ihre Mutter, von der sie auch manchmal nicht verstand, wieso die eigentlich noch am Leben hing.

Beaus Musik? Man konnte sie anhören, sie hat niemanden gestört, manchmal war sie sogar ganz brauchbar. Wenn er dann aber die Lippen zurückzog und mit den kleinen, getrockneten Spuckepfützchen in den Mundwinkeln und seinen großen, gelben Zähnen, mochte ihn keiner mehr anschauen.

Nivea war mit seinem Tod einverstanden gewesen und auch nicht traurig. Jetzt aber, während ihrer Flucht, und kaum ein halbes Jahr später, hatte der Tote in ihren Gedanken heimlich Wurzeln geschlagen, war gewachsen und verfolgte sie. Auch jetzt wieder, kein Sitznachbar, keine Stewardeß kommt und zerreißt den Gedanken, den Hirnwurm, der jeden Tag schlimmer wird.

Sie muß nämlich immer überlegen, wie Beau jetzt aussieht, und hofft, daß seine Leiche samt den Gedanken an sie in Europa bleibt. Sie weiß nicht, ob sie selber noch in Europa ist. Er ist jedenfalls noch da, in seinem Erdloch mit den plattgequetschten Blumen.

Nivea versucht, leise eine Melodie zu summen, an einen Songtext zu denken oder an ihr neues amerikanisches Outfit, an wahnsinnige Clips und all die alten Gesichter, an Abe und Absalom, an ihre ersten New Yorker Liebesgeschichten: Es hilft nichts. Beau drängt sich vor, mit schaurig bloßgelegten, gelben Zähnen, geschlossenen Augen und mageren, zerbrochenen Gliedern. Sie weiß nicht, was man ihm angezogen hat, aber sie stellt ihn sich wie eine kaputte Marionette vor in Lederwestchen und Lederhut, seiner traurigen Uniform.

Die Stewardeß hat sie nicht verstanden, als sie ihr zu sagen versuchte, daß die Toten mitflögen. Man lernt nichts, was man wirklich brauchen kann, flüstert Nivea ihrem Nachbarn zu. In der Schule erzählen sie einem nicht, was mit den Toten wird. Oder wie man denkt, was man gern möchte, und ausknipst, wovor man sich graust.

Geh aus mein Herz und suche Freud, singt sie ganz leise, Afras Lieblingslied, noch lieber als Needles and Pins. Nivea hat als Kind das Lied immer so verstanden, daß dem Herzen darin befohlen wird, auszugehen wie eine Kerze, dann erst kommt die Freud.

Sie langweilt sich nicht auf diesem Flug. Draußen zieht in Wirbeln, mit Eis und Sturm die Nacht vorbei, aber sie ist vor alldem sicher. Wie konnte sie Flugangst haben? Sie wickelt sich in die dünne, blaue Decke und will schlafen, aber Beau und Afra drängten sich in ihre Gedanken, als hätten beide lange darauf gewartet, endlich von ihr Besitz ergreifen zu können.

Es soll keinen Schlaf geben für ausgerissene Töchter und für die, die der Trauer davonlaufen! Die Nachtigall schaute neidisch auf das stille gelbe Bündel neben sich, den quälte nichts, weder Träume noch das Alleinsein.

Mausetot wie der arme, alte Beau, sagte Nivea leise und fing an zu kichern. Als Begleiter und Berater war er der beste gewesen, ohne Falsch, von einer Harmlosigkeit, für die man ihn in der Branche gefürchtet hatte, weil man sie für die allergemeinste Gerissenheit hielt.

Auch Nivea hatte ihm nur allmählich und zögernd Vertrauen geschenkt, wirklich geschenkt wie Schokoladenstückchen, ein Häppchen nach dem anderen. Sonst war Nivea nicht so geizig wie ihre Mutter, und bei weitem nicht so wie ihre Großmutter, die sogar das Kaffeefilterpapier ausleerte, wusch und trocknete und vor deren Kühlschrank immer glitschige Pfützen von Eiweiß lagen, das sie in Tassen, die ihr von Zeit zu Zeit aus dem Kühlschrank rutschten, wochenlang aufhob.

Wie ihre Großmutter und ihre Mutter ging die Nachtigall am allergeizigsten mit Vertrauen um, denn da konnte so viel danebengehen. Beau gewann ihres, weil es ihm vollkommen gleichgültig war und er nicht darum buhlte.

Wie alle gütigen Menschen war er eigentlich schlampig, uninteressiert an Leuten und hilfsbereit aus Faulheit. Er erwartete nie, daß man ihm dankte. Er rettete ganze Musikgruppen vor dem Ruin, weil er ihnen Vorschüsse aus irgendeiner seiner zahlreichen nebulösen Erbschaften gab und sie dann jahrelang vergaß. Vielleicht hatte er der Nachtigall etwas vermacht?

Wenn jemand verschwindet, gibt es nach ihm immer einen anderen, der alles regelt. Nach Beau war es ihr Musikmanager Larry, der ihre Gagen und das GEMA-Geld so gut angelegt hatte, daß es für sie unerreichbar zu sein schien und vielleicht schon verloren war.

Jeder bekommt genau das, was er haben muß! flüsterte Nivea und dachte an Beau, den das Aufwachen umgebracht hatte, das Augenöffnen mit über fünfzig, und der grade Blick in die Abscheulichkeit.

Wenn sie an ihn denkt, nicht an die zerbrochene und vergrabene Leiche, schämt sie sich ein bißchen. Es ist genau dasselbe Gefühl, das sie gehabt hatte, wenn er abends mit seinem alten Lederhut und seinem Fransenhemd im ORFEO auftauchte und sich nach einem kleinen Geschwätz an der Theke sehnte. Die da standen, schwarz gekleidet und schön mit roten Drinks in der Hand, sagten, Ach du lieber Gott, der schon wieder! oder: Nee, Beau, heute keinen Bock auf Labern, oder: Geh doch vielleicht mal früher ins

Bett! oder: Siehst du denn nicht, daß wir am Reden sind? oder: Davon hast du doch keine Ahnung mehr.

Und wenn sie nett zu ihm sein wollten, sagten sie, Wie war das damals, als die Stones hier waren? oder, Ich hab dich gestern im Keller spielen gehört, unheimlich gut!

Einmal hatte ihm einer den heiligen Hut vom Kopf geklaut, und alle konnten die braunglänzende Glatze sehen, an deren hinterem Ende ein erstaunlich fülliger, grauer Zopf hing.

Sieht aus wie meine Oma! sagte ein Mädchen zu Nivea, die oft dabeistand, wenn sie nicht tanzte oder Auftritt hatte, und die ihren alten Freund nicht verteidigte.

Er ließ nicht mit sich reden.

Wenn du, hatte Nivea ihm gesagt, einen Leinenanzug hättest, ganz unauffällig, dann könntest du den Hut behalten, das ginge dann durch. Aber nicht Jeans und Fransenhemden! Sie finden das ätzend.

Ja, auch wie er die Worte ÄTZEND und GEIL oder VOLL DRAUF und DANEBEN wiederholte, mit einem erstaunten und schüchternen Ton, als taste er sich in unwegsames Gelände vor – das haßte Nivea, weil sie sich für ihn schämte.

Was paßt euch denn eigentlich? hatte Afra sie einmal gefragt. Wenn wir mitmachen oder wenn wir nicht mitmachen? Das ist doch beides verkehrt, ihr verachtet uns doch für alles!

Das war nach einem Streit gewesen, und Afra hatte sich später bei ihrer Tochter entschuldigt.

Vielleicht sehe ich sie nie wieder, dachte Nivea, die immer noch nicht schlafen konnte und ihren mageren Körper im Sessel einrollte und wieder geradebog, die Füße auf dem Sitz, unter dem Hintern. Aussichtslos war der Kampf um die mittlere Armlehne wegen des Schläfers am Fenster, der einen Teil seines gelbverhüllten Rückens, oder was immer es von ihm war, darauf gelegt hatte.

Es kann sein, daß ich nicht mehr zurückkomme. Das sagte sie vor sich hin, weil es schön und tragisch klang, auch wenn im Moment niemand da war, der es hätte würdigen können. Nicht einen Moment glaubte sie wirklich daran, daß ihr das Leben abhanden käme.

Wenn jetzt jemand – vielleicht der gelbe Schläfer – Nivea nach ihrer Mutter fragte, ob sie sie liebe, zum Beispiel, könnte Nivea Nachtigall nicht antworten. Sie hatte fast alle ihre Lieder auf Afra hin geschrieben, ohne daß die Öffentlichkeit davon allzuviel Notiz genommen hätte.

In den Bunten Blättern gab es manchmal Berichte, in denen die mächtige Afra zu sehen war, mit unglaubwürdig männerschuhbrauner Haut, daneben fast unsichtbar die hahnenfedernumwehte Nachtigall, dürr und weiß, und darunter Unterschriften wie: DER WICHTIGSTE MENSCH IN MEINEM LEBEN: MAMA! oder WIR ERZÄHLEN UNS ALLES! TOPSTAR NIVEA NACHTIGALL MIT IHRER MUTTER. Nivea besaß eine dicke Mappe voll solch wunderbar fremder Geschichten, die sie immer wieder las, weil sie sich darin so angenehm nicht wiedererkannte. Afras rosa Wohnung und ihre pinkfarbenen Kleider sahen auf den Bildern nicht ganz so rosa aus.

Nivea Nachtigall hatte nie herausgefunden, wie Afra war und ob sie sie mochte. Wie soll man eine Frau lieben, die jedem gefallen will, die lügt und sich in ihrer Tochter betrachtet wie in einem Spiegel?

Nivea hatte mit drei Jahren ihren ersten Job und war berufstätig, bevor sie die Zahl der Buchstaben in diesem Wort kannte. Oh, die vielen Nachmittage in irgendeinem Zimmer irgendeines Werbefritzen, immer der gleiche Kalender mit über Autos geworfenen Frauen drauf, das böse Flüstern der anderen Mütter, das angesichts der mächtigen Schwärze Afras nur kurz verstummte, um sich gleich darauf wie ein Hornissenschwarm zu erheben, und die anderen Kinder!

Nivea kannte von früh an keine Kumpaninnen, nur Konkurrentinnen. Männer hat sie schon damals geliebt, in jedem mannsähnlichen Wesen begrüßte und umwarb sie den vorenthaltenen Vater, den ersten Liebhaber. Afras Männerarmeen aber hatte sie gehaßt, aus ihnen wollte sie sich keinen aussuchen.

Die anderen kleinen Bestien, geföntund geschmückt wie Pudel, waren – das wußte Nivea noch nicht lang – die einzigen, mit denen sie sich hätte verbünden können, verkaufte Kinderbräute, einem Krokodil in den Rachen geworfen. Aber sie sprachen nicht miteinander und starrten vor sich hin, während sie ein Stofftier in den Händen kneteten.

Was denken die anderen? Gefalle ich jedem, jedem, jedem? Es darf niemanden auf der Welt geben, der mich nicht toll findet. Nur für die kurze Zeit im Circus war alles anders gewesen.

Afra wartete nach dem Manegenspiel um so mehr darauf, daß einer sie nähme. Nähme, um Windeln, Haarwaschmittel, Versicherungen und Limonade zu verkaufen. Ganz egal, aber nicht nackt, das nicht, auch nicht im Windelalter. Das hatten wir nie nötig.

Nivea? Auch heute und jetzt niemals mit den üblichen spitzbrüstigen Korsagen und dem unter Lederslips wie Kissen hervorquellenden Arschbacken. Das hatte ihr Schwierigkeiten in der Branche eingebracht.

So gut, daß du dir Zicken leisten kannst, bist du nicht. Wahrscheinlich hast du nichts zum Herzeigen. Zwei Erbsen auf einem Brett und Anorexie läßt grüßen.

Die Nachtigall hatte sich trotzdem durchgesetzt, verhüllte sich in Vorhänge, war von Hahnenfedern gestreichelt, wollte hörbar, aber nicht zu sichtbar sein.

Eine einzige Fernsehsendung gab es, da sang man live.

Wen willst du da hinschicken? hatte die Nachtigall Larry hochnäsig gefragt. Nimm doch eine von deinen Tussis in der Nuttenmontur mit ihren Cellulitisschenkeln, nimm sie nur. Danach kannst du dich begraben lassen.

Ein Triumph war das gewesen, ein Sieg auf der ganzen Linie, eine Belohnung für den schwer arbeitenden Menschen Nivea Nachtigall. Damals hatte sie sogar der schwule Moderator umarmt, als der Beifall nach einer wunderbaren Endlosigkeit versickert war. Das hat sie bei den Kinderfritzen gelernt: sich zu wehren. Afra war ihr dabei keine Hilfe gewesen, weder in ihren schlankeren revolutionären Phasen, in denen sie den Verkauf ihrer Tochter ihren Freunden verschwieg, noch in der Zeit, als sie sich aus den Anstrengungen der Politik und der Diäten endlich und erleichtert zurückzog und Liebhaber nahm, die ihre afrikanische Pracht rühmten und nicht forderten, daß sie Flugblätter verteilen solle.

Das Kind Nivea, die wunderbar weiße Tochter, hatte indessen gelernt, sich selbst zu verkaufen.

Ich bin eine blöde Kuh, flüstert Nivea in ihre Gedanken hinein, sie kann doch gar nichts dafür. Sie ist ja viel zu dumm, und von dem Werbekram haben wir damals beide ganz gut gelebt. Ich muß heute noch kotzen, wenn ich Mandelpudding oder so ein blödes grünschleimiges Shampoo auch nur rieche. Arbeiten und fernsehen. Manche wären froh, wenn sie das hätten.

Warum ihr jetzt Tränen das Make up versauten, wußte sie nicht. So viele Dinge, an die sie nicht denken will.

Eingefangen. Im Flieger, im Kopf. Vielleicht hilft Spazierengehen.

Es ist noch immer dunkel in den Gängen, und das Klo scheint nicht besetzt zu sein. Wie blaue und gelbe Puppen liegen die Passagiere leblos und verkrümmt in den Sitzen. Hinter dem Vorhang der Bordküche ist es hell, ein paar Männer auf Strümpfen stehen da und haben Plastikbecher in der Hand. Eine schwarze Stewardeß, die Nivea noch nicht gesehen hat, klappert mit Eiswürfeln und kichert über irgend etwas.

Nivea kann nicht aufs Klo gehen, wenn jemand sieht, daß sie aufs Klo geht. Sie erträgt es nicht, wenn man sie dort herauskommen sieht und jeder weiß, was sie getan hat. Sie denkt an die endlosen Verstopfungen ihrer Mutter, an die Tränke aus schleimigen Körnern, braunen Brühen, Tabletten, Tees und Müsliriegel.

Afras Klo, ein Regierungssitz, kummervoll erklommen, besprochen, beurteilt, diskutiert. Nivea geht nur nachts und hat seit langer Zeit bei den Bands den Ruf, nie zu müssen, auch nicht auf den endlosen Fahrten im Tourneebus.

Jetzt ist es Nacht, und eine Herde von Männern schaut ihr entgegen.

Kann ich auch was zu trinken haben? fragt sie.

Später wird sie den anderen Gang entlang ganz nach hinten gehen. Oder bis Amerika warten, sie kann das.

Ich habe Sie doch schon mal irgendwo gesehen, sagt einer von den Männern. Nicht anbandelnd sagt er das, sondern wie einer, dem es Kummer macht, das Schwinden seines Gedächtnisses zu spüren.

Kann gut sein, sagt Nivea. Haben Sie Kinder?

Warum? fragt der Mann auf Strümpfen zurück, zieht den Bauch unter dem T-Shirt, auf dem BATMAN THAT'S ME steht, ein bißchen ein und streicht sich die Haare zurück. Seh ich so aus?

Weiß ich nicht, sagt Nivea – aber Leute wie Sie kennen mich nicht. Mich kennen Jüngere.

Sie haben was Erfrischendes, antwortet der Mann beleidigt. Ich kenn Sie aber trotzdem. Sind Sie Ansagerin?

Nivea denkt plötzlich an ihr verschmiertes Gesicht.

Ich muß ja aussehen! sagt sie.

Schön und etwas krank! antwortet darauf der Mann.

Nivea erschrickt.

Ich bin nicht schön, sagt Nivea und lächelt so, daß der Mann ihr gegenüber in dem engen Durchgang auf der Stelle zum Fürsten wird.

Ich sehe aus wie ein Rechen, ein Zwirnsfaden oder eine Frühgeburt, wie eine Ratte, hat auch schon mal jemand gesagt.

Der Mann schaut Nivea mit ergebener Freude an, sie ist ein Ereignis für ihn, das kann ruhig jeder wissen.

Sie sehen wie nichts von all dem aus, antwortet er und macht seine Stimme tiefer. Er muß plötzlich auf sehr vieles gleichzeitig achten, auf seinen Bauch zum Beispiel, mit den Füßen versucht er, nach seinen Schuhen zu angeln, er zieht die Schultern hoch und zerquetscht irgendwo einen angelutschten Zigarillo.

Nivea trinkt etwas, das die Stewardeß, jene Fremde, die jetzt nicht mehr lächelt, ihr gegeben hat.

Das ist mir zu süß, sagt Nivea.

Der Mann führt ein kleines, trauriges Ballett auf, Suche heißt es. Alles fehlt ihm plötzlich, sein Jackett, noch immer die Schuhe, es sind schöne Schuhe, sein Auto, sein Schreibtisch, ja, sogar Frau und Hund fehlen ihm, während er auf die eineinhalb Meter hohe Nivea herunterschaut und sich überlegt, wie er sie festhalten soll oder so schnell wie möglich loswerden und vergessen, er weiß nicht genau, was von beidem.

Nivea sieht ihm bei seiner Pantomime zu und sagt zu ihm: Empfehlen Sie mir, was ich trinken soll?, und die Stewardeß seufzt so tief, als hätte sie einen Autounfall gesehen.

Einen Tee, sagt der Mann, etwas heißer Tee würde Ihnen sicher guttun, mit Honig und ein wenig Zitrone, aber hier gibt es ja nur diese Beutel, fürchte ich, das ist natürlich nichts, ich wollte, ich könnte Ihnen einen richtigen Tee kochen! Und er sucht mit dummen Fingern an seinem T-Shirt eine Tasche und darin etwas zu rauchen, aber da ist keine Tasche, die Zigarillos stecken irgendwo, und jeder kann sehen, daß er erschrocken ist, wozu es doch gar keinen Grund gibt.

Ich bin Virologe, sagt er fast flüsternd, als würde das etwas erklären.

Wirklich? sagt Nivea, ich mache mir aber trotzdem nichts aus Tee.

Die anderen Männer, die sich vorher ohne Qual und Verwirrung, zufrieden mit ihren Plastikbecherchen voll Whisky und Gin-Tonic um die glühäugige Stewardeß gedrängt hatten, sind verstummt und betrachten den Abtrünnigen voll Scham. Noch vor Minuten war er einer der ihren gewesen, hatte sich über die Zugeknöpftheit der Stewardessenuniform beschwert (darunter verbergen sich Paradiese! Das Leben ist zu kurz, um seine Schätze zu verstekken!) und den Gockel gemacht, wie es sich gehört und wie die Weltordnung es vorsieht. Welch klägliches Schauspiel aber bot er jetzt vor dieser bleichen halben Portion mit dem großen Mund.

Abgründe! sagt ein Norddeutscher mit dicken Augenbrauen und einem Akzent, der seine Verachtung noch hörbarer werden läßt, es klingt wie Äääbgründe...! mit langem Nachhall.

Die Stewardeß hat sich entschlossen, so zu tun, als sei keine andere Frau in ihren kleinen nächtlichen Salon gekommen, sie spricht und lacht deutsch, italienisch und englisch auf einmal und holt von Zeit zu Zeit tief Luft, um ihrem schönen Busen die verdiente Geltung zu verschaffen.

Nivea hatte genug und ging, ohne sich zu verabschieden, den Gang wieder hinunter, um auf der anderen Seite endlich ungesehen dahin zu kommen, wohin sie wollte. Sie spürte, daß die Wirkung ihrer Medikamente nachließ. Der Mann mit dem merkwürdigen Beruf hatte das offenbar auch gesehen und war unverschämt genug gewesen, zu sagen, daß sie vielleicht krank sei und sich schonen müsse.

Der wird sich wundern, sagt Nivea und drängt sich an der blonden Stewardeß vorbei, die schon wieder irgendein Spielzeug oder ein Fläschchen herbeiträgt.

Ist Ihnen Ihr Nachbar zu langweilig geworden? fragt sie freundlich.

Ach, antwortet Nivea, die es jetzt eilig hat und dem Wattegefühl eines Kreislaufkollapses entgehen will: Ich habe ihn richtig liebgewonnen, man kann Vertrauen zu ihm haben, er macht einen nicht an, und diskret ist er auch.

In dem Raum mit dem großen Riegel an der Tür fühlt die Nachtigall sich sicher. Sie ist klein genug, um die Enge nicht als bedrohlich zu empfinden – sie hat oft gesehen, daß dicke Leute außer Atem herauskamen, als wären sie gerannt.

Afra, denkt die Nachtigall und betrachtet sich in dem bläulichen Spiegel, Afra könnte sich hier überhaupt nicht hinsetzen. Aber sie fliegt offenbar mit.

Nivea vergißt beim Anblick ihres Spiegelbilds sofort, warum sie sich hierher geflüchtet hat. Über dem Anblick ihres weißen, bemalten Gesichts vergißt sie die Tablettenpäckchen in ihrer Tasche . Der Farbenschmuck, die Zeichnung der Wangenflecken und der schwarzen Flügel über den Augen ist verwischt. Sie packt ihren Schminkkoffer aus und ärgert sich über die taschentuchgroße Ablage. So kann sie eigentlich nicht arbeiten, aber sie erinnert sich an hundert ähnliche Situationen, bei den Galas in kleinen Städten zum Beispiel, wo sie Besenkammern und Männerklos als Garderobe kennengelernt hat, früher, als Kind.

Dann waren die Räume schöner und die Produktionsleiter respektvoller geworden, aber sie hat die Anfänge nicht vergessen und kehrt zu ihnen zurück, wenn es sein muß. Das tut sie jetzt, und als sie fertig ist, schaut aus dem

Spiegel eine makellose Maske in den düsteren, erdigen Farben, die ihre fast weiße Haut zum Leuchten bringen.

Wenn ich jetzt nochmal an dem Typen mit dem komischen Beruf vorbeigehe, sagt Nivea zu ihrem Spiegelbild, geht er in die Knie. Der traut sich nicht mehr zu sagen, ich sähe krank aus. Ich sehe nicht krank aus!

Dann stäubt sie die Puderpinsel aus, schraubt die Tuben zu und steckt die Schutzkäppchen auf ihre Farbstifte. Sie packt alles ein und hinterläßt auf der Ablage ein fettiges, buntes Muster. Zum Schluß pinkelt sie und schüttelt sich beim Anblick des dunkelblauen Wassers, dann nimmt sie ein Pappbecherchen vom Waschbecken. Dieses Wasser schmeckt, als sei es auch blau, und sie schluckt vier Tabletten, eine schwarz-gelbe, eine weiße und zwei kleine rote Perlchen. Noch einmal schaut sie in den Spiegel. Zufrieden sieht sie die Fremde. Sie geht durch den anderen Gang zu ihrem Platz zurück, denn sie hat den Mann mit dem merkwürdigen Beruf schon vergessen. Ihr verläßlicher Freund kauert reglos wie zuvor auf seinem Fensterplatz.

Nachdem sie damals aus New York, von ihrer ersten kleinen Flucht wieder zurückgekommen war, mit einer Menge neuer Klamotten und dem Bilderteppich ihrer Ururgroßmutter im Gepäck, hatte ihre Karriere urplötzlich Flügel bekommen.

Ich habe aber keine bekommen, ich nicht, sagt sie.

Nicht mehr der Kinderstar mit Bildern auf T-Shirts und den immer gleichen quälenden Autogrammstunden und Hörfunknachmittagen, wo grauhaarige, munterstimmige Moderatoren blöde Fragen stellten.

Es heißt, du hast dich mit deiner Band verkracht?

Du giltst in der Branche als schwierig, klein, aber giftig, haha, war nicht so gemeint.

Und jetzt wird euch, liebe Leute draußen, Nivea Nachtigall unseren Anti-Drogen-Aufruf vorlesen. Hände weg von dem Zeug, das wißt ihr ja. Leider ist die Rock-Szene ein bißchen in Verruf geraten. Niveas neuer Song hat es in dieser Woche bis fast ganz oben geschafft.

Und der grauhaarige Moderator hatte der Nachtigall einen vollkommen gleichgültigen Blick zugeworfen und keine Miene verzogen, als die ersten Töne das Studio füllten.

Nivea wußte, daß er an einen dürren, italienischen Volontär dachte, und nicht an sie, und daß die Linien, die auf einem silbernen Teetablett im Hotelzimmer auf ihn warteten, so lang und weiß waren wie Spaghetti.

Damit anzufangen geht ins Geld, wenn du weißt, was ich meine. Aber alles ist ohne das wie ein Gesicht ohne Farbe. Und du hörst nichts, buchstäblich nichts. Nur Schneevögel können wirklich fliegen.

Nivea hatte einmal den völlig betrunkenen, alten Beau bei einem großen Konzert getroffen und hörte in seiner Musik nur Alkohol und Gras, immer das gleiche. Man konnte ihn und seinesgleichen mögen, aber nichts lernen.

Alte Soße, hatte ihr damaliger Bandleader gesagt. Und wir gehen jetzt nicht mehr in Wolli's Kinderradio oder zu den Hit-Klicks. Andere Presse muß sein. Nicht mehr das Blaue Blatt und die Nachtigall neben ihrer Mutter beim Rosenschneiden, sondern der Stern mit was Exotischem. Keine öffentlichen Auftritte mit den Woodstockleichen, und wenn es eine Durststrecke gibt, gibt es sie eben.

Nivea tat, was man von ihr verlangte, mied die Orte mit den lautstarken, kleinen Erfolgen und setzte sich schwierigen Fragen aus. Dabei blieb sie allein, von der Band verlassen, hilflos zwischen Managern hin- und hergeschoben, von Angestellten ihrer Plattenfirma teils abgekanzelt, teils umschmeichelt.

Sie sang gegen Tschernobyl und den Krieg, gegen Drogen und Hunger. In den Laserblitzen zwischen den Türmen auf einer Bühne, die so grell und laut wie ein Krieg war, hatten sie sich beim No-Drugs-Konzert so zugedröhnt, daß sie wie aufgescheuchte Schaben herumschossen und sich an den Instrumenten und der Technik festhielten, so gut es ging.

Ach, so ein Aufwand und so viel Verwirrung, die Stimmen hörte dort niemand mehr, und die Nachtigall wußte manchmal nicht, ob sie es nicht nur in einem fernen Land, in der Kindheit, ganz allein für sich gekonnt hatte: singen.

Oft vermißte sie es wochenlang nicht, aber dann besuchte sie ihre Großmutter oder die Brünnerin, die gerahmte Zeitungsfotos von ihr an der Wand hängen hatten.

Sing einmal was Gescheites, sagten dann die alten Frauen unabhängig voneinander. Bei dem Zeug, was sie im Fernsehen von dir bringen, weiß ja keiner, ob dus überhaupt kannst. Du schreibst ja nur noch. Schad um die Stimm.

Sie sieht ihre Großmutter Theres genau vor sich, rosahäutig, mit weißen Drahtlocken, den Busen unter dem Kittelkleid bis unters Kinn gedrängt. Sie ist klein, aber nicht so winzig wie ihre Enkelin.

Jedesmal sagt sie: Streich dich net so an! Bissel was geht ja, hab ich früher auch gemacht, aber du versaust dir die Haut mit dem Zeug! Da schau her! sagt sie dann, knöpft den Kittel auf und zeigt die rosa Brusthaut, die nur ein paar bräunliche Fleckchen hat und über dem Spalt einen Sonnenkranz von Falten.

Gut beisammen, immer noch! Wasser und Kernseife!

Ihre Augen sind hellgrau wie die eines Vogels, und wenn Nivea kommt, holt sie ihr Hackbrett aus einem verstaubten Holzkasten, in dessen Deckel eine Lyra und ein Lorbeerkranz aus Perlmutt eingelegt sind. Das hat ihr vor undenklichen Zeiten der Jude verkauft.

Für die Theres hatte der Krieg die Freiheit gebracht, ein bißchen Musik und zum Schluß den Schwarzbeerl, alles in allem ist sie nicht schlecht dran gewesen.

Das Hackbrettspielen hat sie damals ganz für sich gelernt, und Nivea muß dazu singen, während Theres zupft, ein bißchen langsamer als früher wegen ihrer Gelenkschmerzen.

Vierzig Jahre kalte Waschbrühe, die Waschmaschine hat der Allmächtige selber erfunden, bloß zu spät.

Mamaci, schenk mir ein Pferdchen muß Nivea Nachtigall singen und dann *Hast du dort droben vergessen auf mich* – kein Instrument kann so herzzerreißend weinen wie ein Hackbrett. Zur Erholung singen sie dann zusammen *Halt mir die Joppen, dann schlag i di zsamm*, von dem Nivea nur die Hälfte versteht.

Schau her, was das Deandl für eine schöne Stimm hat! sagt die Theres und linst zum Fenster, ob welche auf der Dorfstraße stehengeblieben sind und zuhören. Das macht sie stolz.

Traut sich keiner herein, sagt sie, weilst im Fernsehn warst. Da hams Angst.

Von der Farb siehst fast gar nix mehr! hatte nach einem dieser unschuldigen Konzerte einmal ein Nachbar gesagt, aber da war er an die Richtige gekommen.

Da war nie was zum sehn!

Die Theres suchte immer noch nach schwarzen Resten bei ihrer Enkelin, während ihre schwarze Tochter Afra nicht müde wurde, die Weiße des Kindes zu bewundern, ganz so, als sei es ihr gelungen, eine Schuld zu tilgen. Die Großmutter ärgerte sich über die Spurlosigkeit des Negerkönigs Schwarzbeerl, die einzige Legende in ihrem Leben. Als Sieger waren sie gekommen, das darf man nicht vergessen, und als Sieger hatte sich der Schwarzbeerl, der für immer jung blieb, der Theres genähert. Man sah bei ihrer Enkelin, trotz ihrer körperlichen Dürftigkeit, noch etwas davon.

Den Gang des Siegers hatte sie behalten, wenn auch nicht seine Gestalt, die war leider nur auf die Afra gekommen, der es dafür am Verstand ein wenig fehlte.

Nicht, daß sie deppert wär, deine Mama, hatte die Theres bei ihrem letzten Besuch im Gäu zur Nachtigall gesagt, des ned. Aber alleweil langsam is. Wegen dem is sie auch so stark worden. Die mag sich ned bewegen. Hauptsach, die Tag san lang und es passiert nix. Sie stellt aber schon was dar! hatte die Theres noch hinzugefügt, weil sie immer das Gefühl hatte, Afra gegenüber ungerecht zu sein.

Daß sie keine Erinnerung mehr an das kleine Kind Afra hatte, an den winzigen Schatten, der längst hinter der stillen schwarzen Riesin verschwunden war, gab sie nicht gern zu. Wenn Nivea ihr Fragen über das Leben ihrer Mutter im Gäu von früher stellte, erzählte die Theres lieber von ihrer eigenen Kindheit, von den Teppichen der Ahne, auch vom Teufel, ihrem Vater, und sehr selten von ihrer toten Mutter, die verscharrt worden war ohne einen Pfarrer, was Theres der Kirche nie verziehen hatte.

Aus dem Deifi, ders auf dem Gewissen trägt, hams eine Riesenleich gemacht, wos ganze Gäu besoffen gewesen ist und der Pfarrer – a anderer, mir ham ja mehr Pfarrer hier ghabt wie Hochzeiten, es ist die Strafkolonie gewesen, das Gäu –, der hat jedenfalls so gelogen, des vergiß i nie. Für mei Mutter hamma ned amal beten dürfen.

Was Nivea an ihrer Großmutter liebt: Nie fragt sie, wann kommst wieder? Nie sagt sie, du bist schon lang nicht mehr dagewesen. Nie sagt sie, das Leben ist hart. Nie sagt sie, erzähl mir was. Sie langweilt sich nicht und geht im Winter immer noch am Nachmittag ins Bett. Um neun abends steht sie aber wieder auf, wärmt sich den Kaffee vom Morgen und hockt sich bis Sendeschluß vor den Fernseher. Der lehrt sie die Welt kennen, und Theres sagt: Da hast ned viel versäumt, wennsd da ned gewesen bist.

Manchmal stellt sie schwierige Fragen, über Hautkrebs in Neuseeland, über Krieg und Homosexualität bei Frauen:

Was's nur davon ham? fragt sie dann ihre Enkelin mit dringlichem Ton, und Nivea weiß nicht, ob sie das Ozonloch, den Krieg oder die Lesben meint.

Bist eigentlich recht gesund, Kind? hat sie bei Niveas letztem Besuch gefragt, und die wiederholt jetzt leise im immer noch abgedunkelten Flugzeug, was sie ihr damals geantwortet hatte, damals, vor zwei Wochen:

Geh halt mit nach New York, Oma.

Leider hatte die Theres sich ganz genau über dieses Babylon, die Mörder- und Totenstadt ohne einen Baum oder einen Sonnenstrahl, informiert: Also eher stirb i! hatte sie gesagt.

Manchmal hat Nivea starke Erinnerungen an Gerüche. Sie kann die Augen zumachen und sich schnuppernd, einatmend, wie ein Hund witternd in Situationen und an Orte zurückversetzen. In Gerüchen entsteht die Welt in allen Einzelheiten, die niedrige Küche der Theres mit dem abgeblätterten, weißen Küchenschrank, von dessen grüngelben Butzenscheibchen zwei zerbrochen sind, und der Geruch nach heißem Butterschmalz und Zwiebeln. Der Tisch mit den gedrechselten Beinen und dem abgetretenen Fußleistenbrett, seine Platte von Messerspuren gezeichnet, ein ganz leichter Blutgeruch, von Kümmel und zerquetschtem Majoran erträglich gemacht. Die in den Falten ausgeblichenen, blauweißkarierten Gardinen, in jedem vierten weißen Feld ist ein gesticktes rotes Herz. Bei manchen schauen schon die Stickfäden heraus, es riecht nach Essig und Stallmist, nach feuchtem Kalk und Dampfnudeln.

Hoch oben in der Zimmerecke hängt ein Kreuz mit einem ziemlich kurzbeinigen Jesus, der den Hals verdreht und den ein Palmkätzchenzweig schmückt. Es sind offenbar Palmkätzchen von vor dem Krieg. Geruch nach Nähmaschinenöl und Geräuchertem.

Vier weiße Stühle mit Korksitzflächen stehen um den Tisch, ein alter, geblümter Sessel mit weißen Deckchen über den Lehnen, gegenüber der Fernseher und die Nähmaschine, die beide auch mit weißen Deckchen geschont werden.

Manchmal duftet es nach 4711, dann hat die Theres sich in einer Schüssel die Haare gewaschen. Sie besitzt ein Badezimmer, schon seit zehn Jahren, aber sie kann sich nicht an die Wanne gewöhnen und bedient sich ihrer alten Methode, zwei Schüsseln auf dem Küchentisch und ein Krug zum Spülen.

Zu Weihnachten bekommt sie Mengen von 4711 geschenkt, die türkis-goldenen Schachteln mit dem gefältelten Innenfutter aus Seide türmen sich in der Wohnstube. Das ist der Theres nicht recht:

Stink ich vielleicht? sagt sie beleidigt. Vergelts Gott, aber es wär nicht nötig gewesen.

Im Lauf des Jahres verkauft sie dann die Seifen und Wässer an die Nachbarn. Ohne Schachteln, die hebt sie auf, und in ihrem dunklen Schlafzimmer leuchtet es türkis-gold vom Dach des Kleiderschranks.

Nivea war nur selten im Schlafzimmer ihrer Großmutter gewesen, aber sie erinnerte sich an den Geruch nach Hustenbonbons, Brot und Kernseife.

Auf dem Bett, das die Theres ihr Einschichtiges nennt, liegt schräg ein Paradekissen mit gestärktem Rüschenrand. Daneben sitzt eine Puppe, die Afra einmal in der Schule aus Lumpen hat nähen müssen. Es ist eine Negerpuppe, und wenn man genau hinschaut, erkennt man das Uniformbraun ihrer rauhen Stoffhaut.

Afra wollte damals eine Schwester für ihre Puppe machen, aber in der Schule hätte sie Schläge für das braune Balg bekommen. Was weiß Nivea davon? Genug für das Lied BLACK DOLL, dessen Anfang schon in ihrem wirren Notizbuch steckt.

Auf dem Bett der Theres liegt leuchtend ein Teppich von der Ahne, vielleicht ihr reichster und farbigster, aber niemand weiß von ihm. Die das Schlafzimmer der Theres hatten betreten dürfen oder vielleicht noch betraten – davon erzählt sie nichts – haben wahrscheinlich auf die bunten Erzählungen des Teppichs keinen Blick geworfen, sondern nur auf die im Halbdunkel darauf liegende Theres. Jedenfalls denkt sich die Nachtigall das so. So wenig sie es erträgt, sich ihre Mutter Afra, die noch nicht in den Wechseljahren ist, wie sie betont, beim Liebeswälzen vorzustellen – sich ihre Großmutter mit stummen, dörflichen Bettgehern vorzustellen, fiel ihr nicht schwer, und es ekelte sie überhaupt nicht davor.

Nivea wußte nicht, ob es solche gab. Nur den hundertfarbigen Teppich mit dem Randfries aus Hirschen, Hasen, Eichhörnchen und Dompfaffen und dem Mittelstück, das den Paradiesbaum darstellte, auf dem alle Früchte der Welt wachsen – er wird einst als der schönste von all diesen Teppichen gelten –, sah sie genau vor sich.

Bei ihrer ersten Reise nach New York hatte sie im Schaukasten einer hochnäsigen, grellweißen Kunsthandlung ein Foto mit einem Teppich gesehen. Nur dieses eine Foto hing in dem feinen Schaukasten.

Nivea hatte davorgestanden, die Blumenbinderin von Upper East Side und lachen müssen: Genau so einer liegt weit weg von hier auf dem Bett meiner Oma. Vielleicht ist der noch schöner.

Und Nivea betrat ohne Scheu die silbernen Räume der Kunsthandlung. Ihren Korb mit den Sträußen hatte sie draußen stehengelassen. Sie hätte ihn aber auch mitnehmen können, das geht in New York.

Alles ging dort, und immer waren die Menschen ganz anders, als Nivea sie sich vorgestellt hatte – in der Galerie residierte keine Lady mit weißseidenen Strümpfen und breiten Seidenschultern, sondern ein Mann mit einer großen, braunen Krummnase und grauen Locken, der einen violetten, kragenlosen Anzug trug und aussah wie eine Mischung zwischen Bischof und Maharadscha.

Für einen Teppichhändler gehört sich das so, hatte Nivea damals auf deutsch gesagt und war sehr erschrocken, als der Mann antwortete: Selbstverständlich. Aber ich handle nicht mit Teppichen!

Sie sei wegen des Fotos im Fenster hereingekommen, das ist doch wohl ein Teppich, oder nicht? Und daß sie einen ähnlichen gesehen habe, bei sich zu Hause, weit weg, der noch schöner sei, soweit man das nach dem kleinen Bild beurteilen könne.

Hübsch, daß Sie gekommen sind, hatte der Galeriechef vorsichtig begonnen, haben Sie schon Preisvorstellungen? Wollen Sie kaufen oder verkaufen? Es gibt nicht mehr viele davon, das wissen Sie ja. Manchmal taucht noch einer auf, das ist dann schon eine kleine Sensation.

Die Nachtigall hatte gelächelt, ein bißchen hochmütig, als rede da einer von etwas, auf das er kein Recht hat.

Sie war nicht wirklich auf der Spur dieses bunten Stükkes zu sich und ihrer eigenen Geschichte gekommen – die war weit von ihr fort, und der Gedanke, daß ihre Ururgroßmutter nach einem halben Jahrhundert mit kunstvoll aneinandergereihten Stoffstreifen für eine – wenn auch nur kleine – Sensation in dieser glänzenden New Yorker Kunsthandlung sorgen könnte, war Nivea gar nicht gekommen.

Ihr war nur eine Ähnlichkeit aufgefallen, das Foto hatte sie an die aus dem Halbdunkel des Schlafzimmers hervorleuchtenden Farben erinnert, an die kleinen, kaum erkennbaren Tiere, fast die einzigen, die auf dem Hof übriggeblieben waren. Die lebenden Hasen, Schafe und Schweine hatte die Theres längst abgeschafft. Zuviel Arbeit. Übriggeblieben waren nur sechs Hühner und der alte, weiße Kater Mohrle.

Vielleicht können Sie mir helfen, hatte Herr Nagaikian zu Nivea gesagt, ich bin sehr interessiert, einige Rätsel zu lösen. Es ist die Bildsprache, die uns ratlos macht, sie ist natürlich das Interessante, und es gibt auch einige Arbeiten darüber, vor allem die Orientalisten haben sich damit beschäftigt. Der Figurenreichtum könnte als große, eruptive Tabuverletzung begriffen werden.

Was? hatte Nivea gefragt.

Es sind Mythen, Mythen, das sehen Sie doch! Wo Sie herkommen, entstehen solche Mythen und werden in Bilder übersetzt.

Wo komm ich denn her? fragte Nivea ziemlich verblüfft. Und was für Mythen sollen das sein?

Die Fabelfiguren! (Irgend jemand hatte kleine Glastäßchen mit grünlichem Tee gebracht. Nivea kriegt jetzt noch eine Gänsehaut, wenn sie an den Geschmack nach zu altem Shit und Zahnpasta denkt.)

Herr Nagaikian hatte sich kaum mehr bremsen lassen: Die mythologischen Tiere, der ganze Reichtum der Ornamentik, die Fauna, die Vermeidung des menschlichen Körpers – es soll einen Teppich in Los Angeles mit erkennbaren Figuren geben, ich hatte noch keine Gelegenheit, mich davon zu überzeugen. Das Überbordende. Kurz: eine ganz ungewöhnliche Form der Kunst Indiens, was weiß man schon über deren Moderne?

Und da soll ich herkommen? hatte Nivea gefragt. Ich glaub, da täuschen Sie sich.

Verzeihen Sie, aber ich erkenne das Exotische, auch

wenn es nur in Spuren, gleichsam angedeutet sichtbar wird – wie auf Ihrer Haut. Wir haben hier eine Stadt der Schattierungen! Ich bin Armenier! hatte er noch melancholisch gesagt, weil Nivea nicht antwortete.

Vielleicht war ihr in diesem Moment die Verbindung zwischen dem Stoffgewirk und ihr zum erstenmal aufgegangen; nicht nur aus der gleichen Gegend wie sie kam es, sondern es war wahrscheinlich, nein, ganz sichtbar und zum Lachen deutlich von ihrer Ahne. Und das sollte indisch sein!

Blödsinn, hatte die Nachtigall damals den Fluß armenischer Redekunst frech unterbrochen.

Das hat es alles gegeben, da braucht es keine Mythologie. Das kommt nicht aus Indien, Schwarze gibts noch anderswo, ob Sie es glauben oder nicht. Und ich will Ihnen nicht unseren Teppich verkaufen, sondern ich will den hier kaufen, den hier auf dem Bild. Er soll wieder heim. Hier hat er nichts verloren. Indisch!

Was sie damals vage zu denken begonnen hatte, spann sie jetzt im Flugzeug weiter.

Es ist nicht leicht, sich zwischen den aufgeblasenen exotischen Geschichten hindurchzuschlängeln und nicht zu vergessen, wie sie gemacht werden. Bei den Songs ist es das gleiche: Nivea bringt es nicht fertig, romantisch zu sein. Sie ist auch nicht geheimnisvoll oder exotisch, aber sie kann Texte machen. Sie kommt fast ohne Nebensätze aus, hat ein gutes Gedächtnis, und der Stoff geht ihr nicht aus.

Damals, in jenem tropfenden Sommer war es ihr nicht gelungen, Herrn Nagaikian begreiflich zu machen, daß alles auf dem Teppich – den sie dann Tage später und nach einer schwierig zu erlangenden Bankauskunft von zu Hause zu sehen bekommen hatte – Wirklichkeit gewesen war. All die abgebildeten Tiere waren einst auf dem Hof oder im nahen Wald herumgelaufen, hatten gestunken, sich im Dreck gewälzt, ihre Stimmen waren Tag und Nacht zu hören gewesen, und sie hatten sich schlachten oder jagen lassen müssen. Sie wußten nicht, daß sie schön und ganz einmalig waren, aber die Teppiche der Ahne wußten es und bewahrten es auf. Und die gelben Linien mit den grünen Blattmustern waren die Dorfstraßen im Gäu, so wie sie früher, lang vor Niveas Geburt ausgesehen hatten.

Afra konnte davon erzählen, auch die Brünnerin, ihre Großmutter Theres weniger, denn für die war jedes Stück der alten Welt, das verschwand, ein Grund zur Freude.

Die Nachtigall trauerte auch nicht über das verschwundene Gäu, aber manchmal fragte sie danach.

Das kommt an! hatte ihr damaliger Produzent gesagt, deine Landeiergeschichten. Mit BUNT WIE DIE HÄHNE waren sie wochenlang in den deutschen Hitparaden hängengeblieben, nicht ganz oben, aber an einem guten Platz. Dutzende von Fotografen wollten mit ihr ins Freiluftmuseum zu den Heuhaufen und den verstaubten Butterfässern fahren und Bauernbilder machen. Neinsagen war manchmal gar nicht drin.

Wenn der Wirtheim dich fotografieren will, kann er dich auch in die Dreschmaschine, oder wie das heißt, stecken, da spielst du mit, ist das klar? Die Bilder bringen uns weiter. Kann sein, daß wir einen neuen Trend machen, Pferde und Gänsetümpel oder sowas, für die Clips machen wir es elektronisch. Für die Fotos gehst du dahin, wo der dich haben will!

Und dann kam ihr dieser armenische Amerikaner und erzählte ihr einen Haufen Mist über indische Mythologie und die Tabus der Tiere. Alles dasselbe.

Ihr Nachbar bewegt sich. Er ist nicht tot, lebendig sieht er in seiner maisgelben Vermummung aber auch nicht aus. Seine Hand hat sich aus der Decke hervorgestohlen, nun liegt sie auf der Armlehne, und wenn man genau hinschaut, sieht man, wie die dünnen Finger manchmal eine schwache Greifbewegung machen. Nivea vergißt für kurze Zeit alles andere und schaut dieser Hand zu, die hellhäutig ist mit violetten Adern. Sie schaut auf ihre eigene Hand, ihre Adern sind blau, angeschwollen wie bei alten Leuten.

Scheußlich, sagt sie. Ich habe immer scheußliche Hände gehabt, die hätten ruhig ein bißchen dunkler sein können; und sie denkt an Afras saftige braune Pratzen mit den grellpink lackierten, fünf Zentimeter langen Nägeln.

Wenn du einem an den Schwanz greifst, hatte Nivea einmal nach einem Streit zu ihrer Mutter gesagt, der muß sich doch fürchten! Den kannst du mit deinen Krallen ja schälen wie eine Gurke!

Das hatte zu zweien von den fünf Ohrfeigen geführt, an die die Nachtigall sich erinnern kann.

Eine Schlägerin war Afra nicht. Das ist ein Wunder! hatte die Brünnerin oft gesagt. Erstens hätte sie allen Grund dazu, und zweitens wäre sie unbesiegbar gewesen, schau sie nur an! Ich werd den Erbsalto nie begreifen, der zu dir geführt hat, du Zaunkönig. Ich hab sie mal nach deinem Vater gefragt, da hat sie gelacht:

Ein Bergsteiger war er nicht! Er hat sich bei mir nicht sonderlich anstrengen müssen.

Normal groß? hatte Aurelia gefragt.

Überall!

Niveas Hände sind im letzten halben Jahr eine wenig vertrocknet, gelblich geworden wie altes Zeitungspapier, an ihren weißen, wie mit Nadelstichen gepunkteten Nägeln ist nicht viel zu lackieren. Für die Montage von Kunstnägeln hat ihr bisher die Geduld gefehlt, aber wenn sie in New York endlich singen kann, wie sie sich das vorstellt, wird sie sich goldene Krallen ankleben lassen, egal, wie lang das dauert und was es kostet. Mit goldenen Nägeln kann man mit dem Licht spielen, man kann seine eigenen

Blitze aussenden und die Leute schauen weniger aufs Gesicht und auf die Beine.

Die Hand nebenan beginnt, nach einem Versteck zu suchen. Sie verkriecht sich schließlich sachte und krabbelt zurück in die Unsichtbarkeit. Nivea bedauert das sehr. Jetzt hat sie nur noch ihre eigenen armseligen Händchen mit den abgebissenen Nägeln zum Anschauen.

Irgendwann wird man in ihrem bunten Notizbuch die Worte finden THESE TWO PALE HANDS WITHOUT A GAME.

Sie denkt an den Teppichkauf. Es war wie ein Feldzug gewesen, sie, damals wenig über zwanzig, keine Ahnung von Krediten, Banken, von Geld überhaupt, nach zwei Monaten einer luxuriösen Armut, Armut als Ferien- und Besinnungsort, beschließt plötzlich, etwas nach Hause zu holen, was zweiundzwanzigtausend Dollar kosten soll und in fünf Jahren oder fünf Wochen vielleicht das Zehnfache, wer kann das schon wissen?

Sie hatte Absalom davon erzählt und tief in seiner im New Yorker Sommerschlaf fast verendeten afrikanischen Seele etwas zum Klingen gebracht. Jedenfalls hatte er ihr dringend geraten, das Stück den Kunsträubern zu entreißen, ja, er verstieg sich, schwitzend auf seinen Matratzen liegend, zu feierlichen Sätzen über Vorbestimmung und Daseinszweck.

Nicht für die halbherzigen Elogen des Abe Tannenbaum und seinen Broadwayköder sei sie gekommen, nicht als Trost für die langsam aussterbenden jüdischen Emigranten in den karierten Räumen des COLOURS OF MUNICH. Auch ihre zugegebenermaßen ungewöhnlichen europäischen Blumensträuße seien nicht ihr Daseinszweck auf dieser verdreckten Insel zwischen Europa und Amerika.

Erst habe er gedacht, es sei wichtig für sie, die Klänge der Stadt, ihre brüllende und flüsternde Musik zu begreifen und zu besitzen. So viele Musiken hast du nirgends auf der Welt so dicht zusammen. Ja, erst habe ich gedacht, das wäre es und daß du vielleicht erkennst, wo deine wirklichen Brüder und Schwestern sind. Weil du das bei euch nie gelernt hättest. Es geht nicht um deine drei weißen Viertel, sondern um das eine schwarze. Das begreifst du nur hier. Aber deine Bestimmung war, eine gestohlene Geschichte zu finden und heimzuholen.

Das Stück aber einfach zurückzukaufen gefiel ihm nicht.

Eigentlich wärst du verpflichtet, es zu stehlen und dann den Rückdiebstahl öffentlich zu begründen. Es ist dein gestohlenes schwarzes Erbe!

Schmarren, hatte die Nachtigall damals leider sagen müssen: Die das gemacht hat, war weiß und ist aus ihrem Gäu das ganze Leben lang nicht herausgekommen.

Egal! hatte Absalom gesagt, aber seine Stimme war wieder müde geworden – man muß das nicht so genau nehmen. In den Mozartopern wird auch gestohlen, Mozart singe ich am liebsten. Bald wieder – und dann hatte er seinen prachtvollen Baß für den Rest des Sommers wieder schlafen gelegt.

Nivea aber machte sich auf die Suche nach Geld – nicht nach irgendwelchem Geld, sondern nach den Gagen, die sie verdient hat, ihren Sendehonoraren, dem GEMA-Geld, den Zinsen, Schotter, Asche, Flocken – wie Sie es nennen wollen, sagt sie zu ihrem wieder vollständig unsichtbaren Nachbarn –, immerhin war da ganz schön was zusammengekommen, bloß wo?

Ich kann Geld nicht leiden, die kleinen Kärtchen sind wie für mich gemacht, sie stinken nicht, sie kleben nicht, es tut einem nicht leid, wenn man sie hergibt, denn man kriegt sie ja wieder zurück. Ich bin leicht zu bescheißen, das habe ich damals gemerkt.

Es hatte aber lang gedauert, denn bis sie Dutzende von Telefonaten über den Atlantik geführt hatte, immer zu den falschen Zeiten, vom geldfordernden Operator unterbrochen, zu Hause, bei den alten Nummern, den alten Kumpels, den Produzenten, Redakteuren und Banken auf Anrufbeantwortern strandend, verging viel Zeit. Nagaikian hatte versprochen, ihr den Teppich zum alten Preis aufzubewahren, jedenfalls für eine gewisse Zeit.

Vielleicht hätten Jackie O. oder die Graumans mit ihrer Sammlung von Irrenkunst mehr bezahlt, aber bei diesen Leuten dauerte es Jahre, bis man Geld sah, und so eine verrückte kleine Deutsche würde bar und sofort zahlen, weil sie wußte, daß man sie hier nicht kannte.

Nagaikian glaubte mittlerweile sogar an den anderen Teppich, wobei er die Machart nicht verstand, und selbst Nivea mit ihrem makellosen Musikamerikanisch kein Wort für »Fleckerlteppich« fand.

Ja, sie hatte lang gebraucht, um zu merken, daß ihr Geld sich fast spurlos aufgelöst hatte, versickert an Stellen, die sie kaum kannte.

Eine Videothek gehörte ihr, fand sie damals heraus, die fast pleite war und unverkäuflich, mehrere Appartements in unmöglichen Gegenden, ein zwanzig Jahre alter Jaguar.

Schrott eben, gesteht sie ihrem wunderbaren Nachbarn, ihrem Beichtvater.

Geld war mir immer lästig. Aber ich habs damals zusammengekriegt, es kam brockenweise von daheim auf diese amerikanische Bank, die sich so angestellt hat – aber es kam.

Die meisten Leute scheinen zu glauben, daß Geld überall dasselbe ist, belehrte Nivea den Menschen unter der Decke, aber ich sage Ihnen: Das stimmt nicht. Absalom und Geld, das ist etwas vollkommen anderes als die Brünnerin, die überall säckchenweise Münzen versteckt und sich vor großen Scheinen fürchtet, oder meine Mutter mit ihrer Sparbüchersammlung. Nagaikian war nicht amerikanisch, wenn es um Geld ging. Die Leute, die meine Sträuße kauften, gaben ihre Zehndollarscheine so leicht her, als wären es schmutzige Taschentücher. Die Theres braucht bloß jeden Monat einmal Geld, sie betet vielleicht zu etwas, das wie ein Hunderter aussieht. Und ich, sehen Sie, ich habe immer ziemlich viel verdient, aber weil ich schon als Kind damit angefangen hatte, wollte ich aus dem Monopoly nicht raus. Sie kaufen die Parkstraße, das kostet achttausend Mark. So viel hat man ja immer, oder? Ich hätte schon mit achtzehn einen Haufen Parkstraßen kaufen können und die Schloßallee dazu, aber daran konnte ich mich nicht gewöhnen. Deshalb habe ich andere mit meinem Geld Monopoly spielen lassen. Wenn mir jemand was zum Unterschreiben hinhielt, hab ichs eben unterschrieben. Was ich wollte, konnte ich ja kaufen, das Blöde war, ich wollte nicht viel, damals. Der Teppich war eigentlich das erste, was ich mir wirklich gewünscht habe!

Versuchen Sie immer noch, ihn zum Leben zu erwekken? fragte die Stewardeß, jene längst vergessene, irgendwo unterwegs auf der langen, dunklen Reise zurückgelassene Begleiterin.

Ich kann Ihnen einen Tee holen, wenn Sie wollen. Sie müssen doch auch mal was essen! Wenn Sie nicht aufpassen, werden Sie krank.

So weit ist die Reise schon gegangen, daß die Begleiterin ihre Kompetenzen überschreitet, weil sie nicht weiß, daß man das bei der Nachtigall nicht tun darf. Nivea verabscheut jede Art Übergriff, Kommentare über ihre Gesundheit, ihre Manieren, ihr Aussehen oder ihre Lebensführung. So auch jetzt, aber ihr Zorn und ihre Abwehr sind nicht so heftig wie sonst, was sie verwundert.

Kann sein, daß ich wirklich Hunger habe, das wäre seit langem zum erstenmal. Oder ich will nur an etwas nagen und nuckeln.

Ich bring Ihnen einen Müsliriegel, sagt die Stewardeß. Es ist ein privater. Das sind Sie mir wert! flüstert sie noch und lächelt unsicher.

Sie spürt bei dieser kleinwüchsigen Popsängerin eine Abwehr, etwas wie den Raubtierkreis: Kommen Sie mir nicht zu nah. Sie kennt aber den Radius des Kreises nicht, sie weiß auch nicht, welche Bewegungen und Wirbelstürme innerhalb der beiden Kreise rasen.

Das ist das richtige! antwortet die Nachtigall mit ihrer schönsten Stimme, jener Stimme, die zu groß, zu königlich für sie ist und die man ihr nicht zutraut.

Ein Müsliriegel. Mein Hauptnahrungsmittel. Afra hat immer gesagt, mich könnte man zum Essen in ein Vogelhäuschen stecken.

Das ist doch nur vernünftig! sagt die Stewardeß ratlos und denkt an groteske rosa Fotos, die sie von der Mutter der Nachtigall in den Zeitungen gesehen hat.

Es würde Ihrer Mutter vielleicht auch nicht schaden, wenn sie weniger äße.

Die Stewardeß ist insgeheim stolz, daß sie vom Vornamen, den die merkwürdige Passagierin ihr nennt, gleich auf die Mutter schließen kann, soviel Kenntnis der aktuellen Szene ließ sie sich jung und mitten im echten Leben fühlen. Afra: Das war leicht zu merken, wer hieß schon so?

Meine Mutter würde das Zeug nicht anrühren, und wenn es das letzte wäre, was es auf der Welt zu essen gibt. Und recht hat sie, denn sie hat mehr Mut als alle anderen Leute, die ich kenne. Sie denkt überhaupt nicht dran, gesund sein zu wollen oder immer in sich reinzuhören, ob da drin was knirscht oder faul ist. Sie raucht wie verrückt und trinkt alle unter den Tisch, wenn sie Lust hat. Hat sie aber selten. Einmal war sie mit mir im Fitneßcenter, wenn sie gekonnt hätte, wär sie blaß geworden. Sie ist rausgerauscht, ohne auch nur wissen zu wollen, was man mit den Maschinen machen kann. Wir wären verrückt, hat sie geschrien, sowas freiwillig auch nur anzuschauen, wär pervers. Und dabei hatte sie sich schon einen Jogginganzug gekauft, pink! sagt Nivea und kichert.

Müsliriegel! Geben Sie ihn schon her, für mich ist das genau das wahre, feige wie ich bin. Wir fressen alles Gesunde, um uns die eine ganz große und tolle Krankheit leisten zu können. Wir machen Sport und trinken Molke und Kräutertee, um Kraft zu haben für die einzige Krankheit, die es gibt.

Also, ich verabscheue Drogen! sagt die Stewardeß vorsichtig, mehr zu sich selbst, das Gespräch droht zu weit zu gehen.

Ach, antwortet Nivea. Wirklich? Da werden die Drogen aber unglücklich sein. Sie lieben nämlich Leute, die fliegen können. Und die fliegenden Leute, hört man, hassen nicht alle die Drogen.

Ich müßte schon längst wieder vorn sein! sagt die Stewardeß und hält Nivea den Riegel endlich hin.

Etwas anderes kann ich Ihnen noch nicht anbieten, bis zum Frühstück dauert es noch eine Weile. Sie sollten sich etwas abgucken von Ihrem Nachbarn und ein bißchen schlafen.

Das ist der ideale Passagier, nicht wahr? ruft Nivea leise hinter ihr her. Nennt ihr uns deswegen PAXE? Damit wir Frieden halten wie der? Warum fliegt ihr nicht gleich lauter Tote? Tote braucht man nicht zu bedienen.

Als sie damals mit dem Teppich nach Hause gekommen war und mit der merkwürdigen Ausbeute, die ihr nebenbei eine neue Musik, neue Texte und eine neue Art zu gehen eingebracht hatte, ja, und Angriffslust, hatte sie endlich gelernt, in Talkshows giftige Antworten zu geben und Produzenten zu vergrätzen. Ihr Publikum waren plötzlich nicht mehr die Azubis, obwohl ihr Song AZUBI, ein melancholisches Lied, in das sie die langen, nur scheinbar lustigen Geigenperioden von Abe Tannenbaums Klezmermusik eingebaut hatte, sofort ein Hit geworden war, der sie mit einem Schwung in die Kreise der Intellektuellen trug. So war es gekommen, daß sie, kaum fähig, ihre eigene Sprache zu sprechen, gleich wieder schweigen lernen mußte, denn das neue Publikum blieb ihr lange Zeit unheimlich, und vor den seidenen Redakteurinnen der Zeitungen für gehobene Frauenwünsche fürchtete sie sich.

Was sie noch mitgebracht hatte, gab sich zunächst nicht zu erkennen.

Auch jetzt noch läßt es sich übersehen, drängt sich nicht auf. Ein Hautfleckchen, ein vorstehendes Knöchlein an der Schulter, Tage zuvor noch unter dünnem Fleisch verborgen. Unmerklich und klein sind die Zeichen, aber das Leben ist stark, und immer wieder begegnen ihr Engel, die sie trösten und ihr Vergessen schenken.

Schon seit mehr als einer Stunde denke ich, sagt die Nachtigall leise zu ihrem eingepackten Nachbarn, daß du vielleicht ein Engel bist. Ich erkenne sie jetzt besser als früher. Wenn ich wüßte, an wie vielen ich blind und blöd vorbeigelaufen bin.

Wenn sie samstags kurz vor ein Uhr mittags zum Beispiel ungeschminkt und unkenntlich Erdbeerjoghurt und Vogelfutter einkaufen ging, wartete immer schon der Gärtner Pitigrilli mit seinem Handwägelchen, auf dem, unter einer leopardengefleckten Plüschdecke wohlverborgen, seine Wochenendration von vier Kästen Germaniapils stand. Er wartete immer, auch am Samstag vor ihrer Flucht, also vor drei Tagen, um ihr Ratschläge zu erteilen, die sie wegen seiner Zahnlosigkeit nicht verstand, um ihr den wochenendlichen Blumenstrauß zu geben, den er in den Gärten seiner verschiedenen Arbeitgeber zusammengestohlen hatte, manchmal eine Schale Erdbeeren, einen Apfel, ein Säckchen Sonnenblumenkerne, zwei Tomaten.

Schee bist, schee bist! hatte er früher immer schüchtern und spuckereich gesagt, aber bei ihrem letzten Einkauf, ein einziges Erdbeerjoghurt, kein Vogelfutter, hatte sie verstanden:

A so a arms Kind! Zsammzupfts arms Viech.

Dem waren Warnungen, auf- und absteigende Sprach- und Heultöne, Schreie gefolgt, und Nivea war böse geworden und hatte sich zum Gehen gewendet, ohne den Blumenstrauß zu beachten, den der alte versoffene Pitigrilli wie einen Besen geschwungen hatte. Der, weiß sie jetzt, ist sicher einer von den Engeln, die auf mich aufpassen würden, wenn ich sie ließe! Das sind meine kleinen katholischen Reste.

Es schände das Kindsein, hat ihr einmal ein Österreicher gesagt, einer von den Intellektuellen, nichts habe die Kinder so verkrüppelt und vergiftet wie das Katholische.

Die Nachtigall erinnert sich an den übellaunigen Mann, den die seidenen Frauen und die klugen Männer anzubeten schienen, weil sie sich unter seinen Beschimpfungen wohler fühlten als unter den Schmeicheleien von Leuten, die nicht wichtig waren. Zu ihr war er freundlich gewesen.

Es ist eigentlich gegangen, hatte die Nachtigall damals geantwortet. Das Katholische hat mir weniger ausgemacht wie das Politische! Und ihm erklärt, das Beten und die Kirche hätten sie als Kind nicht so durcheinandergebracht, wie die Leute, die aus ihrer armen Mutter eine Heldin machen wollten und ihr unentwegt lange Sermone vorgelesen hätten, während sie, die Nachtigall, zu allem eine Meinung haben sollte, aber lieber ferngesehen hätte.

Beten mußt du einmal in der Woche, hatte sie schüchtern zu dem berühmten Österreicher gesagt, und in der Kirche ist es ja eigentlich ganz schön. Aber mit der Politik haben sie es damals jeden Tag gehabt, die Mama ist aus dem schlechten Gewissen gar nicht mehr herausgekommen.

Ich erinnere mich aber nicht mehr genau! hatte sie den sprachlosen Katholikenverächter zu trösten versucht, weil der entsetzt zu sein schien über so eine schreckliche Verwechslung von Fluch und Segen.

Er war vielleicht auch ein Engel gewesen, ein falscher, mißmutiger Engel zwar, aber gewiß keiner von denen, die man der Nachtigall in ihrer Kindheit als Begleiter angedroht hatte, trügerisch in ein gemeines Märchen gehüllt: Die Sieben Henker.

Sie erinnert sich an den Tag, an dem sie Afra gesagt hat, die Henker könne sie selber behalten, sie, Nivea, werde sich Engel verschaffen, darauf habe sie ein Anrecht, das hätte sie schriftlich im Religionsbuch.

Ziehn wir weg, ziehn wir nur endlich weg! hatten damals Afra und ihre Freunde gezetert. In einem Land mit diesen Schulen kann kein Kind frei aufwachsen!

Am Abend aber, als alle gegangen waren und Afra sie ins Bett brachte, hatte die schwarze Heldin vom Dorf gesagt: Wenn du beten magst, laß dich nicht stören. Es wird schon nix schaden. Soll ich dir was sagen? Ich tus auch manchmal, und wenn ich sicher bin, daß mich keiner sieht, geh ich eine Kerze stiften in Liebfrauen.

Ach, arme Mama, sagt Nivea zu ihrem schlafenden Nachbarengel, für sie hätten alle Kerzen von ganz Liebfrauen nicht gereicht. Und dann ist die Neidzeit gekommen: Ich war neidisch auf ihre tausend Männer und darauf, daß man sie nicht übersehen konnte, während ich immer die Bühne und das ganze Tamtam gebraucht habe, damit man mich wahrnimmt. Afra mußte bloß in einen Raum segeln, und keiner hat sich mehr gefragt, was sie ist oder wozu sie da ist, vor ihr sind alle stehengeblieben wie vor einer Mauer. Und sie war neidisch auf mich, weil ich mich bewegen konnte und überall durchschlüpfen, weil ich mir aussuchen konnte, ob ich Platz wegnehme oder nicht. Einmal hat sie unsere Unterhosen angeschaut, die nebeneinander auf der Leine hingen, das war diese furchtbare Wohnung mit dem schwarzen Balkon, vor der schwarzen Wand haben zwei Kleidungsstücke gehangen wie ausgeschnitten, sie hat lang hingeschaut und gesagt, man möchte nicht glauben, daß die beiden Dinger da den Hintern wärmen sollen und sonst nichts. Sie war neidisch, ja, weil meine Hose höchstens so groß war wie ein halbes Taschentuch und ihre wie eine Tischdecke. Pink. Meine weiß.

Unser gegenseitiger Neid war wie eine Kartoffelwaage – wenn die beiden kleinen Nasen in der Mitte sich auf gleicher Höhe eingependelt hatten, gings eine Zeitlang gut mit uns. Aber dann hat eine von uns wieder was auf ihre Seite gepackt, und sofort war Zoff. Zu den Shows habe ich sie gar nicht mehr mitgenommen, erstens haben die Kids über sie gelacht, und sie ist ausgerastet. Und dann hat sie gesehen, wie die Saalordner mit Schneeschaufeln die Stofftiere von der Bühne in Säcke schoben, Hunderte von Stofftieren, keins unter zwanzig, fünfundzwanzig Mark. Das konnte sie nicht begreifen. Die Kids haben damit nach mir geschmissen, und für mich war das nichts, nur Schrott, ab damit ins Altersheim oder ins Waisenhaus.

Vielleicht hätten die Tiere warmgehalten? Eine ganze Wanne voll mit braunen und weißen Tierchen, und all die Augen, lebendige Augen, die vom Bühnenboden zu mir heraufgeglotzt haben, aber wegen der Masse tun sie einem nicht leid, man sieht sie gar nicht mehr. Was die im Altersheim mit den Stofftieren machen, weiß ich nicht. Im Waisenhaus spielen sie Metzger damit, deswegen brauchen sie immer neue.

Nivea denkt an das kleine Tier in ihrer Tasche, ein ganz anderes, ein einziges, das dem imaginären rosa Jahrmarktsbären ihrer Mutter nicht gleicht. Ja, vielleicht hätte sich Afra unter all den Stofftieren wärmen können, denn sie fror immer, trotz ihrer Masse fror sie. Das hab ich von ihr geerbt, aber bei mir wundert es keinen.

Abe Tannenbaum hatte sich damals lustig gemacht über das Geklapper und Gezitter.

Was soll aus dir werden, wenn du in die echte Kälte kommst? Auf der Bühne ist kalt, in der Garderobe ist kalt, bei den Leuten ist kalt.

Auf der Bühne habe ich noch nie gefroren, hatte Nivea ihm stolz geantwortet. Niemand kann auf der Bühne frieren! Wenns jemand tut, hat er da nichts verloren.

Echte Kälte, hatte Abe gemurmelt, was wißt ihr in dem faulen Land, in der verfaulten Stadt hier, in dem bis an den Himmel hinauf geheizten Manhattan, von echter Kälte?

Es gibt schöne echte Kälte, hatte er zur Nachtigall gesagt, und scheußliche echte Kälte. Und grade hast du dich noch gefreut über die anderen Kinder auf dem Teich und die Spurenstickerei im Schnee, da bist du schon in der scheußlichen Kälte und weißt nicht, wie es passiert ist. Nur ein Tor und ein feiner Spruch drüber, aus Eisen der Spruch, hat so übermütig gebogene Buchstaben gehabt und so gut geklungen. Aber kalt, kalt war es, bis sie dir ein einzigesmal eingeheizt haben. Was weißt denn du, was Kälte ist.

Wenn er so redete, drehte die Nachtigall ihr Gesicht weg und hoffte, er möge bald aufhören.

Was soll man auch dazu sagen? fragte sie ohne Hoffnung auf Antwort ihren Nachbarn.

Abe, Abe! murmelt Nivea, nur um ein bißchen was zu hören im Flugzeuggeräusch, das so unhörbar und uninteressant geworden war wie Stille. Stille ist etwas Furchtbares! Ein gleichbleibendes Geräusch ist auch was Furchtbares, es muß dagegen angemurmelt und angeknistert werden, so gut es geht.

Abe, wenn er so dahergeredet hat, war immer noch besser als die Korsettschlehe, die dicke Frau Schleh in Gemeinschaftskunde. Hat immer gemeint, sie muß gerührt sein, wenn sie davon spricht.

Du brauchst das nicht, hatte Afra zu ihrer Tochter gesagt, laß dich da ja nicht einwickeln, du bist ein Teil schwarz, das hält dich aus dem ganzen Schlamassel raus, hörst du? Und den Schulausflug nach Dachau mußt du nicht mitmachen, erstens weil dus nicht nötig hast, wie gesagt, und zweitens bin ich im Moment knapp mit Geld. Ich weiß auch nicht, was das ist, vor lauter Schlafen komm ich nicht zum Arbeiten.

Nivea sieht jetzt nicht das eingewickelte Menschenpaket neben sich, pennend oder doch längst tot, sieht auch nicht den geblähten, mit Abfall vollgestopften Netzsack am Vordersitz, zu Beginn des Flugs noch vornehm flach, jetzt ihr unverschämt entgegengewölbt, das sieht sie nicht, sondern das Bett ihrer Mutter in tausenderlei Rosa, überbreit mit Gerafftem am Kopfteil und samtbezogenen, etwas schmuddligen Seitenbrettern, dieses Bett mit der tiefen Kuhle, die sich trotz der zehnjährigen Haltbarkeitsgarantie unter dem großen, schwarzen Leib gebildet hatte.

Nivea sieht schaudernd und vor Sehnsucht leise heulend die Paradekissen mit den Spuren des Haarfetts der Männer, am Fußende die dunklen Flecken, zwei und zwei, am Kopfpolster eine wolkenförmige Ansammlung. Manchmal sprühte Afra irgendeinen weißen Schaum drauf, den sie eintrocknen ließ und abzuwischen vergaß und der irgendwann verschwand, die Liebesflecke ungebleicht, eher noch dunkler zurücklassend.

Nivea ertrug nur Weißes, Stoff weiß, Plastik oder Holz weiß, glatt, abwaschbar. Vielleicht auch schwarz, aber in jedem Fall glatt und abwaschbar.

Schämen sich für nichts und reden immer über unsere

Schamlosigkeit, schluchzt Nivea, die sich nie vorher so nach einem Ort gesehnt hat, wie nach dem rosa Bett ihrer Mutter.

Wenn ich einen Clip mache, wo mich ein Skelett vögelt, wenn sie die Texte zufällig einmal versteht, die ich singe, wenn sie zuschaut, wie die Bands und ich uns zusammenlegen und wieder trennen, dann regt sie sich auf. Mein Gott, sogar damals, vor Urzeiten, meine erste Liebe, wir haben nackt im Bad rumgemacht, weil wir geglaubt haben, sie ist nicht da, haben das Kofferradio angehabt, aber sonst nichts, und haben uns abgeleckt wie die Katzen, es war heiß, kann ich mich erinnern, und das Licht kam in Streifen durch die Rolläden, der Michi war zwölf und ich elf, mein Gott, und er wollte seine Hosen erst nicht ausziehen, das ist alles gar nicht mehr wahr. Was hat sie da für ein Geschrei gemacht und immer von Schamlosigkeit geredet, ausgerechnet sie. Aber das stimmt eigentlich: Schamlos war sie nie, wenn ich an die ganzen Storys und Strategien denke, damit ich nicht merke, was sie eigentlich tut. Damals hat sie immer noch gesagt, sie geht als Avon-Beraterin.

Schamlos! Die Alten sind schamlos, Beau und meine Mutter, nicht die ganz Alten, wie die Theres, aber die mittleren. Drehen immer ihr Innerstes nach außen und wollen dauernd zusammensein, zusammen essen, zusammen Urlaub, zusammen Glotze. Kennen sich tausend Jahre und reden auch noch dauernd, telefonieren seit dem Krieg oder so und wissen immer noch was zu reden. Wo in ihrem Leben doch nichts mehr passiert!

Die Farbe des Himmels hat sich verändert, Nivea begreift, daß sie nichts mehr rückgängig machen kann.

Afra ist damals zu Michis Mutter gegangen, und da haben sie dann über ihre unschuldigen Kinder verhandelt. Wenn das nicht wirklich schamlos war!

Eine blutschänderische Sohnesmutter war die andere.

Gott sei Dank, daß Sie offen zu mir waren! Viel zu früh, und dann wird er in der Schule schlechter, wo er doch immer nur seinen Sport im Kopf gehabt hat, ich begreif das gar nicht.

Nichts hat sie begriffen, der Michi hat seine Mutter so wunderbar betrogen, er hat ihr alles heimgezahlt, schon ganz früh. Von dem hab ich was gelernt! Ausgesehen hat er wie ein Filmstar, mit seinen langen, gelben Haaren, immer braun und knackig, frisch gewaschen, immer ein pünktliches Mittagessen und rechtzeitig Zahnarzt, einen Haufen Bücher an den Wänden und schöne Möbel. Seine Mutter hat nicht mit der Wimper gezuckt, wenn sie meine gesehen hat, nur unsere Schmuserei war ihr wohl zuviel.

Um Weihnachten rum hatte der Michi ein Schild an seine Tür gepinnt: WEIHNACHTSWERKSTATT, NICHT BETRETEN! Und im Zimmer haben wir uns auf dem Bett gewälzt wie die Verrückten, die Hände überall, das war vielleicht die einzige Begabung, die der Michi hatte. Die Alte konnte sich denken, was wir treiben, aber sie hat sich lieber anlügen lassen, als daß sie eingegriffen hätte, das war ihr peinlich. Als rassistisch gelten, bloß das nicht!

Eigentlich war der Michi ziemlich dumm und brutal, ein richtiger Eisklumpen, aber er konnte besser schmusen als jeder andere, den ich kannte. Es ist ihm nur darauf angekommen, dich stöhnen zu hören, leise, laut, wie er es gewollt hat, flüstert die Nachtigall, auf einen Zungenschlag, einen Druck hin, leise, laut, und ich war elf und er zwölf.

Jetzt ist er zum zweitenmal verheiratet und arbeitet in einer Bank. Einmal war er nach einem Konzert in der Garderobe, und mir sind die Knie weich geworden. Ob Typen dumm sind, war mir eigentlich immer egal. Für das, was ich von ihnen will, brauchen sie nicht gescheit zu sein.

In der Welt, zu der sie jetzt unterwegs ist, sind solche wie Michi kaum zu finden.

Nichts wird sich abspielen mit Liebe, man kann sich totsuchen, bis man einen gefunden hat, der nicht schwul ist oder verrückt. Oder beides. Stehen in der Kneipe vor dem Spiegel und winken sich stundenlang selber zu, verdrehen sich den Hals, um ihren eigenen Arsch zu bewundern, und reden nur über Geld, über nichts anderes. Ja, ich weiß.

Und es ist trotzdem schöner als irgendwo anders auf Erden. Stadt ohne Angst, jeder ist dort erwachsen. Stadt ohne Friedhof. Wo kommen die toten New Yorker hin? Stadt mit Hell- und Schwarzsehern, voller Zauberzeichen, Horoskope und Beschwörungen, Stadt unter Staub, besungen von vierundzwanzigstündigen Liedern aus tausend Mündern und Instrumenten, bevölkert von jagenden Schatten und fetten Nachttieren.

Alle Kirchen stehen den Fliehenden offen, und die COLOURS OF MUNICH spülen jede Spur von Heimweh weg. Es ist von allem genug da.

Nivea hätte gern mal wieder die Stewardeß geärgert und entsinnt sich plötzlich und ungenau an den enthusiasmierten Herrn im T-Shirt mit dem merkwürdigen Beruf und den Augen voller Anbetung, auf die sie gerade jetzt Appetit hätte. Schon zu lange lebt sie abstinent, nicht erst seit dem Beginn ihres Fluchtflugs, ihres beschämenden Zweiterklasseflugs. In die zweite Klasse gehört sie nicht. Nicht, weil ihr das Essen oder der saure Champagner, die Kissen und das Getue des Personals gefehlt hätten, auch die Breite der Sitze war ihr egal, sie hätte auch auf einem Rhabarberblatt Platz genug gehabt: Aber nur die erste Klasse steht für eine wirkliche und wichtige Reise. Sie bedeutet Entfernung, nicht Transport. Die erste Klasse ist viel langsamer als die zweite, eine Sänfte, ohne Hetze und Abfertigung. Nivea vermißt die Lügen der ersten Klasse. Da hat sie nie an Absturz gedacht. Mit ihr hat sie angefangen, direkt aus dem Dreck heraus, und jetzt die zweite, aus unerfindlichen Gründen, aber: Alles wird bestraft, für alles mußt du zahlen! sagt die Theres immer, so sind sie aufgewachsen, sie und Afra und vorher Theres, die unsichtbare Marri, die teppicherfindende Ahne, so haben sie gedacht: Immer steht einer mit der Quittung da, man muß in jedem Augenblick damit rechnen, vor allem in den glücklichen. Deswegen haben sie auch das Glück nicht gesucht.

Was willst du? hat das Kind Nivea gefragt. Was wünschst du dir?

Zufriedenheit! haben sie ihr verlogen geantwortet.

Äh! hat da das Kind gesagt. Langweilig.

Wenn sie jetzt einer fragen würde, zum Beispiel das Etwas auf dem Platz neben ihr, was sie sich wünsche?

Daß es weitergeht, sagte Nivea laut. Ich will einfach sicher sein, daß es weitergeht, in Wellen, rauf und runter, höher und tiefer als bisher. Nicht immer so müde sein, das wäre gut. Und jemanden kennen, der mir einen Kosenamen gibt, aber nicht Schätzchen sagt, weil das immer so klingt, als machte er sich nicht die Mühe, meinen Namen zu behalten.

Ein Wörtchen, irgendwas, nur für mich, und nicht diese blöde Creme da.

Wenn es nach ihr gegangen wäre, hätte sie ihren wechselnden Bands immer süße und sanfte Namen gegeben, aber da war nichts zu machen, gegen all die VERWESTEN ÄRZTE und CRASH, MADCATS und TOTE ROSEN.

Centifolie oder Pirouette heißen höchstens Rennpferde, wenn überhaupt, aber keine Band! Und sie hatte wie immer den Mund gehalten, Larry oder vor ihm andere setzten ihr bißchen Phantasie in Gang und lasen so lang Zeitungen, bis ihnen was einfiel. Das Zeitunglesen gaben sie danach wieder auf. Und für den Namen SUPERGAU hatten seinerzeit ein Dutzend Bands Titelschutz beantragt.

Ich werde in New York machen, was ich will, und heißen, wie ich will. Keine Neugeburt, wer will schon neu geboren werden? Einmal ist grade genug. Aber ein Abgeschnittenes kann man sein, einfach zack, und ganz woanders wieder aus der Erde kommen, dort, wo einen niemand als Kind gekannt hat. In den COLOURS OF MUNICH, vielleicht! In der alten Musik. Ich muß zurück in die alte Musik, so weit wie möglich.

Wie in einem Sieb waren im COLOURS OF MUNICH die letzten Emigranten hängengeblieben, die Tanzkapellmeister und Damenimitatoren, die Soubretten aus dem deutschen Osten und die Zweiten Tenöre, Saxophonisten, Ansager, Sportreporter, klapprige Rennfahrer und fette Balletteusen. Und jedes Jahr waren ein paar weniger da, in der nach alter Hühnersuppe und Pflaumenschnaps riechenden, rautengemusterten Kneipe an der sechsundsiebzigsten Straße.

Wie hatten sie Nivea geliebt! Endlich, nach Jahren, war ein Kind in ihre verdorrten Gefilde gekommen, ein nicht ganz koscheres Kind noch dazu, von Abe Tannenbaum mit verhaltenem Triumph präsentiert.

Ganz fremd war sie ihnen, aber unbedrohlich und jung, und sie hatte die Breitseiten von guten Ratschlägen, Karriere-, Flucht- und Todesgeschichten erstaunlich gut ausgehalten. Im Grunde wunderte sich Nivea darüber, daß Leute in dem Alter noch leben wollten. Wo sie herkamen, aus welcher Hölle sie den Umweg in die nächste gemacht hatten, war ihr nicht wichtig. Trotzdem blieben die Geschichten in ihr hängen, verhakten sich und vermischten sich mit der Musik, die sie ihr gegeben hatten. Notenheftchen, auf deren Titelseiten blaue Boote und glatthaarige Herren mit weiten Hosen abgedruckt waren, ein paar schepprig klingende Bänder, verdreckte Kassetten, Schellackplatten, ein Wohltätigkeitskonzert in der jüdischen Loge, das Nivea jetzt noch Ton für Ton hätte nachsingen können.

Die COLOURS OF MUNICH waren vielleicht die Heimat, auf die sie während dieser Reise, während ihrer tausend in der Luft absolvierten Abschiede, zu hoffen begonnen hatte – nicht Absalom. Nur dieser langsam verkrustende Ort, an dem – wie überall in Manhattan – etwas anderswo längst Gestorbenes am Leben gehalten wurde, dieser Platz voller Großväter und Großmütter.

Ganze Tische voller Mühle und Schach spielender Ahnen, die sie mit dem gerührten Entzücken begrüßen und bewundern würden, nach dem sie – jetzt wußte sie es endlich – sich die ganze Zeit gesehnt hatte, und das kein mit Kindern und schluchzenden Teenies überfüllter Saal je zustande bringen würde.

Sie würden Seepferdchen zu ihr sagen und Erbsenprinzessin, Aigele oder Zuckermaul, sie würden sie mit Lobsprüchen dick und fett stopfen wie einen Karpfen, ihr die Beichte abnehmen, und Tausende von Absolutionen werden über sie regnen wie Manna.

Alle, die in den COLOURS OF MUNICH hängengeblieben waren, hatten Mengen von Segenswünschen und Fürsorglichkeiten übrig. Nivea kann es antreten, das Erbe der vielen toten Kinder. Aber davon weiß sie nichts, sie will es nicht wissen, und Beau, der ihr beharrlich die Geschichten aus den COLOURS OF MUNICH mit den Geschichten der Verlorenen aufgefüllt hatte, war tot.

Überleg erst einmal, was sie mir angetan haben! hatte Afra schwer und langsam und Hunderte von Malen gesagt.

Auf ihr Unglück ließ Afra nichts kommen. Wenn man sie essen sah oder lachen hörte, wenn man unfreiwillig Zeuge ihrer urweltlichen Liebeslaute wurde, hielt man sie für den glücklichsten Menschen der Welt, von Wohlbehagen angefüllt bis zum Platzen. Afra wußte, daß sie diesen Eindruck erweckte, und es ärgerte sie.

Nivea erinnert sich, daß ihre Mutter ihr einmal anvertraut hatte, das Schlimmste an ihrer Farbe sei gewesen, daß nie jemand zu ihr gesagt habe: Du bist ja so blaß! Bleich sein, krank sein, hilflos sein. Sich im Stall ein paar Stunden niederlegen dürfen, in der sanft und gütig stinkenden Wärme, nicht arbeiten zu müssen, in Ruhe gelassen zu werden. DU BIST JA SO BLASS hieß Afras Schlüssel zum Paradies.

Du bist ja so blaß! sagte später eine noch schlanke, aber schon mächtige Afra zu ihrer kleinen Tochter, als sei damit spät ein ersehntes Ziel erreicht.

Oh, wie blaß du bist!

Es ist blaß, das Kind, das Herzäpfelchen! werden die übriggebliebenen Darsteller des COLOURS OF MUNICH zu Nivea sagen, ja, dahin wird ihr erster Weg führen, direkt in die fürsorglichen, alten Arme. Sie werden ihr Rotwein mit Ei machen lassen und ihre fetten Pastramisandwiches aufdrängen, sie werden ihr begeistert zuhören, wenn sie von den Irrwegen und Abstürzen der letzten Jahre erzählt.

Schade, daß Maurice nicht mehr da ist! werden sie bedauernd sagen, als sei der alte Conferencier nur eben mal in Urlaub gefahren, und Lucie hätte dich hören sollen, haben dir drüben bei euch nicht die Ohren geklingelt? Wir haben so oft von dir gesprochen! Die wird eine ganz Große! Das haben wir gesagt! Stimmts? Und sie wird wiederkommen. Alle Großen kommen hierher.

Und sie werden einander wieder zunicken, nicht im mindesten darüber enttäuscht, daß Nivea noch nichts wirklich Großes geworden ist und einen zweiten Anlauf braucht.

Sie hatten selber ja Hunderte von Anläufen gemacht, jede und jeder von ihnen, immer wieder sind sie gesprungen, aus dem Feuer, in die Länder mit den unverständlichen Sprachen, über Stimmlosigkeit, Armut, Angst sind sie gesprungen. Jetzt sitzen sie, soweit sie ihre Neubeginne überlebt haben, im COLOURS OF MUNICH und trauen sich immer noch neue Anfänge zu.

Nivea hat keine Angst vor Forderungen der Alten. Die werden nicht fordern, sie werden bewundern und Ratschläge geben. Merkwürdigerweise traut die Nachtigall den alten Emigrantenkrähen, die da im weißblauen Exil sitzen und manchmal ihr staubiges Gefieder schütteln, mehr Ideen und Verrücktheiten für die Gestaltung der Nachtigallenwiedergeburt zu als Larry oder den armseligen Fernsehknechten oder irgend jemandem auf dem öden Planeten, den sie grade verlassen hat.

Jetzt ist sie wirklich weg, sie spürt es, obwohl sie nicht gesehen hat, wie unter ihr, weit unten, aber sichtbar, die schweigenden Eisberge schwammen und langsam verschwanden. Jetzt, da der Himmel schon seit einiger Zeit heller wird und die Stewardessen ihre ordentlichen Wege wiederaufgenommen haben, weiß sie, daß sie sich entschieden hat.

Vielleicht für immer? sagt sie zu ihrem Nachbarn und erschrickt, als sie eine Bewegung unter der Decke sieht, etwas wie eine kleine Welle, ein Strecken, eine winzige Veränderung der Luft.

Die Stewardeß ist mit einem roten Tablett schon in Sichtweite. Noch kein Wagen, aber eingesammelte Dekken, stinkende Feuchtwaschtüchlein, Babyflaschen und Gebißreiniger. In den Viererreihen wachen erst die äußeren auf, dann die inneren, immer zwei und zwei, und sie machen sich auf den Weg zum Klo, geduldig wie die Ameisen. Es ist nichts mehr zu ändern, es wird kein anderes Ziel mehr geben. Obwohl Nivea, fast ohne zu essen, zweiundzwanzig Jahre alt geworden ist, hat sie jetzt, ausgerechnet jetzt, einen furchtbaren, leib- und seelenzwickenden Hunger.

Ein Geruch nach heiß werdenden Brötchen und Kaffee schwebt durch die Gänge, Nivea fühlt Angst in sich hochsteigen.

Der schweigende Engel auf dem Nachbarsitz regt sich stärker, von den lebenspendenden Düften des Frühstücks wie von einer Melodie aus dem Reich der Schatten zurückgeholt. Etwas schält sich vor Niveas staunendem und furchtsamem Blick aus der gelben Decke, setzt sich auf und sagt mit kaum menschenähnlicher, weder weiblicher noch männlicher und auch nicht Kinderstimme:

Man hat sich mal wieder um eine Entfernung bescheißen lassen! Kurzweilig diesmal allerdings, sagt es und dreht den Kopf zu Nivea, der es die Sprache verschlagen hat.

Für unterhaltsame Träume haben Sie ja gesorgt, Sie spatzenhirniges kleines Monster! Die Lebenszeit hat es einem aber wieder einmal in zehnfacher Beschleunigung weggezogen, einfach so weggeschlabbert. Die Leute merken meistens zu spät, daß sie zeitpleite sind, ach ja! sagt das Ding knarrend und streckt ein paar Händchen aus, die Nivea wiedererkennt.

Eigentlich ist nichts Furchterregendes an der Nachtbegleiterin, einfach eine kleine alte Dame, sehr dünn, mit einem gelblichen Gesichtchen und immer noch halbgeschlossenen Augen, die sie jetzt mit einer großen Brille bewehrt.

Auf ihrem Kopf sitzt ein lilagrau geringeltes Strickmützchen mit einer schwarzen Bommel, unter dem Rand sind ein paar hennarote Löckchen hervorgekrochen. Die kleine Lady hat einen schönen, großen Mund, den sie jetzt zu bemalen beginnt, sachlich und ohne Spiegel, etwa so, wie man einen Zaun streicht.

Wenn man aufhört, sich zu schminken, sagt sie malend zu Nivea, kann man sich auch gleich notschlachten lassen. Oh, mein Kind, ich hätte Ihnen eine Menge Ratschläge zu geben! Talent und klarer Hausverstand / Gehen selten Hand in Hand! ruft sie ohne Vorwarnung, und Nivea beginnt zu ahnen, daß sie während ihrer einsamen Flugnacht nicht ohne Publikum geblieben ist. Sie versucht, sich zu erinnern, wann sie nur gedacht und wann sie laut gesprochen hat, aber sie weiß es nicht. Und das allmählich munterwerdende Gespenst an ihrer Seite hat stillgehalten wie eine Wanze und alles mitgekriegt.

Es gelingt Nivea nicht, wütend zu sein.

Immer dasselbe mit mir! seufzt das neugierige Gespenst, diese verlogene Stillhalterin. So, wie ich um den Erdball sause, ist es unumgänglich, manchmal direkt durch die Geschichten anderer Leute hindurchzurauschen und Stücke davon mitzunehmen. Weil ich viel klüger bin als die meisten Leute, gebe ich manchmal ein paar gute Ratschläge. Das ist natürlich ganz sinnlos. Ich habe aus mir gemacht, was ich konnte. Leider brauche ich in letzter Zeit soviel Schlaf.

Wissen Sie, sagt sie und schaut die immer noch schweigende, mit kleinen Griffen Heiterkeit und Fassungslosigkeit ausdrückende Nachtigall an: Ich glaube, Sie und ich brauchen die gleichen Mittel: Reisen sind wichtig! Bewegung! In weiten Schwüngen hoch über das Unwesentliche. Wer Wurzeln schlägt, verblödet und ist schon halb verfault, ohne daß er es merkt.

Es gilt, immer wieder fremden Königen zu dienen, und anschließend ein Revolutiönchen, aber danach nichts wie ab durch die Mitte. Wer sät, soll nicht ernten, da fehlt ja jede Spannung. Man ist schließlich kein Bauer, oder was meinen Sie? Es ist aber eigentlich egal, was Sie meinen.

Nivea zieht ihren Pelzrock zurecht und betrachtet ihre Heuschreckenbeinchen. Ihr schönes, buntes Gesicht, das sie von Zeit zu Zeit im Spiegel überwacht hat, wird so ähnlich werden wie das Gesicht dieses zerrupften Vogels neben ihr, dieser hundertjährigen, uralten Fernsehwiederholungen entstiegenen Kifferin.

Nivea Nachtigall schaut den Gang entlang, ob nicht vielleicht die Stewardeß endlich mit dem Frühstück auftaucht. Es gibt Situationen, in denen man sich die Verbündeten nicht aussuchen kann.

Immer, wenn ich sehr faul bin, gehe ich nach New York, sagt die alte Lady, und ihre Stimme wird menschenähnlicher. Es ist eine Stadt, die jede Faulheit zuläßt. Alles geht ganz langsam, manchmal bleibt etwas stehen. Es ist die einzige Stadt, wo man vom verspielten Zeitkapital was zurückgewinnen kann, wenn man Glück hat! Sexuell, zum Beispiel: Nehmen Sie nur die Sexualität, obwohl Sie davon kaum etwas verstehen dürften, es sei denn, die paar schwarzen Tröpferl in Ihren Adern würden Ihnen einheizen!

In New York gibt es überhaupt keine Sexualität, deshalb kann man alle Sorten kaufen. Es ist gleichgültig, wie du aussiehst. Es ist gleichgültig, welches Geschlecht in deinem Ausweis steht. Schön oder häßlich, bunt oder nicht, wen kümmerts.

Die Lady mit dem Wollmützchen spricht ein schmiegsam-schlüpfriges Österreichisch, eine Fernsehsprache, Nivea hätte nie gedacht, daß Menschen wirklich so sprechen, und nicht nur alte Chansonsängerinnen und die dicken Moderatoren im Sommerprogramm, schwarzweiß, aus den Zeiten der mütterlichen Revolution.

So redet die alte Lady und fragt: Fährst auch zum Pudern dahin, oder kannst du wirklich singen?

Ich fahr ja nicht, sagt Nivea und merkt, wie ihr untergegangenes Bayrisch Silbe für Silbe wieder auftaucht, ich flieg, nur der Genauigkeit halber. Und für das, von was Sie reden, bräucht ich nicht in einen Flieger und so weit weggehen. Das krieg ich allemal umsonst, oder ich machs wie meine Mama und laß mir alle Sorten Kronjuwelen umhängen für eine kleine Stunde in meinem Bett. In New York hab ich eigentlich nur Schwule gesehen, deswegen denk ich, daß man da gut arbeiten kann. Aber vielleicht verstehen Sie das nicht, daß man arbeiten will. Ihr sagt über uns doch immer, wir würden nichts tun.

Wer ist ihr? Wer ist wir? Alt? Jung? Mann? Frau? Dümmer gehts nimmer! Ich sage niemals so blöde Sachen, kommt es aus dem glänzenden roten Mund der Nachbarin. Zum Beispiel hab ich dir nicht die Statur für eine vernünftige Singerei abgesprochen, obzwar du ganz ersichtlich nicht damit aufwarten kannst. Jeder andere hätte dich – wüßte er so viel über dich wie ich – darauf angesprochen. Nun, ich nicht. Schließlich habe ich einmal mit der Piaf was gehabt. War das vorher oder nachher? Mein Gedächtnis ist im Flugzeug immer wie abgestellt. Also die Piaf: nicht ganz ein Zentner, aber die Töne! Für einen einzigen solchen Ton mästen sich andere, bis der Bühnenboden durchbricht. Ja, vielleicht kannst du singen. Wirst es dir mit dem Popzeug und deinen Kinderbeglückungsveranstaltungen abschmirgeln. Red nicht! Daß sie dich dreimal im Fernsehen mit Erwachsenen hergezeigt haben, macht noch keinen Sommer. Erfahrung! Du weißt nichts über das Leben, und wenn mich nicht alles täuscht, wirst du auch nicht mehr viel darüber erfahren.

Nivea steht auf, noch hat das allgemeine Morgengedränge nicht eingesetzt, sie hofft, ihrem Verehrer zu begegnen. Der erwachten Leiche neben ihr war es gelungen, sie mit jedem Wort kleiner und dünner zu machen. Viele werden nur deshalb Stars, damit sie die Angst, nur zu bluffen, betäuben können: Heilbar ist sie nicht. Als fiele der Boden nach vorn, genau vor dem nächsten Schritt, als knickte die ganze Welt ein, wenn man es nicht erwartet. Als müßten Hunderte einem entgegenschreien: Das darfst du nicht. Dich gibt es in Wirklichkeit gar nicht.

Selbst das beste Lied ist nur ein Gepiepse und die augenbetäubendsten Farben nichts als ein Versteck, schlechter als das Eins-zwei-drei-ich-Komme von früher.

Sie geschieht nie, die Entlarvung. Sie kann aber jeden Moment eintreten.

Alle schauen nur auf dich, Nachtigall, murmelt Nivea vor sich hin, während sie, leicht und nichts berührend, durch den langen Gang des Flugzeugs geht. Hinter den Fenstern wird es orange.

Was war er noch gleich von Beruf? flüstert sie und versucht, in den Reihen den Verehrer zu finden. Wie soll sie ihn erkennen? Er hatte ein blödes T-Shirt an – was stand darauf? In den Reihen dehnen sich Schatten, manche knipsen das Deckenlämpchen an und holen ein Gesicht aus dem Grau. Nivea erkennt niemanden. Es riecht nach Desinfektionslösung und Deostiften. Über allem aber Kaffeegeruch, ein Versprechen. Weglaufen nützt nichts. Ich kann ja nicht bis zur Landung das Klo bewohnen, sie würden mich lynchen.

Oh, ich möchte, daß mich jemand bis zum Wahnsinn liebt. Zu nichts anderem ist Musik gut. In drei bis acht Minuten jedenfalls, wenn es so abgeht, wie ich das will, kommt es vor, daß man es spürt. Warum suche ich eigentlich nach diesem alten Sack mit seinen unverschämten Andeutungen über Krankheit oder so? Da ist die Geisterlady noch lustiger, obwohl sie mir auf die Nerven geht. Eine gute Übung für Manhattan.

Der Virologe hat sich, als er die Nachtigall wie somnambul durch die Reihen gehen sieht, ungestüm und rücksichtslos aus seinem Fenstersitz gearbeitet, Business-Class und Gott sei Dank ohne Vorhängelchen.

Da ist sie, sagt er. Ich habe es ja gewußt. Sie war bloß unsichtbar geworden, denn entkommen konnte sie mir nicht, wenn ich auch nicht weiß, warum ich nach ihr suche, schon so lang gesucht habe. Was soll ich jetzt mit einem erfüllten Wunsch anfangen? Wo ist er geblieben, mein wunderbarer Wunsch? Die Gewährung kann da auf keinen Fall mithalten!

Er schreit fast, während er über das Knie seines halb schlafenden Kollegen krabbelt und sich ohne seinen sonstigen Ekel vor körperlicher Nähe an fremden Menschen reibt.

Ich hab gleich gemerkt, daß wir zuviel hatten gestern in der Gally, Cocktails aus Plastikbechern sind des Teufels. Sie reden schon irr, Joseph!

Als der Arzt endlich aufgerichtet und frei im Gang steht, ist die Nachtigall wieder verschwunden. Der Virologe Joseph Bierbichler aus Zeitlarn, somit ein Landsmann der Nachtigall, mehr noch der Heiligen Mutter Afra, entspannt seine Bauchmuskeln fürs erste. Vielleicht wird er kämpfen müssen, aber er wird gerüstet sein.

Nicht nur die Nachtigall hat eine weite Strecke Vergangenheit und Gegenwart zurückgelegt im Flug, sondern auch der Doktor Bierbichler, der sich, bevor er diesen sichtlich kranken Frauenfloh zum erstenmal erblickt hat, vor lauter Stumpfsinn und Mangel an irdischen und himmlischen Freuden fast nur noch und weltweit auf Virologenkongressen herumgetrieben hat. Jetzt könnte er jedem dieser Kongresse ein Hosianna singen, Dankgottesdienste abhalten lassen und Kerzen weihen: Denn, gleichsam als Nebeneffekt seiner arbeitsbeladenen und kosmopolitisch mühsam verpflasterten Öde ist er ein sehr guter Arzt geworden, auf dem allerneuesten Stand, nein, Stand ist das falsche Wort, sondern ausgerüstet mit einem klaren und weiten Blick auf alle nur möglichen Wege der Diagnose und Behandlung.

Jetzt erst weiß er aber, wozu das Ganze gut war: Um dieses Geschöpf zu heilen, ihr Kastanien aus dem Feuer oder Pferde vom Himmel zu holen, Sternestehlen, alles, was immer in den Einsamkeitsanzeigen der Zeitungen zu lesen steht.

Alles ist plötzlich wahr geworden, der Arzt Joseph Bierbichler steht noch immer im Gang des Flugzeugs, er hat diesen Gang gleichsam verkorkt, damit ihm das Wichtigste seines Lebens nicht entrinnt, ja, und da kommt sie, und Nivea sagt: Vorhin habe ich was getrunken, das war viel zu süß.

Er antwortet darauf: Es wird sicher bald Kaffee geben. Es muß ja auch wieder hell werden.

Und die Nachtigall sagt zu ihm: Wir könnten uns noch einen Drink machen lassen, einen letzten, vor dem Frühstück. Mein Nachbar ist nämlich aufgewacht, das heißt, sie hat eigentlich gar nicht geschlafen. Und jetzt weiß sie alles über mich oder fast, das ist mir unangenehm.

Der Arzt schaut Niveas winziges Affengesicht an und wird bleich vor Neid auf diese fremde Parasitin, die Vertraute seiner Geliebten.

So, wie Sie angemalt sind, sehen Sie aus wie ein Mandrill, sagt er.

Versuchen Sie bitte, mich nicht zu nerven! antwortet die Nachtigall, gleich werden Sie mir sagen, ich solle keinen Alkohol trinken. Vorhin wollten Sie mir Tee kochen, erinnern Sie sich? Ich habe eigentlich nichts übrig für Daddies.

Bierbichler hört gar nicht zu, erkennt nichts in dem kleinen Gesicht, hinter dem, wenn er sehen könnte, ein großer dunkler Kopf leuchtet.

Der Arzt versteht nichts und hört nur zufrieden der Stimme zu, ohne die er unbegreiflicherweise einundvierzig Jahre alt werden konnte.

Sie sind aus dem Gäu, sagt er entzückt. Es gibt keine Zufälle.

Sonst hört das bei mir aber keiner mehr, sagt Nivea ein wenig beleidigt.

Und wenn sich hier nichts mehr tut, geh ich wieder zu meiner Beichtmutter zurück. Erst wirds Frühstück geben, und dann müssen wir landen. Und Sie sehen aus, als wüßten Sie, warum Sie hierher fliegen!

Jetzt ja, sagt Bierbichler, jetzt weiß ich es ganz genau.

Er hält die Nachtigall nicht mehr auf, gibt ihr nur eine etwas feuchte, nicht mehr ganz frische Visitenkarte, auf der ein halbes Dutzend Adressen und Kolonnen von Telefon- und Faxnummern, Abkürzungen und Titeln stehen. Nivea schaut drauf. Für wie viele Leute gilt die? sagt sie. Sind das alles Sie?

Sie gibt ihm keine Karte, denn die stimmen nicht mehr, bedeuten nur noch versunkene Bands, Larry den Dieb, Afra mit ihrem Hurentelefon. Jetzt ist sie jemand anderer.

Ich werde Sie finden, und Sie finden mich. Daß ich jederzeit komme, wenn Sie mich brauchen, wissen Sie genau.

Wozu sollte ich Sie brauchen? fragt die Nachtigall in einem dummen Anfall von Koketterie.

Um zu leben. Um am Leben zu bleiben! sagt Bierbichler und wird ganz weiß im Gesicht.

Gehn Sie! antwortet Nivea und entfernt sich langsam von ihm. Nur wegen der blöden Geschichte. Nur weil die mich bei der Sendung so geärgert haben, daß ich ausgerastet bin. Da hab ich einfach den neuen Bandnamen erfunden: NIVEA UND DIE KAPOSIS. Da war doch nichts dran, nur ein Gag, aber jeder hat es mir übelgenommen! Nivea kichert. Hätt ich nie gedacht, daß das so einen Aufstand gibt. Sie sind albern, wenn Sie da drauf abheben.

Ich? sagt Bierbichler erstaunt. Davon wußte ich gar nichts. Ich sehe nicht fern.

Er sieht sie gehen, aber es ist kein Abschied. Die Spinnengestalt mit den wie gekritzelten Beinen, der Hintern nicht größer als eine Cantaloupmelone, showmäßig swingend für nichts und wieder nichts, nur für ihn allein, Joseph Bierbichler. Obwohl er das gar nicht zu würdigen weiß und auch nicht die elfenbeinweißen skelettdürren Händchen, die sich jetzt einen Weg durch den Haarpelz nach hinten in den Nacken suchen, als wollten sie ihm noch einmal zuwinken.

Die Stewardessen haben begonnen, das Frühstück zu verteilen, und die Nachbarlady begrüßt die zurückkehrende Nachtigall ein wenig pikiert.

Sie waren mir nicht gewachsen, mein Kind! sagt sie.

Mittlerweile hatte sie sich völlig aus ihrem Schlaf- und Lauschkokon befreit und dehnt sich in einem teuren, bestickten Lederkostüm wie ein frisch geschlüpfter, noch etwas knittriger Falter. Die Donald-Duck-Socken passen nicht recht zum übrigen.

Ja, die Kunst. Da waren wir stehengeblieben, es ist wichtig, daß Sie vor der Landung wissen, was unten mit Ihnen geschehen wird. Sie kommen, das wissen Sie, in die einzige Stadt, in der die Kunst am Leben bleiben wird, beschützt durch vollkommene Gleichgültigkeit. Hier ist das riesige Feld der verschiedensten Wurzeln, die Regenwälder der Kunst.

Piaf? Habe ich schon von ihr geredet? Wenn sie nicht versehentlich gestorben wäre, hätte sie sich auch hierher verzogen. Und sich operieren lassen. Das ist nämlich mit dem Wort Casablanca gemeint, und nicht diese kitschigen Emigrationsikonen. Manhattan verlangt, daß man sein Geschlecht zur Disposition stellt. Und in Casablanca wird das gemacht. Gut und bündig, nicht einfach abgeschnippelt, sondern alles gelassen, aber niedlicher, und dafür das andere zusätzlich. Erst dann ist dir die Kunst zu eigen, du unbedarfter Mischling. Du hast vielleicht eine Chance.

Nivea bedauert, daß dieser kleine Wechselbalg neben ihr erst jetzt zu reden begonnen hat, alles zu verstehen, traut sie sich aber nicht zu und muß an ihre Großmutter Theres denken, die es nicht leiden kann, wenn jemand mehr als einen Nebensatz benutzt.

Was hat denn Casablanca mit der Piaf zu tun? fragt Nivea. Sie kennt sich aus, weil sie alles vielhundertmal im Fernsehen gesehen hat und schon als Kind aufgrund der Märchen über den toten Sperling, über ihre Winzigkeit nicht traurig, sondern eher stolz gewesen war.

Nichts, sagt die Lady. Nur eben die Kunst. Die hat mit beidem zu tun. Siehst du, ich habe mich operieren lassen, von Mann nach Frau erst und dann wieder ein Stück retour, weil, warum soll man nicht alles haben? Und damit alles können?

Edith, habe ich zu ihr gesagt, was dir zum Genie fehlt, ist ein netter, kleiner Schwanz, man sollte als Künstler zumindest alle Möglichkeiten haben. Mir ist es gelungen, es war kein leichter Weg!

Leider werden meine Vielfältigkeiten nicht mehr so intensiv genutzt, wie es wünschenswert wäre. Und deshalb: Zurück nach Manhattan, in das wunderbare Indianerdorf. Dort ist man so sichtbar wie möglich und so unsichtbar, wie man es sich wünscht.

Und warum machen Sie sich dorthin auf den Weg? Um in Ruhe ausgepustet zu werden? Oder für die kleine, edle Kellerkarriere à la Großmutters Ballhaus? Na, es geht mich nichts an. Sie werden sich zu helfen wissen.

Das Geheimnis kennen Sie ja schon, sehe ich: Sie selber sind vollkommen wurscht, es ist egal, ob es Sie gibt oder nicht. Und weil das keine Sau aushalten kann auf die Dauer, macht man sich seinen kleinen Planeten mit ein paar Trabanten drumherum. Da ist man dann plötzlich alles, darf nur nicht über den Rand rutschen in die Kälte. Ach, warum mußte ich so lang warten, bis ich darauf gekommen bin? Jetzt hab ich alles erreicht, Öffnungen geschaffen für jeden, aber auch jeden nur möglichen Wunsch, und was hilft es? Wer will hinein?

Die Lady, oder was sie sein mag, murmelt noch ein wenig weiter, aber sie erreicht das Herz der Nachtigall nicht mehr, die ungeduldig den Wagen mit den Kannen näher kommen sieht, in denen sich winzig die Reihen der Passagiere spiegeln.

Schwupp, das Tablett, Kaffee oder Tee? und die Stewardeß, frisch gekämmt und mit Achselspray genießbar gemacht, tut, als hätte sie Nivea noch nie gesehen.

Die Nachtigall bohrt ein warmes, matschiges Brötchen aus, ißt die Krume mit Butter und füllt nachdenklich Marmelade in die Höhlung. Als sie hineinbeißt, springt ihr das rote Zeug an die Backen, als äße sie einen Faschingskrapfen.

Es hilft schon, sagt sie zu ihrer Nachbarin, die sie sich vergeblich in Männerkleidern vorstellt.

Ich habe zu Hause fast gar nichts mehr gegessen und bin doch nicht gestorben, es war eigentlich egal. Aber schon in der Luft über dieser Stadt denkt man, da unten wird einem was weggenommen. Deswegen seh ich zu, daß ich soviel wie möglich kriege. Das werden Sie nicht verstehen mit Ihrer Kunst und Ihrer Piaf. Und ich weiß überhaupt noch nicht, was ich mache, aber das, wovon Sie reden, wirds bestimmt nicht sein.

Ich bleib auf dem Teppich, sagt sie und lacht. Es ist ein bayrischer Teppich, und ich hab ihn wieder mitgebracht, erst von hier gerettet und heimgeholt, und jetzt kommt er wieder zurück.

Die Transvestitenlady ist so alt, daß sie lange aufgegeben hat, sich um die Geschichten anderer Leute zu kümmern. Sie hat genug damit zu tun, immer und immer wieder ihre eigenen weiterzuspinnen, sich in Erinnerungen zu wälzen und den Wörterstrom nicht abreißen zu lassen, der bald gemächlicher, bald wilder daherrauscht und den sie, wie das bißchen Blut in ihren Adern, nicht zum Stillstand kommen lassen will.

Nicht reden ist totsein, flüstert sie. Du bist jung, du

kannst den Mund halten. Du hast noch genug Zeit. Oder? Sie öffnet ein Vogelauge und schaut auf Nivea, die es nicht merkt.

Was gehen mich deine bayrischen Teppiche an?

Gar nichts, sagt die Nachtigall. Das wär auch noch schöner. Wenn Sie nach New York kommen, gehen Sie in die COLOURS OF MUNICH! Da passen Sie hin, da reden viele wie Sie! Der Teppich – der geht Sie nichts an. Sie haben mich ausgehorcht und nichts verstanden. Aber ich brauch bald niemanden mehr, den Doktor von vorhin nicht, Absalom, die aus der Emigrantenkneipe – meine Mama vielleicht. Wenn ich lang genug weit genug weg war.

Lieber da unten Blumen verkaufen, sagt sie und schaut aus dem Fenster. Am Horizont erscheint wie ein Wunder das silberne Gebirge.

Es ist ein Fehler, nicht mit dem Schiff zu kommen, flüstert die Transvestitin mit geschlossenen Augen. Einfach herunterkommen, so gleichmütig in die Schluchten stürzen, das rächt sich.

Die Stewardeß sammelt die Tabletts ein, wieder, ein letztes Mal, kommt das Wägelchen, und die dunkle Schönheit, die vor undenklichen Zeiten einen Bewunderer an Nivea verloren hat, verteilt aus einem Körbchen glühendheiße, feuchte Läppchen.

Niveas buntes Gesicht verschwindet darunter und taucht unversehrt und etwas lebendiger wieder auf.

Wir bitten Sie, nicht mehr zu rauchen und die Tische hochzuklappen.

Längst ist die Reiseflughöhe verlassen, und die Warteschleifen über Kennedy Airport haben begonnen, Zeit genug auch für den letzten, sich mit dem Gedanken an die Landung auszusöhnen.

Wir hatten den Wind im Rücken, sagt die Stewardeß, die sich noch einmal, wie verzeihend, zu Nivea herunterbeugt.

Davon war nichts zu merken! Es hat lang genug gedauert! sagt die Nachtigall ungnädig. Wollen Sie noch ein paar Autogrammkarten für Ihr Kind? Es werden die letzten sein. Vieles wird anders werden, aber wo es hingeht, weiß ich nicht. Nur, daß ich mir die Hahnenfedern ausreißen werde und nicht mehr mit Skeletten bumse.

Die Stewardeß, die längst vergessen hat, daß eine solche Karte als Mitbringsel für ihr Kind in irgendeiner Tasche steckt, wendet sich ab, und die Transvestitin sagt zu Nivea: Sind Sie da ganz sicher? Vielleicht ist es das einzige, womit Sie noch bumsen werden. Da kommen Sie in die richtige Stadt.

Wir bitten Sie jetzt, sich anzuschnallen und Ihre Sitzlehnen senkrecht zu stellen. Nivea betrachtet den Müllberg, der um sie gewachsen ist, Zeitungen und Taschentücher, Apfelreste und Kaugummipapierchen.

Die alte Lady sitzt regungslos da, nur ihr Lederkostüm knirscht leise. Irgendwo im Flugzeug wartet ein Virologe darauf, Nivea retten zu dürfen. Das ist zwar nicht wichtig, aber sie knüllt die Visitenkarte in der Tasche ihres lächerlichen Rocks nur vorsichtig. Man kann jeden brauchen.

Afra wird jetzt, irgendwo auf der gleichen Erde den Anrufbeantworter abgehört haben und schaltet den Fernseher ein. Nachmittagsprogramm. Vielleicht braucht sie einer für die Nacht. Afra liebt Marzipankartoffeln und Hoffnungen. Wenn die Theres und Aurelia noch leben, werden sie, in graugewaschene Nachthemden verpackt, Mittagsschlaf halten. Ach, Beau, er schläft auch, der arme Hippie. Ihr Manager Larry wird sich verbissen um einen blöndlichen Leopoldstraßenvogel gewickelt haben und abends feststellen, daß sie aus dem Hals riecht und fränkisch redet.

Langsam und königlich umkreist das Flugzeug, sich fast unmerklich senkend, die schöne Stadt, die sich ihm einladend entgegenreckt mit tausend rosa und goldenen Tentakeln.

Absalom wird noch schlafen, neben dem ratternden Schächtelchen der Klimaanlage, von Popperduft umweht, bewacht von seinem verdreckten Buddha. Nur ich, sagt Nivea zu der Transvestitin: Ich bin wach.

Meine Damen und Herren, wir dürfen uns von Ihnen verabschieden und hoffen, daß Sie einen angenehmen Flug hatten. Wir wünschen Ihnen einen schönen Aufenthalt in New York und freuen uns, wenn Sie bald wieder mit uns fliegen. Wenn Sie Fragen, Ihren Weiterflug oder die Zollformalitäten betreffend, haben, steht Ihnen unser Bodenpersonal jederzeit zur Verfügung.

Der Bordlautsprecher spielt bis zum Untergehen, eine schlammige, elektronisch aufgeweichte Musik. Nach Sekunden erkennt die Nachtigall: I DID IT MY WAY. Das ist es, sagt sie laut. Das ist es.